Nora Berger
Sturmwind über Auprèsmont

amazon publishing

Das Buch

Sophie genießt ihr Studium in Paris. Das Leben ist leicht und der Zweite Weltkrieg weit weg. Noch. Doch plötzlich stirbt ihre Mutter und was vorher sicher schien, wird auf einmal ungewiss.

Was hat ihre Mutter Sophie verschwiegen? Welches Geheimnis liegt über der Familie? Sophie macht sich auf nach München. Auf die Suche nach ihrem eigenen Leben und mitten in die Wirren des bevorstehenden Krieges. Es wird eine Reise, begleitet von Liebe, Tod und Freundschaft. Eine Reise, die Sophies Leben verändert, vor allem als sie den jüdischen Maler David trifft und eine atemberaubende Flucht beginnt.

Der Autor

Nora Berger lebt seit vielen Jahren in Bayern. Sie studierte in Paris und hat seitdem eine Vorliebe für französische Literatur und Geschichte. Dies spiegelt sich vor allem in ihren historischen Romanen mit Schwerpunkt Frankreich wider.

NORA BERGER

STURMWIND ÜBER AUPRÈSMONT

Roman

amazon publishing

Deutsche Erstveröffentlichung bei
Amazon Publishing, Amazon Media EU S.à r.l.
5 Rue Plaetis, L-2338 Luxembourg
September 2016

Umschlaggestaltung: semper smile, München, www.sempersmile.de
Umschlagmotiv: © brickrena /Shutterstoch; © Triff /Shutterstock; ©Kuzma /Shutterstock; © Lightix /Shutterstock; © Paolo Gallo /Shutterstock; © Melissa Madia /Shutterstock; © StevanZZ /Shutterstock
Lektorat & Korrektorat: Verlag Lutz Garnies, Haar bei München
www.vlg.de
Printed in Germany
By Amazon Distribution GmbH
Amazonstraße 1
04347 Leipzig, Germany

ISBN: 9781503940277

www.amazon.de/amazonpublishing

1. Kapitel

Sophie hatte die Fenster der Bibliothek weit geöffnet. Ein lauer Septemberwind blähte die Vorhänge. Das Schloss, auf einer kleinen Anhöhe gelegen, bot von hier aus einen weiten Blick über die Wiesen und abgeernteten Felder der Picardie. Die Landschaft war ihr vertraut – ein wohltuender und friedlicher Kontrast zur lauten Stadt Paris. Doch heute schien alles seinen Zauber verloren zu haben. Die Melancholie des sonnigen Herbsttages legte sich wie etwas Schweres auf Sophies Brust und engte ihre Kehle ein. In der Ferne sah sie den Turm der Dorfkirche emporragen, auf deren Friedhof man vor ein paar Tagen ihre Mutter begraben hatte. Morgen sollte die Testamentseröffnung stattfinden, zu der ihre Geschwister Philippe und Marguerite extra aus Paris anreisen würden. Es klopfte leise und Maria, die Haushälterin, trat mit einem Tablett ein. »Die heiße Schokolade wird Ihnen guttun, Mademoiselle Sophie«, sagte sie fürsorglich und stellte das Silberkännchen und die Tasse auf den Tisch. »Ist alles in Ordnung?« Die geröteten Augen der jungen Frau waren ihr nicht entgangen. Sophie seufzte und wich dem fragenden Blick Marias aus, der bis in ihr Innerstes zu dringen schien. »Es ist nur … weil Mamans Tod mir immer noch so unbegreiflich erscheint. Und wenn ich dies alles so vor mir sehe«, sie wies auf das Durcheinander von Papieren und Dokumenten, die auf einem Stapel lagen, »die Spuren ihres Lebens«, sie stockte, »die bald im Mülleimer landen werden, dann macht mich das sehr traurig.«

»Glauben Sie, dass es mir anders geht? Gott gibt und Gott nimmt.« Gerührt fuhr Maria sich mit dem Handrücken über die Augen. »Madame und ich waren über lange Jahre sehr verbunden. Sie hat Antonio und mir damals ohne große Umstände die Anstellung im Schloss verschafft und uns eine Wohnung im Nebengebäude eingeräumt. Das werden wir ihr nie vergessen.« Sie wischte ihre Hände an der Schürze ab. »Sie sollten sich das nicht so zu Herzen nehmen. Ihre Mutter hätte es nicht gewollt. Sie war ja selbst so tapfer …« Ihre Stimme erstickte und Sophie umarmte sie mit einer spontanen Geste. Seit ihrer Kindheit war Maria mit ihrer warmen Mütterlichkeit immer für sie da gewesen – und auch jetzt fühlte sie mit ihr.

Es klopfte und Antonio trat ein. Seine dunklen Haare und der gezwirbelte Schnurrbart waren im Lauf der Jahre grau geworden. Mit seinem rollenden italienischen Akzent, den auch sein langer Aufenthalt in Frankreich nicht verändert hatte, meldete er: »Es ist jemand aus dem Dorf da, der Sie sprechen möchte, Mademoiselle Sophie.«

»Ich bin nicht in der Stimmung, mir irgendwelche Beileidsbeteuerungen anzuhören«, erwiderte Sophie müde. »Wer ist es denn?«

Antonio zögerte. »Nicolas Martinez, der Sohn des Schreiners aus dem Dorf.«

»Dieser Taugenichts?«, mischte sich Maria empört ein. »Der soll sich hier bloß nicht blicken lassen!«

»Einen Moment!« Sophies Miene hatte sich mit einem Schlag erhellt. »Nicolas Martinez? Seit Ewigkeiten haben wir nichts voneinander gehört. Wo hat er bloß die ganze Zeit gesteckt?«

Maria zog die Stirn in Falten. »Sehr wahrscheinlich im Ausland. Besser, er wäre dortgeblieben. Wenn Sie mich fragen, so sollten Sie ihn lieber nicht empfangen. Man hat nichts Gutes über ihn gehört. Das ist ein Krimineller! Es gibt viel Gerede über ihn im Dorf und man sagt, dass er schon des Öfteren mit dem Gesetz in Konflikt gekommen ist.«

»Was die Leute so reden! Bitte lass ihn ein.«

»Aber sein schlechter Ruf«, versuchte es Maria erneut, »Ihre Mutter hat ihm schon damals verboten, das Gelände zu betreten …«

»Maman mochte ihn nicht«, fiel ihr Sophie ins Wort, »wegen einer alten Geschichte. Als ich noch ein Kind war, stand er oft am Gitter unseres Zaunes. Einmal habe ich ihn eingeladen, reinzukommen und mitzuspielen. Aber er musste die Kühe seines Onkels hüten und fragte mich, ob ich nicht mit ihm gehen wollte. Maman hätte es natürlich nie erlaubt. Doch am nächsten Tag bin ich ausgerissen – heimlich durch eine kaputte Stelle im Zaun geklettert.« Sie lachte leise. »Wir haben den ganzen Tag mit den Kühen auf der Weide verbracht. Es war wunderschön …« Sie stockte. Die Erinnerung war plötzlich ganz nah, der Zauber des ersten, ungeschickten Kusses, der Schmerz, Nicolas nicht wiedersehen zu dürfen! Wie sehr hatte sie geweint, als die Mutter ihm verbot, sich auch nur in der Nähe des Schlosses aufzuhalten! Sie senkte den Kopf, während Maria vorwurfsvoll die Augen rollte. »Wie konnten Sie Ihrer Mutter das bloß antun! Sie war außer sich vor Angst, als Sie verschwunden waren. Es gab eine große Suchaktion.«

Sophie zuckte die Achseln. »Damals habe ich nicht darüber nachgedacht!«

»Ja, so waren Sie! Und alles Verbotene hat schon immer eine besondere Anziehung auf Sie ausgeübt!« Missbilligend schüttelte Maria den Kopf. »Ihre Mutter hatte Recht, diesem Kerl Hausverbot zu erteilen …«

»Aber ich bin nicht meine Mutter!«, unterbrach Sophie sie. »Daran musst du dich gewöhnen.« Sie wandte sich an Antonio. »Bitte sag Nicolas, dass ich mich freue, ihn zu sehen. Und führ ihn in den kleinen Salon.«

Mit leicht beleidigter Miene, Unverständliches vor sich hin murmelnd, verschwand Maria mit Antonio im Schlepptau. Sophie seufzte. Maria behandelte sie manchmal noch wie ein kleines Kind, aber sie war eine gute Seele. Irgendwann würde sie jedoch begreifen müssen, dass sich mit Mamans Tod auch die Regeln im Haus änderten und es einen anderen Maßstab für die Dinge gab.

Als sie ein wenig zögernd die Tür zum Salon öffnete, stand Nicolas am Kamin, in dem noch ein leises Feuer glomm. Ihr Herz klopfte, denn der um einige Jahre Ältere, der ihr als Kind sehr reif und klug erschienen war, hatte ihr damals sehr viel bedeutet. Während ihrer Internatszeit in Chantilly waren sie sich jedoch nur noch in den Ferien begegnet, wo sie nach der unglücklichen Ausreißer-Episode nur von Weitem einen kurzen Gruß wechselten. Nicolas wandte sich jetzt langsam um und lächelte ihr entgegen. Auf den ersten Blick erkannte sie ihn kaum wieder. Groß gewachsen, dunkellockig und mit strahlenden Augen unter den dichten schwarzen Brauen wirkte er ungewöhnlich gutaussehend. Er trug ein weißes Leinenhemd mit aufgekrempelten Ärmeln, das über der Brust lässig offen stand, und eine verwaschene, beige Baumwollhose. »Mein herzliches Beileid, Sophie!« Seine Stimme klang rau und tief und seine Miene drückte Bedauern aus.

»Danke!« Sophie reichte ihm die Hand und spürte, wie sie über und über errötete. Nicolas hatte gar nichts mehr gemein mit dem sehnigen, von der Sonne verbrannten Jungen, der in seiner Freizeit die Kühe hütete und immer ein wenig verschlossen und linkisch wirkte. Jetzt hatte er Manieren und schien sich auch seiner selbst ziemlich sicher zu sein.

»Die Krankheit hat sie leider schnell dahingerafft«, sagte sie und bot ihm einen Platz im Sessel vor dem Kamin an. »Es ist sehr schmerzvoll und ich brauche wohl noch einige Zeit, um darüber hinwegzukommen – mich daran zu gewöhnen, dass sie nicht mehr da ist.« Tränen stiegen ihr in die Augen.

Nicolas nickte und um das eingetretene Schweigen zu überbrücken, bot Sophie ihm eine Zigarette aus der Tabatière auf dem Tisch an. Mit leichter Verlegenheit griff sie auch selbst zu, obwohl sie sonst niemals rauchte. »Du … du hast dich ziemlich verändert.«

Nicolas gab ihr weltmännisch Feuer und sie nahm einen vorsichtigen Zug. Der Tabak brannte unangenehm auf ihren Lippen und in den Augen.

»Du dich auch, Sophie.« Nicolas lächelte jetzt und zeigte dabei seine weißen, regelmäßigen Zähne. Er sprach mit einem schmeichelnden, warmen Timbre und sein dunkler Blick wanderte wie eine zärtliche Berührung über ihre Erscheinung. »Du bist noch viel hübscher als früher!« Sophie ärgerte sich, dass ihr erneut das Blut in die Wangen schoss. »Es war sicher sehr schlimm für dich, deine Mutter zu verlieren. Alle im Dorf vermissen sie. Sie hat den Leuten oft geholfen, obwohl sie sehr zurückgezogen lebte.«

»Ja.« Sophie wandte das Gesicht ab. Es war nicht nur der Rauch, der ihr die Tränen in die Augen trieb. »Ich … ich hätte mich vielleicht mehr um sie kümmern müssen. Aber mein Studium in Paris ließ mir kaum Zeit dazu …« Sie hielt inne und drückte die Zigarette im Aschenbecher aus.

»Und was studierst du?«, erkundigte sich Nicolas höflich.

»Politik und Philosophie.« Sophie versuchte ein Lächeln. »Ich möchte Journalistin werden. Die Welt bereisen und über spannende Ereignisse berichten. Und du – was machst du? Sicher bist du verheiratet und hast bereits einen Stall voller Kinder.«

Nicolas schüttelte verlegen den Kopf. »Nein, weder das eine noch das andere. Heiraten – das ist nichts für mich. Ich sollte Schreiner werden wie mein Vater – oder die Landwirtschaft meines Onkels übernehmen. Studieren – dafür war bei uns kein Geld da. Ich habe mich dann lieber freiwillig gemeldet, um im spanischen Bürgerkrieg gegen General Franco zu kämpfen.« Sein Blick verfinsterte sich. »Es war eine harte Zeit. Wir sind eben arme Leute. Das war bei dir natürlich anders, du konntest machen, was du wolltest.« Es klang wie ein Vorwurf. Sein Blick schweifte langsam über den Kamin mit den beidseitigen Statuen, über die silbernen Leuchter auf dem Louis-XVI-Tisch und den kostbaren Bechstein-Flügel. »Wenn man genug Geld hat, ist eben alles selbstverständlich.« Er hielt ein, eine Zornesfalte bildete sich für einen kurzen Moment zwischen seinen Augenbrauen. Doch sogleich entspannte er sich wieder. »Glaub ja nicht, ich möchte mich beklagen. Aber mein bisheriges Leben ist wirklich kein Zuckerschlecken gewesen!«

»Hast du … in Spanien Schlimmes erlebt?«, fragte Sophie vorsichtig.

»Das kann man wohl sagen. Ich habe Glück, dass ich noch am Leben bin.« Nicolas lachte, aber es klang bitter. Er nahm einen tiefen Zug aus seiner Zigarette und Sophie wagte nicht, weiter in ihn zu dringen. »Im Moment engagiere ich mich sehr für die PCF, die Partei der Kommunisten in Frankreich«, sagte er, als hätte er die stumme Frage in ihren Augen gelesen. Er lächelte undurchsichtig und warf den Rest der Zigarette in den Kamin. »Mit den Ideen unserer Leute wirst du wohl kaum etwas anfangen können.« Sein Blick wanderte über eine chinesische Vase auf einem Sockel bis zu einem kostbaren Kreuz an der Wand, das in einer Ecke über einem kleinen Betschemel hing. Er stutzte und kniff die Augen zusammen, um genauer hinsehen zu können. »Ich kämpfe für die Gleichheit der Menschen! Hast du mal darüber nachgedacht, wie viele hungern?

Während andere sich am Abend nur die Frage stellen, welches Luxusrestaurant den besseren Koch hat?«

»Warum sollte ich nicht über solche Fragen nachdenken«, wehrte sich Sophie. »Aber man kann die Welt nicht auf einen Schlag verändern. Früher habe ich mich mal glühend für die Ziele von Léon Blum begeistert. Und dann ist er gescheitert …« Nicolas unterbrach sie brüsk. »Nur, weil er nicht radikal genug war – zu sehr Sozialist! Deshalb hat er sich nicht durchgesetzt.«

Sophie schwieg und eine kleine Pause trat ein. Nicolas merkte, dass er zu weit gegangen war. »Entschuldige – aber wenn es um Politik geht, kann ich mich nur schwer zurückhalten.«

»Dann sollten wir vielleicht lieber das Thema wechseln«, sagte Sophie mit einem Lächeln. »Was machst du eigentlich so – hier auf dem Land?«

Nicolas zuckte die Schultern. »Ich bin nur zu Besuch. In Paris halte ich mich meist mit Gelegenheitsarbeiten über Wasser und wohne bei Gleichgesinnten. Ich hoffe immer noch auf ein Stipendium. Wie gesagt, ohne Geld ist das Leben eben schwierig.« Er stand auf und ging auf das Kreuz über dem Betschemel zu, das seinen Blick schon die ganze Zeit über wie magnetisch angezogen hatte. »Was für ein schönes Stück. Darf ich es mal etwas genauer ansehen?«, fragte er. Sophie nickte. Vorsichtig nahm er es von der Wand und betrachtete es von allen Seiten. »Ja, das ist es«, murmelte er wie zu sich selbst. »Ich wusste es. Ganz aus massivem Gold.« Er wendete das schwere Kreuz hin und her, so dass sich das Licht funkelnd in den eingearbeiteten Edelsteinen brach. »Eine wunderbare, einmalige Arbeit, diese Reliquie aus dem siebzehnten Jahrhundert. Mit einem Knochensplitter des heiligen Sebastian.«

»Du kennst es?«, fragte Sophie verwundert.

»Ja, aber leider hat es uns kein Glück gebracht«, fügte er in unerwartet scharfem Ton hinzu.

»Es hat euch kein Glück gebracht?« Sophie sah ihn verständnislos an. »Wieso euch? Wie soll ich das verstehen?«

»Wie ich es sagte. Es gehörte einmal meiner Mutter! Das Wertvollste, das sie im Leben je besessen hatte.« Er hielt die Rückseite dicht vor seine Augen. »Hier, die Gravur des Meisters! Es ist einzigartig. Als ich ein Kind war, hing es in unserer Stube.«

Sophie zog die Stirn zusammen. »Ich glaube, da täuschst du dich. Seit ich denken kann, befindet sich dieses Kreuz in unserem Besitz.«

»Ja, ja, ich weiß«, stieß Nicolas heftig hervor. »Aber nur deshalb, weil meine Mutter es euch wieder zurückgegeben hat. Es passt ja auch nicht zu uns armen Leuten.« Er hängte das Kreuz wieder an seinen Platz.

Sophie schwieg betroffen. Dann hielt sie es nicht mehr aus. »Deine Mutter hat es zurückgegeben? Wieso?«

Nicolas presste die Lippen zusammen. »Was weiß ich. Lass uns nicht weiter darüber reden.«

»Das hört sich so … seltsam an.«

»Seltsam?« Er blieb abrupt vor ihr stehen und funkelte sie aus seinen dunklen Augen eindringlich an. »Ja, so war es. Seltsam und auch traurig.« Er lachte bitter auf. »Tatsache ist, dass das Kreuz uns nun nicht mehr gehört.« Tief Luft holend, fügte er hinzu: »Aber auch dir wird es nicht gehören! Weil du vermutlich von all dem hier«, er machte eine raumgreifende Handbewegung, »überhaupt nichts erben wirst. Gar nichts«, murmelte er noch einmal wie zu sich selbst. Er stockte, senkte den Blick und strich sich über die Stirn, als müsste er etwas fortwischen. »Aber jetzt habe ich eigentlich schon zu viel gesagt …«

Sophie starrte ihn verwundert an. »Woher willst du das alles wissen? Du redest wirklich in Rätseln. Warum sollte ich nichts erben?«

Nicolas sah sie wie erwachend an. »Verzeih! Diese Frage kann ich dir nicht beantworten. Ich habe mit der ganzen Sache nicht das Geringste zu tun. Ich dachte nur, dass du die Wahrheit ohnehin bei der Testamentseröffnung erfahren wirst.« Seine Stimme war jetzt wieder so sanft wie zuvor. »Aber deshalb bin ich wirklich nicht gekommen. Eigentlich wollte ich dir nur sagen, dass … dass du für mich immer etwas Besonderes warst.« Er atmete tief durch und umfasste ihre Schultern. »Dass ich mich schon immer zu dir hingezogen gefühlt habe. Ich habe den Tag, den wir als Kinder zusammen auf der Weide verbracht haben, nie vergessen können …«

Sophie senkte geschmeichelt den Blick. »Mir ist es genauso gegangen. Aber dazwischen liegt sehr viel Zeit.«

Er antwortete nicht und sah an ihr vorbei. »Ja, das ist wahr. Und ich habe oft darüber nachgedacht, wie anders mein Leben verlaufen wäre, wenn meine Mutter das Kreuz behalten hätte. Ich könnte studieren, mir eine Wohnung leisten – ein normales Leben führen.« Seine Stimme hatte einen traurigen Unterton und er senkte den Kopf. »Aber es sollte eben nicht sein …« Eine kleine Pause entstand, in der Sophie nicht wusste, was sie sagen sollte. Nicolas blickte auf die Uhr. »Es ist besser, wenn ich jetzt gehe. Ich will dich nicht länger aufhalten.« Er sah ihr in die Augen. »Für die nächste Zeit wünsche ich dir viel Kraft!«

»Danke«, sagte Sophie, verwirrt von seinen merkwürdigen Andeutungen. »Auch dir alles Gute für die Zukunft.«

»Ach, übrigens«, besann sich Nicolas. »Noch eine Kleinigkeit, bevor ich es vergesse. Ich sah deinen Wagen im Hof stehen. Und da wollte ich dich fragen, ob du mich vielleicht nach Paris mitnehmen könntest? Du fährst doch sicher noch in dieser Woche zurück?«

»Tut mir leid!«, sagte Sophie bedauernd. »Ich habe zwar einen Führerschein, nehme aber meist den Zug. Überhaupt ist das der Wagen meiner Mutter, der da unten steht, nicht meiner.

Der Motor scheint nicht in Ordnung sein. Er ist schon länger nicht mehr in Gang gesetzt worden und wahrscheinlich völlig eingerostet.« Auf Nicolas enttäuschten Blick fügte sie hinzu: »In Paris brauche ich eigentlich kein Auto. Ich nehme lieber die Metro oder den Bus.«

»Ja, da kann man nichts machen.« Er zögerte. »Aber wenn du willst, sehe ich mir den Wagen einmal etwas näher an. Ich verstehe ein bisschen was davon!«

»Nicht nötig«, sagte Sophie zurückhaltend. »Mach dir keine Mühe.«

»Na, dann versuche ich es eben wieder per Anhalter, wie schon so oft. Irgendjemand nimmt mich sicher mit.«

»War nett, dass du gekommen bist!« Sophie reichte ihm die Hand. Spontan fügte sie hinzu: »Vielleicht sehen wir uns ja mal in Paris. Wenn du willst, höre ich mich bei meinen Freunden um – wegen einer Arbeit für dich … oder so…« Sie kam ins Stocken.

»Das brauchst du nicht. Ich komme schon allein zurecht«, fiel ihr Nicolas schroff ins Wort und seine Miene verschloss sich. Sophie wusste nicht, was sie weiter sagen sollte. Jetzt hatte sie wahrscheinlich seinen Stolz verletzt. Ihre Wangen begannen zu glühen. Er blickte sie auf eine Art an, die sie in Verlegenheit brachte. »Also – dann … Ich wohne übrigens in der Rue du Cherche-Midi, Nummer 55 – im sechsten Stock«, setzte sie hinzu und streckte ihm die Hand zum Abschied entgegen, »mit meiner Freundin Babette.«

»Schön. Vielleicht melde ich mich einmal!«

Nicolas übersah ihre Hand, zog sie an sich und gab ihr einen Kuss auf beide Wangen, die übliche Geste unter Freunden. Sophie spürte die Wärme, den Druck und die Stärke seiner Arme, den Duft seines männlichen Körpers. Er hielt sie länger als üblich fest. Ihr schwindelte und ein Schauer durchlief sie, als er sie endlich losließ. Verwirrt sah sie ihm nach, als er, ohne sich noch einmal umzusehen, den Salon verließ. Sie lief zum Fenster, wich aber sofort hinter der Gardine zurück, als er im Hof stehenblieb und hinaufsah. Dabei hatte sie Marias leises Klopfen überhört, die mit einem Armvoll Kaminholz eintrat. »Ich möchte mich wirklich nicht einmischen«, begann die Haushälterin nörgelnd, »aber Sie sollten wissen, dass dieser Martinez hier den Ruf eines Weiberhelden und Unruhestifters hat. Er soll sogar einmal an einem Attentat auf unseren Ministerpräsidenten beteiligt gewesen sein. Aber die Polizei konnte ihm nichts nachweisen.«

»Du machst dir wirklich ganz unnötige Sorgen, Maria. Nicolas ist völlig harmlos. Da habe ich bei Manifestationen in Paris schon ganz andere Leute kennengelernt«, verteidigte ihn Sophie. »Außerdem bin ich alt genug, um zu wissen, mit wem ich Umgang pflege. Und um Dorfgerüchte kümmere ich mich schon gar nicht. Hier ist ja jeder gleich Anarchist, der eine andere Meinung hat.«

Wie wenn sie Maria ihre Selbstständigkeit beweisen wollte, riss Sophie einer plötzlichen Eingebung folgend das Fenster auf. »Nicolas, Nicolas!«, schrie sie aus Leibeskräften und winkte ihm mit beiden Armen zu. Er wandte sich um, schon ein gutes Stück vom Schloss entfernt. »Du hast doch einen Führerschein, oder?« Nicolas machte eine bejahende Geste. »Ich hab's mir überlegt. Solltest du den Wagen tatsächlich in Gang bringen, dann fahren wir am Freitag zusammen nach Paris!« Nicolas lachte zu ihr hinauf. »Dann bis Freitag!«, rief er. Sophie schloss das Fenster und warf der entsetzten Maria einen triumphierenden Blick zu. Eine längere Autofahrt war genau die richtige Gelegenheit, Nicolas noch einmal zu fragen, was es mit dem Kreuz des Heiligen Sebastian so Rätselhaftes auf sich hatte.

***

»Sophie!« Die durchdringend helle Stimme schallte laut durch den Gang vor der Bibliothek. Sophie, die schon den ganzen Vormittag mit dem Sortieren des Nachlasses ihrer Mutter beschäftigt war, hob den Kopf, als sich die Tür schwungvoll öffnete. Marguerite, ihre ältere Schwester, die sich in Künstlerkreisen Marge nennen ließ, trat ein. Sie war hochgewachsen und mit ihren grünlichen, schräg stehenden Augen und prächtigen roten Haaren eine auffallende Schönheit, nach der sich die Leute umdrehten. »Hier bist du also!«, rief Marguerite aus. »Monsieur Dupont, der Vermögensverwalter Mamans ist gerade eingetroffen. Nur der Notar fehlt noch – und wir können schließlich nicht ohne ihn beginnen.« Sie warf einen neugierigen Blick auf die überall herumliegenden Papiere. »Was machst du da überhaupt?«

»Ich ordne die Unterlagen. Sie sind völlig durcheinander!«

»Gott sei Dank, dass du das auf dich nimmst, Sophie. Ich hoffe nur, dass die Testamentseröffnung bald vorbei ist. Dieses Warten ist grauenhaft. Wenn wenigstens der Notar pünktlich wäre! Wahrscheinlich hat er den Weg verfehlt.« Marguerite lief ungeduldig zum Fenster und sah hinaus. »Noch immer keine Spur von ihm«, seufzte sie, sich in einen Sessel werfend. »Ah! Jetzt bin ich erst ein paar Stunden hier, aber schon ödet mich dieses Landleben an! Ich bin froh, wenn ich so schnell wie möglich wieder nach Paris komme.« Sie schlug die Beine übereinander und zündete sich eine Zigarette an. »Wenn wir bloß schon alles hinter uns hätten. Ich hasse solche trüben Versammlungen. Warum hat Maman bloß so ein Geheimnis aus ihrem Nachlass gemacht? Kein Wort hat sie zu Lebzeiten darüber verloren.« Hastig den Rauch einziehend, ließ sie einen kritischen Blick über das Durcheinander im Raum gleiten, über all die aufgestapelten Ordner und im Weg stehenden Kartons mit Papieren. »Du liebe Güte! Das muss jetzt wohl alles entsorgt werden!«

»Ja, aber erst, nachdem ich es durchgesehen habe«, erwiderte Sophie, sich die widerspenstigen blonden Locken aus der Stirn streichend.

»Du siehst ziemlich müde aus.« Marguerite sah sie kritisch an. Sophie war blass und ihre sonst so leuchtend blauen Augen mit den dunklen Wimpern wirkten matt. »Ja, ich habe ziemlich schlecht geschlafen. Und bin sehr früh aufgestanden.« Dass Nicolas' Besuch und seine merkwürdigen Andeutungen der Grund dafür waren, verschwieg sie der älteren Schwester lieber. »Maman hat wirklich alles Mögliche aufgehoben. Hin und wieder stoße ich auch auf Sachen, die uns direkt betreffen. Hier zum Beispiel«, sie nahm ein Dokument vom Schreibtisch, »unsere Familienchronik. Willst du sie dir mal ansehen?«

Marguerite winkte gelangweilt ab. »Doch nicht jetzt. Im Moment habe ich ganz andere Dinge im Kopf. Wirklich gut, dass du dich um den ganzen Krempel kümmerst.« Sophie legte die Mappe wieder an ihren Platz. »Hast du eigentlich gewusst, dass Vaters Vorfahren, die Carrières, Hugenotten waren? Sie wurden im siebzehnten Jahrhundert verfolgt und mussten sich zum katholischen Glauben bekennen! Ein Teil der Familie ist dann nach Deutschland ausgewandert.«

»Interessant«, sagte Marguerite, gähnte und schnippte die Asche ihrer Zigarette fort. »Aber für mich ist das im Moment eher unwichtig. Übrigens, bevor ich es vergesse ...« Sie machte eine Kunstpause, und ihre Stimme wurde unerwartet sanft. »Mamans Schmuck. Nicht, dass du umsonst danach suchst. Ich habe ihn an mich genommen. Man kann ja nie wissen ... die Dienstboten ...«

»Maria und Antonio würden nie etwas einstecken«, unterbrach sie Sophie. »Sie haben all die Jahre treu für Maman gesorgt.«

»Ja, ja. Aber Vorsicht ist besser als Nachsicht.« Marguerite zuckte gleichgültig die Schultern und deutete auf die gefüllten

Bücherregale. »Was sollen wir eigentlich mit den ganzen alten Wälzern machen? Das sind doch lauter Staubfänger, die niemand mehr liest.« Sie drückte ihre Zigarette im Kamin aus und erhob sich. »Monsieur Dupont kennt einen guten Antiquitätenhändler. Er würde Mamans Bücher und Möbel gleich abholen und uns einen guten Preis dafür zahlen. Was hältst du davon? Die Beerdigung hat schließlich genug gekostet. Ich könnte ihm Bescheid sagen.« Sie blickte unruhig auf ihre Armbanduhr.

»Wollen wir nicht noch warten?«, gab Sophie unsicher zurück. »Ich fände es schade, Mamans Sachen jetzt schon wegzugeben.«

»Warten, warten«, fuhr Marguerite auf. »Ich brauche Bargeld. Meinst du, man hat es als Künstlerin so leicht? Die Hauptrolle in der Oper *Antigone* habe ich schließlich nicht umsonst bekommen. Die Konkurrenz ist groß!«

»*Antigone* als Oper?«

»Ja. Die Musik ist von Arthur Honegger und das Libretto von Jean Cocteau.« Hastig sog Marguerite den Rauch ein. »Eine große Chance für mich. Zum Glück kommt die Erbschaft genau zur rechten Zeit – so sehr ich Mamans Tod natürlich betrauere.« Sie langte nach der Cognacflasche, die auf einem Bartischchen stand, und schenkte sich ein Glas ein. Mit leise zitternden Fingern nestelte sie eine Packung Tabletten aus ihrer Handtasche und spülte zwei davon mit dem scharfen Getränk hinunter. Nervös ging sie im Raum hin und her, bevor sie wieder ans Fenster trat und auf die Allee hinuntersah. »Wo bleibt bloß der Notar! Ich muss unbedingt pünktlich in Paris sein – wir haben heute Abend Probe.« Fahrig zündete sie sich eine neue Zigarette an.

»Sag mal, wogegen nimmst du eigentlich dieses Mittel da?« Sophie zog die Augenbrauen zusammen und warf einen kritischen Blick auf die Schachtel, die noch auf dem Tisch lag.

»Was geht dich das an!«, fauchte Marguerite. »Du fragst schon genauso wie Maman. Ich brauche etwas zur Beruhigung. Als Künstlerin habe ich eben feinere Nerven als andere Leute.« Mit diesen Worten rauschte sie aus dem Zimmer. Sophie sah ihr kopfschüttelnd nach und setzte sich in den ausladenden Barocksessel vor dem massigen Schreibtisch. Seit sie denken konnte, stand dort ein Bild ihres Vaters, den sie nie kennengelernt hatte. Er war 1918 in den letzten schweren Tagen des Großen Krieges gefallen. Wie sollte es nach dem Tod der Mutter bloß weitergehen? Die Finanzlage war unsicher, keines der drei Geschwister verdiente seinen Unterhalt selbst. Mussten sie Schloss Auprèsmont verkaufen? Schon lange konnte aus Geldmangel nichts mehr renoviert werden – alles war abgewohnt und brüchig vom Zahn der Zeit. Auch die Tuchfabrik in Montauban und die Filialen in Paris und Rouen, an denen die Mutter die Hauptanteile besaß, gingen nicht besonders gut.

Von draußen klang jetzt Motorengeräusch herauf. Sophie sprang auf und lief zum Fenster. Ein Wagen fuhr, eine Staubwolke hinter sich herziehend, durch die Pappelallee zum Haus hinauf. Das Auto hielt im Hof und der in Schwarz gekleidete Notar stieg aus, seinen Aktenkoffer und verschiedene Dokumente umständlich unter den Arm geklemmt. Sophie fühlte das Blut heiß in den Schläfen pochen, eine ungewisse Beklemmung packte sie. »Du erbst nichts«, klang Nicolas' Stimme in ihren Ohren. Wie hatte er das bloß gemeint? Unsinn! Sie atmete tief ein, glättete ihr schwarzes Taftkleid und zupfte den weißen Kragen zurecht.

Die lebhafte Unterhaltung im Salon verstummte mit einem Schlag, als Sophie eintrat. Automatisch wanderte ihr Blick zu dem kostbaren Kreuz, das unschuldig über dem Betschemel in der Ecke hing. Ihr Herz begann, schneller zu klopfen. Philippe, Marguerite und deren Ehemann Gaston saßen bereits erwartungsvoll auf ihren Plätzen. Philippe deutete auf seine Uhr.

»Monsieur Dupont, unser Vermögensverwalter wollte mit uns noch einiges besprechen. Konntest du nicht früher kommen?«, begrüßte er sie verärgert. »Ich habe schließlich nicht unbegrenzt Zeit.«

»Für Mutter hattest du jedenfalls nie welche«, ergriff Marguerite ausnahmsweise Sophies Partei und nahm dazu einen kräftigen Schluck aus ihrem Cognacglas. Bevor Philippe zu einer scharfen Entgegnung ansetzen konnte, räusperte sich der Notar geräuschvoll, setzte seine Brille auf und begann mit der formellen Einleitung zur Verlesung des Testaments. Die Geschwister hörten gespannt zu. Mit monotoner Stimme verkündete er den letzten Willen der Mutter: »Und somit verfüge ich, dass Schloss Auprèsmont mit seinem Landbesitz und den Erträgen aus dem traditionellen Verkauf des Pappelholzes allein meiner Tochter Sophie zufällt. Zusätzlich übertrage ich ihr meine Anteile der Textilfabrik Carrière & Co in Montauban und der Filialen in Paris und Rouen.«

Sophie stutzte bei seinen Worten. Sie starrte den Notar ungläubig und mit großen Augen an, der mit monotoner Stimme fortfuhr: »Damit ist jedoch die Notwendigkeit verbunden, aus den Erträgen oben genannter Firma ihren Geschwistern, meinen Kindern Marguerite und Philippe, eine monatliche Pension von tausend Franc zu zahlen. Außer einem Pflichtanteil am Vermögen und dem lebenslangen Wohnrecht auf Schloss Auprèsmont vererbe ich beiden Kindern jeweils eine Wohnung in Paris: Philippe ein Appartement in der Rue Montmartre und Marguerite eines in der Rue de Lille.« Der Notar räusperte sich erneut und schloss mit der Formel: »Ich weise darauf hin, dass die Unterschrift unter dem Testament rechtskräftig ist und in Anwesenheit meiner Person und zweier unabhängiger Zeugen geleistet wurde. Sie ist außerdem mit dem handschriftlichen Zusatz der Verblichenen versehen: ›Dies ist allein mein Wille.‹«

Betroffenes Schweigen breitete sich für einen kurzen Moment aus. Doch dann überschlugen sich die protestierenden Stimmen der Geschwister. Diejenige von Marguerite hatte einen schrillen Unterton: »Sophie erbt alles? Und für mich nur tausend Franc im Monat? Wie soll ich davon leben? Was sagst du dazu, Philippe?« Empört sah sie den Bruder an. Der war diesmal ganz ihrer Meinung. Sein hübsches, etwas weichliches Gesicht verzerrte sich vor Wut und Enttäuschung und seine dezent mit Kohlestift betonten Augen sprühten Funken. Er schlug mit der Faust auf die Sessellehne. »Ich kann es nicht fassen, dass Mutter mir das antut – mir, dem Ältesten! Womit soll ich meine Schulden, die Miete für unsere«, er verbesserte sich, »meine Atelierwohnung bezahlen? Leben in einem Mietshaus – in drei kleinen Räumen? Dort geht nicht einmal mein Flügel hinein. Lächerlich! Jean-Luc würde es rundweg ablehnen, in solch eine …«, er schnaufte empört, »Hundehütte zu ziehen. Wie soll er da kreativ sein, seine Modekollektionen entwerfen! Er braucht Platz, Licht …«

»Kurz gesagt: Luxus!«, fiel Marguerite boshaft ein. Gaston de Vuillac, ihr Gatte, von dem sie seit einiger Zeit getrennt lebte, verzog seinen Mund zu einem schadenfrohen Grinsen. Er konnte Philippe nicht leiden und noch weniger dessen Freund Jean-Luc Robel, einen schmächtigen und exzentrischen Modemacher. Er hatte die beiden immer beneidet, denn sie bewohnten ein großzügiges Atelier auf der Île de la Cité mit Blick auf Notre-Dame und die Seine und führten ein bewegtes Leben. Gaston stammte dagegen aus einem verarmten Adelsgeschlecht und kämpfte unablässig mit seinen Spielschulden und seiner Schwäche für schöne Frauen. Als Marguerite, schön, jung und aus vermögendem Hause, sich in ihn verliebte, glaubte er, sich durch sie künftig ein bequemes und angenehmes Leben leisten zu können. Doch das erwies sich als Irrtum – seine junge Frau, enttäuscht von seinen Eskapaden, reichte bald die Scheidung ein. »Dieses Testament ist doch lächerlich!«, mischte er sich ungefragt ein. »Tausend Franc! Man braucht mindestens das Doppelte, um in Paris existieren zu können.«

»Diesmal hast du völlig Recht. Auch wenn du noch nie einen einzigen Franc für unseren Unterhalt ausgegeben hast«, fuhr ihm Marguerite über den Mund. Sie funkelte Sophie an: »Und überhaupt: Wie kann es sein, dass Mutter gerade dir alles vererbt? Was ist mit uns? Uns stehen die gleichen Rechte zu! Das Schloss muss sofort verkauft werden – der Erlös geteilt. Dann haben wir wenigstens auch etwas davon. Sag, dass du einverstanden bist! Wir brauchen den alten Kasten nicht – er kostet nur Geld!«

Sophie hatte unbeweglich der Diskussion zugehört. Sie begriff immer noch nicht ganz. Sie sollte jetzt alles erben? Hatte Nicolas ihr nicht genau das Gegenteil prophezeit? Mit blassen Lippen murmelte sie: »Auprèsmont verkaufen? Das ist … unvorstellbar!«

Marguerite baute sich drohend vor ihr auf. »Ach, so ist das?«, schrie sie unbeherrscht. »Du willst jetzt schon allein bestimmen, was gemacht wird – alles an dich reißen? Aber ich kenne dich: Du bist raffiniert – hast dich bei Maman eingeschmeichelt und uns schlecht gemacht. Nur, damit sie dich bevorzugt.«

»Das ist nicht wahr«. Sophie traten Tränen in die Augen. Wie konnte die Schwester nur so etwas behaupten!

»Und was ist dann der Grund, warum du alles bekommst – und wir nichts?«, geiferte Marguerite weiter. »Das geht doch nicht mit rechten Dingen zu.«

Sophie fühlte den Boden unter den Füßen wanken. Krampfhaft umklammerte sie die Lehne ihres Stuhls.

»Im Namen der anderen Familienmitglieder erhebe ich Einspruch!«, ließ sich Monsieur Dupont, der Finanzberater der verstorbenen Madame Carrière hören. Er wechselte einen einvernehmlichen Blick mit Philippe. »Das will ich meinen«, bestätigte dieser lautstark. »Eine solche Ungerechtigkeit können wir auf gar keinen Fall hinnehmen.«

»Ich schwöre«, erhob Sophie jetzt ihre Stimme, »dass ich genauso überrascht bin wie ihr. Maman hat mir nie auch nur eine Andeutung gemacht …« Sie zitterte und unter den Blicken, die sie wie Nadelspitzen fühlte, brach sie ab. Die sonst so vertrauten Geschwister schienen plötzlich Fremde zu sein, die ihr feindlich gegenüberstanden.

»Leeres Geschwätz«, ließ Philippe sich wieder hören und die anderen fielen ein und schrien wild durcheinander.

»Meine Herrschaften! Ich bitte um Ruhe!« Der Notar hatte seine Stimme erhoben und auf den Tisch geklopft. »Das Testament ist rechtsgültig«, sagte er in trockenem und nüchternem Ton. Demonstrativ raschelnd ordnete er seine Papiere und legte sie in seinen Aktenkoffer. »Bei weiteren Fragen konsultieren Sie mich bitte in meiner Kanzlei.« Eine kurze Stille entstand wie die Ruhe vor dem Sturm. »Monsieur Dupont!« Philippe stürzte sich auf den Vermögensverwalter. »Tun Sie doch etwas! Sofort! Ich bin der Älteste und damit der wahre Erbe von Auprèsmont! Vater wäre mit diesem Testament nie einverstanden gewesen.« Sein fein gezeichnetes Gesicht verzerrte sich, das sorgfältig gescheitelte Haar, das er länger trug, als allgemein üblich, fiel ihm in die Stirn.

»Er würde sich im Grabe herumdrehen«, konnte sich Marguerite nicht verkneifen, »wenn er dich mit deinem Liebhaber sähe!«

»Das musst gerade du sagen.« Philippe wandte sich mit hochrotem Kopf der Schwester zu. »Du, mit deinem verflossenen Ehemann, der nur auf der faulen Haut lag! Hättest du dich öfter um Maman gekümmert, sähe die Sache jetzt anders aus!«

»Ach, ausgerechnet du spielst den Moralapostel? Wann hast du sie denn das letzte Mal besucht?« Wütend starrte Marguerite ihn an. »An Weihnachten, nicht wahr?«

»Genau wie du«, schrie Philippe erbost, »aber nicht ich habe mich daneben benommen und allen das Fest verdorben. Sogar an einem solchen Tag warst du betrunken und hast Maman um Geld angepumpt. Du hast ihr das Leben schwer genug gemacht mit deinen ständigen Forderungen.«

»Unsinn«, japste Marguerite. »Ich verdiene selbst mein Geld – als Schauspielerin und Sängerin …«

»Ja, in den schlimmsten Kaschemmen von Paris«, übertönte sie Philippe, »in Hinterhofbuden, wo man dir höchstens ein paar Franc zahlt und du als Dreingabe mit dem Direktor schlafen musst …«

»Jetzt gehst du aber zu weit, Philippe«, versuchte Gaston einen schwachen Protest. »Das ist Rufschädigung!«

»Rufschädigung?«, höhnte Philippe, der jetzt immer mehr in Fahrt kam. »Mein lieber Gaston! Du hast doch nie im Leben auch nur einen Finger gerührt!«

»Du weißt sehr gut, wie sehr ich unter meiner Kriegsverletzung leide«, wehrte sich der Angegriffene.

»Natürlich, du Ärmster! Man sieht ja, wie schlecht es dir geht«, bemerkte Philippe mit einem missfälligen Blick auf die wohlgenährte Mitte des Schwagers.

»Schau dich doch nur selbst an«, kreischte Marguerite erregt. »Was hast du schon Großes geleistet? Ab und zu auf dem Klavier geklimpert und auf der Geige herumgekratzt …«

»Genau!«, mischte Gaston sich mit überschlagender Stimme ein. »Du hast doch nur deine schwulen Liebhaber im Kopf! Champagner trinken, Feste feiern und …«

»Jetzt ist es aber genug!« Philippes Kopf ähnelte einer überreifen Tomate. »Du bist doch nur neidisch!« Er ballte die Faust, im Begriff, sich auf den Schwager zu stürzen, der sich ein Stück weit in Deckung brachte.

»Mesdames, Messieurs! Ich bitte Sie!« Monsieur Dupont zog ein Taschentuch hervor und wischte sich den Schweiß von der Stirn. »Ihre privaten Auseinandersetzungen gehören nicht hierher. Wir … wir werden sicher eine Lösung finden, mit der alle einverstanden sind.«

»Dann tun Sie gefälligst etwas für Ihr Geld, das Sie jahrelang erhalten haben!« Der Finanzberater wich vor Marguerites alkoholgetränktem Atem zurück. »Erklären Sie das Testament für ungültig!«, schrie sie und hielt ihn an seiner Jacke fest. »Auf der Stelle! Es ist nicht gerecht, dass Sophie das Schloss und auch noch die Firma bekommt.«

»Ich werde mein Bestes tun, Madame, das versichere ich Ihnen.« Der Finanzberater versuchte, ihre Hände vom Stoff seiner Jacke zu lösen. Der Notar hatte sich inzwischen hinter dem Schreibtisch verschanzt und fasste die Tür ins Auge, um bei der nächsten Gelegenheit das Weite zu suchen. »Meine Damen, meine Herren«, begann er, »ich muss mich leider wegen eines dringenden Termins verabschieden.«

»Einen Moment, Monsieur«, hielt Philippe ihn zurück. »Die Situation muss gleich geklärt werden. Unsere Mutter, Madame Annette Carrière, war nicht mehr Herr ihrer Sinne«, behauptete er aufs Geratewohl. »Deshalb ist das Testament ungültig. Monsieur Dupont, meine Schwester und ich können es bezeugen. Nicht wahr, Marguerite?«

»Ja, sie war verrückt, dement«, kreischte Marguerite. »Völlig wirr.«

Philippe trat an Monsieur Duponts Seite. »Hören Sie!« Er senkte die Stimme dicht an dessen Ohr zu einem Flüstern. »Ich bin der Älteste, der rechtmäßige Erbe. Versuchen Sie, für mich rauszuholen, was geht. Ich zahle Ihnen zwanzigtausend Franc, wenn Sie das schaffen!«

»Was gibt es da zu tuscheln?« Marguerite drängte ihn grob beiseite. »Sag ruhig laut, dass du mich übervorteilen willst. Dass du mehr verlangst, für deinen Jean-Luc natürlich oder andere schmutzige Strichjungen, die zu kaufen sind! Aber für mich steht mehr auf dem Spiel. Unser guter Name …«

»Ach, Frau Gräfin fürchten um ihren Ruf?«, höhnte Philippe. »Dass ich nicht lache, bei deinem anrüchigen Lebenswandel! Oder dem deines ehemaligen Gatten, der sich auf seinem Adelstitel ausruht!« Er sah provozierend zum Sofa hinüber. »Was macht er überhaupt hier? Maman konnte ihn nie leiden.«

»Ich höre mir deine unverschämten Beleidigungen nicht länger an, Philippe! Streitet ruhig ohne mich weiter.« Gaston nahm seinen Stock und verließ humpelnd den Raum. Der Notar griff entschlossen nach seinem Hut und erhob ein letztes Mal die Stimme. »Meine Empfehlung. Dem Testament Madame Carrières ist übrigens ein Zeugnis von ihrem Arzt, Doktor Teston, beigelegt, das ihren ausgezeichneten Geisteszustand bestätigt. Es besteht also kein Zweifel …« Er hatte die letzten Worte noch nicht ausgesprochen, als Philippe mit einer jähzornigen Gebärde die auf dem Tisch stehende Vase ergriff. »Verschwinde gefälligst, du Paragraphenreiter!«, rief er und schleuderte sie in dessen Richtung. Der Notar entwischte noch gerade rechtzeitig durch die Tür, an der das Glas zerbarst. »Aufgeblasener Federkratzer«, schnaubte Philippe. Monsieur Dupont versuchte, ihn mit Gewalt davon abzuhalten, dem Notar nachzustürmen, während Marguerite sich der Länge nach aufs Sofa warf und herzzerreißend schluchzte. Sophie saß stumm auf ihrem Stuhl, wie gelähmt von einem dumpfen Gefühl der Trauer und Hilflosigkeit. Hatte es die Mutter verdient, dass man ihr nach ihrem Tod so wenig Respekt entgegenbrachte – um den Nachlass stritt, statt ihrer mit einer Träne im Auge zu gedenken? Wie konnte es sein, dass die Gier ums Geld alle Liebe, den Zusammenhalt der Familie zerstörte? Sie begriff gar nichts mehr – vor allem, dass sie allein es war, die nun erben sollte. Was hatte sich die Mutter dabei gedacht? Sie erhob sich und ging zum Sofa hinüber. »Marguerite … es tut mir leid, aber …« Sanft berührte sie die

Schwester an der Schulter, die den Kopf hob. Ihr Gesicht war tränenüberströmt. »Geh weg! Du – du bist an allem schuld«, schluchzte sie und schlug Sophies Hand fort. »Bei dieser Streiterei habe ich mir sicher meine Stimme ruiniert. Ich werde heute Abend keinen Ton herausbringen!«

»Sie hat Recht!«, mischte Philippe sich ein und baute sich mit verschränkten Armen vor ihr auf. In seinen Augen stand ein hasserfülltes Glitzern. »Du hast uns schlecht gemacht bei Mutter – sie beeinflusst.« Seine Augen traten vor Wut beinahe aus den Höhlen.

»Ich?« Sophie war es, als habe sie einen Schlag ins Gesicht erhalten. »Wie könnt ihr nur so etwas denken!« Ihre Stimme erstickte, Tränen schnürten ihre Kehle zusammen. Blindlings lief sie, ohne die Tür hinter sich zu schließen, über die Terrasse hinaus in den Park. Erst an ihrem Lieblingsplatz, dem kleinen, mit Seerosen bewachsenen Weiher blieb sie stehen. Ihr leises Schluchzen mischte sich in das Rauschen der alten Bäume, die die Rasenfläche mit den eisernen Gartenstühlen umgaben. Die verwitterte Büste Voltaires auf seinem Steinsockel schien sie spöttisch anzusehen. Sie umschlang den kalten Marmor mit den Armen und ließ ihrem Kummer freien Lauf.

Der Salon war leer, als Sophie wenig später ins Haupthaus zurückkehrte. Sie begegnete niemandem als Maria, die mit gesenktem Blick die Scherben der Vase aufkehrte und die halbleere Cognacflasche wegräumte. Das Kreuz über dem Betschemel glitzerte in einem Sonnenstrahl auf, der darüber hinwegstrich. Im Hof war das laute Aufheulen des Motors von Philippes Wagen zu hören, der sich rasch entfernte.

***

Das gelbe Licht der Straßenlampen spiegelte sich im nassen Asphalt der Straßen, als das Taxi am Abend in der Nähe der

Metrostation Pigalle in eine der schmalen Seitengassen einbog und vor der bunten Leuchtreklame des kleinen Theaters »Bobinet« anhielt. Marguerite hatte ihren Zug nach Paris in letzter Minute noch erwischt, aber nach dem Gare du Nord war das Taxi in eine Polizeikontrolle geraten, so dass sie ein wenig in Verzug geriet. Eigentlich hätte Philippe sie mit nach Paris nehmen können, aber ihre spitzen Bemerkungen schienen ihn verstimmt zu haben. Sie fühlte sich unwohl, ihr Kopf dröhnte, die Lichter der Stadt tanzten vor ihren Augen und blendeten sie. Das Testament hatte ihr einen gehörigen Schock versetzt, den sie mit einigen zusätzlichen Gläsern Cognac ertränkt hatte. Sie riss sich mit Mühe zusammen, tastete nach ihrem Portemonnaie und hielt dem Fahrer einen Schein hin. Es gelang ihr, ohne zu schwanken den Wagen zu verlassen, doch das Wechselgeld fiel zu Boden. Sie gab sich keine Mühe, sich danach zu bücken. Verdammt – diesmal hatte sie vielleicht zu viel erwischt. Oder waren es etwa die neuen Tabletten gewesen, die die Wirkung des Alkohols verstärkten? Sie versuchte, sich an ihren Part, an die Musik zu erinnern, doch ihr Kopf war leer, ein gähnendes schwarzes Loch tat sich darin auf, das den Text aus der *Antigone* gänzlich zu verschlingen drohte. Die Leuchtreklamen um sie herum verschwammen zu bunten, irrlichternden Punkten, die in ihren Augen brannten. Sie schlug den Pelzkragen hoch, um ihr Gesicht darin zu verbergen, und es gelang ihr, mit einigermaßen geraden Schritten den Künstlereingang zu erreichen. Sie prüfte leise ihre Stimme. Würde sie überhaupt singen können? »Ich bin geboren, um zu lieben – nicht um zu hassen«, der wiedergefundene Text klang in ihren Ohren. »Adieu! Man hat mir einen Teil meines Lebens gestohlen …« Ein kieksender Ton ließ sie einhalten, ihre Zähne klapperten vor innerem Zittern, obwohl es nicht kalt war. »Was habe ich den Göttern getan«, die Erinnerung kam wieder ins Stocken, »dass sie mich verlassen haben … seit langer Zeit ist mein Herz tot …« Oh Gott, jetzt brachte sie auch noch alles durcheinander, sie musste sich stärker konzentrieren und den Ton besser treffen. Ihr Herz begann zu rasen. Warum hatte sie nur so viel getrunken? Nur jetzt nicht daran denken, jetzt hieß es, alle Sinne zusammennehmen. Auf der muffigen Treppe, die zum Souterrain führte, nahm sie zur Sicherheit noch eine weitere Tablette aus der Schachtel in ihrer Tasche und schluckte sie ohne Wasser hinunter. Ein tiefer Atemzug und sie betrat den schlecht beleuchteten Probenraum, ohne zu stolpern. Alle waren schon versammelt, der Chor wartete und Robert, der Pianist, klimperte bereits probeweise auf den Tasten, um sich einzuspielen und seine Hände zu lockern. Pierre, der Regisseur, war erst seit ein paar Tagen Marges Geliebter. Immer in elegantes Schwarz gekleidet, mit akkurat gescheiteltem Haar und wachen braunen Augen hinter einer intellektuellen Brille, wirkte er auf Frauen außerordentlich anziehend. Wohlwollend nickte er ihr zu, als sie rasch den Mantel abwarf. »Marge, Chérie! Gut, dass du endlich da bist! Wir haben heute nur wenig Zeit und proben jetzt gleich die Szene mit dem Verhör durch Kreon. Das war letztes Mal nicht so gut – es muss noch überzeugender wirken. Sing mit mehr Leidenschaft, verstehst du? Und auch die Rezitative – etwas mehr Ausdruck bitte!« Er wies auf einen Mann im hellen Rollkragenpullover. »Alain, du beginnst als Kreon gleich im zweiten Akt.« Der junge Mann nickte, fiel beim Einsatz des Klaviers in eine Art Sprechgesang und sah Marguerite dann abwartend an. Pierre lächelte ihr aufmunternd zu. Marguerite schloss kurz die Augen. »Was erwartest du noch mehr als meinen Tod?« Plötzlich waren der Text, die Töne wieder in ihrer Kehle, die sie so lange geübt hatte. Ihre Stimme erhob sich, klar und rein. Gott sei Dank, ihr Gedächtnis funktionierte, es ließ sie doch nicht im Stich. Ruhe überkam sie. Jetzt gab es nur noch Kreon, den Richter, und sie, Antigone. Der Beleuchter platzierte den Scheinwerfer auf sie. Das grelle Licht schien durch ihre Augen bis zum Gehirn zu dringen. Sie blinzelte, öffnete den Mund, um Kreon mit einem hohen Ton zu antworten, doch ihre Stimme versagte und ihr entrang sich auf einmal nur ein Krächzen. Der Pianist brach ab. Plötzlich drehte sich alles um sie, sie nahm Alains Gesicht nur noch verzerrt wahr, der seine Partie noch einmal abwartend wiederholte. Sie streckte die Hand aus, um irgendwo Halt zu finden, doch ihre Knie knickten wie von selbst ein und sie spürte nicht mehr, wie sie auf dem Boden aufschlug.

* * *

Nach einer weiteren schlechten Nacht und einem Frühstück, bei dem sie nur ein einziges Croissant, in *café au lait* getaucht, hinunterbringen konnte, hatte sich Sophie wieder in die Stille der Bibliothek zurückgezogen. Sie fühlte sich auf eigenartige Weise zurückgestoßen und alleingelassen. Marguerite, Philippe und Gaston hatten gestern fluchtartig, ohne ein Wort des Abschieds, Auprèsmont verlassen. Das Haus schien ihr plötzlich leer und einsam. Vergeblich versuchte sie, Ordnung in ihre Gedanken zu bringen. Ihr Herz war übervoll, doch sie konnte mit niemandem über das reden, was sie bewegte. Auf jeden Fall war Nicolas' mysteriöse Prophezeiung nicht eingetroffen! Auf einmal war sie die Universalerbin, etwas, womit sie niemals gerechnet hätte. Was hatte Maman sich wohl dabei gedacht, als sie ihr die Verantwortung für alles aufbürdete, die Geschwister so brüskierte? Sie würden sie deswegen hassen! Wie eine schwere Last legte sich diese Erkenntnis auf ihre Schultern. Automatisch begann sie, ihre Tätigkeit des Sortierens der alten Papiere aus dem Nachlass wieder aufzunehmen. Sie musste etwas tun, sich beschäftigen, um sich abzulenken und die Grübeleien, die nichts brachten, einzudämmen. Ihr Blick wanderte über die übervollen, sich biegenden Bücherregale. Selbst am Boden stapelten sich noch Bestände, die mit einer wahren Sammelwut angeschafft worden waren. Marguerite hatte vielleicht Recht: Das Schloss quoll über vor alten Sachen. Viele unnütze Folianten mit auseinanderfallenden Pappeinbänden, überholte Medizinbücher, Abhandlungen über Religionsfragen, bei denen man nicht einmal mehr die Titel lesen konnte, waren entbehrlich. Sie würde das Meiste aus dem Schloss verkaufen, um die Geschwister einigermaßen zufriedenzustellen und ihnen mit Bargeld unter die Arme zu greifen. Wenn sie wertvolle Möbel und Teppiche mit einem Zeichen versah, konnte Antonio später alles ausräumen und dem Antiquitätenhändler übergeben. Sie nahm eine kleine Leiter zu Hilfe, um sich zuerst bei den Büchern an die Arbeit zu machen. Die waren es wert, einzeln herausgesucht zu werden. Ein großer, ledergebundener Wälzer, der im Regal ein wenig überstand, rutschte ihr aus der Hand, als sie seine verblasste Aufschrift entziffern wollte, und krachte mit einem unangenehmen Geräusch zu Boden. Sophie hätte um ein Haar selbst den Halt auf der Leiter verloren. Das Buch hatte großen Schaden genommen, der Lederrücken und ein Teil des Einbands waren auseinandergebrochen und brachten etwas zum Vorschein, das wie eine Kassette aussah. Sophie stieg vorsichtig hinunter und betrachtete erstaunt das herausgefallene Päckchen blassblauer Briefe, das auf dem Teppich lag. Ein etwas zerknitterter Zettel war nicht weit davon unter einen Stuhl geflattert. Sie bückte sich und hob ihn auf. »Schuldschein«, war die Überschrift unter dem Briefkopf der Familie Carrière. 8000,– Franc, erhalten in bar. Sie versuchte, die ein wenig krakelige Unterschrift zu entziffern, und stutzte plötzlich. Carmen Martinez, das war doch die Mutter von Nicolas! Madame Martinez hatte also achttausend Franc von ihrer Mutter erhalten und das auch mit ihrer Unterschrift bestätigt. Ging es dabei vielleicht um das Kreuz, von dem Nicolas gesprochen hatte? Auf dem Schuldschein war weiter nichts vermerkt. Sie würde ihn danach fragen, wenn sie zusammen nach Paris fuhren. Zögernd ergriff sie nach einer Weile das Päckchen blauer Briefe und wendete es in den Händen hin und her. Alle Briefe waren an ihre Mutter gerichtet. Auf dem Absender stand der Name eines Mannes: Hans Andres, München. Sie entknotete das Band, das sie zusammenhielt, und öffnete einen Brief aufs Geratewohl. Er datierte aus dem Jahr 1917, der Zeit des Großen Krieges. Die Schriftzüge waren ordentlich, mit einem an manchen Stellen verlaufenen Blaustift geschrieben. Mit zusammengepressten Lippen und angehaltenem Atem starrte Sophie auf das verblasste Papier mit den schrägen Buchstaben, den Brief, der das Datum des 12. März 1917 trug, und las: *Mein guter Engel, mein Herz! Bitte verzeih mein langes Schweigen, aber das, was ich Dir jetzt sagen will, fällt mir nicht leicht. Ich habe Deinen Brief erst erhalten, als ich aus dem Lazarett entlassen wurde, in das ich nach einem Senfgasangriff an der Westfront gebracht wurde. Es sieht nicht gut aus für die deutsche Armee. Unsere Städte sind durch das starke Luftbombardement der Engländer im Mai schwer getroffen worden. Die Gegenoffensive der Alliierten hat uns geschwächt und bis an die Grenzen zurückgedrängt. Niemand weiß, was die Zukunft bringen wird. Ich habe große Sehnsucht nach Dir. In Liebe, Dein Hans.*

Sophie ließ den Brief sinken. *In Liebe, Dein Hans.* Wer war dieser Mann, der ihrer Mutter diese Briefe geschickt hatte? Sie öffnete einen zweiten. *Liebste Annette! Glaub mir, ich bereue es zutiefst, Dich in eine so schwierige Lage gebracht zu haben! Es gibt keine Entschuldigung für unsere Verfehlung – mitten im Krieg. Du wolltest nicht abtreiben und hast unsere Tochter Sophie genannt! Ich beschwöre Dich: Niemals darf Dein Mann erfahren, dass Sophie nicht sein Kind ist! Unsere Beziehung war und muss geheim bleiben. Und wir müssen sie sofort beenden. Ich hoffe, Du verstehst mich! Meine Karriere als deutscher Offizier, mein ganzes Leben wäre zerstört, wenn alles bekannt würde! Die Stunden, in denen wir uns liebten, müssen wir tief in unseren Herzen begraben. Behalte mich in guter Erinnerung. Dein Hans.*

Sophie ließ auch diesen Brief sinken. *Niemals darf Dein Mann erfahren, dass Sophie nicht sein Kind ist!* Die Worte trafen sie wie ein Schock. Die Briefe entfielen ihren Händen und sie tastete nach einem Stuhl. Victor Carrière, der Mann, den sie nie kennengelernt hatte, war also gar nicht ihr Vater! Sondern ein deutscher Offizier, mit dem ihre Mutter in Kriegszeiten ein Liebesverhältnis hatte! Sie starrte wie benommen vor sich hin. Und trotzdem hatte die Mutter sie zur Erbin eingesetzt? Sie krampfte das Papier so fest in der Hand zusammen, dass es knitterte. Dann entfaltete sie es noch einmal und las das banale Schlusswort: *Behalte mich in guter Erinnerung. Dein Hans.* Wie hatte die Mutter das wohl aufgenommen? Am liebsten hätte sie den Brief zerrissen und fortgeworfen. Aber damit war die Tatsache, die sie gerade erfahren hatte, nicht aus der Welt geschafft. Sie entfaltete den nächsten Brief. Die Mutter musste ihn wohl ihrer Liebe versichert und um ein Wiedersehen gebeten haben. Sein abweisender Ton wurde in den folgenden Briefen zusehends kühler. Wie im Fieber überflog Sophie das letzte Dokument. *Du darfst Dich keinen Illusionen über unsere private Zukunft hingeben,* mahnte die wie gedruckt wirkende Schrift. *Ich schrieb Dir doch, dass wir vergessen müssen, was geschehen ist. Ich habe es bereits getan und sehe keinen Sinn darin, meine Tochter zu sehen. Es ist besser für uns alle, wenn sie nicht weiß, wer ihr wirklicher Vater ist. Wir sollten einander nie kennenlernen. Wir dürfen uns niemals wiedersehen. Du hast Verpflichtungen Deiner Familie, Deinen Kindern gegenüber. Ich könnte es mir niemals verzeihen, Dich kompromittiert und in einen Skandal verwickelt zu haben. Schreib mir nicht mehr – ich werde nicht antworten und sehe unsere Verbindung als beendet an.* Die Unterschrift lautete diesmal mit korrekter Kälte: *Hans Andres*

Sophie traten Tränen in die Augen und der Brief sank aus ihren Händen zu Boden, ohne dass sie es merkte. Ihr schwindelte und ein Gefühl hilfloser Wut stieg in ihr auf. Dieser Mann, ihr Erzeuger, hatte ganz einfach beschlossen, ihre Existenz zu ignorieren. Außer sich vor Erregung sprang sie auf und besah sich im Spiegel, der über dem Kamin hing. Mit ihrem blonden Haar, der porzellanfarbigen, sommersprossigen Haut und den leuchtend blauen Augen sah sie tatsächlich ganz anders aus als ihre Geschwister. Doch noch nie hatte sie sich darüber besondere Gedanken gemacht. Maman hatte gern von ihren entfernten, holländischen Verwandten erzählt, denen sie ähnlich sehen sollte.

Sophie wusste nicht, wie lange sie ihr Spiegelbild angestarrt hatte. Aufseufzend schloss sie kurz die Augen, überwältigt von den unzähligen ungelösten Fragen, die auf einmal in ihrem Kopf kreisten und auf die es hier und jetzt keine Antwort gab. Nur eines war ihr in diesem Augenblick ganz klar – sie wollte den Unbekannten, ihren Vater kennenlernen, wissen, wer er war, ihm Auge in Auge gegenübertreten, falls er noch lebte. Sie wollte ihn fragen, was er sich bei diesem Brief gedacht hatte. Feige hatte er sich aus der Verantwortung geschlichen und ihre Mutter ihrem Schicksal überlassen. Ihr Entschluss stand fest: Sobald es irgendwie möglich war, würde sie nach München fahren und nach ihrem Vater suchen.

2. Kapitel

Nach dem Notartermin war Philippe förmlich aus Auprèsmont geflüchtet. Er trat so heftig auf das Gaspedal seines hellbeigen Renault Nervasport Roadsters, dass der Motor aufheulte. Das 8-Zylinder-Cabriolet war ein schnittiger Zweisitzer, der im hinteren Bereich noch etwas Platz für Gepäck bot. Mit höchstmöglicher Geschwindigkeit die Landstraße entlangbrausend, nahm er die Kurven mit aufjaulenden Reifen, als könnte er seiner Wut über das Testament seiner Mutter damit Luft machen. Von der breiten Avenue der Champs-Élysées fuhr er über die Place de la Concorde auf die Rue de Rivoli und bog dort zum Quai der Seine ab. Der Fluss glitzerte in der Sonne, die Bouquinisten hatten ihre Bücher zur Auslage an ihren Buden ausgebreitet und ein buntes Völkchen flanierte lachend vorbei. Nichts war an diesem Tag zu spüren von der Unsicherheit, der ständigen Inflation und der Wirtschaftskrise, die seit Längerem in Frankreich herrschte. Die Angst vor dem Krieg schwebte jedoch wie ein unsichtbares Damoklesschwert über allem. Würde sich der Albtraum von 1914/18 wiederholen? Die Mehrheit im Volk glaubte, dass der deutsche Reichskanzler Adolf Hitler zu allem fähig war, denn sonst hätte er den Versailler Vertrag nicht schon vor zwei Jahren mit dem Aufbau der Wehrmacht, der Luftwaffe und einer U-Boot Flotte gebrochen. Mit verdrossener Miene, die Stirn gekraust, umklammerte Philippe das Lenkrad, als müsse er sich daran festhalten. Mit quietschenden Bremsen wich er in letzter Sekunde einem Fußgänger aus, der wütend hinter ihm herschimpfte.

»*Alors, va t'en, salaud!* Hau doch ab, Mistkerl!«, pöbelte Philippe zurück, seinem Missmut Luft machend. Auf der Brücke, die zur Île Saint Louis führte, hielt er bei einem Zeitungsverkäufer an, der laut schreiend einen Packen des *Paris Soir* vom 1. Oktober 1938 mit der Schlagzeile »La Paix! Der Friede ist gewährleistet! Ministerpräsident Daladier von der Konferenz in München zurück!« schwenkte.

Eine neugierige Gruppe Menschen umringte den Burschen mit seinem Stapel und man riss ihm beinahe das Blatt aus der Hand. Philippe drückte auf die Hupe, bis ein paar Leute Platz machten, und warf ihm einen Franc zu. »Der Rest ist für dich!«

»Danke Monsieur!« Übers ganze Gesicht grinsend, reichte der Junge dem großzügigen Mann mit dem tollen Auto eine Zeitung hinüber. Philippe überflog die fettgedruckte Überschrift und den in größeren Lettern gehaltenen Text mit den enthusiastischen Worten: »Man feiert Daladier! Die Welt atmet auf!« Er legte die Zeitung auf den Beifahrersitz. Das Treffen in München zu Friedensverhandlungen zwischen den Großmächten war also von Erfolg gekrönt und ein drohender Krieg vorerst abgewendet! Um sich herum spürte er die Erleichterung. Jedermann auf der Straße, der Zeitungsjunge eingeschlossen, schien heiter und man klopfte sich gegenseitig jovial auf die Schultern. Bewundernd sahen die Leute dem flotten Cabriolet mit den hellen Ledersitzen nach, das dann am Quai Bourbon vor einem vornehmen Gebäude aus dem achtzehnten Jahrhundert stoppte. Philippe sprang aus dem Auto, die Zeitung unter den Arm geklemmt. Die gute Nachricht konnte jedoch seine miserable Laune nicht wesentlich verbessern. Mit grämlich hinabgezogenen Mundwinkeln bestieg er den Aufzug, der wie ein Käfig durch die Stockwerke schwebte und schließlich in der vierten Etage hielt. Von hier aus waren es nur noch ein paar Stufen bis zu dem Atelier und der damit verbundenen, loftartigen Wohnung, die er und sein Freund Jean-Luc seit einiger Zeit bewohnten. Sie war mit viel Glas und Metall gestaltet, sodass viel Tageslicht hereingelangte, und bot einen atemberaubenden Blick über den Quai zur Seine, die die Île Saint Louis beidseitig umfloss, bis hin zur ehrwürdigen Kirche Notre-Dame.

»Jean-Luc?«, rief er schon von der Tür aus. Er ließ seinen Blick suchend über die spartanische Einrichtung des Salons bis zum abgeteilten Atelier des Freundes schweifen, in dem wahllos und unordentlich Skizzen und Entwürfe, Farbtuben und Stifte übereinander auf dem Boden lagen. Auf der weißen Ledercouch entdeckte er Sandrine, die in einem Modejournal blätterte. Sandrine war Mannequin und seit sie einmal für Chanel gelaufen war und von Hollywood träumte, ließ sie sich Sandy nennen. Sie hatte einen kurzen, dunklen Pagenkopf, große, ausdrucksvolle Augen und achtete darauf, dass ihr Mund immer in leuchtendem Kirschrot geschminkt war. Mit einer trägen Bewegung legte sie den Kopf in den Nacken und blickte auf.

»*Bonsoir*, Sandy«, sagte Philippe so kurz angebunden wie möglich. Am liebsten hätte er die junge Frau, die er in letzter Zeit dauernd in der Wohnung antraf, sofort hinausgeworfen. Ihre Anwesenheit störte ihn gewaltig. Gut, sie war Jean-Lucs Vorzeige-Alibi, er ging mit ihr aus, führte sie in die Oper – kurzum, er ließ sich gern in der Öffentlichkeit mit ihr sehen, damit niemand auf den Gedanken kam, dass er Männer liebte. Homosexualität war in der Gesellschaft schließlich ein herber Makel, der sich als hinderlich für einen erfolgreichen Modemacher erwies. Aber deshalb brauchte sie ja nicht ständig hier herumzuhängen. Sie bedachte ihn mit einem verführerischen Blick unter geschwärzten Wimpern, dem er auswich. Zugegeben, sie war bildschön, aber zugleich von einer Naivität, die an Dummheit grenzte. Man konnte allerdings auf sie zählen, wenn ein Modell ausfiel oder es Probleme bei den Modenschauen gab. Und zum Ausgleich für ihre Präsenz mit ihm in der Öffentlichkeit förderte Jean-Luc ihre Karriere, soweit das in seinen Möglichkeiten stand.

»Ist Jean-Luc nicht da?«, fragte Philippe ein wenig unwirsch.

»Doch!« Sandrine setzte ihr Engelslächeln auf und wies mit dem Kopf zu dem winzigen, lichtdurchfluteten Erker in einer Ecke des Raumes, wohin sich der Modemacher gern zu kreativen Arbeiten zurückzog. »Monsieur hat heute schlechte Laune?«, hauchte sie fragend und erhob sich mit einer lasziven Bewegung, gleichzeitig ihr enges, tief ausgeschnittenes Kleid aus grünem Satin glatt ziehend. Philippe antwortete nicht. »Ich geh ja schon«, sagte sie in anzüglichem Ton, »und lass euch beiden Süßen allein. Bis heute Abend!« Sie warf ihm eine Kusshand zu und verschwand mit wiegenden Hüften durch die Tür. Philippe warf die Zeitung auf den Tisch und ließ sich mit einem Seufzer auf das Ledersofa fallen, das noch warm von Sandrines Körper war. Er stützte den Kopf in die Hände, um nachzudenken. Niemals hätte er erwartet, dass Maman ihn in ihrem Testament auf eine solche Art abspeisen würde! Gut, er hatte sich nicht oft um sie gekümmert, sie wusste, dass er Schulden hatte, kannte seine Neigungen. Aber er war ganz sicher davon ausgegangen, dass sie ihm wenigstens die Anteile an der Tuchfabrik vermachte! Als offizieller Geschäftsführer hatte er sich allerdings selten in der Pariser Filiale sehen lassen. Nur wenn er Geld brauchte, spielte er den Chef. Aber etwas ganz anderes machte ihm jetzt große Sorgen. Man würde die Firma prüfen! Schon vor Jahren hatte er begonnen, den Buchhalter Monsieur Tolbiac zu überreden, die Bücher zu fälschen. Nach und nach hatte er immer größere Summen entnommen. Auch das Gehalt Tolbiacs war kräftig erhöht worden, er bekam Prämien und einen speziellen Bonus für seine Gefälligkeit. Dafür drückte Tolbiac auch beide Augen zu bei den Lieferungen der Stoffe für die von Jean-Luc entworfenen Kleider – es gab nicht eine einzige Rechnung darüber. Bisher war alles glatt gegangen. Die Wohnung, der Wagen, sein Leben in großem Stil, all das kostete schließlich Geld. Er hatte es nie gezählt, sondern genommen und ausgegeben, was er brauchte. Maman konnte unmöglich davon gewusst haben. Aber was kam jetzt? Sollte nun alles zu Ende sein? Er erhob sich, ging schleppenden Schrittes zum Flügel am anderen Ende des Raumes und klappte den Deckel hoch. Immer wenn er ratlos war, spielte er, um seine Gedanken zu klären. Seine Finger glitten prüfend über die vertrauten Tasten, schlugen eine Polonaise von Chopin an, ein Musikstück, das seine ganze Konzentration mit dem Wechsel von sanften zu kräftigen Anschlägen erforderte. Die Musik beruhigte ihn und je länger er spielte, umso geläufiger gelang das Stück. Er spürte wieder einmal, welch geheimnisvolle Gabe ihm geschenkt war, die er versanden ließ. Mit gerunzelter Stirn brach er ab, als Jean-Luc neben ihn trat und ihm einen Cocktail reichte. Er war ein hübscher Junge, gut gewachsen, aber nicht allzu groß, mit südländischen, sehr einnehmenden Zügen. Seine lockigen schwarzen Haare waren mit einem bunten Band im Nacken zusammengefasst und er trug eine Art Kaftan mit türkischem Muster. In der Hand hielt er die Zeitung, die Philippe mitgebracht hatte. »Entschuldige, wenn ich unterbreche. Du spielst göttlich! Aber hast du das gelesen?«, fragte Jean-Luc und wies auf die Schlagzeile. »Ministerpräsident Daladier bei Hitler in München! Er, Mussolini und Chamberlain unterzeichnen in Deutschland einen gemeinsamen Friedensvertrag! Dann sind sie wohl damit einverstanden, dass Hitler sich so einfach das Sudetenland angeeignet hat!« Kopfschüttelnd wies er auf das Titelblatt mit den Fotos. »Irgendetwas stört mich an diesem Bild. Schau mal, wie Daladier diesen Hitler ansieht! Wie ein Hund seinen Herrn. Glaubt er denn wirklich, dass man einem Mann trauen kann, der schon dabei ist, seine Kampftruppen aufzurüsten?«

Philippe erhob sich seufzend vom Flügel. »Wir haben einen Friedensvertrag. Die Gefahr ist abgewendet, das liest du doch. Es wird keinen Krieg geben.« Er nahm einen tiefen Schluck des fruchtigen Cocktails. »Wir können also aufatmen.«

»Das glaubst du! Man hat Hitler ja auch die geforderten Territorien am Rhein zugestanden. Das ist doch Wahnsinn! Und Österreich hat er sich auch schon einverleibt.«

»Unsere Regierung wird schon wissen, was sie tut …«

»Und wieso wurden dann Russland und die Tschechoslowakei nicht zu der Friedenskonferenz geladen?« Jean-Luc trank sein Glas in einem Zug aus. »Ein solcher Friede ist mehr als trügerisch, findest du nicht?«

»Was weiß ich. Ich bin schließlich kein Politiker. Ministerpräsident Daladiers Entscheidungen waren bisher immer gut überlegt. Ich habe im Moment ganz andere Sorgen.«

»Es gibt keinen Franzosen, den das nicht beunruhigt«, fuhr Jean-Luc unbeirrt fort. »Hitlers Ausgrenzung der Juden und bestimmter Volksgruppen wird jetzt auch bei uns befürwortet. Das gefällt mir nicht. Meine Eltern waren Zigeuner und ich musste mich hocharbeiten. Alle Menschen sollten die gleichen Chancen und Rechte haben.«

»Ja, ja, ich weiß«, erwiderte Philippe mürrisch. »Aber erzähl das bitte nicht in der Öffentlichkeit. Man könnte dich für einen Anhänger der ›Parti communiste français‹ halten. Die haben sich ebenfalls gegen dieses Friedensabkommen gesträubt!«

»Ich werde mich hüten!« Jean-Luc grinste. »Als Kommunist würde ich wohl weder eines meiner neuen Modelle verkaufen noch in dieser Wohnung logieren können.«

Philippe stellte das leere Cocktailglas mit einem lauten Klacken auf den Tisch und sah ihn finster an. »Das Letztere wird wohl bald der Fall sein!«

»Was meinst du damit? Läuft der Mietvertrag aus?«

»Schlimmer! Nach dem Testament meiner Mutter muss ich in Zukunft mit einer bescheidenen Mietwohnung in der Rue Montmartre vorlieb nehmen. Da geht nicht einmal mein Flügel hinein.«

Jean-Luc wurde blass. »Du ... du bist enterbt?«

»Nicht ganz. Mir steht immerhin noch die lächerliche Summe von eintausend Franc im Monat zu.«

»Ich hab dir immer gesagt, du sollst nicht so viel Geld aus der Firma Carrière & Co nehmen!« Jean-Luc zündete sich mit nervöser Hand eine Zigarette an.

»Wieso?«, fuhr Philippe auf. »Es war doch klar, dass ich das Unternehmen leiten sollte.«

»Was du aber nicht getan hast!«

»Ach, lass mich doch in Ruhe. Ich bin Musiker, kein Geschäftsmann. Gerade ist mir wieder die Idee zu einer Etude durch den Kopf gegangen. Aber anstatt Noten zu Papier zu bringen, muss ich mich mit solch profanem Alltagskram beschäftigen. Mit Geldsorgen – und was ich in der Erbschaftssache mache.« Er verdrehte die Augen. »Marguerite ist in der gleichen Lage. Wir sind uns einig, dass wir das Testament anfechten werden. Man könnte meinen, Maman hätte den Verstand verloren!« Er tippte sich an die Stirn. »Alles Sophie, der Jüngsten, zu überschreiben! Völlig verrückt!« Er sprang auf und ging erregt hin und her. »Hoffentlich sieht Sophie ein, dass mir die Anteile der Tuchfabrik zustehen.« Er zog die Stirn zusammen. »Ich werde mich natürlich in Zukunft mehr darum kümmern müssen, da bleibt mir nichts anderes übrig. Sophie hat schließlich keine Ahnung von dem Metier!«

»Du doch auch nicht, oder?«

»Was redest du da?« Philippe zog die Augenbrauen hoch. »Das spielt jetzt wirklich keine Rolle. Wichtig ist, dass Sophie glaubt, dass ich mich dafür einsetze!«

Jean-Luc wurde von einer kurzen, aber heftigen Hustenattacke gepackt. Er schloss die Augen, Schweißperlen standen auf seiner Stirn, sein Gesicht wirkte plötzlich fahl und die Zigarette zitterte in seiner Hand.

»Was ist?« Besorgt beugte sich Philippe zu ihm hinüber. »Bist du krank?«

»Nein, nein«, Jean-Luc richtete sich auf, »nur die Nerven. Vor einer Modenschau bin ich immer sehr dünnhäutig. Und jetzt auch noch diese Hiobsbotschaft. Wir hätten die teuren Räume im ›Petit Palais‹ nicht mieten dürfen. Wie sollen wir das jetzt bezahlen?«

»Denk nicht darüber nach. Der Moment zählt. Eine gute Präsentation und die besten Mannequins sind das Wichtigste! Ich bin sicher, dass du deine Modelle so gut verkaufst, dass unsere Ausgaben gedeckt sind.«

»Ich wünschte, du hättest Recht«, seufzte Jean-Luc und goss sich einen neuen Cocktail ein. Langsam kehrte die Farbe in seine Wangen zurück. »Ich fahre jetzt zum ›Petit Palais‹. Komm nach, sobald du kannst. Ich habe dir einen Platz in der ersten Reihe reserviert!«

***

In der Allee roch man ganz deutlich den leicht modrigen Geruch des Herbstes, des zerfallenden Laubes auf der feuchten Erde. Der aufkommende Wind spielte mit den noch an den Ästen hängenden Blättern, die in stolzen Farben prangten. In heftigen Böen zauste er an den Bäumen und versuchte, möglichst viele herunterzureißen. Das Licht war anders, die Schatten schräger, obwohl die Sonne mit kaum verminderter Macht vom Himmel strahlte und eine trügerische Spätsommerwärme erzeugte. Inmitten seines Parks gelegen, wirkte Schloss Auprèsmont nach dem Tod von Annette Carrière, die diesen Ort so geliebt hatte, plötzlich düster und verlassen. Ein altes Gebäude, das Jahrhunderte voller Glanz und Leben überstanden hatte und dessen Fenster jetzt wie erloschene Augen auf den Hof hinaussahen. Auch der kleine Weiher, von Pappeln umgeben, hatte in den letzten Herbsttagen seine liebliche Freundlichkeit verloren und spiegelte eine mysteriöse, dunkle Tiefe. Nur die Beete mit den leuchtend gelben und orangefarbenen Astern, die Antonio überall gepflanzt hatte, erhellten das melancholische Bild und gaben ihm Leben.

Nicolas, eine Tasche mit seinen Sachen in der Hand, hatte pünktlich und in aller Frühe am Freitagmorgen am Portal des Schlosses geläutet. Jetzt war er gerade dabei, das etwas altersschwache und schon länger nicht mehr benutzte Citroën-Cabriolet von Sophies Mutter in Gang zu bringen. Es war ziemlich einfach, denn wie er feststellte, fehlten dem Wagen vor allem Öl und Benzin, das Antonio auf seinem Moped bei der nächstgelegenen Tankstelle besorgen musste. Nach einer notwendigen Reinigung und Kontrolle aller Funktionen, ein paar Litern Benzin und dem nötigen Öl, sprang der stotternde Motor endlich wieder an und bald saßen Sophie und Nicolas einträchtig nebeneinander im Wagen und genossen den frischen Fahrtwind, der sie bei geöffnetem Verdeck umwehte. Nicolas machte es sichtlich Spaß, am Steuer zu sitzen, den Motor hochzujagen und die Kurven scharf zu nehmen. Gleich beim Start hatte er die Reifen mit einem quietschenden Geräusch, das Sophie durch Mark und Bein ging, durchdrehen lassen. Eine dichte Staubwolke hinter sich herziehend, waren sie mit überhöhtem Tempo über die Allee gebraust. Sophie sagte nichts, obwohl sie sein gewollt halsbrecherischer Fahrstil, das plötzliche, scharfe Bremsen vor auftauchenden Hindernissen und das völlige Durchdrücken des Gaspedals auf geraden Strecken der Landstraße, beunruhigte. Nach und nach erfasste sie jedoch ein Gefühl von Freiheit und leichtsinniger Unbeschwertheit – wie auf einem sich zu schnell drehenden Karussell, das man nicht anhalten kann. Ohne großen Widerstand gab sie sich ganz diesem neuen Rausch hin. Ab und zu sah sie Nicolas flüchtig von der Seite an, sein ernstes und konzentriertes Profil mit den wild nach hinten wehenden Locken. Sie selbst hatte sich ein Kopftuch umgebunden und eine Sonnenbrille aufgesetzt. Sie sprachen kaum, denn der Wind trug die Worte fort und sie hätten schreien müssen, um sich zu verständigen. Lässig lag seine Hand auf dem Lenkrad, doch unvermutet suchte er mit der anderen plötzlich nach der ihren. Sophie entzog sie ihm schroff. Seine Berührung hatte sie erschreckt, war ihr aber auch durch und durch gegangen. Wenn er glaubte, den Casanova spielen zu müssen, dann hatte er sich in ihr getäuscht! Sie war entschlossen, sich vor ihm in Acht zu nehmen.

»Wo wohnst du eigentlich?«, fragte sie nach einer Weile beiläufig. Sie hatte das Steuer übernommen und das Verdeck geschlossen, als sie sich den staubig-grauen Vororten von Paris näherten. Nicolas hatte es ihr gern überlassen, weil er sich in der Stadt angeblich nicht so gut auskannte. »Ach, nirgendwo fest«, sagte er zögernd. »Mal hier mal da, meist bei Freunden. Ich werde sehen, wer von ihnen heute zu Hause ist.«

»Wie, du kommst einfach zu deinen Freunden und fragst, ob du bleiben kannst?«, fragte Sophie erstaunt.

»Ja, warum nicht? Es sind einfache Leute und sie machen kein großes Theater, wenn ich einen Schlafplatz brauche. Ein Sofa ist immer frei. So, und nun lass mich einfach irgendwo aussteigen.« Er sah plötzlich erschöpft und ein wenig traurig aus. »Du musst mich wirklich nicht an einer bestimmten Stelle absetzen.«

»Wir sind gleich am Place de la Republique. Willst du dort raus?« Sophie zögerte. »Übrigens – wenn du nichts Besseres vorhast, könnten wir auch zusammen etwas essen gehen.« Während der Fahrt hatte es beim besten Willen keine Gelegenheit gegeben, Nicolas irgendwelche Fragen über das Kreuz und den Schuldschein zu stellen. Er selbst hatte sie allerdings auch nicht nach dem Verlauf der Testamentseröffnung gefragt und ob seine dunklen Andeutungen wahr geworden waren. Nicolas schüttelte den Kopf. »Tut mir leid, aber dazu habe ich leider kein Geld. Ich werde wohl heute meinen Gürtel enger schnallen und hungrig zu Bett gehen müssen. Aber das bin ich ja gewohnt.«

Schweigend fuhren sie weiter und Sophie, verwirrt über Nicolas' Bemerkung, umrundete den Platz und ließ das Auto vor der großen, bronzenen Statue der Freiheit halten. Nicolas stieg aus, nahm seine Tasche und warf ihr eine Kusshand zu. »Danke, dass du mich mitgenommen hast!«

»Warte!« Sophie beugte sich aus dem Wagen. Mit einem hässlichen Geräusch starb der Motor ab. Nicolas wandte den Kopf. »Was hältst du davon, wenn wir bei mir eine Kleinigkeit essen? Ich lade dich ein. Unten im Haus ist ein Bistro, da lasse ich mir oft was nach oben kommen. Irgendeine Pastete mit Salat oder so.«

Nicolas schien einen Moment zu überlegen. »Ich weiß nicht recht. So spät möchte ich bei meinen Freunden nicht mehr um einen Schlafplatz anfragen. Sie arbeiten und gehen früh schlafen.«

»Notfalls könntest du auch bei mir übernachten«, antwortete Sophie hastig. »Natürlich nur für eine Nacht. Babette, meine Kommilitonin, mit der ich die Wohnung teile, ist nicht da.« Kaum hatte sie den Satz ausgesprochen, da hätte sie ihn am liebsten wieder zurückgenommen. Wie kam sie dazu, ihm einen solchen Vorschlag zu machen? Sie kannte Nicolas doch viel zu wenig. Überdies hatte Maria ihr doch erzählt, welch schlechten Ruf er habe und dass man ihm sogar kriminelle Taten nachsagte! War sie zu leichtsinnig?

»Dann nehme ich dein Angebot gern an.« Nicolas warf seine Tasche wieder ins Auto zurück. »Sehr großzügig von dir!«

Er lächelte sie vergnügt an und sie senkte verlegen den Blick. Nicolas' dunkle Augen verwirrten sie. Es lag so ein seltsamer Glanz in ihnen, so etwas Unbestimmtes, Forderndes, wie eine Einladung, der man sich nur schwer entziehen konnte. In der Rue du Cherche-Midi parkte Sophie den Wagen vor der Fassade eines unscheinbaren, vom Alter abgenutzten Gebäudes. Sie stiegen das enge Treppenhaus bis zum sechsten Stock empor. »Ich habe mir eigentlich vorgestellt, dass du etwas feudaler wohnst«, sagte Nicolas außer Atem, während Sophie die verschrammte Holztür aufschloss, an der überall die grüne Farbe abblätterte. Er stellte das Gepäck ab und begutachtete die beiden kleinen Räume, die große Küche und den winzigen Balkon. Der Ausblick hinunter auf die grünen Büsche und Bäume eines verwunschenen ehemaligen Klostergartens entschädigte allerdings für die Enge und die sparsame Möblierung. Er blieb in der Küche stehen, die den meisten Raum einnahm. »Oh!« Seine Augenbrauen hoben sich, als er das Etikett der Flasche Rotwein las, die im Regal stand. »Ein Lafite Rothschild! Dafür lasse ich gern das Essen ausfallen.«

»Mach sie ruhig schon mal auf. Gläser sind im Schrank. Ich besorge inzwischen ein paar Kleinigkeiten.« Immer zwei Stufen auf einmal nehmend, sprang Sophie die Treppe hinunter und bestellte im Bistro, was ihr in der Eile gerade einfiel. Mit einer Platte, beladen mit Eiern in Gelee, Gänseleberpastete, Brot und Käse, stieg sie wieder in den sechsten Stock empor. Nicolas stand mit einem Glas Rotwein auf dem schmalen Balkon und sah ganz in Gedanken vertieft in den Klostergarten hinab. »Eine wunderschöne grüne Oase mitten in der Steinwüste!«

»Ja, das kann man wohl sagen. Die Mauerreste dort sind die Ausläufer des ehemaligen Convents ›Notre Dame de Liesse‹ aus dem siebzehnten Jahrhundert. Nur der Klostergarten und die anschließende Kirche konnten dem Zahn der Zeit entrinnen. Es sieht von hier oben fast so aus, als habe sich seit damals nichts verändert.« Sie stellte alles auf den Tisch und holte Teller und Bestecke hervor.

Nicolas wandte sich um. »Wie schön! Dieses Plätzchen hat etwas, was nicht in unsere Zeit passt.« Er reichte ihr ein Glas Wein. »Darauf, dass wir uns nach so langer Zeit wiedergetroffen haben! Auf unsere alte Freundschaft!«

Obwohl Sophie nicht behaupten konnte, dass Nicolas und sie eine alte Freundschaft verband, stieß sie mit ihm an. Sie vermied es, ihm dabei allzu lange in die Augen zu sehen. Doch das nützte ihr wenig. Der Wein war schwer, er duftete nach Wald und Brombeeren, stieg nach wenigen Schlucken in den Kopf und verursachte eine angenehme Wärme in der Brust. Sophie blickte in den Spiegel ihres Glases. Sie spürte Nicolas' Nähe, die Hingezogenheit, die sie schon als Kind zu ihm empfunden hatte. Es war ein magischer Moment. Nicolas schien es ähnlich zu gehen. Er legte ganz selbstverständlich den Arm um sie und bevor sie sich umsah, hatte er sie rasch an sich gezogen und geküsst. Bevor sie noch protestieren konnte, war sie schon wieder frei. Von einem süßen Schwindel erfasst, hielt sie sich taumelnd an einem Stuhl fest. »Was fällt dir ein?« Das Blut war ihr vor Verlegenheit in die Wangen geschossen. »Ich habe dich zu mir eingeladen … aber ich möchte auf keinen Fall, dass du das falsch verstehst.«

Nicolas sah zerknirscht aus. »Entschuldige! Es war nicht so gemeint. Ich hab mich im Überschwang einfach hinreißen lassen. Weil ich, wie soll ich es ausdrücken – mich einfach so sehr über deine Einladung gefreut habe. Darüber, dass wir zusammen essen werden. Schon lange habe ich so etwas nicht mehr gefühlt, Anteilnahme, Freundschaft, Geborgenheit!« Er setzte sich rittlings auf einen Stuhl und stützte die Arme auf. »Ob du es glaubst oder nicht: Es gab in meinem Kopf in letzter Zeit nur das Überleben. Und meine politischen Ziele …« Er brach ab, als hätte er zu viel gesagt.

»Erzähl mir davon«, fragte Sophie neugierig, die ihm längst verziehen hatte. Gleichzeitig begann sie, Weißbrot zu schneiden und das Essen aus dem Bistro auf den Tellern zu verteilen.

»Das kann man nicht in einen Satz zusammenfassen. In Spanien habe ich für die Gleichheit der Menschen gekämpft«, wich Nicolas aus, »für das bessere Leben des kleinen Mannes. Aber wir kommen aus zu verschiedenen Gesellschaftsschichten, als dass du das genau verstehen könntest.«

»Unsinn! Ich verstehe, dass du Kommunist bist und für deine Sache eintrittst. Aber ich würde gern mehr über die Person dahinter erfahren. Weil«, sie zögerte, »so seltsame Gerüchte über dich kursieren.«

»Die Leute reden viel.« Nicolas trank sein Glas leer und setzte sich neben Sophie an den Tisch. »Hör nicht auf sie. Die Wahrheit über meine Vergangenheit kenne nur ich selbst.«

Sie schenkte ihm nach und er nahm aufs Neue einen kräftigen Schluck Rotwein. »Früher war ich radikaler als heute«, begann er, ohne sie anzusehen. »Als Mitglied der PCE, der spanischen kommunistischen Partei. Das war es doch, was du wissen wolltest, oder?«

»Radikaler – etwas Ähnliches habe ich mir schon gedacht!«, warf Sophie ein. »Aber ausgerechnet in einer spanischen Partei?«

»Ganz einfach: Weil ich in Spanien geboren bin und als Kind schon den Unterschied der Klassen gespürt habe. Der Kampf der Armen um ihre Rechte ist dort so gut wie aussichtslos«, fuhr Nicolas fort. »Das kannst du dir als wohlbehütete Tochter aus wohlhabendem Hause wahrscheinlich gar nicht vorstellen. Die Menschen haben keine Stimme, niemand kümmert sich um sie. Die Ungerechtigkeit, die in Spanien und Portugal herrscht, schreit zum Himmel. Ich habe gegen Franco gekämpft, weil er nur die Reichen unterstützt.«

»Ich verstehe. Konnte deine Partei denn etwas an der Situation in Spanien ändern?«

»Sie wollten es – aber sie sind zu sehr untereinander zerstritten. Mittlerweile habe ich es aufgegeben, daran zu glauben. Meine Eltern sind von Spanien nach Frankreich gezogen, als ich zwei Jahre alt war. Sie wollten hier ein besseres Leben beginnen. Obwohl sie arm geblieben sind, haben sie nie vergessen, dass Frankreich ihnen eine lebenswerte Heimat geboten hat.«

»Wäre das in Spanien nicht möglich gewesen?«

»Nein, zu dieser Zeit nicht. Es gab dort Leute, die in Löchern hausten. Das Elend war unvorstellbar. Die Touristen sehen das natürlich nicht. Aber die sozialen Ungerechtigkeiten und die Schwäche der Regierung sind eine Schande für das Land. Es müsste sich etwas ändern – aber in Wahrheit bewegt sich wenig. Als in Spanien der Bürgerkrieg ausbrach, habe ich mich als Freiwilliger gemeldet und einer russisch geführten Brigade angeschlossen. Ich erkannte zu spät, dass Spanien, von der Sowjetunion unterstützt, sich damit in die totale Abhängigkeit des russischen Systems begab. Der sowjetische Geheimdienst schreckte schließlich nicht einmal davor zurück, unbequeme Mitkämpfer zu ermorden, die auf irgendeine Weise ihr Programm störten. Kannst du dir so etwas vorstellen?«

Sophie schüttelte den Kopf. Nicolas, der sich in Hitze geredet hatte, fuhr fort: »Ich habe die Waffen niedergelegt. Der Bürgerkrieg war für mich eine furchtbare und enttäuschende Erfahrung! Die schlimmste meines Lebens! Zum Glück konnte ich mich noch rechtzeitig ausklinken. Sonst hätte ich nicht überlebt. Später habe ich dann noch eine Zeitlang mit Partisanen im Untergrund weitergekämpft.«

Aufmerksam hatte Sophie zugehört. Doch jetzt konnte sie sich eine Frage nicht mehr verkneifen. »Stimmt es, dass du im Gefängnis warst?«

Nicolas stieg leichte Röte ins Gesicht. »Ja.« Er senkte den Kopf. »Es gab einige Attentate auf Ministerpräsident Franco, denen er durch Zufall entgangen ist. Man verdächtigte mich, eine Bombe in ein Flugzeug geschmuggelt zu haben, das abstürzte. Franco hatte in letzter Minute seinen stellvertretenden Kommandanten geschickt. Vielleicht wurde er gewarnt …« Nicolas Lippen pressten sich zusammen, sein Blick hob sich, wurde starr, beinahe böse. »Alles wäre vielleicht anders gekommen, wenn Franco getötet worden wäre!«

»Aber du hattest doch in Wahrheit nichts damit zu tun, oder?«

Die versteinerte Miene Nicolas' ließ Sophie verstummen.

»Man konnte mir am Ende nichts nachweisen.« Seine Züge entspannten sich nur langsam. »Glück gehabt. Sonst wäre ich wohl zwanzig Jahre hinter Gitter gekommen …« Er brach ab. »Ach, lass uns aufhören, von der Vergangenheit zu reden. Bleiben wir lieber in der Gegenwart.« Hungrig betrachtete er die Speisen auf dem Tisch. »Darf ich?«, fragte er. Sophie nickte. Er nahm ein Stück Baguette, belegte es mit Pastete und begann, gierig zu essen. Sophie verteilte die Mayonnaise auf den halbierten Eiern in Gelee und reichte ihm die Käseplatte. Sie selbst stocherte ohne großen Appetit nur ein wenig im Salat herum, öffnete eine weitere Flasche Rotwein und sah zu, wie es Nicolas schmeckte. Er musste schon lange nicht mehr ausreichend gegessen haben. Schließlich lehnte er sich voller Behagen auf seinem Stuhl zurück und trank genussvoll sein Glas aus. »Und was ist mit dir? Jetzt bist du dran. Erzähl mir, wie es dir ergangen ist. Wie war die Testamentseröffnung? Bist du sehr traurig, dass man dich enterbt hat?«

»Enterbt?« Sophie sah ihn fragend an. »Wie kommst du darauf? Im Gegenteil. Ich bin die Alleinerbin geworden!«

Nicolas sah sie erstaunt an. »Ist das wirklich wahr?«

»Ja! Ich habe es selbst nicht ganz verstanden. Das Testament hat für sehr viel Aufregung gesorgt. Philippe und Marguerite finden es ungerecht.«

»Erzähl mal. Wie kam denn das?« Nicolas' Blick wurde wacher, aufmerksamer. Er richtete sich auf und schob die Schultern zurück.

»Ich sage es dir nur, wenn auch du mit der Wahrheit herausrückst.« Sophie zog den Schuldschein aus der Tasche und hielt ihn Nicolas unter die Nase. »Kennst du dieses Papier?«

Gespannt starrte Nicolas auf die Summe. Er schüttelte den Kopf. »Woher hast du das?« Er sah Sophie fragend an.

»Es war an einem geheimen Platz versteckt«, sagte Sophie. »Stimmt meine Vermutung, dass meine Mutter mit dieser Summe das Kreuz wieder zurückgekauft hat?«

Nicolas war ganz blass geworden. Er betrachtete die Unterschrift seiner Mutter und die Summe. »Ja, das ist wahr. Aber achttausend Franc. Das ist ja eine lächerliche Summe für ein so wertvolles Kreuz!«

»Mag sein. Aber jetzt musst du mir auch sagen, warum deine Mutter es geschenkt bekam«, fragte Sophie. »Ich habe zwar eine leise Ahnung – aber ich würde es gern von dir hören.«

»Ganz einfach!« Nicolas senkte den Kopf. »Sie wusste von der Beziehung deiner Mutter zu dem Deutschen. Und sie hat bei deiner Geburt geholfen. Für ihr Schweigen und ihre Treue schenkte deine Mutter ihr das wertvolle Kreuz. Und die Achttausend ...« Er machte eine kleine Pause. »Ja, mit denen hat mir Mutter einmal aus großen Schwierigkeiten geholfen, in die ich geraten war. Es war natürlich viel zu wenig für ein so kostbares Stück.«

»Du weißt also Bescheid. Dachtest, ich würde nichts erben – weil ich so etwas wie ein Kuckucksei bin?« Sophie sah ihn fragend an.

»Natürlich.« Nicolas nahm einen großen Schluck Rotwein und schenkte gleich nach. »Aber ich freue mich natürlich für dich, dass es anders ist. Pass nur auf, dass deine Geschwister nichts davon erfahren. Wie wäre es, wenn du mir eine kleine

Summe Schweigegeld zahlst?« Er lächelte Sophie verschmitzt an.

»So einer bist du also«, rief sie lachend aus und knüllte den Schein zusammen. »Aber nein, ganz im Ernst. Das ist alles nicht so einfach. Im Grunde ist es eine schreckliche Bürde, eine Verantwortung, die ich eigentlich gar nicht allein tragen möchte. Aber ich respektiere Mamans Wunsch.«

»Sie hat deine Geschwister völlig enterbt?«

»Nicht ganz. Sie bekommen ihre Rente und jeder eine Wohnung in Paris. Ich weiß es nicht – aber wahrscheinlich glaubte Mutter, ich wäre die Einzige, die fähig ist, die Firma und Auprèsmont zu erhalten. Philippe und Marguerite haben nie richtig gearbeitet. Sie würden in kurzer Zeit alles verschleudern.«

»Dann bist du also … reich?«

»Reich?« Sophie machte eine abwehrende Handbewegung. »Das ist relativ. Das Schloss kostet Unterhalt, alles ist marode und renovierungsbedürftig. Und mit der Textilfabrikation kenne ich mich überhaupt nicht aus. Mein Bruder Philippe war bisher Geschäftsführer, aber er hat sich nie groß um die Firma gekümmert. Handel interessiert ihn einfach nicht. Er denkt, niemand wüsste davon, dass ganze Stoffballen umsonst an seinen Lebensgefährten, einen Modemacher, gingen. Trotzdem muss die Firma nicht schlecht laufen, wie Mutter einmal verlauten ließ. Ich habe schon darüber nachgedacht, ob man nicht unsere Anteile an den Kompagnon verkaufen könnte. Dann bekämen meine Geschwister ihr Geld und wären zufrieden.« Sie zuckte die Achseln. »Auf jeden Fall wird sich ein Anwalt darum kümmern müssen. Aber vorher muss er sich erst mal die Bücher anschauen.«

Nicolas hatte ihr aufmerksam zugehört. »Hast du das mit deinem Bruder besprochen?«

»Nein, wieso?«, erwiderte Sophie. Sie wandte ihm den Rücken und ging zum Fenster. »So traurig es ist – aber von so etwas will er gar nichts wissen.«

»Und wovon hat er dann gelebt?«

Sie hob die Schultern, ohne ihn anzusehen. »Das kann ich dir nicht sagen. Maman hat ihn immer unterstützt, genau wie Marguerite. Jetzt wollen die beiden am liebsten das Schloss verkaufen, das ganze Erbe zu Geld machen und unter sich aufteilen. Sie fechten das Testament an.« Nicolas' forschender Blick irritierte sie. Warum erzählte sie ihm das eigentlich alles so genau? War es der Wein, der ihre Zunge löste, oder das Bedürfnis, sich einfach einmal auszusprechen? »Du siehst«, schloss sie mit einer müden Handbewegung. »Die Erbschaft bringt mir mehr Nachteile als Vorteile. Statt mich um mein Studium zu kümmern, muss ich mich nun mit meiner Familie herumstreiten.«

»Der Schuldschein …« Nicolas verschränkte die Arme vor der Brust. In seinen Augen glomm ein seltsamer Funke. »Da ist doch noch etwas offen. Das Kreuz war viel mehr wert. Wenn ich ganz ehrlich bin – ich brauchte noch ein paar Tausender, dann könnte ich mir eine sichere Existenz aufbauen. Oder endlich studieren.«

Sophie sah ihn verständnislos an. »Das meinst du doch hoffentlich nicht ernst?«

Ein leichtes Lächeln spielte um seine Lippen. Doch dann wechselte sein Gesichtsausdruck. »Nein, das war doch nur Spaß. Davon abgesehen, ich brächte es gar nicht übers Herz, das von dir zu verlangen! Außer, du würdest es mir freiwillig geben.«

Sophie sah ihn verwirrt an. »Bei dir kennt man sich wirklich nicht aus.«

»Hast du schon darüber nachgedacht, was aus Schloss Auprèsmont werden soll?«, lenkte Nicolas ab, um dem Gespräch eine neue Wendung zu geben.

Sophie seufzte: »Ich möchte es natürlich behalten! Aber es müsste dringend renoviert werden. Das wird teuer und ich fürchte die Kosten. Philippe und Marguerite sind natürlich dagegen. Aber ich hänge sehr daran. Ich möchte es nicht verkommen lassen.« Tränen stiegen ihr in die Augen. »Es ist einfach das Zuhause meiner Kindheit!«

Nicolas legte tröstend den Arm um sie. »Ich kann dich verstehen. Du hast hoffentlich nicht geglaubt, was ich eben gesagt habe. Ich möchte nur, dass du weißt …« Er schien nach Worten zu suchen. »Wie soll ich es sagen … dass ich immer für dich da sein möchte. Falls du das Bedürfnis hast, jemandem einmal dein Herz auszuschütten.« Er lächelte ein wenig hilflos. »Wir könnten uns in Zukunft ja öfter sehen. Ab und zu miteinander ausgehen.« Er fügte hinzu: »Wenn ich auch nicht in der Lage bin, dich einzuladen …«

»Warum nicht?« Sophie schob seinen Arm fort und begann, die Teller zusammenzustellen. »Aber in den nächsten Wochen werde ich erst mal auf Reisen sein.«

»Du fährst fort? Wohin?«

»Ins Deutsche Reich – genauer gesagt nach München.«

»Zu den Nationalsozialisten?« Nicolas sah sie nachdenklich an.

»Die Politik spielt für mich in diesem Fall keine Rolle. Bei meiner Reise geht es eher um private Dinge. Vielleicht kannst du dir denken, was ich dort suche.«

»Deinen Vater etwa?« Nicolas zwinkerte ihr zu und öffnete eine weitere Flasche Wein. »Ich wünsche dir, dass du ihn findest. Aber mach dir keine allzu großen Hoffnungen. Das ist lange her.«

Sophie nickte. »Das werde ich ganz sicher tun. Sag mal, was hältst du eigentlich von der Politik dieses Herrn Hitler?«, lenkte sie ab. »Ich habe gehört, nicht jeder darf ins Deutsche Reich reisen. Juden und Kommunisten sind dort unerwünscht.«

»Leute wie ich also«, stellte Nicolas halb amüsiert, aber mit einem bitteren Unterton fest. »Tja, dieser Hitler ist eine sehr zwielichtige Person. Ich verstehe nicht, warum die Leute so laut ›Heil‹ schreien, wenn er erscheint. Aber es gibt viele Franzosen, die neidisch zum Deutschen Reich hinüberschielen. Sie sehen weniger Arbeitslosigkeit, neue Straßen und die Hoffnung der Deutschen, aus der Misere nach dem Großen Krieg rauszukommen.« Nicolas war aufgestanden und ging mit seinem Glas in der Hand auf und ab. »Ich habe mit Jacques Doriot darüber gesprochen, dem Gründer der Französischen Volkspartei, der *Parti populaire français*. Er bringt den Nationalsozialisten große Sympathie entgegen, meint, man müsse Hitler mehr entgegenkommen, um einen drohenden Krieg zu verhindern.«

»Ob das etwas nützt?«, empörte sich Sophie. »Seit dem grausamen Blutvergießen des Großen Krieges sind kaum mehr als zwanzig Jahre vergangen. Wenn man aus diesem Gemetzel nichts gelernt hat, woraus dann?« Nicolas zündete sich eine Zigarette an. »Doriot meint, dass Hitler ernst machen würde, wenn man nicht auf seine Forderungen eingeht. Bis jetzt droht er nur. Aber er rüstet heimlich auf. Und das Geld dafür holt er sich bei den Juden. Er verfolgt sie gnadenlos, nennt sie gefährliche Staatsfeinde und sperrt sie in Lager. Am liebsten würde er sie alle ermorden.« Seine Miene verfinsterte sich.

»Aber das wäre doch entsetzlich!« Sophie war blass geworden. »So etwas kann man sich ja nicht einmal ausdenken.«

Nicolas zuckte die Schultern. »Wer weiß. Hoffen wir, dass diese düsteren Prophezeiungen nicht eintreffen. In der Presse wird ja alles übertrieben. Doriot meint, wir machen uns ganz umsonst Sorgen.«

»Übernimmst du eigentlich immer die Meinung Doriots?«, rief Sophie aus. »Dieser Politiker ist doch wie ein Fähnchen im Wind. Er hat gar keine richtige Linie. Gestern noch links, dann plötzlich rechts …«

Ein kleines Lächeln trat auf Nicolas' Lippen. »Stimmt! Man könnte es auch diplomatischer sagen. Er sieht ein, wenn er auf dem falschen Weg ist. Aber vielleicht sollten wir lieber das Thema wechseln, sonst geraten wir noch in Streit. Na, dann gute Reise! Wenn du zurückkommst, kannst du mir ja von deinen Eindrücken berichten«, lenkte er ein. »Trinken wir auf den Friedenspakt, den die Großmächte mit Ministerpräsident Daladier geschlossen haben.« Er hob sein Glas und prostete ihr zu. »Auf eine friedliche Zukunft!« Leise klirrten die beiden Gläser aneinander. Sophie trank aus, stellte ihr Glas ab und gähnte verhalten. »Sei mir nicht böse, Nicolas. Aber ich bin sehr müde. Komm, ich zeig dir, wo du schlafen kannst.« Sie erhob sich. Der schwere Wein, von dem sie ungewohnt viel getrunken hatte, ließ sie beinahe taumeln, als sie die Schiebetür zum Nebenzimmer öffnete. Sie klappte die Couch auf und nahm das Bettzeug aus dem Schrank. »Hier! Du kannst die Tür schließen und ganz für dich sein. Die Dusche ist auf dem Flur!«

»Ich bin es gewohnt, spät ins Bett zu gehen. Lass uns wenigstens noch zusammen ein Glas Champagner trinken.« Ohne sie zu fragen, nahm er die Flasche in die Hand, die für besondere Gelegenheiten ganz oben im Regal stand. Und bevor Sophie protestieren konnte, sprang der Korken mit einem dumpfen Plopp heraus und der Champagner schäumte mit einem Schwall über. Nicolas reichte ihr ein Glas und goss auch sich ein. »Auf ex – auf das Leben – auf unser Wiedersehen – und deine Erbschaft!« Er trank sein Glas mit einem Zug leer und Sophie, verblüfft über seine Eigenmächtigkeit, wollte kein Spielverderber sein und tat es ihm nach. Sein Glas auf die Anrichte stellend, trat er einen Schritt auf sie zu und sah sie mit einem ganz besonderen Ausdruck in den Augen an. Er war ihr so nahegekommen, dass sie einander fast berührten. Sophie spürte seinen Atem, seine anziehende Gegenwart. Sie wehrte sich nicht, als er mit beiden Händen ihre Taille umfing und sie an sich zog. »Gib mir einen Gutenachtkuss! Davon habe ich schon als kleiner Junge geträumt, als ich dich zum ersten Mal sah«, murmelte er dicht an ihrem Ohr. Sophie wollte etwas sagen, als sie seine Wange an der ihren fühlte, doch sie brachte kein Wort über die Lippen. Ihre Knie wurden weich und eine süße Schwäche durchdrang sie. Er roch gut, nach irgendetwas, nach ihrer Kindheit, dem Duft der Wiesen und der Erde, nach Geborgenheit. Sie schloss die Augen. Das Bettzeug glitt aus ihren Händen zu Boden und für einen kurzen Moment schmiegte sie sich in seine Arme. Dann meldete sich ihr Verstand. »Nein, bitte nicht…« Sie machte einen nutzlosen Versuch, ihn von sich zu schieben. Doch es gelang ihr nicht. Eine wohlige Wärme durchzog sie. War es der Champagner, der sie verwirrte, der ihren Körper nicht mehr gehorchen ließ? Sie bog den Kopf zurück. »Lass mich«, flüsterte sie schwach, »das geht mir zu schnell …«

»Wieso?« Nicolas raue, verführerisch klingende Stimme vibrierte an ihrer Halsbeuge, er streifte den Haaransatz in ihrem Nacken und sie fühlte das Blut heiß durch ihren Körper pulsieren. »Denk daran, wie lange wir uns schon kennen! Ich habe mich immer danach gesehnt, dich einmal so in meinen Armen zu halten. Es ist unsere Bestimmung …«

Sophie wollte widersprechen, doch Nicolas' Lippen geboten ihr zu schweigen. Sie hatten sich mit zärtlichem Druck auf die ihren gepresst, liebkosten sie so zart und behutsam, wie sie es noch nie bei einem Kuss erlebt hatte. Sie spürte, wie ihr Atem sich beschleunigte, ihre Lider schwer wurden. Wonneschauer rieselten durch ihren Körper und sie suchte wie von selbst seinen Mund, der mit dem ihren immer wieder verschmolz. Ungeduldig schlang Sophie die Arme um seinen Hals und zog sein Gesicht tiefer zu sich herab. Ihr Kuss wurde diesmal leidenschaftlich und heftiger als zuvor erwidert. Sie stöhnte unter dem fast schmerzhaften und zugleich süßen Druck seiner Lippen, die sich jetzt mit unverhülltem Begehren fest auf die ihren pressten. Ganz plötzlich ließ er sie jedoch los und schob sie von sich. Benommen und fast enttäuscht öffnete sie die Augen. Er sah sie an, in seinem dunklen Blick funkelte es geheimnisvoll und um seinen Mund spielte ein prüfendes Lächeln, als wolle er sich vergewissern, ob er sie schon ganz besiegt hatte. »Ich habe davon geträumt, dass wir uns einmal so nahe sein würden!« Seine Stimme war weich, bebte in den Tiefen und klang wie ein Instrument, das in ihrem Körper seinen Widerhall fand. »Und jetzt ist dieser Traum Wirklichkeit geworden. Das macht mich unsagbar glücklich.«

Sophie, aufgewühlt von seinen Worten, von den unerwarteten Gefühlen, die sie plötzlich überschwemmten, wusste nichts zu erwidern. Sie spürte, dass diese Begegnung nichts mit den sie eher kühl lassenden, kurzen und ungeschickten Erfahrungen zu tun hatte, die sie bereits mit zwei oder drei Kommilitonen von der Universität gemacht hatte. Wie von selbst sank sie erneut in Nicolas' Arme, presste sich an ihn, vergrub ihr Gesicht an seiner Brust, um ihm noch näher zu sein. Ja, er hatte Recht, schon immer, wenn sie sich trafen, hatte diese unbewusste Anziehung zwischen ihnen bestanden, ohne dass es eine Erklärung dafür gab. Nicolas ließ seine Hände erregt über ihren Körper gleiten, suchte ihre nackte Haut, riss ihr das Baumwollkleid von den Schultern und umfasste ihre Brüste. Sie verloren das Gleichgewicht und fielen gemeinsam aufs Sofa zurück. Sophie breitete die Arme aus und lachte, es war ein glückliches, befreites Lachen, das Nicolas sogleich erstickte, indem er seine Hand zwischen ihre Schenkel schob. Er sah sie an, beobachtete, wie ihr Ausdruck wechselte, sich ihre Augen halb schlossen und die Lust sich in ihrem Gesicht spiegelte. »Ich liebe dich«, flüsterte er, »ich habe dich schon immer geliebt. Ich wusste es nur nicht.« Sie sog die zärtlichen Worte in sich auf. Konnte man in einem so leidenschaftlichen Moment lügen? Sie schob den Gedanken von sich. Jetzt gab es keine Vorbehalte mehr, Zukunft und Vergangenheit wurden unwichtig, es gab nur Nicolas und seine Berührungen, die ein nie gekanntes Feuerwerk in ihrem Körper entzündeten.

Als Sophie zwischen den zerwühlten Kissen am nächsten Morgen erwachte, war Nicolas schon fort. Die Sonne schien hell durchs Fenster und die Vorhänge blähten sich im Wind an der offenen Balkontür. Sie richtete sich auf. Ihr Kopf schmerzte höllisch. Liegengebliebene Essensreste auf dem Tisch, umgeworfene Gläser und leere Flaschen erinnerten an den vergangenen Abend. Hatten sie wirklich mehrere Flaschen Wein und den Champagner ausgetrunken? In ihrem Gedächtnis gab es undeutliche Lücken. Nicolas! Sie wusste so wenig von ihm – nicht einmal, wo er jetzt hingegangen war. Der Gedanke an ihn, an seine Zärtlichkeiten und die ungezügelte Leidenschaft, mit der er sie besessen hatte, trieben ihr noch nachträglich die Röte in die Wangen. Sie schlug die Bettdecke zurück. Ernüchterung machte sich breit, Fragen tauchten auf: Warum hatte sie ihn zum Essen eingeladen – und was noch schlimmer war, ihm danach so schnell nachgegeben? Das war doch sonst nicht ihre Art. Liebte sie ihn? Was hatte sie ihm erzählt? Irgendwo gab es ein Loch in ihrer Erinnerung und so sehr sie sich auch mühte, es zu füllen, es gelang ihr nicht. Schwankend stand sie auf und stürzte gleich mehrere Gläser Wasser hinunter, bevor sie den Teekessel aufsetzte. Im Nebenraum lag noch die Bettwäsche auf dem Boden und auf dem Sofa fand sie einen Zettel: »Es war wunderschön mit dir. Lass mich wissen, wann du wieder aus München zurück bist. Ich hoffe für dich, dass du deinen Vater findest. Eine Bitte noch, den Schuldschein betreffend: Wenn du mein Leben und meine Zukunft retten möchtest, dann hinterlege mir zweitausend Franc bei der Bank Lazare Frères auf meinen Namen. Das Kreuz war es wert. – Viel Glück und eine gute Reise.«

Das Blut schoss Sophie in die Wangen. Nicolas verlangte tatsächlich zweitausend Franc von ihr? Er musste in einer Notsituation sein, denn da stand, dass sie damit sein Leben retten konnte! Wahrscheinlich hatte er sich gestern geschämt, von seinen Schwierigkeiten zu erzählen! Nach alldem, was sie erlebt hatten und was er wusste, konnte sie jetzt nicht einfach wegfahren und ihn im Stich lassen! Sich wieder aufs Bett werfend, starrte sie eine Weile reglos vor sich hin. Sie hatte gestern viel zu viel getrunken. Bereute sie diese Nacht? Auf jeden Fall war nichts daran rückgängig zu machen. Eigentlich wusste sie recht wenig über Nicolas, über seinen Charakter und darüber, ob er verschwiegen oder redselig war, ehrlich oder hinterlistig. Nur ihr Gefühl sagte ihr, dass er sie niemals in Schwierigkeiten bringen würde. Er hatte ihr keine Adresse hinterlassen, nicht geschrieben, wohin sie sich wenden sollte, um ihn wiederzusehen. Sie erhob sich mit dem festen Entschluss, gleich zur Bank zu gehen und das Geld für Nicolas zu hinterlegen. Dann begann sie ihre Koffer zu packen. Es ließ ihr keine Ruhe. Noch heute Abend würde sie den Nachtzug nach München nehmen, um endlich Gewissheit darüber zu haben, wer ihr Vater war und ob er überhaupt noch lebte.

3. Kapitel

Marguerite öffnete mühsam die Augen. Irgendjemand hatte ihren Namen gerufen, ihre Wange getätschelt. Sie blinzelte, bis sie in dem verschwommenen Gesicht vor ihr Pierres besorgte Miene erkannte. Der Regisseur hatte sie bei den Schultern gepackt. »Marge! Was ist los? Was hast du?« Marguerite war nicht imstande zu antworten, ihre Zunge schien wie gelähmt und Pierres Stimme klang wie durch Watte. »Wasser«, murmelte sie undeutlich und jemand hielt ihr ein Glas an die Lippen, aus dem sie in großen Zügen trank. Sie atmete tief durch und spürte, wie ihr Bewusstsein langsam zurückkehrte, ihr Blick klarer wurde. Mist, sie hatte wahrscheinlich zu viel von diesen Tabletten geschluckt! Zusammen mit dem Whisky war das keine gute Mischung gewesen. Sie rappelte sich auf und sah sich um. Die Sänger, der Beleuchter und einige Leute des Chors standen mit betretenen Gesichtern im Halbkreis um sie herum. »Entschuldigt!«, warf sie mit bemüht fester Stimme in die Runde. »Der Kreislauf! Wohl eine … Magenverstimmung.« Sie versuchte ein halbes Lächeln. »Ich habe den ganzen Tag nichts gegessen und nichts getrunken – das hat mich wohl umgeworfen.«

Pierre runzelte die Stirn. Er hatte den Alkoholgeruch, der von Marge ausging, wohl bemerkt. Er selbst nahm oft genug einen Schluck über den Durst – aber während der Arbeit war Alkohol tabu. Wenn Schauspieler tranken, dann bedeutete das immer ein Risiko für die Vorstellung. Er würde darüber nachdenken müssen, ob es sinnvoll war, Marge weiterhin die Hauptrolle zu überlassen. Andererseits war sie keine schlechte Sängerin und Schauspielerin. Und das Wichtigste: Sie unterstützte ihn und die Truppe mit Spenden, statt eine Gage zu verlangen. Schon aus diesem Grunde war es eigentlich kaum möglich, sie zu ersetzen. Aber er würde überlegen, ob er nicht für den Notfall eine Zweitbesetzung fände, vielleicht eine ehrgeizige junge Sängerin, die nicht viel verlangte und als Antigone einspringen konnte. Marguerite hatte sich inzwischen wieder gefangen. »Nur eine Minute – ich mache mich schnell frisch und dann kann es weitergehen!« Sie verschwand im Kabinett der engen Toilette, wo sie versuchte, den Rest der Tabletten und des Whiskys herauszuwürgen. Doch sie spürte immer noch die Wirkung, alles drehte sich um sie und ihre Beine wurden plötzlich so schwach, dass ihr nichts anderes übrig blieb, als sich auf den Boden zu setzen. Nach einer kurzen Ruhepause bespritzte sie ihr Gesicht mit kaltem Wasser, überpuderte die Wangen und trug ein wenig Rouge auf. Am liebsten hätte sie den Kopf unter den Wasserhahn gesteckt, um das schwammige Gefühl loszuwerden, das ihre Reaktionen verlangsamte. So würde sie nicht singen können, keinen Ton über die Lippen bringen. Aber sie hatte ja noch ein paar Kapseln von den starken Amphetaminen, die ihr der Arzt ihres Vertrauens für Krisensituationen verschrieben hatte. Trotz des drohenden Brechreizes brachte sie zwei Stück davon hinunter und spülte mit Wasser nach. Sie durfte jetzt einfach nicht versagen, sich blamieren – sonst war alles aus. Pierre war sehr kritisch. Sie hielt sich mit den Händen am Waschbecken fest, wartete auf die Wirkung und darauf, dass Übelkeit und Schwindel vergingen. Sie tremolierte verhalten, höher, tiefer –

die Töne gelangen. Die Protagonisten sahen ihr mit fragendem Ausdruck entgegen, als sie mit einem erzwungenen Lächeln wieder den Probenraum betrat. Max, der hagere Beleuchter mit der Hakennase, den spärlichen, mausfarbenen Haaren und dunklen Knopfaugen, reichte ihr einen Becher heißen, schwarzen Kaffee, den sie mit kleinen Schlucken trank. »Geht es so, Marge?« Er war besorgt, sein Blick flackerte suchend über ihr Gesicht.

»Danke, Max!« Lächelnd gab sie ihm den Becher zurück. Sie wusste, dass er sie heimlich verehrte, und tatsächlich schien er sich jetzt mehr Sorgen um sie zu machen als Pierre. Nach und nach spürte sie, wie ihr Blut, das in den Adern wie gefroren schien, wieder mit heißem Strom durch ihren Körper wallte. Langsam röteten sich ihre Wangen, ihre Bewegungen wurden weicher und ihre Stimme gewann an Geschmeidigkeit. Sie war plötzlich hellwach. Es war, als hätte man einen Schleier von ihren Augen gezogen, und die Noten sowie der Text ihrer Rolle erschienen plötzlich deutlich und wie eingemeißelt in ihrem Gedächtnis. Sie hob die Hand, wie um das Herumklimpern Roberts zu stoppen. »Was ist? Können wir weitermachen?«, fragte sie, schob selbstbewusst die Schultern zurück und sah Pierre an, der nickte. Ohne zu zögern gab sie den Ton an, bei dem sie vorher stehengeblieben war. Das Klavier fiel ein, begleitete sie. Alain, der den Kreon sang, war verblüfft über ihr Tempo, ihre plötzliche Energie und verlor fast ein wenig von der Stärke seiner Stimme. Dann begann sich der Dialog zwischen ihnen mit schauspielerischer Hingabe und einem Gespür für Tonalität zu entwickeln. Pierre atmete erleichtert auf. Marge war wirklich wunderbar in dieser Rolle und er fand, dass diese wie für sie geschrieben war. Alles war noch einmal gutgegangen.

»Hör mal, Pierre.« Die Interpretin der Ismene im ersten Akt, Charlotte Brizet, zupfte ihn in der Pause am Ärmel und zog ihn beiseite. »Mal im Ernst: Glaubst du wirklich, wir können so weitermachen? Auf Marge ist doch kein Verlass. Sie ist krank, hast du das nicht gesehen?«

»Überlass das bitte mir, Charlotte!«, verteidigte sie Pierre. »Marge hat das Charisma, die Menschen zu fesseln. Und sie singt und spielt hervorragend …«

»Wenn sie nüchtern ist«, ergänzte Charlotte mit einem falschen Lächeln. »Willst du dieses Risiko wirklich eingehen? Was hältst du von einer zweiten Besetzung? Für den Fall des Falles? Ich habe da ein Mädchen im Auge, die Tochter einer Freundin, ziemlich jung, aber sehr begabt. Sie singt und tanzt. Bisher ist sie zwar nur in Varieté- und Cabaret-Vorstellungen aufgetreten …«

»Eine Anfängerin kann ich wirklich nicht gebrauchen«, unterbrach Pierre sie kurz. »Ich will mich doch nicht vor Jean Cocteau blamieren. Er wird bei der Premiere sein!«

»Sieh sie dir wenigstens einmal an«, drängte Charlotte, »nur für alle Fälle. Dann hast du noch ein As im Ärmel, falls etwas schiefgeht.«

»Meinetwegen«, knurrte Pierre, um sich Charlotte mit ihrem Geschwätz endlich vom Hals zu schaffen. »Bring sie mal mit. Schaden kann es ja nicht. Und jetzt kümmere dich gefälligst um deinen eigenen Part als Ismene. Du solltest noch etwas an dir arbeiten, mehr von der Loyalität zeigen, mit der Ismene Antigone in den Tod folgen will. Das klingt bei dir alles zu hölzern, nicht echt genug«.

»Danke für den Hinweis!« Charlotte zog sich beleidigt zurück. »Ich werde mich bemühen.« Sie warf einen neidischen Blick zu Marguerite hinüber. Von Anfang an hatte sie diese Frau nicht gemocht. Immer wurde sie vorgezogen. Und jedes Mal schaffte sie es, sich in den Mittelpunkt zu spielen! Und dann diese Affäre mit Pierre, auf den sie am Anfang selbst ein Auge geworfen hatte! Sie ging in die Garderobe zurück. Pierre war nachdenklich geworden. Charlotte hatte eigentlich

Recht. Bei dem Stand der Dinge wäre es nicht übel, einen Ersatz in petto zu haben. Aber zuerst musste er mit Marge einmal ein deutliches Wort reden. Hier ging es schließlich um seinen Ruf. Wenn die Premiere im Théatre Bobinot platzte, würde ihn keine Bühne in Paris mehr irgendetwas inszenieren lassen. Da durfte er auf Marge keine Rücksicht nehmen. Er hatte sich so viel Mühe gemacht, die etwas in Vergessenheit geratene, kurze Oper aufzufrischen. Das Werk mit der Musik von Arthur Honegger, das bereits 1927 in Brüssel uraufgeführt worden war, hatte damals keinen Erfolg gehabt. Trotz der aufwendigen Dekoration von Pablo Picasso, den Kostümen von Gabrielle Chanel war die Oper durchgefallen. Seitdem waren viele Jahre vergangen, niemand sprach mehr davon, kannte die Musik. Pierre hatte der Ehrgeiz gepackt, etwas Zeitgemäßes daraus zu machen, das dem Inhalt der Tragödie trotzdem entsprach. Mit dem Einverständnis des Komponisten brachte er alles in eine modernere Fassung und überredete Cocteau, seinen Text zu überdenken. Auch das Bühnenbild im Théâtre Bobinot sollte nichts mehr mit der krippenähnlichen Landschaft und den Picasso-Masken der einstigen Uraufführung zu tun haben. Im Hintergrund der Bühne würden sich nur die schattenhaften Umrisse des Palastes von Theben und ein karger Felsen abzeichnen. Marge mit ihrer schönen Altstimme schien Pierre die ideale Besetzung der Antigone zu sein. Sicher hatte es auch damit zu tun, dass ihre leidenschaftliche Affäre gerade auf dem Höhepunkt war. Aber wie bei allen seinen flüchtigen Liebesbeziehungen ließ er auch hier seinen Vorteil nicht außer Acht. Marge bot ihm eine großzügige, finanzielle Unterstützung und gestattete ihm alle Freiheiten. Dennoch würde er auf keinen Fall zulassen, dass sie seine Karriere in Gefahr brachte.

Nach der Probe waren alle in heiterer Stimmung. Die kurze Oper im neuen Gewand würde ein Erfolg werden, dessen war man sich sicher. Pierre hatte den Arm um Marguerite gelegt, als sie die Bar »Lapin Rouge«, die um die Ecke lag, betraten, und drückte sie fest an sich. »Du warst großartig, Chérie!«, lobte er sie, »aber versprich mir, vor der Probe – und besonders vor der Vorstellung – nie mehr einen Tropfen Alkohol zu trinken.«

Marguerite nickte, umschlang ihn, hängte sich an seinen Hals und küsste ihn überschwänglich auf den Mund. Es war eine Vorsichtsmaßnahme, denn die auf und ab blinkende grün-rote Lichtreklame des Etablissements hatte ihr Blickfeld so geblendet und verzerrt, dass sie fürchtete, noch einmal den Halt zu verlieren. Sie wirkte völlig überdreht, lachte zu laut, posierte wie eine Diva und sah Pierre mit ihren dunkelgrünen Augen, denen die vergrößerten Pupillen Tiefe gaben, lockend an. Das schummrige, rötliche Licht der Bar verwischte die Konturen in ihrem Gesicht und ihre unnatürlich geröteten Wangen schimmerten in einem sanften Pfirsichton. Eine kaum merkbare Schwäche in ihrer Haltung ließ sie zarter und verletzlicher als sonst wirken. Auf dem Barhocker schlug sie die Beine übereinander und schaffte es nur mühsam, das Gleichgewicht zu halten. Max, der Beleuchter, hielt sich an seinem Glas fest und starrte mit einem sehnsüchtigen Ausdruck auf ihren hochgerutschten Rock. Er konnte die Augen nicht von ihr lassen. Für ihn war sie eine Göttin, auch wenn man seine einseitige Leidenschaft belächelte, ihn damit aufzog. Was blieb ihm auch anderes übrig, als immer zur Stelle zu sein, wenn Marge ihn brauchte, zu erraten, was sie wünschte? Klein und wenig attraktiv, hatte er kaum Chancen bei Frauen. Schon allein wegen seines Berufes stand er nie im Rampenlicht und musste anderen den Vortritt überlassen. Aber das hinderte ihn nicht daran, für Marge zu schwärmen, ihr gefällig zu sein, wo er nur konnte. Auch jetzt war er der Erste, der hinzusprang und ihr Feuer gab, als sie ihr Zigarettenetui herausnahm.

»Gib dir keine Mühe«, sagte Charlotte leise neben ihm mit einem schiefen Lächeln. »Bei der bist du an der falschen Adresse. Die wirft sich Pierre doch nur an den Hals, damit sie die Rolle hat. Ich hätte sie schon lange rausgeschmissen! Die ist doch hysterisch!«

Max wandte sich verwundert um. Charlotte kniff die dunklen Augen unter den nachgezeichneten Augenbrauen leicht zusammen. Ihr Gesicht, umrahmt von langen, schwarzen Haaren, war mit dem griechischen Profil und der kräftigen Nase nicht gerade hässlich zu nennen. Doch ihre Beine waren zu kurz geraten und die Hüften zu schwer.

»Du magst sie nicht besonders?«, fragte er.

»Das hat mit mögen gar nichts zu tun«, erwiderte Charlotte spitz. »Sie bildet sich nur ein, die Beste zu sein.«

»Ist sie das nicht?«, fragte Max mit einem schwärmerischen Ausdruck, »Ich halte sie für eine wunderbare Künstlerin und bezaubernde Frau.«

»Pah!«, stieß Charlotte verächtlich hervor. »Wart's nur ab. Eines Tages lässt Pierre sie fallen wie eine heiße Kartoffel. Ihr Männer mögt eben um den Finger gewickelt werden. Und dabei überseht ihr die, die euch wirklich gern haben.«

Ihre Miene verwandelte sich augenblicklich zu einem freundlichen Lächeln, als Marguerite zu ihr herübersah. »Zum Wohl«, rief sie ihr über die Theke zu, »und nur Mut, Marge! Deine Stimme ist wie geschaffen für die Antigone!«

»Findest du?«, erwiderte Marguerite, ihr zuprostend. »Danke! Das hast du wirklich sehr nett gesagt!« Sie sah in die Runde. »Euch allen Dank dafür, dass ihr mir heute geholfen habt, über meine Krise hinwegzukommen. Dafür spendiere ich eine Runde!« Lautes Klatschen und beifälliges Gemurmel ertönte, als der Kellner ein Tablett mit Champagner brachte.

Max nahm ein Glas und reichte es ihr. »Auf dich, Marge!«, sagte er leise und versuchte, ihr in die Augen zu sehen.

Sie nickte ihm nur flüchtig zu und nahm das Glas entgegen. Max' Lächeln gefror. Über ihn hinwegsehend, wandte sie sich wieder ihrem Gegenüber zu.

»Dieser Schwächeanfall ist mir wirklich sehr peinlich, Pierre.« Sie nahm einen tiefen Zug. »Aber da kam einfach zu viel zusammen. Ich habe dir doch erzählt, dass meine Mutter kürzlich verstorben ist. Und jetzt gibt es Streit um das Erbe. Aus Ärger habe ich ein Glas zu viel getrunken.«

Pierre horchte auf. »Streit ums Erbe? Wieso das denn?« Er winkte dem Kellner und bestellte noch eine Runde für alle.

»Ach, eigentlich habe ich keine Lust, jetzt davon zu reden«, sagte Marguerite und trank das Champagnerglas leer, obwohl der prickelnde Geschmack sie auf einmal anwiderte. Ihr Herz klopfte zum Zerspringen, ihre Wangen glühten und sie hatte das Gefühl, als vibriere ihr ganzer Körper. In ihrem Kopf klingelte der Gesang ihrer Rolle, tönte wiederholend in ihren Ohren und vermischte sich mit Bruchstücken des Textes. Die Tabletten hatten sie so aufgeputscht, dass es ihr schwerfiel, ruhig auf dem Barhocker sitzen zu bleiben. »Komm!«, gurrte sie und streichelte Pierres Nacken, »lass uns zu dir gehen, dann erzähle ich dir alles.« Sie löste das Band in ihrem Haar, damit das Haar in lockeren Wellen lose über ihre Schultern fiel, und öffnete freizügig die obersten Knöpfe ihres Kleides bis zum Ansatz ihres Busens. Pierre sah zur Seite. Es war ihm peinlich, wenn sich Marge in der Öffentlichkeit so gehen ließ. Er fand sie plötzlich ordinär und übertrieben. Und zum ersten Mal hatte er heute keine Lust mehr, nach der anstrengenden Probe mit ihr zu schlafen. »Ein andermal! Ich muss morgen früh raus!«, sagte er ausweichend. Doch das Thema, von dem sie vorher gesprochen hatte, interessierte ihn. »Gibt es Probleme mit der Erbschaft?«, fragte er.

»Das kann man wohl sagen. Ich werde einen Rechtsanwalt damit beauftragen, das Testament anzufechten.«

»Und warum? Fühlst du dich benachteiligt?«, bemerkte Pierre wie nebensächlich und ließ ihr Glas wieder vollschenken.

»Ja. Ich bin bis auf meinen Pflichtteil enterbt und werde ab jetzt ein wenig sparen müssen. Aber das ist doch nicht wichtig, oder?« Marguerite küsste ihn rasch und ungeniert mitten auf den Mund. »Es hat nicht das Geringste mit unserer Beziehung zu tun, oder?«

»Nein«, sagte Pierre höflich, aber eigentlich hätte er »doch« sagen müssen. Unauffällig wischte er sich den Lippenstift mit der Serviette ab. Dabei spürte er die neugierigen und amüsierten Blicke der Kollegen. Marguerite hob ihr Glas. »Was schaut ihr so? Wir lieben uns!«, seufzte sie theatralisch. »Das ist ja kein großes Geheimnis. *Santé!*« Sie sah Pierre an. »Auf uns!« Sie prostete ihm zu, verschüttete die Hälfte aus ihrem Glas und brach darüber in ein unkontrolliertes Lachen aus, das in ein heiseres Kichern überging. Pierre war von ihrem seltsamen Benehmen und dem öffentlichen Bekenntnis peinlich berührt. Was war heute bloß in Marge gefahren? Er achtete darauf, dass man ihm als Regisseur Respekt entgegenbrachte, und hasste es, wenn sich Privates und Geschäftliches zu sehr mischten. Vor allem mochte er keine Liebesbezeugungen in aller Öffentlichkeit. Er schob sie sanft von sich, als sie sich erneut an ihn presste und ihn leidenschaftlich küssen wollte. »Nicht hier, mein Engel«, murmelte er, »ich denke, wir sind alle müde. Gerade du solltest dich heute ausruhen und frühzeitig zurückziehen.«

»Ich bin aber nicht müde!« Es war nicht gelogen. Marguerites Nerven flatterten, alle ihre Sinne spannten sich wie zu einem Höhenflug. »Gehen wir noch irgendwohin tanzen?«, fragte sie mit unnatürlich glänzenden Augen. Er schüttelte den Kopf und sie sträubte sich gegen den stärker werdenden Druck seiner Hände, die sie von ihm schoben. Eine wilde Sehnsucht nach Zärtlichkeit und Anerkennung erfüllte sie – förmlich eine Sucht, zu sagen und zu tun, was sie dachte. Pierre sollte gefälligst vor allen anderen zu ihr stehen, sich zu ihr bekennen! Sie presste sich mit Gewalt an ihn und wollte den Kopf an seine Brust legen, als er brüsk aufstand und ihr damit einen leichten Stoß versetzte. Der genügte, um sie ungelenk vom Barhocker rutschen zu lassen. Max war herbeigestürzt, um sie aufzufangen, doch es war schon zu spät. Sie wies seine hilfreich dargebotene Hand zurück und zog sich mit schmerzenden Knien an der Theke hoch. Erschrocken sahen die anderen zu ihr herüber und die Gespräche verebbten. Das Blut war Marguerite bei der groben Geste Pierres wie eine rote Welle ins Gesicht geschossen, vor ihren Augen explodierten Funken wie bei einem Feuerwerk. Kaum wieder auf den Füßen, stieß sie einen lauten Wutschrei aus, stürzte sich auf ihn und schlug mit den Fäusten blindlings auf ihn ein. »Schuft, Lump! Du willst mich loswerden! Ich hasse dich!«

Max und die anderen hatten Mühe, sie von Pierre wegzuziehen, der, bleich geworden, seinen Kragen ordnete und die Jacke zurecht zog. »Gute Nacht allerseits«, sagte er kühl, ohne Marguerite zu beachten, »wir sehen uns morgen zur Probe. Wir sind alle etwas überdreht und sollten uns genügend Schlaf gönnen, damit wir in Form sind!« Sein rechter Mundwinkel zuckte nervös, als er einen Geldschein auf die Theke legte und ohne ein weiteres Wort die Bar verließ.

Atemlos, mit wirren Haaren und verschmiertem Lippenstift starrte Marguerite ihm nach, dann sank sie auf den Barhocker zurück und brach in Tränen aus. Was hatte sie nur getan? Sie benahm sich wie die letzte Schlampe! Schlimmer noch, wie eine Furie und genau so, wie Pierre es verabscheute! Angst erfüllte sie, eine unbeschreibliche Panik stieg in ihr auf, ihn verloren zu haben. Ohne sich eine Minute zu besinnen, lief sie ihm nach. Die Straße war schmal, belebt und von grell funkelnden Leuchtröhren zweifelhafter Lokale erhellt. Beinahe wäre sie mit ihren hohen Hacken in einem glitschigen Rinnsal ausgerutscht. Ein feiner Regen fiel und der Asphalt schimmerte vor Feuchtigkeit. Er strömte einen seltsam herben Geruch aus, der sich mit den Abgasen der Autos mischte, die langsam vorüberfuhren und deren Insassen sie abschätzend musterten. Ein paar Prostituierte, die in Türeingängen standen, stießen sich mit den Ellenbogen an und sahen ihr belustigt nach. Pierre war an der Kreuzung des Place de Clichy stehengeblieben und schaute über die Schulter. Zweifellos hatte er sie gesehen, doch er überquerte unbeirrt und mit raschen Schritten die Straße, geschickt den Autos ausweichend, die ihn bremsend anhupten. »Pierre!« Marguerite war es, als neigten sich die hohen, dunklen Häuser, die die Rue Forest einrahmten, ihr entgegen und als bekäme das Straßenpflaster Wellen, über die sie stolperte. »Pierre!« Immer wieder rief sie keuchend seinen Namen: »Warte doch – es tut mir leid, ich …« Sie verstummte. Pierre hatte auf der anderen Seite ein Taxi herbeigewunken und stieg rasch ein, ohne sich noch einmal nach ihr umzusehen. Der Regen strömte jetzt stärker herab. Reglos, wie erstarrt stand sie da, ohne zu spüren, wie das Wasser ihre Haare, Stirn und Wangen nässte. Als sich eine Hand begütigend auf ihre Schulter legte, schrak sie zusammen. »Mach dir nichts draus, Marge«, sagte Max mit einem rührend hilflosen Grinsen. »Morgen denkt er schon nicht mehr dran. Es wird alles beim Alten sein. Er braucht dich – du hast heute wunderbar gesungen und gespielt! Es gibt keine bessere Antigone als dich!« Fürsorglich legte er ihr den im Lokal vergessenen Mantel über die Schultern. Marguerite fiel ihm schluchzend um den Hals. »Du bist so lieb, Max! Lass mich nicht allein, nicht heute Nacht!«, flehte sie dumpf in den Stoff seines karierten Jacketts. »Nimm mich mit zu dir. Ich fürchte mich so sehr!«

Ein triumphierendes Gefühl durchpulste Max, er streichelte ihren Rücken und genoss es, sie endlich in den Armen zu halten, ihren Duft, ihren Körper zu spüren. Doch ihre Bitte brachte ihn in Verlegenheit. »Weißt du«, begann er vorsichtig,

»ich … ich wohne noch bei meiner Mutter. Es wird schwierig sein.« Er zögerte. »Wir äh …«, er verhaspelte sich, »könnten vielleicht zu dir gehen …«

Marguerite hob den Kopf und sah ihn mit verweinten Augen an. So, als würde ihr erst jetzt bewusst, dass es Max war, der sie festhielt. Max, mit seinen blinzelnden Knopfaugen hinter den starken Gläsern seiner Brille, dem lichten, strähnigen Haar, den schmalen Lippen und dem fliehenden Kinn. Es begann stärker zu regnen, ein Schauer stürzte förmlich auf die beiden herab. Die gereinigte Luft, der kühle Regen ernüchterten Marguerite ein wenig und die Realität holte sie ein. Sie machte sich los. »Ich verstehe!« Fröstelnd zog sie den Mantel über der Brust zusammen, besah das schmerzende Knie und die Laufmaschen, die sich durch den Sturz vom Barhocker an ihren Strümpfen hochzogen. »Das geht natürlich nicht. Aber ich … ich komme schon zurecht. Trotzdem danke, dass du zu mir hältst! Bis morgen dann!«

»Aber …« Max sah seine kühnsten Hoffnungen dahinschwinden und machte noch einen letzten Versuch. »Warte, Marge! Wir könnten doch zusammen …« Er brach ab, denn er wollte ihr vorschlagen, ein Hotelzimmer zu nehmen. Doch er brachte es nicht über die Lippen. Es schien ihm zu verstiegen. »Ich meine, ich begleite dich selbstverständlich nach Hause.« Es klang unbeholfen. Wieder hatte er mit seiner verfluchten Schüchternheit eine Chance verpasst.

»Nicht nötig. Ich nehme mir einen Wagen. Drüben, am Ende des Platzes ist ein Taxistand.«

»Na dann … dann bis morgen!«, sagte Max linkisch. Marguerite strich ihr Haar aus der Stirn, das der Regen durchnässt und in eine Flut von Locken verwandelt hatte, die sich über den Kragen und Rücken ihres eleganten Kamelhaarmantels ringelten. Sie reichte Max die Hand. Ihre Augen schienen im Licht der Straßenlampe tiefgründig und geheimnisvoll zu funkeln. Nie war sie ihm schöner erschienen als in diesem Moment. Er sah ihr nach, wie sie leicht schwankend auf ihren spitzen Absätzen balancierend den Place de Clichy mit dem acht Meter hohen, steinernen Denkmal des Widerstandskämpfers de Moncey überquerte und auf die Schlange der wartenden Taxis auf der anderen Seite zuging.

4. Kapitel

Die Modenschau schien ein Erfolg zu werden. Sandrine, »Sandy«, stöckelte mit kleinen Schritten und wirkungsvollen Drehungen ihrer schmalen Hüften die Treppe des »Petit Palais« hinab. Sie trug ein schimmerndes rosa Paillettenkleid, das glockenförmig ihre Knie umspielte. Ein Band aus dem gleichen Stoff mit einer silbernen Agraffe und einer Feder über der Stirn ließ ihren kurzen Pagenkopf wie einen dunklen Helm wirken, der sich um ihr Gesicht schmiegte. Sie blieb kurz stehen, wendete sich nach allen Seiten und lächelte ins Publikum. Applaus brandete auf. Leise Jazz-Musik umrahmte diskret ihren Auftritt. Hinter ihr folgte das nächste Mannequin mit einem wippenden, sich weit bauschenden Rock aus rötlich changierendem Taft und einem knappen, tief ausgeschnittenen Samtoberteil. Achtlos schleifte sie ein mit Nerzfellen besetztes Cape hinter sich her. Das Mode-Defilée im »Petit Palais«, zu dem sich eine Anzahl Journalisten und Gäste eingefunden hatten, hatte vor wenigen Minuten begonnen und schien ein beachtenswerter Erfolg zu werden. Philippe saß voller Spannung im Publikum der Halle, während Jean-Luc in den abgeteilten Umkleideräumen der oberen Etage die letzten Details an den Kleidern kontrollierte, bevor sie gezeigt wurden. Alles ließ sich hervorragend an, die Stühle waren besetzt und neugierige Journalisten zückten ihre Fotoapparate. Bei der Herrenkollektion erkannte Philippe mit scharfem Auge sofort ein neues Modell, einen hübschen Jungen mit dunklen, langen Locken und trotzig aufgeworfenen Lippen, der die Treppe herabschlenderte. Sich nach rechts und links drehend, ließ er scheinbar gelangweilt seine Blicke über das Publikum schweifen. Er war sehr schlank, nicht sehr groß und wirkte kaum älter als achtzehn Jahre. »Wer ist denn das? Wo hat Jean-Luc den denn her?«, raunte Philippe leise der Assistentin zu, die neben ihm saß. Sie zuckte die Schultern und warf ihm einen ratlosen Blick zu. Es war nicht selten, dass Jean-Luc, der sich ständig nach neuen Gesichtern umsah, Modelle von der Straße holte, die ihn zu einer neuen Moderichtung inspirierten. Meistens erzählte er ihm davon – doch diesmal hatte er kein Wort gesagt. Philippe musterte den Burschen mit der hohen Stirn, der mit lasziver Selbstverständlichkeit vor den Fotografen in einer dezent karierten Hose und passender einfarbiger Jacke im Landhausstil posierte. Seine Miene blieb dabei finster, die schwarzen, buschigen Augenbrauen lasteten düster über den tiefliegenden, schwermütigen Augen. Scheinbar unbekümmert darüber, was man von ihm dachte, trug er eine mürrische Überheblichkeit zur Schau, die sich nicht schlecht mit der sportlichen, amerikanisch orientierten Mode vertrug, die Jean-Luc gerade entworfen hatte. Philippe schüttelte den Kopf. Wie konnte er bloß so einen Typen, ein solches Bübchen für die Modenschau engagieren – und das auch noch, ohne ihm etwas zu sagen! Er drängte sich in der Pause durch die Gäste und stieg auf einer Nebentreppe zu den Umkleideräumen im ersten Stock empor. »Zutritt verboten!«, mahnte ein Schild in diesem Bereich, doch Philippe ließ sich davon nicht abhalten. Unter den blitzenden Kristalllüstern herrschte laute und hektische Stimmung, es roch nach Puder, Schweiß und Parfum; Kleider, Tücher und Pelzstolen lagen auf dem Boden verstreut. Näherinnen in weißen Kitteln reparierten Nähte und halfen, dass die neuen Kreationen sich faltenfrei an die Figur schmiegten. Mit Puder wurden die glänzenden Wangen der Mannequins überstäubt, ihre Lippen nachgezogen, die Augen geschwärzt und falsche Wimpern befestigt. Eine Friseurmeisterin bauschte rasch die von Hüten zusammengedrückten Frisuren auf und formte sie mit einem heißen Eisen zu neuen Wellen. In all dem Durcheinander erspähte Philippe endlich Jean-Luc. Sichtlich nervös, ständig an seiner Zigarette ziehend, stand er in einer Ecke und sprach auf den jungen Burschen vor ihm ein, sein neues Herrenmodell. Er gestikulierte, als wolle er mit den Händen etwas beschreiben, und der Junge, den Kopf gesenkt, sah ihn mit einem schwer zu deutenden Blick von unten herauf an. Jean-Luc beugte sich zu ihm hinüber, weitete die Krawatte an seinem Hals und öffnete beinahe zärtlich den obersten Knopf seines Hemdes. Dann ließ er ihn sich herumdrehen und begutachtete ihn mit kritischem Blick. Sie schienen sehr vertraut miteinander und Philipp fühlte plötzlich ein starkes Gefühl der Eifersucht in sich aufwallen. Was wollte Jean-Luc mit diesem linkischen Kerl, der nur aus Haut und Knochen zu bestehen schien? Einen Skandal provozieren? Und das alles mit seinem Geld, denn bisher war er für die Repräsentationen seiner Mode, die Miete für Jean-Lucs weiträumigen Laden »J. L. Robel« auf den Champs-Elysées ganz allein aufgekommen. Kaum hatte er Erfolg, so begann er, Dummheiten zu machen! Mit rauer Stimme rief er ihn an. Jean-Luc schien zusammenzuzucken, als er ihn erblickte. »Ach, du bist es!«, rief er gewollt fröhlich, ließ den Jungen stehen und kam auf ihn zu. »Ich hätte nicht gedacht, dass du dich einmal persönlich hinter die Kulissen unserer heiligen Hallen begibst! Was sagst du, wie läuft die Schau? Ich habe das Gefühl, die neue Kollektion kommt schon im ersten Teil blendend an. Wir haben bereits jede Menge Bestellungen und Aufträge!«

»Das freut mich für dich«, erwiderte Philippe kühl. »Aber sag mir doch, wer ist der Bursche da?« Er deutete mit dem Kinn in die Ecke.

»Ach, du meinst den Neuen für die Herrenkollektion? Das ist Herschel Grynszpan. Ich habe ihn Hermès getauft, Hermès, den Götterboten!«, rief Jean-Luc schwärmerisch aus. »Er wird seine Mission erfüllen. So stelle ich es mir jedenfalls vor. Findest du nicht, dass er der ideale Typ für meine neuen Entwürfe ist? Wenn du willst, mache ich dich mit ihm bekannt.« Er zog ihn mit sich.

»Hermès!«, knurrte Philippe verärgert, der fand, dass der Bursche mit seinem bräunlichen Teint eher einem Satyr als einem Götterboten glich. »Wo hast du den bloß aufgegabelt?«

»Ich habe ihn zufällig auf der Straße gesehen – und dachte sofort, dass er das Bild des modernen jungen Revolutionärs verkörpert …«

»Für mich hat er eher die Physiognomie eines typischen Juden!«

Er musterte Hermès voller Abneigung, der seine letzten Worte gehört hatte und ihm mit zusammengezogenen Brauen finster entgegensah. Mit seinen hohen Wangenknochen, den vollen Lippen und leicht schräg stehenden schwarzen Augen wirkte er auf eine exotische Art schön und hässlich zugleich. »Ja, ich bin Jude, mein Herr – falls Sie nichts dagegen haben«, sagte er laut und mit scharfer Stimme. »Und ich bin stolz darauf. Obwohl man uns in letzter Zeit nur noch verächtlich ansieht. So tut, als wären wir Verbrecher, Ausgestoßene.« Er ballte die Faust und warf die schwarze Haarlocke, die ihm in die hohe Stirn gefallen war, mit einer ruckartigen Bewegung zurück. »Ich glaubte, es wäre nur in Deutschland so – aber ich sehe, dass es in Frankreich nicht anders ist. *Merde!*« Er spie dieses Wort förmlich aus. »Wie einfach, einem unschuldigen Volk die Schuld an allem Schlechten, das in der Welt passiert, zu geben. Es grundlos zu diskriminieren …«

»Hör auf, Hermès!«, mischte Jean-Luc sich beschwichtigend ein. »Diese Diskussion hat doch keinen Sinn. Philippe meint es nicht so. Geh, beeil dich, es ist höchste Zeit, dich umzuziehen. Den haselnussfarbenen Anzug mit Stehkragen. Und achte darauf, dass die Bügelfalte sitzt!« Er winkte der Assistentin, die mit einem verzweifelten Gesichtsausdruck mit dem Kleidungsstück hinter Herschel stand und auf ihre Armbanduhr deutete. »Und wenn ich mich weigere?« Der junge Mann nahm Jean-Luc frech die Zigarette aus der Hand, sog mit zusammengekniffenen Augen daran und ließ sie dann auf das blankgebohnerte Parkett fallen. Provozierend trat er sie mit dem Fuß aus. »Ich habe übrigens noch keine Gage bekommen …« Er hielt die Hand auf. Es entstand eine kurze Stille, in der Jean-Luc hastig seine Brieftasche zückte und einen Schein herauszog. »Mach bloß kein Theater, Hermès! Hier hast du einen Vorschuss!« Der Angesprochene zögerte kurz, besah ihn und steckte ihn dann in die Tasche. Gefolgt von der Assistentin mit dem Anzug über dem Arm verschwand er hinter dem Umkleidevorhang.

»Entschuldige«, sagte Jean-Luc mit einem nachsichtigen Lächeln zu Philippe gewandt. »Hermès ist in vielen Dingen wie ein Kind. Er muss noch viel lernen.« Er steckte die Brieftasche wieder in seine Weste. »Ständig regt er sich über etwas auf – vor allem über die politischen Ungerechtigkeiten gegen sein Volk. Hitler hat seiner Familie, die jüdisch-polnische Wurzeln hat, die Papiere abgenommen und sie aus Deutschland ausgewiesen. Sie wissen nun nicht, wohin. Und Hermès wartet auch schon so lange auf einen neuen Pass! Aber darauf kann ich natürlich keine Rücksicht nehmen. Für mich ist nur wichtig, dass er meine neue Linie verkörpert, jung, revolutionär und ein klein wenig snobistisch.« Er zeichnete begeistert mit den Händen ein Gebilde in die Luft. »Seine morbide Schönheit fasziniert das Publikum …«

»Pah!«, schnaubte Philippe. »Hör auf zu schwärmen. Ich sehe in deinem ›Hermès‹ nur einen ziemlich ungezogenen Knaben! Ungehobelt, geldgierig und mit unmöglichen Manieren! Dass ausgerechnet du so einen schlechten Geschmack hast, hätte ich nicht gedacht.«

»Du irrst dich. Hier geht es in erster Linie ums Geschäft.« Jean-Luc tupfte sich den Schweiß von der Stirn. »Um einen neuen, ungewöhnlichen Stil. Hermès hat das gewisse Etwas – wie ein ungeschliffener Diamant. Mit vierzehn Jahren ist er von zu Hause ausgerissen und zu seinem Onkel Abraham nach Paris gezogen. Der hat im Marais, in der Rue Rosier, ein Lebensmittelgeschäft. Seitdem sucht Hermès eine Arbeit, die seinen Fähigkeiten entspricht.«

»Na und?«, fragte Philippe, immer noch verärgert. »Warum hilft er dann nicht seinem Onkel im Laden? Das würde besser zu ihm passen.«

Jean-Luc antwortete nicht. Die Assistentin hatte sich ihm genähert und ihm etwas ins Ohr geflüstert. Sie deutete auf Hermès, der mit seinem hellbraunen Anzug aus der Umkleide in aufrechtem Gang ganz verändert hervorgetreten war. Seine Haare waren straff nach hinten gekämmt und glänzten vor Pomade. Er trug einen Hut in der Hand und man hätte ihn in diesem Moment ohne Weiteres für einen jungen, reichen Dandy halten können, der mit dekadenter Eleganz sorgenfrei durchs Leben geht. Philippe war verblüfft über die rasche Verwandlung, die auch Gesten und Haltung anbetraf.

Doch Hermès weigerte sich plötzlich erneut, den Laufsteg zu betreten. »Ich habe es mir überlegt. Ich will das ganze Geld«, ließ er Jean-Luc kurz und knapp wissen. »Und zwar im Voraus. Sonst mache ich keinen Schritt!« Trotzig lehnte er mit verschränkten Armen mit dem Rücken an der Wand und wartete. Die Journalisten, Einkäufer und Interessenten waren nach der Pause auf ihre Plätze im Saal zurückgekehrt und wurden allmählich unruhig. Das Blut schoss in Jean-Lucs sonst so bleiche Wangen. »Was sind das für Launen!«, fuhr er ihn an. »Mach, dass du auf den Laufsteg kommst! Oder willst du meine Schau platzen lassen?«

Der Junge blieb reglos stehen und Jean-Luc wandte sich verzweifelt an Philippe. »Hast du das gehört? Er will seine Gage im Voraus! Leih mir bitte hundert Franc!«, raunte er ihm zu. »Oder wir können die ganze Modenschau vergessen!«

»Dieser Mistkerl weigert sich, weil er erst sein Geld will? Warte, ich werde ihm zeigen, was Sache ist – ihm eine Ohrfeige verpassen, an die er noch lange denken wird!«

»Bloß jetzt keinen Skandal!«, flehte Jean-Luc und hielt ihn zurück. »Die Modelle sind auf ihn zugeschnitten. Sie werden keinem anderen passen. Außerdem haben wir bis jetzt alles, was er heute vorgeführt hat, sensationell verkauft. Wir können die gesamte Herrenkollektion vergessen, wenn er sie nicht präsentiert. Denk doch an die Miete für das ›Petit Palais‹ – an die Kosten für den Champagner-Empfang danach! Alles wäre umsonst!« Philippe atmete schwer. Jean-Luc hatte Recht. Der Erfolg der Veranstaltung hing jetzt am seidenen Faden. Seufzend zog er sein Portemonnaie und entnahm ihm das Geld. »Hier! Aber denk nicht, dass es in Zukunft so weitergehen kann. Für diesen unverschämten Kerl ist mir jeder Franc zu schade. Dann kannst du dir deinen ›ungeschliffenen Diamanten‹ an den Hut stecken!« Er warf einen vernichtenden Blick auf Hermès und wandte sich zum Gehen, während Jean-Luc einer Ohnmacht nahe war. Ohne eine Miene zu verziehen, hatte der Junge diesem Dialog zugehört. Ungerührt steckte er das Geld, das man ihm gereicht hatte, in die Tasche. »Glauben Sie ja nicht, dass ich das für mich tue!«, rief er Philippe nach. »Es ist für meine Eltern, die die Nazis nach Polen zurückschicken wollen. Sie haben sie enteignet und jetzt sind sie im Niemandsland, in einem Lager.« Seine Augen loderten vor Kummer und leidenschaftlichem Hass wie glühende Kohlen auf.

»Ja, und?« Philippe drehte sich gelassen um und kam ein Stück zurück. »Warum sind Sie dann nicht in Polen, sondern hier, wenn Sie ihnen helfen wollen?«

»Lass ihn doch in Ruhe!«, mischte sich Jean-Luc beschwichtigend ein. »Hermès meint, dass es in Deutschland und in Polen keine Zukunft mehr für die Juden gibt. Sein Onkel hat in Paris Beziehungen zur Botschaft und da dachte er, man könnte ...«

»Du musst mich nicht verteidigen«, fiel ihm Hermès wütend ins Wort. »Das kann ich selbst!« Dicke, dunkle Strähnen seines schwarzen Haares hatten sich aus der Pomade gelöst und fielen ihm ins Gesicht. Mit der gleichen unwirschen Bewegung des Kopfes wie vorher warf er sie zurück. Er kniff die Augen zusammen und sagte zu Philippe gewandt: »Es passt Ihnen wohl nicht, dass ich hier bin?«

»Das können Sie sich wohl denken. Aber es geht ja nicht um meine Veranstaltung und auch nicht um meine Kollektion. Sondern um die von Jean-Luc. Und deshalb hat er zu entscheiden!« Abrupt drehte sich Philippe um und verließ endgültig die Garderobe. Jean-Luc, dessen Miene sich zusehends verfinstert hatte, zog den jungen Mann hastig beiseite. »Nimm es ihm nicht übel«, flüsterte er ihm beschwörend zu. »Er meint es nicht so. Aber jetzt müssen wir weitermachen. Bitte Hermès, geh raus, zeig Ihnen meine Mode und welchen Stil du mit deiner Lässigkeit verkörpern willst. Ich brauche dich!«

Der junge Mann zögerte noch einen Moment, dann gab er sich einen Ruck, setzte verwegen den Hut auf und trat auf den Laufsteg. Lässig schlenderte er, die Hände in den Taschen, wie ein arroganter Lebemann hinaus ins Scheinwerferlicht. So, als hätte er noch nie im Leben etwas anderes gemacht.

Als Philippe am nächsten Morgen in seinem luxuriösen, mit vier vergoldeten Löwenkopfpfosten versehenen Bett am Quai Bourbon erwachte, schmerzte sein Kopf unerträglich und sein Magen rebellierte. Er hatte gestern beim Empfang zu viel durcheinander getrunken, ja förmlich in sich hineingeschüttet. Champagner, Cocktails, Wein und Cognac. Er erinnerte sich nicht einmal mehr, wie er nach Hause gekommen war. Stöhnend zog er die Bettdecke wieder über sich. Die Modenschau war ein Erfolg gewesen, das war das einzig Positive, an das er sich erinnerte. Jean-Luc hatte ihm strahlend sein gefülltes Auftragsbuch gezeigt. In der Form, wie seine Gedanken sich langsam ordneten, kehrten auch die quälenden Sorgen zurück. Die Miete des »Petit Palais« war fällig, das Fest danach musste bezahlt werden, die Mannequins wollten nicht warten und für die Ausstattung des Defilees war zumindest ein Vorschuss zu begleichen. Jean-Luc war anspruchsvoll, er verlangte neben anderen Luxusdingen für die Körperpflege auch seinen gewohnten täglichen Champagner, den er angeblich brauchte, um die Phantasie anzukurbeln. Bis jetzt war das kaum ein Problem gewesen, aber der Tod der Mutter und ihr unerwartetes Vermächtnis hatten alles verändert. Philippe hoffte inständig, dass der Notar noch niemanden von der Tuchfabrik Carrière & Co über die neue Lage verständigt hatte. Monsieur Tolbiac, der ihn vertretende Buchhalter, der während seiner Abwesenheit die Firma führte, wusste wahrscheinlich noch nichts von der neuen Situation, die alles in ein anderes Licht rückte. Was war, wenn man die Unterschlagungen entdeckte? Tolbiac hatte das Spiel immer mitgemacht, sich von seinem hohen Gehalt selbst einiges geleistet. Was war jetzt mit den teuren Stoffen für die Frühjahrskollektion? Würde man in den Büchern entdecken, dass sie geliefert, aber niemals beglichen wurden? Die falschen Zahlen enttarnen? Ob Sophie das überhaupt prüfen ließ? Schließlich hatte sie nicht die geringste Ahnung vom Geschäft und so konnte er nur hoffen, dass sie ihm auch weiterhin die Leitung überließ. Das Beste würde sein, die verdächtigen Unterlagen mit der gesamten Buchführung der letzten Jahre zu verbrennen. Auf jeden Fall musste er heute unbedingt bei Carrière & Co vorbeischauen und eine Entscheidung treffen. Das Hausmädchen Louise klopfte diskret und servierte einen Mokka und die Post auf einem Silbertablett. Der sonst so anregende Kaffeeduft verursachte ihm diesmal fast Übelkeit. »Wo ist Jean-Luc?«, fragte er, sich räuspernd, mit rauer Stimme. Er kippte die tiefschwarze Flüssigkeit rasch hinunter und überflog die Briefe, die fast nur aus Rechnungen bestanden.

»Monsieur ist heute Nacht nicht nach Hause gekommen«, antwortete Louise wahrheitsgemäß, »sein Bett ist nicht benutzt!«

»Was?« Philippe richtete sich auf und versuchte, sich in seinem umnebelten Hirn an den Abend zu erinnern. »Was soll das heißen?«

Louise zuckte bedauernd die Schultern und verließ das Zimmer. »Verdammter Kerl«, stieß Philippe zwischen den Zähnen hervor, während er schwankend aus dem Bett stieg. »Wenn du dich mit diesem Hermès eingelassen hast, wirst du es bereuen! Ich werfe ihn hinaus – und sei es mit Gewalt.« Er überlegte einen Moment, dann zog er die Schublade seines Nachttisches auf und entnahm dem Etui eine glänzend polierte Walther-Pistole des Modells 08. Wenn der Bursche ihm noch einmal unter die Augen käme, würde er ihm einen solchen Schrecken einjagen, dass er auf Nimmerwiedersehen verschwand! Er versicherte sich, dass sie geladen war, und steckte sie in die Brusttasche seiner Jacke. Wenig später machte er sich, frisch geduscht und rasiert, in einem hellen Kammgarnanzug auf den Weg zur Bank, um als Erstes die dringendsten Dinge zu erledigen. Er hatte sich wie üblich über die Firma Carrière selbst den monatlichen Scheck ausgestellt und wollte ihn wie gewohnt am Schalter einlösen. Seine unguten Vorahnungen trogen ihn nicht, als man ihm plötzlich die Auszahlung verweigerte. Wutentbrannt machte er sich auf den Weg zum Boulevard Beaumarchais, dem Sitz der Filiale von Carrière & Co. Er setzte ein betont selbstbewusstes Lächeln auf und wandte sich an die Sekretärin. »*Bonjour*, Mademoiselle! Wollte nur mal wieder nach dem Rechten sehen. Monsieur Tolbiac ist sicher in seinem Büro.« Irgendetwas war anders als sonst, denn die Sekretärin erwiderte seinen Gruß zurückhaltend. »Monsieur lässt ausrichten, er sei leider gerade in einer dringenden Besprechung …« Sie zögerte.

Philippe sah das unsichere Flackern in ihren Augen. Er eilte an ihr vorbei und riss die Tür zum Büro des Buchhalters auf. Tolbiac sprang auf, als er ihn so unvermittelt hereinplatzen sah. Sein Kopf nahm die Farbe einer reifen Tomate an. »Es tut mir so leid, Monsieur Carrière«, sagte er mit künstlichem Bedauern. »Mein herzliches Beileid zum Tod Ihrer Frau Mutter! Aber ich bin heute wirklich sehr beschäftigt. Könnten wir unsere übliche Besprechung nicht auf ein anderes Mal verschieben?« Philippe zwang sich dazu, ruhig zu bleiben. »Reden wir doch gleich Klartext, Tolbiac! Mein Scheck wurde nicht eingelöst. Was soll das heißen?« Er fixierte den Geschäftsführer mit funkelnden Augen. Dieser wand sich beinahe unter seinem Blick. »Sie müssen verstehen, Monsieur, dass ich mich in einer sehr prekären Lage befinde. Ich … ich habe die Anweisung, mich nach dem Testament Ihrer Frau Mutter zu richten.« Seine Hände zitterten, als er ein Dokument von seinem Schreibtisch nahm. »Hier, sehen Sie selbst. Das Schreiben des Notars und eines Anwalts! Er kündigt einen Revisor an! Es dürfen bis dahin keine Ausgaben mehr ohne Einwilligung des Kompagnons Monsieur Morand und der Ihrer werten Schwester getätigt werden.« Er fiel in seinen Sessel zurück und stützte den Kopf in die Hände. »Ich habe keine Ahnung, was ich tun soll, wenn die Bücher geprüft werden. Man wird entdecken, dass die fehlenden Beträge ins Riesenfache angewachsen sind! Es wird mir nichts anderes übrig bleiben, als die Wahrheit zu sagen:

Dass es nicht meine Schuld ist. Oder haben Sie eine Idee, welche Erklärung ich dazu abgeben soll?«

»Die einzige, die es gibt: Nämlich, dass ich der Geschäftsführer dieses Unternehmens bin und mir herausnehmen kann, was ich will! Meine Schwester wird damit einverstanden sein, dass ich die Firma weiterhin leite. Ich werde mit ihr reden.«

»Aber Ihr Kompagnon wird sicher Aufklärung darüber verlangen, warum, wieso … seit Jahren … Sie verstehen mich doch …« Mit flackernden Augen sah er ihn an. »Man wird auch wissen wollen, warum mein Gehalt so ungewöhnlich erhöht wurde. Man wird glauben, ich sei bestechlich – stecke mit Ihnen unter einer Decke …«

»Was genau der Wahrheit entspricht«, stieß Philippe grimmig hervor. »Monsieur Tolbiac! Sie haben A gesagt und jetzt müssen Sie auch B sagen. Die Bücher mit den Entnahmen müssen verschwinden.«

»Verschwinden?« Zitternd sprang Tolbiac auf. »Wie meinen Sie das?«

»Wie ich es sage! Vernichten Sie das belastende Material so schnell es geht! Verbrennen Sie es.«

»Man wird mich der Veruntreuung anklagen! Ins Gefängnis bringen!«

»Das kann man nicht tun, wenn es keine Beweise gibt – wenn die Unterlagen fehlen. Sie sind eben gestohlen worden – abhandengekommen, verschwunden. Wir werden einen Überfall auf dieses Büro inszenieren. Unser Kompagnon muss vor vollendete Tatsachen gestellt werden. Und wenn es weitere Schwierigkeiten geben sollte – dann rede ich mit meiner Schwester Sophie unter vier Augen. Ich gestehe ihr alles und nehme die Schuld auf mich. Ich habe Sie, als Buchhalter, gezwungen, mitzumachen. Damit schließen wir die Öffentlichkeit aus. Sophie wird es nicht wagen, gerichtlich gegen mich, ein Mitglied der Familie, vorzugehen.

Niemand wird einen Skandal wollen. Das Ganze wird sang- und klanglos unter den Teppich gekehrt werden.«

Erleichtert ließ sich der Buchhalter wieder auf dem Sessel nieder. »Das wollen Sie tun?« Er sah Philippe verwirrt an. »Glauben sie denn, dass damit alles in Ordnung kommt?«

»Warum nicht? Vorausgesetzt, Sie verbrennen die belastenden Akten und Bankauszüge. Am besten noch heute Abend, wenn alle aus dem Haus sind.« Er deutete auf den kleinen Marmorkamin. »Hier, das ist die beste Lösung. Die Asche werfen wir fort. Ich komme später, wenn Sie das erledigt haben. Wir werden dann nochmal alles durchgehen, damit wir keine Spuren hinterlassen. Und wir werden das Büro völlig durcheinanderbringen, damit man an einen Überfall glaubt.«

»Ein Überfall! Ja, warum nicht. Aber denken Sie denn, das genügt, um einer Anklage zu entgehen?« Tolbiac war vor Angst ganz grau im Gesicht.

»Selbstverständlich, wie ich schon sagte. Eigentlich geschieht das nur zu Ihrer eigenen Sicherheit. Ich habe Ihnen schließlich gleich zu Anfang versprochen, Sie von jedem Verdacht freizuhalten. Sie haben nur getan, was ich sagte. Und mir kann niemand etwas anhaben. Ich hatte alle Vollmachten.«

»Gut!«, willigte Tolbiac ein, dem das schlüssig erschien. Doch eine unbestimmte Furcht blieb. »Dann also – wann werden Sie kommen?«

»Um zweiundzwanzig Uhr. Ich hoffe, sie haben es bis dahin geschafft. Es darf nichts übrig bleiben.«

Tolbiac zuckte die Achseln. »Ich tue, was ich kann. Aber ich bitte Sie auch, meine anschließende Kündigung anzunehmen!«

»Seien Sie unbesorgt – das wird dann gar nicht mehr nötig sein!« Philippe wandte sich um und verließ das Büro. Eine unheimliche Ruhe und Entschlossenheit hatte von ihm Besitz ergriffen. Jetzt musste er sich nur noch diesen Hermès vornehmen und ihn ein für alle Mal in die Flucht jagen. Jean-

Luc würde ein anderes Modell finden, wie immer. Er fühlte nach seiner Pistole, die sich in der Jackentasche glatt und kühl anfühlte. Er gedachte zwar nicht, sie zu gebrauchen, aber sie würde seinem Handeln mehr Druck verleihen.

***

Noch am Vormittag war Sophie zur Bank Lazare-Frères gegangen und hatte die zweitausend Franc für Nicolas hinterlegt. Es war ein merkwürdiges Gefühl und ihr schien, als musterten die Angestellten sie mit seltsamen Blicken. Sie beeilte sich, das imposante Bankgebäude so schnell wie möglich wieder zu verlassen. Gleich anschließend rief sie Monsieur Dupont an, den Vermögensverwalter ihrer Mutter, um ihn darüber zu benachrichtigen, dass sie seine Dienste nicht weiter benötigte. Er schien ihr voreingenommen und zu sehr mit Philippe und Marguerite im Bunde. Sie hatte die feste Absicht, alles in neutrale Hände zu legen. Da sie niemanden kannte, fragte sie den Notar, der ihr die Adresse Maître Buffons, eines seriösen Advokaten, nannte. Mit ihm wollte sie die nächsten Schritte besprechen. Vor allem mussten die Bücher der ›Carrière Textilfabrik & Co‹ geprüft werden. Wenn Philippe an der Fortführung der Firma auch weiterhin kein Interesse zeigte, konnte man die Anteile vielleicht an den Kompagnon verkaufen und den Geschwistern den Erlös zukommen lassen. Es war vielleicht nicht ganz in Mamans Sinn, aber es würde auf jeden Fall den Erbstreit ein wenig entschärfen. Sophie entschloss sich, den vom Notar empfohlenen Anwalt, Maître Buffon, noch heute aufzusuchen. Er arbeitete in einem gediegenen Büro in der Avenue de la Grande Armée, nicht weit vom Étoile, und empfing sie am Nachmittag mit ausgesuchter Höflichkeit. »Was kann ich für Sie tun, Mademoiselle?« Sophie erklärte ihm den Fall. Sie legte die Akte mit den Unterlagen vor, die sie besaß, und nannte ihm Monsieur Dupont und den Namen des Notars, der den Nachlass bearbeitete. Er hörte ihr höflich zu und machte sich Notizen. »Es ist sehr selten, dass eine Mutter nur eines ihrer Kinder als erbberechtigt ansieht und die älteren Geschwister sich mit dem Pflichtteil begnügen müssen«, begann er mit einem nachsichtigen Lächeln. »Wie erklären Sie sich das?«

»Das ist nur zu verstehen«, antwortete sie gelassen, »wenn man meine Geschwister kennt. Maman wollte sicher nur das Beste für uns alle. Und gerade deshalb hat sie diese Entscheidung getroffen. Was Philippe und Marguerite betrifft – sie können nicht mit Geld umgehen, hätten das Schloss und die Textilfabrik verkauft und ihr Erbe im Nu verschleudert. Das wollte unsere Mutter verhindern. Trotzdem sollten sie aber versorgt sein.«

Maître Buffon nickte verständnisvoll. »Und Sie sind die einzige – nennen wir es einmal so – Vernünftige unter den Kindern?«

Sophie nickte. »Maman hat es sicher so gesehen.«

»Unter diesen Aspekten kann ich natürlich die Entscheidung ihrer Mutter verstehen.«

»Meine Geschwister werden das Testament vermutlich anfechten. Der Vermögensverwalter Mamans, Monsieur Dupont, ist leider auf ihrer Seite. Ich kann es nicht beweisen, aber ich habe den Verdacht, dass er nicht ehrlich ist. Er will sich nicht in die Karten sehen lassen und seine Unterlagen nicht herausgeben.«

»Wenn wir vor Gericht gehen, wird er das müssen!« Der Anwalt drehte nachdenklich den Bleistift zwischen den Fingern.

Sophie zögerte: »Darf ich alles in Ihre Hände legen? Ich werde in der nächsten Zeit auf Reisen sein.«

»Wenn Sie mir alle Vollmachten geben, sehe ich darin kein Problem. Wann werden sie zurück sein? Kann ich Sie irgendwo erreichen?«

»Das ist nicht so einfach. Ich melde mich bei Ihnen. Sagen wir, ich rufe zweimal die Woche an, da können Sie mir berichten, was es Neues gibt.«

»In Ordnung.« Maître Buffon schob ihr ein paar Formulare zu. »Es wäre gut, wenn Sie das gleich ausfüllen.« Er lächelte sie freundlich an. »So, wie Sie es schildern, wird die Sache sicher im Sinn ihrer Mutter verlaufen. Hier ist meine Karte mit allen Informationen und meiner privaten Telefonnummer.«

»Ich habe Vertrauen zu Ihnen«, sagte Sophie spontan und reichte ihm die Hand.

»Das ist das Wichtigste. Ich versichere Ihnen, dass ich mein Bestes tun werde!« Er begleitete sie zur Tür. Es nieselte, als Sophie auf die Straße trat. Sie flüchtete in die nächste Metrostation. Während sie auf die Bahn wartete, ertappte sie sich dabei, dass der gestrige Abend wie ein Film vor ihren Augen ablief. Immer wieder musste sie an Nicolas denken. Er war so stark, so besitzergreifend gewesen – und zugleich zärtlich und liebevoll. Ob es viele Frauen in seinem Leben gegeben hatte? Wahrscheinlich konnte ihm keine widerstehen. Er wusste genau, dass er gut aussah, mit seinem markanten Gesicht, den dunklen Locken und den ein wenig melancholisch dreinblickenden braunen Augen, in denen ab und zu helle, bernsteinfarbene Funken aufblitzten. Der Gedanke daran verursachte ihr Herzklopfen. Warum war er nicht geblieben, hatte wenigstens noch einmal angerufen? Sie hätte ihm gern gesagt … ja was eigentlich? Dass sie ihn liebte? Nein. Das war ein zu großes Wort – und es stimmte nicht einmal. Aber trotzdem spürte sie ein seltsames Kribbeln, eine gewisse Erregung in ihrem Blut, wenn sie an ihn dachte. Aber Liebe? Darunter stellte sie sich etwas Anderes vor. Was, das wusste sie nicht genau. Dennoch kreisten ihre Gedanken ständig um ihn. Wo er hingegangen war, welche Schwierigkeiten er hatte. Und warum er so dringend Geld brauchte. Vielleicht würde er es ihr eines Tages erzählen. Sicher befand er sich in einer Notsituation. Oder hatte er einfach geglaubt, dass ihm das Geld für das Kreuz noch zustand? Dachte er vielleicht, dass sie es ihm schuldig war? Diese Überlegung verursachte ihr ein ungutes Gefühl und sie schob sie energisch von sich. Sie kannte Nicolas und teilte in keiner Weise die negative Meinung, die Maria von ihm hatte. Als sie wenig später wieder ihre kleine Wohnung in der Rue du Cherche-Midi betrat, kam ihr Babette, ihre Mitbewohnerin, lächelnd entgegen. Babette war groß und schlank mit hellbraunen, im Nacken zu einem Knoten gesteckten Haaren. Man hätte sie trotz ihrer dicken Brille hübsch nennen können, wenn ihre etwas zu grobe Nase und die eng zusammenstehenden Augen nicht gewesen wären. Sie war bei Verwandten in der Auvergne aufgewachsen und hatte eine harte Kindheit gehabt. Damit erklärte sich vielleicht ihre Korrektheit und der geradezu verbissene Ernst, mit dem sie ihr Studium betrieb. Aber Sophie und sie kamen gut miteinander aus.

»Da bist du ja endlich!«, begrüßte sie Sophie und gab ihr einen Kuss auf beide Wangen. »Ich hoffe, du hast mich schon vermisst! Hast du deine Koffer noch nicht ausgepackt – oder willst du etwa schon wieder weg?«

»Erraten.« Sophie zog ihren Mantel aus. »Aber du wirst dich ohne mich sicher nicht langweilen. Übrigens, hat jemand für mich angerufen?«

»Nein«, antwortete Babette. »Niemand. Aber ich finde es nicht besonders nett, wenn du ohne mich Partys feierst«, sagte sie nicht ganz ernstgemeint. »Wie man sieht, ist es ja wild zugegangen! Leere Champagner- und Rotweinflaschen, und eine Rechnung aus dem Bistro Filou für ein Dîner à deux!« Mit einem leisen Vorwurf in der Stimme setzte sie dann hinzu: »Das Bett hättest du aber wenigstens machen können.«

»Entschuldige!«, entgegnete Sophie matt und begann, die Hinterlassenschaften des Abends fortzuräumen. Sie mochte es nicht, wenn Babette den Ordnungswächter spielte, auch wenn es nur im Spaß war. »Bisher hatte ich einfach keine Zeit dazu. Dafür hast du die Wohnung jetzt eine Zeitlang ganz für dich. Ich reise noch heute Abend nach Deutschland. Sei so lieb und schreib mich an der Uni für das neue Semester ein. Sag einfach, ich sei krank und könne nicht selbst kommen.«

Babette sah sie neugierig an. »Bleibst du lange weg? Hat es etwas mit dem Testament deiner Mutter zu tun?«

»Im weitesten Sinne. Ich muss etwas regeln«, entgegnete Sophie ausweichend. »Ich erzähle dir alles, wenn ich wieder da bin.« Sie warf noch ein paar Sachen in ihren kleinen Koffer, schloss ihn und setzte sich erschöpft in den einzigen Sessel.

»Kaffee?«, fragte Babette. »Ich glaube, du brauchst eine Aufmunterung.« Mit diesen Worten goss sie den schwarzen, duftenden *café noir* in eine kleine Tasse. »Danke!« Sophie rührte drei Teelöffel Zucker hinein und trank ihn mit kleinen Schlucken. Dann sah sie auf die Uhr. »Es wird Zeit. Am besten, ich nehme ein Taxi zum Gare de l'Est. Der Nachtzug fährt um acht Uhr dreißig und mir ist es lieber, wenn ich früh genug am Bahnhof bin.« Sie fuhr mit den Fingern durch ihre blonden Locken und fasste sie im Nacken mit einem Gummiband zusammen. Dann umarmte sie Babette. »*Au revoir!* Mach's gut, ich bin bald wieder da!«

»Lass mich nicht zu lang allein! Was soll ich sagen, wenn jemand nach dir fragt?«

»Sag einfach, ich bin bei Freunden in Deutschland.« Mit diesen Worten war Sophie zur Tür hinaus. Babette sah ihr kopfschüttelnd nach.

***

Das Taxi hielt in der Rue de Lille und Marguerite stieg nicht ohne Mühe aus. Die Wirkung des Aufputschmittels war verpufft, der ganze Abend, vor allem aber das Verhalten Pierres hatten sie ernüchtert und schockiert. Ihr Knie schmerzte heftig, sie entledigte sich ihrer Schuhe mit den hohen Absätzen und humpelte auf ihren teuren Seidenstrümpfen über das nasse Pflaster. Das Haus, in dem sie eine Wohnung besaß, war im Haussmann'schen Stil erbaut, mit protziger Fassade und zwei Skulpturen, die die gedrechselten Säulen rechts und links des Eingangsbereiches auf den Schultern trugen. Der vergitterte Aufzug, in den sie trat, rührte sich nicht von der Stelle. Er war vermutlich – und wie schon so oft – kaputt und es dauerte immer eine Ewigkeit, bis man ihn reparierte. Die verspiegelte Wand gegenüber zeigte ihr ein erschöpftes Gesicht mit zerzausten Haaren, verschmiertem Make-up und Schatten unter den Augen. Die Concierge hatte ihr Fenster zum Flur zum Glück schon geschlossen und Marguerite stieg schleppend wie eine alte Frau die Treppe hinauf. Irgendwie war heute sehr viel schiefgelaufen. Zum Glück war ihr der Text der Antigone wieder eingefallen. Und sie hatte am Ende gut gesungen und brillant gespielt. Das war die Hauptsache gewesen! Schwache Momente konnte schließlich jeder haben. Das plötzliche Aufgedreht-Sein der letzten Stunde war von ihr abgefallen wie eine überflüssige Haut. Jetzt wollte sie nur noch zu Bett. Ihre Hände mit dem Schlüssel zitterten, als sie die Wohnungstür aufsperrte. Der schwache Schein der Stehlampe im Salon ließ sie für einen Moment stutzen. Wahrscheinlich hatte sie vergessen, das Licht auszuschalten. Mit einem erleichterten Seufzer hängte sie ihren Mantel auf einen Bügel, legte die Tasche ab und fuhr sich mit allen zehn Fingern durch das feuchte Haar, um es zu entwirren. »Marge?« Sie fuhr herum. »Gaston! Hast du mich erschreckt! Was machst du denn hier?«

»Was für eine Frage? Das ist doch unsere gemeinsame Wohnung. Wir sind schließlich immer noch verheiratet.«

Sie schüttelte ärgerlich den Kopf. »Was redest du da? Die offizielle Scheidung ist nur noch eine Formalität. Du warst es doch, der zuerst die Trennung wollte, wenn ich mich recht erinnere. Um zu deiner Geliebten Josette zu ziehen.«

»Das ist längst vorbei. Nein – im Ernst, Marge, ich habe mich entschlossen, wieder mit dir zusammen zu sein. Lass uns alles rückgängig machen. Josette war es, die wollte, dass wir uns scheiden lassen, damit ich sie heirate. Wahrscheinlich war sie nur daran interessiert, meinen Namen zu tragen: Comtesse de Vuillac, das hätte ihr gefallen. Aber ich wollte nicht so wie sie. Da hat sie mich einfach hinausgeworfen!«

»Ach!« Mehr fiel Marguerite in diesem Moment der Überrumpelung nicht ein. Nach einer kurzen Pause fügte sie hinzu: »Und dann kommst du einfach zu mir und denkst, alles ist wie früher?«

»Warum nicht? Freust du dich etwa nicht?« Ironisch zog Gaston die Augenbrauen hoch.

Marguerite fuhr wie eine Furie herum. »Freuen? Du bist wohl total verrückt geworden? Wir haben nichts mehr miteinander zu schaffen. Es ist aus zwischen uns, lange schon. Und das weißt du auch. Ich bitte dich zu gehen! Sofort!«

»Langsam, langsam!« Gaston war von aufreizender Gleichmut. »Du verweigerst mir also das mir noch zustehende Wohnrecht?«

»Spar dir deine geschwollenen Worte! Geh zum Teufel! Zu einer deiner kleinen Huren. Ich hätte mich schon längst scheiden lassen sollen.« Marguerite fühlte, wie kalte Wut in ihr aufstieg. »Da ist die Tür! Du kannst nicht bei mir bleiben.«

Sie wandte sich um, aber Gaston rührte sich nicht von der Stelle. »Denk daran, dass du mir nach unserer amtlichen Scheidung Unterhalt zahlen müsstest«, sagte er beinahe drohend. »Ich habe keinerlei Einnahmen.«

»Ach, so ist das? Du glaubst, bei meinem Erbe springt noch was für dich heraus? Aber ich habe nichts!«, fauchte Marguerite.

»Ich dachte, du hättest das spätestens bei der Testamentseröffnung begriffen.«

»Marge!«, sagte Gaston in einem beinahe flehenden Tonfall. »Hör mich doch wenigstens an! Es ist diesmal sehr ernst.« Er stand auf, nahm die Flasche Calvados vom Buffet und füllte sein Glas. »Ich bin in furchtbaren Schwierigkeiten!« Er senkte den Blick und obwohl er die Fünfzig bereits überschritten hatte, wirkte er wie ein schuldbewusster Junge. »Blöderweise habe ich wieder Schulden gemacht, gespielt und alles verloren. Ich schwöre dir, es war das letzte Mal!« Er sah sie zerknirscht an. »Und jetzt weiß ich nicht, wohin. Ich wollte es dir schon vorher sagen. Erst dachte ich, es wäre das Einfachste, wenn ich ganz in Auprèsmont bliebe. Du hast es mir ja selbst vorgeschlagen. Aber so isoliert auf dem Land – das ist nichts für mich, das halte ich nicht aus. Ich brauche die Stadt, Leben, Bars, Freunde, ein buntes Treiben um mich ...« Er trank sein Glas mit kleinen Schlucken beinahe leer. »Wie du!«

»Dann such dir doch ein Hotel«, seufzte Marguerite müde. »Deine Schulden sind ja nichts Neues. Ich fürchte, du wirst sie nie loswerden, wie viel Geld du auch bekommst. Hast du nicht gehört, was der Notar gesagt hat? Es war doch ganz eindeutig. Ich kann in Zukunft nichts mehr für dich tun. Ich weiß nicht einmal, wie ich mit dem auskommen soll, was mir Mutter«, sie betonte die folgenden Worte, »in so großzügiger Weise zugeteilt hat. Also lass mich in Ruhe.«

»Du hast doch sicher noch irgendwo Reserven«, beharrte Gaston eigensinnig. »Fünfhundert Franc als Vorschuss – das ist doch nicht viel für dich, oder? Ich suche mir irgendwo ein Zimmer ... und du bist mich los.«

»Fünfhundert Franc!«, schrie Marguerite entrüstet. »Wieder einmal!« Sie zerrte ihre Geldbörse hervor und warf ihm ein paar Scheine und den Rest Geld, den sie hatte, vor die Füße.

»Verschwinde, du Blutsauger! Du hast mich nie geliebt, wolltest nur immer Geld, Geld, Geld! Schämst du dich nicht?«

Gaston sammelte hastig die Scheine auf und betrachtete sie kurz, bevor er sie in seine Tasche steckte. »Danke!« Er lächelte hinterhältig. »Ich hoffe, du hast auch weiter nichts dagegen, wenn ich dich ab und zu ganz spontan besuche …« Er klirrte mit den Hausschlüsseln, schwenkte sie über ihr in der Luft.

»Das könnte dir so passen. Gib mir die Schlüssel zurück!«

Gaston schüttelte den Kopf. »Solange die Scheidung nicht rechtskräftig ist, ist dein Besitz auch der meine.«

Marguerite stürzte sich auf ihn, um ihm die Schlüssel zu entreißen, und grub ihre Nägel tief in seinen Arm. Gaston versetzte ihr daraufhin einen groben Stoß vor die Brust, der sie zurücktaumeln ließ. Ganz plötzlich schrillte die Klingel. Gaston ließ von Marguerite ab, die wie erstarrt stehen geblieben war. Noch einmal klingelte es, diesmal länger und eindringlicher. »Sieh an«, stellte Gaston maliziös fest, »ein Besucher – um halb eins in der Nacht!« Er zog seine Jacke gerade und sah auf seine teure Armbanduhr. »Du erwartest jemanden? Wie interessant. Jetzt weiß ich, warum du mich nicht bei dir haben willst.«

»Unsinn«, erwiderte Marguerite verstört. »Ich kann mir nicht denken, wer das um diese Zeit sein könnte.«

»Na, wir werden es gleich sehen!« Gaston drückte auf den Türöffner. Schnelle Schritte hallten durch den Flur, kamen über die Treppe. Es war Max, der beim Anblick Gastons, der ihn im Flur erwartete, zurückprallte. Er errötete bis in die Haarspitzen. Sein Mantel war vom Regen durchnässt, seine Brille beschlagen und das Wasser rann ihm vom Kopf in den Kragen. »Ähh … entschuldigen Sie die späte Störung, Monsieur de Vuillac«, begann er verlegen. Er griff in seine Tasche und auf seiner ausgestreckten Handfläche blitzte ein Ohrring, dem man schon auf den ersten Blick seinen Wert ansah: Ovale Türkise in Rotgold gefasst und üppig mit Brillanten umrandet. »Ist Marge nicht da? Ich habe … äh, diesen Ohrring im Studio gefunden. Er muss ihr gehören«, stammelte er. »Da dachte ich, es wäre besser, wenn ich ihn gleich vorbeibringe. Damit sie nicht unnötig danach sucht.«

Er blinzelte hinter der Brille zu Gaston hinüber, der ihn von oben herab musterte. »Wer sind Sie überhaupt?«

»Max Gobelin, Beleuchter im Théâtre Bobinet.« Er hielt ihm unbeholfen die Hand hin. »*Enchanté*, Monsieur! Ich glaube, wir hatten noch nicht das Vergnügen …«

»Allerdings!« Gaston übersah seine Hand und brach stattdessen in spöttisches Gelächter aus, das den späten Besucher vollends verwirrte. »Das ist er also – dein Neuer?«, rief er über die Schulter Marguerite zu. »Gratuliere! Komm nur her und versteck dich nicht! Einen tollen Liebhaber hast du dir da angelacht! Dann wünsche ich noch eine angenehme Nacht!« Immer noch lachend, nahm er seinen Mantel vom Haken und ging, ohne Max eines weiteren Wortes zu würdigen, die Treppe hinunter.

Beschämt stand Max jetzt vor Marguerite, die noch gar nicht bemerkt hatte, dass der Ohrring fehlte.

»Entschuldige, dass ich dich zu so später Stunde überfalle, Marge. Aber ich dachte, du machst dir Sorgen … wegen des Ohrrings …«

»Das ist schon in Ordnung«, unterbrach sie ihn und nahm das wertvolle Stück entgegen. »Ich danke dir. Komm doch herein.« Max trat schüchtern näher und sah sich ehrfurchtsvoll im elegant eingerichteten Salon mit dem hellen Mobiliar, den weichen Polstern vor dem Kamin, um. Ungeschickt stieß er an einen silbernen Leuchter, der beinahe zu Fall gekommen wäre. »Schön hast du es hier«, sagte er. Marguerite reichte ihm ein Glas und schenkte auch sich ein. »Nett von dir, dass du extra gekommen bist. Der Ohrring ist eine Erinnerung an meine Mutter. Ich hatte ihn noch gar nicht vermisst. Wo lag er denn?«

»Auf dem Boden im Studio«, begann er umständlich. »Nachdem du fort warst, habe ich in der Bar ›Lapin Rouge‹ noch den Neffen meines Freundes, Nicolas Martinez, getroffen. Er erzählte mir, dass er Arbeit sucht, und ich habe ihm angeboten, mir als Assistent für die Beleuchtung des neuen Stücks im Theater zu helfen. Die bisherige ist ziemlich veraltet. Wir brauchen eine modernere Technik mit großen Lampen. Die zu installieren schaffe ich nicht alleine. Ich habe Nicolas noch einmal mit ins Studio genommen, um ihm zu zeigen, wie alles funktionieren sollte. Und plötzlich sah ich den Ohrring da liegen. Aber ihn zu so später Stunde vorbeizubringen, war wohl keine gute Idee.«

»Oh doch«, widersprach Marguerite hastig. »Du bist wirklich ein Schatz!« Mit spitzen Lippen küsste sie ihn auf die Wangen. Max strahlte und trank sein Glas aus. »Dann … danke für den Cognac. Und gute Nacht.« Scheu wandte er sich um und ging langsam die Treppe hinunter. Marguerite sah ihm nach. Max war ein guter Kerl, aber was nützte ihm das? Um eine Frau zu erobern, fehlte es ihm an zu vielen Dingen. Und vor allem an dem gewissen Etwas. Sie schloss die Tür, ging ins Schlafzimmer und ließ sich, angezogen wie sie war, auf ihr Bett fallen. Morgen würde sie versuchen, die Scheidungsformalitäten zu beschleunigen. Es war an der Zeit, einen Schlussstrich unter die Ehe mit Gaston de Vuillac zu ziehen.

Sie hatte schlecht geschlafen und viel geträumt, als sie am nächsten Morgen gegen zehn Uhr erwachte. Sofort erfasste sie wieder die altbekannte Unruhe. Der Schweiß brach ihr aus, wenn sie an die heutige Probe dachte, und in ihren Gliedern begann es zu kribbeln. Warum hatte sie bloß solche Angst zu versagen? Ging es jeder Künstlerin so? Sie beruhigte sich mit einem kräftigen Schluck aus der Cognacflasche, der auf nüchternen Magen rasch wirkte und ein wärmendes Gefühl auslöste. Erst dann gönnte sie sich einen starken schwarzen Kaffee und die erste Morgenzigarette. Die Haushälterin, Madame Minet, die zweimal die Woche kam, rumorte schon in der Küche. Ihre Anwesenheit war lästig und Marguerite hätte sie am liebsten fortgeschickt. Aber sie hatte schließlich vor, Pierre nach der Probe am heutigen Abend zu einem Versöhnungs-Dîner einzuladen. Und dazu musst noch einiges vorbereitet werden. Nach einem guten Essen war es leichter, sich auszusprechen. Vorher musste aber noch die unangenehme Erbschaftsangelegenheit erledigt werden. Würde man das Testament für nichtig erklären können? Sie besprach das abendliche Essen mit Madame Minet und rief Monsieur Dupont, den Vermögensverwalter und Advokaten an, um ein Treffen zu vereinbaren. Erst dann nahm sie das Textbuch und die Noten der *Antigone* zur Hand und zog sich damit ins Schlafzimmer zurück. Nervös wiederholte sie ihren Part zum hundertsten Male, sang und summte ihn mit verhaltener Stimme vor sich hin, obwohl sie alles schon perfekt beherrschte. Schließlich legte sie die Noten beiseite. Es würde klappen – es musste klappen! Im Badezimmerspiegel betrachtete sie kritisch ihren noch makellosen Körper, ihr fein modelliertes Gesicht. Die Schatten um die Augen beunruhigten sie. Hatten die in Bars und Tanzlokalen verbrachten Nächte erste Spuren hinterlassen? Hatte der Alkohol ihrem Gesicht bereits geschadet, ihre Haut aufgedunsen? Selbst nach strenger Prüfung war nichts davon zu bemerken. Sie würde es mit jeder Jüngeren aufnehmen können, das wollte sie Pierre beweisen! Sie schüttelte ihr dichtes, mahagonifarbenes Haar und fasste es mit einem Band zusammen. Noch war sie schön – warum daran denken, was in einigen Jahren war? Sie ließ Badewasser ein, schüttete eine duftende Essenz dazu und genoss die sie umflutende Wärme. Prüfend stand sie wenig später vor dem Kleiderschrank. Sie wählte ein Kostüm aus grobem, grauem Stoff mit einer weißen Seidenbluse, die am Hals zu einer Schleife gebunden war. Darin wirkte sie schlank und beinahe zerbrechlich. Das elegante Silberfuchscape umlegend, schlüpfte sie in kräftige Schuhe und steckte die roten, hochhackigen in ihre Tasche. Ein Spaziergang vor der Probe würde ihr guttun, ihren Kopf klar machen. Bevor sie das Haus verließ, füllte sie den kleinen Silberflakon, den sie immer bei sich trug, mit dem Rest des Cognacs und legte Geld zurecht, damit Madame Minet für das Dîner einkaufen konnte. Sie überquerte die Seine, den Duft des modrigen Wassers in der Nase und den frischen Wind, der schon nach Herbst und Winter roch, im Gesicht. Während sie sich zwischen den Menschen hindurchdrängte, die über die Grands Boulevards schlenderten, spürte sie mit Genugtuung die bewundernden Blicke, die ihr folgten. Um die Zeit zu überbrücken, kehrte sie im Café de la Paix ein, das neben dem gewaltigen, mit Gold und Ornamenten, Büsten und Statuen verzierten Gebäude der Oper lag. Sie bestellte einen kleinen Salat und einen Pastis. Solchermaßen gestärkt, winkte sie einem Taxi, das sie zum Place de Clichy bringen sollte. Was sollte jetzt noch schiefgehen? Tief durchatmend stieg sie ein und ordnete ihr Haar im verschwommenen Spiegelbild der Autoscheibe. Dann wechselte sie die Schuhe und zog noch einmal ihre Lippen in kräftigem Rot nach. Heute fühlte sie sich in Form, selbstbewusst, die Töne waren in ihrem Kopf, der Text präsent. Sie zahlte beim Fahrer, verließ das Taxi und bog in die schmale Rue Forest ein, die tagsüber mit den erloschenen Lichtreklamen ein verlassenes und schmuddeliges Aussehen bot. Vor dem Studio, das sich dem Théâtre Bobinot anschloss, stand bereits das frierende Grüppchen des Chors, der Pianist, die Interpreten der Oper, Ismene, Eurydike, Tiresias, Hämon mit dem Wächter und dem Boten und ein paar andere Statisten. Der Beleuchter, die Maskenbildnerin und eine Garderobenfrau stärkten sich aus einer Thermoskanne mit Kaffee. Alain, alias Kreon, begrüßte sie mit einem Küsschen rechts und links auf die Wange. »Geht es dir wieder gut?«, raunte er ihr besorgt ins Ohr. »Ist deine Stimme in Ordnung?« Marguerite nickte und lächelte freundlich.

Max kam auf sie zu, in Begleitung eines gutaussehenden jungen Mannes. »Das ist Nicolas Martinez, der Neffe meines Freundes José«, stellte Max ihn stolz vor. »Ich bin froh, dass er mir hilft. Die Einstellungen, die schweren Lampen schnell genug hin und her zu transportieren, das ist wahrlich kein Kinderspiel.« Er streifte Marguerite mit einem demütig-bewundernden Blick und sagte zu Nicolas: »Und das ist unsere Antigone mit ihrer wunderbaren Altstimme. Im wahren Leben nennt sie sich Marguerite de Vuillac.« Er setzte enthusiastisch hinzu: »Sie ist großartig – die Welt wird noch von ihr hören!«

Nicolas beugte sich galant über Marguerites Hand. »Ich freue mich, eine so schöne Frau mit einem solch bewundernswerten Talent kennenzulernen.« Mit einem angedeuteten Lächeln sah er ihr tief in die Augen.

»Ein hübscher Junge«, dachte Marguerite geschmeichelt, »und er kennt sich mit Frauen aus. Sein Blick sprüht geradezu Funken. Schon lange hat mich niemand mehr so angesehen.«

»Ah, endlich! Da kommt Pierre!« Alle Blicke wandten sich dem Mann zu, der mit eiligen Schritten, hochgeschlagenem Mantelkragen und konzentrierter Miene herannahte. Hinter ihm stöckelte eine junge Frau mit blondgefärbten Haaren, blutrot geschminktem Mund und einem etwas zu tief ausgeschnittenem Kleid. Sie hatte Mühe, ihm auf ihren hohen Absätzen auf dem Kopfsteinpflaster zu folgen. Das Grüppchen der vor der Tür des Studios Wartenden sah ihnen neugierig entgegen.

»Bonjour«, sagte Pierre kurz und ein wenig atemlos, »schön, dass ihr alle da seid.« Er rückte seine Brille zurecht. »Dann können wir auch pünktlich beginnen.« Die Blonde hatte sich an ihn gedrängt und folgte ihm ins Studio.

»Und wer ist die Dame, die du bei dir hast?« Es war Max, der die Frage mit gesenkter Stimme an Pierre richtete. »Willst du sie uns nicht vorstellen?«

»Ach so.« Pierre lachte künstlich auf. »Fast hätte ich es vergessen. Das ist, äh, Cécile Dubois aus dem Theater Bouffes-Parisiens, unsere Zweitbesetzung der Antigone. Charlotte hat sie mir empfohlen. Eine reine Vorsichtsmaßnahme.« Er sandte einen aufmunternden Blick zu Marguerite hinüber, die wie erstarrt dastand. »Wir kommen leider nicht um so etwas herum«, rechtfertigte er sich. »Jean Cocteau hat seine Anwesenheit bei der Neuinszenierung zugesagt. Da kann ich wirklich kein Risiko eingehen. Cécile hat eine gute Stimme. Und Talent. Die Rolle der Antigone beherrscht sie schon fast. Aber keine Sorge: Cécile wird uns wahrscheinlich nur zuschauen.« Es klang fast wie eine Entschuldigung. Ein tiefes, peinliches Schweigen breitete sich aus. Cécile blickte sich triumphierend in der Runde um, während die intrigante Charlotte den Kopf senkte. Sie wagte es nicht, Marguerite anzusehen.

***

Philippe verbrachte einige Stunden in der Bar »Chantal«. An einem der kleinen Bistrotische überlegte er, was er tun konnte, und listete auf einem Zettel die längst überfälligen zu zahlenden Posten auf. Sein Kopf schmerzte. Nie im Leben hatte er sich darüber Gedanken gemacht, was er ausgab. Das fehlende Geld war immer da gewesen – wenn nicht, dann hatte er es auf irgendeine Weise beschafft. Mutter hatte sich nie geweigert und ihm ohne viel Federlesens unter die Arme gegriffen. Aber was sollte er jetzt tun? Wieder anfangen, Klavierkonzerte zu geben? Aber dazu müsste er hart arbeiten, jeden Tag ein paar Stunden üben. Und sein Lampenfieber überwinden, die Angst, einen falschen Ton anzuschlagen. Sich dem Publikum, den Kritikern zu stellen. Er wusste, dass er Talent hatte, ein Ohr für die Musik, einen besonders sanften Anschlag. Aber der Antrieb fehlte ihm. Sophie hatte zum Glück keine Ahnung von seinen heimlichen Entnahmen bei der Firma Carrière & Co. Wenn der schlitzohrige Notar nicht misstrauisch geworden wäre und einen Revisor angekündigt hätte, sähe alles ganz anders aus. Hoffentlich behielt der Buchhalter Tolbiac auf Dauer die Nerven! Wichtig war, dass er die verräterischen Bücher verbrannte. Man musste alle Spuren verwischen, dann konnten die Prüfer über gewisse Summen nur spekulieren und nichts Konkretes nachweisen. Wenn nötig, musste er sich Tolbiacs weitere Dienste und sein Schweigen erzwingen, ihm drohen, dass er sonst hinter Gitter käme. Aber vorher wollte er noch einmal tüchtig zulangen, um für eine Weile aus der Patsche zu sein und sich Reserven zu schaffen. Schließlich mussten ja irgendwie die Mieten und Partykosten nach dem Mode-Defilee bezahlt werden, wenn er auch nicht genau wusste, wie es dann weitergehen sollte. Er bestellte einen Cognac nach dem anderen und überlegte, was er Sophie sagen sollte, wenn doch noch alles aufflog – was er nicht hoffte. Auch Jean-Luc machte ihm Sorgen. Sein Lebensgefährte war anspruchsvoll wie ein Kind und fragte nie, woher das Geld kam. Dennoch liebte er ihn bedingungslos, mitsamt seinen Launen und Kapricen, die er sich leistete. Wenn Jean-Luc ihn verließ, weil er seine Extravaganzen und den Laden nicht mehr bezahlen konnte, bräche sein ganzes Universum zusammen! Er und die ganze snobistische Modewelt um ihn herum waren sein Lebensinhalt geworden. Trotz mehrerer Gläser Cognac fühlte Philippe sich völlig nüchtern, als er sich auf den Weg machte. Die Filiale am Boulevard Beaumarchais, nicht weit von der Bastille, war dunkel, aber oben im Büro brannte noch Licht. Er klopfte an die Tür und Tolbiac öffnete sofort. Er war bleich, sein Hemdkragen geöffnet, die Krawatte verrutscht. Im Zimmer roch es nach Rauch und im Kamin lagen die Überreste der Bücher in einem Haufen Asche. »Ist gar nicht einfach, das ganze Zeug zu verbrennen«, sagte er und strich sich das wirre Haar zurück. Philippe begann, in der Glut zu stochern. »Sehr gut«, sagte er zufrieden, »sehr gut und unkenntlich. Asche und Staub. Niemand wird uns etwas anhaben können. Es gibt keinen Beweis. Merken Sie sich: Ich habe mit dem Einverständnis meiner Mutter gehandelt. Das steht außer Frage, wenn es zum Äußersten kommen sollte.« Er wandte sich lächelnd Tolbiac zu. »Und jetzt geben Sie mir bitte den Tresorschlüssel. Ich brauche unbedingt noch ein bisschen Bargeld. Dann schlagen wir die Fenster ein und bringen das Büro in Unordnung.«

»Die Tresorschlüssel?« Tolbiac wich vor ihm zurück. »Aber Sie werden doch nicht – Sie können doch nicht auch noch die Kasse plündern! Außerdem habe ich den Schlüssel gar nicht. Alles ist bereits zur Bank gebracht worden.«

»Zur Bank!«, erwiderte Philippe spöttisch. »Lügen Sie doch nicht! Sicher liegt Geld im Tresor. Und die Goldbarren als Reserve. Wir wissen beide, dass die Banken heutzutage nicht mehr sicher sind. Also los! Den Schlüssel!«

Tolbiac schüttelte den Kopf, bleich wie der Tod. Er streckte beide Hände nach ihm aus. »Lassen Sie den Tresor in Ruhe, Monsieur Carrière, ich flehe Sie an. Das würde doch noch mehr auffallen. Ich komme in Teufels Küche …«

»Öffnen Sie den Tresor, aber sofort. Vielleicht ist es das letzte Mal, dass ich mir nehmen kann, was ich brauche.«

»Aber ich bitte Sie, Monsieur Carrière, ich flehe Sie an! Das wird auffallen. Sie stürzen mich – uns beide völlig ins Unglück.«

»Unsinn! Für mich gibt es keine andere Lösung – und Sie werden tun, was ich sage. Mitgehangen, mitgefangen. Ich habe nur noch die eine Gelegenheit.«

»Was … was soll das heißen?«

»Öffnen Sie endlich den Tresor und verplempern Sie nicht meine Zeit! Es soll Ihr Schaden nicht sein. Ich gebe Ihnen einen Anteil, wie immer.«

»Nein, das kann ich nicht zulassen!« Tolbiac stellte sich ihm entschlossen in den Weg. »Bis hierhin und nicht weiter: Ab jetzt mache ich nicht mehr mit! Ich steige aus! Ich kündige!«

»Öffnen Sie, habe ich gesagt! Die Diebe haben Sie dazu gezwungen – das können Sie der Polizei erzählen.« Philippe erinnerte sich, dass er vorsichtshalber die Walther-Pistole eingesteckt hatte. Er tastete nach dem kühlen Eisen in seiner Jacke. Damit würde er Tolbiac einen schönen Schrecken einjagen. »Die Kassenschlüssel und den Code! Nennen Sie ihn mir!«

»Nein!« Tolbiac baute sich vor dem Tresor auf. »Seien Sie doch vernünftig, Monsieur Carrière! Das macht die Sache nur noch schlimmer. Man wird mir nicht glauben.«

»Halten Sie endlich den Mund und tun Sie, was ich Ihnen sage!« Philippe zog langsam die Pistole aus seiner Jackentasche und spannte den Hahn mit leisem Knacken. Es schadete nicht, Tolbiac mit der Walther ein wenig zu drohen, damit er die Sache ernst nahm, dachte er. Er näherte sich dem Buchhalter, der wie hypnotisiert auf die Waffe starrte. »Los – machen Sie schon!«

Tolbiac wich zurück, dann ging er zum Schreibtisch, schloss eine Schublade auf, holte mit zitternder Hand die Schlüssel und einen Zettel heraus und kritzelte etwas darauf. »Nehmen Sie jede Zahl der Reihe nach und ersetzen Sie die letzte mit eins.« Philippe tippte die Zahlenkombination ein, doch sie funktionierte nicht. Er wurde ungeduldig und hob erneut die Pistole. »Denken Sie nicht, Sie könnten mich reinlegen. Das ist der falsche Code.«

»Nein, nein!« Tolbiac trat der Schweiß auf die Stirn. »Ich habe ganz vergessen – es gibt da noch ein Wort, dass Sie hinzufügen müssen, den Vornamen Ihrer Mutter.«

»Annette also!« Philippe versuchte es erneut. Die schwere Tür des Tresors sprang auf. In seinem Innern lagen neben einer Kassette mit Bargeld Goldbarren, sorgsam übereinander aufgeschichtet. Das gesamte Vermögen der Firma Carrière, noch vor dem Großen Krieg von 1914 gehortet! Man brauchte nur zuzugreifen! Damit war seine Zukunft gesichert. Hastig leerte Philippe den Inhalt der Kassette in seine Aktentasche und begann, den Tresor auszuräumen und die Goldbarren einzupacken. Tolbiac schaute ihm fassungslos zu: »Das ... das dürfen Sie nicht«, stieß er schließlich hervor. »Das ist der Ruin! Man wird mich ins Gefängnis stecken. Aber ich werde gegen Sie aussagen ... ich werde die Wahrheit sagen. Ja, die ganze Wahrheit, alles, bis auf die kleinste Einzelheit. Nächtelang habe ich Albträume gehabt, immer in der Angst gelebt, man könnte etwas entdecken. Ich kann nicht mehr lügen! Jetzt ist es zu viel – ich muss diese Last abwerfen – egal, was geschieht, und wenn ich ins Gefängnis gehen muss! Aber ich nehme Sie mit!« Er wischte sich die Schweißtropfen mit der Hand von der Stirn und griff nach dem Telefonhörer.

»Lassen Sie das!«, unterbrach ihn Philippe scharf und hob die Waffe in Augenhöhe. »Und drehen Sie mir jetzt ja nicht durch. Tun Sie, was ich sage! Wenn Sie sich weigern, erschieße ich Sie!«

»Das ... das werden Sie doch nicht wagen!« Tolbiac ließ den Hörer fallen. Er schlotterte am ganzen Körper, die Augen traten ihm beinahe aus dem Kopf. Er hatte völlig die Nerven verloren.

»Oh, doch!«, sagte Philippe, entschlossen, nicht ohne das Geld und die Barren den Raum zu verlassen. »Seien Sie vernünftig!« Er ließ die Waffe sinken. »Wenn das Ganze wie ein Raubüberfall aussehen soll, dann muss ich Sie jetzt fesseln und das Fenster einschlagen.«

»Nein«, weigerte sich Tolbiac immer noch. Er rang nach Atem, Schaum stand plötzlich auf seinen Lippen. »Ich lasse mich nicht fesseln – ich mache nicht mehr mit. Ich halte das nicht durch. Lassen Sie mich in Ruhe, lassen Sie mich gehen. Ich will nicht mehr. Jahrelang habe ich die Bücher geführt und für Sie gelogen. Aber wenn Sie jetzt das ganze Kapital aus der Firma herausnehmen, ist Carrière & Co ruiniert. Ihr Teilhaber wird Sie … uns zur Rechenschaft ziehen und ich werde meines Lebens nicht mehr froh …«

Philippe hob die Pistole wieder hoch. »Denken Sie daran, wie weit sie bereits gegangen sind. Es gibt kein Zurück. Wenn Sie diesmal nicht mitmachen wollen, dann bleibt mir nur noch eine Lösung.«

»Nein!« Tolbiac sprang hoch und stürzte sich mit dem Mut der Verzweiflung auf ihn, um ihm die Waffe zu entreißen. Ein Gerangel entstand, bei dem es Philippe gelang, den Widerstrebenden zu bändigen. Tolbiac verharrte eine Weile starr, als er das kühle Eisen der Pistole an seiner Schläfe fühlte. Dann machte er eine unerwartete, ruckartige Bewegung. Der Abzug löste sich und ein Schuss fiel. Tolbiac sank zu Boden, öffnete noch einmal den Mund, als wollte er etwas sagen. Ein Schwall Blut drang heraus. Er bäumte sich auf und fiel mit starren, schreckgeweiteten Augen zurück. Die Kugel hatte ihn direkt in den Kopf getroffen.

Philippe sah bestürzt auf ihn hinab. Eisiger Schreck durchrann ihn. Er hatte einen Menschen getötet! Dabei hatte er den Buchhalter doch nur zwingen wollen, bei seinem Plan mitzumachen! Niemals hätte er seine Drohung, ihn zu töten, wahrgemacht! Seine Hand wurde weich, seine Finger bebten, als wären sie aus Gummi, und die Pistole polterte zu Boden. Der Schweiß brach ihm aus allen Poren, der tote Blick Tolbiacs jagte ihm einen eiskalten Schauer über den Rücken. Das Blut, das sich jetzt langsam in einer Lache am Boden ausbreitete, verursachte würgenden Brechreiz in seiner Kehle. Er stützte sich am Schreibtisch ab, fiel auf den Bürostuhl, atmete schwer und fürchtete, das Bewusstsein zu verlieren. Nur allmählich kehrte sein klarer Verstand zurück, die Angst vor dem, was er angerichtet hatte. Er fuhr hoch, sammelte hastig die noch am Boden und im Tresor liegenden Barren ein und stopfte sie in seine Tasche. Dann leerte er auch Tolbiacs Aktentasche und füllte sie mit Gold. Die Gedanken rasten durch seinen Kopf. Wenn er seine Haut retten wollte, musste jetzt alles nach einem Selbstmord Tolbiacs aussehen. Er zog seine Lederhandschuhe über, wischte sorgfältig die Waffe mit seinem Taschentuch ab und kippte den Bürostuhl um. Seinen Widerwillen überwindend, schob er den Toten in eine seitliche Position, so, als wenn er vom Stuhl gekippt wäre. Dann drückte er ihm die Waffe in die Hand, presste die leblosen Finger um den Griff und hob den Arm in Richtung Schläfe. Er polierte sorgfältig das Eisen der leeren Kasse und stellte sie in den Tresor zurück, den er sorgfältig verschloss. Auch hier dachte er daran, alle Fingerabdrücke sorgfältig abzuwischen. Jetzt würde es so aussehen, als hätte Tolbiac selbst die Unregelmäßigkeiten begangen. Und bestimmt wusste niemand genau, ob und wie viele Goldbarren sich im Tresor befanden. Im Zweifelsfall hatte Tolbiac eben beides, das Geld und das Gold entwendet. Eigentlich war das die beste Lösung! Aber es fehlte noch die persönliche Erklärung, die Schuldzuweisung mit dem Grund für seinen Selbstmord. Fieberhaft schob er ein Blatt Papier in die Schreibmaschine. Es erwies sich als schwierig, mit Handschuhen und zwei Fingern einen Text zu tippen. *Verzeiht mir. Ich habe Unrecht begangen und will nicht mehr leben.* Das musste genügen. Er nahm den Füllhalter Tolbiacs vom Schreibtisch und sah sich seine Unterschrift an, die unter dem Brief an einen Kunden stand. Er kopierte sie, zittrig und beinahe unleserlich – aber man würde sie für echt halten, glauben, Tolbiac wäre in einem völlig aufgelösten Zustand gewesen. Als alles getan war, nahm er die beiden Aktentaschen und verließ den Raum. Niemand begegnete ihm im Treppenhaus, als er im Dunkeln die Stufen hinunterschlich. Zum Glück war die Putzfrau heute nicht da. Vor der Tür stand sein Wagen und er hoffte, dass ihn keiner bemerkt hatte. Er sah kurz zum Fenster oben hinauf. Das Licht brannte. Wenn der Nachtwächter kam, würde er nachsehen und den Buchhalter entdecken. Bis dahin musste er sich ein Alibi verschaffen. Marge, seine Schwester, war die Erste, die ihm einfiel. Er lenkte seinen Wagen in die Rue de Lille. Die Straße war um diese Zeit menschenleer, die wenigen Lokale der vornehmen Gegend schon geschlossen. Immer bemüht, möglichst keinem Passanten zu begegnen, ging er mit hochgeschlagenem Mantelkragen, den Hut in die Stirn gezogen, geradewegs zum Eingang. Er kannte den Code, die Tür schnappte auf. Ärgerlich betätigte er mehrfach den Knopf am Fahrstuhl – natürlich funktionierte er mal wieder nicht. Seufzend und so leise wie möglich stieg er die Treppe zum dritten Stock empor und klingelte. Noch einmal und immer wieder. Doch niemand öffnete. Verdammt, Marge war wohl nicht zu Hause, bestimmt war sie in irgendeinem Theater oder in einer Bar hängengeblieben! Er setzte sich auf eine Treppenstufe, dachte nach und versuchte, ganz ruhig zu bleiben. Sollte er hier auf Marge warten? Aber wenn sie spät kam, war es nichts mit dem Alibi! Und dann stellte sich auch noch die Frage, ob die Polizei einer Aussage seiner Schwester glauben würde! Er musste etwas tun, sich etwas anderes einfallen lassen. Stumpf brütete er vor sich hin, ließ verschiedene Möglichkeiten Revue passieren. Da kam ihm ein Gedankenblitz! Was war mit Sandy, Jean-Lucs Starmodell? Sie war dumm genug, um mit der naivsten Miene der Welt für ihn zu lügen. Rasch erhob er sich. Jetzt musste er sich beeilen. Vielleicht war sie sogar in seiner Wohnung, am Quai Bourbon, wo sie sehr oft aus Bequemlichkeit und weil Jean-Luc sie für Anproben brauchte, im Gästezimmer übernachtete. Das wäre ausnahmsweise einmal ein Glücksfall! Warum war er nicht eher darauf gekommen? Er verließ das Haus in der Rue de Lille, stieg in seinen Wagen, fuhr los und parkte einen Straßenzug weit von seiner Wohnung entfernt. Wie ein Dieb schlich er mit hochgeschlagenem Mantelkragen ins Haus, am verschlossenen und verdunkelten Fenster der Concierge vorbei. Jean-Luc schlief sicher schon. Jedes Geräusch vermeidend, schloss er die Tür auf und tastete sich im Dunkeln durch den Salon zum Gästezimmer vor. Es war leer. Mist! Wo trieb sich Sandy um diese Zeit herum? Sonst saß oder lag sie doch ständig auf seinem Sofa und ging ihm auf die Nerven. Er tappte wieder hinaus, ließ die Tür so unhörbar wie möglich ins Schloss fallen und ging auf Zehenspitzen und ohne Licht zu machen, die Treppen hinunter. Zurück im Wagen atmete er tief durch und versuchte, sich an Sandys Adresse im Pariser Norden zu erinnern. Irgendwo bei der Brücke der sich überschneidenden Bahngleise zum Gare du Nord bewohnte sie ein kleines Zimmer. Er hatte sie ein paarmal nach Hause gefahren und sie war vor einem heruntergekommenen Mietshaus ausgestiegen. Aber ob sie jetzt dort war? Es kam auf einen Versuch an. Zu ihr zu fahren und vor ihrer Tür zu halten, musste er auf jeden Fall vermeiden. Ein so auffälliges Auto wie das seine wurde überall bemerkt. Die Taschen mit den Banknoten und Goldbarren würde er wohl oder übel mitschleppen müssen. Sie waren prall gefüllt und es blieb ihm gar nichts anderes übrig, als sie in die Hand zu nehmen. Es war kühl, dumpfe Feuchtigkeit stieg aus den Steinen und er fröstelte. Er ließ seinen Wagen stehen, nahm sich ein Taxi und nannte die Adresse Sandys. Seine Glieder bebten, als hätte er Schüttelfrost, die Arme mit der schweren Last schmerzten. Vor allem die Nerven behalten, rief er sich selbst zur Ordnung. Das war jetzt das Wichtigste. Der Buchhalter Tolbiac hatte sich umgebracht, weil er jahrelang die Firma betrogen, Geld herausgenommen und die Bücher gefälscht hatte. Die Fakten waren doch ganz klar – niemand auf der Welt würde ihm das Gegenteil beweisen können.

***

Bis zur Abfahrt des Zuges am Gare de l`Est um acht Uhr dreißig blieben noch vierzig Minuten. Sophie hatte die Metro genommen und ihren Koffer tapfer treppauf, treppab durch die Gänge geschleppt. Fröstelnd saß sie jetzt im zugigen Bahnhofsbistro unter dem kalten Licht einer Neonröhre, nippte an ihrem schwarzen Kaffee und starrte gedankenverloren auf die Anzeigetafel. Sie verwünschte ihre Idee, so einfach nach München zu fahren! Am liebsten wäre sie wieder umgekehrt. Aber irgendetwas bohrte in ihrem Innern, verlangte nach Wahrheit, einem Bild, einer Vorstellung und zugleich einer Gewissheit. Was aber sollte sie dem Fremden sagen, der ihr Vater war? Wie sich verhalten, wenn er vor ihr stand? »Hallo, ich möchte mich vorstellen – ich bin Sophie, Ihre Tochter …« Nein, so einfach mit der Tür ins Haus fallen wäre ungeschickt! Was tat sie, wenn – was natürlich plausibel wäre – seine Frau öffnete und sie sich gegenüberstehen würden? »Kann ich Herrn Hans Andres sprechen?« »In welcher Angelegenheit?«, würde sie vielleicht fragen. »Ich bin seine Tochter!« Nein, das ginge gar nicht! Und wenn er weggezogen war – und unter der angegebenen Adresse nicht erreichbar? Tot – gefallen war? Alles lag im Bereich des Möglichen! Wenn er noch lebte, dann hatte er jedenfalls nie nach ihr gesucht, sie nie kennenlernen wollen. Ihr Herz klopfte unruhig und sie sah immer wieder nach der großen Bahnhofsuhr, deren Zeiger sich nicht zu bewegen schienen.

Viel zu früh stand sie bereits am Gleis fünf, wo der Zug abfahren sollte. Das nüchterne Lampenlicht warf unvorteilhafte Schatten auf die Gesichter der wartenden Reisenden am Bahnsteig. Sophie stellte den Koffer neben einer Bank ab, zog frierend ihren Kamelhaarmantel über der Brust zusammen und ging mit verschränkten Armen unruhig auf und ab. Es war kalt und immer dann, wenn ein Zug abfuhr oder ankam, wirbelte ein scharfer Wind Kohlenstaub von den Gleisen und fegte ihn mit einer Bö durch die Luft. Aus dem Lautsprecher hallten undeutliche Ansagen, von denen nur Bruchstücke zu verstehen waren. Endlich schnaufte aus dem schwarzen Loch der Finsternis dampfend die Lokomotive heran und blieb mit quietschenden Bremsen am Gleis stehen. Der Lokführer sprang heraus. Sophie suchte nach dem Schlafwagen und der Schaffner führte sie zu einem Abteil Erster Klasse mit weiß bezogenem Bett und kleinem Waschbecken, in dem es muffig und ungelüftet roch. Sicher würde sie hier kein Auge zutun. Sie hängte ihren Mantel an den Haken, zog die Schuhe aus und machte sich für die Nacht fertig. Auf das kleine Tischchen legte sie eine Ausgabe von Balzacs *Père Goriot* bereit. Als der Zug anfuhr und das monotone Rattern der Räder auf den Gleisen erklang, fiel es ihr schwer, sich auf den Text zu konzentrieren. Das sanfte Schütteln des Wagens machte müde und wiegte sie ein. Ihre Gedanken verwirrten sich und nach ganz kurzer Zeit war sie bereits fest eingeschlafen. Die verschiedenen Haltestationen drangen nur gedämpft in ihr Bewusstsein und sie erwachte erst am frühen Morgen vom mehrmaligen Klopfen des Schaffners an die Tür des Abteils. Sie schreckte hoch und sah auf die Uhr. Die Zeit bis zur Ankunft würde gerade noch zum Anziehen und für eine schnelle Toilette reichen. Noch rasch mit der Bürste über die Haare gefahren, in Kleidung und Mantel geschlüpft, dann war wieder das langgezogene Quietschen der Bremsen zu hören und die Stimme des ausrufenden Lokführers: Hauptbahnhof München, Hauptbahnhof München! Beim Aussteigen blendete sie eine grelle Morgensonne und ein angenehm warmer Föhnwind schlug ihr entgegen. Das Erste, was ihr auffiel, war die tadellose Sauberkeit des Bahnhofs, das Zweite, dass die an solchen Orten üblichen Streuner und Bettler fehlten. Überall hingen Plakate mit dem Hakenkreuz. Männer mit entschlossenem Gesichtsausdruck und geballten Fäusten warben darauf für den Führer und die Partei NSDAP. Die Zeitung *Der Stürmer* war am Zeitungsstand breit ausgelegt, daneben prangten gedruckte Karikaturen des angeblich »typischen Juden«, hässlich, dicklippig und mit langer Nase. Sie ging zu einem Stand, an dem ein hübsches junges Mädchen im Dirndl Brezeln, Kaffee und Souvenirs verkaufte. Federbesetzte Hüte, kleine Kuhglocken und mit Edelweiß und Bergmotiven bedruckte Tücher zogen den Blick der Vorübergehenden an. Zögernd deutete Sophie auf eine knusprige, riesige Brezel, auf der dicke Salzkörner wie Kristalle glitzerten, und bestellte einen Kaffee. Ein beleibter Herr im grünen Lodenmantel, der einen Hut mit einem pinselartigen Gebilde auf dem Kopf trug, trat neben sie und sagte etwas in einem rollenden, melodischen und sehr heiter klingenden Tonfall. Ihm wurde daraufhin ein Krug schäumendes Bier gereicht und ein Teller mit bleich aussehenden Würsten, von denen er die Haut abzog und sie mit großem Behagen und einer ordentlichen Portion Senf verzehrte. Sophie drehte sich bei diesem Anblick beinahe der Magen um. Bier und Würste mit Senf am frühen Morgen! So etwas hatte sie noch nie gesehen. Der Herr nickte ihr freundlich zu und sagte etwas, das Sophie trotz ihrer bereits in der Kindheit erlernten Deutschkenntnisse mehr erriet als verstand. Sie lächelte ihn hilflos an und erst jetzt wurde ihr klar, dass der bayerische Dialekt ihr einige Probleme bereiten würde. Sie trank ihren Kaffee aus, steckte den Rest der Brezel in ihre Tasche und verließ eilends das Bahnhofsgebäude. Draußen winkte sie einem Taxi und zeigte dem rotgesichtigen, etwas brummigen Fahrer den Zettel mit einer Adresse in der Adalbertstraße. Erst als er anfuhr, fiel ihr ein, dass es vielleicht besser war, sich zuerst ein Hotel oder eine Pension zu suchen, bevor sie sich mit dem Koffer in der Hand direkt vor der Tür ihres Vaters oder einer fremden Familie, die dort wohnte, einfand. Sie versuchte dem Fahrer klar zu machen, dass sie in dieser Gegend eine Bleibe suchte. Der schüttelte unwirsch den Kopf, anscheinend kannte er sich nicht aus oder er verstand ihre Worte mit dem französischen Akzent nicht. Stur durch die Windschutzscheibe blickend, hielt er den Wagen in der Adalbertstraße an, einer ruhigen Gegend mit aneinandergereihten, im Stil der Jahrhundertwende erbauten, mehrstöckigen Mietshäusern. Sie besaßen verspielte Erker und Fensterumrandungen und demonstrierten einen gutbürgerlichen Stil. Herbstlich gefärbte Bäume säumten die Straße, die auf einen alten, einem Park ähnelnden Friedhof mündete. Sophie blieb nichts anderes übrig, als auszusteigen und zu Fuß weiterzugehen. Doch ihr Koffer war schwer und ihr Arm schmerzte schon nach einigen Metern, so dass sie innehalten musste. Auf dem Schild an einer belebteren Straße, die die Adalbertstraße kreuzte, las sie: Barer Straße. Besser war es, zunächst einmal diese Richtung einzuschlagen, um ein Hotel oder eine Pension zu finden. Erschöpft setzte sie sich nach einer Weile auf eine Bank im Häuschen einer Straßenbahnhaltestelle. Ihr Arm und Rücken schmerzten und sie wollte sich ein wenig ausruhen, bevor sie weitersuchte. Ganz plötzlich bekam sie Angst vor ihrer eigenen Courage. Sie hatte alles ganz falsch angepackt, hätte erst einmal Erkundigungen einziehen müssen, die ihren Vater betrafen. Wer sagte, dass er überhaupt noch lebte – dass die alte Adresse noch stimmte? Es war wohl sehr naiv, das vorauszusetzen. Sie sah sich um. Die Straßen des Viertels, in dem sie sich jetzt befand, waren belebter als die ruhige Wohngegend der Adalbertstraße. Leute gingen mit gleichgültigen Mienen an ihr vorbei, einige Männer trugen Aktentaschen, die Frauen eilten geschäftig mit ihren Einkäufen heimwärts. Ganz in der Nähe gruben Bauarbeiter an einer Baustelle den Boden auf. Von Zeit zu Zeit hielten sie inne. Ihre hageren Gesichter glänzten vor Schweiß. Auf den Spaten gestützt, sahen einige neugierig zu ihr herüber. Sophie fühlte sich unbehaglich. Erst kürzlich hatte sie im französischen *Figaro* gelesen, dass die Arbeitslosigkeit in Deutschland beinahe überwunden wäre, seit der »Führer« an der Macht sei. Es schien zu stimmen, denn nirgendwo sah man – wie in Frankreich – beschäftigungslose Personen herumstehen und miteinander debattieren. Sie unterdrückte einen Seufzer und kniff die Augen zusammen, um weiter nach einem Schild mit der Aufschrift »Hotel« Ausschau zu halten. Aus der gegenüberliegenden Druckerei strömten Arbeiter. Sie trugen ihren Brotbeutel und Henkelmann bei sich, wahrscheinlich, um in einem nahegelegenen Park das Mittagessen einzunehmen. Eine Gruppe im Gleichschritt herantrabender Jugendlicher mit Braunhemden und Käppis beäugte sie mit verkniffenen Gesichtern. Ihr Anführer kommandierte in energischem Ton und sie schienen freudig zu gehorchen. Sophie erhob sich wieder, nahm ihr Gepäck und ging weiter. Der Koffer schien von Minute zu Minute schwerer zu werden. Endlich kam eine einfache Wirtschaft in Sicht mit der Aufschrift: »Münchner Schwemme«. »Zimmer frei« stand an der Tür. Sophie blieb erleichtert stehen. Endlich! Hier würde es sicher eine Bleibe für sie geben. Langsam stieg sie die wenigen Steinstufen zum Gastraum empor. Der abgestandene Geruch säuerlicher Suppe mit gekochtem Rindfleisch schlug ihr entgegen. Nur wenige Leute saßen auf groben Bänken an den schweren Holztischen, von denen einige mit karierten Tischtüchern bedeckt waren. Der düstere Raum war nicht groß, die Fenster aus dicken Butzenscheiben und die Wände vom Tabakrauch gefärbt. »Ich suche ein Zimmer!«, sagte Sophie, so deutlich sie konnte. Die Wirtsfrau, eine dralle, rotwangige Person in einer bunten Kittelschürze, musterte sie prüfend von oben bis unten, bevor sie sich zu einem »Grüß Gott« bequemte. Sophie hielt ihrem Blick stand. Der Kamelhaarmantel, den sie trug, war von bester Qualität und das elegante schwarze Hütchen stand ihr gut zu Gesicht. Mit ihren Wildlederpumps und der farblich passenden Tasche wirkte sie in dieser Umgebung fast fehl am Platz.

»Grüß Gott! Mechten'S a Zimmer?«, fragte die Dicke misstrauisch. Sophie nickte mit trockener Kehle. »Woher kemmans denn?" Sie stemmte die Arme in die Hüften. »Des schaut schlecht aus. Wenns aber a bissl mehr zahlen, dann schaun mer mal. Dann müssen'S aber a glei zahln.«

»Das geht in Ordnung.« Sophie zückte sofort bereitwillig ihre Börse, um den verlangten, frech überhöhten Preis mit den Reichsmark zu zahlen, die sie am Bahnhof in einer Wechselstube gegen ihre Francs umgetauscht hatte.

»Französin?« Der Blick der Wirtin wurde lauernd, als sie das Geld gierig in ihre Schürzentasche stopfte, ohne etwas herauszugeben.

»Ja.«

»Da derfen'S aber koan mit aufs Zimmer nehmen«, sagte sie mit einer Miene, als hielte sie Sophie für ein zweifelhaftes Weibsbild. »Bei uns ham mer andere Sitten«, fügte sie hinzu, während sie vorausging und schnaufend die enge Holztreppe mit dem abgeschabten Perserteppich hinaufstieg. »Bei eich mog alles anders sein. Von Frankreich hört ma so allerhand. Mir ham an Führer – der sorgt, dass alles sauber is, verstehn'S? De Bazi und die Juden wird's bei uns scho zoagt! Die tuan überhaupt nix und nehmen uns de Arbeit und's Geld weg.«

Eingeschüchtert von diesen Äußerungen folgte Sophie der Wirtin schweigend nach oben. Das Zimmer mit der verblichenen Blümchentapete war klein, die abgetretenen Dielen knarrten unüberhörbar und die Gardine vor dem Fenster machte einen angegrauten und nicht ganz sauberen Eindruck. Eine einfache Waschschüssel mit passender Emaillekanne stand auf einem Tischchen. Es herrschte eine feuchte Kälte im Raum und Stockflecken prangten an der Decke.

»Wasser können'S Eahna auf dem Gang holen. Frühstück gibt´s um achte, später gibt's nix mehr!« Der kategorische Kommandoton, die abschätzigen Blicke, die ihr zuteilwurden, schüchterten Sophie weiter ein. Trotz des breiten Dialektes verstand sie die Wirtin einigermaßen. Das verdankte sie ihrem österreichischen Kindermädchen Anna, das Marguerite, Philippe und sie in ihren frühen Jahren betreut hatte. Entgegen dem Verbot von Madame hatte Anna meist nur in ihrer Muttersprache mit den Kindern geredet und so hatten die drei ganz nebenbei Deutsch gelernt. Als nach und nach das Französisch der Kinder immer schlechter wurde und sie plötzlich von einem »Schoteul schoon« sprachen, statt vom »Fauteuil jaune«, hatte die Mutter die renitente Anna kurzerhand entlassen.

Nachdem die Wirtin verschwunden war, riss Sophie das Fenster auf, das auf einen tristen grauen Hinterhof hinausging, um Luft in den Raum zu lassen. Sie packte ihren Koffer aus und obwohl sie hungrig war, verspürte sie kein großes Bedürfnis, in die Gaststube hinunterzugehen, um etwas zu bestellen. Lustlos knabberte sie am Rest der Brezel vom Morgen und brach schließlich zu einem Spaziergang auf. Kreuz und quer wanderte sie durch die unbekannten Straßen. Sie fühlte sich fremd und bereute, überhaupt hergekommen zu sein. Es herrschte eine gewisse Spannung, ein Kontrollzwang und eine künstlich hochgehaltene Ordnung, die im Gegensatz zur allgemeinen Ärmlichkeit der Verhältnisse stand. Das spürbare Misstrauen Fremden gegenüber schüchterte sie zusätzlich ein. In einem kleinen Laden kaufte sie etwas Obst und setzte sich damit auf eine Bank. Als die Sonne untergegangen war, kehrte sie fröstelnd in die Pension zurück und beschloss, früh zu Bett zu gehen. Sie hüllte sich in die nach Mottenpulver riechende Bettdecke, schloss die Augen und konnte lange nicht einschlafen. Um nicht weiter darüber zu grübeln, ob sie morgen ihren Vater finden würde oder nicht, ließ sie ihre Gedanken zu Nicolas wandern. Sie rief sich sein Lächeln ins Gedächtnis, den flammenden Blick seiner dunklen Augen, den er ihr früher oft von der anderen Seite des Zauns, der den Park von Auprèsmont umgab, zugeworfen hatte. Doch sein Gesicht verschwamm, blieb seltsam blass. Immer hatte ihn eine Aura des Verbotenen, Geheimnisvollen umgeben. Doch die war mit einem Mal verschwunden. Vielleicht, seit er die Geschichte mit dem Kreuz erwähnt hatte, die Art, mit der er versuchte, daraus Nutzen zu ziehen. Er war nicht der Held, den sie in ihm gesehen hatte, sondern ein Unsteter, jemand, der sich schlecht und recht durchs Leben brachte. Was er jetzt wohl machte? Wäre sie nicht so schnell fortgefahren, so hätte sie ihm noch viele offene Fragen stellen können. Sie seufzte. Morgen würde sie schon ganz früh in die Adalbertstraße gehen. Dann hatte sie Gewissheit – wie auch immer diese aussehen würde! Nach einer Nacht, in der sie unruhig geschlafen und viel geträumt hatte, saß sie schon um halb sieben Uhr ein wenig verloren in dem dunklen, rundum mit Holz getäfelten Wirtszimmer, das verstaubte Hirschgeweihe und ein Gemälde mit einer Berglandschaft zierten. Es war ungelüftet und roch nahezu erstickend nach kaltem Rauch. Sie rührte in ihrer Kaffeetasse und versuchte, ein paar Bissen des vom Vortag leicht angetrockneten, mit Margarine und einer zuckrigen Marmelade bestrichenen Brotes hinunterzubringen. Ihr Herz klopfte unruhig – sie war schon viel zu früh erwacht und hatte sich bereits einige Sätze zurechtgelegt, die sie ihrem Vater sagen wollte. Ein kleiner Zettel mit Stichworten gab ihr Sicherheit, falls ihr im entscheidenden Moment die Sprache fehlen sollte. Seine alte Adresse in der Adalbertstraße war keine Garantie dafür, dass er immer noch dort wohnte. Vielleicht musste sie ihn auch in einer anderen Stadt suchen. Oder gar auf dem Friedhof? Wenn er lebte, wie sah er wohl aus, wie war er wohl? Ein älterer Herr mit Hut, gesetzt, wie der Mann am Bahnhof? Es war ein eigenartiges Gefühl. Sie war aufgeregt, weil sie nicht wusste, was auf sie zukommen würde. Entschlossen trank sie den Rest der lauwarmen, dünnen Kaffeebrühe aus, schob das angebissene Brot beiseite und erhob sich. Draußen war das sonnige Wetter umgeschlagen und es hatte leicht zu nieseln begonnen. Die Häuserfronten waren in rauchiges Grau getaucht und die vom Wind verwehten, nassen Blätter unter ihren Füßen verbanden sich zu einer glitschigen Masse. Menschen mit müden Gesichtern eilten an ihr vorbei, ohne aufzusehen, Autos hupten an der Kreuzung der wenig befahrenen Straße. Trotz Regen und heftiger Böen hatte sie sich entschlossen, zu Fuß zu gehen. Die frische Luft tat ihr gut und sie schritt zügig aus. Den Weg kannte sie ja bereits und ohne Gepäck kam sie bedeutend einfacher und schneller voran. Mit vom Wind geröteten Wangen stand sie bald an der auf dem Briefumschlag stehenden Nummer der Adalbertstraße, vor einem Haus mit einer Fassade fast wie diejenigen der anderen. An der soliden Holztür hingen Namensschilder aus Messing, die sie hastig überflog. Es durchzuckte sie förmlich: Da war es – da stand tatsächlich sein Name: ANDRES H. 3. Stock. Sie hielt für kurze Zeit den Atem an, dann legte sie den Finger auf die Klingel. Nichts rührte sich. Noch einmal schellte sie. Beim Surren des Drückers lehnte sie sich gegen die Tür, die mit einem leisen Klacken aufsprang.

5. Kapitel

Marguerite war wütend. Was fiel Pierre überhaupt ein? Wieso nahm er dieses dumme, billig aussehende Flittchen, das er Künstlerin nannte, einfach mit zur Probe? Zweitbesetzung! Das war doch wohl mehr als unverschämt. Und diese falsch tuende Kollegin Charlotte-Ismene, die so vertraulich mit der Neuen umging, hatte dabei wohl auch die Hand im Spiel! Dir werde ich es zeigen, dachte sie. Ihre Gefühle putschten Adrenalin in ihre Adern. Sie fühlte sich in Form, spielte und sang so hinreißend, als ginge es um ihr Leben. Nicolas Martinez, der bei der Beleuchtung half, rückte die Scheinwerfer im Studio auf Max' Anweisungen in die verschiedensten Positionen. Er war von Marguerite fasziniert. »Ihre Stimme ist einfach wundervoll. Ihr Spiel, Ihre Ausdrucksstärke«, ließ er sie flüsternd in der Pause wissen. »Und dann dieses besondere, geheimnisvolle Timbre in Ihrer Stimme, das nicht jede Sängerin besitzt!« Seine bewundernden Blicke gaben Marguerite etwas von dem Selbstbewusstsein zurück, das sie glaubte, verloren zu haben, als die »Zweitbesetzung« eintraf. Sie schenkte Nicolas ein verführerisches Lächeln. Jetzt war es wahrhaftig an der Zeit, mit Pierre ein ernstes Wort zu reden. Sie trat zu ihm. »Hör mal Pierre! Diese Blonde, die du da angeschleppt hast, passt ins Les Folies

Bergères, aber nicht hierher. Den Floh hat dir wohl Charlotte in den Kopf gesetzt. Begreifst du nicht, dass sie eifersüchtig ist und mir die Rolle nicht gönnt? Sie will mir mit diesem Flittchen doch nur eins auswischen.« Sie warf einen bösen Blick von Charlotte zu der blonden Cécile, die sich ungeniert eine Zigarette angezündet hatte, im Drehbuch blätterte und leise vor sich hin summte. »Mach, dass sie auf der Stelle verschwindet! Ich verspreche dir, ich reiße mich zusammen und …«

»Das überlässt du wohl am besten mir«, sagte Pierre hochmütig und rückte an seiner schwarzumrandeten Brille. »Ich bin der Regisseur und treffe hier die Entscheidungen. Cécile hat eine ausgezeichnete Stimme. Und sie wird nur dann eingesetzt werden, wenn du dazu nicht in der Lage sein solltest.«

»Aber es gibt doch keinen Grund, das anzunehmen …«

»Keinen Grund?«, unterbrach Pierre sie heftig. »Glaubst du wirklich, dass deine Trinkerei und Tablettensucht keine Gründe sind? Ich muss mich absichern, das wirst du doch hoffentlich verstehen.«

Marguerite öffnete den Mund, um etwas zu erwidern. Doch ihr fehlten die Worte. Tränen der Wut zogen ihre Kehle zusammen und es dauerte eine Weile, bis sie wieder in der Lage war zu sprechen. »Du hast doch immer an mich geglaubt, Pierre. Und gesagt, mein musikalisches und schauspielerisches Talent sei außergewöhnlich …« Sie fasste ihn beim Arm, doch Pierre riss sich grob los. »Ja, vielleicht habe ich das gesagt. Aber man kann seine Meinung auch ändern.«

Marguerite war weiß wie eine Wand geworden. »Das lasse ich mir nicht gefallen! Ich ziehe meine finanzielle Einlage an der Produktion zurück«, schrie sie unbeherrscht. »Dann kannst du in Zukunft die Kostüme und Gagen für die Schauspieler selbst zahlen. Und auch die tausend Kleinigkeiten, für die ich bisher aufgekommen bin. Wenn diese Nutte nicht sofort verschwindet«, sie wies auf die blonde Cécile, »kannst du was erleben!«

»Jetzt habe ich aber genug von dir und deinen Ausbrüchen«, erwiderte Pierre nicht weniger heftig, »mach doch, was du willst!« Er drehte sich abrupt um. »Fünfzehn Minuten Pause!«, rief er in den Raum und ging vor die Tür, um frische Luft zu schnappen.

Hilflos umringten die Mitglieder des Ensembles die schluchzende Marguerite.

»Mach dir nichts draus!«, sagte Alain, ihr Partner mit verhaltener Stimme. »Du kennst Pierre doch – morgen hat er alles wieder vergessen. Zeig, was du kannst. Und wegen der da«, er wies mit dem Kinn auf das stark geschminkte Mädchen, das mit einem ausdruckslosen Blick ihrer hellblauen Augen die Szene verfolgt hatte, »brauchst du dir wirklich keine Sorgen zu machen. Das ist doch keine Konkurrenz für dich.« Wie auf Kommando gähnte Cécile Dubois gelangweilt mit offenem Mund, schlug die Beine übereinander, blätterte weiter im Drehbuch und tat, als wenn sie das alles nichts anginge.

»Ein primitives Miststück!«, murmelte Marguerite mit erstickter Stimme. Sie war an Alains Schulter gesunken und ließ ihren Tränen freien Lauf. Er reichte ihr sein Taschentuch. »Reg dich nicht auf, Marge! Lass sie doch ruhig da herumsitzen – sie wird ohnehin nicht zum Zug kommen.« Marguerite schluckte und trocknete ihre Augen. »Danke, Alain!« Sie versuchte, ihm zuzulächeln, während sie ihre Puderdose aus der Tasche zog, um die Spuren ihrer Tränen zu verwischen. Dann straffte sie die Schultern. Sie musste jetzt gelassen bleiben. Es lohnte wirklich nicht, sich wegen einer solchen Schlampe aufzuregen! Zum Beineschwingen und Liederträllern im Boulevardtheater war sie vielleicht gut genug, aber nicht als ernsthafte Sängerin in einer Oper wie der *Antigone!* Pierre würde sich sicher später bei ihr entschuldigen. Nach der Pause gingen die Proben weiter wie bisher, Marguerite riss sich zusammen, aber Pierres Miene schien zu Stein erstarrt. Als sie geendet hatten, war sie entschlossen, sich zu überwinden, mit ein paar versöhnenden Worten die Spannung zu beseitigen und ihn zu dem geplanten Dîner bei ihr zu Hause einzuladen. Doch als sie sah, dass Cécile sich vertraulich bei ihm einhängte und ihn verliebt ansah, geriet sie wieder in Wut. Die beiden verschwanden mit einem kurzen Grußwort. Es war das erste Mal, dass der Regisseur nicht zur üblichen Runde in der Bar nebenan geblieben war, wo man noch einmal die Szenen durchging, Vorschläge und persönliche Kritik äußerte. Die Kollegen zuckten ratlos die Schultern und betrachteten Marguerite mitleidig von der Seite. Alain verabschiedete sich rasch und murmelte etwas von einem Besuch alter Freunde.

»Kann ich … irgendetwas für dich tun?« Max war mit der üblichen Schüchternheit an ihre Seite getreten und sah sie mit seinen wässrig-grünen Augen fragend an. Er strich sich sein spärliches Haar aus der Stirn und hob den Arm mit der Absicht, ihn tröstend um ihre Schultern zu legen.

»Nein, nein, gib dir keine Mühe, Max!« Marguerite wich leicht zurück und er ließ seinen Arm enttäuscht fallen. »Ich möchte jetzt am liebsten allein sein.«

»Dann … also gute Nacht!«, wünschte er mit schwacher Stimme. Auch keiner der anderen Protagonisten hatte jetzt mehr Lust, noch etwas trinken zu gehen. Rasch verabschiedete man sich und lief auseinander. Marguerite blieb unschlüssig vor dem Theater stehen. Sie zog mit nervösen Fingern ihr silbernes Zigarettenetui hervor und steckte sich eine Zigarette zwischen die Lippen. Besser war es, nicht zu rauchen, denn das schadete ihrer Stimme. Aber in diesem Moment war ihr alles egal. Irgendwie wusste sie nicht, was sie machen und wohin sie gehen sollte. Sie suchte in ihrer Tasche nach dem Feuerzeug, doch im nächsten Moment zuckte neben ihr schon ein Flämmchen auf. Mit einem Seitenblick erkannte sie, dass Nicolas, der neue Beleuchter, neben ihr stand. »Sie? Was machen Sie denn noch hier?«

»Ich habe mir die Scheinwerfer und die Elektroinstallation ein bisschen genauer angesehen. Da muss einiges gerichtet werden. Wenn ich schon aushelfen soll, muss ich schließlich mit allem vertraut sein.« Marguerite nahm einen tiefen Zug. Die blinkenden Lichtreklamen warfen Reflexe auf ihr Gesicht. »Sie waren wirklich großartig!« Echte Begeisterung stand in den Augen des jungen Mannes. »Mir lief ein Schauer über den Rücken, als ich Sie singen hörte! Eigentlich mag ich keine modernen Opern. Aber diesmal war es ein Erlebnis. Etwas ganz anderes!«

»Finden Sie?« Sie legte den Kopf zurück und sah ihn unter halb gesenkten Lidern an. Er sah wirklich unverschämt gut aus, zwar etliche Jahre jünger als sie – aber das machte ja nichts. Sie bot ihm eine Zigarette an und er nahm sie dankend.

»Und Sie singen diese schwere Musik so leicht … mit Herz und Seele. Das habe ich noch nie erlebt. So etwas würde ich auch gern können. Aber dafür muss man wohl eine besondere Begabung haben.«

»Warum? Haben Sie es denn je versucht? Oder waren sie schon immer nur für die Technik zuständig?«

Nicolas schüttelte den Kopf. »Nein, weder noch. Das mit der Beleuchtung mache ich nur nebenbei. Ich habe studiert«, log er. »Politik und Wirtschaftswissenschaften. Aber dann wurde mir das alles zu langweilig. Ich wollte etwas bewirken, etwas tun … die Welt verändern.« Er lachte und blies den Rauch langsam von sich.

Marguerite sah ein wenig spöttisch zu ihm auf. »Und – haben Sie das getan?«

»Zumindest versucht. In politischer Hinsicht. Im spanischen Bürgerkrieg. Ich habe mich freiwillig gemeldet – und in der Nähe von Guernica für die Republikaner gekämpft. Sie haben sicher gehört, dass die Deutschen den Ort im April 1937 bombardiert haben. Es war schrecklich – so viele Tote, lauter Zivilisten. Krieg eben. Ich habe Glück gehabt, aber das ganze Leben erschien mir danach so sinnlos …«

Ein kurzes Schweigen entstand.

»Und warum haben Sie Ihr Studium später nicht wieder aufgenommen?«

Er sog ein paarmal an seiner Zigarette, bevor er antwortete. »Kein Geld! Meine Eltern sind nicht in der Lage, mich zu unterstützen.« Seine Mundwinkel zuckten und er sah an Marguerite vorbei in die Ferne. »Und ich musste erst einmal darüber hinwegkommen. In meinen Träumen sehe ich manchmal noch abgerissene Arme und Beine.«

»Ach …« Marguerite wusste nicht, was sie sagen sollte. Dieser junge, hübsche Kerl brachte es tatsächlich fertig, so etwas wie Mitleid in ihr zu erwecken. Jedenfalls vergaß sie in seiner Gegenwart ihre eigenen Probleme. Sie wandte sich ihm zu und sah ihn eindringlich an. »Sagen Sie … haben wir uns nicht schon irgendwo einmal gesehen? Sie kommen mir bekannt vor.«

»Nicht, dass ich wüsste«, kam es wie aus der Pistole geschossen. »Eine so eindrucksvolle Schönheit wie Sie wäre mir sicher in Erinnerung geblieben.«

»Wo kommen Sie her, ich meine, wo sind Sie geboren?«, beharrte Marguerite, ohne sich anmerken zu lassen, wie sehr ihr dieses Kompliment wohltat.

»Ich bin in Spanien geboren. Erst später kam ich nach Paris.«

Marguerite warf nach einem letzten Zug ihre Zigarette in den Rinnstein. »Dann sind wir uns vielleicht zufällig mal irgendwo begegnet. Oder ich verwechsele sie mit jemandem.« Sie musterte Nicolas noch einmal eingehend, dann gab sie es auf. »Ja – ich muss wohl jetzt nach Hause. Es war nett, mit Ihnen zu plaudern.«

»Wollen wir nicht noch ein Glas zusammen trinken«, fragte Nicolas hastig. »Ich würde gern weiter mit Ihnen reden!«

»Reden? Worüber denn?« Sie waren sich ganz nahe und Marguerite legte den Kopf in den Nacken, um zu ihm aufzusehen. Ihre Züge hatten die vorherige Härte durch das Neonlicht verloren, ihr Haar umrahmte feurig ihr blasses Gesicht und fiel lockig auf ihre Schultern. In ihren Augen stand ein beinahe verträumter Ausdruck. Große Sehnsucht überkam sie, geborgen zu sein, sich irgendwo anzulehnen, an eine starke, männliche Schulter wie die seine.

»Madame de Vuillac ...«, begann Nicolas ein wenig unbeholfen. »Vielleicht möchte ich Sie auch nur ansehen. Sie sind die schönste Frau, die mir je begegnet ist.«

»Sie Schmeichler«, hauchte Marguerite mit einem koketten Augenaufschlag. »Aber sagen Sie doch ruhig Marge zu mir!«

»Marge!«, flüsterte Nicolas heiser. Im nächsten Moment hatte er sie an sich gezogen und seinen Mund kurz auf ihre Lippen gedrückt. Doch bevor sie sich wehren konnte, hatte er sie gleich wieder losgelassen. »Entschuldigen Sie. Aber ich musste das tun. Ich habe mir den ganzen Abend vorgestellt, wie es wäre, Sie zu küssen!« Er sah mit gewollter Zerknirschung zu Boden. Marguerite brach in ein irritiertes Lachen aus, ordnete ihr Haar und fuhr sich über den Mund. »Sind Sie immer so schnell – ich meine, wenn Ihnen eine Frau gefällt?«

»Nein, überhaupt nicht! Aber es soll ja den ›Coup de foudre‹ geben, die Liebe auf den ersten Blick. Glauben Sie etwa nicht daran?« Nicolas' Augen glänzten voller Leidenschaft.

»Hören Sie, Sie sind doch viel zu jung für mich. Außerdem ...« Sie wusste nicht, was sie weiter sagen sollte. Ein Frösteln überlief sie.

»Kommen Sie.« Nicolas legte den Arm um sie und zog sie mit sich, »Sie sind schon halb erfroren in ihrem dünnen Mantel. Wir werden dort drüben in der Bar ›Chez Bruno‹ ganz entspannt etwas trinken und uns aufwärmen. Ich könnte dringend ein Glas gebrauchen und Sie sicher auch.«

»Ja, warum eigentlich nicht!« Marguerite lehnte den Kopf an seine Schulter. Es fühlte sich gut an, vertrauenerweckend und tröstend. In der Bar war es schummrig, plüschig und die leise Musik erzeugte eine angenehme Atmosphäre. Nicolas reichte ihr ein Glas Martini und sie trank es mit einem Zug aus. Wärme durchströmte sie. Ihr Selbstbewusstsein kehrte zurück und alles erschien ihr in einem rosigeren Licht. Sie atmete auf. Morgen war wieder ein Tag. Ihre neue Bekanntschaft gab ihr das Gefühl, eine begehrenswerte Frau zu sein – mehr noch, eine begnadete Künstlerin. »Alles hängt jetzt von der Generalprobe ab!«, sagte sie mit aufleuchtenden Augen. »Jean Cocteau hat einige Rezitative eingefügt, mit denen das Publikum die Handlung besser versteht. Zum Glück war Honegger, der Komponist, mit allem einverstanden. Damit wird die Antigone sicher ein ganz großer Erfolg!«

»Das glaube ich auch! Sie sind eine faszinierende Frau, Marge«, sagte Nicolas mit weicher Stimme, ohne den Blick von ihr abzuwenden. Er spielte zärtlich mit einer Strähne ihres rotbraunen Haares. »Ich würde gern mehr über Sie wissen. Sie sind verheiratet, nicht wahr?«

»Ach, das ist eine Komödie, über die längst der Vorhang gefallen ist. Gaston lebt sein Leben und ich das meine. Die Scheidung ist nur noch eine Formalität. Und was ist mit Ihnen?«

»Ich bin frei – frei wie ein Vogel.« Er lächelte und Marguerite entdeckte ein Grübchen in seiner Wange, das ihm ausgezeichnet stand. Seine Hand glitt von ihrer Schulter über ihren Rücken und wieder zu ihrem Nacken. Sie fühlte ein wohliges Erschauern. Doch dann entzog sie sich ihm und warf ihre lockige Mähne zurück.

»Ich bitte um Verzeihung, wenn ich Ihnen zu nahe gekommen bin, Marge.« Nicolas' samtbraune Augen verschatteten sich und eine Spur Enttäuschung lag in seiner Stimme. Er nahm seine Hand fort.

»Nein, nein!«, versicherte ihm Marguerite, der plötzlich die Wärme seiner Berührung fehlte. Er sah auf einmal so zerknirscht aus, dass sie ihm am liebsten tröstend über den Kopf gestrichen hätte. »Es ist nur – wir kennen uns doch noch gar nicht richtig.«

»Umso besser – dann wird es Zeit, dass wir das ändern. Erzählen Sie mir aus Ihrem Leben. Waren Sie ein rebellisches Kind, so wie ich?« Nicolas zwinkerte ihr zu.

»Ganz sicher nicht!«, protestierte Marguerite. »Ich habe mich in meiner Kindheit oft allein gefühlt, obwohl uns dauernd Kindermädchen umgaben. Dann kamen mein Bruder und ich ins Internat. Ich hatte komischerweise immer das Gefühl, dass Mutter mir meine jüngere Schwester Sophie vorzieht. Und das hat sich inzwischen auch in ihrem Testament bestätigt.« In ihrer Stimme lag jetzt ein bitterer Unterton.

»Ach!« Nicolas sah sie interessiert an. »Und das hat Sie wohl sehr verletzt?«

»Ja. Wir sind sehr verschieden, Sophie und ich. Mit meinem Bruder habe ich mich besser verstanden – das heißt, bevor er entdeckt hat, dass er besser mit Männern auskommt.«

»Ich verstehe«, sagte Nicolas. »Und wo haben Sie Ihren Ehemann kennengelernt?«

»Ach, das ist eine eigene Geschichte. Wollen Sie sie überhaupt hören?«

Nicolas nickte. Er brauchte ab jetzt keine Fragen mehr zu stellen, denn Marguerite begann zu reden, von ihrer verkorksten Ehe, den Leiden und Freuden ihrer Kindheit bis zu den Enttäuschungen in ihrer Laufbahn als Sängerin auf kleinen Bühnen vor wenig Publikum und als Schauspielerin und Tänzerin. Nicolas hörte geduldig zu, ohne sich anmerken zu lassen, dass er mehr von ihrem Leben wusste, als sie ahnte. Er vergaß dabei nicht, ihr immer wieder aus einer bestellten Flasche Cognac nachzuschenken, denn der Alkohol löste ihre Zunge. Erhitzt und mit roten Wangen hielt Marguerite nach einer geraumen Weile inne. Sie sah auf ihre kostbare, mit Brillanten besetzte Uhr. Nicolas' Blick folgte ihr. »Himmel!«, rief sie aus. »Es ist schon zwei Uhr! Jetzt habe ich die ganze Zeit über von mir geredet! Hoffentlich haben Sie sich nicht allzu sehr gelangweilt?«

Nicolas schüttelte den Kopf. »Überhaupt nicht! Es war wirklich sehr aufschlussreich für mich.«

»Wie meinen Sie das?« Marguerite stutzte.

»Weil mir dabei einiges klar geworden ist!« Er nahm ihren Kopf in beide Hände und senkte seine Augen eindringlich in die ihren. »Warum ich mich auf den ersten Blick in dich verliebt habe, Marge!« Sie unternahm keinen Versuch, sich zu befreien, und schloss langsam die Augen. Jetzt würde er sie küssen. Doch zu ihrer Überraschung ließ er sie wieder los. »Lass uns gehen! Darf ich dich wenigstens nach Hause begleiten? Ich hätte dich so gern eingeladen«, fügte er zerknirscht hinzu. »Aber ...« Marguerite nickte stumm und verwirrt. Sie hatte begriffen und warf dem Kellner lässig einen Geldschein hin. Arm in Arm verließen sie die Bar und winkten einem Taxi. Im Wagen warf sich Marguerite an seine Brust und Nicolas drückte sie eng an sich. »Du hast mir so wenig von dir erzählt«, murmelte sie, wie betäubt von dem prickelnden Gefühl, das plötzlich ihre Adern durchpulste.

»Oh, das ist nicht wichtig – ich würde gern das Meiste vergessen.«

»War es in Spanien denn so schlimm?«

Nicolas' Körper verhärtete sich und er nahm den Arm von Marguerites Schulter. »Schlimmer, als man es sich vorstellen kann. Die Bombardierung der Deutschen, die den korrupten Franco unterstützten, war gnadenlos! Sie haben den kleinen Ort Guernica völlig zerstört. Und vor allem Unschuldige getroffen!

Ich habe mich gefragt, wie so etwas geschehen kann. Egal, auf welcher Seite man kämpft!«

Sie hatten die Rue de Lille erreicht. Marguerite zögerte. Doch dann sagte sie: »Kommst du noch mit hinauf?« Nicolas hatte nur auf diesen Moment gewartet. Er stieg aus dem Wagen und warf einen prüfenden Blick auf die Sandsteinfassade des Hauses, auf seine Erker und Verzierungen. »Eine luxuriöse Gegend!«

»Ja, es geht so. In der Nähe waren einst die Kasernen der Musketiere des Königs!« Marguerite lachte, suchte nach ihrem Schlüssel und sperrte die Tür auf. Sie schien ein wenig verlegen, als sie den Aufzug betraten. »Nicht dass du denkst, ich mache das immer so …« Nicolas ließ sie nicht weitersprechen. Er zog sie in seine Arme und küsste sie diesmal so leidenschaftlich, dass sie gar nicht merkten, dass der Aufzug bereits den dritten Stock erreicht hatte.«

***

Leise Schritte ertönten gegen drei Uhr in der Nacht im Treppenhaus des schäbigen Mietshauses im Pariser Norden. Sandrine tastete sich auf Zehenspitzen und ohne Licht zu machen die Stufen zum fünften Stock hinauf, um die Nachbarn nicht zu wecken. Sie erschrak über das dunkle Bündel, das im zugigen Flur vor ihrer Tür kauerte. Erst auf den zweiten Blick erkannte sie Philippe, der, den Mantel halb über den Kopf gezogen, vor ihrem Appartement eingeschlafen war. Sie schaltete das Licht ein und die nackte Glühbirne warf einen kalten Schein auf sein Gesicht. »Philippe!«, rief sie erstaunt aus. Er war bleich, dunkle Bartstoppeln zeichneten Schatten in seine Züge und sein von ersten grauen Strähnen durchzogenes Haar, sonst immer exakt nach hinten gekämmt, fiel ihm unordentlich in die Stirn. Hochschreckend, sah er sie mit wirren Augen an. Ein Schauer fuhr durch seinen Körper, er zitterte vor Kälte. Die vergangenen Stunden standen sofort wieder vor seinen Augen. In Panik tastete er nach den beiden Aktentaschen und versicherte sich, dass sie noch unberührt neben ihm lagen. Mit leisem Ächzen richtete er sich auf.

»Was machst du hier?« Sandrine, zuvor ziemlich angetrunken, war plötzlich ganz nüchtern.

Philippe legte den Finger auf den Mund. »Nicht so laut. Du weckst ja die Leute. Lass mich rein Sandy, ich muss mit dir reden.«

»Jetzt? Es ist drei Uhr morgens!«

»Ich weiß. Mach endlich die Tür auf, mir ist kalt.« Das klang beinahe drohend und Sandrine steckte den Schlüssel ins Schloss. »Ich habe nicht aufgeräumt«, sagte sie verlegen, »weil ich so selten hier bin.«

»Das macht nichts«, murmelte er und schob sich hinein. Und tatsächlich, in dem engen Ein-Zimmer-Appartement herrschte wüstes Durcheinander. Ein unangenehmer Geruch ging von einem Stapel leerer Teller mit Speiseresten aus, die im Ausguss standen. Das Bett mit dem Nachttopf darunter war ungemacht und auf dem verdreckten Boden lagen überall Schuhe und Kleidungsstücke herum, die Sandrine rasch einsammelte und in eine Ecke warf. Das einfache Waschbecken an der Wand war abstoßend schmutzig und auf dem Regal darüber türmten sich offene Cremetiegel und andere Kosmetikutensilien. Die gesamte Einrichtung bestand aus einem kleinen Holztisch, dem einzigen Stuhl davor und einem wackligen Schrank mit halb ausgehängter Tür. Das Fenster ohne Vorhänge war fest geschlossen, doch der Raum war kalt wie ein Keller. Philippe spürte einen Würgereiz in der Kehle, zumal er immer noch das Bild des toten, in seinem Blut liegenden Tolbiac vor Augen hatte. In seinem Kopf hämmerte es. Er hatte jemanden umgebracht! Er, der keiner Fliege etwas zuleide tun konnte. Es war ein Unfall gewesen, eine böse Verkettung der Umstände und seiner Verzweiflung! Hätte Tolbiac die Goldbarren freiwillig herausgegeben, wäre es gar nicht so weit gekommen!

»Und jetzt?«, riss ihn Sandrine aus seinen Gedanken. Sie hatte ihre hochhackigen Schuhe von sich geschleudert und entkleidete sich rasch und ungeniert bis auf die Unterwäsche. Dann warf sie sich aufs Bett und zog die Decke über die Schultern. »Was ist los? Warum bist du gekommen? Sicher nicht, um eine Nacht mit mir zu verbringen. Sag's mir, aber schnell. Ich bin todmüde ...« Sie gähnte lauthals.

Noch nie hatte Sandrine einen solchen Ton ihm gegenüber angeschlagen. Aber in diesem Moment konnte es ihm egal sein. »Ich möchte heute bei dir übernachten, Sandy. Ich brauche etwas Schlaf. Morgen früh erkläre ich dir alles ...«

Sie stützte sich auf die Ellenbogen. »Bei mir?« Erheitert prustete sie los. »Das ist ja mal was ganz Neues. Meinetwegen. Aber dann musst du auf dem Boden schlafen. Ich bin nicht auf Besuch eingerichtet.« Sie erhob sich, riss eine Decke aus dem Durcheinander des Schrankes, nahm ihr Kissen und warf es ihm zu. »Willst du mir nicht sagen, was los ist?« Sie streifte ihn mit einem misstrauischen Blick. »Hast du etwa Ärger mit Jean-Luc?«

Philippe schüttelte den Kopf, legte das muffig riechende Kissen und die Decke zurecht und streckte sich aus. Mit seinem Mantel würde er sich zudecken. Er fühlte sich erschöpft und ausgebrannt. In seinem Kopf kreisten viele brennende Fragen. Wo sollte er die Goldbarren und das Geld lagern? Am Quai Bourbon ganz sicher nicht. Ein Gedankenblitz durchzuckte ihn. In Auprèsmont! Dort war es sicher – in dem alten Gemäuer gab es genügend Verstecke. Verborgene Gänge führten in winzige Räume hinter Tapetentüren und sogar nach draußen. Und dann die halbvermauerte Nische im Kamin! Dort, wo die Mutter das Tafelsilber während des Krieges aufgehoben hatte. Und irgendwo gab es auch noch einen Hohlraum unter einer Stufe, den die Maurer extra für Notzeiten angelegt hatten. Geniale Idee! Niemand würde dort etwas finden!

»Na, was denn jetzt? Hast du dich mit Jean-Luc gestritten?«, wiederholte Sandrine ihre Frage eindringlicher.

»Nein, natürlich nicht. Aber es ist nicht nötig, dass er erfährt, dass ich hier war. Du musst mir helfen, mir ein Alibi geben. Falls die Polizei dich danach fragen sollte. Für heute Nachmittag, den Abend und die Nacht. Ich war bei dir, die ganze Zeit. Und frag mich bitte nicht, warum.«

»Was?« Erstaunt setzte sich Sandrine auf. »Ein Alibi? Wie stellst du dir das vor? Ich habe am Nachmittag Jean-Lucs Kollektion im Modehaus Bernier vorgeführt. Nachher habe ich mit einem Verehrer in der Bar ›Chez Mimou‹ was getrunken! Und in der Zeit danach war ich bei ihm.«

»Das ist doch egal! Du sagst der Polizei, dass ich dich am Modehaus Bernier abgeholt habe, verstehst du? Dann sind wir gleich zu dir gegangen. Das Treffen mit dem Verehrer musst du ja nicht erwähnen. Übrigens: Räum auf jeden Fall morgen deine Wohnung auf. Hier sieht es ja furchtbar aus. Es könnte sein, dass die Polizei dir einen Besuch abstattet.« Er legte sich auf seine andere Seite.

»Was? Die Polizei kommt zu mir?« Sandrine sah ihn erschrocken an.

»Möglicherweise. Aber reg dich nicht auf, es geht ja gar nicht um dich. Wichtig ist, dass du mir ein Alibi gibst«, wiederholte Philippe geduldig. »Dass du aussagst, wir beide seien zusammen gewesen und hätten hier die Nacht verbracht. Wenn du deine Sache gut machst, lass ich mir das ein paar Tausender kosten. Aber jetzt möchte ich schlafen. Ich kann nicht mehr.«

»Hast du was angestellt?« Sandrine war plötzlich hellwach, aber Philippe antwortete nicht. Na, egal, er hatte gerade von ein paar Tausendern für sie gesprochen! Das hörte sich nicht schlecht an. Sie lag mit offenen Augen auf dem Bett. Irgendwie ging da etwas nicht mit rechten Dingen zu! Sie hatte wenig Lust, sich in irgendeine zwielichtige Affäre ziehen zu lassen und die Polizei auf sich aufmerksam zu machen. Es gab da ein paar dunkle Flecken in ihrer Vergangenheit, die sie nicht der Öffentlichkeit preisgeben wollte. Aber andererseits hatte sie auch nicht die Absicht, es sich mit Philippe zu verderben. Und die Aussicht auf die Tausender war auch nicht schlecht. Sie betrachtete die beiden schwarzen, prall gefüllten Aktentaschen, die dicht neben ihm standen. Was hatte er da eigentlich mitgebracht? Sie waren sichtlich schwer gewesen, denn einer der Ledergriffe war bereits eingerissen. Eigentlich hätte sie zu gern gewusst, um was es ging. Als Philippe begann, leise zu schnarchen, stand sie auf und tastete sich auf Zehenspitzen zur anderen Seite. Vorsichtig nestelte sie am Verschluss einer der Taschen. Ein lautes Klacken ertönte, mit dem das Schloss aufsprang. Philippe fuhr sofort hoch. »Finger weg!«, stieß er hervor und schob sie grob beiseite. »Wage so etwas nicht noch mal – oder du kannst was erleben!« Er sah sie drohend an. Kleinlaut begab sich Sandrine wieder zu Bett, duckte sich unter die Decke. Der Morgen stand bereits grau vor dem Fenster, als Philippe sich leise erhob. Er hatte auf dem harten Boden genauso unruhig wie vor der Tür geschlafen und beim Erwachen standen alle Ereignisse sofort wieder bildhaft vor seinem inneren Auge. Unruhe erfasste ihn. Hatte man Tolbiac schon entdeckt? Würde die Polizei seinen »Selbstmord« hinnehmen, glauben, er habe das Geld für sich verbraucht, die Goldbarren allein fortgeschafft? »He!« Er rüttelte Sandrine an der Schulter. Mit einem Klagelaut vergrub sie sich tiefer in den Kissen. »Sandy! Ich verschwinde jetzt!«, sagte er mit lauter Stimme. »Du weißt ja, was du zu tun hast, oder? Was wirst du sagen? Wiederhole es, oder ich gieße dir einen Eimer kaltes Wasser über den Kopf!«

Ein unwilliges Stöhnen erklang. Mit einem Krächzen leierte Sandrine verschlafen ihr Sprüchlein herunter: »Du hast mich bei Bernier abgeholt, wir sind zu mir gegangen. Du hast die Nacht bei mir verbracht.«

»Schwöre, dass du es so sagst!«, beharrte Philippe. »Sonst sorge ich dafür, dass du in der Modeszene ein für allemal erledigt bist.«

»Ich schwöre!« Seufzend zog sie sich wieder die Decke über den Kopf. »Aber jetzt lass mich gefälligst in Ruhe!«, tönte es dumpf darunter hervor. Philippe glättete sein verstrubbeltes Haar mit den Fingern. Dann nahm er seine beiden Aktentaschen, zog die Tür hinter sich zu und ging so leise wie möglich die Treppe hinunter. Unten begegnete er der Concierge, die das Trottoir fegte. Er grüßte freundlich, als sie ihn neugierig ansah. Das war gut, denn sie würde später aussagen, dass sie ihn getroffen hatte. Er ging die Rue d'Aubervillier entlang. Das Viertel war ärmlich, die Straßen mit herumliegendem Müll verschmutzt und weit und breit nirgendwo ein Taxi zu erspähen. Er hoffte, mit den schweren Taschen nicht ganz bis zum Gare du Nord gehen zu müssen. So kalt es ihm während der Nacht gewesen war, so sehr schwitzte er jetzt. Von Zeit zu Zeit musste er sein schweres Gepäck abstellen und nach Luft schnappen. Die Penner, die sich in einer Ecke mit Matratzen für die Nacht eingerichtet hatten, nahmen kaum Notiz von ihm. Trotzdem gab er ihnen ein paar Francs. Sie sollten sich ebenfalls an ihn erinnern. Als das mächtige Bahnhofsgebäude in Sicht kam, atmete er auf. Bald hatte er es geschafft! Er würde auf der Stelle nach Auprèsmont fahren. Die Goldbarren im Schloss verstecken, wo niemand außer ihm sie finden konnte. Und mit dem Geld aus der Kassette würde er locker alle Außenstände bezahlen. Ein vages Hochgefühl erfüllte ihn – in den nächsten Jahren gab es dann keine Geldsorgen mehr für ihn.

***

Langsam, Schritt für Schritt stieg Sophie die mit einem roten Kokosläufer belegten Treppenstufen bis zum dritten Stock empor. Das Haus war von altmodischer Eleganz, der Boden frisch gebohnert, die Wände des Flurs mit Marmor und Spiegeln ausgestattet. Sophie schätzte, dass sich auf jeder Etage eine Fünf-Zimmer-Wohnung befand. Blankpolierte Messingschilder mit geschwungenen Buchstaben verkündeten die Namen der Bewohner. Endlich war sie oben. Die mit bemalten Glasfenstern versehene Tür stand wie einladend ein wenig offen. Sophie verharrte zögernd. Von drinnen waren Musik und Stimmen zu hören. Sie legte den Finger auf die Klingel, die unangenehm schrillte. Schritte näherten sich. Mit reserviertem Blick stand eine elegant gekleidete Dame vor ihr. »Sie wünschen?«

Sophie wusste im ersten Moment nicht, was sie sagen sollte. Die Frau ihr gegenüber war mittleren Alters, hatte dunkles, über der Stirn gelocktes Haar und trug ein rotes, tailliertes Kostüm, das ihre schlanke Figur betonte. »Wir kaufen nichts – und spenden auch nichts!«, sagte sie kühl, als Sophie sich nicht rührte. Erst als sie Anstalten machte, die Türe zu schließen, erwachte Sophie aus ihrer vorübergehenden Erstarrung. »Entschuldigen Sie.« Ihre deutschen Worte klangen undeutlich und ein wenig abgehackt. »Aber ich möchte bitte Herrn Hans Andres sprechen.«

»In welcher Angelegenheit?« Die Dame hob die feingezeichneten Augenbrauen.

»In … einer privaten.«

»So?« Sie überlegte einen kleinen Moment und musterte Sophie dabei gründlich. »Warten Sie bitte. Ich hole ihn.« Sie schob die Tür halb zu, wandte sich um und rief: »Hans! Da draußen ist jemand für dich.« Leises Gemurmel drang an Sophies Ohr, kräftige Schritte ertönten und die Tür öffnete sich erneut. Der Mann, der jetzt vor ihr stand, war groß und kräftig, er hatte gewelltes dunkelblondes Haar und blaue Augen. Sophie starrte ihn an. War das ihr Vater? Ihre Kehle war wie zugeschnürt.

»Was kann ich für Sie tun?« Er schaute sie argwöhnisch an.

Sophie sammelte ihre ganze Kraft. »Sind Sie Hans Andres?«

»Ja, warum? Und wer sind Sie?«

»Ich bin Ihre Tochter!« Die Worte fielen wie Paukenschläge und schienen von den Wänden durch das Treppenhaus zu hallen. »Aus Frankreich. Erinnern Sie sich an Schloss Auprèsmont in der Picardie? Dort haben Sie im Großen Krieg gekämpft, oder nicht?«

»Ja. Aber wieso – warum … woher wissen Sie…« Hans Andres war überrascht einen Schritt zurückgewichen. »Ich bedauere, aber das … das muss ein Irrtum sein …« Seine stahlblauen Augen glitten unruhig über Sophies Erscheinung. Er war ganz blass geworden.

»Sicher nicht. Ich habe Beweise.« Sophie spielte ihren letzten Trumpf aus. »Ihre Briefe, die Sie an meine Mutter geschrieben haben.«

Andres verzog jetzt das Gesicht und legte den Finger auf den Mund. »Nicht so laut – und nicht hier im Hausgang.« Er sah sich nach seiner Frau um. »Sie bringen mich in die größte Verlegenheit. Kommen Sie erst einmal herein!« Er zog sie am Arm in den Flur und führte sie durch das Wohnzimmer in sein Arbeitszimmer. Ein wuchtiger Mahagoni-Schreibtisch mit einem Hitler-Porträt darüber dominierte den Raum. Vor dem schlichten Kamin befand sich eine dunkelgrüne Sitzgruppe. Er stellte das Grammophon ab, auf dem sich eine Schellackplatte mit einer Beethoven-Symphonie drehte, bot ihr einen Platz an und setzte sich ihr gegenüber. »Also, was soll der Unsinn?«, sagte er forsch und zündete sich sichtlich nervös eine Zigarette an, ohne ihr auch eine anzubieten. Sophie saß wie versteinert in ihrem Sessel. Dieser Mann war ihr Vater, doch er behandelte sie wie eine Fremde, mehr noch, wie einen unliebsamen Eindringling. Sie brachte kein Wort heraus.

»Hören Sie«, seine Stimme klang verlegen, »ich bin verheiratet, habe zwei Söhne, aber keine Tochter.«

Es klopfte und Frau Andres steckte den Kopf durch die Tür. Sie musterte Sophie mit einem neugierigen Blick. »Ist alles in Ordnung? Denk daran Hans, dass wir heute Abend Gäste haben!«

»Ich weiß, mein Schatz. Aber mach uns doch bitte einen Kaffee. Ich habe mit der jungen Dame hier etwas zu besprechen.«

Frau Andres nickte etwas misstrauisch und verschwand.

»Sie platzen hier so einfach herein!« sagte Andres mit gesenkter Stimme zu Sophie. »Hätten Sie mich nicht wenigstens vorwarnen können?« Er ging zur Tür und prüfte, ob sie geschlossen war. »Nach so vielen Jahren«, er schnappte nach Luft, »in denen Ihre Mutter mich um Schweigen gebeten hat – in denen wir uns einig waren, nie wieder von dieser … Sache zur reden!« Wie zu sich selbst murmelte er: »Außerdem ist das alles schon so lange her.« Er stützte den Kopf in die Hand.

Sophie erhob sich abrupt. »Sie haben Recht, die … Sache, wie Sie es nennen, ist lange her. Meine Mutter ist inzwischen verstorben. Und wenn ich Ihnen lästig bin, dann ist es besser, wenn ich gehe. Ich bin nur gekommen, weil ich meinen Vater kennenlernen wollte. Und jetzt habe ich ihn ja gesehen.«

»Nein, nein – verstehen Sie mich nicht falsch. Bleiben Sie doch!« Hans Andres schob sie in den Raum zurück. »Annette ist also tot …«, murmelte er. Er hatte Schweißperlen auf der Stirn. »Das kommt alles so plötzlich …« Er schien auf einmal bewegt, fixierte Sophie, als suche er nach Ähnlichkeiten mit ihrer Mutter, seiner ehemaligen Geliebten, dieser schönen, stolzen Frau, die ihn einst so fasziniert hatte. Doch das Mädchen hatte unverkennbar sein widerspenstiges, helles Haar und seine blauen Augen – eine weibliche Kopie seiner selbst in Jugendjahren. Unruhig ging er im Zimmer auf und ab.

»Ich weiß wirklich nicht, was ich dazu sagen soll. Wieso wissen Sie überhaupt davon? Ihre Mutter wollte ja selbst, dass es ein Geheimnis blieb. Ihr Mann Victor, ihre beiden Kinder – und auch Sie«, er sah Sophie mit flackernden Augen an, »sollten nie etwas davon erfahren. Das hat sie mir geschworen.«

»Meine Mutter ist unerwartet einer schweren Krankheit erlegen. Und mein Vater«, sie verbesserte sich, »der Mann, den ich bis vor Kurzem dafür hielt, ist bereits in den letzten Kriegstagen gefallen – vor meiner Geburt. Mutter hat nie von Ihnen gesprochen. Ich habe bis jetzt nicht gewusst, dass ich … dass ich einen anderen Vater habe als meine Geschwister. Aber im Nachlass fand ich Ihre Briefe.« Mit Tränen in den Augen legte sie einen der blassblauen Umschläge auf den Tisch. »Ich denke, das ist Ihre Schrift.«

Andres heftete seinen Blick fast furchtsam auf das Papier und sah gleich wieder weg. »Wir waren in einer Ausnahmesituation … im Krieg! Ach, was rede ich. Sie sind zu jung, um das zu begreifen. Wir kamen nicht gegen unsere Gefühle an. Es war wie eine Naturgewalt!« Erschüttert fiel er in seinen Sessel zurück und bedeckte Stirn und Augen mit der Hand. Die Erinnerung schien ihn zu überwältigen. In diesem Moment erschien seine Frau mit Kaffee und Gebäck. Sie stellte das Tablett auf den Tisch und sah ihren Mann fragend an. »Willst du mir die junge Dame nicht vorstellen, Hans?« Ihre Stimme zitterte leicht. »Und ich würde gern wissen, was ihr so Dringendes zu besprechen habt.«

»Entschuldige, Magda.« Andres richtete sich auf und zwang sich zu einem Lächeln. »Das ist Sophie Carrière, die Tochter eines … eines französischen Offiziers, den ich während des Krieges kennenlernte. Er hat mir einmal aus der Patsche geholfen, obwohl wir eigentlich sogenannte »Feinde« waren. Ich erzähle dir die ganze Geschichte lieber ein andermal.«

»Ach so, das wusste ich gar nicht! Und was machen Sie hier in Deutschland?« Sie sah Sophie interessiert an.

»Ich … äh, habe als Gaststudentin einen Studienkurs an der Universität belegt.«

Frau Andres sah auf den blauen Umschlag, der auf dem Tisch lag. Ihr Mann folgte ihrem Blick. »Das ist ein alter Brief von mir an ihren Vater«, beeilte er sich zu versichern. »Er ist vermisst. Fräulein Carrière wollte wissen, ob ich etwas über ihn erfahren habe – wie und an welcher Stelle er gefallen oder wo er begraben ist.« Seine Stimme klang angespannt. »Aber ich kann ihr leider nicht helfen.« Er nahm rasch den Brief an sich, während seine Frau das Tablett auf dem Tischchen abstellte, Sophie eine Tasse reichte und ihr Gebäck anbot. Sie setzte sich zu ihnen und schlug elegant die Beine übereinander. Mit gespreiztem kleinen Finger führte sie geziert die Kaffeetasse zum Mund und wandte sich dann lächelnd an Sophie: »Wie schade. Man müsste sich an das Rote Kreuz wenden. Sind Sie jetzt ganz allein in München?«

Sophie nickte. »Ja, ich kenne eigentlich niemanden.« Ihr war heiß und die Luft im Arbeitszimmer schien ihr bei all den Lügen trocken und erstickend. Am liebsten wäre sie hinausgelaufen.

»Wenn mein Mann damit einverstanden ist, dann würde ich Sie heute Abend gern zum Essen einladen«, fuhr Frau Andres fort. »Eine kleine Familienfeier. Mein ältester Sohn hat Geburtstag. Er wird zweiundzwanzig. Es kommen auch ein paar Freunde und Gäste aus der Partei. Haben Sie nicht Lust, dabei zu sein? Es wäre eine Gelegenheit für Sie, junge Leute aus München kennenzulernen.«

»Ja, gern!«, sagte Sophie höflich. Sie wusste selbst nicht, warum sie so schnell zugesagt hatte.

»Dann kommen Sie doch gleich zum Aperitif, um neunzehn Uhr!«

»Eine gute Idee, mein Schatz.« Trotz des freundlichen Tones merkte man Hans Andres sorgenvoller Stirn und den hinabgezogenen Mundwinkeln an, dass er diese Einladung gar nicht so gut fand. Sophie sah auf ihre Armbanduhr und trank ihren Kaffee aus. »Ich glaube, ich muss jetzt gehen.«

»Dann bis heute Abend!« Frau Andres reichte Sophie lächelnd die Hand.

»Ich begleite Sie hinaus.« Hans Andres wartete, bis seine Frau die Tür hinter sich geschlossen hatte. »Hören Sie, mein Kind!«, sagte er eindringlich. »Es war schön, Sie kennenzulernen. Aber ich bitte Sie um alles in der Welt«, er hob beschwörend die Hände, »über unsere …«, er suchte nach dem richtigen Wort, »Verwandtschaftsverhältnisse tiefstes Stillschweigen zu bewahren. Und kommen Sie um Himmels willen nicht zu unserer Feier heute Abend. Wichtige Leute der NSDAP werden da sein …« Er stockte. »Diese Episode, diese Jugendsünde aus meiner Vergangenheit«, er sprach immer hastiger, »darf nicht bekannt werden. Als SS-Brigadeführer befinde ich mich oft in der Nähe des Führers. Ernst, mein Sohn ist bei der Hitlerjugend und will zur Waffen-SS. Paul ist gerade Untersturmführer geworden. Wenn herauskäme, dass ich während meines Einsatzes im Großen Krieg mit einer Französin ein Kind gezeugt habe – dann wäre meine Karriere sofort zu Ende. Wir waren damals Feinde, Feinde bis aufs Blut! Der Führer würde so etwas nie verzeihen. Verstehen Sie …« Er fiel plötzlich in das vertrauliche Du. »Verstehst du mich?« Er sah Sophie eindringlich an. Unterschiedliche Gefühle stritten in ihrer Brust, doch die negativen überwogen. Dieser Mann, der ihr Vater war, strahlte Kälte aus, Gleichgültigkeit und dachte nur an sich. Sie fühlte sich ihm entfernter als irgendeinem Menschen auf der Welt. Tränen brannten in ihren Augen. »Adieu, Herr Andres. Sagen Sie Ihrer

Frau, dass ich heute leider nicht an der Feier teilnehmen kann. Und verzeihen Sie die Störung!« Rasch wandte sie sich um und stürzte blindlings hinaus, geradewegs in die Arme eines jungen Mannes in SS-Uniform, der zwei Stufen auf einmal nehmend, die Treppe hinaufstürmte. Er hielt sie mit beiden Armen fest. »He, holla, Sie haben es aber ganz schön eilig, schönes Mädchen!«

»Verzeihen Sie!« Sophie befreite sich verlegen.

»Keine Ursache! Ich bin Paul Andres!«, stellte sich der junge Mann lächelnd vor. »Heil Hitler!« Er streckte die Hand zum Gruß aus. »Und wer sind Sie, wenn ich fragen darf?«, fügte er nach einer Weile hinzu.

Sophie sah ihn an. Er war eine jüngere Ausgabe seines Vaters, schlank, groß und gutaussehend. »Ich bin Sophie Carrière.«

»Fräulein Carrière ist die Tochter äh … eines alten Kriegskameraden aus der Picardie«, mischte sich Hans Andres ein, der etwas unentschlossen an der Tür stand.

»Ach, Sie sind aus Frankreich?«, rief Paul Andres begeistert aus. »Was hält man dort von unserer Politik, von Herrn Hitler?« Er strahlte sie an. »Ich bin sicher, die Franzosen sind ein wenig neidisch auf den deutschen Aufschwung.« Er zwinkerte ihr nochmals zu. »Bei uns herrscht jedenfalls Ordnung und die Arbeitslosigkeit ist zurückgegangen. Ich hätte große Lust, mich mit Ihnen darüber näher zu unterhalten.«

»Mir ist nur aufgefallen, dass es am Bahnhof und in der Stadt nirgendwo Bettler oder Zigeuner gibt …«

»Ja, das hat alles unser Führer geschafft! Übrigens, wir haben heute eine kleine Familienfeier. Es ist mein zweiundzwanzigster Geburtstag. Es wäre schön, wenn Sie uns die Ehre gäben. Vater hat sicher nichts dagegen, oder?«

»Deine Mutter hat Fräulein Carrière bereits eingeladen, aber sie hat leider keine Zeit«, gab Hans Andres in bestimmendem Ton zurück.

»Er will mich nicht dabei haben«, dachte Sophie voller Ärger. »Es ist ihm völlig egal, dass er eine Tochter hat! Ich könnte ja seiner Karriere schaden!« Trotz stieg in ihr hoch. »Aber wenn Sie mich so nett bitten, komme ich gern!«, sagte sie mit einem zuckersüßen Lächeln. Sie vermied den Blick des Hausherrn.

»Wunderbar!«, sagte sein Sohn. »Dann sehen wir uns also heute Abend, um neunzehn Uhr. Ich freue mich!«

Sophie lief die Treppe hinunter und Paul Andres sah ihr nach, bis sie verschwunden war. »Ein entzückendes Mädchen«, sagte er zu seinem Vater, »die konnte ich nicht einfach gehen lassen. Und irgendwie sehr sympathisch.«

Hans Andres senkte den Kopf und ging hinein. Es war ihm lieber, wenn er darauf nicht antworten musste.

Sophie lief richtungslos vorwärts, bis sie außer Atem war. In ihrem Kopf kreisten die Gedanken bunt durcheinander. Wäre es nicht besser, sofort nach Paris zurückzukehren? Schließlich hatte sie ihre Mission erfüllt, ihren Vater kennengelernt. Alles hätte sie erwartet – dass er verschollen, tot oder verzogen war. Aber niemals, dass er so gelassen vor ihr stehen würde, um ihr mitzuteilen, dass er eigentlich nichts mit ihr zu tun haben wollte, weil ihm die Partei, der Führer, seine Karriere wichtiger war. Ein grenzenloser Egoist – und ein rücksichtsloser Nazi obendrein! Erst nach einer Weile blieb Sophie ein wenig atemlos stehen. Sie hatte keine Ahnung mehr, wo sie sich befand. In ihrer Enttäuschung wäre sie am liebsten gleich zum Bahnhof gegangen und nach Hause gefahren. Aber ihre Sachen befanden sich noch in der Pension. Sie zog den Stadtplan hervor und versuchte sich zurechtzufinden. Vielleicht gab es in der Nähe eine Haltestelle der Trambahn. Zögernd ging sie weiter. Plötzlich stand sie auf einer breitangelegten Allee, an deren Ende ein stolzes Bauwerk zu erkennen war, das dem Arc de Triomphe ähnelte. In luftiger Höhe thronte eine Quadriga und eine Göttin lenkte vier Löwen. Es war das Siegestor, wie sie mit einem Blick auf den Plan feststellte. Sie ging langsam weiter, das Tor durchquerend. Dahinter verengte sich die Allee und auf beiden Seiten reihten sich Läden, Cafés und Lokale aneinander. Ein Lichtspieltheater prunkte mit der Nachmittagsankündigung eines Dokumentarfilmes: *Olympia – Fest der Völker* von der Regisseurin Leni Riefenstahl. Alles war ordentlicher, als sie es von Frankreich gewohnt war, die Auslagen der Geschäfte mit blank geputzten Scheiben übersichtlich, die Straße sauber und wie frisch gefegt. Fröstelnd setzte sie sich in ein Café mit Gastgarten, das das Schild »Zur Linde« trug. Im Innenraum saß ein junges Paar, das lachend miteinander schwatzte, und am Nebentisch warf ein junger Mann eifrig eine Skizze auf seinen Zeichenblock. In einer Ecke hockte ein alter Herr mit einem Kneifer auf der Nase, der mit großer Konzentration die Zeitung studierte. Einen Tisch weiter nahm jetzt auch ein beleibter Geschäftsmann mit seiner etwa vierzehnjährigen Tochter Platz. Er bestellte Spiegeleier mit Speck und für die Kleine ein Stück Schokoladentorte. Der Wirt grüßte ihn höflich. Sophie nippte an ihrem heißen Kakao, der dünn und stark gesüßt war. Immerhin würde das Getränk sie wärmen. Sie war unschlüssig. Was sollte sie bis zum Abend bloß tun? Ins Lichtspieltheater gehen und den Dokumentarfilm ansehen? In ihrer Tasche lagen die Briefe von Hans Andres, die sie ihm eigentlich zurückgeben wollte. Über die sie mit ihm sprechen wollte – und über das Verhältnis zu ihrer Mutter, die Umstände, die zu ihrer verbotenen Liebe geführt hatten. Doch das schien ihn nicht im Geringsten zu interessieren und auch nicht, wie es ihrer Mutter in all den Jahren ergangen war. Sie nahm noch einen Schluck des wässrigen Getränks, öffnete einen der Briefe und las die hastig hingeworfenen Zeilen, die wenig aussagten und mit denen Hans Andres nur seine eigene

Situation beklagte. War die Mutter über sein egoistisches Verhalten enttäuscht oder hatte ihre Verzweiflung über den Tod ihres Mannes alles andere verdrängt? Sie würde es niemals erfahren. Nicolas' Mutter, die bei ihrer Geburt dabei war und für ihr Schweigen mit dem kostbaren Geschenk des Kreuzes belohnt worden war, lebte nicht mehr. Niemand konnte ihr mehr sagen, was damals genau geschehen war. Der Große Krieg hatte alles überschattet und der französischen Wirtschaft großen Schaden zugefügt. So war ihre Mutter wohl vor allem damit beschäftigt gewesen, mit ihrer kleinen Familie zu überleben. Sophie wusste nur, dass die Tuchfabrik wegen der Kriegslage gerade mal mit halber Kraft arbeitete und die Nahrungsmittel sehr knapp waren.

Von draußen hörte man plötzlich harte Stiefeltritte, Kommandos. Sophie sah erstaunt auf, als mit einem herrischen Ruck die Tür des Cafés aufgerissen wurde und eine Gruppe SS-Männer in schwarzer Uniform, Hakenkreuz auf dem Ärmel und Totenkopfemblem an der Mütze, einmarschierte. Sie waren mit Gewehren und Schlagstöcken bewaffnet. Das junge Pärchen sprang erschrocken auf und der alte Herr legte die Zeitung weg und nahm den Kneifer von der Nase. Der Patron kam herbeigelaufen und grüßte devot mit dem Hitlergruß. »Du bewirtest Juden?«, fuhr ihn der Standartenführer an und deutete auf den beleibten Geschäftsmann, der vor Schreck beinahe Messer und Gabel fallen ließ. Seine Tochter duckte sich wie unter einem unerwarteten Hieb.

»Ich … kann nicht immer darauf achten, wer bei mir ein und ausgeht«, stotterte der Wirt verlegen. »Aber Herr Rosenkranz hat nebenan ein Konfektionsgeschäft. Er ist einer meiner Stammgäste …«

»Ein Jude ist bei dir Stammgast?«, brüllte der SS-Mann. »Schämst du dich nicht?« Er stürzte sich auf den Genannten, packte ihn am Kragen und zog ihn hoch. »Sind Sie der Inhaber des Hut- und Handschuhladens von nebenan, Salomon Rosenkranz?« Der Angesprochene nickte eingeschüchtert. »Klein- und Kurzwaren. Aber was wollen Sie von mir, mein Herr?«

»Mitkommen!«, schrie er ihn an. »Du bist verhaftet.«

»Aber ich habe nichts getan! Ich kann doch mein Geschäft nicht allein lassen …«

»Du nimmst dem deutschen Bürger Brot und Arbeit weg! Dreckiges Judenschwein! Du und deine Brüder, ihr habt euch lange genug bei uns sattgefressen und uns das Geld aus der Tasche gezogen!« Der SS-Mann stieß ihn vor sich her und trat nach ihm. Der Mann stolperte. »Papa, Papa«, heulte das Mädchen angstvoll auf und klammerte sich an den Vater. Ein Soldat packte sie grob und hielt sie fest. »Judenbrut! Ihr habt keinen Platz in deutschen Landen!« Ein Tritt mit seinem schweren Lederstiefel traf den Geschäftsmann erneut in den Rücken und er stürzte hilflos zu Boden. Seine Tochter schrie auf, doch nach einer heftigen Ohrfeige wimmerte sie nur noch vor Angst.

»Hören Sie, mein Herr«, der junge Mann mit dem Zeichenblock war nähergetreten, »der Mann hat doch keinem was getan. Nehmen Sie wenigstens Rücksicht auf sein Kind …« Er kam nicht weiter, denn ein heftiger Stoß gegen seine Brust ließ ihn zurücktaumeln. »Halt's Maul, Farbenkleckser! Misch dich nicht in Sachen, die dich nichts angehen. Sonst nehmen wir dich gleich mit.«

Inzwischen hatte sich der Geschäftsmann schwankend am Tisch hochgezogen, doch ein Schlag gegen seine Kinnlade ließ ihn erneut zu Boden stürzen und mit dem Kopf hart aufschlagen. »Nein, bitte, tun Sie das nicht!« Das Schluchzen des Mädchens wurde lauter und schriller. »Papa, Hilfe!« Sie wandte sich um. »Warum hilft ihm denn keiner?«

Alle standen wie versteinert – der Wirt hatte es geschafft, sich auf irgendeine Weise unsichtbar zu machen.

»Halt's Maul, kleine Kröte!«, schrie der Standartenführer ungerührt: »Los Leute, macht den Kerl fertig. Putzt euch mal richtig die Stiefel an ihm ab!« Raues Lachen ertönte und einer nach dem anderen aus der Truppe versetzte dem sich am Boden Krümmenden wuchtige Tritte, so lange, bis er reglos liegenblieb. Blut sickerte auf die Dielenbretter, breitete sich langsam zu einer Lache aus.

»Abtreten!«, befahl der Gruppenführer. Die Männer ließen von ihrem Opfer ab, formierten sich und marschierten wie in einem unwirklichen Albtraum im Gleichschritt hinaus. Die Tür knallte hinter ihnen zu. Die Gäste des Cafés hatten wie gelähmt vor Entsetzen der Szene beigewohnt. Der Herr mit dem Kneifer stand fassungslos da, die Zeitung zitterte in seinen Händen wie Espenlaub. Er warf ein paar Münzen auf den Tisch und eilte schnell hinaus. Es war wie ein schauriger Film gewesen, der vor Sophies Augen ablief. Niemals hätte sie gedacht, dass so etwas in einem zivilisierten Land geschehen konnte.

»Papa!« Die zittrige Stimme des Mädchens riss sie aus ihrer Erstarrung. Das Kind beugte sich zu seinem Vater hinunter und umarmte ihn schluchzend. »Papa! Papa, sag doch etwas!« Erst in diesem Moment fand Sophie ihre Stimme wieder: »Einen Arzt«, rief sie dem Wirt zu, der sich hinter die Theke geduckt hatte und jetzt mit Grauen auf das blutige Bündel am Boden starrte. »Schnell! Wir brauchen dringend einen Arzt!«

6. Kapitel

Marguerite räkelte sich in ihrem breiten Bett wohlig auf den Kissen. Die schweren Satinvorhänge waren zugezogen und das graue Nebellicht des Tages drang nicht herein. Sie gähnte und tastete mit der Hand zum leeren Platz neben sich. War Nicolas etwa schon fort? Sie würde ihn wiedersehen, das wusste sie! Schon lange hatte sie keine Nacht mehr mit einem Mann so genossen, auch mit Pierre nicht, der kühlen Kopfes immer wieder schnell auf seine Arbeit zurückkam. Nicolas war ein leidenschaftlicher Liebhaber, aber er verstand es auch, Liebe und Zärtlichkeit zu geben und ihr das Gefühl zu vermitteln, sie sei die schönste Frau auf Gottes Erdboden. Marguerite zog rasch ihr teures Seidenegligé über und ordnete ihre roten Locken. Der zarte Roséton schmeichelte nicht nur ihrem Haar, sondern auch ihren Zügen. Ihr schwindelte plötzlich, in ihren Ohren dröhnte es und Übelkeit überkam sie zugleich mit einer grundlosen Angst. Am ganzen Körper zitternd griff sie nach der Flasche Cognac, die unter ihrem Bett versteckt war, und nahm einen kräftigen Schluck. Danach steckte sie sich ein Pfefferminzbonbon in den Mund. Langsam wurde sie ruhiger, die Panik verging und sie schöpfte wieder neue Hoffnung. Alles würde anders werden, sich zum Guten wenden. Dieser Nicolas tat ihr gut. Er war von einem jugendlichen Optimismus und ließ sie spüren, dass sie für ihn etwas ganz Besonderes darstellte. Und das gab ihr die Kraft zu kämpfen – um ihre Rolle als Antigone! Und wenn Pierre sie ausbooten wollte, würde sie sich auf jeden Fall wehren. Ohne ihre Zuschüsse konnte er ja doch nicht zurechtkommen! Bei dieser einfältigen Cécile war sicherlich nichts zu holen, im Gegenteil: Die musste er eher noch aushalten. Eines stand jedenfalls fest: Von so einer albernen Gans würde sie sich nicht verdrängen lassen! Es hatte gestern Abend gut getan, Nicolas einmal ihr Herz auszuschütten. Er war ein geduldiger Zuhörer gewesen und sie hatte sich danach erleichtert und wie neu geboren gefühlt. Hatte sie ihm auch die Geschichte mit dem Erbe erzählt? Na, wenn schon. Vielleicht würden es ohnehin bald alle wissen. So war wenigstens gleich zu Anfang klar, dass bei ihr nichts zu holen war. Die Reserven, die sie noch besaß, gingen schließlich niemanden etwas an.

»Marge?« Nicolas' warme, wohltönende Stimme schreckte sie aus ihren Gedanken. »Ich habe Kaffee gemacht. Kommst du, oder muss ich dich holen?« Schon war er an der Tür und nahm sie in seine Arme. Er war stark, roch nach frischer Luft und hatte eine Tüte Croissants und ein Baguette dabei, das bei der leidenschaftlichen Umarmung zu Boden fiel.

»Warte, ich muss mich doch erst anziehen«, wehrte Marguerite ihn halbherzig ab.

»Nein, bleib so, wie du bist – ein Traumgeschöpf in Seide und Spitzen! Eine Fee mit feurigen, rotbraunen Haaren …«

»Du bist geradezu poetisch!« Marguerite musste lachen. »Geh schon vor, ich komme gleich!« Sie fuhr sich mit der Bürste durch die Haare, legte einen Hauch Make-up auf und sprühte ein wenig von ihrem Lieblingsduft »Arpège« auf ihre Schultern. Das transparente Negligé ließ dezent ihre Brüste, Schultern und Hüften durchschimmern und sie hielt sich so gerade, als spielte sie eine Rolle.

»Du siehst aus wie eine Göttin! Schön und unnahbar.« Nicolas sah sie bewundernd an, fuhr mit dem Finger behutsam am Ausschnitt ihres Hemdes entlang und küsste sie auf den Hals. »Aber nicht für mich!«

»Schluss mit der Schmeichelei« Sie klopfte ihm leicht auf die Finger. »Du bringst es fertig, dass ich mir noch etwas einbilde.« Sie biss ein Stück Croissant ab und nahm einen Schluck schwarzen Kaffee. »Was hast du heute vor?«, fragte sie, während Nicolas sich ein Stück Baguette butterte und es mit einer Scheibe Leberpastete belegte, die er im für das Dîner mit Pierre gut gefüllten Kühlschrank gefunden hatte. Sein Gesicht verfinsterte sich augenblicklich. »Immer das Gleiche. Die Genossen bei der PCF, der kommunistischen Partei, warten auf mich.«

»Hast du nicht etwas Zeit, dich mit mir für eine Stunde zum Kaffee zu treffen?«

Nicolas schüttelte bedauernd den Kopf. »Das wird schwierig werden. Die Gewerkschaft hat heute eine Demonstration organisiert. Und man hat mich dazu eingeteilt.« Er ballte die Faust. »Eigentlich sind wir hier in Frankreich doch nur Sklaven der Sowjets! Manchmal habe ich die Sache ganz schön satt und überlege, ob ich nicht aus der Partei austreten soll.« Er seufzte tief auf. »Außerdem hat mein Vater heute Geburtstag. Ich muss zu ihm. Er ist krank. Das ist nicht einfach für mich. Du weißt vielleicht nicht, dass ich nebenbei noch für ihn sorge. Meine Mutter ist schon früh gestorben und er hat kaum Geld zum Leben …« Er brach ab und sah sie traurig an. »Bitte entschuldige, dass ich von solchen Dingen spreche – aber manchmal wächst mir alles über den Kopf.«

»Ich verstehe«, murmelte Marguerite bedrückt. »Das ist sicher nicht leicht. Wenn ich dir nur helfen könnte …«

»Nicht nötig!« Sein Gesicht verschloss sich. »Du musst kein Mitleid mit mir haben, nur weil ich kein Geld habe. Ich bin eben anders als deine reichen Freunde. Muss sehen, wie ich mich durchschlage, ohne einen einzigen Cent in der Tasche. Es ist immer das Gleiche und wird nicht besser.« Er stand auf und ging auf und ab. »Am meisten ärgert es mich, dass ich heute Morgen nicht einmal in der Lage war, ein paar Croissants zu kaufen.« Er lachte bitter auf. »Zufällig lagen auf der Anrichte ein paar Münzen ...«

»Meinst du das Geld für die Zugehfrau?«, erwiderte Marguerite, ganz perplex von seiner Offenheit. »Ich lege es ihr immer zurecht, damit sie mir Zigaretten und die Zeitung mitbringt.« Sie fügte rasch hinzu. »Aber es macht nichts, dass du es genommen hast.«

»Entschuldige bitte.« Nicolas machte ein zerknirschtes Gesicht. »Aber ich wollte dich doch unbedingt mit dem Frühstück überraschen.«

»Nein, nein«, rief Marguerite aus, »du musst dich nicht entschuldigen. Ich finde es sehr lieb, dass du mir eine Freude machen wolltest.« Sie sprang auf und küsste ihn mitten auf den Mund. »Alles andere spielt doch keine Rolle!«

»Das sagst du!« Nicolas seufzte, als läge ihm etwas schwer auf dem Herzen. »Ich fühle mich heute besonders schlecht, weil ich meinem Vater nicht mal ein Geburtstagsgeschenk kaufen kann!«

»Du musst dir keine Sorgen darüber mach, Liebster! Weißt du was?« Marguerite lief ins Schlafzimmer und kramte in ihrem Kleiderschrank. Unter ihrer Nachtwäsche hatte sie in einem großen Briefumschlag ihr Depot an Geldscheinen versteckt. Sie nahm einen Hundert-Franc-Schein heraus und brachte ihn Nicolas. »Das ist für deinen Vater. Zum Geburtstag.«

Nicolas schüttelte den Kopf. »Nein, das kann ich nicht annehmen. Nicht von dir, Marge!«

»Unsinn! Nimm ihn und denk daran, welch große Freude du deinem Vater damit machst.« Nicolas Gesicht erhellte sich, aber er zögerte. Schließlich nahm er den Schein und küsste dabei ihre Hand. »Du bist ein Engel, Marge. Wenn du wüsstest, was das für mich bedeutet. Ich verspreche dir, es so schnell wie möglich zurückzuzahlen! Und wenn ich von morgens bis abends Beleuchtung montieren oder Kohlensäcke schleppen muss.«

»Armer, süßer Nicolas!« Marguerite strich ihm zärtlich über die Wange. »Das ist doch nicht nötig. Sehen wir uns dann wenigstens heute Abend?«

»Ich kann nichts versprechen«, wich er aus. »Du weißt doch, wie das mit diesen Kundgebungen ist. Es zieht sich hin, weil die Leute diskutieren wollen. Und dann werde ich mit meinem Vater noch ein Glas auf seine Gesundheit trinken.«

»Sag mal, wogegen demonstriert ihr eigentlich?«, fragte Marguerite neugierig.

»Gegen die Faschisten. Und für mehr Rechte und Freiheiten des Einzelnen. Wir wollen den Leuten die Augen öffnen, damit sie sehen, was hinter den Kulissen der Politik vorgeht. Und dass wir alle in Gefahr sind, in einen neuen Krieg zu schlittern«, erklärte Nicolas gerade heraus.

»Was? Warum ein neuer Krieg? Das wollen die Politiker doch gerade verhindern!«

Nicolas lachte spöttisch auf. »Du liest wohl keine Zeitungen? Die politische Lage ist so gefährlich wie nie. Hitler rüstet die deutsche Wehrmacht auf. Aber vielleicht ist es besser zu kämpfen, als sich nur feige zu drücken.«

»Zu kämpfen? Das ist doch Unsinn«, rief Marguerite entrüstet aus. »Niemand will Krieg. Warum wurde sonst ein Friedensabkommen unterzeichnet?« Die Wendung des Gesprächs ließ ihren Puls hochschnellen und sie musste sich zwingen, ruhig zu bleiben. Ein unkontrollierbares Zittern erfasste sie, als sie sich eine Zigarette anzündete. »Dieses Abkommen ist vermutlich keinen Centime wert.« Der zynische Zug um Nicolas Mund vertiefte sich. »Ich glaube nicht, dass ein Diktator wie

Hitler sich daran halten wird. Der Einmarsch der Deutschen in die Tschechoslowakei ist doch der beste Beweis dafür!« Er lachte spöttisch auf. »Und die französische Regierung als Bündnispartner wagt nicht einmal, Einspruch zu erheben! Bald werden die Deutschen auch vor unserer Türe stehen und uns nicht fragen, ob wir sie reinlassen.«

»Wenn wir den Tschechen beistünden, käme es auch zum Krieg!« Marguerite spürte, wie das Zittern in ihrem Körper immer stärker wurde. Die Zigarette half nicht. Sie drückte sie im Aschenbecher aus.

»Ja, deshalb geben wir nach. Aber das wird uns nichts nützen, wenn Hitler uns eines Tages überrollt. So wie er in den Sudetengebieten brutal gegen Tschechen und Juden vorgeht, so wird er es auch eines Tages mit uns machen.« Nicolas hatte sich in Eifer geredet.

»Wie kannst du nur so etwas sagen! In den Zeitungen, die ich lese, steht nichts davon, dass Frankreich Hitler in irgendeiner Weise nachgeben wird.« Marguerite fasste die Flasche Wodka im Regal ins Auge. Ihr Herz schlug unruhig, sie fühlte, wie ihr der Schweiß ausbrach. Nur ein Schluck, nur ein einziger, würde ihr jetzt helfen, ruhig zu werden. Aber sie wollte sich in diesem Moment keine Blöße geben.

»Es geht immer um das Ziel, das man erreichen will«, sinnierte Nicolas. »Kaltblütig und unerschrocken – so muss man sein.«

»Wo werdet ihr eigentlich demonstrieren?«, versuchte sie, das Thema zu wechseln, das sie durch die angstvollen Erlebnisse in ihrer Kindheit in unkontrollierbare Aufregung versetzte.

»Wir gehen vom Place de la Concorde über die Champs-Elysées. Da wird man uns sicher nicht übersehen.« Er trank den Kaffee aus und schnippte ein paar Brösel von seinem Hemd. »Um ehrlich zu sein: Ich frage mich schon seit einiger Zeit, warum ich überhaupt noch der Partei angehöre. Den Menschen in Russland geht es seit Jahren nicht besser. Moskau hat uns zu Marionetten gemacht, die nur nach der Pfeife Stalins tanzen.«

Marguerite nickte geistesabwesend. Es war ihr kaum mehr möglich, zuzuhören, sich zu beherrschen. Ihr war, als verlöre sie langsam die Kontrolle über ihren Körper. Sie musste sofort etwas trinken, jetzt und auf der Stelle. Sie stand auf und nahm die Flasche Wodka vom Bord. »Dann stehst du also nicht mehr eindeutig hinter den Kommunisten?«

»Ich denke mehr über das System nach!« Nicolas wand sich ein wenig. »Nicht nur der Zeitgeist hat sich gewandelt, sondern auch unsere Ideale. Moskau verlangt, dass wir uns fügen, westliche Länder ausspionieren und für den Kommunismus kämpfen. Aber der Kommunismus funktioniert nicht einmal in einem armen Land. Stalin ist nicht wirklich am Fortschritt interessiert.« Das Blut war ihm bei diesen Worten in die Wangen gestiegen. Er beobachtete, wie Marguerite mit zitternder Hand ihr Glas füllte und es gierig austrank. »Willst du auch etwas?«, fragte sie und hielt ihm die Flasche hin.

»Nein, danke!«, lehnte er kopfschüttelnd ab. »Ich trinke nicht schon morgens. Und du solltest es besser auch nicht tun.«

»Ach so – du denkst jetzt wohl, dass ich Alkoholikerin bin?«, fragte sie provozierend und stellte die Flasche weg.

Nicolas nahm sie ungestüm in die Arme und küsste sie auf den Mund. »Es ist mir egal, was du bist und was du tust. Ich liebe dich ganz einfach!«, flüsterte er ihr ins Ohr. Dann ließ er sie so rasch los, dass sie schwankte. »Ich muss jetzt gehen. Wir sehen uns übermorgen. Darf ich?« Er deutete auf die gefüllte Zigarettenschachtel auf dem Tisch.

Marguerite nickte und er steckte sie zusammen mit dem Hundert-Franc-Schein in die Tasche. Noch ein kurzes Winken – und er war fort. Marguerite blieb wie betäubt zurück. Nicolas Äußerungen über eine drohende Kriegsgefahr, die von Hitler, dem deutschen »Führer« ausging, schürten eine Furcht, die sie seit ihrer Kindheit nie verlassen hatte. Sie hatte den Großen Krieg zwar nicht bewusst erlebt, aber die Erzählungen der Erwachsenen, der Schrecken vor Bomben und Flugzeugen, waren tief in ihr Inneres gebrannt. Auch jetzt waren die Schäden dieses grausamen Kampfes noch präsent und sie hoffte, die Weltmächte würden sich hüten, noch einmal einen offenen Streit miteinander auszufechten. Sie ging ins Schlafzimmer zurück und kontrollierte den Umschlag mit ihren eisernen Reserven. Wenn es so weiterging, würden sie rasch dahinschmelzen. Ein großer Teil war in Pierres Produktion und seine laufenden Ausgaben als Regisseur geflossen. Wer wusste, ob die *Antigone* die Unkosten wieder einspielte? Pierre würde ihren Anteil sicher einbehalten. Alle ihre Männer hatten sie bisher betrogen und ausgenutzt. Ob der schöne Nicolas eine Ausnahme war? Sie schloss eine kleine Kommode auf und entnahm ihr die Schmuckkassette ihrer Mutter. Wahllos kippte sie den Inhalt in ihre Handtasche. Heute würde sie den Schmuck einem befreundeten Juwelier vorlegen und hoffen, dass er genug einbrachte. Schließlich befanden sich einige kostbare, antike Stücke aus Familienbesitz darunter, die sie für sich selbst zu altmodisch fand. Auf die Dauer musste sie allerdings etwas unternehmen, um so weiterleben zu können wie bisher. Sie würde demnächst einmal mit Philippe darüber sprechen. Schließlich befand er sich in der gleichen Lage wie sie. Der Anwalt hatte ihr zwar keine großen Hoffnungen gemacht – ihre Wohnung und die Rente, die ihnen die Mutter ausgesetzt hatte, galten vor Gericht als ausreichend. Aber Philippe und sie waren einen Lebensstil gewöhnt, der diese Rentensumme weitaus überstieg. Die einzige Möglichkeit, wieder zu Geld zu kommen, war vielleicht, den Bruder zu überreden, ohne Wissen Sophies die Anteile an der Filiale von Carrière & Co. dem Kompagnon zu verkaufen. Philippe war schließlich offizieller Geschäftsführer. Wenn das Geld geflossen war und alles aufkam, würde Sophie es im Interesse der Familie sicher nicht zu einem Skandal kommen lassen und Klage gegen die Geschwister erheben. Der Gedanke beruhigte sie. Sie ging ins Bad und kleidete sich an. In ihrem weinroten, eng taillierten Schneiderkostüm mit schwarzen Samtrevers an Kragen und Taschen, den lackschwarzen Stiefeletten und einem gleichfarbigen Hütchen sah sie sehr elegant aus. Gegen die Kälte hüllte sie sich in ein kamelhaarfarbenes Cape mit einem dunklen Nerzkragen. Alles was sie heute trug, war aus der neuen Kollektion Jean-Luc Robels, das würde Philippe sicher freundlich stimmen. Bevor sie die Wohnung verließ, füllte sie noch den kleinen, silbernen Taschenflakon mit Cognac. Ihre Tasche war nun so schwer geworden, dass sie diese, der dünnen Henkel wegen, unter dem Arm tragen musste. Sie nahm ein Taxi zum Quai Bourbon und läutete mehrfach an der Haustür. Scheinbar war niemand zu Hause. Sie hatte sich schon umgewandt, als ein Summen ertönte. Sie drückte die Tür auf, bestieg den Aufzug und schwebte nach oben. Zu ihrer Überraschung wurde sie von Jean-Luc empfangen. Er war in einen weiten, bunten Kimono gehüllt, die Augen schwarz umrandet und die Wangen dezent mit Puder bestäubt. In seiner Hand hielt er ein Skizzenblatt. »Welche Ehre, Marge. Leider ist Philippe nicht da. Was kann ich für dich tun?« Er wirkte zerstreut und sah immer wieder auf die Zeichnung einer opulenten Robe, die er mit bunten Stiften ausgemalt und mit Details versehen hatte.

»Darf ich hereinkommen?«

»Selbstverständlich. Entschuldige bitte. Nur – eines meiner Modelle ist gerade zu Besuch …« Täuschte sie sich oder war Jean-Luc bei diesen Worten das Blut in die Wangen gestiegen? »Ich störe doch nicht, oder?«, fragte sie vorsichtig.

»Nein, nein – wir besprechen und proben nur gerade die neue Kollektion.« Er machte eine einladende Geste und lächelte gezwungen. Marguerite trat ein. Der Salon war aufgeräumt, so wie es dem Geschmack von Philippe entsprach, doch in Jean-

Lucs Atelier, das offen vom Salon auf den Erker hinausging, herrschte ein wirres Chaos von Stoffmustern, Blättern, Skizzen und Stiften in allen Farben. Mittendrin stand ein junger Mann. Wilde schwarze Locken umspielten ungebändigt sein Gesicht. Er wandte sich um und sah Marguerite mit dunklen, schwermütig dreinblickenden Augen an, über denen die dichten Augenbrauen wie ein schweres Gewicht lagen. Über seinem nackten Oberkörper trug er einen zerknautschten Mantel, der aussah, als habe er in ihm genächtigt, dazu klobige Schuhe. Sein grob gemeißeltes Gesicht mit vollen Lippen und vorstehendem Kinn hatte einen stumpfen Ausdruck, der so wirkte, als sähe er durch sie hindurch. »Das ist mein Freund Hermès, unser neues Modell!«, sagte Jean-Luc in einem Ton, als stelle er ihr eine besonders wichtige Persönlichkeit vor. »Ich nenne ihn so, weil ich nicht möchte, dass man an seinem richtigen Namen gleich seine jüdische Abstammung erkennt. Du weißt ja, wie die Leute sind! Er verkörpert in meinen Kreationen einen ganz speziellen Typ, der vor allem das jüngere Publikum anspricht. Wilde Lässigkeit! Und ich muss sagen, noch nie habe ich so gut verkauft. Dabei macht er sich selbst nicht viel aus Mode. Nicht wahr, Hermès?«, wandte er sich an ihn. Der Angesprochene nickte mürrisch, etwas Unverständliches murmelnd. »Er ist ein wenig schüchtern«, entschuldigte ihn Jean-Luc, »und spricht mit einem starken Akzent. Ich habe ihn auf der Straße entdeckt. Er hat natürlich auch keinerlei Erfahrung im Mode-Metier. Aber er macht es durch seine beeindruckende Persönlichkeit wett.«

»Ich verstehe«, sagte Marguerite distanziert und ließ sich zu einem knappen »Bonjour, Monsieur« herab. Der finster blickende Bursche war ihr auf Anhieb unsympathisch. »Weißt du, wo Philippe ist und wann er zurückkommt? Ich habe etwas Wichtiges mit ihm zu besprechen.«

Jean-Luc zuckte gedankenverloren die Schultern, während er an einer neuen Skizze zu stricheln begann. »Keine Ahnung. Er bleibt eigentlich selten über Nacht weg – sagt mir sonst immer Bescheid. Aber diesmal …« Er vollendete den Satz nicht, sah zu Hermès hinüber, der seine Skizzen betrachtete, und senkte die Stimme. »Hör mal, Marge. Ich weiß nicht, ob ich befugt bin, dir das zu sagen. Aber ich möchte, dass du auf dem Laufenden bist. Die Polizei war hier und hat nach Philippe gefragt. Sie wollten ihn darüber informieren, dass Monsieur Tolbiac, der Buchhalter von Carrière & Co, Selbstmord begangen hat!«

»Was?«, fuhr Marguerite auf. »Wie schrecklich! Davon weiß ich ja gar nichts! Wann … wann ist das geschehen? Und warum?«

Jean-Luc zuckte die Schultern. »Mir ist leider nichts Näheres bekannt. Aber es muss wohl Unregelmäßigkeiten gegeben haben. Die Polizei hat mir verboten, darüber zu sprechen, und wollte auch keine Einzelheiten mitteilen. Ich hoffe, dass Philippe bald zurück ist, damit er die Sache selbst klären kann.«

»Das ist ja …«, Marguerite konnte sich gar nicht beruhigen, »einfach unglaublich! Ich werde sofort zu Sophie gehen. Weiß sie es schon?«

»Ich habe den Worten der Polizei entnommen, dass deine Schwester im Moment nicht erreichbar ist. Ihre Mitbewohnerin meinte, sie sei überraschend zu Freunden nach Deutschland gefahren. Hat sie dir nichts davon gesagt?«

»Ausgerechnet nach Deutschland? Nein, mir ist völlig neu, dass sie dort Freunde hat!«, murmelte Marguerite. Nervös knetete sie ihre Lederhandschuhe in den Händen. »Was sollen wir jetzt bloß tun?«

»Ich glaube, es ist sinnlos, wenn du hier auf Philippe wartest.«

»Keine Angst, das habe ich auch nicht vor«, fauchte Marguerite gereizt. »Richte ihm aus, er möchte sich so bald wie möglich mit mir in Verbindung setzen und mich anrufen. Vielleicht schaue ich gegen Abend noch einmal vorbei. Bis dahin ist er doch sicher wieder zu Hause, oder?«

»Ich hoffe es«, seufzte Jean-Luc. »Er wird einen schönen Schrecken bekommen!«

»Ach, bevor ich es vergesse …« Marguerite wandte sich noch einmal um. »Nächsten Samstag im Théâtre Bobinot – die Aufführung der *Antigone.* Ich zähle auf Philippe und dich und ein paar laute Bravo-Rufer!«

Jean-Luc verzog das Gesicht. »Ich werde es mir notieren«, sagte er kühl und begleitete sie zur Tür.

Marguerite ging langsam die Straße am Quai Bourbon entlang und setzte automatisch Fuß für Fuß vorwärts. Die Nachricht über den Selbstmord des Buchhalters der Tuchfabrik hatte ihr einen Schock versetzt, obwohl sie Tolbiac kaum kannte. Warum hatte der Mann das getan – was steckte dahinter? Diese unvorhersehbare Tat setzte hinter die Idee eines heimlichen Verkaufs an den Kompagnon ein großes Fragezeichen und zerstörte ihre Hoffnung auf ein zusätzliches finanzielles Polster. Wenn sie wenigstens mit Philippe darüber reden könnte! Ausgerechnet jetzt musste er unauffindbar sein! Vielleicht sollte sie selbst zur Polizei gehen und sich erkundigen? Nein, doch lieber noch abwarten! Sie beschloss, zuerst den Juwelier aufzusuchen, dem sie die Schmuckstücke der Mutter anbieten wollte. Dann hatte sie wenigstens vorläufig noch Geld in Reserve. Entschlossenen Schrittes überquerte sie die Pont Saint Louis, hielt auf Notre-Dame zu und bog in die Rue des Ursins ein. Sie drehte sich mehrmals um, weil sie das unbestimmte Gefühl hatte, dass jemand ihr folgte. Nicht weit von der Kathedrale entfernt blieb sie vor einem eleganten Laden stehen. »Madelin – Juwelier« stand mit dicken Goldbuchstaben über der Auslage, in der Uhren, Ringe und andere Juwelen im grellen Lampenlicht blitzten und schimmerten. Marguerite kramte in ihrer Tasche. Zu dumm, dass sie den Schmuck einfach so achtlos und schlampig hineingeworfen hatte. Jetzt musste sie wohl oder übel alles einzeln heraussuchen. Sie drückte auf den Knopf neben der Eingangstür. Der Verkäufer musterte sie kurz, dann lächelte er verbindlich und drückte auf den Summer. Erleichtert trat sie ein und breitete ihre Schätze nach und nach auf dem dunkelblauen Samttuch des Verkaufstisches aus.

***

Der Zug ratterte mit monotonem Stampfen vorwärts. Er war überfüllt und Philippe hatte gerade noch ein Ticket dritter Klasse ergattert. Jetzt versuchte er, es sich auf der harten Holzbank so bequem wie möglich zu machen. In seinen Mantel gehüllt, den Hut über die Augen gezogen, versuchte er etwas zu schlafen, doch es gelang ihm nicht recht. Das Abteil war kalt und zudem hatte er einen lästigen Schnupfen erwischt, der von Kopfschmerzen und einem Gefühl des Unwohlseins begleitet war. Alle paar Minuten musste er niesen und sein Taschentuch ziehen. In dem kleinen Ort, in dem Auprèsmont auf einer Anhöhe lag, stieg er aus. Das Schloss wirkte von Weitem verlassener denn je mit seiner grauen Fassade, den geschlossenen Fenstern, die wie tote Augen auf den Park hinaussahen. Maria und Antonio, die ab und zu nach dem Rechten sahen, wohnten noch im Nebentrakt, über den ehemaligen Pferdeställen. Er wollte unbemerkt bleiben und ließ das Pferdefuhrwerk, das ihn vom Bahnhof mitgenommen hatte, hundert Meter vor dem Schloss halten. Dem Fahrer gab er ein üppiges Trinkgeld, damit er ihn in zwei Stunden wieder abholte. Den Weg über die Allee meidend, schlich er an der Rückfront des grauen Gebäudes entlang und stieg wie ein Dieb durch ein nicht schließendes Fenster ins Souterrain des Schlosses ein. Durch den Keller gelangte er über einen Verschlag in einen Geheimgang, in dem er als Kind mit seinen Geschwistern immer Verstecken gespielt hatte.

Vor dem engen Durchschlupf, der im Treppenhaus endete, blieb er zögernd stehen. Er ekelte sich vor den Spinnweben, die ihn als Kind wenig gestört hatten, und wischte sie schließlich nach einiger Überwindung mit den Händen fort, bevor er sich hineindrängte. Eigentlich kannte er im Schloss jeden Winkel, jeden der versteckten Gänge, alle Ecken und natürlich auch die fast unsichtbare Tapetentür, die ins oberste Stockwerk und zum Turm führte. Unter jene lose Stufe der Steintreppen, die einen beachtlichen Hohlraum verbarg, legte er nach einiger Überlegung einen Teil der Goldbarren, die andere Hälfte deponierte er hinter dem getarnten Mauerstein im Innern des Kamins. Dort hatte schon seine Mutter ihr Silber vor den deutschen Besatzern im Großen Krieg in Sicherheit gebracht. Er atmete auf und sah auf die Uhr. Es war noch zu früh für das Fuhrwerk, das ihn erst nach zwei Stunden wieder abholen würde, und er beschloss, sich bis dahin ein wenig auszuruhen. Doch der Salon war unbeheizt, peinlich aufgeräumt und wirkte ziemlich ungemütlich mit seinen zugezogenen Läden und den verhängten Möbeln. Es hatte den Anschein, als läge das Schloss in einem Dornröschenschlaf. Nachdem er sich eine Weile auf einem unbequemen Sofa ausgestreckt hatte, aber nicht schlafen konnte, stieg er die Wendeltreppe hinauf. Der Gedanke ließ ihn nicht los, wie er den einzigen Goldbarren, den er zurückbehalten hatte, am besten zu Geld machen konnte. Er würde wohl eine Bank im Ausland oder einen Hehler wählen müssen, damit es nicht auffiel. Im Billardzimmer des Obergeschosses, in dem durch Zufall die Läden nicht geschlossen waren, sah er in die Weite der Landschaft und über die Allee. Das Gefühl der Befreiung und des Glücks, das er jedes Mal empfunden hatte, wenn er hierher zurückkehrte, stellte sich diesmal nicht ein. Er war ungeduldig und nervös. Auf dem gleichen Wege wie zuvor verließ er das Schloss und wartete an der Hauptstraße auf das Fuhrwerk, das eine halbe Stunde später als ausgemacht erschien. Am Bahnhof gelang es ihm gerade noch, den letzten Zug nach Paris zu erwischen. Erleichtert, aber immer noch verschnupft, setzte er sich in die Ecke seines Abteils und entfaltete die neueste Ausgabe des »Paris Soir«, die er noch schnell am Kiosk gekauft hatte. Er brauchte nicht lange zu suchen: Der Selbstmord Tolbiacs nahm zu seinem großen Schrecken gleich auf der ersten Seite ein Viertel der Zeitung ein. Im Sensationsstil wurde ausführlich berichtet, dass sich der Buchhalter des bekannten Tuchgeschäftes Carrière & Co am Boulevard Beaumarchais unter mysteriösen Umständen in seinem Büro erschossen hatte. Sein Abschiedsbrief sei rätselhaft. Aber man vermutete, dass er Bilanzen gefälscht und sich unrechtmäßig Geld aus der Firma angeeignet hätte. Dann folgten die üblichen Spekulationen: Tolbiac habe über seine Verhältnisse gelebt, ein großes Auto gefahren, eine Villa am Rande von Paris bewohnt und womöglich Geld für eine heimliche Geliebte gebraucht. Philippe las die letzten Zeilen mit Genugtuung, doch das Folgende trieb ihm plötzlich den Schweiß auf die Stirn: »Obwohl alles nach einem Selbstmord aus Angst vor Entdeckung und anstehender Überprüfung der Bücher aussah, zweifelt der leitende Kommissar an der Selbsttötungstheorie.« Philippe ließ bestürzt die Zeitung sinken. Es wurde ihm nacheinander heiß und kalt. Was gab es da für einen Anhaltspunkt? Er durchdachte noch einmal alle seine Handlungen. Der Gedanke, er habe etwas übersehen, quälte ihn, bis der Zug am späten Abend den Gare du Nord erreichte. Mit hochgeschlagenem Mantelkragen machte er sich zu Fuß auf den langen Heimweg, um nachzudenken. Im Viertel der Grands Boulevards begann es zu regnen und die Leute eilten mit ihren aufgespannten Schirmen rasch an ihm vorbei, um ein Kino oder eine Bar aufzusuchen. In der Nähe der Oper besuchte er ein Cabaret-Programm, das er aber unbemerkt sogleich wieder verließ. Es würde ihm als Alibi dienen und seinen Besuch in Auprèsmont unbeweisbar machen. Er vermied es auch weiterhin, ein Taxi zu nehmen, und ging an den Tuilerien entlang über die Rue Rivoli bis er schließlich völlig durchnässt die Île Saint Louis erreichte. In einer kleinen Bar in der Nähe seiner Wohnung nahm er noch einen Drink. Der Patron kannte ihn und so konnte er sagen, er sei abends noch dort gewesen. Seine Finger zitterten, als er wenig später die Haustür aufschloss. Er war todmüde und fühlte sich elend. Angenehme Wärme und der Duft nach brennendem Kaminholz schlugen ihm entgegen, als er in die geräumige Wohnung trat. Jean-Luc sprang von seinem Sessel auf. Das Magazin, in dem er geblättert hatte, fiel zu Boden. »Philippe! Wo hast du bloß die ganze Zeit gesteckt!« Er musterte ihn von oben bis unten und setzte hinzu. »Was ist los – und wie siehst du überhaupt aus?« Philippe hustete erschöpft. »Frag nicht. Mach mir bitte erst einen starken Tee – mit viel Rum. Ich glaube, ich habe Fieber!« Er riss sich den zerdrückten Hut vom Kopf und warf den nassen Mantel zu Boden. Dann fiel er seufzend in den nächsten Sessel. Jean-Luc ging in die Küche, um das Gewünschte zu holen. Als er mit einem Tablett und dem dampfenden Getränk wiederkehrte, wärmte sich Philippe gerade die Hände am Kamin. »Was hast du bloß die ganze Zeit getrieben?«, fragte Jean-Luc erneut. »Ich habe auf dich gewartet und mir Sorgen gemacht.«

Ohne zu antworten, starrte Philippe dumpf in die Flammen.

»Bonsoir«, sagte plötzlich eine Stimme mit einem fremden Akzent. Er sah auf. Hermès stand in Hemd und Socken im Zimmer, hatte seine Schuhe in der Hand und Mantel und Hose über dem Arm. Die dunklen Locken hingen ihm zerzaust über die Augen. Ein seltsamer Ausdruck zeigte sich in seinem immer düster wirkenden Gesicht und er blickte wirr um sich wie ein Schlafwandler, der gerade erwacht ist. Er wandte sich an Jean-Luc. »Hast du nicht etwas zu trinken für mich?«

»Was macht denn der Kerl bei uns?«, fragte Philippe überrascht, ohne den Gruß zu erwidern.

»Du hast doch versprochen, in meinem Zimmer zu bleiben«, fuhr Jean-Luc den Jungen verärgert an, die Frage ignorierend.

Philippe war vor Wut rot angelaufen. »In deinem Zimmer?«, grollte er. »Das wird ja immer schöner. Du vergisst wohl, dass das meine Wohnung ist. Ich will diesen Typen hier nicht sehen, verstehst du! Wirf ihn sofort raus!«

»Beruhige dich doch!«, beschwor ihn Jean-Luc. »Und lass dir alles erklären: Hermès ist Jude. Und du weißt doch, wie im Moment die Stimmung gegen diese Leute ist. Bei seinem Onkel will er nicht wohnen und seine Wirtin hat ihm das möblierte Zimmer gekündigt. Wo soll er denn bleiben? Es ist ja nur für ein paar Tage! Ich brauche ihn unbedingt für die Präsentationen der Herrenkollektion! Und die kann er nur gut ausgeschlafen vorführen. Dann, wenn er ein Dach über den Kopf hat. Er muss ohnehin noch so viel lernen.«

»Das heißt noch lange nicht, dass er es bei uns tun soll. Wir haben kein Asyl für heruntergekommene Straßenjungen!«, brauste Philippe erneut auf.

»Hören Sie …«, Hermès hob protestierend die Hand, »nennen Sie mich nicht so!« Sein Gesicht hatte sich verzerrt und sein Mund war wie bei einem kleinen Kind trotzig aufgeworfen.

»Ich brauche ihn.« Jean-Luc schien verzweifelt. »Du hast wirklich keinen Grund zur Eifersucht …«

»Ha! Meinst du? Ich sehe schon die ganze Zeit mit an, wie du um diesen Kerl herumspringst – ihn geradezu vergötterst! Hermès hier und Hermès da! Das ist doch lächerlich. Und jetzt schleppst du ihn auch noch in dein Schlafzimmer! Unter meinen Augen!«

»Du hast einen völlig falschen Eindruck! Lass ihn wenigstens heute Nacht hierbleiben«, bat Jean-Luc. »Morgen finde ich schon etwas für ihn.«

»Das kommt überhaupt nicht in Frage.« Philippe sprang auf und baute sich drohend vor Hermès auf. »Verschwinde, Judenjunge«, schrie er ihm ins Gesicht. »Los, raus, hau ab!« Er riss die Tür auf. Hermès duckte sich, als hätte er Angst, geschlagen zu werden. Seine Schuhe fielen ihm aus der Hand. Dann hob er den Kopf mit höhnisch verzogener Grimasse, seine Augen glommen in einem unheimlichen Feuer. Er spuckte vor Philippe aus. »Sie! Das werden Sie eines Tages bereuen! Sie antisemitischer Kapitalist!«

»Raus! *Fous le camp!* Und lass dich nie wieder hier blicken, wenn ich da bin!«, schäumte Philippe und gab Hermès einen Stoß, der ihn zur Tür hinauskatapultierte. »Nächstes Mal poliere ich dir die Fresse. In Deutschland hätte man dich längst in ein Arbeitslager verfrachtet!«

»Hör auf!« Jean-Luc, bleich wie die Wand, baute sich vor Philippe auf. »Du bist ja verrückt, so etwas zu sagen!«, schrie er ihn an. »Willst du ihn etwa barfuß ins Freie jagen?«

Philippe packte die am Boden liegenden Schuhe, als wären es ekelerregende Insekten, und warf sie Hermès nach, ins Treppenhaus hinunter. Polternd schlugen sie auf den Stufen auf und kurz danach war das Zuknallen der Haustür zu hören. Er ließ sich, von seinem Wutausbruch entkräftet, wieder in den Sessel vor dem Kamin fallen und atmete schwer.

Jean-Luc stand wie versteinert da. Beide sprachen kein Wort und eine unheilvolle Stille erfüllte den Raum. Philippe spürte, wie sein Zorn langsam verflog, und ein seltsames Schamgefühl, vermischt mit Reue, sich in seinem Innern ausbreitete. Er hatte sich abreagiert, nach der ganzen Anspannung, die der Unfall mit dem unglückseligen Tod Tolbiacs, die finanziellen Probleme und seine Angst vor der Polizei mit sich gebracht hatten.

»Es tut mir leid!«, sagte er nach einer Weile. »Ich wünschte, ich könnte die letzten Minuten ungeschehen machen. Aber ich habe einfach rot gesehen. Hol den Jungen zurück!«

»Dafür ist es zu spät!«, sagte Jean-Luc völlig ruhig und mit gesenktem Kopf. »Hoffentlich macht er jetzt keine Dummheiten. Dann bist du daran schuld! Hermès ist sensibel – und ziemlich unstabil!« Er ging auf und ab. »Was ist eigentlich in dich gefahren, dass du dich so aufführst?«

»Bitte entschuldige! Aber hör endlich auf, ihn dauernd Hermès zu nennen! Nenn ihn doch bei seinem jüdischen Namen, Herschel! Wenn du willst, gehe ich los und suche ihn!«

»Das wird dir nichts nützen.« Jean-Luc seufzte tief auf. »Vielleicht ist er zu seinem Onkel Abraham gegangen. Ich werde mich morgen nach ihm erkundigen. Was mache ich bloß mit der Kollektion ohne ihn, wenn er sich nicht versöhnen lässt? Wir wollten morgen eine kleine Vorführung im Laden machen – nur für gute Stammkunden. Wenn Hermès nicht dabei ist, bin ich blamiert. Alles ist auf seine Größe zugeschnitten.«

»Er wird morgen wieder da sein. Und wenn nicht, findest du einen Ersatz. Ich weiß selbst nicht mehr, warum ich so reagiert habe!« Zerknirscht sah Philippe ihn an, doch Jean-Luc wich seinem Blick aus. »Ich habe dich noch nie so jähzornig erlebt.« Er stützte den Kopf in beide Hände und raufte sich die Haare. »Das ist mein Ruin! Wie soll ich genügend verkaufen – ohne mein Zugpferd? Du weißt wohl nicht, was du angerichtet hast. Hier!« Er warf einen Stapel Rechnungen auf den Tisch. »Dafür darfst du bei einem Reinfall mit der Präsentation aufkommen!«

Philippe warf einen kurzen Blick darauf. »Wenn es weiter nichts ist …«

»Das sagst du so leicht! Aber mir geht es nicht nur ums Geld. Meine künstlerische Arbeit – alles für die Katz«, jammerte Jean-Luc weiter.

»Hör endlich auf!« Philippe hustete heftig. »Ich bin krank, habe Grippe, siehst du das nicht? Ich werde eine Tablette nehmen und mich am besten gleich zu Bett legen. Ich fühle mich schrecklich elend.« Er stand auf.

»Übrigens«, rief ihm Jean-Luc nach. »Bevor ich es vergesse: Deine Schwester Marge war schon zweimal hier. Sie hat gesagt, sie müsse dich ganz dringend sprechen.«

»Und – was wollte sie?« Philippe drehte sich halb um.

»Ich weiß nicht«, Jean-Luc stockte, »mich geht es ja nichts an. Aber in der Zeitung stand ganz groß, dass Monsieur Tolbiac, dein stellvertretender Geschäftsführer sich erschossen hat …«

»Ja, ja, ich weiß!«, unterbrach ihn Philippe ungeduldig. »Das habe ich im »Paris Soir« gelesen. Ich habe diesem Mann nie getraut. Sicher hat er sich einiges zuschulden kommen lassen. Ich werde mich morgen darum kümmern.«

»Eine ziemlich dumme Geschichte. Das Telefon hat die ganze Zeit geläutet und ein Monsieur Morand wollte dich sprechen.«

»Ach ja, Morand – der Direktor und Mitinhaber von Carrière & Co«, sagte Philippe müde. »Sicher auch wegen der tragischen Ereignisse. Aber er wird auch nichts daran ändern können.«

»Ich konnte nur sagen, dass du nicht erreichbar bist. Sogar als die Polizei vor der Tür stand und nach dir gefragt hat.« Jean-Lucs Stimme klang gereizt. »Vielleicht informierst du mich demnächst mal besser, bevor du von heute auf morgen verschwindest.«

»Moment mal, sagtest du gerade, die Polizei war hier?« Philippe war blass geworden. »Bei uns? Was wollten sie – was haben sie gesagt?«

»Nicht viel.« Jean-Luc zuckte die Schultern. »Sie waren nicht sehr gesprächig. Sicher wollten sie dich von dem Unglück benachrichtigen. Schließlich bist du ja der offizielle Geschäftsführer. Sie sagten, dass du dich morgen bei ihnen melden sollst, am Quai des Orfèvres Nummer 36«, er zog einen Zettel hervor, »Abteilung Kriminalpolizei, Kommissar Ritard.« Er sah seinen Freund genauer an. »Du siehst wirklich miserabel aus. Willst du mir nicht sagen, was mit dir los ist? Ich habe das Gefühl, es ist irgendetwas nicht in Ordnung.«

»Unsinn«, Philippe wandte das Gesicht ab, »ich bin krank, das ist alles.« Er stand auf. »Und jetzt gehe ich zu Bett.«

Nach einer Weile klopfte es an seine Schlafzimmertür. »Herein!«, rief Philippe unwillig, der weit davon entfernt war, schlafen zu können. Er saß auf der Bettkante und alle Momente der letzten Begegnung mit dem Buchhalter Tolbiac kreisten unablässig durch seinen Kopf.

»Eine Frage noch«, ließ Jean-Luc sich vernehmen. »Hast du etwas von Sandy gehört? Sie ist heute einfach nicht zur Arbeit erschienen. Wäre schlimm, wenn sie auch noch ausfiele.«

»Woher soll ich wissen, wo sich Sandy herumtreibt«, gab Philippe gereizt zurück. »Und jetzt lass mich bitte in Ruhe. Es ist drei Uhr nachts und ich fühle mich scheußlich. Ich habe mir vielleicht eine Lungenentzündung geholt.« Er nieste wie zur Bestätigung und Jean-Luc zog sich zurück.

Erst gegen Morgen war Philippe nach längerem Grübeln und zwei Schlaftabletten in einen schweren, traumlosen Schlaf gefallen. Die Uhr zeigte halb zwölf, als er erwachte. Er stellte fest, dass er sich allein in der Wohnung befand, denn Jean-Luc war, ganz gegen seine Gewohnheit, nicht bei der Arbeit an seinen Entwürfen und Skizzen. Wahrscheinlich überwachte er in seinem Laden an den Champs-Elysées die Vorbereitungen der Vorführung für die Stammkunden. Ob er einen Ersatz für seinen vergötterten Hermès gefunden hatte? Aber vielleicht machte Philippe sich umsonst Sorgen und der Bursche war schon längst wieder aufgetaucht. Er würde es schon noch früh genug erfahren. Langsam seinen Café noir schlürfend, blickte er durch das Fenster über die herbstlich gefärbten Pappeln auf das graue Band der Seine. Die kleinen Wellen, auf denen das Sonnenlicht flimmerte, kräuselten sich kristallen, wenn ein Boot vorüberfuhr. Das Telefon klingelte ein paarmal, doch er zog es vor, nicht ranzugehen. Er war etwas ruhiger als gestern und sagte sich, dass alles gut gelaufen sei und ihm keiner seine abendliche Anwesenheit in Tolbiacs Büro beweisen konnte. Niemand hatte ihn gesehen und es gab keine Fingerabdrücke. Schließlich hatte er ihn ja auch nicht umgebracht – dazu wäre er wirklich nicht fähig gewesen! Er hatte ihn nur bedroht. Es war ein Unfall, ein Unglücksfall gewesen, von Tolbiac selbst verschuldet! Die Polizei würde den Selbstmord schon hinnehmen müssen, wenn Sandrine dichthielt. Und die Sache mit dem jungen Juden – da musste er noch einmal mit Jean-Luc reden. Für die laufende Kollektion würde er beide Augen zudrücken, aber dann sollte der Kerl gefälligst zum Teufel gehen. Seine schwelende Eifersucht auf ihn war gestern einfach durchgebrochen und er hatte zu heftig reagiert. Kein Wunder, bei dem, was geschehen war. Notfalls musste er sich überwinden und sich bei dem Burschen entschuldigen, damit Jean-Luc zufrieden war und die Modenschau wie geplant starten konnte. Er stellte die Tasse beiseite. Jetzt war es aber höchste Zeit, sich zu Fuß auf den Weg zu dem nicht weit entfernten Kommissariat auf der Île de la Cité zu machen. Nachher würde er dann Monsieur Morand anrufen und am Boulevard Beaumarchais bei Carrière & Co vorbeischauen. Er suchte seinen besten grauen Anzug heraus und legte ein weißes Hemd mit Krawatte an, um einen guten Eindruck zu machen. Es war ein Uhr und er beschloss, noch zu warten, bis die Mittagspause zu Ende war. Um gegen alle Fragen gewappnet zu sein, machte er sich ein paar Notizen. Sein Gewissen war ruhig, aber er musste sich zu jedem Schritt zwingen. Er würde aussagen, er habe die fragliche Nacht bei Sandrine verbracht, und das Mädchen würde es bestätigen. Vorher hatten sie zusammen etwas getrunken, in irgendeiner Bar im Zentrum. Um kurz vor zwei Uhr verließ er sein Appartement und trat auf die Straße. Die Sonne schien wärmend durch die Wolken und es war einer jener seltenen, schönen Tage, an denen die Jahreszeiten verschmelzen und der Winter noch ganz weit weg ist. Schon auf der Pont Saint Louis sah er die Leute aufgeregt und mit betroffenen Gesichtern in Grüppchen beisammen stehen und laut diskutieren. Im Umkreis von Notre-Dame schrien die Zeitungsverkäufer wie üblich die Nachrichten aus und schwenkten die Blätter des *Monitor, Paris Soir* und *Figaro.* Anscheinend gab es eine Sonderausgabe. Sein Magen krampfte sich in einer unguten Vorahnung zusammen. Irgendetwas lag in der Luft, dunkle Wolken brauten sich trotz des Sonnenscheins drohend über der Stadt zusammen. Er winkte einem Verkäufer, riss ihm beinahe das Blatt aus der Hand und überflog die Schlagzeile des Sonderdrucks: »Jude gibt mehrere Schüsse auf den Diplomaten Ernst vom Rath in der deutschen Botschaft ab.« Schon bei der ersten Zeile des Textes musste er sich vor Überraschung am Geländer der Brücke festhalten. »Der Verdächtige, Herschel Grynszpan, ein in Deutschland aufgewachsener polnischer Staatsbürger, ließ sich widerstandslos festnehmen. Er gibt an, sich für die Unrechtshandlungen an deutschen Juden, namentlich seiner in Deutschland lebenden Eltern und seiner Schwester, rächen zu wollen. Seine Familie sei zwangsweise in ein Arbeitslager deportiert worden. Der Anschlag wird schwerwiegende politische Folgen nach sich ziehen! Vom Rath ist ernsthaft verletzt …«

Philippe faltete die Zeitung zusammen. Herschel Grynszpan, das war niemand anderer als Hermès! Seine Beine zitterten. War er jetzt schuld, dass der Kerl zum Mörder geworden war? Weil er ihn aus der Wohnung geworfen hatte? Er hatte ihm gleich nicht getraut. Seinem verschlossenen, mürrischen Wesen war die Absicht einer Mordtat jedoch nicht anzusehen gewesen. Niemand hatte ihn allerdings auch groß nach seiner Meinung gefragt. Und wegen seines groben, rollenden Akzents wäre er in der feinen Welt der Mode wahrscheinlich nie zu Wort gekommen. Was würde Jean-Luc zu dieser Aufsehen erregenden Tat sagen? Wusste er es überhaupt schon? Er betrat das nächste Café, weil er das dringende Bedürfnis verspürte, sich zu setzen. Das Café war überfüllt und an der Theke schwatzten die Leute lautstark miteinander. Er hörte eine Weile dem aufgeregten Stimmengewirr um sich herum zu. Auch das Wort »Kriegsgefahr« stand im Raum, die Angst spiegelte sich in allen Gesichtern. Philippe nahm die Zeitung wieder auf und begann, den Kommentar zu lesen. Im Deutschen Reich hatte die Tat des jungen Juden großes Entsetzen und Rachegefühle ausgelöst. Hitler und sein Propagandaminister Goebbels spielten den Mordversuch hoch, schrien nach Bestrafung und sprachen von einer Weltverschwörung der Juden. Es hieß, Hitler hätte seinen Leibarzt nach Paris geschickt, um den verletzten Sekretär der Botschaft, vom Rath, behandeln und retten zu lassen. Die öffentliche Meinung war eindeutig: Nur ein Jude konnte so ein abscheuliches Verbrechen an einem Unschuldigen begehen. Die Fakten passten haargenau zu der Theorie des deutschen Diktators, der beweisen wollte, dass die Juden Ursache allen Übels waren, und fachten den Hass auf sie neu an. Die bange Frage, was geschehen würde, wenn Ernst vom Rath an seinen schweren Verletzungen starb, stand im Raum. Philippe bestellte sich einen doppelten Cognac, um die Beklemmung, die ihn erfasst hatte, hinwegzuschwemmen. Er las den nächsten Abschnitt: »Im Verhör nach seinem Motiv befragt, sagte Grynszpan aus, er habe mit seiner Tat der Welt ein Zeichen setzen wollen. Hitlers klare Absicht sei, alle Juden zu vernichten. Es sei ein Skandal, dass die Machthaber der verbündeten Länder es als selbstverständlich hinnähmen, dass Juden im Deutschen Reich mit Berufsverboten, Zwangsverkäufen ihres Eigentums, dem

Verlust ihres Vermögens und ihrer Staatsangehörigkeit gequält würden. Dass man ihnen die Pässe abnahm und sie in Lager verfrachtete, aus denen es keine Wiederkehr gebe.«

Philippe seufzte und legte die Zeitung zusammen. Die bedrohlich klingenden Nachrichten mischten sich auf seltsame Weise mit seinen eigenen Problemen. Einer der Männer im Café, ein schnurrbärtiger Alter, hatte ihm über die Schulter gesehen und in seiner Zeitung mitgelesen. Jetzt stieß er ihn plötzlich mit dem Ellenbogen an. »Verrückte Welt! Der Judenjunge da«, er zeigte mit dem Finger aufgeregt auf das Foto des Schuldigen, »hat wohl keine Ahnung, was er anrichtet. Zeichen setzen, ha! Darauf hat Hitler ja nur gewartet! Jetzt hat er einen Grund mehr, die Juden zu verfolgen. Ich sage, der Mann ist größenwahnsinnig. Vielleicht will er sich als nächstes Land auch noch Polen einverleiben …«

»Hitler wird nicht wagen, Polen anzugreifen«, erwiderte Philippe ohne große Überzeugung und blätterte weiter. »England und Frankreich sind Polens Verbündete. Sie würden ihm zu Hilfe kommen.«

»Ha, ha!« Ein kleiner Grauhaariger, das Pastis-Glas in der Hand, trat näher und mischte sich in die Unterhaltung. »Das glauben Sie doch selbst nicht! Was war denn mit der Tschechoslowakei? Unsere Politiker haben ruhig hingenommen, dass Hitler die Gebiete dort für sich beansprucht!« Beifälliges Gemurmel ertönte um ihn herum.

»Immerhin wurde damit ein neuer Krieg verhindert!«, warf Philippe trocken ein. Die anderen schwiegen verblüfft, doch dann protestierten sie erneut lautstark. Jeder versuchte, seinen Nachbarn zu übertönen. »Andererseits«, mischte sich ein schnurrbärtiger Schwarzhaariger mit dunklem Teint ein, »hat der Nationalsozialismus gewisse Vorteile. Es gibt im Deutschen Reich kaum noch Arbeitslose! Und bei uns? Wir schnüren uns den Gürtel immer enger!«

»Mag sein«, knurrte ein Langer mit Schiebermütze. »Aber Vorteile haben im Deutschen Reich nur Blonde und Blauäugige, die sogenannten ›Arier‹. Juden, Kriminelle, Krüppel und politisch Andersdenkende werden ausgegrenzt und kommen in irgendwelche Lager. Klar, dass dadurch die Arbeitslosenzahlen sinken.« Die Umstehenden hörten mit verkrampften Mienen zu.

»Möge Gott uns vor einem neuen Krieg beschützen!« Der Grauhaarige stützte sich mit den Ellenbogen auf den Tresen. »Wo wir den letzten noch gar nicht richtig überwunden haben.«

»Einen neuen Krieg wird es nicht geben«, versuchte Philippe, sich noch einmal zu Gehör zu bringen. »Die Vertreter der Großmächte haben schließlich einen gemeinsamen Friedensvertrag geschlossen. Adolf Hitler hat ihn auch unterschrieben.« Er erhob sich, weil er keine Lust mehr hatte, die sinnlose Diskussion fortzusetzen. Außerdem war es Zeit, sich zum Kommissariat aufzumachen. Er durfte die unangenehme Sache nicht länger hinausschieben.

»Ich traue keinem einzigen Politiker …« Die Stimmen wurden leiser und verloren sich hinter ihm, als er zahlte und das Café verließ. Ein wenig unsicher lenkte er seine Schritte zum Polizeihauptquartier am Quai des Orfèvres. Egal, wie kritisch die Weltlage war, jetzt ging es um seine eigenen Probleme, die er am liebsten verdrängt hätte. Schweiß trat auf seine Stirn, überschwemmte seinen ganzen Körper. Er fühlte sich nicht schuldig an Tolbiacs Tod und kämpfte gegen die Angst an, sich von der Polizei verhören zu lassen. Am liebsten hätte er sich gedrückt. Aber diesmal musste er sich wohl oder übel den Tatsachen stellen. Und vor allem versuchen, seine Haut zu retten.

7. Kapitel

Der Besitzer des Cafés »Zur Linde« stürzte zum Telefonapparat und wählte mit zitternden Händen eine Nummer. Nach einer Weile kam er ratlos zurück. »Der Arzt will nicht kommen. Er sagt, er darf keine Juden behandeln!«

»Keine Juden?«, stieß Sophie hervor, die den Kopf des Verletzten hielt, der die Augen geschlossen hatte und dem Blut aus dem Mund lief. »Das darf doch nicht wahr sein! Jeder Arzt hat einen Eid geschworen, Menschen zu helfen! Wir brauchen dringend einen Krankenwagen! Der Mann ist bewusstlos. Vielleicht hat er einen Schädelbruch!« Sophie spürte, wie ihr vor Wut und Hilflosigkeit Tränen in die Augen traten. Das Liebespaar und der Mann mit dem Kneifer hatten sich verzogen, doch der junge Maler war geblieben. Nach seiner ersten Einmischung war er im Hintergrund geblieben und kam erst jetzt näher. Voller Entsetzen blickte er auf den geschundenen Körper auf dem Teppich, der sich an einer Stelle rot färbte. »Kann ich etwas tun?«, fragte er. Niemand antwortete.

»Papa!«, wimmerte das Mädchen, das zitternd neben dem Vater kniete. Es streichelte unablässig die Wange des Verletzten. »Sag doch was, Papa! Mach die Augen auf! Bitte!« Sie schluchzte laut auf und rang die Hände: »Helft ihm – man muss doch etwas tun! Er stirbt!«

Wieder wählte der Wirt, diesmal die Nummer der Rettungsleitstelle des nahegelegenen Krankenhauses. Er kam mit hoffnungsloser Miene zurück. »Sie sagen, sie haben einen dringenderen Einsatz. Juden dürfen nicht bevorzugt behandelt werden. Befehl von oberster Dienststelle.« Er reichte Sophie ein nasses Tuch, das er zuvor ausgewrungen hatte, und eine Decke. Dann half er ihr, den am Boden Liegenden zu stützen und auf die Seite zu drehen. Sophie legte sacht die Decke über ihn und zog sie bis zu den Schultern hoch. »Bleiben Sie ganz ruhig«, sagte sie, obwohl sie nicht wusste, ob er sie hörte. »Es wird Ihnen gleich geholfen!«

»Er wird sterben, wenn nicht sofort etwas geschieht!«, sagte der junge Mann mit gesenkter Stimme neben ihr. Sophie nickte. Sie versuchte, ihre Verzweiflung zu verbergen und gelassen zu bleiben. Der Verletzte stöhnte, als er vorübergehend das Bewusstsein wiedererlangte. Er bäumte sich auf, würgte und erbrach sich. Laut stöhnend hielt er sich den Bauch und krümmte sich gleichzeitig vor Schmerz zusammen. Seine Gesichtsfarbe ging allmählich in ein aschfahles Grau über, sein Atem wurde flacher. »Was sollen wir bloß tun?«, flüsterte Sophie und fühlte nach seinem Puls, den sie in der Aufregung nicht fand. »Bestimmt hat er innere Verletzungen!« Der Wirt schüttelte mit einem stumpfsinnigen Ausdruck den Kopf. »Es bleibt uns nichts anderes übrig, als auf den Krankenwagen zu warten!«

»Einen Moment!«, rief der Maler plötzlich aus. »ich kenne da einen jüdischen Arzt. Er darf zwar nicht mehr praktizieren und muss sich »Krankenhelfer« nennen, aber ich glaube, er wird kommen, wenn er zu Hause ist.« Ohne seinen Mantel überzuziehen, lief er hinaus. Sophie legte die Arme beschwichtigend um das junge Mädchen, das sich weinend an den Vater klammerte. »Es wird alles gut«, versuchte sie sie zu trösten, »deinem Papa wird geholfen! Wir werden einen Arzt finden.« Das Mädchen schluchzte lauter. Draußen hörte man immer noch die SS-Truppe grölen, das Klirren von Fensterscheiben und das Krachen, mit dem sie mit ihren Gummiknüppeln irgendetwas zerschlugen. »Die Nazi-Schläger sind immer noch da!« Das Mädchen sprang plötzlich auf und lief zur Tür. »Da – sie wüten, zertrümmern unseren Laden, unsere ganze Einrichtung! Ich muss zu Mama! Sie ist ja ganz allein! Wenn sie ihr etwas antun!«

»Bleib hier!« Doch bevor Sophie sie zurückhalten konnte, war sie schon draußen. Sophie blieb allein mit dem Unbekannten zurück, der ganz still geworden war und reglos vor ihr auf dem Boden lag. Die große Wanduhr tickte laut. Das Café war jetzt leer. Die Angst vor den SS-Leuten, die draußen immer noch randalierten und Schrecken verbreiteten, schreckte Gäste ab. Nach einer Zeit, die ihr wie eine Ewigkeit vorkam, erschien der junge Maler im Gefolge eines älteren Herrn mit weißem Haar und Schnauzbart. Er stellte sich als Doktor Schlemilch vor und öffnete seine Medizintasche. Dann begann er, den Zusammengeschlagenen vorsichtig zu untersuchen. Nach einer Weile zog er die Decke über den Kopf des Patienten und erhob sich. Sophie las in seinen Augen, dass jede Hilfe zu spät kam. »Tut mir leid«, sagte er. »Ich kann nichts mehr für ihn tun.« Er erhob sich mit einem leisen Ächzen. »Ich kenne ihn und seinen Laden«, sagte der Arzt. »Er ist gleich nebenan. Habe bei ihm immer meine Socken, Taschentücher und Hemden gekauft.« Er wandte sich ab und seufzte. »Er hat wahrscheinlich eine Schädelfraktur und zahlreiche Bauchverletzungen, die nach innen bluten. Aber so braucht er wenigstens nicht mehr zu erfahren, dass sein Konfektionsgeschäft geplündert und zerstört wurde. Das hätte ihm ohnehin das Herz gebrochen. Haben Sie seine Frau nicht gesehen? Sie arbeiteten doch gemeinsam im Laden.«

Sophie schüttelte den Kopf. »Seine Tochter war hier – aber sie ist voller Panik hinausgelaufen. Sie hatte Angst, dass auch ihrer Mutter etwas passiert.«

»Das arme Kind! Die SS-Leute sind dabei, alles zu zertrümmern, was ihnen in die Hände fällt«, sagte er. »Ich habe es gesehen, als ich vorbeikam. An jüdischen Geschäften hängen Schilder: ›Kauft nicht bei Juden‹«. Er runzelte die Stirn. »Nie hätten wir gedacht, dass es in Deutschland jemals so weit kommen würde.« Sophie sah ihn ängstlich an. »Das Mädchen – hoffentlich ist ihr nichts geschehen. Sie war ganz verstört …« Sie blickte in die gütigen Augen des Arztes, der das Schicksal seiner Glaubensbrüder und das seine scheinbar ergeben hinnahm. Er hob seinen Blick zum Himmel. »Gott gebe es. Er wird dieses Unrecht nicht länger zulassen – es bitter sühnen. Davon bin ich fest überzeugt. Irgendwann hat dieser Albtraum ein Ende. Die Vernunft muss siegen, wie sie es immer getan hat! Meine Heimat ist Deutschland. Ich habe im Ersten Weltkrieg für dieses Land gekämpft. Niemand kann mich mit Gewalt hier vertreiben!« Er versuchte ein Lächeln, doch Sophie gelang es nicht, es zu erwidern. Unbestimmte Angst schnürte ihr bei seinen Worten die Kehle zu. Sie hörte immer noch das laute Grölen der SS-Leute, hatte das Bild vor Augen, wie sie auf den wehrlosen Mann am Boden mit ihren Stiefeln eintraten. »Ich wusste nicht, wie es in Deutschland zugeht … welches Unrecht hier geschieht. Niemand auf der Welt weiß es vielleicht …« Sie brach in Tränen aus.

»Beruhigen Sie sich! Adolf Hitler wird nicht mehr lange an der Macht sein. Jeder vernünftige Mensch sieht ja, wohin das alles führt.« Der weißhaarige Arzt strich ihr übers Haar. Dann nahm er seine Tasche und stellte den Totenschein aus. »Rufen Sie den Bestatter, damit er den Leichnam abholt«, riet er dem Wirt. »Der wird sicher bald kommen. Ich gehe hinüber in den

Laden und werde nach Frau und Tochter von Herrn Rosenkranz sehen. Ich habe keine Angst vor diesen Totschlägern.«

Er führte Sophie, die an allen Gliedern bebte, an einen Tisch. Nie hätte sie gedacht, dass Menschen zu so etwas fähig waren! Dass sie einen hilflosen Menschen totschlugen, nur weil er jüdischer Abstammung war! Ganz vorsichtig legte sich auf einmal eine Hand auf ihren Arm. Sie erschrak und sah hoch, in die dunklen, sprechenden Augen des jungen Mannes, der seinen Skizzenblock unter dem Arm trug. »Seien Sie nicht traurig!« Er sah sie mit einem verständnisvollen und beinahe mitleidigen Ausdruck an. »Irgendwann geht dieser Terror vorbei und die SS-Schlägertruppen landen hinter Schloss und Riegel. Einmal werden sie ihre gerechte Strafe bekommen.«

»Wer sind Sie?«, fragte Sophie, Abwehr im Blick.

»Ich heiße David Reichstein und studiere Kunst. Auch ich bin Jude.« Er öffnete seine Jacke. Auf seinem Hemd prangte ein gelber Stern. »Wir sind verpflichtet, den Davidstern gut sichtbar zu tragen – aber ich verstecke ihn trotzdem immer unter meiner Jacke.« Er lächelte zaghaft. »Sonst hätten mich diese Typen womöglich auch zusammengeschlagen.« Er strich sich die schwarze Haarsträhne, die ihm über die Augen gefallen war, aus der Stirn.

»Warum bleiben Sie dann überhaupt noch in Deutschland?«, fragte Sophie und fuhr sich mit dem Taschentuch über die Augen. »Ich begreife das nicht.«

David zuckte die Achseln. »Juden haben Ausreiseverbot, ganz einfach. Meine Familie lebt seit dreihundert Jahren in Deutschland. Wir fühlen uns als Deutsche. Mein Vater ist Rechtsanwalt. Er will nicht weg! Er glaubt fest daran, dass den Nazis bald das Handwerk gelegt wird.« Er sah sie genauer und fast prüfend an. »Sie haben übrigens ein interessantes Profil. Ich würde Sie gern malen!«

»Danke. Aber ich habe im Moment ganz andere Sorgen.« Sophie richtete sich auf. Sie sah auf ihre Armbanduhr. »Ich muss jetzt gehen.«

»Nein, warten Sie … erzählen Sie mir etwas von sich. Sie sprechen zwar gut deutsch, sind aber nicht von hier … stimmt`s? Darf ich raten?«, fuhr er fort, ihren Einwand überhörend. »Frankreich, nicht wahr?«

Sophie lächelte. »Richtig. Mein Name ist Sophie Carrière. Und meine Deutschkenntnisse verdanke ich meinem österreichischen Kindermädchen.« Sie fuhr zusammen, als die Tür aufging. Zwei Bestatter kamen mit einer Bahre herein, luden den Körper des Geschäftsmannes darauf und schoben ihn in einen schwarzen, verdunkelten Wagen. Dann verhandelten sie mit dem Wirt, der ihnen Namen und Adresse des Toten meldete. Sophie bedeckte kopfschüttelnd die Augen mit der Hand.

»Diese Geste machen wir hier alle!«, sagte David wehmütig. »Wir sehen nicht hin. Aber was bleibt uns schon anderes übrig? Wenn wir aufbegehren, landen wir selbst im KZ.«

»KZ? Was bedeutet das?«, fragte Sophie eingeschüchtert.

»Konzentrationslager«, antwortete David kurz, »Arbeitslager, Internierungslager oder wie man es sonst nennen möchte. Ein unheimlicher Ort. Manche sagen, die Leute kommen von dort nie mehr zurück. Sie werden umgebracht, ermordet.«

»Aber das ist ja schrecklich«, empörte sie sich entsetzt. »Das kann man doch mit den Menschen nicht machen!«

»Herr Hitler schon. Haben Sie das nicht gewusst?«

»Ich dachte …« Sie hielt ein. »In Frankreich sieht man das ganz anders. Wir denken, in Deutschland gibt es Ordnung, gute Straßen, Fortschritt, Wachstum …«

»Das ist die andere Seite. Aber haben Sie sich schon mal gefragt, woher das Geld dafür kommt?« Davids Augen leuchteten, seine blassen Wangen hatten sich gerötet. »Das Vermögen der in Deutschland lebenden Juden wird eingezogen, ihre Unternehmen billig an Deutsche verschachert, Ärzte und Rechtsanwälte haben Berufsverbot …« Er sah starr vor sich hin. »Und der Verrat an der Kunst – das ist das Schlimmste.« Er kramte in seiner Tasche, zog ein zusammengerolltes Stück Leinwand heraus. Es zeigte eine sehr farbig gehaltene Malerei mit drei abstrakt gemalten Personen, die sich aneinanderdrängten. Ein Auge schwebte über ihren Köpfen. Im Hintergrund sah man eine Uhr mit Zeigern aus Knochenstücken, die fünf Minuten vor zwölf zeigte. Sophie spürte sofort, was dieses Bild symbolisieren sollte. »Wissen Sie, wie man meine Malerei nennt?«, fragte David. Und ohne eine Antwort abzuwarten, fügte er hinzu: »Entartete Kunst! Dabei versuche ich doch nur, auszudrücken, was um mich herum geschieht! Natürlich ist das nicht die Wirklichkeit, die ich abbilde – aber der Spiegel meiner Gefühle.« Er sah sie eindringlich an. »Was sagen Sie dazu?«

»Es ist … sehr eindrucksvoll. So anders. Die Farben, auch die Formen gefallen mir. Aber irgendwie macht es auch ein wenig Angst.«

»Sehen Sie!«, rief David enthusiastisch aus. »Das ist es, was ich die Menschen fühlen lassen möchte. Die Drohung, die von diesem Bild ausgeht, die Angst …«

»Haben Sie schon ausgestellt?«

David sah zu Boden. »Im negativen Sinne. Drei meiner Werke waren letztes Jahr im Juli bei einer Ausstellung der ›Entarteten Kunst‹ im Archäologischen Institut dabei.« Verlegen setzte er hinzu. »Man hat mich verspottet, mir verboten, zu malen. Trotzdem habe ich seitdem viel in dieser Richtung gearbeitet, heimlich.« Er warf seine Haare, die über seinen Kragen bis auf die Schultern hingen, nach hinten und strich sie mit den Fingern glatt. Der Wirt näherte sich, sichtlich nervös. »Entschuldigen Sie, aber ich möchte das Café schließen, weil ich keinen weiteren Ärger will. Ich fürchte, man beobachtet mich, nach allem, was sich heute hier abgespielt hat.«

»Ich verstehe!« David erhob sich. »Wollen Sie mitgehen?«, fragte er Sophie, die erleichtert nickte und sich ihm anschloss. Als sie auf die Straße traten, nahmen sie erst das Ausmaß der Verwüstung wahr, das die SS-Truppe angerichtet hatte. Überall lagen Scherben herum, zerfetzte Kleidungsstücke aus dem Konfektionsladen des ermordeten Ladeninhabers. Die Auslage war leergeräumt, die Scheiben eingeschlagen, Lampen, die Theke und der gesamte Verkaufsbereich zerstört. Ein primitives Plakat warnte auch hier in ungelenken Lettern: »Deutsche! Kauft nicht bei Juden!« Sie traten durch die Tür, die nur noch schief in den Angeln hing. »Hallo, ist hier jemand?«, rief Sophie, doch niemand antwortete. Wo war das Mädchen? Wo ihre Mutter? Hätte sie sich nicht vorher noch um sie kümmern müssen? Aber alles war so schnell gegangen!

»Kommen Sie!«, sagte David hastig und zog sie mit sich. »Hier können Sie im Augenblick nichts tun! Wir laufen nur Gefahr, selbst festgenommen zu werden.« Er setzte ein wenig schüchtern hinzu: »Wenn Sie möchten, dann bringe ich Sie nach Hause.« Sie sah ihn an. Der Gedanke an das schmutzige Pensionszimmer ließ sie schaudern. »Nach Hause? Ich bin eigentlich nur kurzfristig in München ...« Sie sprach nicht weiter. Unmöglich konnte sie ihrer neuen Bekanntschaft erzählen, was sie hergeführt hatte. »Aber es wäre wirklich nett, wenn Sie mich ein Stück begleiteten. Ich kenne die Stadt nicht und habe mich schon vorher verlaufen.«

»Wir befinden uns hier in Schwabing. Das ist der Stadtteil, in dem ich wohne, nur ein paar Straßen von hier. Und wo müssen Sie hin?«

»Zu Bekannten. In die Adalbertstraße!« Die Adresse war einfach aus ihr herausgeschossen. Egal, dachte Sophie. Ich werde mich heute von meinem Vater verabschieden und ihm sagen, was ich von ihm, seinem Verhalten und dem Regime, dem er dient, denke. Das bin ich mir und Maman schuldig. Ich werde ihm ins Gesicht schleudern, dass ich ihn nie wiedersehen will! Und dann ist die Sache ohnehin erledigt!

Sie liefen jetzt schweigend nebeneinander her. Sophie betrachtete David verstohlen von der Seite. Er war ein hübscher Junge mit weichen, fast mädchenhaften Gesichtszügen, einer geraden Nase, großem, sehr schlankem Körperbau und glatten, fast schulterlangen schwarzen Haaren. Wenn man ihn in Kniehose, Samt und Seide kleiden würde, dachte sie, einen Degen an der Seite, gliche er aufs Haar einem der hübschen Pagen auf alten Gemälden. In seinen dunklen Augen spiegelten sich Empfindsamkeit und eine gewisse Sensibilität, die sich auch in seinen schmalen Händen mit sehr feinen Fingern ausdrückte. Er war so anders als der muskulöse Nicolas, das mit falscher Romantik angehauchte Idol ihrer Kindheit. Als sie vor der Haustür mit der Nummer fünf standen, zögerte Sophie plötzlich und sah an sich herab. Ihr war plötzlich eingefallen, dass sie zu einem festlichen Abend nicht unbedingt korrekt angezogen war. Mit ihrem Pulli, dem beigen Rock und ihren nicht mehr ganz sauberen Straßenschuhen würde sie bei der Geburtstagsfeier von Paul Andres eher unpassend wirken. Auch ihre Haare waren vom Wind zerzaust und sie hatte nicht einmal einen Kamm bei sich. »Wie sehe ich aus?«, fragte sie David ganz unvermittelt. Er lachte verlegen und legte die Hände auf ihre Schultern, um sie genauer anzusehen. »Gut«, sagte er. Seine Augen blieben an den ihren hängen. »Bezaubernd!« Er fügte hastig hinzu: »Das soll wirklich kein Kompliment sein. Nur eine Feststellung!« Ohne dass sie es verhindern konnte oder wollte, küsste er sie zart auf den Mund. Sie spürte im ersten Moment nur seine Wärme, die Arme, die sie zart und beinahe freundschaftlich umfingen. Sie vermittelten ihr etwas wie Schutz und Sicherheit in dieser Stadt, in der sich so entsetzliche Dinge abspielten. Sie sträubte sich und er ließ sie sofort los. »Kann ich Sie wiedersehen?« Seine Stimme klang weich und belegt. »Wie wäre es, wenn wir uns gemeinsam noch einmal nach der Familie des Ladenbesitzers erkundigten? Das Mädchen hat mir wirklich leidgetan.«

»Glauben Sie, dass wir sie finden? Eigentlich wollte ich morgen schon nach Paris zurückfahren. Ich wohne in der ›Schwemme‹, einer ziemlich schäbigen Pension.«

»Ich gebe Ihnen auf jeden Fall meine Telefonnummer«, sagte David, »für den Fall, dass Sie doch noch bleiben. Ich würde Ihnen gern einmal meine Bilder zeigen – Ihre Meinung darüber hören. Ich habe sie auf dem Dachboden unseres Hauses in Schwabing versteckt. Dort male ich auch.«

»Wir werden sehen«, sagte Sophie ausweichend und sah auf den Zettel, auf den David seine Telefonnummer und Adresse gekritzelt hatte. Dann drückte sie die Klingel auf dem blanken Messingschild. Der Summer ertönte.

»Auf Wiedersehen!« Sie winkte ihm noch einmal zu und verschwand im Treppenhaus. David sah ihr mit einem wehmütigen Blick nach. Er hatte wenig Hoffnung, dass sie sich wiedersehen würden.

Schon unten im Flur roch es nach frischgebrühtem Kaffee, nach Gebackenem und Wein. Sophie stieg die Treppen hinauf. Gläserklingen, Stimmen und Gelächter drangen aus der angelehnten Tür im dritten Stock. Sie zögerte kurz, einzutreten. Wäre es nicht besser, einfach zu verschwinden, auf Nimmerwiedersehen? Im Leben ihres Vaters hatte sie ohnehin nichts zu suchen. Er mochte sie nicht, das war unübersehbar. Und noch weniger interessierte es ihn, wie es ihrer Mutter ergangen war. Würde sie überhaupt den Mut aufbringen, ihm die Meinung zu sagen? Gerade als sie sich entschlossen hatte, doch lieber umzukehren, öffnete sich die Tür weit und Paul stand vor ihr. »Sophie! Sie sind wirklich gekommen?«, rief er erfreut aus. »Das ist ja wunderbar!« Er strahlte sie an, nahm ihre Hand und zog sie hinein. Sie hätte ihren Halbbruder beinahe nicht wiedererkannt. Sein blondes Haar war glatt nach hinten gekämmt und gescheitelt.

Und er trug Uniform. Genau die gleiche wie die SS-Truppe, die zuvor den jüdischen Ladenbesitzer niedergeschlagen hatte. An seiner Krawatte prangte das Hakenkreuz als Anstecknadel und am Jackenkragen das Zeichen der Schutzstaffel. Er legte seine Kappe, die er in der Hand gehalten hatte, auf die Garderobe, als er ihr aus dem Mantel half. Mit Schaudern erkannte Sophie das Totenkopfsymbol.

»Was ist? Warum sehen Sie mich so an? Gefalle ich Ihnen nicht?«, fragte Paul scherzhaft, als ihr Gesicht sich leicht verzerrte.

»Ein wenig ungewohnt«, stammelte Sophie, »die Uniform, meine ich!«

»Steht sie mir etwa nicht?«, fragte Paul eitel. Sophie räusperte sich und fügte rasch hinzu. »Doch, doch! Ganz herzlichen Glückwunsch zum Geburtstag!«

»Danke!« Er drückte ihr ein Glas Sekt in die Hand. »Kommen Sie, ich stelle Sie ein paar Leuten vor.«

»Mir zum Beispiel«, sagte eine frische Jungenstimme neben ihm. »Heil Hitler, Fräulein!« Er streckte die Hand schräg nach oben aus. »Endlich hat mein Bruder mal eine nette Freundin und keine aufgedonnerte Ziege!« Er schüttelte seinen Blondschopf und grinste.

»Ich bin nicht seine Freundin«, stellte Sophie richtig und gab ihm die Hand. »Guten Abend!«

»Heil Hitler«, klang es erneut aus voller Brust zurück.

»Das ist mein Bruder Ernst!«, sagte Paul. »Er ist gerade in einem schrecklichen Alter.« Er verdrehte die Augen. »Seit er bei der HJ, der Hitlerjugend, ist, kann man ihn kaum mehr bändigen. Er verehrt den Führer wie einen Gott und hat sich schon jetzt als Anwärter für die Waffen-SS gemeldet.« In diesem Moment kam Frau Andres auf ihn zu. »Ernst!«, zischte sie ihm zu. »Wo warst du die ganze Zeit – und wie siehst du aus? Geh auf dein Zimmer und zieh sofort die schmutzigen Schuhe aus! Und ein sauberes Hemd an!«

»Wir hatten Training, Mama!« Beschämt blickte der Junge an sich herab und versuchte, den Lederknoten des schwarzen Dreiecktuches wieder an die richtige Stelle zu schieben. Sein braunes Hemd war verschwitzt, die Armbinde mit dem Hakenkreuz verrutscht und seine Haare verstrubbelt. Aber seine Augen glänzten. »Paul, stell dir vor, wir haben sogar Waffenübungen gemacht!«

»Das kannst du mir später erzählen. Tu jetzt, was Mutter sagt!« Ernst verschwand nach einem erneuten zackigen Gruß durch Anheben des Armes und Sophie blickte ihm etwas verstört nach. Sie folgte Paul ins Wohnzimmer. Nur einige der anwesenden Männer waren in Uniform, die anderen in Zivil. Die Frauen trugen festliche Cocktailkleider und ihre sorgsam gelegten Frisuren ließen, wie es sich hier gehörte, die Stirn frei. Manche betonten ihre politische Gesinnung oder Parteizugehörigkeit zusätzlich mit einem angesteckten Symbol, einer Brosche mit dem Hakenkreuz. Man nickte ihr freundlich zu, aber sie fühlte sich in ihrer Alltagskleidung doch ein wenig fehl am Platz. Frau Andres erschien jetzt in einem schulterfreien, grünen Satinkleid. Sie reichte ein Tablett mit Appetithäppchen herum. Als sie Sophie erblickte, lächelte sie ihr zu. »Wie nett, dass Sie doch noch gekommen sind, Fräulein Carrière. Entschuldigen Sie, dass ich Sie vorhin nicht richtig begrüßt habe. Aber dieser Schlingel von Ernst …«

»Aber das macht doch nichts«, betonte Sophie leicht verlegen, als sie Hans Andres hinter ihr auftauchen sah. Er schien überrascht, sie zu sehen. »Guten Abend, Fräulein Carrière!«, begrüßte er sie betont förmlich. Sophie fühlte sich unbehaglich unter dem Blick ihres Vaters, der ihren etwas zerdrückten Rock und die schlichte weiße Bluse mit missbilligendem Blick musterte. Die frostige Kühle, die von ihm ausging, hinterließ ein bitteres Gefühl in ihrem Inneren. Verlegen fuhr sie durch ihr Haar, das ungebändigt über ihre Schultern und in die Stirn fiel, bevor sie höflich antwortete: »Guten Abend, Herr Andres!«

»Warum sind Sie gekommen?«, flüsterte er ihr nähertretend mit gerunzelten Brauen zu. Sophie errötete, doch bevor sie antworten konnte, wandte sich der Herr hinter ihr an Andres. »Sind Sie auch zur Einweihung des neuen Gebäudes der Reichskanzlei im Januar nach Berlin eingeladen, Herr Brigadeführer?«

Hans Andres wandte sich mit liebenswürdiger Miene um. »Selbstverständlich, Graf Ulmenburg! Ich halte den Architekten Speer für einen sehr fähigen Mann. Wir werden sicher noch viel von ihm hören.«

»Seine Entwürfe sind mir ein wenig zu monumental«, gab der andere zurück. »Das scheint nur so«, erwiderte Andres. Die beiden Männer entfernten sich, miteinander plaudernd. Sophie sah ihnen nach. Hans Andres hielt sich sehr gerade in seiner feldgrauen Jacke mit silbrig schimmernden Schulterstücken und einem Hakenkreuzemblem am Kragen. Seine ganze Haltung, sein knapper, überheblicher Ton wirkten auf sie ungemein arrogant. Brigadeführer der SS! Und so hatte er sie eigentlich auch behandelt. Die Stimme des Blutes schien er nicht zu hören! Verachtung und Enttäuschung stiegen in Sophie auf. Es war unendlich traurig, denn nichts, gar nichts verband sie mit diesem Mann, der ihr Vater sein sollte. Er hatte seine Vergangenheit verdrängt und wollte sie am liebsten nur loswerden. Sie begriff nicht, wie er ihre Mutter hatte beeindrucken können!

»Prost!« Paul war überraschend neben sie getreten und hob sein Glas. »Sie glauben gar nicht, wie froh ich bin, dass Sie heute Abend gekommen sind, liebe Sophie. Ich fürchtete schon, ich würde Sie nie wiedersehen.« Er sah ihr tief in die Augen, bevor er einen Schluck nahm.

»Es ist vielleicht besser, wenn ich jetzt gehe.« Sophie trank ihr Glas mit einem Zug aus, als müsse sie sich Mut antrinken.

Sollte sie Paul die Wahrheit sagen? Er sah so aus, als könnte er sie vertragen. Sie holte tief Luft. »Ich bin überhaupt nur hierhergekommen«, begann sie, »weil ich auf der Suche nach meinem Vater bin.« Jetzt war es heraus. Paul sah sie mitleidig an. »Ich verstehe! Und Sie haben gehofft, dass mein Vater Ihnen in dieser Sache weiterhelfen kann. Aber so viele Soldaten sind im Krieg gefallen, deren Grab man nicht mehr findet. Und keine Spur, wo sie gefallen sind.« Bevor Sophie ihn über das Missverständnis aufklären konnte, fuhr er selbstbewusst fort. »Verlieren Sie nicht den Mut. Die Behörden haben schließlich immer noch nicht alle Vermissten erfasst.

»Nein, nein«, versuchte Sophie zu widersprechen. »Das meine ich nicht. Es ist eigentlich ganz anders …«

Paul winkte ab. »Der letzte Krieg hat Opfer gekostet, Deutsche und Franzosen zu Feinden gemacht. Aber es ist doch tröstlich, dass daraus auch Freundschaften entstanden sind. Wie bei Ihrem und meinem Vater. Sonst hätten wir uns ja gar nicht kennengelernt! Wir jungen Leute müssen an die Zukunft denken und die Vergangenheit hinter uns lassen. Prost!« Er trank ihr zu. »Aber reden wir doch lieber von Ihnen. Was machen Sie eigentlich so in Paris? Ich würde diese Stadt gern einmal besuchen. Und könnte mir eine so hübsche Stadtführerin wie Sie sehr gut vorstellen!« Er machte sich am Rauchtisch zu schaffen, entnahm einer braunen Holzschachtel eine Zigarre, kappte ein Ende und zündete sie sich so weltmännisch wie möglich an. Genüsslich paffte er kleine Rauchwolken in die Luft, musste aber im nächsten Moment schrecklich husten. »Entschuldigen Sie …«

»Hören Sie, Paul! Es geht hier wirklich nicht um mich! Ich möchte es Ihnen ganz gern erklären«, unternahm Sophie einen neuen Versuch. »Die Sache ist nämlich die …«

»Paul! Paul!« Das war Pauls Mutter. »Kommst du bitte mal?« Sie winkte ihm hektisch aus einiger Entfernung zu. Neue Gäste waren eingetroffen, ein paar junge Leute, die dem Geburtstagskind gratulieren wollten.

»Ich bin gleich da, Mutter!«, rief Paul. Er sah Sophie an. »Entschuldigen Sie. Aber bitte gehen Sie noch nicht!«, sagte er leise, aber eindringlich. »Sie müssen bleiben. Es klingt vielleicht albern – aber ich habe mich vom ersten Moment sehr zu Ihnen hingezogen gefühlt.« Sophie schüttelte abwehrend den Kopf, doch Paul war beharrlich. »Ich möchte Sie ungern aus den Augen verlieren. Sagen Sie mir doch, wo ich Sie hier in München erreichen kann – wo Sie wohnen. Vielleicht könnten wir uns einmal unter vier Augen treffen?« Er lächelte bittend. »Ganz unverbindlich.«

»Ich wohne in einer einfachen Pension«, wich Sophie aus.

»In welcher?«, beharrte Paul.

»Der ›Münchner Schwemme‹«, gab sie schließlich seinem freundlichen Drängen nach.

»In der Barer Straße?«

»Ja, aber ich möchte eigentlich nicht, dass Sie mich dort besuchen.«

»Dann kommen Sie doch morgen um elf zur Feldherrnhalle. Ins Café Anast, gleich gegenüber. Bitte!« Er drehte sich um, bevor Sophie noch ein weiteres Wort sagen konnte und begrüßte lachend seine neu angekommenen Freunde. Rasch drückte sie sich hinter seinem Rücken an ihnen vorbei und schlüpfte durch die halboffene Tür. Doch Hans Andres hatte sie beobachtet und war ihr gefolgt. »Fräulein Carrière!«, rief er. »Einen Moment noch.« Sie blieb stehen und sah ihn abwartend an. Kam jetzt die Reue, die Entschuldigung für sein kaltherziges Benehmen, sie so von oben herab behandelt zu haben?

»Ich kann mich doch auf Sie verlassen, oder?«, flüsterte er drängend. Es schien ihm schwerzufallen, die richtigen Worte zu finden, »Dass unser Verwandtschaftsverhältnis«, er holte tief Luft, »für alle Zeit ein Geheimnis zwischen Ihnen und mir bleibt?« Er sprach plötzlich schneller, als müsse er sich beeilen, fertig zu werden. »Sie sind doch kein Kind mehr, Sie müssen doch spüren, wie ich unter dieser Situation leide. Wie ich mich in den Augen meiner Frau fühlte, wenn alles herauskäme. Und nicht nur in den Augen meiner Frau, meiner ganzen Familie! Des Staates! Meiner Söhne! Paul mag Sie. Halten Sie sich fern von ihm. Er darf nicht erfahren, wer Sie sind. Ich beschwöre Sie, zu schweigen! Bitte!« Ganz rot im Gesicht, öffnete er den obersten Knopf seiner Uniform. »Ich gebe ja zu – ich habe einen großen Fehler gemacht. Aber schließlich kann ich nicht mein ganzes Leben dafür büßen.« Er versuchte ein schiefes Lächeln. »Im Grunde verbindet uns doch sehr wenig, finden Sie nicht?«

»Da haben Sie völlig Recht. Uns verbindet nichts. Ich wollte Sie nur einmal kennenlernen«, sagte Sophie mit dumpfer Stimme. Vom Treppenhaus her zog es und sie fröstelte. »Und das ist jetzt geschehen. Keine Angst, ich werde schweigen. Adieu!«

»Ich danke Ihnen – oder soll ich lieber sagen, ich danke dir?« Sophie schüttelte stumm den Kopf.

»Nun dann.« Andres wischte sich erleichtert den Schweiß von der Stirn, »möchte ich Sie … dich wenigstens finanziell ein wenig entschädigen. Hier.« Er zog mit zitternder Hand ein Bündel Geldscheine aus der Tasche. »Nehmen Sie – du – das hier. Es steht Ihnen zu. Ich konnte ja nie für Sie – für dich sorgen!«

Sophie machte eine abwehrende Geste. »Behalten Sie Ihr Geld. Deswegen bin ich nicht gekommen. Ich hoffe nur, wir sehen uns nie wieder. Meinen Vater habe ich mir anders vorgestellt.« Ein Schluchzen stieg ihr in die Kehle, sie wandte sich um und lief, so schnell sie konnte, die Treppen hinunter.

Als sie in der Pension schließlich in ihrem altmodischen Bett auf dem dicken Federkissen lag, war sie so aufgewühlt, dass sie nicht einschlafen konnte. Sie ließ die Ereignisse noch einmal an sich vorbeiziehen. Dieser Tag hatte ihr wie kein anderer die Augen geöffnet und alle Illusionen geraubt. Nur die nackten Tatsachen waren noch übrig: Ein kalter, liebloser Vater, ein Egoist, der nur an sich selbst dachte und nichts von ihr wissen wollte. Halbbrüder, die stolz darauf waren, Nazis zu sein, die einen Mann wie Adolf Hitler verehrten, der als Diktator die Ausrottung der Juden beschlossen hatte. Eine Terrorgruppe, die vor den Augen eines Kindes auf seinen hilflosen Vater einschlug, ihn tötete und seinen Besitz zerstörte. Und ein junger Maler, der seine als entartet gebrandmarkten Bilder auf dem Dachboden verstecken musste. Es war eine fremde, feindliche und grausame Welt, von der sie bisher nichts geahnt hatte. Ohne es zu merken, glitt sie nach einer Weile dennoch erschöpft ins Traumland hinüber. Dort wartete die schreckenerregende Totenkopf-Schlägertruppe und stürmte mit Knüppeln auf sie zu. Aber Nicolas war da, der sie beschützte, ganz wie in ihrer Kindheit. Er nahm sie in die Arme, küsste sie und sie erwachte. Ihr Herz klopfte wie ein Trommelfeuer. Morgen würde sie nach Paris zurückfahren, die Stadt München und diesen beängstigenden Albtraum so schnell wie möglich vergessen!

8. Kapitel

»Marge!« Sie fuhr zusammen und wandte sich suchend um. Vor wenigen Minuten war sie aus dem Juweliergeschäft getreten. Es war ihr gelungen, einen guten Preis für den Schmuck ihrer Mutter zu erzielen. Der Händler hatte ihr einen Teilbetrag gleich in bar ausgezahlt, den Rest wollte er auf ihr Konto überweisen. Das erhaltene Bündel Geldscheine hatte sie nachlässig in ihr Portemonnaie gestopft, das dadurch nur noch schwer zu schließen war. Sie wollte das Geld nicht zur Bank bringen, sondern für laufende Ausgaben zu Hause aufbewahren. »Marge?«
»Oh, du bist es, Nicolas!«, rief sie erleichtert aus, als sie seine hohe Gestalt mit den breiten Schultern erblickte. Ihr Herz hüpfte glücklich, als wäre sie gerade erst siebzehn geworden. Sie flog ihm auf offener Straße um den Hals. »Was für eine Überraschung! Ich dachte, du seist bei deiner Demonstration.«
Für einen Augenblick verfinsterten sich Nicolas Züge und das heitere Lächeln verschwand. »Ach – das hat sich inzwischen erledigt! Was für ein Zufall, dass wir uns hier treffen!«

»Oh ja, Liebster! Ich hätte mir nichts Schöneres wünschen können.«

»Ich habe die ganze Zeit an dich gedacht. Und jetzt bist du mir tatsächlich über den Weg gelaufen! Was machst du hier?«

»Ich …« Marguerite zögerte. Aber warum sollte sie Nicolas nicht die Wahrheit sagen? »Ich habe gerade etwas Schmuck aus meiner Erbschaft verkauft. Bei einem Juwelier, den ich gut kenne und bei dem auch Mutter einige sehr wertvolle Stücke erworben hat. Jetzt kann er sie wieder zurück haben.« Sie lachte verlegen. »Ich wusste nicht, was ich mit diesen vielen, aus der Mode gekommenen Klunkern anfangen sollte.«

»Du bist so schön, du brauchst doch gar keinen Schmuck«, sagte Nicolas schwärmerisch und drückte sie fest an sich. »Komm, lass uns einen Kaffee oder ein Glas Wein zusammen trinken. Das hast du dir doch heute Morgen gewünscht, oder?«

»Ja.« Marguerite sah ihn verliebt an. »In einem Café sitzen und dir dabei in die Augen sehen, davon habe ich geträumt!« Sie wurde ernst. »Eigentlich habe ich im Augenblick dazu gar keine Zeit …«

»Und warum nicht?« Nicolas' Stimme klang leicht beleidigt. »Bin ich dir etwa nicht wichtig genug?«

»Sehr sogar! Aber es ist etwas Schlimmes geschehen. Ich wollte eigentlich noch zum Polizeirevier. Der Buchhalter von Carrière & Co hat Selbstmord begangen – möglicherweise waren Unterschlagungen der Grund. Ich weiß noch nichts Genaues, aber ausgerechnet jetzt kann ich meinen Bruder nicht erreichen. Diese Nachricht wird ihn sehr treffen.«

»Ging die Firma denn gut?«, fragte Nicolas interessiert.

»Unser Traditionsunternehmen besteht seit dem siebzehnten Jahrhundert. Vater leitete das Geschäft in Montauban und Rouen, Mutter eröffnete nach seinem Tod eine Filiale in Paris – zusammen mit einem Teilhaber, Monsieur Morand. Und in letzter Zeit war mein Bruder Geschäftsführer.«

»Sicher hat er die schlechten Nachrichten schon erfahren. Bist du auch an der Firma beteiligt?« Nicolas sah sie neugierig an.

»Nein. Ich habe dir ja erzählt, dass Maman alles meiner jüngeren Schwester Sophie vermacht hat. Sie soll das Vermögen verwalten. Mein Bruder und ich haben natürlich das Testament angefochten.«

»Das ist ja wirklich keine angenehme Sache. Darauf sollten wir zur Beruhigung etwas trinken. Dann kannst du immer noch zur Polizei gehen.« Er zog sie mit sich.

Das Café »Le Boudoir« wirkte elegant und gemütlich mit seiner plüschigen Einrichtung aus der Zeit der Jahrhundertwende, den üppigen Stuckverzierungen an der Decke und dem leise schwelenden Kamin. Sie nahmen in einer behaglichen Nische an einem kerzengeschmückten Tisch Platz. Nicolas verlangte Rotwein und wählte etwas zu Essen aus der Tageskarte. Marguerite begnügte sich mit einem Tee mit Rum und goss in einem unbeobachteten Moment aus dem silbernen Taschenflakon noch mit der Alkoholreserve nach. Wenig später servierte der Kellner Nicolas ein *Blanquette de veau*, ein Kalbsragout in heller Sauce mit Reis und Pilzen. Heißhungrig, als habe er lange Zeit nichts gegessen, verschlang Nicolas das Gericht in kurzer Zeit und tunkte auch noch den Rest der Sauce mit Weißbrot auf. Nach einem schwarzen Espresso lehnte er sich seufzend zurück. Trotz der guten Mahlzeit sah er nicht sonderlich zufrieden aus und trommelte nervös mit den Fingern auf die Stuhllehne. Zwischendurch fragte er Marguerite ein wenig aus, ermutigte sie, von ihrer Familie und Kindheit zu erzählen. Immer wieder geschickte Fragen einwerfend, ließ er sich nicht anmerken, wie brennend es ihn interessierte, was sie erzählte. Sophie hatte also alles geerbt. Aber sie war nicht die wahre Tochter ihres Vaters – und deshalb streng genommen auch nicht erbberechtigt! Wenn das die Geschwister wüssten! Er hatte zwar seiner Mutter auf dem Totenbett versprechen müssen, niemals von seinem Wissen über das Kreuz und die Geburt Sophies Gebrauch zu machen. Aber nun hatte die Erbschaft alles in ein neues Licht gerückt!

»Sicher langweile ich dich mit den alten Geschichten, nicht wahr?«, fragte Marguerite, die ins Reden gekommen war, viele Episoden aus ihrem Leben eingeflochten und sich auch wortreich beklagt hatte.

»Oh nein, durchaus nicht!«, beteuerte Nicolas. »Ab und zu gehen mir nur ein paar Sorgen durch den Kopf.«

»Sorgen? Weswegen denn? Vielleicht kann ich dir helfen?«

Nicolas spielte mit den Fransen des Tischtuches. »Ich denke nicht«, sagte er mit gesenktem Blick. »Das muss ich mit mir allein ausmachen.«

Marguerite schwieg eine Weile. Die Stimmung zwischen ihnen schien sich plötzlich abgekühlt zu haben. Sie sah auf die Uhr. »Entschuldige, aber ich muss kurz telefonieren. Ich möchte noch einmal versuchen, Philippe zu erreichen. Vielleicht ist er inzwischen zurück.« Sie erhob sich, ging zur Theke und suchte nach ihrem Portemonnaie wegen Kleingeld. Dabei stellte sie fest, dass es sich nicht in ihrer Tasche befand. Sie bat den Patron um Kleingeld, das er ihr auf die Rechnung setzen sollte, und ließ sich mit der angegebenen Nummer verbinden. Niemand meldete sich. Auch Jean-Luc schien nicht zu Hause zu sein. Marguerite war ratlos. Sie würde es später noch einmal versuchen. Als sie an den Tisch zurückkehrte, lag ihr Portemonnaie auf dem Tisch, doch sie konnte sich nicht erinnern, es herausgenommen zu haben. Nicolas reichte es ihr mit einem nachsichtigen Lächeln. »Sei froh, dass ich es gefunden habe. Es lag auf dem Boden. Wahrscheinlich ist es aus deiner Tasche gefallen.«

Verwirrt nahm Marguerite ihre Börse entgegen. »Danke, Nicolas! Das wäre wirklich schlimm gewesen …«

»Hast du alles klären können?«

Sie zuckte die Schultern. »Nein. Leider konnte ich Philippe immer noch nicht erreichen. Aber irgendwann wird er sich hoffentlich bei mir melden. Schließlich habe ich das Recht, etwas über die näheren Umstände dieses Unglücks zu erfahren.« Sie setzte sich dicht neben Nicolas und wollte ihren Kopf zärtlich an seine Schulter lehnen. Doch er entzog sich ihr und setzte sich aufrecht hin. Ein Schatten war plötzlich über sein Gesicht gefallen, dessen Ursache sich Marguerite nicht erklären konnte. »Was ist?«, fragte sie beunruhigt. »Hast du etwas? Habe ich irgendetwas Falsches gesagt? Vielleicht ist es besser, wenn ich gehe.«

»Nein, bitte bleib!« Nicolas seufzte tief und setzte eine gramvolle Miene auf. »Und entschuldige.« Marguerite war verunsichert. Sie ertrug es nicht, wenn Nicolas so kühl zu ihr war. Ihr Herz pochte schmerzhaft. Sie nahm seine Hand. »Hör mal, ich sehe dir doch an, dass du Kummer hast«, beharrte sie. »Sag mir, was es ist. Sprich dich aus! Ich würde dir alles verzeihen – auch wenn du einen Mord begangen hättest!«

»Ist das dein Ernst?« Er sah ihr mitten ins Gesicht, aber sie senkte die Augen. »Na ja, es käme auf die Umstände an. Bitte erzähl mir doch, was dich bedrückt.«

Nicolas blickte an ihr vorbei und machte eine abwehrende Handbewegung. »Ach, mir gehen so einige Dinge durch den Kopf. Aber die werden dich wohl wenig interessieren. Du kriegst ja jeden Monat deinen Scheck, brauchst dich um deinen Lebensunterhalt nicht zu kümmern. Aber bei mir ist das eben nicht so.«

»Was soll denn das schon wieder heißen?«, sagte Marguerite beinahe ärgerlich. »Das musst du mir näher erklären.«

»Gut.« Nicolas atmete tief ein. »Ich habe diesmal nicht an der Demonstration teilgenommen. Weil ich es einfach satt habe, immer nur etwas für die anderen zu machen!« Er machte eine kleine Pause und sog hastig an seiner Zigarette. »Seit ein paar Tagen habe ich eine neue Stelle. In der deutschen Botschaft, als Aktenbote. Ich muss mich allerdings erst langsam einarbeiten.«

»Ja und?« Marguerite lächelte ihn an. »Das ist doch eine gute Sache!«

»Das kann man wohl sagen. Der Abgeordnete Jacques Doriot hat mir den Posten verschafft. Er ist ein ehemaliges Mitglied des Präsidiums und Exekutivkomitees der Kommunistischen Partei. Wir kennen uns aus Spanien, wo wir auf verschiedenen Positionen kämpften. Er als damaliger Faschist für Franco – ich als überzeugter Kommunist gegen ihn. Heute bin ich nicht einmal mehr so sicher, welche Seite die bessere war. Vor einigen Jahren wurde Doriot aus der Partei ausgeschlossen, weil er mit den Sozialisten sympathisiert hat. Für die Genossen war er natürlich ein Überläufer. Danach hat er die PPF, die Parti populaire français gegründet.« Er blies den Rauch aus seiner Zigarette genüsslich in die Luft. »Und er dachte, dass die gesamte Korrespondenz in der deutschen Botschaft durch die Hände eines Aktenboten geht – also durch meine.«

Marguerite sah ihn erstaunt an. »Was soll das heißen?«

»Nichts Besonderes. Nur, dass Doriot von mir ab und zu ein paar Informationen haben möchte. Das ›Deuxième Bureau‹, die französische Spionageabteilung der Regierung, will ganz genau wissen, was die Deutschen vorhaben. Sie sind der Meinung, dass Vertrauen gut sei – aber Kontrolle besser.«

Marguerite zog die Brauen zusammen. »Du sollst dort spionieren?«

»Nein, natürlich nicht. Im Gegenteil. Doriot würde gern mit den Deutschen kollaborieren. Er ist dem Nationalsozialismus gegenüber sehr positiv eingestellt.« Er drückte die Zigarette aus und beobachtete ihren Gesichtsausdruck.

»Ja, aber – warum will er dann Informationen von dir?«, fragte Marguerite misstrauisch.

»Warum, warum? Weil die Deutschen es genauso machen!«, fuhr Nicolas auf. »Sie sind gerade dabei, ein neues Büro in der deutschen Botschaft einzurichten. Gestapo – das heißt nichts anderes als Geheime Staatspolizei. Einer belauert den anderen. Das ist ganz normal.«

»Aber wenn sie dich erwischen?«

»Man wird mir nichts nachweisen können. Es ist wirklich alles ganz ungefährlich.« Er stand auf und ging unruhig ein paar Schritte. »Doriot wird mich schützen. Und für mich ist es eine Chance, mal ordentlich Geld zu verdienen!« Er sah sie mit funkelnden Augen an. »Von den paar Kröten als normaler Aktenbote könnte ich mir nicht wie du eine Wohnung im siebten Arrondissement leisten. Geschweige denn, meine Eltern unterstützen …« Er brach ab. »Komm, sieh mich nicht so an! Meinen Idealismus habe ich schon lange verloren. Ich bin schließlich nicht als Sohn einer reichen, kapitalistischen Familie geboren, der es sich leisten kann, die Tage zu verschlafen und nur dem Vergnügen nachzugehen. Schon früher habe ich um jeden einzelnen Franc kämpfen müssen. Wenn dir das nicht passt, dann müssen wir uns eben trennen!«

Marguerite schüttelte den Kopf. »Nein, nein – das hat doch nichts mit unserer Beziehung zu tun!«

»Die ganze Zeit«, fuhr Nicolas erregt fort, »war ich dumm genug zuzusehen, wie die anderen in der PCF abkassierten. Jeder der Genossen denkt im Grunde nur an sich. Auch Stalin predigt Gleichheit und trinkt Wodka statt Wasser. Eines Tages werden seine Anhänger erkennen, dass sie nur Sklaven des russischen Systems sind.« Er nahm wieder neben Marguerite Platz. »Ein System, das lauter Abscheulichkeiten enthält. Gefängnis, Folter und nackten Mord. Und das reicht mir. Ich werde ab jetzt nicht nur an die anderen denken, sondern mehr an mich selbst.«

»Dann würdest du also für Geld alles tun?«, fragte Marguerite vorwurfsvoll.

»Ach – so denkst du also von mir!«, rief Nicolas empört aus. »Du hältst mich für einen Judas? Hattest du als reiche Tochter jemals finanzielle Sorgen, musstest dein Brot mit richtiger Arbeit verdienen? Aber wie es den Leuten zweiter Klasse geht, das interessiert weder dich noch sonst jemanden aus deiner Gesellschaft.« Er erhob sich wieder. »Ich sehe, welche unüberbrückbare Kluft zwischen uns besteht. Vielleicht ist es besser, wir gehen in Zukunft getrennte Wege! Adieu!«

»Aber nein, Nicolas! Bleib!« Marguerite hielt ihn fest. »Du verstehst mich völlig falsch. Ich verurteile dich nicht, sondern ich mache mir nur Sorgen! Ich will verstehen, was in dir vorgeht.« Sie zog ihn zu sich. »Und das Wichtigste ist doch: Ich liebe dich – und möchte dich nicht verlieren. Egal, was du tust.«

Nicolas verzerrte Züge entspannten sich ein wenig. Er nahm wieder neben Marguerite Platz und rührte in dem kleinen kalten Rest seines Café noir. »Doriot ist nicht der einzige Politiker in Frankreich, der offen mit dem deutschen Reichskanzler Hitler sympathisiert. Vielleicht ist eine Kollaboration zwischen den beiden Mächten der Weg, einen erneuten Krieg zwischen Frankreich und dem Deutschen Reich zu verhindern.« Er seufzte. »Ich denke oft darüber nach.«

»Sprich doch nicht immer von Krieg«, stammelte Marguerite. »Der Gedanke macht mir Angst.« Sie wollte sich schutzsuchend an ihn schmiegen, doch Nicolas wich geschickt aus. Er spielte nervös mit seiner Zigarettenschachtel. »Dieser Hitler weiß genau, was er will. Wir sollten mit ihm verhandeln. Sonst fällt er uns eines Tages wirklich in den Rücken.«

Marguerite schauderte. »Ich finde ihn schrecklich. Der Mann jagt mir Angst ein. Wenn man ihn sieht und sprechen hört, überläuft es einen heiß und kalt. Er scheint mir so … undurchschaubar.«

»Es ist besser, mit dem Feind zusammenzuarbeiten, als Krieg mit ihm zu führen«, beharrte Nicolas.

»Gut, dass ich nichts mit Politik zu tun habe. Ich bin Künstlerin, Schauspielerin …« Sie brach ab. Eine Stille entstand zwischen den beiden, in der sie aneinander vorbeisahen. Nicolas blies Rauchwölkchen in die Luft und dachte nach. Vielleicht wäre es besser gewesen, Marguerite nichts von seinem Tun in der Botschaft zu erzählen. Aber er musste sich einmal aussprechen, sonst wäre er geplatzt wie ein Dampfkessel. Er war sich sicher, dass seine Geheimnisse bei ihr gut aufgehoben waren. Sie liebte ihn und würde ihm alles verzeihen, das spürte er. Marguerite dagegen hatte das Gespräch aufgewühlt. Ihr Herz klopfte wie wild und sie spürte, dass sie dringend etwas zur Beruhigung brauchte. Je mehr sie von dem Mittel, das ihr der Arzt verschrieb, einnahm, umso öfter trat ein Gefühl unbegründeter Panik auf. Mit zitternden Fingern nestelte sie aus ihrer Tasche eine Tablette heraus und steckte sie unauffällig in den Mund. Mit einem Schluck Tee spülte sie sie herunter. Inzwischen musste sie die Dosis laufend erhöhen und immer öfter nach dem Medikament greifen. Als habe er ihre Unsicherheit erraten, schlang Nicolas den Arm um ihre Taille. Die andere Hand legte er besitzergreifend auf ihr Knie. »Verzeih mir, wenn ich dich beunruhigt habe«, bat er leise. »Wir wollen nie mehr vom Krieg reden. Schließlich gibt es schönere Sachen, die wir miteinander tun können.« Unter dem Tisch schob er seine Hand noch ein wenig höher unter ihren Rock. »Sag noch einmal, dass du mich liebst!«

Marguerite machte keinen Versuch, ihn abzuwehren. Die Tabletten wirkten und versetzten sie in schläfrige Gelassenheit. Sie seufzte leise und schmiegte ihren Kopf an seine Schulter. Ihre Augen verschleierten sich. »Das weißt du doch. Ich kann gar nicht anders – ich muss dich lieben!«

»Ich habe vorhin lauter Unsinn geredet, statt dir zu sagen, wie wunderschön du heute aussiehst! Ein Zauberwesen aus Fleisch und Blut!« Halb betäubt, aber schwindlig vor Verlangen spürte sie seine Lippen auf den ihren. Der Kuss machte sie wehrlos. »Lass uns zu dir gehen«, murmelte er mit rauer

Stimme, während seine Hand zärtlich zwischen ihren Schenkeln entlangglitt. »Komm. Ich will dich, jetzt, sofort!« Sie spürte eine heiße Welle durch ihren Körper strömen, als er sich gewagt weiter vortastete. Ein Aufseufzen unterdrückend sah sie sich um, doch niemand der anderen Gäste beachtete sie in der kleinen Nische. Ihr Atem beschleunigte sich, als er sie eng an sich presste. »Nicht hier«, wollte sie sagen, doch er erstickte ihren Widerspruch, indem er seine andere Hand jetzt sacht vom Nacken über ihren Hals und unter ihre Bluse gleiten ließ. Er streichelte ihre nackte, sich kräuselnde Haut und fuhr mit den Fingern sanft über die Wölbung ihrer Brüste. Das war es, wonach sie sich unbewusst die ganze Zeit gesehnt hatte! Dieses unglaubliche Gefühl der Lust, der Sehnsucht, des Verlangens, das durch ihr Blut strömte – es ließ sie alles andere vergessen.

»Wir sollten zahlen«, sagte er leise, sie unvermittelt freigebend, als der Kellner vorüberging. Marguerite war wie betäubt. In diesem Moment hätte sie alles getan, was er von ihr verlangte. »Liebste!« Seine Stimme war hypnotisch, rau und lockend mit ihrem tiefem Timbre, das ihr durch und durch ging. Sie schob ihren verrutschten Rock zurecht, erhob sich und lehnte sich schwer gegen seine Schulter. Er stützte sie. »Übrigens – du hast doch nichts dagegen, wenn ich für eine Weile bei dir wohne? Nur bis ich ein Appartement gefunden habe. Das *chambre de bonne* unter dem Dach, das sie mir in der Botschaft angeboten haben, ist einfach unzumutbar.« Er lächelte sie an und Marguerite nickte stumm und wie besiegt. Eigentlich hatte sie sich vorgenommen, keinem Mann mehr zu erlauben, bei ihr zu wohnen. Aber in diesem Moment war ihr alles gleichgültig. Wenn sie in seine dunklen, bezwingenden Augen sah, fühlte sie jene seltsame Schwäche, die betäubende Süße, gegen die sie nicht ankam. »Bleib bei mir«, flüsterte sie und wusste, dass sie nie mehr die Kraft haben würde, ihm etwas abzuschlagen. Sie legte für den Kellner einen Schein auf den Tisch, ohne auf das

Wechselgeld zu warten. Ganz plötzlich hatte sie es eilig, in seinen Armen zu liegen, sich ihm ganz hinzugeben, bereit, alles zu tun, was er verlangte. Mehr noch, sich ihm ganz unterzuordnen, wenn er sie nur liebte und bei ihr blieb. Eng umschlungen, Küsse tauschend, wanderten sie durch die Stadt. Doch bevor sie in die Rue de Lille einbiegen wollten, ließ Nicolas Marguerite plötzlich los und blieb abrupt stehen. »Warte«, flüsterte er und tat so, als würde er nach Feuer für seine Zigarette suchen, die er zwischen seine Lippen steckte. Aus den Augenwinkeln spähte er zu den beiden Polizisten hinüber, die vor der Tür des Hauses Nummer 43 warteten.

»*Merde*«, entfuhr es ihm. Er schob sie vor sich. »Es ist besser, du gehst alleine weiter.«

»Aber wieso, warum …«, fragte Marguerite enttäuscht. »Wir haben doch nichts zu verbergen?«

»Nein, natürlich nicht, Liebling«, erwiderte er hastig und schob seinen Hut tiefer in die Stirn. »Mir ist nur gerade etwas eingefallen, was ich dringend erledigen muss!« Eine Personen- und Ausweiskontrolle würde ihm jetzt wirklich nicht gelegen kommen. Er hatte heute im Übereifer gleich ein paar Dokumente, die ihm für Doriot nützlich schienen, aus der Botschaft mitgenommen. Und dann war ihm noch eine ganze Schachtel beschlagnahmter Pässe untergekommen, aus einer Fälscherwerkstatt. Davon hatte er ein paar eingesteckt, um sie zu verkaufen. Möglicherweise gehörten sie Juden, die sich damit eine falsche Identität verschaffen wollten. Es wäre ziemlich peinlich gewesen, wenn die Polizisten so etwas bei ihm gefunden hätten. »Frag nicht. Morgen komme ich bei dir vorbei.« Er drehte sich um und ging eilig in der anderen Richtung weiter, als gehöre er nicht zu ihr. Marguerite sah ihm verwundert nach. Dann straffte sie die Schultern und mühte sich um einen sicheren Gang. Schade. Was war auf einmal mit Nicolas los? Sie verstand seine launischen Stimmungsumschwünge manchmal wirklich nicht. Mit einem Schlag fühlte sie sich so nüchtern wie nie zuvor. »Meine Herren«, redete sie die Beamten an, die am Ende der Straße patrouillierten. »Ist etwas passiert?« Prüfend musterte sie der Ältere von oben bis unten. »Man könnte es so nennen, Madame. Uns wurde ein Einbrecher gemeldet. Wohnen Sie hier?«

»Ja«, sagte sie. »Im Haus da drüben. Glauben Sie, dass noch Gefahr besteht?« Der Blick des Polizisten wanderte die Fassade hinauf über die verschnörkelten Eisengitter der kleinen Balkone vor den Fenstern. »Kaum. Der Mann ist bereits geflüchtet. Wir suchen nur noch die Gegend nach ihm ab.«

»Dann hoffe ich, dass Sie ihn finden. Bonsoir, und gute Nacht«, wünschte sie und die Polizisten erwiderten höflich ihren Gruß. Müde und ein bisschen enttäuscht bestieg sie den Fahrstuhl, der sie nach oben trug. Vor ihrer Tür fand sie einen halbverwelkten kleinen Strauß Blumen mit einem Entschuldigungsbrief von Pierre. Er schrieb freundlich, aber leicht distanziert, dass er sich auf die *Antigone*-Aufführung am Samstag freue und überzeugt sei, dass sie ihre Sache gut machen werde. Das Théâtre Bobinet hätte im Vorverkauf fast alle Karten verkauft. Ein leichtes Lächeln trat auf ihre Lippen, als sie die Blumen samt Papier achtlos ins Wasser stellte. Aha, Pierre kroch also zu Kreuze! Die Geschichte mit seiner kleinen Affäre Cécile als Zweitbesetzung war wohl unwichtig geworden. Sie, nur sie würde singen und besser sein als je zuvor! In ihrem Herzen regte sich nichts mehr, wenn sie an Pierre dachte, und sie verstand nicht, wie sie sich auch nur eine Minute seinetwegen hatte grämen können. Für sie gab es jetzt nur noch Nicolas, der nicht nur ein hübscher Junge, sondern auch ein exzellenter Liebhaber war! Schade, dass er vorhin so schnell weggegangen war. Das Alleinsein behagte ihr gar nicht. Am besten ging sie gleich zu Bett. Ach ja, das Geld für den Schmuck, den sie heute verkauft hatte! Sie griff in ihre Handtasche und zog das

Portemonnaie heraus. Es war plötzlich schmaler geworden und ließ sich jetzt problemlos öffnen und schließen. Sichtlich war hier etwas herausgefallen. Sie leerte ihre Handtasche auf den Boden und durchwühlte den Inhalt, doch es kam nichts weiter zum Vorschein als angerissene Bonbonpapiere, Taschentücher und verstreute Pillen. Seufzend zählte sie den Betrag nach, der unvollständig war. Die verbleibenden Geldscheine legte sie hinter ihre Wäsche im Schrank. Wo war das fehlende Geld geblieben? Sie zermarterte ihren Kopf. Hatte sie etwas gekauft, einen Teil vielleicht in die Manteltasche gesteckt? Sie schämte sich, so unachtsam zu sein. Das hatte ihr auch die Mutter immer vorgeworfen. Sie konnte eben nicht mit Geld umgehen. Es war schließlich immer da gewesen! Oder hatte vielleicht Nicolas…? Nein, entschieden schob sie den Gedanken von sich. Das würde er sicher nie tun. Wahrscheinlich war beim Herausfallen des Portemonnaies aus ihrer Tasche etwas verloren gegangen. Zu dumm, aber da konnte man nichts mehr machen. Der Finder würde sich freuen! Fröstelnd, die teure Nerzjacke achtlos hinter sich her schleifend, ging sie ins Schlafzimmer und begann, sich zu entkleiden. Trotz ihrer Müdigkeit fürchtete sie sich davor, allein zu Bett zu gehen und nicht schlafen zu können. Mit einem Glas Wasser schluckte sie eine Schlaftablette. Doch kaum war sie in einen fast bewusstlosen Schlaf gefallen, da schrillte die Türklingel. Wieder und wieder drang das grelle Läuten störend durch den Nebel ihrer schläfrigen Betäubung. Sie grub sich tiefer in ihr Kissen, doch der nächtliche Besucher schien nicht aufzugeben. Ein hämmernder Schmerz zuckte bei jedem neuen Ton wie ein Peitschenhieb durch ihren Kopf. Wütend fuhr sie schließlich mit einem Aufschrei hoch. Wer war das – wer störte sie so spät noch in der Nacht? Benommen, sich am Bett und an Möbelstücken abstützend, erreichte sie den Flur. An der Tür ertönte dumpfes Klopfen. »Wer ist da, verdammt nochmal!«, rief sie mit belegter Stimme.

»Ich bin's Philippe! Mach auf Marge, bitte!«

»Philippe, du? Um diese Zeit?«, murrte sie. Sie drehte den Schlüssel im Schloss und löste die Sicherheitskette. Die Tür sprang auf und er stürzte herein, mit wirrem Haar, nass vom Regen, der draußen herabströmte. »Ich habe die Concierge geweckt, weil ich unbedingt mit dir reden muss!«, rief er mit rauer Stimme. »Ich halte es nicht mehr aus! Ich kann nicht mehr schlafen, wälze mich nur herum ...« Seine Augen waren gerötet und er atmete schwer. Den Mantel abwerfend, steuerte er auf den Salon zu, wo er sich auf die Couch fallen ließ. »Gib mir was zu trinken«, verlangte er. »Schnell!« Marguerite gähnte, nahm eine neue Cognacflasche aus der Bar und reichte sie ihm mit unsicheren Händen. »Bediene dich bitte selbst. Gläser sind in der Küche. Du hast mich aus dem ersten Schlaf gerissen«, sagte sie vorwurfsvoll.

Philippe seufzte tief auf. »Es tut mir leid, Marge. Ich wollte dich schon vor ein paar Tagen erreichen. Aber ich habe dich nicht angetroffen. Ich brauchte dringend ein Alibi – und musste schnell handeln. Da bin ich auf Sandy gekommen, du weißt doch, Jean-Lucs Starmodell. Hoffentlich habe ich damit keinen Fehler gemacht.«

»Ich verstehe gar nichts.« Schlaftrunken versuchte Marguerite, ihre Gedanken zu sammeln. »Was denn für ein Alibi? Und was hat das mit Sandy zu tun?«

»Ich werde dir alles erklären.« Philippe fuhr mit den Händen durch sein feuchtes Haar. »Die Sache mit unserem Buchhalter Tolbiac. Du weißt doch, was da passiert ist. Er ist tot.« Er stockte, als wüsste er nicht, wie er fortfahren sollte. Dann platzte er heraus: »Aber es war alles ganz anders. Eine schreckliche Situation – ein Unfall. Aber ich konnte die Wahrheit ja niemandem erzählen. Man hätte mir kein Wort geglaubt.« Er nahm ihre Hand und sah sie eindringlich an. »Nur zu dir habe ich Vertrauen, weil du meine Schwester bist!«

»Ja, aber was ist denn um Himmels willen geschehen? Und warum kannst du die Wahrheit niemandem erzählen?« Marguerite war plötzlich ganz wach.

»Immer habe ich dieses Bild vor mir … wie er am Boden liegt!«, jammerte Philippe weiter. »Und dann würgt mir die Angst die Kehle zu, dass man alles herausfindet und mich für den Rest des Lebens ins Gefängnis steckt!«

Marguerite sah ihn entsetzt an. »Dann hast du … du hast also Tolbiac umgebracht?«

»Nein!« Philippe nahm jetzt einen kräftigen Schluck direkt aus der Cognacflasche. »So etwas könnte ich niemals. Aber es war meine Schuld, dass er sterben musste.« Er sah sie mit einem verzweifelten Ausdruck in den Augen an. »Bitte versprich mir, dass du keinem Menschen etwas davon sagen wirst. Du weißt doch, wir beide haben immer zueinander gehalten, im Guten wie im Schlechten. Schon als Kinder …«

»Ja, ja«, unterbrach ihn Marguerite. »Deshalb habe ich mir ja Sorgen gemacht. Ich war heute Morgen bei dir. Aber Jean-Luc wusste auch nicht, wo du bist. Aber sprich weiter.«

»Ich wollte Tolbiac nur drohen – mit einer Pistole. Dabei hat sich ein Schuss gelöst und er ist umgefallen! Einfach so! Es ging sehr schnell …« Sein Gesicht verzerrte sich und er bedeckte seine Augen mit der Hand. »Ich habe alle Spuren verwischt und ihn so hergerichtet, dass es nach Selbstmord aussieht. Dann habe ich eine entsprechende Erklärung geschrieben und Tolbiacs Unterschrift gefälscht.« Er setzte sich aufrecht hin. »Bei dem Verhör heute bei der Polizei schien es mir aber, als habe der Kommissar den Verdacht, es könne kein Selbstmord gewesen sein.«

»Haben sie denn einen Anhaltspunkt?« Marguerite erhob sich, um Kaffee zu kochen, um das dumpfe, hämmernde Gefühl in ihrem Kopf loszuwerden.

»Ich weiß es nicht – irgendetwas wegen des Tresors«, unterbrach er sie in jammerndem Ton.

»Und warum hast du den Buchhalter eigentlich bedroht?« Marguerite stellte die Kaffeekanne zur Seite und sah ihn gespannt an.

»Tolbiac hat schon seit Jahren die Bücher gefälscht.« Philippe zögerte. »Auf meine Anweisung. Ich war pleite – was sollte ich sonst machen? Jean-Luc baute gerade die Modefirma auf. Und Maman konnte ich nicht dauernd um Geld angehen. Die Beträge summierten sich und wir, Tolbiac und ich, unterschlugen immer größere Summen, weil es so einfach war. Natürlich auch zu seinem Vorteil. Nie hätte er sich sonst ein Haus mit Garten, Reisen und ein Auto leisten können! Ich schwöre dir Marge, es ist nie jemandem aufgefallen! Aber auf einmal wollte Tolbiac nicht mehr. Nach Mamans Tod. Ein Revisor hatte sich angemeldet. Es war ihm alles über den Kopf gewachsen und er hatte Angst, dass unser Betrug aufkommen würde.«

Marguerite sah ihn mit großen Augen an. »Du hast ihn die ganze Zeit die Bücher fälschen lassen?«

Philippe senkte schuldbewusst den Kopf. Ein Schweigen entstand.

»Und was war mit dem Tresor?«

»Ich hatte Tolbiac gezwungen, ihn zu öffnen«, gestand Philippe. »Er weigerte sich zuerst und drehte dann völlig durch. Er wollte alles öffentlich machen. Die Wahrheit ans Licht bringen. Eine furchtbare Situation! Da hab ich ihm die Pistole an den Kopf gehalten.«

»Und was befand sich im Tresor?« Marguerite hielt den Atem an.

»Leider nichts, was der Rede wert wäre«, log Philippe. »Papiere – und Bargeld. Ich habe den Tresor wieder geschlossen und alle Fingerabdrücke abgewischt.« Nach einer kurzen Pause fügte er hinzu. »Ich schwöre dir, dass es so war! Wenn du willst, kannst du die Hälfte des Geldes haben.«

»Wie viel?«

»Etwa dreitausend Franc.«

»Na, besser als nichts.« Sie lachte spöttisch auf. »Wenn ich dir glauben kann!«

»Ich schwöre …«

»Nein, schwöre bitte nicht noch einmal!« Marguerite hob die Hände. »Am besten wäre es«, sie machte eine kurze Pause, nachdem sie einen Schluck Kaffee genommen hatte, »wenn Sophie ihren Anteil an der Firma an den Kompagnon verkauft und uns eine Abfindungssumme zahlt. Damit könnte man vielleicht alles andere unter den Teppich kehren. Wir müssen sie unbedingt verständigen, bevor noch mehr Wind von der Sache gemacht wird. Als ich dich gestern nicht erreichen konnte, bin ich gleich zu ihr in die Rue du Cherche-Midi gefahren. Sie war nicht zu Hause. Ihre Mitbewohnerin erzählte mir, sie sei nach Deutschland gereist, ohne eine Adresse zu hinterlassen.«

»Was will sie denn dort?«

»Weiß der Teufel. Vielleicht hat sie einen neuen Liebhaber.«

Ich traue ihr alles zu, nachdem sie uns um unser Erbe gebracht hat.«

»Man hat uns beide über den Tisch gezogen. Und jetzt lande ich vielleicht noch im Gefängnis«, klagte Philippe, der plötzlich von einem inneren Zittern gepackt wurde. »Sandy weiß natürlich nicht, was geschehen ist. Aber ich fürchte, sie ahnt etwas. Wenn sie bei der Polizei einknickt – was soll ich dann bloß tun?« Er begann, wie ein kleines Kind zu schluchzen.

»Vor allem die Nerven behalten!« Marguerite nahm einen weiteren Schluck Kaffee, um ihren dumpfen Kopf zum Überlegen zu zwingen. »Man kann dir doch nichts beweisen, oder? Sagtest du nicht, du hättest die Spuren beseitigt?«

»Ja, so gründlich wie möglich. Niemand hat mich an diesem Abend im Büro oder auf der Straße gesehen. Als ich dich nicht zu Hause antraf, bin ich zu Sandys Wohnung im Pariser Norden gefahren und habe bei ihr übernachtet. Mir ist einfach nichts anderes eingefallen. Sie sollte sagen, wir wären den ganzen Abend und in der Nacht zusammen gewesen. Ich war mir sicher, dass sie dichthält – wenn sie nur genügend Geld bekommt.«

»Du hast bei ihr übernachtet?«

»Es war die schlimmste Nacht meines Lebens – in diesem stinkenden Loch, in dem sie lebt.« Philippes Stimme erstickte fast vor Ekel. »Ich habe auf dem Boden vor ihrem Bett gelegen …«

Marguerite musste ein unangebrachtes Kichern unterdrücken. »Du Ärmster! Aber wenn Sandy durch Jean-Lucs Beziehungen als Modell groß herauskommt, dürfte das mit dem Alibi kein Problem sein.«

»Das ist es ja gerade!« Philippe nahm noch einen Schluck aus der Cognacflasche. Er heftete seine rotgeäderten Augen starr auf sie. »Jean-Luc und ich – wir verstehen uns nicht mehr so wie vorher. Wir streiten ständig. Es geht immer um Hermès, sein neues Modell für die Herrenkollektion.«

»Meinst du den hübschen Knaben, den ich in seiner Wohnung angetroffen habe?«

Philippe verdrehte die Augen. »Hübscher Knabe? Das ist wohl Geschmackssache. Vom ersten Moment an war mir dieser Bursche suspekt. Ein komischer Vogel! Aber Jean-Luc ist völlig vernarrt in ihn, betrachtet ihn als seinen neuen Star. Und jetzt dieser Riesenskandal!«

»Was meinst du damit?«

Philippe atmete tief durch. »Du liest wohl keine Zeitungen! Dieser falsche Hermès hat in der deutschen Botschaft im Palais Beauharnais den Legationssekretär, einen gewissen Ernst vom

Rath niedergeschossen. Ganz einfach so. Aus politischen Gründen!« Er lachte rau auf. »Kannst du dir das vorstellen?«

»Nein, ganz und gar nicht!« Marguerite richtete sich in ihrem Stuhl auf. »Ich habe davon gelesen, aber nicht gewusst, dass es sich um diesen jungen Burschen handelt.« Sie seufzte. »Ich gebe zu, dass ich ihn etwas merkwürdig fand. Aber man sieht den Menschen schließlich nicht an, wozu sie fähig sind!«

Philippe nickte verbissen. »Dieser Kerl ist verrückt. Ich habe gleich geahnt, dass er Schwierigkeiten machen würde. Nichts Gutes im Schilde führt. Mir ist wirklich schleierhaft, was Jean-Luc an ihm findet. Dieser schmächtige, blutleere Bursche mit seiner hässlichen Visage, den breiten Backenknochen und tiefliegenden Augen! Natürlich wollte Jean-Luc gleich eine großzügige Kaution für ihn stellen. Als ich mich weigerte, sie zu zahlen, hat er gedroht, mich zu verlassen und den Laden auf den Champs-Elysées zu kündigen. Was würde dann aus Sandy?«

»Das sagt er vielleicht nur so«, tröstete ihn Marguerite. »Er wird es niemals tun. Sein ganzes Herz hängt doch an seinem Modesalon, den du unterstützt.«

»Meinst du?« In Philippes Augen blitzte ein Schimmer Hoffnung auf.

»Beruhige dich, geh nach Hause und schlaf dich aus. Besser wäre es gewesen, wenn du gar nichts getan hättest, statt dich auf diese zweifelhafte Sandy zu verlassen. Mir wäre schon etwas eingefallen, dir zu helfen.«

Hilflos zuckte Philippe die Achseln. »Zu spät. Ich war völlig durcheinander – und musste sofort handeln.«

»Sag mal, was hat dieser Hermès eigentlich gegen den deutschen Legationssekretär gehabt?«

»Weiß der Himmel!« Philippe zuckte die Schultern. »In der Zeitung steht, dass er sich angeblich für die Abschiebung jüdisch-polnischer Staatsbürger aus Deutschland rächen wollte. Eine krankhafte Idee! Ernst vom Rath war vielleicht eine Art

Feindbild – es hieß, er sei ein überzeugter SS-Mann, Mitglied der NSDAP in Deutschland. Hoffen wir, dass er überlebt.« Er erhob sich seufzend und sah auf die Uhr. »Du liebe Güte, schon vier Uhr morgens! Ich glaube, ich muss gar nicht mehr zu Bett gehen. Aber es hat gut getan, mich mit dir auszusprechen. Ich fühle mich schon sehr viel besser.« Er umarmte Marguerite gerührt. »Du bist die Einzige, der ich alles sagen kann, die mich tröstet. Wir halten zusammen – wie Pech und Schwefel. Wie früher!«

»Wie früher!«, bestätigte Marguerite mit einem halben Lächeln. Zögernd setzte sie hinzu. »Übrigens – wie ist das mit den Dreitausend aus dem Tresor? Ich brauchte im Moment etwas Geld.«

»Du kannst sie haben, wann du willst!«

»Übermorgen?«

Philippe nickte. Er stieg in den Fahrstuhl und der Käfig summte nach unten. Marguerite schloss nachdenklich die Tür. Der starke Kaffee hatte sie aufgeputscht, zusammen mit den Neuigkeiten und dem Geständnis, das der Bruder ihr gemacht hatte. Er war kein schlechter Kerl – aber leichtsinnig und in den Tag hineinlebend. Genauso wie sie selbst. Sie waren beide aus dem gleichen Holz geschnitzt und deshalb verstanden sie sich auch so gut. Dass Philippe keinen Mord begehen konnte, war ihr völlig klar. Aber ob er wirklich nur so wenig Geld im Tresor gefunden hatte? Sie bezweifelte es. Nun, er war ihr Bruder und sie würde ihn schützen, soweit das möglich war. An Schlaf war jetzt nicht mehr zu denken. In ihren Pelz gehüllt, setzte sie sich ins Wohnzimmer, knipste die Tischlampe an und nahm die Noten der *Antigone* zur Hand. In Gedanken ging sie ihre Partie noch einmal durch. Haushoch würde sie über die Vorstadtschlampe Cécile triumphieren. Sie stellte sich das begeistert applaudierende Publikum vor. Und wie die anderen Augen machten, wenn der hübsche Nicolas am Bühneneingang auf sie wartete, sie bewundernd umarmte und küsste. Pierre sollte vor Ärger platzen! Marguerite träumte mit offenen Augen. Obwohl es draußen noch dunkel war, drangen langsam die Geräusche des anbrechenden Tages herein, die Straßenkehrer begannen ihr Werk, die Metro dröhnte im Untergrund und die Schichtarbeiter machten sich auf den Weg. Irgendwann, ein heller Schein drang schon durch die Vorhänge, glitt ihr das Notenheft aus der Hand, ihr Kopf sank zur Seite und sie war fest eingeschlafen.

Die Zeitungsverkäufer schrien auf der Straße die neuesten Nachrichten aus. »Mord in der deutschen Botschaft in Paris: Legationssekretär Ernst vom Rath seinen Verletzungen erlegen. Gab es Verbindungen zur homosexuellen Szene? Deutscher Reichsminister Goebbels verlangt sofortige Auslieferung des jüdischen Mörders!«

9. Kapitel

Ein dunkler, wolkenverhangener Morgen brach an. Der herabströmende Regen vermischte sich mit einzelnen Schneeflocken, die auf dem Asphalt dahinschmolzen und zusammen mit herabgefallenen Blättern der Bäume ein matschiges Gemenge bildeten. Sophie hatte sich schon früh erhoben und ihre wenigen Sachen in den Koffer gepackt. Nach dem kargen Frühstück würde sie zum Bahnhof gehen und sich in den nächsten Zug setzen, der nach Paris fuhr. Ihr Ausflug ins Deutsche Reich war eine herbe Enttäuschung gewesen. Nie wieder würde sie hierher zurückkehren, das schwor sie sich! Sie warf noch einen letzten Blick in das biedere Gastzimmer mit der Blümchentapete, stellte ihren Koffer in den Flur und begab sich in die Wirtsstube, in der es wieder säuerlich nach Würsten und Suppe roch. Sie war nicht der einzige Gast. An den verschiedenen Tischen mit den immer gleich karierten Tischdecken saßen noch zwei ältere Ehepaare, ein Handelsreisender, der beim Essen nebenbei die Zeitung las und ein sehr magerer Herr, der eifrig in sein Notizbüchlein schrieb. Die Wirtin knallte ihr den dünnen Kaffee auf den Tisch, so dass er überschwappte, und stellte den Teller mit Brot, Marmelade und einem winzigen Klecks Margarine vor sie hin. Sie mochte Sophie nicht. Ein junges Mädchen, das allein reiste! Und dazu noch aus dem Sündenbabel Paris! Überhaupt passte so ein junges Ding nicht in ihre bürgerliche Pension. »Wie lang bleiben'S denn wohl noch?«, fragte sie barsch. »I brauch nämlich des Zimmer.«

»Ich ... reise heute ab und würde dann gern den Rest meiner Rechnung zahlen«, sagte Sophie, eingeschüchtert von der großen, dicken Person mit der blumigen Kittelschürze.

»Is recht! I schreib's Eahna gleich raus.«

Während Sophie das trockene Graubrot mit dem dünnen Kaffee hinunterspülte, stand der Vertreter mit einem Blick auf die Uhr auf, nahm seine Aktentasche und ging hinaus. Die Zeitung, den *Völkischen Beobachter,* ließ er auf dem Tisch liegen. Sophie sah nur die Schlagzeile, die mit dem in große Buchstaben gesetzten Wort »Paris« begann. Mit einem Griff zog sie rasch das Blatt zu sich herüber und las: »Paris: Jude schießt Legationssekretär Ernst vom Rath in der deutschen Botschaft nieder!« Im Abschnitt darunter war die Rede von dem Täter. Ein Foto des Verhafteten zeigte einen jungen Mann mit düsterer Miene. Darunter stand hervorgehoben: »Adolf Hitler beruhigt das deutsche Volk: Diese Tat wird aufs Grausamste gerächt werden!« Im folgenden Text hieß es, Hitler habe sofort seinen Leibarzt nach Paris geschickt, um den Angeschossenen medizinisch zu betreuen. Gleichzeitig sei dessen Ernennung zum Legationsrat Erster Klasse bekannt gegeben worden. »Der Täter, H. Grynszpan gibt an, aus Rache gehandelt zu haben ...« Sophie legte die Zeitung beiseite. Der Ton der Berichterstattung war aufpeitschend, unverkennbar Zündstoff in diesem von Judenfeindlichkeit geprägten Land*! Diese Tat wird aufs Grausamste gerächt werden!* Sophie spürte die Drohung, die in diesem Satz lag, wie eine dunkle Gewitterwolke am Himmel. Es war Zeit, dass sie nach Hause kam. Nervös sah sie auf ihre Armbanduhr. Der Zug würde um zehn Uhr fünfzehn am Hauptbahnhof abfahren. Sie zahlte den Rest der Rechnung und bat den Hausdiener, ihr ein

Taxi zu rufen. Erleichtert saß sie bald darauf im Wagen. Doch schon in der Theatinerstraße drängten sich die Menschen und es gab kein Durchkommen mehr. Alles war abgesperrt.

»Kruzifix«, fluchte der Taxifahrer. »Wieder so ein Aufmarsch. Des hert einfach net auf.« Sophie sah aus dem Fenster. Die Straßen waren mit Fahnen geschmückt, Mädchen winkten und lachten den Soldaten zu. Überall angebrachte Plakate verkündeten offen und ungehemmt die Parole: »Juden raus«.

»Was ist das? Worum geht es da?«, fragte sie den Fahrer.

»Große Militärparade, der traditionelle Marsch vom Wirtshaus Bürgerbräu zur Feldherrnhalle. Da ist alles gesperrt«, knurrte der Fahrer unwillig. »Am Königsplatz findet dann die große Totenehrung statt. In Erinnerung an den glücklichen Ausgang des Hitlerputsches im Jahr 1923. Des wird immer noch groß gefeiert.« Er wies nach vorne: »Da kommt die SS, die spezielle Schutztruppe des Führers!« Sophie kniff angestrengt die Augen zusammen. Waren ihr Vater und ihre Halbbrüder auch dabei? Ihr kam der gestrige Vorfall im Café in den Sinn, die Brutalität, mit der die SS-Leute auf den wehrlosen Mann eingeschlagen und eingetreten hatten. Ihr Herz klopfte plötzlich zum Zerspringen und ein kalter Schauer rann ihr über den Rücken. In geschlossener Einheit marschierten jetzt die Uniformierten heran, in schweren Stiefeln, mit SS-Totenkopf- und Hakenkreuz-Emblemen. Sie trugen Knüppel und Waffen und schmetterten im Gleichschritt Lieder aus rauen Kehlen. »Für ein neues Deutsches Reich« – »Kraft durch Freude« – »Sieg des arischen Blutes«. Am Straßenrand drängten sich neugierig die Menschen. Die meisten salutierten enthusiastisch mit dem Hitlergruß – andere blickten eher skeptisch auf das in seinem Umfang beeindruckende Schauspiel. Die Männer der Reichswehr hatten die Straße abgesperrt. Der Taxifahrer sah Sophie bedauernd an und erklärte: »Tut mir leid, Fräulein, aber da kommen wir so schnell net durch. Es ist besser, ich dreh um. Soll ich Sie zurückfahren?«

»Nein, nein!«, wehrte Sophie ab. »Ich schaue schon selbst, wie ich von hier aus zum Hauptbahnhof komme!« Sie entlohnte den Fahrer, verließ den Wagen und versuchte sich mit ihrem Gepäck durch die Menge zu drängen. Doch schon nach kurzer Zeit sah sie die Unmöglichkeit ihres Vorhabens ein. Atemlos und in Schweiß gebadet hielt sie inne. Der Koffer war zu schwer und sie wurde vom Sog der vielen gaffenden Menschen einfach mitgezogen. Außerdem war es nahezu unmöglich, auf die andere Straßenseite zu gelangen. Sie würde ihren Zug niemals pünktlich erreichen. Also wieder zurück in die Pension »Münchner Schwemme« zu der unfreundlichen Wirtin? Der Gedanke verursachte ihr Unbehagen. Vielleicht konnte sie die Demonstration an einem ruhigen Ort abwarten, zum Bahnhof fahren und einen späteren Zug nehmen? Sie schob sich durch die Menge und stolperte immer wieder über ihren Koffer, der ihr im Weg war. Gegenüber der Feldherrnhalle, beim Hofgarten, leuchtete eine geschwungene Schrift neben einer Bäckerei. Café Anast! Das war doch das Café, von dem Paul gesprochen hatte und in dem er sie um elf Uhr treffen wollte! Sei es drum – es gab jetzt keine andere Möglichkeit. Außerdem war es inzwischen bereits fast zwölf Uhr. Sie hoffte, dass Paul wieder gegangen war, nachdem er sie nicht angetroffen hatte. Sophie schleppte den Koffer über die Schwelle. Anheimelnde Wärme, die von einem kleinen Ofen ausging, empfing sie, weiche, altmodische Polsterstühle um Tischchen und eine pfirsichfarbene Tapete ließen die Örtlichkeit hell und freundlich wirken. Zeitungen lagen aus, ein Bücherregal mit Leihexemplaren lud zum gemütlichen Verweilen ein. Der große Kristalllüster an der stuckgeschmückten Decke vermittelte einen Anschein von Luxus. Wenn man von den werbewirksamen Plakaten der NSDAP und einem großen Hitlerporträt in der Mitte des Raumes absah, war dies ein Ort, an dem man sich durchaus wohlfühlen konnte. Einige Gäste standen noch am Schaufenster, in dem Torten ausgestellt waren, und beobachteten den Aufmarsch von drinnen. Andere ließen sich jedoch vom Rummel auf der Straße nicht beeindrucken, so sehr waren sie in ihre Notizen oder die Zeitungslektüre vertieft. Aufatmend rückte Sophie ihren Koffer in die Nähe der Garderobe, ließ sich auf einen der mit rotem Samt bezogenen Stühle fallen und sah in die Karte, die auf dem Tisch lag. Paul war nicht da, was Sophie sehr erleichterte. Nach einer Stunde verlief sich draußen die Menschenmenge. Die Feier schien vorbei zu sein. Sie zahlte und erhob sich.

»Guten Tag, schönes Fräulein«, sagte plötzlich eine Stimme neben ihr. »Sie sind wirklich da? Ich hatte meine Zweifel, weil ich nicht pünktlich sein konnte.«

Sophie fuhr zusammen und sah auf. Paul Andres stand in Uniform vor ihr und zwinkerte ihr verwegen zu. Er strahlte, seine Augen glänzten vor Begeisterung und seine Wangen waren leicht gerötet. »In der Pension konnte ich Sie nicht erreichen. Es war mein Fehler – ich hatte nicht mehr an den Gedenkmarsch gedacht, bei dem ich dabei sein musste. Aber jetzt freue ich mich umso mehr, Sie zu sehen. Haben Sie etwa die ganze Zeit auf mich gewartet?«

»Nein, erst seit ein paar Minuten«, antwortete Sophie wahrheitsgemäß. Sie blickte auf seine Uniform. »Sie waren beim Aufmarsch dabei?«

Stolz schob Paul die Schultern zurück: »Selbstverständlich! Als Untersturmführer muss man so etwas mitmachen! Darf ich?« Er nahm an ihrem Tisch Platz. »Wir haben wie jedes Jahr der alten Kameraden gedacht, die bei dem Putsch von 1923 ihr Leben ließen. Es war eine beeindruckende Feier. Imposant. Die Leute haben dem Führer zugejubelt.«

»Sie sind bei den SS-Leuten mitmarschiert, nicht wahr?«, erwiderte Sophie mit zusammengezogenen Brauen. »Zufällig habe ich gestern miterlebt, wie Ihre Kameraden jüdische Geschäfte zerstört haben. Finden Sie das etwa in Ordnung?«

Paul zuckte die Schultern. »Wir von der SS sehen uns als Schutzpolizei. Gut, manche übertreiben ein bisschen, das gebe ich zu. Aber wo gehobelt wird, da fallen Späne. Wir müssen hart durchgreifen, um auf einen neuen Kurs zu kommen.« Er nahm die Karte und winkte der Bedienung. »Zweimal Punsch!« Dann wandte er sich wieder Sophie zu. »Aber lassen sie uns jetzt nicht von Politik reden. Ich bin sehr glücklich, dass Sie gekommen sind!« Er sah ihr tief in die Augen und wollte ihre Hand ergreifen, die Sophie schnell wegzog. »Hören Sie«, begann sie. »Ich war eigentlich im Begriff, nach Paris abzureisen. Dann kam mein Taxi in diese Demonstration. Es ist also eher ein Zufall, dass wir uns heute hier getroffen haben ...«

»Zufall?«, unterbrach sie Paul gut gelaunt. »Ich nenne es Schicksal. Es gibt keine Zufälle. Sie sind da, das ist alles, was zählt.« Er rückte näher zu ihr. Seine blauen Augen blitzten sie forsch an und eine Strähne seines hellen, streng zurückgekämmten Haares fiel ihm in die Stirn. »Was denken Sie eigentlich über mich?«, fragte er plötzlich, nachdem Sophie eine Weile verlegen an ihm vorbei geschaut hatte.

»Wollen Sie das wirklich wissen?« Sie sah ihn herausfordernd an.

»Ja, natürlich!« Paul hielt ihrem Blick stand.

Sophie nahm allen Mut zusammen: »Sie sind sympathisch und intelligent. Aber ich denke, dass der Weg, auf dem Sie Ihrem ›Führer‹ Hitler folgen wollen, nicht der richtige ist. Dieser Mann hat doch nur Vergeltung im Sinn, Krieg statt Frieden, und er ist von Hass gegen Andersdenkende erfüllt. Er will die absolute Macht – um jeden Preis. Sehen Sie das denn nicht auch so?«

Paul schüttelte unmutig den Kopf. »Verzeihung, wenn ich Ihnen da widerspreche! Aber das können Sie als Französin wirklich nicht beurteilen! Sie begreifen die Hintergründe nicht. Das Deutsche Reich lag nach dem vergangenen Krieg am Boden – wir waren damals am Ende! Und wer ist daran schuld? Die Alliierten. Sie haben uns nach dem verlorenen Krieg ausgepresst wie eine Zitrone. Wir konnten die Reparationszahlungen nicht leisten! Jetzt erheben wir uns, protestieren gegen die jahrelange Unterdrückung – auch wenn dabei Blut fließen muss! Wir, die Jugend, das ganze Volk verlangen ein Recht auf Leben – und mit unserem Führer werden wir es schaffen! Wenn es nicht anders geht, dann auch mit Gewalt.« Seine Stimme hatte einen dramatischen Tonfall angenommen. »Aber dazu muss unsere Rasse zunächst von allen schädlichen Fremdeinflüssen gereinigt werden. Damit sind vor allem die Juden gemeint! Sie nehmen uns Arbeit weg, sind unehrlich, lügen, betrügen …«

Sophie schrak zurück. »Glauben Sie das etwa wirklich?«

Paul nickte voller Überzeugung. »Haben Sie heute noch keine Zeitung gelesen?«

Sophie nickte beklommen. »Sie meinen sicher den Mordanschlag in der deutschen Botschaft in Paris!«

»Ja, sehen Sie, das ist doch der beste Beweis. Der Täter ist natürlich wieder ein Jude! Wenn Ernst vom Rath stirbt, fürchte ich schlimme Folgen. Die ganze Nation wird aufschreien, sich empören. Die Stimmung ist jetzt schon aufgeheizt.« Die Bedienung stellte zwei dampfende Steingutbecher auf den Tisch. »Zum Wohl!«, wünschte sie freundlich.

Sophie nahm einige Schlucke des angenehm heißen Punsches. Trotzdem fröstelte sie und fühlte sich unbehaglich. »Für mich sind alle Menschen gleich«, sagte sie zu Paul. »Es gibt immer Schlechte und Gute. Aber in diesem Punkt werden wir wohl nie einer Meinung sein. Jetzt fahre ich aber erst einmal nach Hause. Ich muss die neuen Eindrücke in Ruhe verarbeiten.« Enttäuscht verzog Paul das Gesicht. »Wirklich schade, dass Sie schon abreisen wollen.«

Sophie musste wider Willen lachen. »Was haben Sie denn gedacht? Ich möchte schließlich meine Studien in Paris fortsetzen. Ich will doch Journalistin werden. Außerdem habe ich noch eine Erbschaftsangelegenheit zu klären.« Sie wurde ernst. »Meine Mutter ist erst kürzlich verstorben!«

»Oh, mein Beileid. Aber wie ist das mit Ihrem im Krieg vermissten Vater? Ich würde Ihnen gern helfen, sein Grab doch noch zu finden. Für Sie würde ich alle Hebel in Bewegung setzen! Können Sie nicht doch noch etwas bleiben?« Er sah sie so bittend an, dass es Sophie ans Herz griff. Hatte er sich etwa in sie verliebt? Auf jeden Fall schien er nicht die geringste Ahnung zu haben, dass sie seine Halbschwester war. Aber sie hatte seinem – ihrem gemeinsamen – Vater versprochen, darüber Schweigen zu bewahren. »Hören Sie, Paul«, begann sie. »Ich mag Sie wirklich sehr gern.« Sie hielt ein. »Aber es gibt vieles, das uns trennt. Vor allem unsere politischen Ansichten. Sie sind Mitglied der NSDAP, die Zwang ausübt und deren Einstellungen und Ziele ich aus tiefstem Herzen ablehne.«

»Ich würde Ihnen gern unsere Ziele und Ideale näher erklären …«

»Danke. Vielleicht ein anderes Mal.« Sie lächelte entschuldigend.

»Wenn wir uns wiedersehen, müssen wir darüber reden. Sonst können Sie mich nicht verstehen«, erklärte Paul und richtete sich kerzengrade auf. »Auf jeden Fall bin ich sehr stolz darauf, Deutscher zu sein! Und ich werde mit meinen Kameraden um ein freies Deutschland kämpfen!«

»Auch damit?« Sophie deutete provozierend auf den Lederriemen, den Paul über der Schulter trug und in dessen Koppel ein Messer und ein Gummiknüppel steckten.

»Wenn es sein muss, ja!«

»Ich habe gestern mitangesehen, wie Ihre Kameraden damit auf einen Unschuldigen eingeschlagen haben. Auf einen jüdischen Ladeninhaber, der friedlich in einem Café saß …«

»Auf einen Juden?« Pauls Stimme klang verächtlich. »Die sind nicht friedlich. Sie haben ja keine Ahnung! Die Juden haben sich gegen uns verschworen. Sie werden von Amerika finanziert, um uns auszubeuten.«

»Das behauptet Ihr Reichskanzler Hitler! Und Sie glauben es auch noch!« Sophie war außer sich.

»Weil es wahr ist!« Paul war sehr ernst geworden. »Die Aussagen des Führers stelle ich niemals in Frage.« Er zwang sich zu einem Lächeln. »Ich nehme Ihnen aber Ihre Offenheit nicht übel. Für eine Ausländerin ist es sehr schwierig, die Lage im deutschen Volk zu beurteilen. Eines weiß ich allerdings ganz sicher: Es gibt in Frankreich viele Leute, die sich einen solchen Führer wie Herrn Hitler wünschen.« Er machte eine kleine Pause. »Verachten Sie mich jetzt, weil ich Ihnen zu radikal erscheine?«

Sophie blieb ernst. »Nein, überhaupt nicht. Ich mag Sie, Paul. Aber Ihre politische Einstellung kann ich nicht teilen.«

»Wie auch immer – ich werde Sie vermissen.« Mit einer impulsiven Geste fasste er sie bei den Schultern. Und auch ich mag Sie – sehr sogar!«

Sophie befreite sich verlegen und Paul erhob sich seufzend. »Ich muss leider gehen. Mein Dienst geht weiter. Geben Sie mir Ihre Adresse in Frankreich? Vielleicht komme ich einmal vorbei.«

Sophie schwankte. Sollte sie das tun? Besser nicht. Aber wahrscheinlich würde er keine Ruhe geben und vielleicht sogar seinen Vater damit bestürmen. Sie nahm eine der Ansichtskarten von Auprèsmont, die sie immer bei sich trug, aus der Tasche und schrieb eine falsche Straße und Hausnummer in Paris darauf. Paul steckte die Karte in seine Jackentasche und zahlte der Kellnerin die Zeche. »Soll ich Ihnen ein Taxi rufen?«, fragte er zuvorkommend.

»Danke, aber ich habe gesehen, dass gleich um die Ecke ein Taxistand ist«, erwiderte Sophie. »Ich fahre sofort zum Bahnhof. Die Straße wird jetzt wohl frei sein.«

»Bestimmt. Dann also auf Wiedersehen! Auf bald!« Er nahm rasch ihre Hand und küsste sie. Ihr noch einmal zuwinkend, war er auch schon durch die Tür und aus ihrem Blickfeld entschwunden. Sophie trank nachdenklich den Rest des Punsches aus und machte sich mit ihrem Koffer zum Taxistand auf. Es hatte leicht zu nieseln begonnen und sie schlug den Kragen ihres Mantels höher. Ihre Haare wurden feucht und kräuselten sich zu eigenwilligen kleinen Locken über der Stirn. Der Regen nässte ihr Gesicht und ließ es glänzen. Der Gedenkmarsch war vorüber, die Menge hatte sich verlaufen und nur wenige Leute standen im Kreis unter ihren Regenschirmen und diskutierten angeregt miteinander. Sie glaubte, eine gewisse Spannung in der Luft zu spüren, sah in vorüberhuschende Gesichter, die verkrampft und beinahe verängstigt dreinschauten. Ein einzelnes Taxi war gerade von einer Fahrt zurückgekehrt und sie stieg dankbar ein. Als sie am Bahnhof den Wagen verließ, war sie erleichtert. Jetzt würde sie endlich all das Befremdende hinter sich lassen und ein Kapitel ihres Lebens endgültig zuschlagen können. Sie trat in die Bahnhofshalle. Auf den Nachtzug musste sie noch warten, aber das war ihr im Augenblick ziemlich gleichgültig. Sie hatte ihren Vater getroffen und ihn zugleich wieder verloren. Eine Kluft lag zwischen ihnen, ein Abgrund, der sich nie schließen würde. Die Halle war voller Menschen, der Wartesaal überbelegt. Die Züge schienen sich zu verspäten und sie setzte sich im Wartesaal auf den Boden. Die Stunden vergingen in dieser unbequemen Lage. Inzwischen nahm die Präsenz und Anzahl der Polizisten auf dem Bahnsteig zu, die streng das

Gelände überwachten, Reisende aufhielten und nach ihren Pässen und Fahrscheinen fragten.

»Sie wollen mit dem Nachtzug nach Paris, Fräulein?«, fragte einer der kontrollierenden Beamten. Sophie nickte. Er sah mit gefurchter Stirn auf ihr Zugticket. »Das können Sie vergessen. Der Zugverkehr dorthin ist bis auf Weiteres eingestellt. Zeigen Sie mir bitte ihren Ausweis.«

»Der Zug fährt also gar nicht?«, fragte sie ungläubig und suchte in ihrer Tasche nach den Papieren. »Aber ... was kann man denn da machen?« Tränen waren in ihre Augen getreten, als sie ihm ihren Pass hinhielt.

Der Polizist warf einen Blick darauf. »Warten!«, sagte er. Es überkam ihn plötzlich so etwas wie Mitleid mit dem hübschen, blonden Mädchen, das im gleichen Alter wie seine Tochter war. »Morgen werden die Züge sicher wieder wie gewohnt im Einsatz sein«, tröstete er sie.

»Aber was ist denn der Grund dafür?« Sophie sah ihn ratlos und enttäuscht an. Die Vorstellung, zurück in die Pension »Münchner Schwemme« zu fahren, gefiel ihr ganz und gar nicht. »Was kann man denn da tun?«

Der Polizist zuckte die Schultern. »Bleiben Sie im Wartesaal. Da ist es geheizt.« Er senkte seine Stimme. »Man sucht nach den Hintermännern des Anschlags in der deutschen Botschaft in Paris. Das Opfer ist doch an den Folgen verstorben.«

»Ja, aber, was hat das mit dem Reiseverkehr zu tun?«

»Wir müssen überprüfen, ob jüdische Personen, die hinter diesem schändlichen Mord stecken könnten, mit falschen Pässen aus Deutschland ausreisen wollen. Minister Goebbels hat verlauten lassen, dass es sich um eine weltweite Verschwörung der Juden gegen das Deutsche Reich handelt.«

»Eine Verschwörung?« Sophie sah ihn mit großen Augen an.

»Ja. Der Führer hat eine Großrazzia angeordnet ...«

Er bemerkte plötzlich, dass seine Kollegen neugierig zu ihm herübersahen. Er gab ihr den Fahrschein zurück. »Seien Sie ohne Sorge. Morgen geht's bestimmt wieder weiter.«

Sophie verließ den dumpfen Wartesaal, um etwas Luft zu schöpfen. Sie stand ratlos mit ihrem Koffer in der Bahnhofshalle und sah hinaus auf den stillgelegten Bahnsteig, auf dem die Leute suchend und mit besorgten Gesichtern hin- und hereilten. Überall standen bewaffnete Polizisten, deren entschlossene Miene verkündete, dass sie Schwerverbrechern auf der Spur waren. Sie ging wieder in den mit grellen Lampen beleuchteten Wartesaal zurück, in dem sich immer mehr Leute mit ihrem Gepäck drängten und jeder Platz auf den schäbigen, harten Bänken unter dem obligatorischen Hitlerbild besetzt war. Es war laut und die Luft zum Schneiden. Nein, hier wollte und konnte sie nicht die ganze Nacht bleiben. Dann also doch lieber zurück in die »Münchner Schwemme«. Zum Glück bekam sie auf dem Vorplatz gleich ein Taxi. Der Fahrer hatte das Radio aufgedreht und die aufpeitschende Stimme Hitlers drang heraus. Anlässlich des Mordes an dem Diplomaten vom Rath hielt er eine Hetzrede gegen die angeblich verbrecherischen Juden. »Deutsche! Wehrt euch! Jagt das jüdische Gesindel aus dem Land!«, schnarrte es aus dem Empfänger. Der Fahrer nickte beifällig. Er schlug mit der Faust auf das Lenkrad und knirschte Unverständliches zwischen den Zähnen. Der Ton der Rede ging Sophie durch Mark und Bein. Die Stimme steigerte sich zu höchster Aggressivität in einem Auf und Ab der Modulation, einem grollenden und zugleich heiseren Schreien, das wie eine Lawine auf die Lauschenden herabzudonnern schien. Noch nie hatte sie so etwas gehört und sie verstand nicht jedes Wort. Doch es schien etwas Böses in diesen Worten zu liegen, etwas Diabolisches und Gewalt entfesselndes. Fröstelnd kauerte sie sich auf ihrem Sitz zusammen und hoffte, dass sie bald die Pension erreichten. Das Pflaster glänzte vor Nässe und der Himmel war von dichten Wolken verhangen. Leichter Regen fiel jetzt ohne Unterlass durch die hereinbrechende Dunkelheit, die nur von den trüben, vereinzelten Laternen der Straßenbeleuchtung erhellt wurde. Es herrschte Unruhe auf den Straßen. Die ganze Stadt schien auf den Beinen und das Taxi kam kaum voran. Die Menschen verließen ihre Häuser, eilten umher, sich hastig umsehend. Überall gab es Ansammlungen von Diskutierenden, die allerdings hastig auseinanderstürzten, wenn verstreute SS-Leute auftauchten. Irgendetwas lag in der Luft. Etwas schwer zu Deutendes, aber Bedrohliches.

»Wollen Sie nicht schon hier aussteigen?«, fragte der Taxifahrer. »Ihre Pension ist gleich um die Ecke. Die zweite Straße links. Wenn ich Sie hinfahre, müssten wir wegen der Einbahnstraße einen größeren Umweg machen. Wer weiß, ob wir da durchkommen, wenn das so weitergeht.« Sophie schüttelte entschieden den Kopf. Sie dachte an die Situation beim Gedenkmarsch. »Nein, bitte nicht. Das ist mir zu unsicher. Fahren Sie mich so weit Sie durchkommen. Was ist denn überhaupt hier los?«

»Was hier los ist?«, brummte der Taxifahrer ungnädig. »Das sehen Sie doch! Das Volk rebelliert. Haben Sie nicht gehört, was der Führer eben im Radio gesagt hat? Wir haben es satt, dass die Juden uns ständig die Butter vom Brot nehmen. Feige Morde begehen! Unsere Geduld ist zu Ende!«

Sophie schwieg. Sie konnte dazu einfach nichts sagen. Aber eines war klar: Die Affäre vom Rath schien etwas ins Rollen gebracht zu haben, etwas Verborgenes, das schon lange geschwelt hatte: Neid und blanken Hass, der jetzt auch aus der verzerrten Miene des Taxifahrers sprach. »Sollen die Juden doch mit ihrer ganzen Bagage verrecken!«, stieß er hervor und drückte auf die Hupe, um ein paar Leute auseinanderzujagen, die mitten auf der Straße standen.

Spätestens in diesem Moment bereute Sophie es, nicht doch lieber am Bahnhof gewartet zu haben. Aber umkehren wollte sie auch nicht. Gleich würde sie an der Pension sein. Mit ihren ganzen Sinnen, mit allen Nervenfasern nahm sie das Pulsieren der Unruhe in der Stadt wahr, ein vages Vorbereiten und Abwarten auf etwas Kommendes, von dem man nicht genau wusste, was es sein würde. Immer mehr Menschen, geleitet von schreienden Anführern, strömten herbei. Sprechchöre mit antijüdischen Parolen rotteten sich zusammen. Einige Männer stellten sich sogar dem Taxi in den Weg und schwenkten vor den Scheinwerfern Transparente mit Aufrufen zur Gewalt. An den Mauern der Häuser klebten Plakate mit Karikaturen hakennasiger und gelbhäutiger Juden, die grinsend ihr Geld zählten. Die eindeutigen Untertitel forderten zum Handeln auf. »Wehr dich, Deutscher! Lass dir nichts gefallen! Die Juden sind das Unglück unseres Volkes!« Einige Demonstranten riefen in ständiger Wiederholung: »Juden raus!« Andere Radikale stimmten grölend ein Lied an, aus dem Sophie schaudernd nur die Worte heraushörte: »… und wenn's Judenblut vom Messer spritzt, dann geht's nochmal so gut …«

Der Taxifahrer machte einen vergeblichen Versuch umzukehren, doch das war jetzt unmöglich geworden. »Wenn mir einer mein Auto kaputtschlägt, haue ich ihm in die Fresse«, knurrte der Fahrer, Schweißperlen auf der Stirn. Mit einem Mal brach förmlich die Hölle los. Es war wie ein Blitz, der zündete. Das Klirren von Fensterscheiben, die mit Knüppeln oder Stöcken eingeschlagen wurden, hallte durch die anbrechende Nacht, Schmerzensschreie flüchtender Menschen und Hilferufe ertönten.

»Jagt die Juden aus Deutschland! Rache für vom Rath!«, brüllte ein Mann, der mit einem Beil durch die Straßen rannte. Da es immer mehr Menschen auf die Straße trieb, Splitter umherflogen und Gegenstände den Weg blockierten, ging es jetzt nur noch im Schritttempo weiter. Sophie beobachtete voll Entsetzen, wie eine SS-Mannschaft den Zaun eines villenartigen, von einem Garten umgebenen Gebäudes aufbrach und die Fenster einschlug. Die Bewohner, vom Lärm angezogen, traten überrascht heraus. Sie wurden brutal niedergeschlagen und das Haus gestürmt. Niemand kam ihnen zu Hilfe, die Polizei hielt sich seltsamerweise zurück und ließ die außer Rand und Band geratene Bevölkerung ruhig gewähren. Die Beamten schienen Order zu haben, die Volksmeinung zu billigen und sogar zu unterstützen. Auf der anderen Straßenseite kam jetzt Sophies Pension in Sicht. Wie sie mit Entsetzen feststellte, war die Lichtreklame ausgeschaltet, die Läden geschlossen und die Tür verrammelt. Sie zögerte, auszusteigen. »Können Sie mich nicht wieder zum Bahnhof zurückfahren?«

»Fällt mir nicht im Traum ein. Ich muss sehen, dass ich hier heil wegkomme. Geben Sie mir zwei Mark und steigen Sie aus. Aber beeilen Sie sich«, sagte der Taxifahrer nervös. »Schnell. Ich kann hier wirklich nicht stehenbleiben!« Als Sophie ihm das Geld ausgehändigt hatte, sprang er aus dem Wagen und stellte ihr Gepäck mitten auf die Straße. Mit quietschenden Reifen fuhr er sodann los, ohne sich weiter um sie zu kümmern. Sophie brachte sich im Türeingang der Pension in Sicherheit, klingelte und klopfte, doch niemand öffnete. Alles war dunkel, verschlossen und verbarrikadiert. Sie bekam Angst. Um sie herum ging der Aufstand weiter, als bräche sich in der Bevölkerung ein lang unterdrücktes Gefühl Bahn, das sich in blinder Zerstörungswut gegen die jüdischen Mitbürger entlud. Ihr gegenüber zertrümmerten betrunkene Schlägertruppen gerade die Schaufenster eines jüdischen Lebensmittelgeschäftes. Sie zerrten den darüber wohnenden Inhaber auf die Straße, zwangen ihn zu lächerlichen Turnübungen, traktierten ihn mit Fußtritten in Bauch und Brust und ließen ihn dann blutüberströmt auf der Straße liegen. Mit Beute aus seiner Wohnung beladen, verschwanden sie, nicht ohne seine Auslage mit gelber Farbe in Form eines Judensterns beschmiert zu haben. Sophie kauerte sich zitternd hinter ihren Koffer in einer Ecke der Tür und legte den Kopf auf die Knie, um nicht länger hinsehen zu müssen. Plötzlich legte sich eine Hand auf ihre Schultern. Erschrocken fuhr sie hoch – und sah in das Gesicht von David Reichstein, dem jungen Maler aus dem Café. »Was … was machen Sie denn hier?«, stammelte sie nach dem ersten Schreck. Er lächelte sie an und schob seine Mütze in den Nacken. »Was für ein Glück ich habe – ich meine, dass Sie noch hier sind! Um ehrlich zu sein – ich habe mich die ganze Zeit in der Nähe ihrer Pension herumgedrückt, in der Hoffnung, dass Sie irgendwann vielleicht dort auftauchen würden. Aber dann haben die alles dichtgemacht – wahrscheinlich aus Angst um ihre Einrichtung. Sie sehen ja, dass die SS vor nichts Halt macht.« Er deutete auf eine Gruppe Uniformierter, die nur wenige Meter von ihnen nach einer Adressenliste Wohnungen kontrollierten. »Das sind die Schlimmsten, die mit dem Totenkopf an der Mütze. Ich glaube, ich muss schleunigst hier verschwinden. Die schlagen mich zusammen, wenn sie mich finden«, flüsterte David, zeigte auf den gelben Judenstern unter seiner Jacke und drückte sich tiefer in den Schatten der Türnische.

»Nehmen Sie mich mit!«, flehte Sophie. »Ich will nicht allein hierbleiben. Ich habe Angst. Und ich weiß nicht, wohin.«

»Dann kommen Sie mit zu mir! Ihren Koffer können wir allerdings nicht mitnehmen.«

»Das macht nichts!«

»Wir müssen jetzt sehr schnell sein.«

Sophie nickte und schob ihren Koffer über den Zaun des Vorgärtchens. David packte ihre Hand und lief mit großen Sätzen los. Der Judenstern leuchtete gelb unter seiner im Wind nach hinten flatternden Jacke. Einer der SS-Leute hatte ihn bemerkt und deutete zu seinen Kameraden hinüber, von denen zwei die Verfolgung aufnahmen. David wand sich geschickt und behände durch das Chaos von gaffenden Menschen, mitten durch die prügelnde und von Zerstörungswut besessene »Schutzpolizei« hindurch, sprang über schwelende Trümmer und zersplitterte Scheiben. Er riss sie förmlich mit sich und Sophie rannte blindlings hinter ihm her. Als sie das Siegestor passierten, fühlte sie plötzlich ein brennendes Stechen in der Seite, das immer stärker wurde. Der Atem ging ihr aus, sie keuchte, stöhnte verzweifelt und ihr Herz schlug wie ein Trommelfeuer. Doch David ließ sie nicht los und zog sie, als es gar nicht mehr anders ging, durch einen Torbogen in einen Hof, in dem Gerümpel lagerte. Sie kauerten sich hinter eine Mülltonne und er legte beschwörend den Finger auf den Mund. Die Verfolger, die ihnen dicht auf den Fersen waren, betraten den Hinterhof und sahen sich darin um. »Komm, lass die doch laufen«, sagte einer von ihnen nach Luft schnappend. Er rückte seine verrutschte Mütze zurecht und sah an der ärmlichen Fassade des Gebäudes empor. »Es lohnt nicht, wegen denen die ganzen Wohnungen zu durchsuchen.«

»Stimmt. Da wohnen doch bloß arme Leute«, gab sein Kollege grinsend zurück. »Man kann nichts mitgehen lassen. Sehen wir uns doch lieber in der Villengegend um.«

»Du hast Recht. Eines Tages kriegen wir die sowieso alle«, sagte der andere mit einem hässlichen Auflachen. »Auch wenn sie sich verkriechen. Der Führer wird sie schon ausräuchern.« Mit diesen Worten zogen sie ab. Sophie und David atmeten erleichtert auf. »Ihnen hätten die bestimmt nichts getan«, sagte David und klopfte seine Jacke aus, die staubig geworden war.

»Glauben Sie wirklich? Ich bin vor Angst beinahe gestorben.«

»Man weiß ja nie. Oder haben Sie auch jüdische Wurzeln?«

»Nein«, gab Sophie zu. »Aber in meiner Familie gab es vor Jahrhunderten eine ähnliche Situation. Mein Vater …« Sie hielt ein und verbesserte sich: »Der Mann, den ich für meinen Vater hielt, stammt aus einer alten Hugenottenfamilie. Die wurde unter Ludwig XIV. wegen ihres Glaubens verfolgt und geächtet. Sie hatten nur die Möglichkeit, zum katholischen Glauben zu konvertieren oder auszuwandern. Ein Zweig meiner Familie wurde katholisch und blieb in Frankreich – der andere ging nach Deutschland. Ich hätte nie gedacht, dass sich etwas Ähnliches im Lauf der Jahrhunderte wiederholt.«

»Der Mann, den Sie für Ihren Vater hielten …«, wiederholte David nachdenklich ihre Worte. »Was soll das heißen?«

»Ach, das ist eine ganz besondere Geschichte, für die wir jetzt keine Zeit haben. Ich erzähle sie Ihnen ein andermal.« Sophie ging bis zum Tor und spähte vorsichtig um die Ecke. »Sie sind weg.« Doch von der Straße her hörte man immer noch entfernte Tumulte, Schreie, das Klirren von Glas und das Brechen von Holz. »Was für eine Nacht! Es ist schrecklich. Ich möchte am liebsten hierbleiben und mich irgendwo verkriechen.«

»Haben Sie keine Angst. Wir werden jetzt ganz ruhig weitergehen. So, als wenn nichts wäre. Es ist nicht mehr weit, dann sind wir bei mir zu Hause. Wir wohnen im dritten Stock – da steigt wohl niemand so schnell hinauf. Und ganz oben, im vierten, auf dem Dachboden habe ich mir einen Verschlag eingerichtet. Er ist von außen nicht zu erkennen. Dort male ich und halte meine Bilder versteckt. Ich habe Ihnen ja schon erzählt, dass die Nazis sie als entartete Kunst bezeichnen.« Sie traten aus dem Tor. David legte den Arm um sie. »Drücken Sie sich an mich! Wir werden so tun, als seien wir ein Liebespaar«, flüsterte er ihr zu. Sophie gehorchte und eng umschlungen gingen sie weiter. Doch plötzlich blieb David abrupt stehen. Fliegende Funken, der beißende Geruch von angesengtem Gummi in einer dumpfen Qualmwolke stieg ihnen in die Nase. »Sie haben unser Haus angezündet!«, rief David entsetzt aus. Sie wagten zuerst nicht, näherzutreten, stellten jedoch fest, dass es sich bei dem Brandherd um eine wenige Meter entfernte Autowerkstatt handelte. In der Ferne lag eine leblose Gestalt, vermutlich der Geschäftsinhaber auf der Straße, mitten zwischen den Überresten seiner Existenz, einem Gewirr von verbogenem Eisen und zerschlagenen Gegenständen. David stürzte zu ihm, um ihm zu helfen. Doch der Mann war tot. »Diese Teufel!« stieß er hervor. »Sie morden, vernichten unseren Lebensraum, nur weil wir Juden sind! Was haben wir ihnen bloß getan?« Er trat zurück, starrte auf die züngelnden Flammen, die verschiedene Personen zu löschen versuchten. Von den Brandstiftern zeigte sich keine Spur, sie waren verschwunden, um an anderer Stelle Unheil anzurichten.

»Ich habe diesen Händler gekannt. Er verkaufte Fahrräder und Reifen, reparierte Autos und war immer freundlich und hilfsbereit.« Mit einem tiefen Seufzer schloss David die Haustür des Mietshauses auf.«

»Diese Barbaren!«, flüsterte Sophie fassungslos. »Wie kann man nur so etwas tun?«

David antwortete nicht. Ein merkwürdiges Gefühl hatte ihn ergriffen, eine Art Vorahnung, die er sich nicht erklären konnte. Eine kleine Puppe lag im Flur, die Holzwolle ragte aus dem aufgeschlitzten Leib. Er starrte darauf, dann lief er los und stürmte die Treppe hinauf, immer drei Stufen auf einmal nehmend. Sophie eilte ihm nach, so schnell sie konnte und hörte seinen erstickten Schrei, bevor sie im dritten Stock angekommen war. Er stand in der weit offen stehenden Wohnungstür, fassungslos auf das Chaos schauend, das sich seinen Augen in der durchwühlten und zerstörten Wohnung darbot. »Mutter!«, rief er. »Vater!« Mit wirren Blicken sah er um sich, als könne er nicht glauben, was er sah. »Mutter?«, rief er noch einmal fragend. »Rebecca?« Doch niemand antwortete. Die Bilder waren von den Wänden gerissen, Federbetten und Polstermöbel aufgeschlitzt, Teppiche beschmutzt und die Vorhänge lagen heruntergerissen und zerknüllt am Boden. Wie in einem bösen Traum tastete David sich suchend durch die Räume. Sophie folgte ihm stumm und als sie ihn ansah, spürte sie, wie Schmerz und Wut in ihm loderten. Er ließ sich auf einen Sessel fallen, dessen Rückenlehne fehlte und schlug die Hände vor die Augen. »Sie sind fort«, stöhnte er auf, zutiefst getroffen. »Ich habe es befürchtet! Sie haben sie abgeholt!«

»Wer … wer hat sie geholt?«, fragte Sophie leise.

»Sie – die Nazis – die SS oder die Gestapo. Wer sonst?« Seine Stimme klang tonlos. »Meinen Vater, meine Mutter und meine drei Geschwister. Rebecca war erst fünf. Vater hätte nie geglaubt, dass sie ihn behelligen, ihm etwas antun würden. Er hat im Krieg für Deutschland gekämpft, eine Auszeichnung für besondere Tapferkeit erhalten. Er fühlte sich unantastbar.« Er konnte nicht weitersprechen.

»Bestimmt sind sie geflohen«, murmelte Sophie hilflos. Doch schon beim Aussprechen dieser Worte fühlte sie, dass es eine barmherzige Lüge war.

Das Geräusch von sich nähernden Schritten ließ sie zusammenfahren. David sprang auf, von heller Panik ergriffen. »Lieber töte ich mich, als dass ich mich auch gefangen nehmen lasse!« Er stürzte in die Küche, packte ein Küchenmesser und zückte es, zu allem bereit. Auch Sophie wich zurück, duckte sich angstvoll hinter eine Kommode, deren Schubladen herausgerissen waren.

Im Türrahmen zeigte sich jetzt eine ältere Dame mit weißen Haaren. Sie schlurfte gebeugt näher. David ließ das Messer sinken. »Frau Winkler?«

Die Angesprochene hob die Hand. »Es tut mir so leid!« Sie wischte sich mit ihrem Taschentuch eine Träne aus dem Augenwinkel. »Sie wissen, wie sehr ich Ihre Eltern geschätzt habe. Aber ich konnte ihnen nicht helfen.«

David, bleich wie die Wand, starrte sie unablässig an. »Was ist geschehen? Sagen Sie es mir. Schonen Sie mich nicht.«

»Was soll ich sagen?« Die weißhaarige Dame zuckte die Schultern. »Es kam so schnell – und wie ein Spuk war es auch wieder vorbei. Die SS-Leute gingen sehr grob vor. Sie sagten, sie hätten Befehl zu einer Razzia. Man müsse alle verdächtigen Juden verhören. Wegen des Mordes an – wie hieß doch gleich der Botschaftssekretär in Paris? Vom Rath, glaube ich.«

»Aber meine Eltern kannten den Mann doch gar nicht. Sie haben nichts damit zu tun, absolut nichts!«, stöhnte David.

»Natürlich! Aber man zerrte sie trotzdem in einen Lieferwagen. Ihre Schwestern Charlotte und Sarah waren sehr tapfer. Nur Rebecca weinte, weil sie ihre Puppe verloren hatte. Sie verstand noch nicht, was vorging.« Frau Winkler sah bedrückt zu Boden. »Ich bin hinausgelaufen, aber wir standen hilflos daneben. Der Wagen war groß und drinnen saßen dicht gedrängt Menschen. Die neu Angekommenen wurden förmlich hineingeschoben.« Sie schnäuzte in ihr Taschentuch. »Bevor sie einstieg, hat mir Ihre Mutter noch schnell etwas zuflüstern können. Dass sie sicher bald wiederkämen, weil alles ein Irrtum sei. Und dass ich Ihnen sagen soll, Sie müssten sich vor den Nazis in Sicherheit bringen … fliehen und nichts unternehmen, was Sie in Gefahr brächte. Vor allem sollten Sie nicht nach ihnen suchen …« Die Fassung verlierend, schluchzte sie leise. Von unten drangen jetzt Stimmengeräusche herauf und man hörte die Haustür heftig zuknallen, bevor rhythmische Stiefeltritte mehrerer Männer auf der Treppe ertönten. »Ich muss gehen.« Fluchtartig verließ Frau Winkler die Wohnung. David, von ihrem Bericht noch wie gelähmt, wurde jetzt wieder von der gefährlichen Wirklichkeit eingeholt. »Sie kommen zurück! Vielleicht haben sie es auf mich abgesehen. Ich bin ihnen mit meiner Malerei schon lange ein Dorn im Auge. Schnell, nach oben!« Ohne lange zu überlegen lief Sophie ihm nach, hinaus aus der Wohnung und ein

Stockwerk höher. Die stampfenden Schritte wurden mit steter Regelmäßigkeit lauter und lauter. David, der den Schlüssel zum Dachboden an einer Schnur um den Hals trug, versuchte mit zitternden Fingern das Vorhängeschloss der Holztür aufzusperren und den Riegel beiseite zu schieben. Doch das rostige Metall klemmte und Sophie spürte ihr Herz bis zum Hals schlagen. »Beeil dich!«, flüsterte sie sinnloserweise, denn David mühte sich so gut es ging. Endlich gelang es. Das laute Quietschen in den Angeln der Tür klang verräterisch. Sie schlossen sie hinter sich, ohne Zeit damit zu vergeuden, abzusperren. In einer dunklen Ecke oberhalb ausgedienter Möbel und altem Plunder öffnete David mit einem an einem Stab befestigten Haken die von außen nicht sichtbare Luke. Er zog die daran angebrachte Leiter herunter und so schnell sie es vermochten, stiegen sie hinauf. David holte die Leiter ein und schloss die Öffnung. Ein niedriger, nach oben sich verengender, langgezogener Raum mit verzweigten Dachbalken tat sich auf, in dem man sich nur gebückt bewegen konnte. Ein kleines Dachfenster ließ etwas Luft hinein. Im Schein von Davids Taschenlampe erblickte Sophie fast ein Dutzend rahmenloser, gespannter Leinwände, die den größten Platz einnahmen. In der Mitte befand sich eine Staffelei, auf der ein begonnenes, abstrakt verzerrtes Hitlerporträt stand. Er sah mit diabolischem Grinsen auf die Weltkugel, die in Scherben vor ihm auf dem Boden lag. Große und kleine Pinsel, Lappen und Farbtuben waren überall verstreut und mittendrin lag eine noch feuchte Palette. »Hier sind wir sicher«, sagte David mit spürbarer Erleichterung. »Das ist der Platz, an dem ich in letzter Zeit gemalt habe.« Sie lauschten nach draußen, doch es war nichts zu hören. »Willst du dir ein paar meiner Bilder ansehen?«, flüsterte David und kroch vorwärts. Sophie nickte und er nahm die Taschenlampe und ließ den Lichtstrahl über einzelne Bilder kreisen, die er unter anderen hervorzog. Es waren Gemälde in ungewöhnlichem Stil, mit kräftigen Farben, die ineinanderflossen, sich verwischten und ihr Thema nicht gleich erkennen ließen. Da gab es eine Uhr, an der die Zahlen aus tropfenden Blutflecken bestanden und die Zeiger Messer waren, die kurz vor zwölf Uhr anzeigten. Auf einem anderen Gemälde sah man Flammen emporzüngeln, die sich über die Erde ausbreiteten. Und auf einem dritten war der düstere Schatten eines Uniformierten zu sehen, der über Knochen und Totenköpfe schritt. An der grauen Häuserwand dahinter reckte sich eine blutige Faust empor, das Zeichen der Gewalt. Sophie war beeindruckt von der Kraft des Ausdrucks, den leuchtenden Farben und wachrüttelnden Themen, die David auf die Leinwand gebannt hatte. Das konnte dem Nazi-Regime, das moderne Kunst als Spiegel der Zeit verabscheute, natürlich nicht gefallen. Ganz plötzlich hörten sie das bekannte Quietschen der Türangeln zum Dachboden. David knipste hastig die Taschenlampe aus und wagte keine Bewegung mehr. Sophie klammerte sich an ihn. Mit angehaltenem Atem lauschten sie im Dunkeln auf jedes Geräusch. Mehrere Männer schienen den Dachboden betreten zu haben und sahen sich geräuschvoll darin um. Sie rückten Gegenstände beiseite und rumorten laut im Sperrmüll. »Gibt es hier nicht noch irgendwo einen Verschlag?«, klang eine gleichgültige Stimme dumpf herauf. David war alles Blut aus den Wangen gewichen. Er nahm Sophies Hand und drückte sie fest, als suche er einen Halt. Im durch die Dachluke hereinfallenden Schein des Mondes sahen sie einander mit weit geöffneten Augen an. Panik, Angst und Fluchtgedanken standen darin.

10. Kapitel

Die Ermittlungen der Polizei im Selbstmordfall des Buchhalters Henri Tolbiac in den Büroräumen der Firma Carrière & Co zogen sich ohne ein eindeutiges Ergebnis hin. Recherchen ergaben, dass der leitende Angestellte seit Längerem die Bücher zu seinen Gunsten gefälscht, vermutlich größere Summen unterschlagen und die Beweise verbrannt hatte. Sein das Gehalt erheblich überschreitender, aufwändiger Lebenswandel bewies, dass er weitaus mehr Geld ausgegeben hatte, als er verdiente. Der Verdacht einer Komplizenschaft stand immer noch im Raum. Doch so sehr der Kommissar auch suchte und grübelte, wer dieser geheimnisvolle Unbekannte sein könnte und ob Philippe Carrière selbst etwas damit zu tun hatte – die Fakten reichten nicht aus, das zu beweisen. Sein Alibi war hieb- und stichfest. Sandrine Rouvrier, genannt Sandy, Mannequin bei der Firma Robel, hatte ausgesagt, Philippe sei in der fraglichen Nacht bei ihr gewesen. Die Hausmeisterin und ein paar Clochards erinnerten sich, ihn am frühen Morgen in der Rue Pajol im nördlichen Quartier von Paris, gesehen zu haben. Philippe atmete erst einmal auf. Doch eine Menge anderer Sorgen bedrückte ihn. Sein ganzes Leben war auf einmal in Unordnung geraten. Sandrine verlangte eine hohe Summe Schweigegeld von ihm, Marge bestand auf ihrem Anteil des Bargelds aus dem Tresor. Auch die teure Miete seiner Wohnung am Quai Bourbon war seit zwei Monaten ausständig, die Rechnungen der Modenschau im »Petit Palais« und der anschließenden Party wollten bezahlt werden und ließen den Gesamtbetrag weiter steigen. Im Augenblick fehlte es Philippe vor allem an Barem. Er dachte immer noch darüber nach, ob er sich einer Schweizer Bank anvertrauen sollte, um wenigstens einen der aus dem Versteck zurückbehaltenen Goldbarren flüssig zu machen. Aber dazu brauchte er Zeit und musste über eine Reise nachdenken. Seine Beziehung zu Jean-Luc hatte sich seit der unglückseligen Mordtat seines vergötterten »Hermès« merklich abgekühlt und er litt sehr darunter. Der Lebensgefährte zeigte sich wie umgewandelt, er schmollte, war gereizt und zeigte keine Lust, ernsthaft zu arbeiten. Seine Miene war eine einzige Anklage, und was die Sache noch verschlimmerte, er kränkelte. Aus Gesundheitsgründen hatte er sogar die Präsentation seiner neuen Frühjahrsmode verschoben. Tatsächlich sah er schlecht aus, mit tiefen, bläulichen Ringen unter den Augen und eingefallenen Wangen. Dieser spannungsreiche Zustand war für Philippe kaum zu ertragen und er beschloss, koste es was es wolle, eine Aussprache herbeizuführen. Auf einem Spaziergang bei eisigem Wind entlang der Seine wog er seine Worte ab und überlegte, was er sagen sollte. Als er zurückkehrte, lag Jean-Luc auf dem Canapé, in eine Decke gehüllt. Er war bleich, hustete und erklärte, er sei erkältet und fühle sich elend, weil die Wohnung schlecht geheizt sei. »Hör mir mal zu, Jean-Luc«, begann Philippe und setzte sich zu ihm. »So kann es nicht weitergehen! Was ist bloß mit uns los? Seit du diesen Burschen kennengelernt hast, diesen Hermès, der jetzt im Gefängnis sitzt, bist du wie verwandelt. Er hat unsere einzigartige Freundschaft zerstört.«

»Einzigartige Freundschaft!«, höhnte Jean-Luc mit rauer Stimme. »Ich leide, siehst du das nicht! Du kannst dir wohl nicht vorstellen, was ich verloren habe! Hermès ist kein Mörder! Diese ganze Geschichte ist ein Komplott gegen ihn, ein schrecklicher Irrtum. Und er kann sich nicht wehren.« Nach einer heftigen Hustenattacke musste er ein paar Minuten pausieren. Dann fuhr er fort: »Hermès hat einen guten Charakter, ich weiß es. Und er war die perfekte Inkarnation des Ideals, für das ich meine Mode gestalten möchte: androgyn, von morbider Schönheit …« Er verdrehte schwärmerisch die Augen. »Ein seltener Glücksfall – wie vom Himmel gesandt! Und auf einmal ist alles aus.« Er warf Philippe einen düsteren Blick zu. »Aber das verstehst du ja nicht. Du bist ja nur froh, dass er weg ist.« Erregt, von einem neuen Hustenanfall geschüttelt, presste er das Taschentuch vor den Mund.

»Ich?«, wehrte sich Philippe. »Nun, ich muss gestehen, dass es mir nicht gepasst hat, ihn in unserer Wohnung vorzufinden. Aber ich habe doch nichts weiter getan …«

»Als ihn zu beleidigen und hinauszuwerfen«, unterbrach Jean-Luc ihn mit erstickter Stimme. »Auf die Straße, wohlgemerkt. Und mitten in der Nacht. Er hätte diese Dummheit niemals begangen, wenn er nicht so verzweifelt gewesen wäre.« Geschwächt ließ er sich in die Kissen fallen. »Du hast ihn aus *deiner* Wohnung geworfen – in der auch ich wohl nur geduldet bin.«

»Es kann doch nicht wahr sein, dass du mir jetzt die Schuld für seine Tat gibst! Du redest im Fieber und solltest einen Arzt kommen lassen.«

»Ich will keinen Arzt! Ich brauche einen guten Anwalt, der Hermès aus dem Gefängnis holt! Er ist unschuldig – hat in einem Wahn gehandelt … vielleicht sogar unter Drogen.« Er hustete und rang nach Atem. »Dieses verdammte Asthma! Es bringt mich um.

»Drogen!« Philippe lachte auf. »Du bist im Irrtum. Er hat die Tat kaltblütig begangen. Das hat die Polizei eindeutig festgestellt. Er hat seine Pistole gezogen und mehrfach auf den Botschaftssekretär geschossen.«

»Das kann nicht sein! Er besaß gar keine Pistole! Wenn du etwas für mich tun willst, dann besorge ihm einen Anwalt«, flehte Jean-Luc, dem es sichtlich schwer fiel, Atem zu holen. Aus seiner Brust kamen fiepende Töne und sein ganzer Körper wurde jetzt wie von Frost geschüttelt, seine Zähne schlugen aufeinander und das ansteigende Fieber zeichnete rote Flecken auf seine Wangen. »Für eine hohe Kaution könnten wir ihn vielleicht freibekommen.« Er ergriff Philippes Hand. »Bitte! Ich habe dich noch nie um etwas gebeten – aber jetzt tue ich es. Ich muss mit Hermès sprechen, ihn sehen. Wirst du mir helfen?« Er sah ihn beschwörend an.

»Sieh doch endlich ein, dass es keinen Anwalt gibt, der ihm helfen könnte! Seine Tat hat große Empörung in der politischen Welt ausgelöst. Besonders in Deutschland. Hitler hat von einer jüdischen Verschwörung gesprochen und gedroht, er werde vom Rath blutig rächen.«

»Ach, dieser Idiot!«, flüsterte Jean-Luc und zog pfeifend den Atem ein. »Diese Nazis werden die Welt ins Unglück stürzen, glaub mir!«

Philippe entzog seine Hand der fieberheißen des Freundes, die die seine krampfhaft umklammerte, und reichte ihm das Glas Wasser und die Tabletten, die auf dem Tischchen standen. »Nimm erst einmal deine Medikamente, damit du gesund wirst!« Jean-Luc schluckte gehorsam das Verabreichte hinunter, während Philippe fortfuhr. »Können wir das nicht alles vergessen? Einen Schlussstrich ziehen?«

»Nein«, beharrte Jean-Luc eigensinnig. »Niemals. Vielleicht ist es besser, wir trennen uns. Ich gebe das Modegeschäft auf und entwerfe nur noch für andere Häuser.«

»Tu das nicht, ich bitte dich! Du weißt noch nicht alles über deinen Hermès. Inzwischen sind neue, sehr pikante Details über die besagte Affäre bekanntgeworden.« Philippe hob die hinuntergefallene Decke auf und legte sie fürsorglich um Jean-Lucs Schultern. »Und deshalb wird es sinnlos sein, auch nur einen Finger für Hermès zu rühren – so leid es mir tut.«

»Was … was meinst du mit pikant?« Die Augen des Kranken waren starr auf ihn gerichtet.

»Ich bitte dich, erspar mir, darüber zu reden. Es würde dich nur aufregen. Es steht übrigens in allen Zeitungen!«

»Bitte sag es mir – ich muss es wissen!« Jean-Lucs Stimme bebte.

»Ernst vom Rath hat in der Homosexuellenszene verkehrt und Hermès vermutlich bereits des Öfteren getroffen. Man nimmt an, dass sie sich kannten. Der Mord war ein Racheakt, vielleicht Eifersucht.«

»Infame Lügen«, knirschte Jean-Luc wütend. Er sank erschöpft vor Kummer in die Kissen zurück.

»Du solltest dich nicht aufregen! Sei doch vernünftig! Fest steht, dass dein Schützling nicht einmal einen gültigen Pass besitzt.«

»Genau!« Jean-Lucs Züge belebten sich wieder. »Das war sein großes Problem! Die deutschen Behörden haben ihm seine Papiere weggenommen und die französischen seinen Antrag auf einen neuen Pass abgelehnt. Er war staatenlos. Ist das vielleicht seine Schuld?« Die roten Flecken auf seinen Wangen vertieften sich und seine Stimme wurde heiser. »Und dann hat man seine Familie aus Deutschland in ein Lager verschleppt! Wenn das kein Grund ist, durchzudrehen! Er wollte der Welt ein Zeichen geben und hat sich dafür geopfert! Das war sein wahres Motiv!« Er richtete sich schwer atmend auf, um Luft zu holen. Das pfeifende Geräusch aus seiner Lunge hatte sich verstärkt. Philippe, der erkannte, wie sehr sich der Zustand seines Freundes verschlechtert hatte, bekam plötzlich Angst. »Sprich nicht weiter. Du glühst ja förmlich vor Fieber.«

Jean-Luc machte eine abwehrende Geste. »Dann lass mich doch in Ruhe! Mach lieber, dass ich Hermès besuchen kann. Dann werde ich von selbst gesund. Ohne ihn kann ich nicht arbeiten – nicht existieren …« Der Rest verlor sich in unverständlichem Gemurmel. Philippe eilte zum Telefon. Wenn Jean-Luc zu seinem Asthma eine Lungenentzündung bekam, würde es kritisch werden. Mit zitternden Fingern wählte er die Nummer des Hausarztes und ließ sich anschließend mit dem Polizeipräsidium verbinden.

***

Mit seinen wichtigsten Sachen, einem Rucksack und einer umfangreichen, schweren Tasche stand Nicolas am nächsten Tag vor Marguerites Tür. Er erklärte, er werde nur so lange bleiben, bis er eine eigene Wohnung gefunden habe. Die deutsche Botschaft sei nicht weit von ihr entfernt und er könne leicht zu Fuß hingehen.

»Willkommen – und fühl dich wohl bei mir«, empfing ihn Marguerite mit einer zärtlichen Umarmung. Sie ließ sich ihre Bedenken über seinen Einzug nicht anmerken und war bereit, ihn zu nehmen, wie er war: Mit seinen wechselnden Launen, seiner Leichtlebigkeit und seinem Hang zum Abenteurer. Alle Zweifel waren in dem Moment zerstreut, als Nicolas sie anlächelte, umarmte und küsste. »Wie schön, dass ich bei dir sein kann!« Er warf seine Tasche im Flur in die Ecke und sah sich um. »Stell dir vor, ich habe gerade erfahren, dass der Botschafter von Welczeck einen zweiten Sekretär sucht, jemanden, der nebenbei noch Botengänge, Abschriften und viele kleine Dinge des Alltags für ihn erledigt.« Er blinzelte Marguerite zu. »Das wäre doch was für mich, oder? Aber zuerst muss ich mich richtig einarbeiten.« Er sah sich um. »Schön hast du es hier!«

»Zu klein.« Marguerites Mundwinkel zogen sich unzufrieden nach unten. »Und ein Blick auf die Seine wäre mir auch lieber. Irgendwann werde ich auf jeden Fall umziehen. Und mich ganz neu einrichten. Moderner.«

»Wirklich?« Nicolas betrachtete ungläubig die Louis-Seize-Möbel und den venezianischen Spiegel mit passendem Kristalllüster. »Du hast doch hier alles, was du brauchst.« »Wenn du bei mir bist, ja«, erwiderte Marguerite. Sie schlang die Arme fester um seinen Hals, schmiegte sich an seine Brust und sah nicht, wie ausdruckslos sein Gesicht bei ihren Zärtlichkeiten blieb. Er küsste sie, blickte dabei unauffällig auf seine Armbanduhr und befreite sich dann behutsam aus ihrer Umarmung. »Liebling, ich muss los! Vielleicht kannst du heute Abend eine Kleinigkeit zum Essen für uns besorgen. Ich fürchte, ich werde öfter Überstunden machen müssen.«

»Gut«, seufzte Marguerite. »Ich stelle auf jeden Fall eine Flasche Champagner kalt, damit wir auf unsere Zukunft trinken können.« Nicolas verzog bei den Worten »unsere Zukunft« unmerklich das Gesicht und küsste sie auf die Nasenspitze. »Du bist ein Engel! Auf heute Abend!«

»Komm bald – ich warte auf dich!«, rief Marguerite ihm nach, als er ihr noch einmal zuwinkte und mit großen Sätzen die Treppe hinunterlief. Für einen kurzen Moment fragte er sich, ob es richtig war, mit Marguerite zusammenzuziehen. Aber was blieb ihm anderes übrig? Er war erst einmal froh, für die nächste Zeit ein Dach über dem Kopf zu haben. Trotzdem – Marguerite liebte ihn, das war nicht zu übersehen. Und er spürte bereits, wie sich unsichtbare, einengende Fesseln um ihn legten. Das durfte nicht sein und er würde sie abwerfen, sobald es sich ergab. Doch ohne einen Franc in der Tasche war es sehr schwierig, in Paris Fuß zu fassen. Der ganz große Coup, bei dem er genügend Geld erhalten würde, hatte sich bis jetzt noch nicht aufgetan. Aber schließlich war er erst am Anfang. Er würde bei ihr bleiben, bis sich in der Botschaft alles eingespielt und er die Methode heraus hatte, mit Geheimdiensten zu kooperieren. Dann würde sicher irgendwann Geld fließen. Man konnte ihm alles vorwerfen, aber nicht, dass er dumm war. Zunächst einmal sollte der nationalsozialistisch orientierte Doriot seine vertraulichen Mitteilungen erhalten, bevor er sich weiter vorwagte. Es ging das Gerücht, dass besonders die Sowjets für geeignete Informationen sehr gut zahlten, und so hatte er schon mal in der kommunistischen Partei durchblicken lassen, dass er für die Genossen alles täte. Vielleicht würde das etwas bewirken. Er hatte jetzt immerhin Zeit und ein Obdach und konnte warten.

Heiter vor sich hin pfeifend, spazierte er die wenigen Meter von Marguerites Wohnung zur Botschaft hinüber. Nach der Identifizierung durch einen speziellen Ausweis und der Passage durch die verschärften Sicherheitskontrollen, konnte er sich in dem kleinen, verstaubten Raum ruhig an seine Arbeit machen. Sie war nicht schwer, aber ziemlich eintönig. Sorgfältig sortierte er alle Eingänge, heftete sie ab, besorgte die Ablage und trug stapelweise Akten zu verschiedenen Stellen. Wie vorteilhaft, dass ihn am Abend Marguerite gleich zum Dîner erwartete, mit Champagner, Wein und den besten Leckerbissen, die Paris zu bieten hatte! Das waren Annehmlichkeiten, die er bisher noch nie genossen hatte. Und so war in den ersten Tagen seiner Tätigkeit die Regelmäßigkeit und Eintönigkeit seiner Arbeit kein Problem für ihn. Aber nach und nach begann ihn die alte Unruhe wieder zu plagen. Er kannte sich: Lange würde er das öde Aktenbotendasein mit seiner stupiden Langeweile nicht aushalten, das wusste er schon jetzt. Er hielt nach Informationen für Doriot Ausschau, sammelte und kopierte fleißig alles, was er auch für das Deuxième Bureau für wichtig hielt. Doch von dem erhofften Lohn hatte er nur sehr wenig erhalten, denn alle Aufträge des Deuxième Bureaus liefen über Doriot. Es war ihm auch noch nicht gelungen, die zurückbehaltenen Pässe zu verkaufen – er musste jetzt mit solchen Dingen vorsichtig sein. Kurz bevor er alles hinwerfen und seine Arbeit aufgeben wollte, befand sich auf einmal ein unscheinbarer Brief mit einem Zettel in seinem Postfach. Eine anonyme Nachricht bedeutete ihm, den gerade eingetroffenen Plan eines geheimen deutschen Waffenlagers in Berlin zu kopieren und in einer Zeitung verborgen, in den Hohlraum unter das Fenstersims des Empfangsraumes im ersten Stock zu legen. Nicolas tat, was verlangt war, und legte sich auf die Lauer, um zu sehen, wer die Zeitung abholen würde. Doch niemand kam und da er nicht die ganze Nacht ausharren wollte, ging er schließlich fort. Am nächsten Morgen war die Zeitung verschwunden und an ihrem Platz lag wieder ein Umschlag. Sein Inhalt meldete einen weiteren Auftrag: Sich ein Postfach unter dem Namen Eric Troupet anlegen zu lassen. Nicolas tat wie geheißen und von nun ab gingen nach jeder wichtigen Information und Kopie Briefe mit Geldscheinen für Eric Troupet über dieses simple Postfach. Nicolas war zufrieden. Endlich ein Erfolg! Es war noch nicht allzu viel, was er bekam, aber er sagte sich, dass er schließlich erst am Anfang war. Doch wo war bloß die undichte Stelle in der deutschen Botschaft, von der seine Aufträge kamen? Bislang fand er keinen Anhaltspunkt und so sehr er auch die Augen aufhielt, er konnte die Spur des geheimen Mittelsmannes nicht finden. Nach einer Weile wagte er sich noch etwas weiter vor. Das, was er von Doriot erfuhr, leitete er diskret an die Deutschen weiter, und die Russen wurden gleich über beide Nationen auf dem Laufenden gehalten. Der Nervenkitzel der Gefahr, das Jonglieren mit mehreren feindlichen Parteien war genau das, was er brauchte und die ganze Zeit vermisst hatte. Er fühlte sich auf einmal ganz in seinem Element.

»Ich habe in der Botschaft ziemlich viel zu tun«, ließ er Marguerite eines Abends wissen. »Und werde wohl einige Wochenenden opfern müssen.« Auf ihren fragenden Blick setzte er hinzu: »Man hat mir angeboten, einen Zeitungsartikel für das *Petit Journal* zu verfassen: ›Hintergründe der Mordaffäre des Botschaftssekretärs‹.« Er lachte. »Was sagst du dazu? Schließlich sitze ich direkt an der Quelle und kenne alle Einzelheiten des Falles. Keine Angst – ich schreibe natürlich unter einem Pseudonym.«

»Du traust dich, einen Artikel über die Hintergründe dieses Mordes zu schreiben?«, fragte Marguerite erstaunt. »Das finde ich ziemlich riskant. Gerade die Deutschen sind da sehr empfindlich.«

»Ich kann Einsicht in gewisse Akten nehmen. Und es macht mir Spaß, die Sache auseinanderzunehmen. Außerdem habe ich schon gefährlichere Dinge gemacht, das kannst du mir glauben.« Nicolas' Augen glänzten. »Vom Rath war tatsächlich homosexuell! Ich habe herausgefunden, dass er und sein jugendlicher Mörder in der gleichen Szene verkehrten, in einem einschlägigen Lokal, dem »Tout va bien«! Eine Sensation, nicht wahr? Das ist doch Geld wert! Die Deutschen würden die Neigungen dieses Herrn ja lieber geheim halten. Ich werde meinen Artikel nur abschwächen oder ganz fallen lassen, wenn sie mir mehr zahlen als das *Petit Journal!*«

»Sie sollen dir – mehr zahlen?«, fragte Marguerite erstaunt.

»Was sonst? Du bist vielleicht naiv! Glaubst du, das mache ich umsonst?«, entfuhr es ihm.

»Ist das nicht eine Art von … Erpressung?«

»Na und? Was ist schon dabei?«, fragte Nicolas unbekümmert.

»Ich wusste gar nicht, dass du so skrupellos sein kannst«, stellte Marguerite mit einem vorwurfsvollen Unterton fest.

»Gib Acht, was du sagst!« In Nicolas' Augen glitzerte es kühl. »Immerhin kann ich mich nicht wie du bequem zurücklehnen und darauf warten, bis mein monatlicher Scheck eintrifft! Ich muss selbst für mein Auskommen sorgen.«

»Entschuldige, ich habe es nicht so gemeint!«, lenkte Marguerite ein. »Ich verstehe, dass du die Wahrheit aufdecken willst. Aber die Sache hat ohnehin schon so viel böses Blut verursacht. Im Moment sind immer die Juden an allem schuld – man hat den Eindruck, dieses Volk bestünde nur aus Mördern und Verbrechern!« Sie schüttelte unwillig den Kopf und sammelte dann seufzend Nicolas' Schuhe auf, die er unordentlich in den Gang geworfen hatte. Nicolas ging nicht auf ihren Einwand ein. »Wenn Hitler erfährt, dass vom Rath in Wahrheit homosexuell war, wird die Sache wahrscheinlich rasch unter den Teppich gekehrt. Mir kann das egal sein. Hauptsache, ich profitiere davon.« Er zuckte gleichmütig die Achseln und blies den Rauch in Wölkchen von sich. Marguerite zog bei seinen Worten fröstelnd die Schultern zusammen. Sie sah mit leichtem Unbehagen zu, wie Nicolas es sich gähnend im Sessel bequem machte und unverfroren seine Füße auf den Couchtisch legte. Er rührte in seiner Kaffeetasse, trank sie aus und stellte sie unachtsam neben sich auf den Perserteppich. Überhaupt bewegte er sich mit der größten Selbstverständlichkeit in der Wohnung, ohne jemals etwas wegzuräumen, das er irgendwo ablegte oder hinwarf. Überall lagen seine Kleidung, Zeitungen und anderen Habseligkeiten herum. Er steckte sich eine neue Zigarette an und schnippte die Asche in eine kleine Vase.

»Dieser junge Bursche sah überhaupt nicht wie ein Mörder aus«, spann Marguerite den Faden weiter, großzügig über Nicolas' schlechtes Benehmen hinwegsehend. »Ziemlich naiv, gar nicht verdorben …«

»Kanntest du ihn etwa?«, fragte Nicolas, der mit halbgeschlossenen Augen einen tiefen Zug aus seiner Zigarette nahm.

»Flüchtig. Ich habe ihn einmal bei meinem Bruder gesehen, der mit dem Modeschöpfer Jean-Luc Robel zusammenlebt«, fügte sie erklärend hinzu. »Der hatte ihn als Modell direkt von der Straße weg für seine Kollektion engagiert. Er behauptete,

Hermès verkörpere die besondere, jugendliche Lässigkeit des Zeitgeistes.«

»Ach, das ist ja außerordentlich interessant. Erzähl mir mehr davon. Wieso nennst du ihn eigentlich ›Hermès‹?«

»Das ist Jean-Lucs Erfindung. Hermès, wie der griechische Gott«, sagte Marguerite erklärend. »Er besaß tatsächlich eine Art dämonischer Schönheit – an der Grenze des Hässlichen ...« Sie lächelte verlegen. »Aber das bleibt hoffentlich unter uns! Ich möchte nicht, dass du so etwas in deinem Bericht für die Zeitung erwähnst.«

Nicolas überhörte ihren Einwand. »Dämonische Schönheit?« Er lachte kurz auf. »Na ja, auf den Pressebildern sah er jedenfalls eher unscheinbar aus! Fast hässlich.«

»Hoffentlich wird mein Bruder durch die Bekanntschaft mit Hermès nicht in diesen skandalösen Fall hineingezogen.« Marguerite leerte die fünfte Tasse Kaffee. Sie war aufgekratzt und zugleich deprimiert. Ihr Kopf schmerzte, ihre Glieder schienen schwer wie Blei und machten jede Bewegung zur Qual. Sie brauchte dringend irgendetwas, das sie beruhigte und ihre Stimmung verbesserte. Sollte sie sich kurz entschuldigen und ins Bad gehen? Aber zuvor musste sie die Schachtel mit den Tabletten an sich bringen, die genau da auf dem Tisch lag, wo Nicolas seine Füße ausstreckte.

»Tja, mal sehen, wie alles weitergeht. Hitler ist unberechenbar«, sagte Nicolas wie zu sich selbst. »Zum Teufel mit den Deutschen. Japan und Italien haben sie schon auf ihre Seite gezogen – und mit Stalin einen Nichtangriffspakt geschlossen. Sie sind uns mit dem Informationsaustausch irgendwie voraus. Ich habe herausbekommen, dass ihre Agenten ihre Funksprüche mit einer speziellen Maschine chiffrieren, die schwer zu entschlüsseln ist. Das macht mir ziemlich viel Kopfzerbrechen.« Er erhob sich und begutachtete einen reich geschnitzten Sekretär mit goldenen Beschlägen aus der Nähe.

»Du kannst funken?«, fragte Marguerite bewundernd.

»Natürlich. So was habe ich im Spanienkrieg gelernt. Und ein Legionär, mit dem ich Karten spielte, hat mir etwas Deutsch beigebracht.«

»Dann bist du ja in der deutschen Botschaft genau richtig.« Marguerite fühlte sich unwohl. Sie musste etwas tun. Ihre Schläfen hämmerten, ein innerliches Zittern quälte sie. »Hör mal, was hältst du davon, wenn wir in der kleinen Bar ›Flou-Flou‹ noch etwas trinken gehen«, schlug sie vor, »und später soupieren wir vielleicht noch bei ›Laforêt‹. Ich hätte Lust auf ein Dutzend Austern. Diese politischen Diskussionen ängstigen mich.«

»Wie du willst! Ich liebe Austern – und ich liebe dich!« Nicolas legte den Arm um sie und sah sie prüfend an. »Was hast du? Du bist so blass?«

»Nichts, nichts! Aber die Aufführung der *Antigone* rückt immer näher«, erwiderte sie hastig und versteckte dabei die Tablettenschachtel hinter ihrem Rücken. »Die Vorstellung ist bereits ausverkauft. Ich habe Angst, dass meine Stimme versagt, ich nicht singen kann, den Text nicht weiß. Es ist jedes Mal das Gleiche.« Sie zwang sich zu einem Lächeln.

»Ich weiß, Chérie!« Er küsste sie auf die Stirn. »Aber diesmal werde ich dir ganz nahe sein, dir die Daumen halten und mit guter Beleuchtung mein Bestes tun. Maximilian verlässt sich auf mich. Wir haben schon einen Teil der schweren Scheinwerfer angebracht, aber er hat mich gebeten, ihm noch bei den Kulissen zu helfen.« Er machte eine kleine Pause. »Sag mal, was ist das eigentlich für eine Oper?«

»Die *Antigone?* Kennst du denn das Theaterstück von Sophokles nicht?«

»Was? Nie davon gehört.« Nicolas schüttelte den Kopf. »Und worum geht es da?«

»Wie immer um Liebe und Tod.« Marguerite lächelte nachsichtig. »Der Komponist Arthur Honegger hat aus dem Inhalt eine kurze Oper gemacht. Und Jean Cocteau schrieb das Libretto dazu. Wir spielen zwar nur in einem ganz kleinen Theater – aber er wird unter den Premierengästen sein. Bei der Erstaufführung vor Jahren war die Oper kein Erfolg. Aber Pierre will das jetzt mit einer modernisierten Neufassung ändern.«

Nicolas gähnte. »Die sogenannten ›schönen Künste‹ sagen mir nicht viel. Ich war auch noch nie im Theater – außer hinter den Kulissen. Das Einzige, was mich interessiert, ist die Politik!«

»Wenn du Max am Abend bei der Beleuchtung assistierst, wirst du dir die Oper auf jeden Fall anhören müssen!«, bemerkte Marguerite ironisch. Ihre Stimme klang rau, sie räusperte sich und fühlte, wie die Panik, zu versagen, ihr Herz schon wieder zum Rasen brachte.

»Ja, da wird mir wohl nichts anderes übrig bleiben!« Nicolas seufzte gespielt. »Komm, lass uns gehen!« Er erhob sich. Marguerite wollte ihm folgen, doch plötzlich erfasste sie ein Schwindel und sie stolperte ungeschickt über die Schwelle. Nicolas fing sie lachend auf und hielt sie fest. Er schien nichts von ihrer Verwirrung zu bemerken, zog sie in seine Arme und küsste sie auf den Mund. »Liebste! Bald werde ich dich auf der Bühne sehen – und sehr stolz auf dich sein.« Marguerite nickte und verbarg ihr verzerrtes Gesicht an seiner Schulter. Sie fühlte sich wie in einem Karussell, das sich immer schneller drehte, und bemühte sich, ruhig zu atmen. »Oh, ich habe wohl mein Portemonnaie vergessen!«, rief sie aus und wand sich aus seinen Armen. »Geh doch schon mal vor, Liebling. Ich komme gleich nach!« Rasch lief sie ins Bad und schaffte es mit zitternden Fingern kaum, zwei der runden Pillen aus der Verpackung zu lösen und mit einem Schluck Cognac hinunterzuspülen. »Nur noch ein paar Tage«, dachte sie, »wenn die Vorstellung vorbei ist, höre ich ganz bestimmt damit auf. Aber bis dahin muss ich es schaffen, meine Panik zu überwinden. Sonst blamiere ich mich vor dem Publikum, vor Pierre … und vor allem vor Nicolas.« Sie setzte sich auf einen Stuhl und wartete darauf, dass Unruhe und Schwindel vergingen, sich ihr Herzschlag beruhigte und die Spannung im Kopf verflog. Mit einem erleichterten Aufatmen erhob sie sich sodann, puderte ihre Wangen, legte noch ein wenig Rouge auf und betrachtete sich kritisch im Spiegel. Sie war schön. Die hohen Wangenknochen modellierten ihr schmaler gewordenes Gesicht vorteilhaft und ihre Haut hatte jene porzellanene Blässe angenommen, die Rothaarigen so vorzüglich steht. Ihre dunklen, ins Grünliche schimmernden Augen, die leicht umschattet waren, blickten mysteriös und ließen nicht ahnen, in welch schlechter Verfassung sie sich befand. Dadurch, dass sie auch an Gewicht verloren hatte, wirkte ihr vorher sehr weiblicher Körper fragiler und zarter. Als sie die Bar betrat, zog sie sofort alle Blicke auf sich. Nicolas hatte bereits Champagner bestellt und lächelte ihr von einem kleinen Tisch für zwei Personen entgegen. »Was hast du so lange gemacht, Marge? Ich hatte Sehnsucht nach dir.« Er zog sie zärtlich an sich. »Jede Nacht waren wir in den letzten Tagen zusammen. Sind gemeinsam eingeschlafen und erwacht. Und ich kann kaum erwarten, dich jetzt wieder in meinen Armen zu halten«, flüsterte er ihr ins Ohr. Marguerite entzog sich ihm leicht. »Ab jetzt bin ich nur noch Antigone!«, sagte sie bedeutungsvoll, »und ich werde es auch in den nächsten Tagen sein. Du darfst mich nicht zu leidenschaftlich lieben, sonst vergesse ich meinen Text.«

»Ich kann dir nicht versprechen, dass ich mich so lange beherrschen werde«, murmelte Nicolas in jenem rauen Ton, der ihr wie immer einen Schauer durch jede Nervenfaser jagte. Er küsste sie auf die Halsgrube. »Du wirst sehen, deine Stimme wird durch die Liebe noch melodischer!« Marguerite leerte ihr Glas mit einem Zug. Dann schmiegte sie sich dicht an ihn, um seinen Körper an dem ihren zu spüren, seine Haut, die Sicherheit, die er ihr vermittelte. Endlich war sie ruhig, ihre Finger zitterten nicht mehr und ihr Kopf war klar. Von irgendwoher spürte sie einen Blick an sich haften. Sie wandte den Kopf. Es war ihr Ex-Ehemann Gaston, der an der Bar saß und sie und Nicolas eingehend beobachtete. Er sah unrasiert aus und übernächtigt. Sein cremefarbener Flanellanzug mit der gestreiften Fliege war zerknittert und wies Flecken auf. »Marge«, rief er ihr zuwinkend aus, als ihre Blicke sich trafen. Mit ausgestreckten Armen steuerte er auf sie zu, noch bevor sie flüchten konnte. »Was für ein Vergnügen, dich zu sehen! Ich wollte ohnehin etwas mit dir besprechen.«

»Gaston?« Marguerite war aufgesprungen und automatisch einige Schritte zurückgetreten. »Das Vergnügen, dich zu sehen, ist leider nicht auf meiner Seite«, sagte sie trocken. »Wenn du etwas willst, bespreche es mit meinem Anwalt. Ich habe dir nichts mehr zu sagen.« Gaston klemmte sein Monokel ins Auge, zwinkerte und erwiderte mit der ihm eigenen überheblichen Arroganz: »Ich weiß nicht, was du meinst, Schatz. Wir sind doch immer im Guten miteinander ausgekommen. Wenn dein neuer Freund«, er sah Nicolas von oben herab an, »es erlaubt, würde ich gern eine Minute unter vier Augen mit dir sprechen.«

»Ich kann mir schon denken, was du willst. Aber ich habe es satt, dass du mich überallhin verfolgst, nur weil du wieder einmal Geld brauchst.« Marguerite hatte, ohne es zu wollen, ihre Stimme so weit erhoben, dass alle Leute in der Bar zu ihnen hinübersahen. Jetzt mischte sich Nicolas ein: »Bitte setz dich Marge, wir klären das am besten unter Männern.« Er schob sie zurück und grollte, an Gaston gewandt unheilverkündend: »Verschwinden Sie! Sie sehen doch, dass Marge nichts von Ihnen wissen will.«

»Immerhin bin ich noch mit ihr verheiratet!« Gaston kniff die Augen hinter seinem Monokel zusammen. »Wer sind Sie überhaupt, Sie windiger Prolet? Ich habe mich schon immer über den schlechten Geschmack von Marge gewundert.«

»Mein Name ist Martinez, Nicolas Martinez, Monsieur von und zu!« Nicolas war dicht an ihn herangetreten und fixierte ihn drohend. »Ich bin kein Prolet – und windig schon gar nicht. Und jetzt ziehen Sie endlich ab. Sonst bekommt Ihr feiner Anzug noch ein paar zusätzliche Flecken!« Der Wirt trat zwischen die beiden. »Ich bitte Sie, meine Herren, Ihre Auseinandersetzung draußen vor der Tür fortzuführen. Ich will hier im Lokal keinen Ärger. Verstehen Sie?«

»Ich bin der Comte de Vuillac«, blähte Gaston sich auf und musterte den Wirt mit halb zugekniffenem Auge. »Meine Ahnen reichen bis ins 13. Jahrhundert.« Er neigte den Kopf zu einer angedeuteten Verbeugung. »Und mir hat niemand etwas zu sagen. Schon gar nicht so ein Hanswurst wie dieser da!« Seine Zunge war schon etwas schwer vom Alkohol.

»Hören Sie …«, machte der Wirt einen neuen Versuch. Doch Nicolas schob ihn beiseite. »Was hast du gerade gesagt?«, schnaubte er. Das Blut war ihm ins Gesicht gestiegen. »Wiederhole es!«

»Hanswurst! Prolet!«, lallte Gaston.

Nicolas spürte, wie der Jähzorn rotglühend in ihm aufwallte. Er packte Gaston kurzerhand am Revers, zerrte ihn vor die Tür und gab ihm eine schallende Ohrfeige. Der schwächliche und nicht mehr ganz sicher auf den Beinen stehende Gaston verlor den Halt, ging schwer zu Boden und landete in einer trüben Pfütze. Ein Splitter des bei dem Schlag zerbrochenen Monokels hatte die Haut unter dem Auge geritzt. »Ah!«, schrie er klagend auf und tastete nach seiner Wange. »Ich blute! Einen Kriegsveteranen niederschlagen! Das wird Sie teuer zu stehen kommen.«

Nicolas starrte auf den Gestürzten, der wie ein Häuflein Elend dalag. Auch seine Nase blutete jetzt und sein Hemd und Anzug hatten rote Spritzer abbekommen, die gefährlich aussahen. Laut stöhnend bot er ein Bild des Jammers. »So stehen Sie doch auf! Ich habe Ihnen gar nichts getan!« Er wollte ihn hochziehen, doch Gaston fehlten die Kräfte. Schließlich packte ihn Nicolas bei den Schultern und hob ihn mit einem Ruck wie einen nassen Sack in die Höhe, bis er taumelnd auf den Beinen stand. Gaston hatte sein Toupet verloren, das zerbrochene Monokel lag im Schmutz und sein heller Filzhut schwamm in einem Rinnsal in der Gosse. Nicolas fühlte sich von plötzlicher Reue gepackt. Warum hatte er sich von so einem snobistischen Dummkopf bloß provozieren lassen? Das gab nichts als Ärger. Er sah schon die Schlagzeile in der Zeitung: »Adeliger Kriegsveteran auf offener Straße niedergeschlagen!« Wenn dabei sein Name genannt wurde und die Sache Aufsehen machte, war es mit seiner Tätigkeit in der deutschen Botschaft zu Ende. Gerade jetzt, wo alles so gut anlief! Er hob das Toupet auf, sammelte den beschmutzten und zerdrückten Hut und den Spazierstock des Comte ein. »Hören Sie – es tut mir leid«, sagte er beschwichtigend, »aber Sie haben mich aus Eifersucht zuerst angegriffen …«

»Ich – eifersüchtig? Auf Marge?«, rief Gaston empört und blinzelte ihn aus kurzsichtigen Augen an. Er strich über seine Glatze und stülpte sich das feuchte Toupet über. »Sie suchen nur eine Entschuldigung, Sie unverschämter, widerlicher Schläger! Ich zeige Sie an, ich …«

»Na, na, Sie werden doch nicht gleich eine Affäre aus unserer kleinen Meinungsverschiedenheit machen«, unterbrach ihn Nicolas. »Wir waren beide etwas … aufgeregt. Und ich konnte schließlich nicht wissen, dass ich einen Helden des Großen Krieges vor mir hatte.«

Gaston überhörte die Schmeichelei. Sich als Kriegsheld zu fühlen, war tatsächlich seine schwache Seite – aber nicht in diesem Moment. »Dann nehmen Sie das jetzt gefälligst zur

Kenntnis, Sie Grünschnabel, Sie!«, schrie er, immer noch aufgebracht. »Ich habe damals in den Schützengräben gelegen, das Fort Donaumont verteidigt. In Verdun wäre ich beinahe draufgegangen.« Er rollte die Augen. »Und dann kommen Sie daher und schlagen mich heimtückisch nieder. Ich werde Sie anzeigen.« Er fuchtelte mit seinem Spazierstock durch die Luft. »Wegen schwerer Körperverletzung, Sie … Sie … Raufbold!«

Nicolas zuckte vor der erneuten Beleidigung zurück. »Mir wäre es lieber, wenn wir die Polizei aus dem Spiel ließen.«

»Das könnte Ihnen wohl so passen.« Gaston presste sein Taschentuch an die blutende Nase und stützte sich schwer auf seinen Stock. »Wenn ich mir bei dem Sturz etwas gebrochen habe, dann zahlen Sie mir die Arztkosten! Das kommt Sie teuer zu stehen!«

»Geldgieriges Schwein«, fluchte Nicolas innerlich, doch äußerlich beherrschte er sich jetzt. »Ich möchte mich in aller Form bei Ihnen entschuldigen, Monsieur de Vuillac«, sagte er beschwichtigend und zog den Widerstrebenden an einen Tisch in der Nähe. »Setzen wir uns erst einmal, bevor wir über den Schaden reden.« Er winkte unauffällig dem Kellner. »Zwei doppelte Cognac!«

Der Kellner erschien sofort, schenkte die goldgelbe, gluckernde Flüssigkeit in die Gläser und ließ die Flasche gleich stehen. Gaston betastete ächzend sein lahmes Bein und rückte das Toupet auf seinem schütteren Haar zurecht. Dann trank er sein Glas ohne Aufforderung mit einem Zug aus. »Ihr Benehmen ist unentschuldbar!«, stellte er gekränkt fest und sah Nicolas prüfend aus seinen kurzsichtigen Augen an. »Übrigens – Sie kommen mir irgendwie bekannt vor. Wo wohnen Sie eigentlich?«

»Vorübergehend in der Rue de Lille …«

»Aha!«, unterbrach ihn Gaston mit einem Ausdruck, als habe er auf eine Zitrone gebissen. »Ich verstehe! In meiner ehemaligen Wohnung also! Gratuliere! Das hätte ich mir denken können. Vielleicht schlafen Sie auch in meinem Bett? Mit meiner Frau?« Das Blut war ihm in den Kopf gestiegen und er funkelte Nicolas mit neu aufgeflammter Wut an. Eine Flut von Beschimpfungen ergoss sich über seine Lippen. »Sie unverschämter Kerl! Sie mieser, arbeitsloser Handlanger! Schnorrer und Tagedieb! Weiber ausnutzen und schlagen – das ist alles, was Sie können. Ich kenne Ihre Sorte! Aber diese Suppe werde ich Ihnen gehörig versalzen …« Er wollte sich erheben, fiel aber wieder kraftlos auf den Stuhl zurück.

Arbeitsloser Handlanger? Nicolas spürte die Beleidigung wie einen Schlag ins Gesicht. Schnorrer? Musste er sich das von diesem Kapitalisten und eingebildeten Nichtstuer gefallen lassen! Er ballte die Faust. »Ich arbeite in der deutschen Botschaft, Sie adeliger Hohlkopf!«, schnaubte er wütend und in die Enge getrieben. »Ich verdiene dort selbst mein Geld!« Nur mit Mühe gelang es ihm, sich im Zaum zu halten. Am liebsten hätte er Gaston beim Kragen gepackt und geschüttelt.

»Ach so!«, stellte Gaston plötzlich mit ironischem Unterton fest. Er lehnte sich zurück und ein herablassendes Lächeln zog um seine Mundwinkel. »In der deutschen Botschaft arbeiten Sie!« Jetzt hatte er den anderen da, wo er ihn haben wollte. »Was für ein glücklicher Zufall«, dachte er bei sich. »Dieser junge Hitzkopf wird mir für seine Unverschämtheit und dafür, dass er mit meiner Frau ins Bett geht, büßen!« Er fügte maliziös hinzu: »Ich kenne dort zufällig ein paar Leute. Diplomaten natürlich.« Der Kellner kam, schenkte nach und Gaston trank das zweite Glas Cognac genießerisch schlürfend. »Sie möchten doch sicher nicht, dass in der deutschen Botschaft bekannt wird, dass Sie als Schläger mit der Polizei zu tun hatten? Die Deutschen sind in dieser Hinsicht sehr empfindlich.« Er lachte auf. »Das würde Sie mit Sicherheit Ihre Stelle kosten!« Nicolas presste die Lippen zusammen. Er hatte sofort begriffen, dass es ein Fehler war, seine Arbeit in der Botschaft zu erwähnen. Gaston hatte ihm eine Falle gestellt.

»Mein Bein schmerzt unerträglich! Und Sie sind schuld!«, klagte Gaston wehleidig. »Es ist ohnehin seit dem Krieg nicht mehr richtig funktionsfähig.«

»Wo ist denn das passiert?«, zwang sich Nicolas, so interessiert wie möglich zu fragen. Vielleicht konnte er den Comte doch noch beschwichtigen.

»Bei einem Grabenkampf«, knurrte dieser und kippte einen weiteren Cognac hinunter, »südlich von Laon. Ein Granatsplitter. Wir sind nicht vorangekommen. Hundert Meter vor – und ebenso viele zurück. Da ging es wüst zu. Ihr Jungen habt keine Ahnung, was wir damals durchgemacht haben!«

»Dafür haben Sie doch sicher einen Orden bekommen!«

»Selbstverständlich besitze ich das ›Croix du Combattant‹!« Gaston richtete sich stolz auf. Er zog an seinem verrutschten Toupet, setzte den Hut auf und steckte die leere Fassung des Monokels, die ihm Nicolas gereicht hatte, in seine Tasche. »Aber reden wir nicht länger herum«, fuhr er fort. »Ich werde nur von einer Anzeige bei der Polizei absehen, wenn Sie«, er stockte kurz und sah Nicolas lauernd an, »mir für den Schaden zweitausend Francs zahlen. Mit einer sofortigen Anzahlung in bar selbstverständlich. Sagen wir einmal von … fünfhundert Franc.« Er deutete auf seinen ehemals weißen Anzug und sein Monokel. »Das müssen Sie mir natürlich auch noch ersetzen. So kann ich mich in der Gesellschaft nicht sehen lassen.«

»Zwei…tausend?« Nicolas blieb das Wort beinahe im Halse stecken. Dieser Kerl war wirklich unverschämt. »Das ist aber eine beachtliche Summe!«

»In der deutschen Botschaft werden Sie wohl nicht so schlecht verdienen«, gab Gaston zurück. Als er aufblickte, stand Marguerite vor ihm. Sie war allmählich ungeduldig geworden. »Jetzt habe ich aber genug«, sagte sie in scharfem Ton. »Wie lange soll ich noch warten? Lass uns endlich gehen, Nicolas!« Sie streifte das desolate Aussehen ihres Ex-Mannes mit einem abschätzigen Blick. »Du bist verletzt?«, fragte sie.

»Ach, tu doch nicht so, als machtest du dir Sorgen um mich, liebste Marge.« Gaston zog mit nonchalanter Geste seine Jacke wieder an. »Ich bin dir doch völlig egal.« Er wandte sich an Nicolas. »Hören Sie, Monsieur Martinez … wie war doch ihr Vorname?«

»Nicolas!«

»Nun, mein lieber Nicolas, wir haben dann wohl alles Nötige besprochen. Hier!« Er zog eine zerdrückte Visitenkarte aus seiner Tasche.

»Fleur bleue, Bar, Rue Saint-Jacques«, las Nicolas.

»Wenn Sie nach einundzwanzig Uhr dort vorbeikommen, finden Sie mich immer an der Theke.«

Marguerite schnappte nach Luft, als sie die Karte sah. »Lass dich ja nicht von ihm erpressen! Ich kenne ihn. Er ist in chronischer Geldnot und sucht überall einen Dummen, den er ausnehmen kann!« Sie warf ihm einen verächtlichen Blick zu. »Du bist noch immer so unverschämt wie früher!«

Gaston riss empört die Augen auf. »Und du drehst immer noch die Tatsachen herum! Du wolltest doch nur meinen Titel, damit er dir die Türen in die Theater öffnet! Sie nehmen dich doch nur, damit sie sagen können: Die Comtesse de Vuillac tritt bei uns auf!«

»Lügner!«, fauchte Marguerite. Nicolas zog sie beiseite und flüsterte ihr beschwichtigend zu. »Lass ihn doch. Du regst dich nur unnötig auf und das ist schlecht für deine Stimme. Geh einfach nach Hause, ich komme nach. Mit dieser Jammergestalt werde ich besser allein fertig.«

Marguerite warf Gaston noch einen hasserfüllten Blick zu, dann drehte sie sich abrupt um und rauschte hinaus. Sie verachtete diesen Mann aus ganzem Herzen und begriff nicht, wie sie ihn jemals hatte heiraten können.

Nicolas hob dem Barmann die leeren Cognacgläser entgegen. »Noch mal dasselbe. Auf meine Rechnung!« Vorsichtig tastete er in seiner Tasche nach den Geldscheinen, die er Marge vor ein paar Tagen aus der Tasche genommen hatte. Sie hatte das Geld, das sie für den Schmuck bekommen hatte, so achtlos hineingestopft, dass sie sicher nicht mehr wusste, wie viel es gewesen war. Eigentlich hatte er es für andere Dinge verwenden wollen, aber jetzt blieb ihm wohl keine Wahl. »Hören Sie«, begann Gaston, der seine Bewegung beobachtet hatte, »jetzt dämmert es mir langsam, wo ich Sie schon einmal gesehen habe!« Er fixierte Nicolas und prustete plötzlich los, als habe jemand einen guten Witz gemacht. »In Auprèsmont, dem Sommersitz von Marges Familie! Ich war oft genug dort. Sie sind doch der Sohn des alten Schreiners Martinez aus dem Dorf. Er hat oft im Schloss gearbeitet. Es ist zwar schon einige Zeit her, aber ich erinnere mich genau.« Er zwinkerte ihm zu. »Wie alt waren Sie damals? Vierzehn, fünfzehn? Und schon hinter den Mädchen her. Mit der Polizei hatten Sie schon damals zu tun.« Er lachte laut auf und schlug ihm jovial auf die Schulter. Nicolas' freundliche Miene gefror.

»Ich weiß noch wie heute«, beharrte Gaston, »wie Ihre Mutter, Madame Martinez – sie sprach übrigens nur gebrochen französisch –, zu uns kam und bat, wir sollten auf der Wache ein gutes Wort für Sie einlegen, damit Sie nicht ins Gefängnis mussten. Und das taten wir dann auch.« Er lachte wieder, als machte ihm diese Erinnerung großen Spaß.

»Was für ein Unsinn«, sagte Nicolas kühl. »Aus welchem Grund sollte ich denn dort gewesen sein?«

»Das müssen Sie doch besser wissen als ich«, grinste Gaston. »Aber ich glaube, man hat sie wegen irgendetwas erwischt – Diebstahls oder etwas Ähnlichen.«

»Das ist nicht wahr!«, wehrte sich Nicolas, doch Gaston wurde plötzlich ernst, obwohl er betrunken war.

»Doch, mein Lieber, ich bin sicher, dass ich mich nicht irre. Aber lassen wir das Vergangene.« Er seufzte und machte eine wirkungsvolle Pause. »Damals waren die Zeiten noch besser. Ich gestehe, dass meine finanzielle Lage hoffnungslos ist. Da nützt mir mein Grafentitel gar nichts.«

»Sie bekommen das Geld von mir!«, sagte Nicolas. »Keine Angst!« Er stand auf, weil er keine Lust mehr hatte, sich Gastons Geschwätz noch länger anzuhören. Er wusste zu viel von ihm. Irgendwie lief heute alles schief. »Also, nächsten Freitag in der Bar – ich werde dort sein.« Er zählte die Scheine aus dem Bündel und legte sie auf den Tisch. »Hier, Monsieur de Vuillac! Die Fünfhundert als Anzahlung für die Reinigung Ihres Anzugs! Und ich zähle auf Ihr Schweigen!«

Gaston nickte, nahm das Geld und steckte es mit einem zufriedenen Grinsen ein. »Verlassen Sie sich darauf – aber nur, wenn Sie pünktlich zahlen. Ein Wort von mir in der deutschen Botschaft und Sie können Ihren Hut nehmen. Er erhob sich schwankend, ordnete die verrutschte Fliege am Hals und verließ das Lokal. Nicolas sah ihm nach und schlenderte zur Theke, um die Rechnung zu begleichen. Dieser Kerl war zwar ein Graf, aber wenn es ums Geld ging, kannte er keine Noblesse und würde nicht zögern, ihn bei der Botschaft anzuschwärzen. In Nicolas Hirn arbeitete es fieberhaft. Er zahlte die Rechnung für den teuren Cognac und verließ gedankenvoll das Lokal. Die zweitausend Franc waren eine ganz schöne Summe. Aber Marguerite hatte sicher noch Reserven. Er würde jedes Fleckchen in der Wohnung durchsuchen. Er musste Gaston bezahlen, anders würde er ihn sich nicht vom Hals halten können. Aber vielleicht sollte er zuerst einmal auf dem Postamt nachsehen, ob schon etwas für ihn eingetroffen war. Die Geldsendungen brauchten Zeit – aber irgendwann würden sie ihn ganz sicher erreichen.

11. Kapitel

Sophie hielt den Atem an, als unter ihnen schwere Stiefeltritte mehrerer Männer die trockenen Dielenbretter zum Knarzen brachten, sich näherten und wieder entfernten. Der Dachboden wurde genau inspiziert. Man hörte, wie sie schwere Gegenstände verrückten, in Kisten rumorten und selbst die kleinsten Ecken mit ihren Taschenlampen ausleuchteten. Der Strahl der Lampe drang plötzlich durch die Ritzen ihres Verstecks. »Was gibt es denn da oben?«, fragte eine metallisch klingende Stimme. »Keine Ahnung! Da geht's bloß hinauf ins Gebälk«, war die Antwort. »Eine Luke für den Zimmermann.« Einer lachte. »Wenn du da oben gern rumklettern möchtest – bitte sehr! Aber das ist nur ein hohler Raum ohne Boden über ein paar Balken. Wenn wir eine genügend lange Leiter hätten, würde ich mal raufsehen. Aber wer versteckt sich schon da oben?« Beifälliges Gemurmel antwortete. »Kommt Leute, ich hab eine ganz staubige Kehle! Gehen wir runter. Der verdammte Malerkleckser, auf den sie so scharf sind, scheint Lunte gerochen zu haben und abgehauen zu sein. Seine Bilder sind ja auch nirgendwo zu finden. Den Führerbefehl, sie öffentlich zu verbrennen, können wir vergessen.«

»Hauptsache, wir haben seine Familie ordentlich in die Zange genommen und auf den richtigen Weg gebracht!« Das war die metallische Stimme. Die anderen lachten. »Geschmack hatten sie ja. Hab mir unten in der Wohnung ein paar nette Dinge eingesteckt. Die brauchen sie im Lager bestimmt nicht mehr!« Er lachte bedeutungsvoll. »Schau dir mal den Ring da an! Den kriegt meine Verlobte!« Er öffnete seine hohle Hand.

»Klasse! Und der Pelzmantel, der im Schrank hing, ist für meine Frau. Das Judenpack hat sich alles leisten können, worauf unsereiner verzichten musste.«

»Ihr habt die Wohnung geplündert?«

»Ja, und? Das interessiert doch keinen, hast du das noch nicht gemerkt? Hauptsache, wir tun unsere Arbeit!«

»Wo kommen die Leute, die man in die Lastwägen verladen hat, eigentlich hin?«

David spitzte die Ohren bei diesen Worten. Er wurde blass, bäumte sich auf. Sophie packte seinen Arm. »Bleib!«, flüsterte sie. »du kannst doch nichts gegen sie ausrichten. Du musst jetzt die Nerven behalten.«

»Weiß ich doch nicht«, tönte es von unten. »In den Zug nach Nirgendwo, du Dummkopf!« Die Männer lachten erneut, wie über einen guten Witz. »Auf jeden Fall zu ihresgleichen! Ich denke, in eines der Arbeitslager, Buchenwald oder Dachau. Und wenn sie nicht mehr arbeiten können – dann entscheidet der Führer, was mit ihnen geschieht.« Die Stimmen wurden leiser, entfernten sich.

»Immerhin ist das eine ganz schöne Menge Leute! Da sieht man erst, wie das deutsche Volk unterwandert ist und …« Der Rest des Satzes wurde vom Zufallen der Tür verschluckt. Die Stiefeltritte waren jetzt auf der Treppe zu hören, bis sie ganz verhallten. David wandte sein totenbleiches, verzerrtes Gesicht Sophie zu. Sie wollte ihm etwas Tröstendes sagen, doch sie wusste nicht was. Ihre Zähne klapperten wie im Frost.

»Oh Gott!«, stieß er hervor. »Das darf doch nicht sein. Wie zynisch sie über alles reden! Wenn ich an meine Eltern – an meine Geschwister denke! In den Händen solcher Menschen!« Tränen traten in seine Augen. Der Schmerz schien ihn zu überwältigen. »Wenn ich nur genau wüsste, wohin man sie gebracht hat.«

»David!« Sophie hatte sich wieder gefasst. »Du wirst es bestimmt noch erfahren. Und man wird sie bald wieder freilassen. Du allein kannst gar nichts dagegen tun! Die Welt wird gegen ein solches Vorgehen protestieren.«

»Pah! In Deutschland kümmert es jedenfalls niemanden! Und Gott sollte nicht zulassen, dass man Menschen auf diese Weise verschleppt und enteignet«, murmelte David. »Das ist ein großes Unrecht, ein gemeines Verbrechen.«

»Ja, das ist es«, stimmte Sophie zu. »aber es sind die Menschen, die es begehen.«

»Was weißt du denn schon davon! Du! Du kommst aus einem anderen Land, aus Frankreich! Kannst du beurteilen, welches Unrecht hier in Deutschland geschieht, was wir durchmachen müssen? Dieser Hitler ist wahnsinnig! Er will die Juden doch nur auslöschen, um mit ihrem Vermögen die Rüstung zu bezahlen! Das wollen alle nicht wahrhaben! Und dann wird er die Welt in einen mörderischen Krieg verwickeln!«

Sophie wollte etwas erwidern, aber die schrecklichen Erlebnisse des Abends, der Raubzug der SS-Trupps mit der Plünderung der jüdischen Einrichtungen, alles, was sie mitansehen musste, ließ sie vor Grauen verstummen. David öffnete jetzt vorsichtig die Luke, ließ die Leiter hinab und kletterte langsam nach unten. Sophie tat es ihm nach.

»Und – was werden wir jetzt tun?«, fragte sie unsicher. David zuckte die Schultern und schob die Luke wieder zu. »Du kannst heute Nacht bei mir bleiben, wenn du dich fürchtest. Und morgen werden die Züge vielleicht wieder im Einsatz sein. Du steigst ein, fährst nach Paris zurück und vergisst all die furchtbaren Dinge, die hier geschehen.«

»Nein.« Sophie schüttelte den Kopf, »so etwas kann man nicht vergessen. Wenn du nichts dagegen hast, bleibe ich bei dir! In die Pension will ich nicht zurück. Meinen Koffer können sie ruhig behalten. Es war nichts Wertvolles darin. Und meine Papiere habe ich bei mir.«

»Dann komm! Wir gehen hinunter!«

»Willst du wirklich in der Wohnung deiner Eltern übernachten?«, fragte Sophie ängstlich. »Werden die SS-Leute nicht wiederkommen?«

»Ich glaube nicht. Sie haben alles kaputt gemacht und was ihnen gefiel, mitgenommen. Was sollten sie noch dort?«, sagte David resignierend. »Es gibt genug andere jüdische Wohnungen, die sie plündern können. Du hast doch gehört, was sie gesagt haben.«

Sie schlichen hinunter. Alles war totenstill. Die Tür stand offen und in der aufgebrochenen Wohnung herrschte nach wie vor heilloses Durcheinander. Sophie und David vermieden es, Licht zu machen, und setzten sich eng aneinandergedrängt auf das Sofa, aus dem die Sprungfedern und die Holzwolle herausragten. Sicher hatte man den Stoff aufgeschlitzt, weil man Wertvolles in den Polstern vermutete. Sophie zitterte und David legte den Arm um sie. »Frierst du?« Sie nickte. »Lass dich wärmen.« Er zog sie an sich, sah ihr zärtlich in die Augen. »Ich bin sehr froh, dass ich in dieser Stunde nicht allein bin und du bei mir bist. Ich hätte das alles nicht ertragen. Aber ich muss unbedingt erfahren, wo man meine Eltern hingebracht hat.«

Sophie schwieg eine Weile. Dann sagte sie: »Damit machst du nur unnötig auf dich aufmerksam. Sie werden dich auch gefangen nehmen.«

»Du hast recht«, sagte David kraftlos. »Es ist ein Teufelskreis.« Mit unterdrückter Stimme stieß er hervor: »Man munkelt, dass in diesen Lagern schlimme Dinge geschehen. Die Menschen sollen dort zusammengepfercht sein. Sie bekommen eine Nummer, die man ihnen auf den Arm tätowiert, und verlieren ihren Namen und ihre Herkunft. Man hat noch keinen gesehen, der von dort zurückgekommen wäre.«

Sophie blieb stumm und David fuhr fort: »Meine Eltern hätten nie gedacht, dass man ihnen etwas antun könnte. Sie sind in München zuhause, mein Vater hat für Deutschland im Großen Krieg gekämpft. Aber das war denen wohl egal. Er ist Rechtsanwalt. Aber eigentlich hätte es ihn misstrauisch machen müssen, dass man ihm plötzlich verboten hat, seine Kanzlei weiterzuführen. Vielleicht wollte er es einfach nicht wahrhaben.« David hielt inne, kämpfte gegen die Tränen, den Kummer, der ihm das Herz zerriss. Sophie wagte nicht, etwas zu erwidern, aber alles in ihr krampfte sich schmerzhaft zusammen. Wortlos starrten sie vor sich hin, auf die herausgerissenen Schubladen, Fotos, Papiere, die umgekippten Stühle, geleerten Schränke – auf das Bild der Zerstörung einer ganzen Existenz. »David!« Sie erhob ihre Stimme so leise, als spräche sie zu einem Kranken. »Ich habe in dieser Nacht viel gesehen. Warum verlässt du dieses Land nicht und bringst dich in Sicherheit?« Er sah sie an, als käme er von weit her, als habe sie ihn aus einer Art Schockstarre gerissen. »Rette dich!«, drängte Sophie. »Komm mit mir nach Paris.«

David schüttelte den Kopf. »Das kann ich nicht. Ich kann doch nicht nur an mich denken und meine Eltern und Geschwister im Stich lassen!«

Sophie zuckte die Schultern. »Sagte die Nachbarin nicht, deine Mutter habe dir die Botschaft hinterlassen, du solltest an dich denken?«

»Ja.« David kämpfte weiter mit den Tränen. »Doch das wäre gegen mein Gewissen. Ich kann meine Familie doch nicht einfach ihrem Schicksal überlassen.«

»Aber deine Eltern wollen, dass du lebst – was hast du davon, wenn du dich opferst? Sie wissen, dass niemand sich allein gegen die Übermacht der Nazis, der Gestapo, der SS behaupten kann! Sie sind stärker als du! Komm mit mir! Vielleicht kannst du später etwas tun, wenn sich die Lage beruhigt hat«, drängte Sophie.

»Später! Wenn meine Familie dann noch lebt!«, stieß David bitter hervor. »Meine Mutter sagte immer: Seinem Schicksal kann man nicht entgehen. Die Prüfungen, die Gott uns schickt, müssen wir klaglos hinnehmen …«

»Nein, das glaube ich nicht«, erwiderte Sophie energisch. »Prüfungen sind dazu da, dass wir kämpfen, um sie zu bestehen.«

»Du hast gut reden! Aber selbst wenn ich fort wollte, könnte ich es nicht. Man würde mich nicht ausreisen lassen. Die Pässe aller Juden sind seit dem 5. Oktober gekennzeichnet und mit einem Judenstempel versehen.«

Stille trat ein. Sophie überlegte. »Und wenn ich dir einen falschen Pass besorgen würde?«

»Einen falschen Pass? Du? Wie willst du das denn anstellen? Es ist so gut wie unmöglich! Jeder Jude in Deutschland hätte jetzt gern einen falschen Pass. Ich kenne niemanden, der sein Leben aufs Spiel setzen und ein solches Dokument anfertigen würde.«

»Aber ich vielleicht. Lass dich mal ansehen!« Sophie wandte sich ihm zu und musterte ihn prüfend, so gut es in der Dunkelheit des Raumes möglich war. »Dunkle, lockige Haare, braune Augen!«, murmelte sie vor sich hin. »Wenn du ein bisschen blonder wärst, wäre es einfacher.«

»Was wäre einfacher?«, fragte David.

»Mir ist da grade eine Idee gekommen. Ich habe …«, sie schluckte, »Verwandte hier – bei der SS. Ein junger Mann ist ungefähr in deinem Alter.«

»Verwandte? Bei der SS?« David rückte ein Stück von ihr fort. »Pfui Teufel. Damit will ich nichts zu tun haben.«

»Das brauchst du auch nicht. Das übernehme ich.«

»Sicher sind sie alle blond und haben blaue Augen!« Es klang sarkastisch. »Die würden mir niemals freiwillig helfen.«

»Richtig«, Sophie ließ sich nicht beirren, »das glaube ich auch.« Sie dachte nach. »Du bleibst auf jeden Fall so lange in deinem Versteck auf dem Dachboden. Ich bringe dir den Pass, wenn ich es schaffe. Du müsstest ihn dann nur ein wenig abändern. Als Maler ist das für dich doch sicher kein Problem«, versuchte sie zu scherzen.

»Du willst jemandem den Pass … wegnehmen, stehlen? Und ich soll ihn abändern?«, fragte er skeptisch. »So etwas habe ich noch nie gemacht.«

»Bei mir ist es auch das erste Mal.« Sophie lächelte ihn zuversichtlich an. »Aber es gibt keine andere Möglichkeit.«

»Und du wirst wieder hierherkommen?«

»Auf jeden Fall! Warte auf mich.«

»Du machst dich strafbar, bringst dich in Gefahr! Warum willst du das für mich tun?«

Sophie wandte ihm ihr Gesicht zu. »Das frage ich mich auch. Aber ich …«, sie stockte, »ich mag dich wirklich sehr, sehr gern.« Sie drückte ihm einen schüchternen Kuss auf den Mund. »Und ich bin so froh, dich getroffen zu haben!«, flüsterte sie.

David presste sie ungestüm an sich und erwiderte ihren Kuss mit Leidenschaft. »Und ich erst! Du bist so anders – anders als alle Frauen, die ich kenne! Wir dürfen uns nie mehr aus den Augen verlieren, versprichst du mir das?«

Sophie fühlte trotz der beängstigenden und seltsamen Situation ein unsinniges Glücksgefühl in ihrem Herzen aufsteigen. »Ja. Ich verspreche es!«

Während der Nacht verharrten die beiden aneinandergeschmiegt und in ängstlicher Spannung in der Dunkelheit und tauschten schüchterne Zärtlichkeiten aus. Erst in der Morgendämmerung, als das graue Licht des anbrechenden Novembertages durch die gardinenlosen Fenster fiel, war Sophie, den Kopf an Davids Schulter gelehnt, tief und fest eingeschlafen.

Ein rumpelndes Geräusch und das Zuknallen einer Tür schreckte sie aus ihrem Schlummer. Beide fuhren gleichzeitig hoch und hielten den Atem an. Es rumorte im Arbeitszimmer des Vaters, im Schlafzimmer und in der Küche. »Warte«, flüsterte David. Er schlich sich auf Zehenspitzen an. Plötzlich rief er laut: »Was suchen Sie denn hier, Herr Müller?«

Der Ertappte war zusammengefahren und ließ den Wäschekorb, der mit allem, was ihm brauchbar schien, gefüllt war, zu Boden fallen. »Oh, Verzeihung, ich dachte … ich wusste gar nicht, dass noch wer in der Wohnung ist«, stotterte er.

»Ah, so ist das also! Die Geier fallen über die Reste her, die die SS-Diebe übrig gelassen haben«, fuhr David ihn wütend an.

»Ich …«, begann der Nachbar betreten, doch David unterbrach ihn: »Scheren Sie sich gefälligst zum Teufel – aber schnell!« An der Tür drehte sich der Mann noch einmal um und rief: »Judenpack! Wird Zeit, dass mit euch aufgeräumt wird.« Er deutete mit dem Finger auf David. »Dich wird man auch bald holen, wart's nur ab. Ich sorge dafür!«

Völlig außer sich knallte David die Tür, die nicht mehr richtig schloss, hinter ihm zu. »Jetzt fällt die Maske der Biedermänner hier im Haus! Auf einmal zeigen sie ihr wahres Gesicht. Sicher geht er gleich hin und denunziert mich!« Er seufzte tief und ließ sich wieder auf das kaputte Sofa fallen. »Soll er doch, dieser Mistkerl! Ach, ich habe einfach keine Lust mehr – zu allem.« Er stützte den Kopf in die Hände.

»Das darfst du nicht sagen. Es gibt immer einen Weg. Aber jetzt wollen wir keine Zeit mehr verlieren«, drängte Sophie. »Du bist in Gefahr. Du hättest den Mann nicht so anschreien sollen!« Sie sah sich um. »Gibt es hier irgendwo ein Telefon?« David blickte müde auf. »Wenn es noch funktioniert – in Vaters Arbeitszimmer. Es stand mal auf seinem Schreibtisch.« Er ging voraus. In dem kleinen Raum entdeckten sie unter einem Durcheinander von Papieren schließlich den Apparat. Er war noch intakt. Sophie suchte in ihrer Tasche nach der Visitenkarte, die Paul ihr gegeben hatte, und wählte entschlossen die darauf angegebene Telefonnummer.

»Was machst du da? Wen rufst du an?«, fragte David unruhig, doch Sophie legte den Finger auf den Mund und bedeutete ihm zu schweigen. »Sophie Carrière«, meldete sie sich, als Frau Andres den Hörer abnahm. »Kann ich Paul sprechen?«

»Aber natürlich. Er ist gerade gekommen. Paul!«, rief sie laut, »Paul! Fräulein Sophie ist am Telefon. Sie möchte dich sprechen.«

»Sophie?« Paul war gleich am Apparat und seine Stimme klang erfreut. »Das ist aber nett, dass Sie mich anrufen. Sind Sie schon in Frankreich?«

»Nein, mein Zug ist ausgefallen. Ich fahre wahrscheinlich erst heute Abend. Können wir uns noch einmal sehen? Ich habe nichts Besonderes vor und da dachte ich …«

»Aber jederzeit! Und mit dem größten Vergnügen. Sagen Sie mir nur, wann und wo.«

»Im ›Anast‹?«, fragte Sophie, der nichts anderes einfiel. »Dem Café gegenüber – der Feldherrnhalle? Sagen wir – heute um elf?«

»So früh schon?« Er schien etwas erstaunt, fing sich aber gleich. »Sehr gern! Ich schaue, dass ich mich frei machen kann. Bis gleich dann.«

Sophie legte den Hörer auf. »Gibt es irgendwo ein Passbild von dir?« David überlegte: »Nein … doch, ja. In meinem Ausweis natürlich. Und in dem für die Universität.«

»Wenn alles gut geht, hast du heute einen Pass – als SS-Untersturmführer. Damit kommst du aus Deutschland heraus. Du trennst einfach das Foto heraus und klebst deins hinein.

Den Stempel musst du irgendwie hinkriegen. Du bist doch Maler.«

»Aber das geht nicht! Das sieht man doch!«

»Du musst halt geschickt vorgehen. Vielleicht schaut ja der Zollbeamte nicht so genau hin. Ich werde ihn schon mit irgendetwas ablenken.«

»Wir fahren zusammen? Ist das nicht zu riskant!«

»Nicht so riskant, wie gleich hier verhaftet zu werden! Du hast ja gehört, was Herr Müller gesagt hat.«

David sah zu Boden. Er konnte sich nicht recht mit dem Gedanken an Flucht anfreunden. Dann blickte er auf. »Du willst den Pass also deinem Verwandten von der SS wegnehmen – ihn stehlen?«

»Richtig. Und er wird denken, er hat ihn verloren.«

»Wenn das nur gutgeht!«

»Wir haben doch gar keine andere Wahl! Wir müssen es versuchen!«

»Wir? Warum bringst du dich meinetwegen in Gefahr?«

Sophie sah ihm in die Augen. Es lag so viel Schmerz darin – aber zugleich auch Wärme und eine Spur von Vertrauen. Ihr war, als wäre nur sie allein imstande, in seine Seele zu sehen und seine Gedanken zu lesen. »Ich weiß nicht – aber ich möchte dich nicht allein lassen. Und auch nicht vergessen …« Mit einer impulsiven Geste umschlang sie ihn und küsste ihn auf den Mund. Gerührt hielt David sie fest und wollte sie fester an sich drücken. Doch Sophie befreite sich und sah auf ihre Armbanduhr. »Schon neun Uhr! Ich muss mich beeilen. Wie komme ich am besten von hier aus zur Feldherrnhalle?«

»Mit der Straßenbahn – falls sie heute fährt!« David ging zum Fenster und sah hinaus. »Die Haltestelle ist gleich um die Ecke. Du kannst aber auch den Bus nehmen.«

»Ich komme schon hin. Zur Not nehme ich mir ein Taxi.«

»Du weißt, wo du mich wiederfindest?« David sah sie ernst und fragend an und sie versank in seinen braunen, sprechenden Augen, die irgendetwas in ihrem Inneren mit einer Süßigkeit zum Schmelzen brachten, die sie beinahe erschreckte. Ihm schien es ähnlich zu gehen, denn er nahm sie in die Arme, zog sie an sich und küsste sie mit verzweifelter Leidenschaft. Sophie schmiegte sich an ihn und erwiderte seine Küsse mit einer Hingabe, die ihr bis dahin fremd gewesen war. Sie wünschte, dieser Augenblick würde nie vorübergehen. So an seiner Brust liegend, Mund an Mund, seine Gegenwart spürend, das schien ihr das Schönste, was sie jemals erlebt hatte. Für kurze Zeit vergaßen sie ihre Umgebung, die Umstände und tauchten ein in die Welt der Zärtlichkeit, in der sie einander entdeckten, als wäre es das erste Mal, seit die Erde bestand. Ein Geräusch auf der Treppe schreckte sie aus ihrem Traum und ließ sie auseinanderfahren. »Geh!«, sagte David hastig. »Ich warte auf dich! Oben, auf dem Dachboden. Du klopfst fünf Mal auf den Boden, hörst du, fünf Mal! Dann weiß ich, dass du es bist. Viel Glück.«

Sophie huschte aus der Tür und ging auf leisen Sohlen die Treppe hinunter. Ein kleines Mädchen, die Puppe unter dem Arm, sah ihr neugierig und mit großen, ängstlichen Augen nach.

Die Straßenbahnlinie hatte den Transport wegen der nächtlichen Zerstörungen kurzfristig eingestellt. Hilfskräfte, die Splitter, Scherben und Splitt von der Straße räumten, die die Schienen blockierten, verwiesen Sophie auf den Bus, der einen Straßenzug weiter stadteinwärts fahren würde, und sie gesellte sich zu den Wartenden an der Haltestelle. Die Leute, die nach einer Weile mit ihr in den Bus stiegen, sahen zumeist stumm und irgendwie eingeschüchtert durch die Scheiben auf das erschreckende Bild, das sich an vielen Orten der Stadt bot. Eine alte Frau schimpfte leise vor sich hin, dass es den Juden Recht geschähe, weil sie den Bürgern alles wegnähmen. Ein junger

Mann mit ausrasiertem Nacken, der ihr gegenübersaß, nickte zustimmend. Der Fahrer musste einen größeren Umweg nehmen, da einige Straßen vorübergehend gesperrt waren. Als sie an der Herzog-Rudolf-Straße vorbeifuhren, war starker Brandgeruch wahrzunehmen. Die dort stehende, orthodoxe Synagoge, geschwärzt vom Feuer, bot ein finsteres Bild. In der Nacht hatte man Feuer gelegt und versucht, sie in Brand zu stecken. Sophie war froh, als der Bus endlich am Odeonsplatz hielt, von wo es nicht mehr weit zur Feldherrnhalle war. Als sie im Café Anast ankam, diskutierten ein paar Männer am Tresen gerade erregt über die Berichte der NS-Nachrichtenagentur *Deutsches Nachrichtenbüro* und die Artikel des *Völkischen Beobachters.* Auf jeder Seite des von Druckerschwärze noch feuchten Blattes standen Meldungen mit Fotos zu den grauenhaften Vorfällen der vorangegangenen Nacht. Sophie nahm eine der ausliegenden Zeitungen vom Tisch und zog sich in eine Ecke des Raumes zurück. Dort schlug sie das Blatt auf.

»Die Schüsse in der deutschen Botschaft in Paris werden nicht nur den Beginn einer neuen deutschen Haltung in der Judenfrage bedeuten«, las sie, »sondern hoffentlich auch ein Signal für diejenigen Ausländer sein, die bisher nicht erkannten, dass zwischen der Verständigung der Völker letztlich nur der internationale Jude steht. Es ist ein unmöglicher Zustand, dass in unseren Grenzen Hunderttausende von Juden noch ganze Ladenstraßen beherrschen, Vergnügungsstätten bevölkern und als ›ausländische‹ Hausbesitzer das Geld deutscher Mieter einstecken, während ihre Rassegenossen draußen zum Krieg gegen Deutschland auffordern und deutsche Beamte niederschießen.«

Voller Abscheu ließ sie die Zeitung sinken. Der Ton, in dem der Bericht geschrieben war, war abstoßend und falsch. So eine Hetzrede durfte veröffentlicht werden? Ihr Traumziel, Journalistin zu werden, erschien ihr plötzlich in zweifelhaftem Licht. Doch da ging schon die Tür auf und Paul kam strahlend und mit großen Schritten auf sie zu. Er trug eine Aktentasche und sah sehr dienstlich aus. Rasch entledigte er sich seines langen Mantels, unter dem er eine feldgraue Jacke mit SS-Emblemen und passender Stiefelhose trug. Am Kragen prangte das Hakenkreuz. In Mantel und Uniform sah er älter und respekteinflößender aus und auch sein Gesicht wirkte unter der Schirmmütze mit Parteiadler und Totenkopf-Symbol beinahe fremd. Er begrüßte sie mit ausgestrecktem Arm, dem Hitlergruß.

»Ich bin so froh, Sie wiederzusehen, Sophie!«, sagte er und legte ganz ungezwungen seinen Mantel, Jacke, Koppel und Schulterriemen ab. »Gerade jetzt, wo im Deutschen Reich Entscheidendes geschehen ist. Die Ereignisse der vergangenen Nacht sind Meilensteine in unserer Geschichte«, fuhr er stolz fort. »Sie als Französin können diesen Einschnitt vielleicht nicht so beurteilen wie der deutsche Staatsbürger, der sich jahrelang vergeblich gegen jüdische Einflüsse gewehrt hat.« Sophie sah ihn verständnislos an. Er schien doch tatsächlich stolz zu sein auf die angerichteten Zerstörungen, auf die Blutnacht, die so viele unschuldige Menschen ins Unglück gestürzt hatte, nur weil sie einer anderen Religion angehörten. Sie versuchte, ihre Fassungslosigkeit zu verbergen, konnte sich jedoch einer Bemerkung nicht enthalten: »Auch bei uns gibt es mittlerweile diesen unerklärlichen Rassenhass …« Paul unterbrach sie. »Unerklärlich nennen Sie das, Sophie? Es gibt dafür sehr gute Gründe! Ich habe noch einen Packen Flugblätter dabei, die ich später in der ganzen Stadt verteilen lassen möchte. Lesen Sie sich ruhig mal eins durch. Dann wird sich Ihre Meinung vielleicht ändern.«

»Danke, nicht jetzt«, wehrte Sophie ab.

»Sie haben ganz Recht«, gab er zu und lehnte sich entspannt zurück. »In diesem Moment sollten wir über etwas anderes reden. Über uns, zum Beispiel!« Er rückte seinen Stuhl näher heran und sah sie abwartend an. »Wissen Sie eigentlich, dass ich Sie wunderschön finde? Ihre blonden, lockigen Haare, ihre hellen Augen und dunklen Brauen – das ist wirklich eine zauberhafte Kombination.« Er berührte wie zufällig ihre Stirn und Sophie wich ein wenig zu heftig zurück. »Entschuldigen Sie, aber ich wollte Sie nicht erschrecken. Ich musste Ihnen das einfach einmal sagen, weil Sie mir die ganze Zeit schon nicht mehr aus dem Kopf gehen. Sagen Sie: Sind Sie gebunden? Schonen Sie mich nicht, wenn es einen anderen Mann in Ihrem Leben gibt!«

Sophie zwang sich zu einem Lächeln und schüttelte den Kopf. »Nein, bis jetzt nicht. Aber ich muss Sie trotzdem noch etwas fragen«, sie deutete auf den *Völkischen Beobachter* in ihrem Schoß. »Finden Sie diese Berichterstattung nicht einseitig und ungerecht?« Paul runzelte die Stirn und nahm die Zeitung in die Hand. »Nein, im Gegenteil. Es ist die reine Wahrheit! Aber jetzt sind wir schon wieder bei der Politik. Erzählen Sie mir lieber etwas über Ihre Familie«, er überlegte kurz, »über sich selbst – oder über Ihren Vater zum Beispiel, dessen Grab sie suchen. Was war er für ein Mensch?«

»Ich habe keine Erinnerung an ihn – nur ein Foto.«

»Sehen Sie ihm ähnlich? Wenn ja, dann muss er sehr gutaussehend gewesen sein!«

»Jetzt machen Sie mir schon wieder ein Kompliment!«

»Freut Sie das nicht?«

»Doch!«, gestand Sophie mit gespielter Verlegenheit. Sie merkte, dass sie ihn nicht verstimmen durfte, wenn sie ihr Vorhaben ausführen wollte. »Sonst wäre ich ja keine Frau.« Sie blinzelte ihm schelmisch zu. Ihr Blick ging forschend über ihn hinweg. Wo befand sich wohl seine Brieftasche mit dem Pass? In der Jacke? Im Mantel? In der Aktentasche? Sie hoffte, dass er seine Papiere dabei hatte, denn sie hatte gehört, dass SS-Leute sich jederzeit ausweisen können mussten. Aber wie sollte sie bloß an das begehrte Objekt kommen? Der Moment musste sich aus der Situation ergeben.

»Sie wissen gar nicht, wie sehr mich Ihr Anruf gefreut hat«, ergriff Paul wieder das Wort. »Wir hatten ja noch gar keine Gelegenheit, uns einmal richtig kennenzulernen.« Er griff nach ihrer Hand, die eiskalt war. »Aber Sie sehen müde aus!« Er musterte Sophies blasses Gesicht mit kritischem Blick. »Geht es Ihnen nicht gut?«

»Danke. Ich habe nur rasende Kopfschmerzen, weil ich heute Nacht nicht richtig schlafen konnte«, erklärte sie wahrheitsgemäß. »Es war so laut auf der Straße. Und ich wusste nicht, worum es ging.«

»Sie Ärmste! Da kommen Sie bei Ihrem ersten Deutschlandbesuch gleich in einen solchen Aufstand.« Er ließ ihre Hand los und runzelte die Stirn. »Aber wenn Sie mich fragen, dann war es an der Zeit, dass die Bevölkerung sich gegen dieses verdammte Judengesindel auflehnt. Der feige Mord an unserem unschuldigen Diplomaten in Paris war der letzte Tropfen, der das Fass zum Überlaufen brachte! Wir haben viel zu lange gezögert, um loszuschlagen und den Juden deutlich zu zeigen, dass wir uns nicht alles gefallen lassen. Jetzt sollen sie nur sehen, wo sie bleiben. Meinen Sie nicht auch?«

Sophie spürte, dass es keinen Zweck hatte, zu widersprechen. Sie würde ihn nur verstimmen. Mit vorgetäuschtem Interesse betrachtete sie die Zeichen an seiner Jacke, die er neben sich gelegt hatte. »Das sieht wirklich sehr imposant aus!«, sagte sie. »Wie erkennt man eigentlich den Rang?«

»Hier«, sagte Paul stolz und deutete auf den Kragenspiegel mit den weißen SS-Runen auf schwarzem Grund und die gestreiften Schulterstücke, »das bedeutet, dass ich Untersturmführer bin. Aber ich habe natürlich den Ehrgeiz, noch weiter aufzusteigen. Ich bin sicher, dass ich es bald schaffen werde.« Er rückte das Hakenkreuz an seinem Hemdkragen genau in die Mitte.

Sophie fuhr sich über die Stirn. »Meine Kopfschmerzen werden allmählich unerträglich. Könnten Sie nicht so nett sein und mir irgendwo eine Tablette besorgen?«

»Aber gern!« Paul sprang diensteifrig auf und hängte seine Jacke an die Garderobe. »Warten Sie, ich bin gleich wieder da. Vielleicht kann der Wirt Abhilfe schaffen! Wenn nicht, dann hole ich schnell etwas aus der Apotheke. Sie ist direkt nebenan.«

»Und sagen Sie doch bitte dem Kellner, er möchte mir einen heißen Tee bringen«, rief sie ihm nach. Sie bückte sich, kaum dass Paul ihr den Rücken zugedreht hatte, und öffnete den Verschluss seiner Aktentasche. Mit der Hand fuhr sie in die Seitentaschen und durchwühlte mit fieberhafter Eile den Inhalt, Paul im Blick behaltend, der an der Theke mit dem Wirt redete. Ihre tastende Hand brachte alles Mögliche zutage, ein Taschentuch, einen Kamm, jede Menge Flugblätter und ein kleines Notizbuch mit Bleistift – aber nicht das, was sie suchte. Sicher steckte seine Brieftasche in der Jacke! Und die hatte er gerade weggehängt. Sie erhob sich rasch, ging zur Garderobe und tastete unauffällig die Taschen in Pauls Jacke ab. Da! Sie fühlt die Brieftasche. Der Pass befand sich in einem Seitenfach und sie steckte ihn rasch in ihren Ausschnitt, bevor sie alles wieder in die alte Position beförderte.

»Sophie?« Sie fuhr herum, vor Schreck erstarrt. Paul stand hinter ihr, ein Glas Wasser in der einen Hand und ein kleines Tablett mit zwei Kopfschmerztabletten in der anderen. »Was machen Sie denn da?«

***

Der Tag der Premiere war gekommen. Damals, nach der erfolglosen Uraufführung 1927 in Brüssel, war die Oper *Antigone* schon bald vom Spielplan abgesetzt worden. Die Dekoration Picassos und die Kostüme Gabrielle Chanels hatten die Schwächen der Aufführung nicht ausgleichen können. Inzwischen waren viele Jahre vergangen, das Manuskript und die Noten hatten in der Schublade Staub angesetzt. Pierre wollte mit seiner Regie mehr Zeitgeist hineinbringen, ohne das Thema der antiken Tragödie zu vernachlässigen. Musik und Gesang waren gekürzt und mit Rezitativen versehen. Das Bühnenbild im kleinen Théâtre Bobinot zeigte nun nicht mehr die krippenähnliche Landschaft von früher, sondern den vagen Schatten des Palastes von Theben hinter einem kargen Felsen. Nicolas hatte sich extra für diesen Tag in der Botschaft frei genommen, um Max wie versprochen bei der Beleuchtung der Bühne zu helfen. Sie hatten am Vorabend alles installiert und er kehrte erst sehr spät in die Rue de Lille zurück. Marguerite saß mit großen Augen hellwach im Bett, summte immer wieder ihren Text vor sich hin. Er musste ihr wie einem kranken Kind zureden, das Licht zu löschen und ein wenig zu schlafen. Sie litt unter Lampenfieber und war plötzlich wie besessen von der Vorstellung, ihren Part nicht singen zu können oder gar steckenzubleiben. Trotz einer mehrfachen Dosis Schlaftabletten tat sie kaum ein Auge zu und brach am nächsten Morgen bei der geringsten Kleinigkeit in Tränen aus. Sie war mit ihren Nerven am Ende und weigerte sich plötzlich, überhaupt einen Fuß ins Theater am Place de Clichy zu setzen. Nicolas, der ihre Launen mittlerweile kannte, brachte die Rede auf Cécile Dubois, die Zweitbesetzung. Es war, als hätte er ein Zauberwort gesprochen. Marguerites Ehrgeiz erwachte, sie straffte den Rücken und fand ihr Selbstbewusstsein wieder. Niemals würde sie dem jungen Ding den Triumph über sie gönnen! Sie würde spielen und singen – und wenn sie auf der Bühne tot umfiel!

Ein erwartungsvolles Summen und Murmeln des Publikums herrschte schon zwei Stunden vor der Aufführung im engen Foyer des etwas plüschigen, mit kitschigen Metalllüstern verzierten Theaters. Die Luft war stickig, die Damen holten ihre Fächer hervor und tranken aus zierlichen Champagnergläsern. Jean Cocteau war mit seinem Freund »Jeannot«, dem aufstrebenden Filmschauspieler Jean Marais, gekommen und man hatte ihnen einen Platz in der ersten Reihe reserviert. Der Komponist Arthur Honegger befand sich nicht Paris – doch seine telegrafische Zustimmung zur Neuaufführung des Werks lag vor. Der quirlige Cocteau hatte zuvor hinter der Bühne mit kritischen Bemerkungen und Änderungswünschen am Libretto für Unruhe gesorgt. Doch Pierre war entschlossen, sich durch nichts aus der Ruhe bringen zu lassen. Auch er war nervös und sah immer wieder auf die Uhr. Marguerite war noch nicht da, obwohl sie sich noch fertig machen musste. Was war geschehen? Er versuchte, so gelassen zu möglich zu wirken. Wie gut, dass wenigstens Cécile zur Stelle war. Vielleicht würde das heute Abend ihre große Chance werden. Er sah durch den Vorhang. Der nicht allzu große Zuschauerraum war noch leer, aber die Vorstellung war bis auf den letzten Platz ausverkauft. Jedermann schien neugierig auf die neue Inszenierung zu sein.

Marguerite hatte sich rechtzeitig zu Hause geschminkt und umgezogen und nur einen Mantel über ihr weißes, griechisches Gewand mit goldenen Borten geworfen, bevor sie ins Taxi gestiegen war. Alles lief nach Plan und jegliche Überreizung war mit einem Mal von ihr gewichen. Nach einem letzten Blick in den Spiegel fühlte sie sich nun schön, stark und unschlagbar. Heute würde sie über Cécile Dubois triumphieren. Bei der Generalprobe hatte sie noch provozierend und mit übereinandergeschlagenen Beinen auf einem Kulissenteil gesessen, das Manuskript der gelernten Rolle in der Hand, das Ersatzkostüm der Antigone lässig über die Schulter geworfen. Aber jetzt würde sie einsehen müssen, dass sie fehl am Platze war. Marguerite lehnte sich entspannt in die Polster des Wagens und atmete tief ein. Sie tastete nach dem Döschen mit ihren Tabletten. Diesmal war sie vorsichtiger gewesen und die niedrig dosierte Mischung aus Schmerz-, Beruhigungs- und Aufputschtabletten war ihr gut bekommen. Sie wusste, dass sie ohne Stimulation nicht auskommen würde, doch es war immer fraglich, wie die Tabletten zusammen mit der gewohnten Dosis Alkohol bei ihrem körperlichen Allgemeinzustand wirkten. Einen Kollaps wie beim letzten Mal wollte sie diesmal nicht riskieren. Das scharfe Bremsen des Taxis und ein heftiger Stoß nach vorn ließen sie unvermittelt und ruckartig mit dem Kopf gegen die Windschutzscheibe prallen, die zerbarst. Sie waren gegen die Stoßstange eines Lieferwagens aufgefahren.

»Ist Ihnen was passiert?« Der Taxifahrer hatte sich aufgerappelt und war unverletzt ausgestiegen. Er beugte sich über sie. »Madame – fehlt Ihnen etwas?« Benommen fasste sich Marguerite an die Stirn. Sie spürte in diesem Moment nichts. »Nein«, sagte sie, »ich glaube nicht! Beeilen Sie sich, rufen Sie mir einen anderen Wagen. Ich muss dringend ins Theater.«

»Tut mir leid, aber wir müssen warten, bis die Polizei kommt. Oh, ich sehe, Sie bluten an der Stirn. Soll ich einen Krankenwagen rufen?«

»Nein, auf gar keinen Fall.« Marguerite schüttelte den Kopf, was ein unangenehmes Stechen verursachte. Sie blieb für kurze Zeit ganz still sitzen, um sich zu fassen. Vorsichtig befühlte sie ihre Glieder. Es schien alles in Ordnung. Nur an ihrer Stirn rann feucht und klebrig ein kleines Rinnsal Blut herab. Sie wischte es mit dem Handrücken fort. Jetzt war geschehen, was sie im Unterbewusstsein die ganze Zeit befürchtet hatte! Doch so ein dummer Zwischenfall sollte ihr den Triumph von heute Abend nicht verderben! Wenn sie auf die Polizei wartete, würde sie sich verspäten und vielleicht sogar die Vorstellung versäumen! Wie glühender Stahl senkte sich dieser Gedanke in ihr Herz. Dann wäre alles umsonst gewesen, sämtliche Vorbereitungen auf Text und Gesang. Cécile würde ihren Platz einnehmen und singen! Das durfte nie und nimmer geschehen – das konnte sie nicht zulassen! Hastig schüttelte sie die Splitter der Windschutzscheibe von ihrem Kleid und öffnete vorsichtig die leicht eingedrückte Autotür. Sie schwankte etwas und ihr war schwindlig, doch sie schob das auf den Schock des Aufpralls. Eine Gruppe Neugieriger drängte sich um die Unfallwagen und man starrte sie in ihrem langen, weißen Kleid an wie ein Gespenst. Sie bahnte sich eine Gasse und sah sich um. In der von Lichtern flirrenden Dunkelheit erkannte sie das Schild der Metrostation Pigalle. Von da aus war es nicht mehr allzu weit bis zum Place de Clichy und zum Théâtre Bobinot. Sie sah auf ihre Armbanduhr. Keine Panik! Sie hatte noch mehr als eine Stunde. Die Vorstellung würde rechtzeitig beginnen und sie musste es schaffen! Sie sah sich nach einem neuen Taxi um. Doch wegen des leichten Regens, der zu fallen begann, waren alle besetzt. Zu Fuß würde sie hier vielleicht schneller vorankommen, als durch den dicht gedrängten Verkehr. Hastig zog sie ihre Schuhe mit den hohen Absätzen von den Füßen, raffte das Antigone Gewand und begann zu laufen. Der Taxifahrer rief ihr nach. »He, Madame! Bleiben Sie hier! Sie können doch nicht so einfach …« Mehr hörte sie nicht. Keuchend lief sie auf Strümpfen vorwärts, das kunstvoll aufgesteckte Haar, von einem goldenen Band gekrönt, löste sich, fiel ihr ins Gesicht und über die Schultern. Die Leute sahen ihr kopfschüttelnd nach. Der feine Regen nässte sie ein. Ihre Lungen schmerzten und zu allem Unglück stolperte sie jetzt auch noch über ein paar glitschige Abfallreste und fiel der Länge nach hin – mitten in ein schmutziges Rinnsal. Von mitleidigen Fußgängern hochgezogen, die wohl glaubten, eine Verrückte vor sich haben, rappelte sie sich wieder auf. Sie fühlte keinen Schmerz, doch ihre Knie waren aufgeschürft, das weiße Gewand voll feuchter Schmutzflecke. »Macht nichts«, ermutigte sie sich selbst, »wir haben ein Ersatzkostüm, Cécile hat es, aber ich lasse nicht zu, dass sie es trägt.« Sie machte ein paar Schritte. Verdammt, der Knöchel! Ein spitzer Schmerz durchzog sie, wenn sie auftrat. Sie hinkte vorwärts, schleppte sich weiter. »*Allons-y*, weiter geht's«, befahl sie sich selbst. Sie würde es schaffen, auch ohne zu laufen. Die Glocke einer nahegelegenen Kirche tat sieben Schläge. Erleichtert horchte sie ihrem Klang nach. Noch nicht zu spät! Um acht musste sie auf der Bühne stehen, sie würde genug Zeit haben, sich umzuziehen. Einen Moment hielt sie inne, um Atem zu schöpfen. Ihr Herz trommelte, als wollte es ihre Brust sprengen. »Ich werde rechtzeitig da sein«, murmelte sie beschwörend vor sich hin, »Pierre wird auf mich warten, den Beginn der Vorstellung um ein paar Minuten verschieben!« Sie hatte für das kurze Stück zu Fuß länger gebraucht als erwartet, das Gefühl für die verbleibende Zeit hatte sie getäuscht. Um halb acht erreichte sie endlich das Theater, stürzte in den Flur an der erstaunten Kassiererin vorbei. Nur rasch in die Garderobe, nur schnell, dann würde alles in Ordnung kommen! Sie öffnete die Tür; Gott sei Dank, es war geschafft! Doch hier starrten ihr viele Augenpaare erschrocken entgegen. »Um Himmels willen, Marge! Wie siehst du aus? Was ist passiert?« Das war Max, der Beleuchter, der sich als Erster gefangen hatte. Marguerite sah an sich herab. Sie wollte etwas sagen, doch sie brachte nichts über die Lippen. Nur ein tiefes Aufschluchzen entrang sich ihrer Kehle. Sie fühlte die mühsam unterdrückten Tränen der Erleichterung über ihre Wangen laufen, spürte förmlich, wie sich Rot und Schwarz auf ihren Wangen vermischte und die Schminke auf ihrem erhitzten Gesicht schmolz. Der klebrige Blutfaden, der über ihre Stirn wie ein dunkler Riss rann, war getrocknet. In den Augen aller las sie, welch erschreckendes Bild sie in diesem Moment bieten musste. Sie straffte die Schultern. »Ich habe es geschafft. Es gab einen Unfall mit dem Taxi. Das letzte Stück musste ich zu Fuß gehen! Gott sei Dank bin ich noch rechtzeitig da! Wo ist Nicolas?«

»Er wollte nach dir suchen, als du nicht kamst«, sagte Max verlegen. »Wir haben für die Beleuchtung einen Ersatz für ihn gefunden.« Marguerite versuchte ein Lächeln, aber ihr Gesicht verzerrte sich, als ein stechender Schmerz ihren Kopf durchzuckte. Doch sofort hatte sie sich wieder in der Gewalt. »Was wollt ihr? Was seht ihr mich so an? Ich bin bereit! Wo ist das Ersatzkostüm?« Sie wischte mit dem Handrücken das Blut von der Stirn. »In fünf Minuten bin ich zurechtgemacht und umgezogen. Wir können pünktlich anfangen, mir fehlt nichts …« Plötzlich stand Pierre vor ihr, der sie mit kühlem Blick musterte. »Tut mir leid, Marge, aber so geht das nicht. Wir haben schon umdisponiert. Du bist zu spät. Wir wussten ja nicht, warum du nicht kommst.« Hinter ihm tauchte Cécile auf, frisch, schön und unglaublich jung in ihrem weißen Gewand, die Haare streng zu einer blonden Krone geflochten. Antigone – wie die Welt sie sich vorstellen würde!

»Pierre – ich bin doch jetzt da! Ich kann singen! Es ist doch noch nicht zu spät …« Marguerite klammerte sich weinend an ihn, doch er befreite sich unwillig. »Mach jetzt keinen Aufstand, Marge. Du bist selbst schuld, wenn du nicht pünktlich sein kannst. Cécile wird deine Rolle übernehmen, wie besprochen. Sei nicht böse, aber es ist nicht anders zu machen.« Er nahm Céciles Arm. »Komm Liebling, die Musiker sind schon da. Und der Zuschauerraum ist auch schon voll. Viel Glück für dein Debüt!« Cécile warf ihr hoch erhobenen Hauptes einen triumphierenden Blick zu. Sie zog die Mundwinkel verächtlich nach unten, bevor sie sich umwandte und davonstolzierte. Der Vorhang öffnete sich pünktlich und das Publikum applaudierte. Cécile trat lächelnd auf die Bühne. Marguerite sah ihr fassungslos nach. Sie presste die Hand vor den Mund, ohne den Schrei ersticken zu können, der sich ihr entrang und der wie das Aufstöhnen eines verwundeten Tieres klang. Ihr schwindelte und sie spürte, wie sie den Boden unter den Füßen verlor. Max fing sie noch rechtzeitig in seinen Armen auf.

***

Nicolas hatte vergeblich die Umgebung von Saint-Germain-des-Prés nach Marguerite abgesucht und in einige Bars geschaut. Auch zu Hause traf er sie nicht an. Er seufzte. Hatte sie wieder zu sehr dem Alkohol zugesprochen – oder ihre Tabletten genommen, deren Wirkung nicht einzuschätzen war? Vielleicht war auch ihre Angst vor der Aufführung zu groß gewesen. Er kannte ja ihre Stimmungsschwankungen. Wahrscheinlich saß sie jetzt an irgendeiner Theke und betrank sich. Ins Theater brauchte er nun nicht mehr zurück, man hatte glücklicherweise einen Ersatz für ihn gefunden. Und die Oper würde er sich ohne Marguerite ohnehin nicht ansehen. Die Musik verursachte ihm Kopfweh. Überhaupt ging ihm das ganze Getue mit Marge gehörig auf die Nerven. Er hatte es satt und überlegte schon die ganze Zeit, wie er sie auf elegante Weise loswerden konnte. In letzter Zeit hing sie wie eine Klette an ihm! Das konnte einfach nicht gutgehen. Im Grunde brauchte er sie nicht mehr – sie war ihm lästig geworden. Aber was tun? Ein Gedankenblitz durchzuckte ihn: Die Akte Oppenheimer, alias Max Ophüls! Er würde an den Regisseur herantreten und verlangen, dass er Marge in seinem neuen Film eine kleine Rolle gab. Eine kleine Drohung, seine Daten anonym einer Zeitung zuzuspielen, würde seiner Bitte die notwendige Wirkung verleihen. Einen Film zu drehen, würde Marge ablenken, wenn er sich aus dem Staub machte! Unschlüssig schlenderte er herum, kam an der deutschen Botschaft vorbei. Seit er verschiedene Botengänge für Graf Welczeck erledigte, besaß er alle erforderlichen Schlüssel. Er konnte der Versuchung nicht widerstehen, das verdunkelte Gebäude zu betreten und die Akte Oppenheimer an sich zu bringen. Außerdem hatte er ein paar andere interessante Sachen herumliegen sehen, die er sich gern einmal etwas genauer angesehen hätte. Unter anderem das Dokument, das er auf dem

Schreibtisch des Botschafters selbst gefunden hatte. Es enthielt eine Liste von Standorten der deutschen Wehrmacht und seine zweite Seite wirkte mit seiner Skizze wie ein Angriffsplan auf ein Land, das er noch nicht identifiziert hatte. Er könnte es für das Deuxième Bureau jetzt leicht kopieren und ein diesbezügliches Signal funken. Die Gelegenheit war günstig, alle Räume schienen dunkel und leer. Er knipste nur eine kleine Tischlampe an und machte sich am Funkgerät zu schaffen. »Monsieur Martinez!« Nicolas erschrak, als sich plötzlich eine Hand auf seine Schulter legte. Er hob den Kopf und blickte in die wachsam dreinblickenden Augen eines deutschen Offiziers. Hastig versuchte er die Kopie, die er in der Hand hielt, unauffällig unter einen Stapel anderer Papiere zu schieben. Doch seine Hände zitterten und es gelang ihm nicht. Merde, der Mann hatte ihn auf frischer Tat ertappt! »Pardon – was … was kann ich für Sie tun?«, stammelte er verlegen und mit bleichen Lippen. Das Lächeln seines Gegenübers schien ihm doppeldeutig.

»Darf ich fragen, was Sie da machen?«

»Ich … ich ordne die Korrespondenz«, murmelte er kaum hörbar. Automatisch nahm er Haltung an.

»So? Ausgerechnet nach Dienstschluss? Lassen Sie doch mal sehen.«

»Ist das ein Befehl?«, fragte Nicolas, dem plötzlich der Schweiß auf der Stirn stand. Wie ein ertappter Schuljunge verbarg er das verräterische Papier hinter dem Rücken.

»Nein, natürlich nicht!« Der Offizier fixierte ihn von oben bis unten mit zusammengekniffenen Augen. »Stehen Sie doch bequem.« Wahrscheinlich freute er sich, in diesem Moment einen simplen Aktenboten der deutschen Botschaft als Spion entlarven und festnehmen zu können! Eine Sicherheitslücke gefunden zu haben! Nicolas verfluchte seine Nachlässigkeit. Obwohl er sonst immer so vorsichtig war, hatte er diesmal wohl vergessen, die Tür hinter sich abzuschließen. Aber wer dachte schon, dass um diese Zeit noch jemand in der Botschaft sein könnte? Er schlug die Augen nieder und das Dokument mit den Plänen verschiedener Standorte der deutschen Wehrmacht entglitt seinen unsicheren Händen und flatterte zu Boden. Verdammt! Auch das noch! Jetzt hatte der Deutsche ihn in der Hand. Doch zu seiner Überraschung geschah nichts. Der Offizier bückte sich. »Sie haben da etwas verloren«, sagte er mit ernster Miene und reichte ihm das Blatt, ohne es anzusehen. Nach einer unheilvollen Schweigeminute, in der Nicolas alle möglichen Ausreden durch den Kopf gingen, senkte der Offizier seine Stimme. »Sie kennen mich wohl noch nicht. Ich bin Oberleutnant von Weißenfeld. Nehmen Sie sich doch bitte die Zeit und kommen Sie in mein Büro. Ich würde gern etwas mit Ihnen besprechen, das Sie vielleicht interessieren könnte. Hier ist es mir zu unsicher – man weiß ja nie, ob man abgehört wird.« Nicolas sah ihn so verblüfft an, dass er hinzusetzte. »Und beunruhigen Sie sich nicht unnötig!« Mit diesen Worten wandte er sich um und ging davon.

Nicolas blieb verwirrt zurück. Was sollte er von diesem Auftritt, dieser Reaktion halten? Was wollte der Mann von ihm? Er hätte ihn auf der Stelle festnehmen lassen können. In Sekundenbruchteilen rasten verschiedene Möglichkeiten durch sein Hirn. Sollte er jetzt rasch, ohne großes Aufsehen verschwinden, einfach untertauchen, bevor man ihn verhaftete? Oder dableiben und so tun, als wenn nichts wäre, und alle irgendwie gearteten Vorwürfe abstreiten? Eigentlich gab es ja keine Beweise gegen ihn – es konnte gar keine geben. Die Kopie, die der Mann nicht einmal angesehen hatte, würde er verschwinden lassen. In der kurzen Zeit, in der er als Aktenbote in der deutschen Botschaft beschäftigt war, hatte er immer mit allergrößter Vorsicht agiert. Er durfte jetzt nicht die Nerven verlieren. Alles war bisher glatt gegangen. Er beschloss, sich in die Höhle des Löwen zu wagen, bereit, alles zu leugnen, was man ihm vorwerfen würde.

Er verbrannte die Kopie rasch im Aschenbecher. Gespannt und mit gemischten Gefühlen schritt er wenig später den langen Gang des pompösen Palais Beauharnais entlang, das jetzt der Sitz der deutschen Botschaft war. Unsicher klopfte er an die schwere Eichentür, an der auf einem Messingschild der Name zu lesen war: Oberleutnant Karl von Weißenfeld. Nach einem gedämpften »Herein« trat Nicolas ein. Von Weißenfeld saß hinter seinem mit Löwentatzenfüßen verzierten Schreibtisch und las im Schein einer Tischlampe in einer Akte. Im Marmorkamin brannte ein kleines Feuer, das behagliche Wärme verbreitete. Als Nicolas eintrat, sah er auf und bot ihm höflich Platz an. Er war ein Mann etwa Ende dreißig, mit kantigem Gesicht und durchdringenden Augen von heller, aber unbestimmter Farbe. Sein aschblondes Haar war kurz und an Schläfen und Nacken ausrasiert und die Uniform saß korrekt und wie angegossen. Nicolas ließ seinen Blick durch den Raum schweifen und der Oberleutnant lächelte. »Keine Sorge, hier gibt es keine Wanzen – ich überzeuge mich jeden Tag selbst davon. Ich habe Sie bereits eine Weile beobachtet und wollte Ihnen mitteilen, dass ich mit Ihrer Tätigkeit sehr zufrieden bin. Hier, das wird Ihre Arbeit erleichtern – Kopien der Schlüssel zu den Schränken und dem Schreibtisch des Botschafters, Graf von Welczeck.« Er reichte ihm einen Schlüsselbund und mahnte. »Verlieren Sie sie nicht. Damit haben Sie Zugang zu seinen persönlichen Unterlagen und seiner gesamten Korrespondenz.« Nicolas sah ihn erstaunt an. »Sie wissen also …« Er schluckte, brach ab und machte eine kleine Pause.

Von Weißenfeld lachte leise auf. »Dass Sie heimlich die Telefongespräche des Botschafters belauschen? Papiere abschreiben, sie fotografieren und Briefe über Wasserdampf öffnen? Dass Sie postlagernd unter falschem Namen erreichbar sind? Machen wir es kurz: dass Sie auch für Russland spionieren?« Nicolas verstand gar nichts mehr. Dieser Deutsche war über seine Spionagetätigkeit für Moskau informiert? Und er ermunterte ihn auch noch dazu, weiterzumachen? »Ich … ich weiß gar nicht, was Sie meinen!«, stammelte er.

»Tun Sie doch nicht so! Ich finde, Sie haben sich nicht ganz ungeschickt angestellt«, sagte von Weißenfeld ruhig. »Alles getan, was man von Ihnen verlangt hat – von Ihrem Postfach unter falschem Namen angefangen, in das die russischen Gelder fließen sollen, bis über die Daten, die Sie heimlich funken. Sie sehen, ich bin über alles informiert. Vor mir brauchen Sie sich nicht zu verstellen und auch keine Angst zu haben. Ich bin eingeweiht. Auch wenn es Sie im ersten Augenblick verwundert – wir sitzen in einem Boot. Ich möchte jetzt nicht ins Detail gehen.« Er senkte die Augen. »Weder über Ihre noch über meine Motive. Nur so viel: Wir sind beide gegen die Deutschen, nicht wahr?« Nicolas nickte mit trockener Kehle. »Meine Frau ist Russin.« Von Weißenfeld machte eine kleine Pause, in der auch Nicolas schwieg. »Reden wir nicht lange herum: Einige Leute in der Sowjetunion hätten gern mehr mit Ihnen vor. Ist es richtig, dass Sie der kommunistischen Partei Frankreichs angehören?«

Nicolas nickte wieder. Er wagte nicht, zu widersprechen, zu erwähnen, dass er daran dachte, aus der Partei auszutreten. Von Weißenfeld schien einiges von ihm zu wissen, aber bestimmt nicht, dass er auch für die Gegenpartei spionierte und alle aufgelesenen Informationen nicht nur an Russland, sondern auch an das Deuxième Bureau und seinen Parteigenossen Doriot weitergab.

»Sie haben mit Kleinigkeiten angefangen. Aber es sollte noch besser werden. Sie müssen noch sorgfältiger arbeiten. Ich werde Ihnen zeigen, wo Ihre Schwachpunkte liegen. Dann können Sie sich auch an schwierigere Aufgaben heranwagen. Die würden Ihnen auf jeden Fall auch mehr Geld bringen.« Er lächelte rätselhaft.

»Das«, Nicolas stotterte beinahe, »das kommt alles so überraschend. Aber warum nicht? Ich habe allerdings keine großen Erfahrungen in diesem Metier …«

»Darf ich Ihnen im Namen meiner Verbindungsleute im Osten ein interessantes Angebot machen?« Von Weißenfeld sah sein Gegenüber forschend an. Nicolas hielt seinem Blick stand und er fügte hinzu: »Das, ich betone es nochmals, sehr, sehr gut honoriert wäre. Sie wären ein gemachter Mann, wenn Sie es annähmen. Die Sache ist natürlich nicht ganz ungefährlich. Aber ich habe mich über Sie erkundigt. Und schätze Sie nach Ihrer Vergangenheit als einen Mann ein, der die Gefahr liebt. Der skrupellos ist und sich gern ein Vermögen erarbeiten möchte.«

»Das ist richtig«, erwiderte Nicolas vorsichtig. »Aber es kommt darauf an, worum es sich handelt.«

»Im Grunde ist es ganz einfach. Alles, was ich Ihnen jetzt sage, müssen Sie natürlich streng vertraulich behandeln! Andernfalls würden meine Leute Ihnen das Leben sehr unangenehm machen, wenn nicht gar …« Er sprach nicht weiter und blätterte in seinen Papieren. »Sie wissen sicher selbst, was auf Verrat steht. Allein das, was Sie bisher getan haben, kann Sie schon für Jahre hinter Gitter bringen«, wieder zog das ironische Lächeln um seinen Mund, »oder auch ins Grab. Sehen Sie mich nicht so erschrocken an. Ich selbst habe nichts mit der Sache zu tun. Ich bin nur Ihr Verbindungsmann.«

Und wie ich ein Spitzel, dachte Nicolas. Laut sagte er jedoch: »Diskretion versteht sich in dieser Sache wohl von selbst.«

»Von selbst versteht sich gar nichts. Ich zum Beispiel genieße vollstes Vertrauen bei meinen Vorgesetzten in der Botschaft. Denken Sie nicht, Sie könnten mich irgendwie mit hineinreißen, wenn Sie etwas ausplauderten. Niemand würde Ihnen glauben. Nur, um das einmal klarzustellen.«

Nicolas nickte ungeduldig. »Dann sagen Sie mir doch, was Sie mit mir vorhaben!«

Von Weißenfeld ließ sich Zeit und blickte ruhig in die Flamme des Kamins. Dann begann er: »Sie haben keine Frau, keine Kinder? Wären Sie unter bestimmten Umständen bereit – eventuell nach Deutschland, nach Berlin, in die französische Botschaft zu gehen? Mit einem falschen Pass, versteht sich?«

Nicolas wusste, dass er jetzt nicht sofort Nein sagen durfte. »Das will ich nicht ausschließen. Aber was soll ich dabei in Erfahrung bringen? Ich habe nur sehr geringe deutsche Sprachkenntnisse.«

»Ich besorge Ihnen einen Lehrer, der Ihnen das Nötigste beibringt. Auch in anderen Dingen wird er Sie anlernen. Ein Agent muss mit allen Wassern gewaschen sein, wie man so schön sagt. Sie werden in Berlin Kontakte knüpfen und Informationen sammeln. Eines steht allerdings dabei im Vordergrund …«, von Weißenfeld suchte nach geeigneten Worten, »… eine geheime Mission. Wären Sie bereit, sich an einem Komplott zu beteiligen? Gegen die Nazi-Regierung des Deutschen Reichs, besser gesagt: gegen den deutschen Reichskanzler Hitler?«

»Ein Komplott gegen Herrn Hitler?«, wiederholte Nicolas verunsichert. »Ich verstehe nicht ganz.«

»Dieser Mann ist gefährlich, gewissenlos«, fuhr von Weißenfeld fort. »Ich will offen zu Ihnen sein. Stalin hat den Verdacht, dass Hitler seine Macht missbrauchen und die Versprechen, die er ihm gegeben hat, nicht halten will. Er will rechtzeitig reagieren, um einen Krieg zu vermeiden.«

»In der Politik sah es doch immer so aus, als verstünden sich Stalin und Hitler bestens – als hätten sie gewissermaßen gemeinsame Pläne. Haben sie nicht einen Nichtangriffspakt geschlossen?«

»Stimmt, es gibt gemeinsame strategische Interessen, was Polen und die Tschechoslowakei anbetrifft. Ein geheimer Plan ist, Polen unter sich aufzuteilen. Damit würde jeder seinen Machtbereich vergrößern. Aber Stalin ist Realist: Er misstraut dem deutschen Reichskanzler und die Berichte unserer Geheimagenten geben ihm Recht. Er fürchtet, Hitler wird ihm bei der nächsten Gelegenheit den Kampf ansagen, ihn hinterrücks überfallen. Deshalb will er ihn beizeiten ausschalten – eliminieren. Um Schlimmeres zu verhindern. Verstehen Sie?«

»Eliminieren?«, wiederholte Nicolas entsetzt. »Heißt das, man will den deutschen Reichskanzler ermorden?« Er atmete tief ein. »Und da haben Sie ausgerechnet an mich gedacht?«

»Ja. Ich persönlich glaube, Sie wären dafür der richtige Mann. Aber niemand zwingt sie dazu. Es ist Ihre freie Entscheidung. Halten Sie sich eins vor Augen: Eine Person muss sterben, damit Tausende überleben, damit unendliches Elend und Leid verhindert werden! Denken Sie über meinen Vorschlag nach. Im Übrigen sollen sie ja nicht sofort agieren, sondern sich erst in Berlin einleben und die Lage von Ihrer Position in der französischen Botschaft aus sondieren. Hält Hitler sein Wort, dann bleiben Sie weiter in Warteposition. Sollten sich die Befürchtungen Stalins jedoch bewahrheiten, müssten Sie handeln.«

»Aber es ist unmöglich, so etwas allein zu schaffen …«, gab Nicolas zu bedenken, doch von Weißenfeld unterbrach ihn. »Das haben wir alles schon bedacht. Wir helfen Ihnen natürlich. Sie sind von allen Seiten geschützt. Wir ändern Ihre Identität. Sie werden Gleichgesinnte finden. In Deutschland gibt es Gegenströmungen, heimliche Formationen gegen den Reichskanzler Hitler. Diese Leute sind zu allem bereit. Sehr viele sind überzeugt davon, dass er die Welt ins Unglück stürzen wird.«

»Und … wie würde sich … die Sache genau abspielen?«

»Zunächst einmal versetzen wir Sie in die französische Botschaft nach Berlin. Dort werden vielleicht auch die Leute des Deuxième Bureaus, der französischen Spionageabteilung, den Kontakt mit Ihnen suchen. Sie müssen nur aufpassen, dass Sie da niemals den Verdacht erwecken, für uns zu arbeiten. Wenn es die Umstände erfordern, werden Sie durch einen Verbindungsmann weitere Befehle erhalten. Aber eines möchte ich Ihnen noch sagen.« Von Weißenfeld wandte seinen Blick ab und starrte wieder in die Flammen des Kamins. »Ich habe Hitler schon vor Jahren kennengelernt. Er hatte schon damals einen eisernen Willen – einen Plan, mit dem er über Leichen gehen wollte. Und er hasst die Kommunisten bis aufs Blut. Allein schon deshalb könnte ich niemals mit seiner Politik einverstanden sein.« Er erhob sich und ging in dem eleganten Raum mit den zugezogenen Brokatvorhängen unruhig auf und ab. Dann blieb er vor Nicolas stehen und sah ihm gerade ins Gesicht. »Und seit einiger Zeit bin ich felsenfest davon überzeugt, dass dieser Verblendete alles beherrschen will – und das um jeden Preis. Verstehen Sie, was ich meine?«

Nicolas nickte. »Sie sind überzeugt, dass ein rechtzeitiges Attentat auf Hitler Schlimmeres, also einen zukünftigen Krieg verhindern könnte?«

»So ist es. Ich habe gewusst, dass wir uns verstehen, mein lieber Martinez. Sie sind ein Mann, dem ich instinktiv vertraue!« Er hielt ihm die Hand hin. Nicolas schlug ein. »Ich werde über alles nachdenken. Ich kann Ihnen allerdings im Moment nicht sagen, ob ich fähig bin, einen Menschen mit Vorsatz zu töten.«

Von Weißenfeld nickte. »Das müssen Sie entscheiden. Aber denken Sie daran, dass diese Tat den Lauf der Weltgeschichte verändern würde. Sagen Sie mir, ob und wann Sie bereit sind.«

Nicolas tat einen tiefen Atemzug. »Ich danke Ihnen für Ihr Vertrauen!« Er stand auf.

»Und überlegen Sie nicht zu lange«, rief ihm der Offizier noch nach, bevor er die Tür hinter sich schloss. »Ich erwarte Ihre Entscheidung in den nächsten Wochen!«

Nicolas ging wie betäubt den langen Gang zurück in das staubige, enge Zimmerchen der Aktenregistratur. Er nahm die

Akte Oppenheimer, steckte sie in seine Aktentasche und setzte sich dann wieder an den Schreibtisch. Den Kopf in die Hände gestützt, dachte er nach. Zwar hatte er schon viele kleine Dieberreien und Schummeleien begangen, in Spanien auf den Feind geschossen, doch ein vorsätzlicher Mord – und dazu noch an einer so mächtigen, schwer bewachten politischen Persönlichkeit –, das überstieg seine gedanklichen Grenzen. Und was war mit seiner Funktion als Doppelagent, von der von Weißenfeld natürlich nichts ahnte? Konnte er sich da so einfach abseilen? Ihm wurde bewusst, dass er sich in einer äußerst unangenehmen Zwickmühle befand. Welche politische Position nahm er überhaupt ein, seit er begonnen hatte, am Kommunismus zu zweifeln? Er spürte, dass die Ideen des Nationalsozialismus auch auf ihn eine gewisse Faszination ausübten. Er hasste die Deutschen nicht. In Paris gab es verschiedene Künstler und Schriftsteller, die sich bereits offen zu der deutschen Einstellung bekannten und forderten, Frankreich müsse nachziehen. Eine bessere Welt, geregelt, geordnet, gerecht! Und jetzt sollte er sich an einem Attentat auf diesen neuen »Führer« Hitler beteiligen? Ihn kaltblütig umbringen? Von Weißenfeld hatte von Krieg und Irrsinn gesprochen. Von tausenden Toten, von Leid und Elend. Wenn er diesen Auftrag nicht ausführte, würde es ein anderer machen. Wie sollte er sich nun entscheiden? Lange saß er dort am Schreibtisch in der Registratur und konnte sich mit einem unbehaglichen Gefühl nicht recht entschließen, nach Hause zu gehen. Marguerite würde in betrunkenem Zustand auf ihn warten und ihm sicher eine jammervolle Szene machen, den Verlust ihrer großen Chance beweinen. Er würde sie trösten müssen und dazu hatte er nicht die geringste Lust. Es war an der Zeit, die gemeinsame Wohnung wieder zu verlassen. Er eignete sich eben nicht für ein Zusammenleben, für ein trautes Heim. Die Kirchturmglocken schlugen bereits ein Uhr, als er sich endlich erhob. Aber sein Entschluss war gefasst.

12. Kapitel

Marguerite erwachte in der kühlen, weiß gekachelten Ambulanz des Hospitals Hôtel Dieu. Es war laut, viele Leute redeten durcheinander. Eine Krankenschwester rollte ihr Bett auf den Gang. Es zog und ihr war kalt. Erschöpft schloss sie wieder die Augen. Irgendjemand tätschelte ihre Wangen. Verschwommen sah sie ein Gesicht vor sich, das sie nicht genau erkennen konnte. »Pierre?«, flüsterte sie schwach. »Nicolas?«

»Ich bin es«, sagte eine Stimme, »Max!« Die Konturen zeichneten sich nun genauer ab und sie erkannte den Beleuchter, der ihre Hand hielt und sie besorgt ansah. Wie immer wirkte er ungekämmt und ein paar Strähnen seiner dünnen, mattblonden Haare hingen ihm wirr in die bleiche Stirn. Seine grauen, wimpernlos wirkenden Augen blinzelten nervös. »Sie?« Enttäuscht senkte sie die Lider und zog rasch ihre Hand aus der seinen. »Wieso … warum …« Sie versuchte sich zurechtzufinden.

»Sie sind im Theater zusammengebrochen, Marge, und da …« Als Max verstummte, hob sie langsam den Kopf und sah ihn an. »Im Theater? Die Vorstellung – hat sie schon angefangen?« Max schüttelte den Kopf. Marguerite machte einen vergeblichen Versuch, die Füße vom Bett zu nehmen, in dem sie lag, und sich umzusehen. Doch ein stechender Schmerz in ihrem Kopf und im Rücken ließ sie einhalten. Ihr Gesicht verzerrte sich. »Wo bin ich?«, fragte sie heiser mit trockener Kehle. Ihre Stimme gehorchte ihr kaum.

»Bleiben Sie ganz ruhig liegen, Marge!«, sagte Max, sie sanft auf das Kissen zurückdrückend. »Wir haben Sie ins Krankenhaus gebracht, als sie ohnmächtig wurden. Ihre Wunde an der Stirn wurde unter Narkose genäht. Der Arzt vermutet außerdem, dass Sie eine schwere Gehirnerschütterung haben.«

Marguerite tastete nach dem Verband an ihrem Kopf und versuchte, sich zu erinnern. »Ich bin hingefallen«, überlegte sie laut und krauste angestrengt die Stirn. »Das Taxi – irgendwas war mit dem Taxi … der Unfall!« Sie fuhr hoch. »Die Vorstellung – die *Antigone?* Habe ich sie versäumt? Was ist passiert?« Ein rascher Schwindel, der sie umfing, ließ sie wieder zurücksinken. »Mir ist schrecklich übel.«

»Sie dürfen sich jetzt nicht aufregen«, versuchte Max, sie zu beruhigen. »Ein paar Tage Ruhe bringen Sie wieder auf die Beine! Die Schwester wird gleich kommen, Ihre Personalien aufnehmen und Sie in ein freies Zimmer bringen.«

»Ich will aber nicht hierbleiben!«, protestierte sie. »Was war mit der Aufführung?« Sie versuchte krampfhaft, nachzudenken. »Habe ich versagt, Max? Bitte schonen Sie mich nicht!« Sie blickte ihn beschwörend an und Max sah verlegen zur Seite. »Nein, Sie können wirklich nichts dafür … es war ja alles ganz anders!«

»Was soll das heißen? Sagen Sie mir die Wahrheit, Max, bitte!« Ihre Stimme klang flehend. »Es geht mir besser, wenn ich alles weiß.«

»Na gut. Sie kamen zu spät, waren verletzt und hatten eine Wunde an der Stirn.« Marguerite nickte geistesabwesend. »Ja, ich erinnere mich jetzt. Das Taxi – es hatte einen Unfall …«, sagte sie langsam und starrte auf eine offene Tür des Flurs, aus der ein starker Geruch nach einem scharfen Mittel drang. »Ich bin zu Fuß weitergegangen … es war ja nicht weit … ich wollte unbedingt pünktlich sein, um zu singen.« Sie wandte sich wieder Max zu. »Und dann, was war dann? Ich habe immer noch ein schwarzes Loch in meinem Gedächtnis!«

»Ach …« Max lächelte unsicher. »Das ist doch jetzt ganz unwichtig. Sie kamen zu spät. Deshalb hatte Pierre entschieden, dass Cécile die Rolle singt.«

Marguerite sah ihn entsetzt an: »Cécile …«

»Beruhigen Sie sich«, fuhr Max hastig fort. »Sie kam beim Publikum überhaupt nicht an. Es war ein totaler Reinfall.«

»Ist das wahr?«, fragte Marguerite und machte eine kleine Pause. Ihre gesamte Erinnerung kam ganz plötzlich zurück und ihr Gesicht verschattete sich. »Ja, jetzt fällt es mir wieder ein. Sie war schon im Kostüm, als ich ankam, bereit zum Auftritt. Diese Hexe! Pierre sagte mir, Cécile würde statt meiner singen.«

»Richtig! Aber was sollte er machen? Als sie nicht pünktlich im Theater waren, musste Cécile ihren Part übernehmen. Er hat diese Entscheidung längst bitter bereut. Céciles Stimme war zwar kräftig, doch ohne Gefühl, ohne menschliche Wärme. Sie sang wie eine aufgezogene Puppe«, berichtete Max weiter. »Vor allem der Chor war über die plötzliche Umbesetzung verunsichert und der nervös gewordene Dirigent bekam das kleine Orchester nicht mehr in Griff. Viele Zuschauer gähnten die ganze Zeit ständig hinter vorgehaltener Hand, einige hatten schon vorzeitig das Theater verlassen. Der Schlussapplaus erklang spärlich und wurde von lauten Pfiffen übertönt. Cocteau war mit seinem Freund in der Pause gegangen. Er ließ ausrichten, man habe sein Werk verschandelt und er werde sich jede weitere Aufführung verbitten. Sie können sich vielleicht vorstellen, wie verzweifelt Pierre war! Er ist am Boden zerstört, behauptet, er sei ruiniert.«

»Das geschieht ihm recht.« Marguerite konnte ein rachsüchtiges Lächeln nicht verbergen. »Ich habe kein Mitleid mit ihm. Wenn ich gesungen hätte, wäre es ein Erfolg gewesen.«

Max zuckte die Achseln. »Ganz sicher. Aber was sollte er anderes machen?«

»Pah!«, stieß Marguerite hervor. »Cécile hat ihm doch schon die ganze Zeit schöne Augen gemacht, um die Rolle zu bekommen. Diese Schlange, dieses Miststück! Wie ich sie hasse!«

Als die Schwester erschien und ihr Bett in ein Zimmer rollen wollte, in dem bereits vier weitere Personen lagen, wehrte sich Marguerite entschieden. »Ich bleibe nicht hier«, schrie sie hysterisch die Schwester an. »Wo ist Nicolas?«, fragte sie, an Max gewandt.

»Als Sie nicht pünktlich im Theater waren, ist er Sie suchen gegangen. Ich habe einen Ersatz für die Beleuchtung gefunden. Und seitdem habe ich nichts von ihm gehört.«

Marguerite sah eine kurze Weile stumm vor sich, als müsse sie sich besinnen. »Er weiß also nicht, dass ich hier bin«, murmelte sie. »Bitte bringen Sie mich nach Hause, Max!« Trotz des dumpfen Schmerzes in ihrem Kopf gelang es ihr, sich aufzurichten. Sie griff nach ihren Sachen und machte ein paar Schritte.

»Ich übernehme keine Verantwortung, wenn Sie gehen«, beschied ihr die Schwester kühl, die neben dem Bett stehen geblieben war. »Das kann sehr böse Folgen haben!«

»Ich bin alt genug, um selbst über meinen Körper zu entscheiden«, gab Marguerite patzig zurück. »Und darüber, was ich ihm zumuten kann.«

»Über Ihren eigenen vielleicht …«, gab die Schwester doppeldeutig und mit einem merkwürdigen Unterton zurück. »Warten Sie bitte noch, der Doktor hat noch etwas mit Ihnen zu besprechen. Wenn Sie wirklich das Hospital verlassen wollen, können Sie das dann immer noch tun.«

»Diese lästige Bürokratie«, murrte Marguerite ungnädig und streckte sich wieder auf ihrem Bett aus. »Wahrscheinlich will er für seine Untersuchung gleich bezahlt werden.« Es dauerte nicht lange, da erschien ein Herr in Weiß, das Stethoskop baumelte auf seiner Brust. »Doktor Gossier«, stellte er sich mit höflicher Miene vor. Mit einem zögernden Blick auf Max sagte er: »Madame, das was ich Ihnen zu sagen habe, sollte unter vier Augen gesagt werden!«

»Ich habe keine Geheimnisse vor meinem guten Freund Max.« Marguerite betrachtete ihn misstrauisch. »Und ich weiß schon, was Sie mir sagen wollen. Sie denken, ich trinke und stopfe mich mit Tabletten voll. Aber da kann ich Sie beruhigen. Es war eine Ausnahme. Die Spannung wegen der Aufführung, nicht wahr, Max?« Sie wandte sich an ihren Begleiter, der sie mit seinem treuen, ihr ganz ergebenen Blick ansah. »Ja, absolut«, bekräftigte er hastig. »Ich kenne Madame de Vuillac. Es gab nie Probleme … in dieser Richtung.« Er zwinkerte heftig und sein Hals rötete sich verräterisch.

»Ich glaube, wir missverstehen uns.« Der Arzt zuckte spöttisch mit den Mundwinkeln. »Ihre Blut- und Leberwerte waren natürlich nicht besonders gut – aber das ist es nicht, weswegen ich mit Ihnen reden wollte.«

»Worüber sonst? Wenn es um die Rechnung geht, brauchen Sie keine Angst zu haben. Ich zahle pünktlich!« Marguerite richtete sich im Bett auf, setzte die Füße auf den Boden und nahm ihre Tasche. »Eine Anzahlung?« Der Arzt schüttelte den Kopf.

»Das war dann wohl alles, Doktor Gossier?« Sie schlüpfte in ihre Schuhe und hielt dem Arzt die Hand hin. »*Au revoir!*«

Der Arzt nahm sie nicht. »Sie bekommen ein Kind«, sagte er unvermittelt heftig. »Wussten Sie das nicht?«

Marguerite war so blass geworden, dass ihre Haut beinahe durchsichtig schien. Vorsichtig tastete sie nach dem Bett hinter ihr, bevor sie sich wieder darauf niederließ. »Ein Kind«, wiederholte sie tonlos. »Ein Kind! Das … das muss ein Irrtum sein. Ich kann keine Kinder bekommen, hat man mir gesagt!«

»Ein Irrtum ist ausgeschlossen«, sagte der Arzt trocken. »Sie sind im vierten Monat schwanger und sollten unbedingt Ihre Lebensführung umstellen. Keinen Alkohol, keinen Tabak und schon gar keine Medikamente.«

»Aber ich will das Kind nicht!«, schrie Marguerite plötzlich voller Panik auf. »Machen Sie es weg, gleich! Ich bleibe auch hier – solange Sie wollen! Doktor! Bitte!« Sie ergriff seine Hand, die er ihr zu entziehen versuchte. »Ich bin dazu da, Leben zu erhalten – und nicht, es zu töten.« Im Gehen wandte er sich noch einmal um. »Und denken Sie daran – keinen Alkohol!« Mit diesen Worten ging er davon und verschwand hinter einer der weiß gestrichenen Türen, die er unsanft hinter sich zuschlug. Marguerite packte die Blumen, die ihr Max gebracht hatte, und warf sie wütend auf den Boden. Völlig außer sich brach sie in Schluchzen aus.

* * *

Irgendwo im Hintergrund des Café Anast spielte ein blechernes Radio Tanzmusik. Sophie sah wie erstarrt auf Paul, der mit dem Glas Wasser und den Aspirin-Tabletten vor ihr stand. »Oh, das ging aber schnell …«, stieß sie überrascht hervor und fühlte, wie sie blutrot wurde. Sein Blick streifte verwundert seine Uniformjacke, die sie in der Hand hielt.

»Sie lag auf dem Boden«, sagte sie so gleichmütig wie möglich und hängte sie wieder an ihren Platz. »Ist wahrscheinlich runtergefallen. Ich habe sie aufgehoben und mir bei der Gelegenheit mal den Stoff angesehen …«, fügte sie geistesgegenwärtig hinzu, während eine weitere rote Welle ihr heiß ins Gesicht schoss.

»Den Stoff?« Paul blickte sie mit ungläubigem Misstrauen an. Seine Hand mit dem Wasserglas zitterte leicht.

»Eine alte Gewohnheit«, fuhr sie hastig fort. »Ich fragte mich, ob es Kammgarn oder Wolle ist.« Sie versuchte ein unschuldiges Lächeln. »Sowas liegt in unserer Familie nämlich im Blut. Meine Vorfahren waren alteingesessene Tuchhändler aus Montauban. Unsere Firma, Carrière & Co, hat für den Großen Krieg noch die Waffenröcke geliefert.« Sie nahm ihm das Wasserglas und die Tabletten ab. »Die Uniformen waren damals allerdings viel gröber gearbeitet – der Stoff härter.«

Pauls Miene entspannte sich langsam. »Ach so! Wie interessant! Das wusste ich ja gar nicht.« Er tastete ganz mechanisch nach den wichtigsten Utensilien in seiner Jacke, seiner Brieftasche und seinem Hausschlüssel. Alles befand sich an seinem Platz.

»Sie haben doch nicht etwa gedacht, ich wollte Ihre Taschen durchsuchen?«, fragte Sophie mit gespielter Empörung und leisem Spott. Zugleich versuchte sie krampfhaft, den Ausweis, den sie in ihren Ausschnitt gesteckt hatte, davon abzuhalten, weiter nach unten zu rutschen. Mit angewinkelten Armen hielt sie ihn am Taillenbund auf.

»Unsinn!«, wehrte sich Paul unsicher. »Keinen Augenblick habe ich so etwas gedacht! Aber wollen Sie jetzt nicht Ihre Tabletten nehmen?« Sie schluckte das Medikament tapfer mit etwas Wasser hinunter. Bei den hastigen Bewegungen rutschte der Ausweis weiter bauchwärts. »Danke vielmals, dass Sie sich bemüht haben«, sagte sie reglos stehenbleibend. Sie heftete ihre großen blauen Augen auf Paul, der ihren Blick erwiderte. »Das war doch selbstverständlich«, sagte er verlegen. »Hoffentlich geht es Ihnen bald wieder besser. Ich bin auch nicht ganz auf dem Posten – hatte heute Nacht Dienst und bin sehr wenig zum Schlafen gekommen. Eigentlich bin ich todmüde.« Er nahm die Uniformjacke wieder vom Haken und zog sie über. »Aber setzen wir uns doch wieder«, sagte er, ging voraus und nahm an dem kleinen Tisch Platz, an dem sie vorher gesessen waren. Sophie wusste nicht, was sie machen sollte. Sie fühlte, dass der Pass beim nächsten Schritt zu Boden fallen würde. Doch sie hatte Glück: Als dies geschah, servierte die Bedienung gerade den Tee und Paul war für einen kurzen Moment abgelenkt. Sie schob das am Boden liegende Papier mit einem entschlossenen Tritt ein Stück weit unter den Garderobenständer. Erleichtert ging sie zum Tisch und setzte sie sich neben Paul.

»Geht es Ihnen schon besser?«

»Danke ja, die Tabletten wirken bereits.« Sie nahm einen Schluck des heißen Tees. Jetzt musste sie ihn noch eine Weile hinhalten und warten, dass er möglichst vor ihr das Café verließ. Und bis dahin ein Thema finden, das ihn fesselte und gesprächig machte. Sie deutete auf die Zeichen am Kragen seiner Uniformjacke. »Diese silbernen Stäbe – was bedeuten die eigentlich?«

»Sie meinen die Sicheln? Das ist das Zeichen der Zugehörigkeit zur SS«, belehrte sie Paul, ganz in seinem Element. »Und auf der rechten Seite der Jacke trägt man ein spezielles Schulterstück mit diversen Rangabzeichen. Die muss ich mir allerdings erst verdienen. Der aufgestickte Ärmeladler ersetzt seit Neuestem die Hakenkreuzarmbinde.« Er nahm seine Dienstmütze mit dem Totenkopfabzeichen und setzte sie auf. »Sehen Sie? Jetzt noch Koppel und Waffe – dann ist der Soldat komplett. Ich bin sehr stolz darauf, bei der Schutzstaffel zu sein. Es werden nicht alle Bewerber genommen. Man muss schon bestimmte Kriterien erfüllen.« Sophie nickte und täuschte Interesse vor, während ihre Gedanken ständig um den Ausweis kreisten, der noch unter der Garderobe am Boden lag. Wenn ihn nur kein anderer fand, der das Café betrat! Sie war ganz zappelig, während Paul immer gesprächiger wurde. Er berichtete ausführlich über seinen Dienst, seine Pflichten und darüber, wie ernst er es nahm, dem Vaterland nach bestem Gewissen zu dienen.

»Warum fahren Sie eigentlich jetzt schon fort?«, fragte er schließlich. »Sie könnten doch noch eine Weile in München bleiben. Wenn Sie wollen, auch gern bei uns. Ich würde mit Vater reden …«

»Vielen Dank«, unterbrach ihn Sophie. »Das schickt sich wirklich nicht. Und außerdem: nach der schrecklichen Nacht, die ich gestern hier erlebt habe, der Unruhe, dem Tumult – da möchte ich doch lieber nach Hause! Und es gefällt mir nicht, mit welchen Worten die Presse darüber berichtet.«

»Wieso?«, fragte Paul arglos. Er nahm eine Zeitung, die auf dem Nebentisch lag. »Hier! Das ist doch nichts weiter als die Wahrheit«, sagte er und wies auf die Schlagzeile: »Jetzt spricht das Volk! Den Juden einen Denkzettel erteilt!«

„Verstehen Sie das denn nicht? Die Menschen haben sich erhoben und protestieren! Das war doch in Frankreich während der Französischen Revolution auch nicht anders! Wir hatten einen Volksaufstand!«, belehrte er sie. »Die Deutschen wollten den Juden einmal zeigen, dass sie sich nicht alles von ihnen gefallen lassen. Der Führer hat sich da ganz herausgehalten. Es war die Mehrheit der Bevölkerung, die den Juden die geballte Faust gezeigt hat!«

»Und welche Gründe gibt es dafür?«

»Das fragen Sie noch?« Paul sah sie entrüstet an. »Denken Sie nur an den Mord an vom Rath in Frankreich, Ihrem Heimatland! Und das ist nur die Spitze des Eisbergs.«

»Das verstehe ich nicht. Der junge Mann, der diesen Mord begangen hat, war ein Einzeltäter. Vielleicht sogar ein Verrückter. Angeblich wollte er nur auf die Ungerechtigkeiten aufmerksam machen, denen er und seine Eltern als Juden im Deutschen Reich ausgesetzt waren. Aber deshalb kann man doch kein ganzes Volk bestrafen.«

»Das denken Sie, liebe Sophie. Aber dahinter steckt eine jüdische Verschwörung. Juden der ganzen Welt haben sich miteinander verbündet, uns zu vernichten, die Herrschaft zu gewinnen! Das ist eine Tatsache! Und da gibt es nur eins: Sie oder wir!«

Sophie nickte. Es hatte keinen Sinn, ihm zu widersprechen, das würde ihn nur verärgern.

»Lassen Sie uns nicht weiter von so unangenehmen Dingen wie einer Weltverschwörung reden«, lenkte er ab und nahm ihre Hand. »Ich hätte nicht gedacht, Sie noch einmal zu sehen. Umso mehr freue ich mich darüber. Und sagen wir doch endlich du zueinander«, bat er. »Alles andere klingt so förmlich. Ich habe das Gefühl, dass wir uns sehr gut verstehen. Finden Sie nicht?«

Sophie nickte. »Ja, fast wie Bruder und Schwester«, antwortete sie doppeldeutig.

»Das wollte ich damit natürlich nicht sagen«, betonte Paul ausdrücklich. Er rückte etwas näher zu ihr. »Sagen Sie einfach Paul zu mir …«

»Gern, Paul!«

»Sophie!«, sagte er beinahe zärtlich. »Wollen wir das nicht mit einem Kuss besiegeln?« Sophie wich geschickt zurück, als draußen die Glocken die Mittagsstunde schlugen. Auch Paul fuhr zusammen. »Meine Güte, schon so spät! Die Zeit mit dir ist nur so verflogen!« Er nahm ihre Hand. »Ich werde dich besuchen, sobald ich Urlaub habe«, fuhr er mit großer Entschlossenheit fort. »Nimmst du dir Zeit für mich? Versprich es!«

»Aber sicher«, erwiderte sie freundlich, aber nicht begeistert. Als sie seine enttäuschte Miene sah, fügte sie höflich hinzu. »Ich würde mich wirklich über einen Besuch von dir freuen!«

»Es gäbe noch so vieles, was ich dir sagen möchte …« Paul sah sie versonnen an. »Und ich hoffe, du hast trotz der ganzen Unruhen, von denen Goebbels heute im Radio gesprochen hat, gesehen, was für eine schöne Stadt München ist.« Er blickte auf seine Uhr. »Und wenn du mir den Vornamen deines Vaters nennst, sein Regiment und wo er zuletzt gekämpft hat, könnte ich mich beim Roten Kreuz nach seinem Grab erkundigen.«

»Ach, lass nur«, sagte Sophie müde. »Ich habe die Suche eigentlich schon aufgegeben. Ich muss mich damit abfinden, dass es keine Spur mehr von ihm gibt. Seine Gebeine liegen vielleicht beim ›Chemin des Dames‹ oder in einem anderen, bereits zugewachsenen Schützengraben.«

»Sei nicht traurig. Er ist schließlich für sein Vaterland gefallen!« Paul legte tröstend den Arm um sie und drückte sie leicht an sich. Dann stand er auf, half Sophie in den Mantel und ging voraus. Sophie bückte sich rasch und rief. »Oh, mein Schuh ist aufgegangen. Ich komme gleich nach.«

Paul zündete sich draußen eine Zigarette an, während Sophie umständlich mit einer Hand an ihrem Schuh nestelte und mit der anderen den Boden an der Garderobe abtastete. Endlich hatte sie das graue Papier des Ausweises gefunden und steckte es schnell in ihre Tasche. Jubelnde Freude erfüllt sie. David würde ausreisen können und Paul niemals erfahren, dass er einem von ihm so verachteten Juden das Leben rettete! Als sie vor die Tür trat, empfing sie weißlicher Nebel, aus dem feiner, feuchter Sprühregen drang. »Soll ich dich heute Abend zum Bahnhof bringen?«, fragte Paul und sah sie mit einem sehnsüchtigen Ausdruck in den Augen an. »Ich könnte mir Vaters Wagen ausleihen.«

»Nein, nein. Vielen Dank, aber das ist wirklich nicht nötig«, sagte Sophie entschieden, »ein Taxi ist praktischer. Sicher werden die Züge heute wieder wie gewohnt fahren!«

»Dann also«, Paul küsste sie rasch und linkisch auf die Wange, »auf Wiedersehen, Sophie. Und bis bald!«

»Bis bald!« Sophie winkte ihm zu, überquerte die Straße zur Feldherrnhalle und eilte mit raschen Schritten davon. Paul sah ihr nachdenklich nach und warf seine Zigarette in den Rinnstein.

In freudiger Erregung erreichte Sophie die Bushaltestelle. Sie hatte es geschafft! Ein Triumphgefühl erfüllte sie und sie konnte es gar nicht abwarten, David wiederzusehen und ihm die Neuigkeit mitzuteilen. Aber immer noch gab es Unregelmäßigkeiten im Zeitplan des öffentlichen Straßenverkehrs und lange Verzögerungen durch gesperrte Straßen. Mit ihr wartete ein Grüppchen Leute, deren Gesichter stumpfe Ergebenheit in die Ereignisse zeigten. Wahrscheinlich waren sie alle noch geschockt von der Brutalität der vergangenen Nacht. Die Minuten zogen sich hin und das Warten zerrte an Sophies Nerven. Sie hatte allerdings nun genügend Zeit, sich den Ausweis Pauls genauer anzusehen. David und er sahen sich leider überhaupt nicht ähnlich. Man würde das Passfoto, das mit Ösen am Papier befestigt war und den Teil eines Stempels trug, unbedingt austauschen müssen. Würde David es selbst schaffen? Sie spürte ein leichtes Kribbeln, wenn sie an ihn dachte. Sicher wartete er jetzt auf dem Dachboden, malte an seinen Bildern und hoffte, dass sie bald käme. Die geschwärzte Wand des Häuserblocks in der schmalen Schwabinger Straße tauchte endlich vor ihren Augen auf. An der rechten Fassade, dort wo sich das Fahrradgeschäft befunden hatte, war das gesamte Untergeschoss ausgebrannt. Ein Wunder, dass nicht mehr geschehen war. Löscharbeiten hatten einen Wasserschaden mit einem hässlichen grauweißen Staubfilm hinterlassen, der über den verbogenen Gestellen und geplatzten Reifen der Reste einiger Fahrräder lag. Die Eingangstür des mehrstöckigen Miethauses stand offen, halb ausgehebelt. Sophie hetzte die Treppen hinauf, ohne dass ihr jemand begegnete. Im dritten Stock verlangsamte sie ihr Tempo. Sie war völlig außer Atem und musste erst ein wenig Luft schöpfen. Die Tür zur Wohnung der Reichsteins war wie vorher wegen des kaputten Schlosses nur angelehnt. Ob jemand darin war? Sie wollte es lieber nicht auf den Versuch ankommen lassen, nachzusehen. Vorsichtig schlich sie auf Zehenspitzen an dem dunklen Spalt vorbei. Noch zwei Treppen zum Dachboden mit der gegenüberliegenden Mansarde. Sie hatte keine Ahnung, wer sie bewohnte, und David hatte es auch nicht gewusst. Die Tür zum Dachboden war unverschlossen. Sie knarrte und quietschte unangenehm, obwohl sie sie langsam, Stück für Stück öffnete und sie genauso vorsichtig wieder hinter sich zuzog. Es herrschte Dämmerlicht und sie hatte nicht einmal ein Streichholz dabei. Tastend ging sie voran, bemüht, kein Geräusch zu verursachen. Die Luke zum oberen Dachgeschoss war verschlossen, die Ziehleiter nach innen eingeklappt und hinaufgezogen. Sie klopfte fünf Mal auf den Boden – das verabredete Zeichen. Nichts rührte sich. Sie klopfte noch einmal. »David!«, flüsterte sie leise. »David!« Dann lauter: »David!« Das konnte er doch nicht überhören! Aber vielleicht war er ja da oben eingeschlafen. Sie suchte nach einem Holzstück, einem Stab, der lang genug war, um mit ihm direkt gegen die verschlossene Luke zu klopfen. Doch nichts passte, sie stieß nur auf ein abseits liegendes altes Brett, staubig und voller Spinnweben. Autsch! Ein Splitter hatte sich beim Versuch, es zu packen, schmerzhaft in ihren Finger gebohrt. Das Brett erwies sich außerdem als ausgesprochen schwer und war für Sophies schwache Kräfte kaum zu handhaben. Aber irgendwie schaffte sie es schließlich doch, es in die Senkrechte zu hieven und schwankend zur Luke zu tragen. Fünf Mal schlug sie ungeschickt gegen das Holz, hinter dem sich die Öffnung befand. Das konnte David nicht überhören, wenn er sich dort aufhielt. Aber wiederum geschah nichts. Plötzlich entglitt das schwere Brett ihren Armen und fiel zu ihrem großen Schrecken mit lautem Krachen und in einer großen Staubwolke zu Boden. Sie fuhr unter dem Geräusch zusammen und lauschte gespannt in die anschließende Stille. Dieser wuchtige Rums konnte nicht unbemerkt geblieben sein. Doch die Luke blieb weiterhin verschlossen. Jedenfalls hatte sie jetzt die Gewissheit, dass David sich nicht in seinem Versteck befand! Aber wo war er dann – wo konnte er sein? Hatte er ihre Verabredung vergessen? Kam er noch? Sie würde auf jeden Fall auf ihn warten. Aber wenn irgendjemand aus dem Haus den Krach bemerkt hatte und nachsehen kam? Wenn sie wenigstens gewusst hätte, wo David den langen Stab mit dem Haken zum Öffnen der Luke versteckte! Sie hatte vorher nicht darauf geachtet. Seufzend sah sie sich nach einem anderen, geeigneten Platz um, an dem sie sich verstecken konnte. Bei einer alten Kiste, die zusammen mit anderem Gerümpel halb hinter einem ausrangierten Schrank stand, kauerte sie sich zusammen. Einige Zeit geschah nichts, alles blieb ruhig. Die Stunden vergingen, es war kalt und Sophie fror. Was sollte sie mit dem Pass anfangen, wenn David nicht kam, wenn er durch irgendetwas Unvorhergesehenes aufgehalten, vielleicht sogar festgenommen worden war? Plötzlich hörte sie von draußen Tritte auf der Treppe, die sich näherten. Sie hielt den Atem an.

13. Kapitel

»Marge, bitte«, flehte Max mit erhobenen Händen, der nicht wusste, was er tun oder wie er reagieren sollte. Die knappe Aussage des Arztes hatte Marguerite völlig außer sich gebracht. »Regen Sie sich um Himmel willen nicht auf! Ein Kind zu bekommen ist doch etwas … etwas …«, er kam ins Stottern, »etwas Wunderbares.« Ein Wutschrei und hysterisches Schluchzen waren die Antwort. Hilflos sah er ihrem Ausbruch zu. Dann gab er sich einen Ruck und sagte mit brüchiger Stimme: »Marge! Ganz egal, wer der Vater Ihres Kindes ist … ich wäre der glücklichste Mann der Welt, wenn Sie mich heiraten würden!« Er nahm all seinen Mut zusammen und berührte sacht ihren Arm. Als hätte sie eine Viper gebissen, stieß Marguerite ihn von sich. »Das ist ja lächerlich! Sie glauben doch nicht im Ernst, dass ich«, sie holte tief Luft, »einen Mann wie Sie heiraten würde!« Max duckte sich unter ihren Worten wie unter einem Hieb. »Einen Mann wie Sie«, hatte sie gesagt! Er errötete bis in die Haarspitzen, senkte den Kopf, murmelte irgendetwas, das wie eine Entschuldigung klang, und stand auf. Ohne sich noch einmal umzuwenden, ging er mit hängenden Schultern, langsam wie ein alter Mann, zur Tür. »Max, bitte! Gehen Sie nicht weg«, rief ihm Marguerite hastig nach. »Ich habe es nicht so gemeint! Ich wollte nur sagen, dass …« Sie hielt ein, weil sie nicht wusste, wie sie fortfahren sollte. Max zögerte und verhielt seinen Schritt. Doch dann zog er still die Tür hinter sich zu. Marguerite zitterte am ganzen Körper. Wo war Nicolas in dieser Stunde? Er musste im Theater doch alles mitbekommen haben! Doch er hatte sich nicht gemeldet, war nicht bei ihr geblieben und hatte sich nicht einmal im Krankenhaus nach ihr erkundigt! Sie packte ihre Sachen und stürmte halb angezogen aus dem Zimmer. Vor dem Hospital nahm sie ein Taxi und ließ sich nach Hause in die Rue de Lille fahren. Nicolas war nicht da, und so griff sie als Erstes nach der Cognacflasche. Erst nach einigen Gläsern gelang es ihr, sich in den Griff zu bekommen, ihre zitternden Finger ruhig zu stellen. Ein Kind! Was sollte sie bloß mit einem Kind? Es kam ihr wie eine Katastrophe vor. Der Schock saß tief. Sie trank weiter, bis dichter Nebel ihre Gedanken einhüllte. Angezogen sank sie aufs Bett und schlief sofort ein, um irgendwann in der Nacht plötzlich wieder hellwach zu sein. Von Nicolas keine Spur – er war nicht nach Hause gekommen! Wo blieb er bloß? Anscheinend machte er sich nicht die geringsten Sorgen um sie. Die genähte Wunde an der Stirn schmerzte ebenso wie Kopf und Knie. Aber all das war nicht so schlimm wie der Gedanke, dass nun ein Kind in ihr wuchs! Bekümmert grübelte sie über ihren Zustand. Es gab keinen Zweifel. Nicolas war der Vater! Und sie konnte es ihm nicht einmal mitteilen, weil er sich nicht sehen ließ, dieser Schuft! Nicolas mit all seinem Leichtsinn und seiner Unberechenbarkeit, mit der er sich vor allem drückte, das Schwierigkeiten machte! Liebte sie ihn überhaupt? Auf ihre Art ja. Vielleicht dafür, dass er ein wundervoller Liebhaber war. Aber ein Vater? Das konnte sie sich nicht vorstellen. Es war das Beste, so schnell wie möglich eine Engelmacherin zu finden, jemanden, der sie von dieser unerwünschten Last befreite. Und dann alles zu vergessen. Sie wollte frei sein, über ihre Zeit verfügen, statt wegen eines Kindes zu Hause zu sitzen. Auf der Bühne singen, spielen und tanzen können, wie und wo es ihr gerade passte! Nach dem Desaster mit der *Antigone* musste sie wieder ganz neu anfangen! Was sollte sie da mit einem schreienden und ständig quengelnden Balg! Sie erhob sich schwankend, um ein Glas Wasser zu trinken. Ihr war entsetzlich übel. Der Morgen graute düster vor ihrem Fenster. Sie blickte in ihr Spiegelbild, aus dem ihr eine beinahe fremde Frau entgegensah. Blass, mit einem Verband um die Stirn, die rotbraunen Haare ungeordnet und wirr. Verzweiflung im Herzen schleppte sie sich wieder ins Bett. Ohne Ruhe gefunden zu haben, stand sie nach einer Weile wieder auf, setzte sich an ihren kleinen Sekretär und begann einen vorwurfsvollen Brief an Nicolas. Doch schon nach wenigen Worten zerriss sie ihn wieder. Sie hätte gar nicht gewusst, wo sie ihn hinsenden sollte. In einem weiteren Brief entschuldigte sie sich in aller Form bei Max und bat ihn, sie bald zu besuchen. Erst jetzt erkannte sie, wie sehr ihn ihre Worte getroffen haben mussten, aber auch, dass er ihr fehlte. Mit seinem Verständnis, seinem Rat, seiner Freundlichkeit und unermüdlichen Geduld. Mühsam raffte sie sich auf, nahm ein warmes Bad und ließ sich mit dem Taxi zum Arzt ihres Vertrauens fahren, um ihm ihre Situation zu erläutern. Als sie auf einen Abbruch der Schwangerschaft zu sprechen kam, fertigte er sie kurz ab und weigerte sich vor allem, ihr in ihrem Zustand weiter die gewohnten Tabletten zu verschreiben. Von der Sprechstundenhilfe erhielt sie schließlich auf ihr Drängen unter geheimnisvollem Getue einen Zettel mit der Adresse einer Hebamme, Madame Roche, im 18. Arrondissement, in der Rue Chaudron 16. Marguerite rief gleich bei ihr an und vereinbarte ein Treffen. Der Eingriff sollte so schnell wie möglich und gleich am Wochenende stattfinden.

»Madame?« Die Haushälterin steckte den Kopf durch die Tür. »Monsieur Martinez ist da.« Marguerites Herz machte einen freudigen Sprung und schlug ein paar Takte schneller.

»Einen Moment noch«, sagte sie hastig, eilte zum Spiegel, richtete ihr Haar und lehnte sich dann dekorativ gegen die Kissen auf dem Sofa. Sie hatte gewusst, dass Nicolas wiederkommen würde! Er klopfte diskret an die Tür und plötzlich stand er vor ihr, als sei nichts geschehen! Sein schuldbewusstes Lächeln sagte mehr als alle Worte. »Ich habe deine Sachen packen und in den Flur stellen lassen«, sagte Marguerite mit gespielter Kühle. »Du kannst sie mitnehmen.«

Nicolas überging die unfreundliche Begrüßung. »Marge, Liebling, wie geht es dir?« Ohne ihre Antwort abzuwarten, sprach er rasch weiter. »Dieser Drache von Haushälterin hätte mich trotz meines Schlüssels beinahe nicht reingelassen. Du bist mir böse, nicht wahr?«

Marguerite presste die Lippen zusammen und schwieg beleidigt. »Ich weiß«, fuhr Nicolas unbeirrt fort, »es ist unverzeihlich, dass ich mich erst jetzt melde. Ich werde dir alles erklären. Es tut mir furchtbar leid, dass dir an jenem Abend ein solches Missgeschick passiert ist. Wir waren alle in Unruhe, als du nicht pünktlich im Theater erschienst. Nachdem Max für mich einen Ersatz für die Beleuchtung gefunden hat, habe ich mich aufgemacht, um dich zu suchen. Überall, die ganze Nacht. Zu Hause, in der Stadt, in jeder Bar! Ganz ehrlich: Ich dachte, du seiest irgendwo versumpft! Was hätte ich machen sollen?« Er sah sie zerknirscht an.

»Mich zumindest im Krankenhaus besuchen!«, schmollte Marguerite.

»Ich hatte keine Ahnung, dass du dort warst. Außerdem hasse ich Krankenhäuser. Und später hatte ich in der Botschaft so viel zu tun, dass ich nicht wegkonnte. Sonst hätte ich dir das alles schon viel eher gesagt.« Marguerite schwieg und Nicolas redete unaufhörlich weiter, um möglichen Vorwürfen zuvorzukommen. »So eine Verkettung unglücklicher Umstände! Max hat mir alles erzählt. Dieser Pierre ist jedenfalls ein mieses Schwein. Er hätte dich doch noch singen lassen können! Seine Strafe war die Pleite der Vorstellung. Sei froh, dass du das nicht erlebt hast. Ganz Paris spottet über ihn, seine kleine Hure Cécile Dubois und die talentloseste Aufführung aller Zeiten.«

»Wo warst du die ganze Zeit – wo hast du übernachtet?«, fragte Marguerite, ohne darauf einzugehen. »Dein Bett neben mir ist leer geblieben.«

»Liebes Kind, ich sagte doch schon, dass ich unablässig beschäftigt war, ohne eine freie Minute. Der Botschafter glaubt wohl, ich bin ein Mädchen für alles. Nebenbei habe ich mir eine Wohnung gesucht und eingerichtet. Das war eine Menge Arbeit. Ich wollte dir nicht auch noch zur Last fallen, gerade, weil es dir nicht gut ging. Sieh mal«, er wickelte eine große, rosa Bonbonnière aus dem Geschenkpapier, »das ist eine der Überraschungen, die ich heute für dich habe. Die ist von Hédiard. Ich habe sie selbst zusammengestellt. Eine Mischung aus kandierten Früchten, die du so magst, Mokkatrüffeln und Ganâches«, erklärte er stolz und entledigte sich seines Mantels aus feinem, dunkelblauen Wollstoff.

»Danke! Das ist sehr nett von dir! Du hast dich für mich wirklich in Unkosten gestürzt!« Marguerite, halb versöhnt, lächelte schwach. Sie betrachtete ihn genauer und stellte fest, dass er völlig neu eingekleidet war. Der graue Anzug mit der gleichfarbigen Weste und dem blütenweißen Hemd stand ihm ausgezeichnet und seine sorgfältig gescheitelten schwarzen Haare glänzten vor Pomade. Er sah ganz anders aus als früher und sie fühlte schmerzlich, dass er ihr doch weitaus mehr bedeutete, als sie sich bisher eingestanden hatte. Das Geschenk beiseitelegend, streckte sie die Arme aus. »Komm her! Ich verzeihe dir. Du hast mir nicht einmal einen Begrüßungskuss gegeben.«

»Aber ja doch, mein Schatz!« Nicolas beugte sich rasch herab und gab ihr einen flüchtigen Kuss auf den Mund. Es ging so schnell, dass sie ihn nicht einmal festhalten konnte. »Nimm es mir nicht übel«, sagte er, auf die Uhr sehend. »Aber ich muss gleich wieder gehen. In der Botschaft ist seit dem Mord an vom Rath die Hölle los. Man überhäuft mich mit Arbeiten, zu denen ich eigentlich gar nicht befugt bin. Ich muss den Chauffeur spielen, Abendunterhalter und Botendiener in einem sein.«

»Mein armer Liebling.« Marguerite versuchte, sich die Enttäuschung über seine Kälte nicht anmerken zu lassen. Es war nicht zu übersehen: Nicolas hatte sich ein gutes Stück weit von ihr entfernt und ihre Hoffnung schwand, es könne wieder so werden, wie es einmal gewesen war.

»Meine Arbeit gestattet mir Einblicke in viele interessante Dinge. Doriot ist sehr zufrieden mit meinen Informationen.«

»Kannst du nicht wenigstens morgen Abend zum Dîner kommen?«, fragte Marguerite mit leicht gekränktem Unterton. »Wir müssen einmal in Ruhe miteinander reden. Bis dahin bin ich sicher wieder auf den Beinen. Heute geht es mir noch nicht so gut.«

»Morgen?«, murmelte Nicolas, als müsse er nachdenken. »Da geht es leider nicht. Bitte sei mir nicht böse Schatz, aber ich habe einen wichtigen Termin. Wir trinken ein anderes Mal ein Glas Champagner zusammen.« Er lächelte geheimnisvoll, seinen Trumpf aus dem Ärmel ziehend. »Vielleicht darauf, dass du bald eine neue Rolle hast.«

»Ja, das wäre schön«, seufzte Marguerite mit niedergeschlagenem Blick. »Aber darauf habe ich im Moment wohl nicht die geringste Aussicht.«

»Das würde ich nicht sagen. Ich hätte da in der Richtung was für dich«, sagte Nicolas und zwinkerte ihr zu. »eine ganz besondere Überraschung.«

»Was?« Marguerite war wie elektrisiert. »Was meinst du damit?« Sie richtete sich auf. »Du musst es mir sagen, bitte!«

»Dann hör mir mal gut zu, Kleines«, sagte Nicolas gönnerhaft. »Was hältst du davon, in einem richtigen Film mitzuspielen? Keine große Partie, aber für den Anfang …«

»In einem Film?«

»Natürlich! Wir haben in der Botschaft ein interessantes Dossier – über einen Regisseur«, berichtete Nicolas mit unverhohlenem Stolz. »Er ist Jude und heißt Max Ophüls. Ich weiß nicht, ob du den Namen schon einmal gehört hast. Er dreht in Paris gerade den Film mit dem Titel *Sans lendemain*. Ich werde dich ihm empfehlen – für eine Nebenrolle. Die wird er schon irgendwie einbauen können. Das wäre doch ein guter Einstieg ins Filmgeschäft! Was sagst du dazu?« Er lachte.

»Das ist ja … phantastisch! Nicolas! Ich wusste gar nicht, dass du Beziehungen zum Film hast.« Marguerites Augen leuchteten und sie griff nach seiner Hand. »Max Ophüls ist ein berühmter Mann! Und du kennst ihn so gut, dass du eine Rolle für mich herausschlagen kannst?«

»Sagen wir mal so: Ich kenne diesen Ophüls nicht persönlich«, wich Nicolas aus, »aber ich habe mal in seine Akte geschaut. Er ist Jude und sein richtiger Name ist Max Oppenheimer. In Deutschland hatte er wohl Schwierigkeiten mit den Nazis. Daraufhin ist er nach Frankreich ausgewandert. Sicher möchte er nicht, dass bestimmte Dinge aus seiner Akte in die Öffentlichkeit kommen. Ich bin überzeugt, er wird auf meinen Vorschlag eingehen. Aber das muss natürlich ganz unter uns bleiben, versprichst du mir das?«

Marguerite nickte verwirrt. »Ja, natürlich. Aber du willst ihn doch nicht … erpressen?«

»Harte Worte, mein Engel«, gab Nicolas selbstsicher zurück. »Aber ganz freiwillig wird er dich sicher nicht engagieren. Ein bisschen Druck kann nicht schaden. Gerade jetzt, nach dem Mord an vom Rath kann sich hier kein Jude mehr irgendwelche Extravaganzen leisten. Also, mach dir keine Sorgen. Man könnte sagen, dass du die Rolle bereits in der Tasche hast.«

Marguerite war fassungslos. Alle Schmerzen waren in diesem Moment vergessen. »Das hört sich zu schön an«, sagte sie zögernd, »um wirklich wahr zu sein.«

»Verlass dich auf mich! Du musst mir nur eines versprechen: keinen Tropfen Alkohol mehr zu trinken! Und deine Tabletten zu reduzieren! Morgen stellst du dich bei ihm vor.«

»Nicolas! Ich fürchte, es wird nicht gehen!«

»Und warum nicht?« Er sah sie erstaunt an.

»Ich muss dir etwas sagen!« Marguerites Stimme bebte und Nicolas Lächeln erstarb. Er ahnte nichts Gutes.

»Ich bekomme ein Kind!«

»Was?« Er wich zurück und wiederholte beinahe stotternd. »Ein Kind?«

Marguerite nickte unter Tränen. »Ja! Und es ist von dir.«

»Bist du wirklich sicher …«, er stand auf und ging mit langen Schritten durch den Raum, »dass es von mir ist?«

Marguerite nickte mit zusammengeschnürter Kehle. Tränen liefen über ihre Wangen. »Wie kannst du nur fragen!«

»Aber du weißt doch, dass es unsere Situation nicht zulässt – ein Kind zu haben. Verlange bitte nicht von mir, dass ich mich um so etwas kümmere!« Er blieb vor ihr stehen und sah ihr ins Gesicht. »Ich will frei sein und frei bleiben!«

Marguerite schluchzte leise vor sich hin.

»Jetzt hör doch auf zu weinen. Du solltest lieber überlegen, was du tun kannst. Welchen Arzt du findest. Es ist doch hoffentlich noch nicht zu spät?«

»Nicolas!«, wimmerte Marguerite. »Ich liebe dich doch! Vielleicht sollten wir das Kind behalten. Komm zu mir zurück. Wir werden ein Kindermädchen einstellen, dann brauchen wir uns um nichts zu kümmern. Ich spiele weiter Theater und mache diesen Film … Und du hast doch jetzt einen guten Posten in der Botschaft. Ich verspreche, ich werde alles für dich tun, alles!«

»Wie stellst du dir das vor?« Beinahe hektisch nahm er seinen Gang durch den Raum wieder auf. Er sah die Enttäuschung in Marguerites Augen. »Das geht auf gar keinen Fall. Ich bin zu einem Familienleben einfach nicht bereit. Ich habe andere Pläne und keine Lust, ein plärrendes Baby um mich zu haben. Mein Leben fängt ja gerade erst an.«

Marguerite lächelte bitter. »Reg dich nicht auf. Ich habe schon einen Termin bei einer Hebamme, die den Abbruch vornehmen wird.«

Nicolas atmete erleichtert auf. »Du bist doch ein vernünftiges Mädchen! Im Grund sind wir vom gleichen Kaliber! Vielleicht fangen wir eines schönen Tages ganz neu an. Aber nicht jetzt!« Er beugte sich zu ihr herab und küsste sie diesmal zärtlich. »Sag mir bitte Bescheid, wenn die Sache … ich meine, wenn … das alles vorüber ist, hörst du?« Er nahm seinen Mantel. »Süße, ich bin in Eile. Ich melde mich – dann gehen wir zusammen essen. Sei tapfer! Ich weiß, ich kann mich auf dich verlassen! Und denke daran – gleich morgen um elf Uhr stellst du dich bei Ophüls vor. In der Rue du Four Nummer 21. Jetzt muss er dir die Rolle erst recht geben!«

»Nicolas! Sag mir, dass du mich liebst!«

»Aber ja doch, selbstverständlich liebe ich dich! Das habe ich dir doch schon so oft gesagt«, meinte er lächelnd, doch mit einem genervten Unterton. Er sandte ihr eine Kusshand und verschwand, froh, ihr endlich den Rücken kehren zu können. Nicht im Traum dachte er daran, sich ausgerechnet an eine hysterische und alkoholabhängige Schauspielerin wie Marguerite zu binden. Schon gar nicht, wenn sie nicht mehr genug Geld hatte, um ihn auszuhalten. Und auf ein schreiendes kleines Wesen, das ihn Papa nennen würde, hatte er erst recht keine Lust. Erleichtert vor sich hin pfeifend, schlenderte er durch den grauen, nebligen Nachmittag dem Café de la Paix zu, in dessen Nähe er sich am Boulevard Haussmann ein Appartement gemietet hatte. Noch war zu wenig Geld eingegangen, um die Miete und die Kaution bezahlen zu können, aber er hoffte, dass bald dickere Geldbriefe aus Russland eintreffen würden. Mit dem Hinweis auf seine Tätigkeit in der deutschen Botschaft hatte er sich in den teuren Läden der Rue de Rivoli auf Kredit völlig neu eingekleidet. Jetzt musste er nur noch den Regisseur, diesen Juden Max Ophüls anrufen, ein paar Drohungen zur Enthüllung der angelegten Akte aussprechen und ihm ein bisschen Druck machen, damit er Marguerite de Vuillac eine kleine Rolle in seinen neuen Film gäbe. Das würde sie so beschäftigen, dass sein Verschwinden zweitrangig wurde! Dann war sein Kopf endlich frei für ganz andere Dinge.

Oberleutnant von Weißenfeld hatte ihm bereits viele nützliche Instruktionen gegeben und ihm gezeigt, wie man über ein Funkgerät eingehende codierte Nachrichten entschlüsselte. Zu diesem Zweck besaß er ein Notizbuch mit einem Kalender, der nach einem bestimmten System chiffriert war. Bestimmte Bezeichnungen musste er auswendig lernen, wie sein Passwort »Arc de Triomphe« und das seines Verbindungsmannes: »Champs-Elysées«. Zu all diesen neuen Erfahrungen kamen auch die Proben und Besprechungen zu seiner neuen, sehr gefährlichen Aufgabe: dem Attentat auf Adolf Hitler. Er beruhigte sich mit dem Gedanken, dass er im spanischen Bürgerkrieg schließlich auch Männer getötet hatte. Und die immense Summe, die er für diese Tat erhalten würde, war einfach zu verlockend. Von Weißenfeld hielt ihm außerdem vor Augen, wie viele Menschenleben er mit dieser Tat retten würde. Vor seiner Versetzung in die französische Botschaft nach Berlin stand jetzt noch einiges auf dem Programm. Ein Kurzlehrgang in deutscher Sprache, das Training mit der Waffe, die er benutzen würde, und die Erstellung von Lageplänen für Bunker, Befestigungsanlagen und Rüstungsfabriken. Scheinbar war es dem ständig misstrauischen Stalin sehr wichtig, genauestens über die Rüstungspläne Hitlers informiert zu sein. Ganz im Gegensatz zum britischen Premierminister Chamberlain ließ er sich von den Versprechungen des deutschen Diktators nicht einlullen. Für die nötigen zu knüpfenden Kontakte stand Nicolas obendrauf noch eine erhebliche Summe Geldes zur Verfügung. Der Gedanke daran versetzte ihn in beste Laune. Jetzt konnte ihn auch das Briefchen nicht mehr ärgern, das vor einiger Zeit in der Botschaft für ihn abgegeben worden war. Gaston de Vuillac, der Ex-Ehemann Marges, bat ihn darin um ein neues Treffen in der Bar »Fleur Bleue«. Wütend hatte er das Papier zerknüllt und in den Papierkorb geworfen. Das war doch ein Fass ohne Boden! Der Graf begann, ihn zu erpressen. Die vereinbarten tausendfünfhundert Franc, die er erst kürzlich für ein neues Monokel und den Ersatz seiner Garderobe hatte berappen müssen, genügten ihm wohl immer noch nicht! Glücklicherweise hatte er Geld in Marges Wäscheschrank gefunden und einen Teil davon in seine Tasche gesteckt. Sie schien den Verlust nicht einmal bemerkt zu haben – gleichgültig, wie sie in solchen Sachen war. Pech für sie, wenn sie so dumm war, ihr Geld wahllos in die Handtasche zu stopfen oder unter ihre Dessous, anstatt es auf der Bank oder in einem Tresor aufzubewahren. Und schließlich war Marge nicht unschuldig daran, dass er sich ihretwegen mit einem so lästigen Idioten auf ein Handgemenge eingelassen hatte! Wer konnte denn ahnen, dass sich dieser heruntergekommene Adelige in chronischer Geldnot befand und in ihm ein williges Opfer gefunden hatte! Wie gut, dass er bald in Berlin – und damit aus seinem Blickfeld verschwunden – war.

In guter Stimmung betrat Nicolas jetzt das Café de la Paix, in dem er mit Nadine verabredet war, einer Sekretärin aus der Botschaft. Die rassige, temperamentvolle Dunkelhaarige hatte ihm schon länger bedeutungsvolle Blicke zugeworfen. Nicolas sagte sich schmunzelnd, dass er sich beeilen müsse, Nadine zu seiner Geliebten zu machen. Er würde nicht mehr allzu viel Zeit dazu haben, bevor er nach Berlin ging.

***

Die Berichte über die Gewaltmaßnahmen gegen Juden im Deutschen Reich, mit denen sich die Zeitungen gegenseitig überschlugen, erregten weltweites Entsetzen – aber auch gegenteilige Reaktionen. Rechtsradikale Strömungen begannen auch Frankreich zu unterwandern und es gab bereits etliche Gruppierungen und literarische Veröffentlichungen von Autoren, die, von den scheinbaren Erfolgen des Reichskanzlers Hitler beeindruckt, seiner Politik offen zustimmten. Pierre Laval, der ehemalige französische Ministerpräsident und Außenminister, der wegen eines gescheiterten Abkommens mit Mussolini hatte zurücktreten müssen, war einer von ihnen. Er setzte sich für einen Ausgleich um jeden Preis mit dem Deutschen Reich ein, weil er befürchtete, dass Frankreich einem eventuellen Krieg nicht gewachsen sein würde. Ohne Hemmungen plädierte er für ein Bündnis mit Hitler und setzte sich sogar mit Propagandaminister Joseph Goebbels in Verbindung, um gemeinsame Kunst- und Filmprojekte durchzusetzen. Goebbels war stolz darauf, die Kino-Industrie seit zwei Jahren verstaatlicht zu haben, um nur noch angebliche Qualitätsfilme zu zeigen und diese auch im Ausland zu verbreiten. Dass diese Filme immer einen rassefeindlichen, politischen Hintergrund hatten und vor allem die nationalsozialistische Gesellschaft verherrlichten, war selbstverständlich. Die hintergründige Botschaft des Antisemitismus in diesen Filmen verfehlte ihre Wirkung auch in Frankreich nicht. Bekannte Schriftsteller wie Céline, erfolgreiche Bildhauer wie Belmondo und Despian, die Chefredakteure gewisser Zeitungen wie *Je suis partout* und *Aujourd'hui,* aber auch andere Intellektuelle und Künstler bekundeten ihre Sympathie für den »Führer« des Deutschen Reiches und ihre Verachtung für die Juden. Und so begann der unheimliche Krake des Nationalsozialismus mit seinen Tentakeln auch das Nachbarland zu umfangen. Nicht, um sich zu verbrüdern – sondern um es zu verführen und dann zu verschlingen.

Nach dem Abschied von Sophie machte sich Paul vom Café Anast aus zu Fuß auf den Weg zur Staatspolizeileitstelle der Gestapo in der Brienner Straße. Er ließ sich ganz gegen seine Gewohnheit mehr Zeit als sonst. Seine Gedanken kreisten um Sophie. Sie erinnerte ihn an irgendetwas, er wusste nur nicht an was. Ihr ungebändigtes Haar, ihre leuchtenden, ein wenig schelmisch blickenden blauen Augen, das alles hatte ihn auf eigentümliche Weise berührt. Er brachte das Mädchen nicht mehr aus dem Kopf. Eine unbestimmte Traurigkeit hatte ihn beim Abschied erfasst und ihm war, als verlöre er etwas, was ihm sehr wichtig geworden war. Warum hatte er sie gehen lassen? Aber schließlich konnte er sie nicht mit Gewalt festhalten. Er steckte die Hände in die Taschen und fühlte dort etwas Hartes, die Ansichtskarte mit ihrer Adresse in Paris, einer Straße, von der er noch nie gehört hatte. Er zog sie heraus, betrachtete sie genauer. Ein vornehmes Gebäude war darauf zu sehen, von einem Park umgeben. Darunter stand: Château Auprèsmont/Picardie. Er wendete die Karte hin und her. Dem Vater hatte Sophie nicht besonders gefallen, das merkte man ihm an. Es schien, als habe er etwas gegen Französinnen. Vielleicht kam es vom Krieg. Und die Mutter hätte auch lieber, dass er mit Hedda, der Tochter von Gruppenführer von Steglitz, ausgehen würde. Aber die schmächtige Hedda war so gar nicht sein Typ. Ihr schwarzes Haar, die stumpfe Nase und die eher kleinen, dunklen Augen, aber vor allem ihre Schwatzhaftigkeit, schreckten ihn ab. Er blieb vor dem Wachtposten stehen, um gewohnheitsmäßig seinen Ausweis zu zeigen. Doch in seiner Tasche war er nicht. Er tastete nach seiner Brieftasche und öffnete sie. Verwirrt wühlte er zwischen den einzelnen Papieren. Hatte er den Ausweis etwa verloren? Wie ein Blitz durchzuckte es ihn. Er sah Sophie vor sich mit seiner Jacke in der Hand. Hatte sie etwa … nein, das konnte nicht sein, das war nicht möglich. Was sollte sie auch mit seinem Ausweis anfangen? Und doch, er war fort, wie er nach längerem, gründlichem Suchen feststellte. Vielleicht war er auch herausgefallen und er hatte es nicht bemerkt, als er Sophie die Embleme auf seiner Jacke erklärte. Er würde noch einmal im Café Anast nachsehen. »Ich muss eine Meldung machen«, ließ er den Wachtposten wissen und schob die Schultern zurück. »Ist mein Vater, Brigadeführer Andres, da?«

»Moment!« Der Posten griff zum Telefon. Dann kam er zurück. »Nein, der Herr Brigadeführer ist nicht da.«

»Dann melden Sie mich bitte Gruppenführer Rothke. Hab wahrscheinlich meinen Dienstausweis verloren. Oder er ist mir gestohlen worden.«

Der Wachtposten zog die Augenbrauen hoch, dann nickte er verständnisvoll. »Dumme Geschichte! Gehen Sie nur durch.« Er griff wieder zum Telefon, um Paul anzukündigen.

Es war keine große Sache gewesen, den Ausweis zu ersetzen, und Paul, der noch einmal erfolglos im Café Anast nachgesehen hatte, schob den Gedanken, er könne ihm gestohlen worden sein, in die hinterste Schublade seines Gedächtnisses. Die Polizei würde schon merken, wenn das Dokument irgendwo unrechtmäßig auftauchen würde. Missbrauch mit den Dienstausweisen musste schließlich auf jeden Fall vermieden werden. Als er von dem Verlust zu Hause erzählte, war sein Vater natürlich nicht begeistert. Zu seiner Auffassung von Pflichterfüllung gehörte auch, dass man Schlamperei vermied und auf seine Sachen aufpasste.

»Ich habe am Wochenende die Familie von Steglitz eingeladen«, begann Frau Andres lächelnd, als sie beim gemeinsamen

Abendessen am Tisch saßen. »Ich finde, sie sind sehr nette Leute. Wir sollten uns wirklich öfter treffen!« Sie sah bedeutungsvoll zu Paul hinüber. »Die kleine Hedda ist wirklich ein entzückendes Mädchen. Sehr gut erzogen, finde ich.« Paul sah nicht auf und Ernst kicherte. »Paul mag sie nicht! Und ich finde sie auch nicht hübsch«, sagte er vorlaut.

»Du hältst deinen Mund!«, rügte ihn der Vater.

»Ernst hat Recht. Sie interessiert mich nicht!«, half Paul dem Bruder. »Sie ist ganz und gar nicht mein Typ.«

»Man sollte nicht so sehr auf das Äußere eines Menschen sehen«, antwortete Hans Andres belehrend. Er nahm einen Apfel aus der Silberschale und begann ihn zu schälen. »Aber sag uns doch ruhig, wie die Frau aussehen muss, die du interessant fändest?«

»Sophie Carrière zum Beispiel. Das junge Mädchen, die Tochter deines ehemaligen Kriegskameraden.«

»Sophie?« Hans Andres fiel das Obstmesser aus der Hand. Er bückte sich und als er wieder hochkam, war sein Kopf ganz rot. »Die kannst du dir aus dem Kopf schlagen. Das ist keine Partie für dich.«

»Und warum?«, fragte Paul provozierend. »Nur, weil sie Französin ist?«

»Frag nicht so dumm!« Hans Andres schlug aufgebracht mit der Faust auf den Tisch. »Ich habe mir eben eine andere Frau für dich vorgestellt.« Seine Lippen zitterten. Er schob den Teller zur Seite, stand auf und ging hinaus.

»Warum regt er sich denn so auf?« Magda Andres sah ihm verwundert nach. »Man wird doch mal über solche Dinge reden können. Im Übrigen finde ich auch, dass diese Sophie nichts für dich ist.«

»Das bestimme ich wohl selbst«, sagte Paul verärgert. »Aber ich weiß nicht, warum Papa gleich in die Luft geht, wenn ich davon anfange. Er wollte nicht mal, dass ich das Grab ihres vermissten Vaters suche. Da spielt er dann wieder den Familientyrann. Aber ich lasse mir nicht vorschreiben, wen ich mag und wen nicht. Ich heirate mal die, die ich will, da redet mir keiner drein.« Er presste die Lippen zusammen. »Und ich werde im Sommer Urlaub in Frankreich machen, ob euch das passt oder nicht.«

Ernst grinste komplizenhaft zu Paul hinüber und Frau Andres schüttelte den Kopf über den Eigensinn ihres Sohnes. Aber schließlich war er alt genug. Und wenn er so einen Sturschädel wie sein Vater hatte, würde er ohnehin machen, was er wollte.

* * *

Jean-Luc fieberte immer noch. Philippe nahm seine glutheiße Hand. »Hast du Hermès gefunden?« Die trockenen, aufgesprungenen Lippen des Freundes bewegten sich unaufhörlich und er stellte immer wieder die gleiche Frage. Philippe nickte geduldig. »Ich habe es versucht. Er ist im Gefängnis in Fresnes. Aber man kann keine Verbindung zu ihm aufnehmen. Er ist streng bewacht und sein Prozess wird vorbereitet.«

»Ich kann nicht glauben, dass er ein Mörder ist! Er hatte doch gar keine politischen Ambitionen, nicht wahr?«

Philippe verdrehte seufzend die Augen. »Scheinbar doch. Wir kannten ihn eben nicht genug.«

»Wenn, dann wollte er nur seine jüdische Familie rächen. Eine Jugendtorheit, nicht mehr.«

»Ein Mord ist mehr als eine Torheit!«

Die weißgekleidete Krankenschwester mit ebenfalls weißem Häubchen erschien mit einer Spritze. »Würden Sie bitte kurz den Raum verlassen?«, fragte sie freundlich mit einer weichen, melodischen Stimme. Jean-Luc schloss ergeben die Augen, während sie den Ärmel seines seidenen Schlafanzuges hochzog. Philippe stand auf und zog die Tür hinter sich zu. Er sah nervös nach der Uhr. In einer Stunde sollte er wieder zur Vernehmung ins Polizeipräsidium kommen. Dieser Kommissar Ritard ließ einfach nicht locker. Die misstrauischen Blicke, die er ihm jedes Mal zuwarf, sollten ihn wohl aus der Fassung bringen. Aber er hatte sich in der Gewalt. Der Mann hegte einen bestimmten Verdacht, das sah man ihm an. Aber zum Glück gab es keine Beweise. Einen der Goldbarren hatte er inzwischen bei einem illegalen Goldaufkäufer in Paris zu Geld gemacht. Zwar nur für einen Teil seines Wertes, aber das würde eine ganze Weile reichen. Mühsam unterdrückte er ein Gähnen. In letzter Zeit schlief er schlecht – immer sah er die aufgerissenen Augen Tolbiacs vor sich, als er auf dem Boden lag. Dabei wollte er ihm doch nur drohen. Wer konnte wissen, dass er plötzlich eine so heftige Bewegung machte, mit der sich der Schuss löste! Hätte er sich nicht geweigert weiterzumachen, wäre das alles gar nicht passiert. Die Schwester kam aus dem Krankenzimmer und er begab sich wieder an Jean-Lucs Bett. »Hast du schon versucht, eine Kaution für Hermès zu stellen?«

Philippe schüttelte den Kopf. Jetzt fing er wieder damit an! »Dein Hermès hat bei der Festnahme gestanden!«, antwortete er geduldig.

Jean-Luc schwieg eine Weile, zutiefst entmutigt. Dann raffte er sich wieder auf. »Ich muss mit ihm sprechen. Wissen, was in ihm vorgegangen ist – was genau passiert ist. Es muss doch eine Möglichkeit geben, ihn freizubekommen! Man hat ihn manipuliert – die Tat ging nicht von ihm aus, das fühle ich …«

»Werde erst einmal richtig gesund«, unterbrach ihn Philippe.

»Wenn ich wenigstens Ersatz für ihn hätte.« Jean-Luc ließ sich in die Kissen zurücksinken. »Jemanden, der ihm ähnlich ist! In zwei Wochen möchte ich die neuen Modelle noch einmal vorführen.« Er sah mit fiebrig glänzenden Augen in die Ferne:

»Wir können das leicht im Laden auf den Champs-Elysées machen, das ist billiger.« Er zeichnete mit den Händen Gebilde in die Luft. »Nur ein einziger Scheinwerfer, sonst völlige Dunkelheit. Der Laufsteg mit weißem Stoff überzogen. Am Ende ein chromglänzendes Motorrad … verstehst du, was ich meine?« Er ergriff Philippes Hand. »Bei der Damenkollektion kann Sandy aushelfen. Für das Brautkleid müsste sie allerdings noch ein wenig abnehmen. Es muss ätherisch wirken – ein Traum aus weißer Spitze mit einer riesigen Satinschleife im Rückenteil! Ich habe den Entwurf schon vor Wochen in die Schneiderei gegeben. Ich kann mich doch auf dich verlassen?«

Philippe nickte beschwichtigend. »Noch hast du Fieber, Jean-Luc. Warte ab! Und mach dir keine Sorgen – es geschieht alles so, wie du es willst.« Dabei hatte er die Präsentation auf den Champs-Elysées längst abgesagt, weil er nicht durch unnötiges Geldausgeben weiter auf sich aufmerksam machen wollte. Es war nötig gewesen, drängende Schulden zu begleichen und die Mieten der letzten drei Monate zu bezahlen. Durch den Skandal mit Hermès hatten viele Leute ihre Bestellungen rückgängig gemacht. Wer wollte sich modisch schon mit einem Mörder identifizieren? Aber das hatte er Jean-Luc verschwiegen. Er würde sich nur unnötig darüber aufregen. Jetzt musste er an andere Dinge denken. Und Jean-Luc sollte erst einmal wieder gesund werden.

Die Nachrichten, die er heute Morgen in der Zeitung gelesen hatte, waren auch nicht ermutigend. Die fragile politische Lage warf Zweifel auf und versetzte die Bevölkerung bei jeder Kleinigkeit in Alarmbereitschaft. Obwohl die Allianz zwischen Daladier, Chamberlain, Hitler und Mussolini beruhigend gewirkt hatte, ließen doch die Auswirkungen der Reichskristallnacht in den Städten des Deutschen Reichs an den friedlichen Absichten Hitlers zweifeln. Konnte man ihm wirklich noch trauen? Wie eine um sich greifende Pest hatte die Abneigung gegen die Juden mittlerweile auch Frankreich erfasst.

Als Philippe das Krankenhaus verließ, traf er auf Sandrine, die einen kleinen Blumenstrauß in der Hand hatte und im Begriff war, Jean-Luc zu besuchen. Sie stöckelte auf ihren hohen Absätzen auf ihn zu und sah ihn mit einer eigenwilligen, fast respektlosen Art an, die er früher nicht an ihr bemerkt hatte. »Bonjour, Sandy«, begrüßte er sie mit besonderer Höflichkeit. »Ich möchte dich bitten, Jean-Luc nichts davon zu sagen, dass wir die Modenschau verschieben müssen. Die Umstände erlauben es nicht und daher …«

»Das macht nichts«, unterbrach ihn Sandy kurz angebunden. Sie zog den Volant zurecht, der ihren Rock spiralenförmig von der Taille bis zum Knie umspielte. Ein etwas zu weit ausgeschnittenes rotes Oberteil brachte ihre biegsame Figur und ihren Busen vorteilhaft zur Geltung. »Ich wollte dir ohnehin sagen, dass ich in Zukunft nicht mehr für das Modehaus Robel arbeiten werde.« Beinahe schnippisch fügte sie hinzu. »Ich habe ein Angebot von Coco Chanel!«

»Aber Sandy!« Philippe war fassungslos. »Das … das kommt ja sehr überraschend. Und im falschen Moment. Gerade jetzt, wo Jean-Luc krank ist! Du hast dich doch bei uns immer sehr wohl gefühlt. Und diese Sache … diese Sache, du weißt schon – das hat doch nichts zu bedeuten …«

»Ich habe kein gutes Gefühl, deine Komplizin zu sein.« Sie sah ihm direkt in die Augen. »Und viel springt ja dabei nicht raus!«

»Sandy, darüber könnte man ja reden …«

Sie musterte ihn frech von oben bis unten. »Wirklich? Ich denke eher, ihr seid nahe daran, pleite zu gehen. Seit dem Skandal mit diesem Judenjungen kaufen die Leute keine Kleider mehr bei euch. Das muss dir doch aufgefallen sein, oder nicht?« Sie sah ihn herausfordernd an.

»Die Ratten verlassen das sinkende Schiff«, murmelte Philippe fast unhörbar, doch Sandrine hatte feine Ohren. »Ich lasse mich nicht von dir beleidigen, merk dir das.« Sie schüttelte ihren blauschwarz gefärbten Bubikopf mit den langen Ponyfransen und ihr rotgemalter Mund verzog sich spöttisch. »Glaubst du, ich weiß nicht Bescheid? Sei froh, wenn ich die Klappe halte. Aber das tue ich nur, wenn du – sagen wir mal, nochmal ein paar Tausender extra springen lässt.«

»Ein paar Tausender … kein Problem«, bemühte er sich hastig zuzustimmen. »Du kannst sie meinetwegen schon übermorgen haben. Nur lass uns jetzt nicht im Stich. Komm einfach vorbei. Du hast ja die Schlüssel.«

Sandrine nickte.

»Und sag bitte Jean-Luc nichts von dem, was wir hier besprochen haben.«

»Ich bin doch nicht blöd. Er war schließlich immer nett zu mir!« Sie drehte sich mit einem kessen Hüftschwung um und stöckelte davon. Philippe sah ihr verdutzt nach. »Dummes Luder!«, zischte er durch die Zähne. Gleichzeitig durchfuhr es ihn wie mit einem kalten Schauer. Es sah so aus, als hätte Sandrine ihn für die nähere Zukunft ganz in der Hand.

***

»Meine Mutter hat mich vor diesem Beruf gewarnt«, klagte Marguerite unlustig. »Manchmal frage ich mich, warum ich jedes Mal dann versage, wenn es darauf ankommt! Immer haben die anderen Erfolg, niemals ich!«

»So dürfen Sie nicht reden, Marge!«, widersprach Max, der zu Besuch gekommen war. »Sie haben nicht versagt und Sie sind eine wunderbare Schauspielerin und Sängerin!« Gleich nach Erhalt ihres Entschuldigungsbriefs war er zu ihr geeilt, die böse Kränkung und die verletzenden Worte verdrängend. Er schob ihre Launen auf ihren besonderen Zustand. »Eines Tages werden Sie Ihre große Chance erhalten, Marge«, ermutigte er sie und nahm zärtlich ihre Hand, die sie ihm großzügig überließ. »Das wird dann der Durchbruch sein.«

Marguerite lag mit Kopfschmerzen auf dem Sofa und fühlte sich unfähig, irgendetwas zu unternehmen. Ihre Stimmungsschwankungen quälten sie wieder einmal. Sie hatte das Gefühl, von aller Welt allein gelassen zu werden. Max war der Einzige, der sich noch für sie interessierte. Er hatte rührende Geschenke zur Versöhnung mitgebracht; Kuchen und ein paar andere Leckereien. Seiner hoffnungslosen Liebe genügte es, ihre Stimme zu hören, sie zu sehen, und er nahm sich vor, ihr in Zukunft nur mit stoischer Geduld gegenüberzutreten. Es ehrte ihn, dass sie ihm vertraute und ihm ihr Herz ausschüttete. Das tat sie bei keinem anderen Mann!

Marguerite beschloss, ihm irgendetwas Nettes zu sagen. »Max, wir sollten du zueinander sagen. Wir sind doch Freunde.«

Er errötete vor Freude. »Ja, Marge, das sind wir. Sie …«, er verhaspelte sich, »du … weißt gar nicht, was du mir bedeutest!« Zärtlich strich er ihr über die Wange, eine Kühnheit, die ihm kurz zuvor noch unmöglich erschienen war.

»Wirst du mich morgen begleiten?« Marguerite sah ihn beinahe ängstlich an. »Du weißt schon … zu dieser Hebamme. Ich möchte, dass jemand während des Eingriffs meine Hand hält. Ich habe solche Angst, dass etwas schiefgeht. Wenn ich sterbe …«

»So etwas dürfen Sie … du nicht sagen!«, unterbrach Max sie. »Keine Angst, ich lasse dich nicht allein!«

Marguerite atmete erleichtert auf. Sie lehnte sich zurück und schloss die Augen. »Wenn ich es nur schon hinter mir hätte!«, seufzte sie. Max sah sie verzückt an. Sie war ihm nie schöner erschienen. Ihr rötliches Haar flammte zerzaust um ihren Kopf und ihr Gesicht war beinahe so durchsichtig wie ihr weißes Spitzenhemd. »Pierre lässt übrigens ausrichten, dass er sich gern bei dir entschuldigen würde«, begann er. »Die ganze Sache tue ihm sehr leid. Ich glaube, er möchte dir ein neues Angebot machen.«

»Ich will diesen Schuft nie mehr wiedersehen«, stieß Marguerite erbost hervor. »Und seine Angebote haben immer etwas mit Geld zu tun. Er soll mir lieber die Kosten für die Aufführung der *Antigone* zurückzahlen. Ich habe einiges in dieses Projekt investiert, das hat er wohl vergessen.«

»Du hast völlig Recht!«, stimmte Max zu. Er war erleichtert, dass er sich Pierres unangenehmen Auftrags so gut entledigt hatte. Marguerite hatte auf dessen Entschuldigung so reagiert, wie er geahnt hatte.

»Du kannst ihm ausrichten, dass ich ganz andere Pläne habe, Pläne, die seine Inszenierungen, den schlechten Abklatsch guter Stücke in billigen Schmierentheatern, weit übersteigen«, fauchte Marguerite. »Er soll gefälligst mit seiner Cécile zum Teufel gehen. Ich werde nur noch mit qualifizierten Regisseuren zusammenarbeiten.« Mit neu erwachter Energie warf sie ihr Haar mit einer raschen Bewegung in den Nacken. »Wenn ich diese Tortur bei der Hebamme hinter mir habe, wird alles anders. Weißt du schon, dass ich demnächst in einem Film mitwirken werde? Ich habe mich gestern bei dem berühmten Regisseur Max Ophüls vorgestellt. Und er hat mich genommen!«

»Du wirst in einem Film spielen?«, sagte Max mit echter Freude. »Von Max Ophüls? Gratuliere, Marge! Wie schön für dich!« Er spürte mit den feinen Antennen eines unglücklich Liebenden, dass Marguerite in diesem Moment ihr Gleichgewicht wiedergefunden hatte, dass neue Träume in ihrem Kopf und Herzen entstanden. »Du weißt, dass ich immer an dich geglaubt habe«, fügte er schwärmerisch hinzu und küsste ihre Hand. »Für mich gibt es keine schönere Frau als dich, keine, die ich mehr bewundere …«

»Ach Max«, unterbrach ihn Marguerite, »es ist sehr lieb von dir, dass du mir das sagst. Gieß mir einen Cognac ein. Santé!« Sie seufzte tief auf und leerte ihr Glas in einem Zug.

»Marge! Warum trinkst du so viel?« Er sah sie eindringlich mit seinem typischen Hundeblick an.

»Blöde Frage. Du redest wie mein Arzt!«, schmollte Marguerite. »Er weigert sich neuerdings, mir meine Schlaftabletten zu verschreiben. Dann liege ich die ganze Nacht wach und bekomme Panikanfälle und Herzrasen! Wie soll ich so spielen?« Ihre Augen flackerten. »Ich brauche das Zeug. Sonst kann ich mich gleich umbringen!« Sie ließ sich erschöpft auf die Kissen zurückfallen.

»Aber Marge!« Max fühlte sich hilfloser denn je. »Wie kannst du bloß so etwas sagen! Der Arzt meint es sicher gut mit dir. Die Tabletten könnten dem Kind schaden!«

»Na, und wenn schon«, unterbrach ihn Marguerite barsch. »Ich will es ja gar nicht. Wenn ich die Abtreibung hinter mir habe, höre ich damit auf! Auch mit dem Trinken. Aber vorher schaffe ich es einfach nicht. Ich muss etwas haben, sonst werde ich noch verrückt.« Sie fächelte sich Luft zu und atmete schwer. Sie wusste, dass sie log, wenn sie von Aufhören sprach. Aber nur der Alkohol und die Tabletten betäubten ihre Angst, das Lampenfieber vor einer Vorstellung. Sie konnte einfach nicht mehr darauf verzichten.

»Und was willst du tun?«, fragte Max hilflos. »Ich kenne keinen Arzt, der dir helfen könnte.«

»Brauchst du auch nicht. Madame Minet, meine Haushälterin, hat mir eine Adresse genannt. Es gibt jemanden, der nicht so kleinlich ist und es auch mit dem Verschreiben nicht so genau nimmt«, fuhr sie fort. »Einen gewissen Doktor Petiot, in der Rue Caumartin. Mund-zu-Mund-Propaganda, du weißt schon. Ich war bereits bei ihm – nach meiner Vorstellung bei Ophüls. Ein sympathischer Arzt, der mir sogar eine leichte Morphium-

Injektion angeboten hat, damit ich gleich etwas ruhiger werde. Er sagte, er habe früher selbst Abtreibungen vorgenommen, aber jetzt sei es ihm leider zu gefährlich. Er müsse auf seinen Ruf in Paris achten. Neider hätten ihn bereits angezeigt. Dabei wollte er verzweifelten Menschen nur helfen.«

»Petiot, Doktor Petiot«, murmelte Max nachdenklich vor sich hin. »Irgendwo habe ich den Namen schon einmal gehört. Aber ich weiß nicht mehr, in welchem Zusammenhang …« Er vollendete den Satz nicht. »Auf jeden Fall hat er seltsame Ansichten. Sagtest du nicht, er wollte dir Morphium spritzen?«

»Angeboten hat er es mir«, berichtigte ihn Marguerite. »Er hat eben gemerkt, wie durcheinander ich war. Es gibt dumme Gerüchte um ihn, das hat er selbst zugegeben. Deshalb stellt er bestimmte Rezepte nur unter dem Namen Doktor Eugène aus. Sein Wartezimmer ist voll mit Patienten und die Praxis liegt in einer guten Gegend.« Sie sah ihn bittend an: »Ach, bitte sei doch so lieb und hole mir meine Tabletten aus der Apotheke! Ich fühle mich so elend.«

»Du musst tun, was du für richtig hältst«, seufzte Max, der ihr keinen Gefallen abschlagen konnte. Er steckte das Rezept in seine Tasche. »Aber versprich mir, dass du bald damit aufhörst!«

»Ja, das werde ich auch. Aber …«, sie zögerte, »da gibt es noch etwas anderes. Es ist mir sehr unangenehm, aber … man hat mich bestohlen! Ich habe im Moment nicht genug Geld, um den Eingriff bei der Hebamme zu bezahlen!« Sie sah Max fragend aus den Augenwinkeln heraus an. In seinem Gesicht zuckte es. »Wenn du willst – ich helfe dir gern aus«, sagte er unsicher. »Willst du das wirklich für mich tun?« Sie richtete sich halb auf, beugte sich zu ihm und nahm sein Gesicht in beide Hände. »Mir aus der Patsche helfen?«

Max wusste nicht, wie ihm geschah. Ihr Gesicht näherte sich dem seinen. Heiser flüsterte er: »Für dich würde ich alles tun, Marge, alles! Das weißt du doch.« Er spürte ihren Mund auf seiner Wange und es durchzuckte seinen Körper wie mit einem Stromschlag. Er streckte die Arme aus, um sie an sich zu ziehen, doch da hatte sie ihn schon losgelassen und sich geschickt entwunden. »Es ist schrecklich – das Geld fließt mir nur so durch die Finger«, gestand sie verschämt. »Ich hatte natürlich etwas zurückgelegt – ein finanzielles Polster. Aber es ist einfach verschwunden.« Sie zuckte hilflos mit den Schultern. »Ich weiß, ich bin viel zu nachlässig in Gelddingen! Meine Mutter ist schuld. Sie hat mich nie gelehrt, hauszuhalten.«

»Könnte es nicht sein …«, Max zwang sich weiterzusprechen, »dass dieser Nicolas Martinez … hat er nicht eine Weile bei dir gewohnt?« Marguerite schüttelt energisch den Kopf. »So etwas würde Nicolas nie tun. Niemals!« Sie schob die Erinnerung an seine kleinen Diebereien ganz weit von sich.

»Wie viel brauchst du?« Max brachte es kaum über die Lippen. »Fünfhundert – vielleicht auch etwas mehr. Für Medikamente, Narkose, was weiß ich! Du kriegst es zurück, wenn ich den Film gemacht habe.«

»Ich bringe das Geld morgen mit, mach dir darüber keine Gedanken.«

Marguerite umklammerte seine Hand. »Oh Max, ich danke dir. Aber ich habe solche Angst. Vielleicht werde ich den Eingriff nicht überleben!«, schluchzte sie. »Dann kannst du nur noch Blumen auf mein Grab bringen.«

»Unsinn! Alles wird gutgehen.« Max hätte sie am liebsten in die Arme geschlossen und getröstet. Aber er wagte es nicht. Eine verlegene Pause entstand, nach der Marguerite als Erste wieder das Wort ergriff: »Bitte geh jetzt, Max! Ich habe Kopfweh und bin sehr müde. Holst du mich morgen um acht Uhr ab? Wenn es nur schon vorüber wäre!«

»Wo wohnt denn diese … diese Hebamme?«, fragte Max vorsichtig, während er sich erhob.

»Rue Chaudron, im Norden von Montmartre.«

»Keine besonders ansprechende Gegend. Dann also bis morgen! Ich bringe die Tabletten mit, die Doktor Petiot dir verschrieben hat.« Er warf ihr noch einen letzten ergebenen Blick zu, bevor er die Tür hinter sich zumachte.

»Morgen …«, murmelte Marguerite vor sich hin. Mit zittrigen Händen schenkte sie sich ein neues Glas Cognac ein, stürzte es hinunter und kauerte sich auf der Couch zusammen.

14. Kapitel

Die Tür zum Dachboden sprang auf. Zwei Männer traten ein. »Diese verdammte SS!«, fluchte einer der beiden. »Die meinen wohl, die können sich alles erlauben.«

»Nicht so laut!«, sagte der andere mit gedämpfter Stimme. »Die Wände haben überall Ohren.«

»Mach dir bloß nicht in die Hose – hier ist doch keiner.« Er hustete. »Ganz schön staubig hier.«

Sophie blinzelte hinter den Kisten zu den beiden Männern hinüber. Ihr Herz klopfte zum Zerspringen. Einer von ihnen war mittleren Alters und trug eine blaue Wolljacke, der andere schien jünger und hatte einen grauen Arbeitskittel an. Er bückte sich, öffnete einen Verschlag und zerrte eine alte Stehleiter heraus. Er lehnte sie an ein hochstehendes Regal, kletterte hinauf und hievte aus dem obersten Fach einen verstaubten Werkzeugkoffer. Den reichte er seinem Kollegen hinunter. »Schau selbst mal nach, was du daraus brauchst.«

»Danke. Säge und Hammer und ein paar Nägel.« Der andere nahm den Koffer entgegen, öffnete ihn und kramte darin herum. »Meine Wohnung haben sie auch durchwühlt«, begann er. »Als ob sie da etwas finden würden. Mit den Reichsteins haben wir ja eigentlich nichts zu tun gehabt, außer dass wir im Flur mal ein paar Worte gewechselt haben. Ich hab nur gesagt, das waren ruhige Leute – da war ich fast schon verdächtig!« Er schüttelte den Kopf.

»Sag mal, kannst du mir nicht den ganzen Werkzeugkoffer borgen? Du kriegst ihn auch bald wieder zurück.«

»Ungern«, brummte der Mann in der blauen Wolljacke, »ich brauche ihn selbst. Bei mir ist nämlich auch allerhand zu reparieren, seitdem diese Mistkerle durch die Wohnung getrampelt sind. Aber weil du es bist …« Die beiden ließen die Leiter stehen, verschwanden mit dem Werkzeug durch die Tür und schoben den Riegel vor. Sophie war gefangen. Als die Schritte auf der Treppe verklangen, sprang sie auf, lief zur Tür und rüttelte daran. Es gab keine Chance, sie saß fest. Sekundenlang wollte Panik in ihr aufsteigen, doch dann beruhigte sie sich. David war vielleicht nur eine kleine Weile fort. Er wusste ja, dass sie hier auf ihn wartete. Der gestohlene Ausweis brannte in ihrer Tasche wie Feuer. Sie ging zu dem Verschlag, aus dem die beiden Männer das Werkzeug hervorgeholt hatten. Die Leiter stand davor, ein speckiges, farbverkleckstes Modell, an dem eine Stufe fehlte. Sophie rückte sie so nahe wie möglich an Davids verborgenes Versteck heran. Sie war zu kurz, aber wenn sie bis zur obersten Sprosse stieg, würde sie vielleicht mit der Hand hinaufreichen, um die Luke zu öffnen. Vorsichtig kletterte sie hinauf, aber es gelang ihr nur, sie einen Spalt breit aufzustoßen. Sobald sie sich zu weit vorbeugte, begann die Leiter zu schwanken und drohte umzukippen. Mit einer plötzlichen Eingebung nahm sie Pauls Ausweis aus ihrer Jackentasche, streckte den Arm aus und schob das Papier so weit es ging durch die schmale Öffnung. Dann zog sie die Luke mit großer Anstrengung wieder zu. Hier musste David den Ausweis auf jeden Fall finden! Langsam kletterte sie die Leiter wieder hinab und stellte sie wieder an ihren Platz. Sie sah auf ihre Armbanduhr. Wo blieb David nur? Die Zeit verging und der Abendzug nach Paris würde ohne sie beide abfahren. Sie schob diesen Gedanken von sich fort. Wieder rüttelte sie heftig an der Tür, doch der Riegel bewegte sich nicht. Nach einer weiteren Stunde, in der sie wie ein gefangener Tiger auf dem Dachboden hin- und herlief, hörte sie erneut Schritte, die sich näherten. Schleppend, immer wieder einhaltend, klangen sie nicht wie schwere Soldatenstiefel. Es schien nur eine einzige Person zu sein. Sie beschloss, nicht länger abzuwarten, sondern um Hilfe zu rufen. Zusätzlich klopfte und trommelte sie gegen die Tür. Die Schritte verlangsamten und näherten sich, der Riegel quietschte und die Tür sprang auf. Sophie sah in das erschrockene, von Falten durchzogene, aber sorgfältig gepuderte Gesicht einer grauhaarigen, alten Dame. »Wer sind Sie?«, entfuhr es ihr. »Was haben Sie hier oben zu suchen? Ich mag es nicht, wenn Fremde hier herumschnüffeln.«

»Bitte entschuldigen Sie«, sagte Sophie und schlüpfte rasch hinaus. »Ich bin eine Kommilitonin von David Reichstein, aus der dritten Etage. Ich wollte ein Buch von ihm ausleihen. Er sagte, er sei nicht immer zu Hause. Aber das Buch befinde sich in einer Kiste auf dem Dachboden und ich könne es mir selbst holen. Unbemerkt hat mich dann jemand eingesperrt.« Sie wurde rot, weil sie spürte, wie unbeholfen ihre Erklärung klang.

Die Dame sah sie erstaunt und misstrauisch an. »Reichstein? Sind das etwa die Reichsteins, die die SS abgeholt hat? Sicher haben sie den jungen Mann jetzt auch mitgenommen. Aber damit will ich nichts zu tun haben. Wir haben gestern genug Aufregung gehabt. Beinahe wäre das Haus abgebrannt. Und dann die Razzia … einfach furchtbar. Ich kann so etwas in meinem Alter nicht mehr vertragen.« Sie schüttelte den Kopf, wandte sich ab und begann, die Tür der gegenüberliegenden Mansarde aufzuschließen.

»Sollten Sie Herrn Reichstein doch noch sehen – könnten Sie ihm da vielleicht etwas ausrichten?«, bat Sophie.

Die alte Dame wandte sich ihr mit unwilliger Miene zu. »Nein, nein, lassen Sie mich damit in Ruhe. Überhaupt will ich mit Juden nichts zu tun haben. Das bringt heutzutage nur Ärger.«

»Ja, dann«, Sophie versuchte ein schwaches Lächeln, »wünsche ich Ihnen noch einen schönen Abend.«

Sie erhielt keine Antwort, denn die Dame war schon in ihrer Mansarde verschwunden und hatte die Tür mit Nachdruck zugeklappt. Sophie hörte, wie sie den Schlüssel im Schloss zweimal umdrehte. Erleichtert, aber auch enttäuscht über Davids rätselhaftes Ausbleiben ging sie die Treppe hinunter. Die Reichstein'sche Tür stand wie zuvor halb offen. Vorsichtig machte sie ein paar Schritte in den Flur. »David?«, rief sie leise hinein, »David? Bist du hier?« Auf Zehenspitzen ging sie vorwärts. Ein Geräusch, das wie ein leises Schleifen klang, ließ sie erstarren. Es kam aus dem Zimmer, in dem sich das Büro von Davids Vater befand. Sophie spähte in den Raum, dessen Rollos herabgelassen waren und in dem diffuses Licht herrschte. Er war unverändert mit seinem durchwühlten Schreibtisch, den herausgerissenen Schubladen, zerknüllten Papieren, Dokumenten und Akten, die verstreut auf dem Boden herumlagen. Aber keine Spur von David. Ein dunkler Schatten wischte dicht an ihr vorbei und sie fuhr entsetzt zurück. Ein langgezogenes Miauen ließ sie kurz darauf aufatmen. Ein schwarzer Kater war auf einen Stuhl gesprungen und starrte sie mit seinen grünen Augen an. Er ließ sich hinuntergleiten und strich ihr schnurrend um die Beine. Anscheinend hatte er Hunger. Sophie fuhr über sein glänzend schwarzes Fell und er tänzelte mit geschmeidigen Bewegungen erwartungsvoll voraus. Sie folgte ihm in die Küche, wo er an seinem leeren Napf stehenblieb und zu ihr aufsah. »Du Armer, du hast ja Hunger«, flüsterte sie und begann in den Schränken nach Katzenfutter zu suchen. Sie füllte seinen Napf bis zum Rand und ließ die restliche Packung auf dem

Boden stehen. »Wenn David hier gewesen wäre, hätte er sicher den Kater gefüttert«, dachte sie bei sich. Irgendetwas musste ihn aufgehalten haben. »Ich habe auf dich gewartet«, kritzelte sie so unverfänglich wie möglich auf einen Zettel und heftete ihn sichtbar an die Küchentür. Würde David ihn da finden? Und den Ausweis Pauls hinter der Luke auf dem Dachboden? Schweren Herzens verließ sie die Wohnung. Niemand begegnete ihr auf der Treppe und im Hausgang. Es war, als hielte alles den Atem an, als fürchteten sich die Menschen davor, Kontakt mit der Außenwelt aufzunehmen. Die Reichskristallnacht mit ihrer Gewalt, der alles überrollenden Zerstörungswelle, hatte Ängste geschürt. Jetzt schien auf den Straßen eine unheimliche Stille zu herrschen. War es die Ruhe vor einem neuen Sturm?

* * *

Marguerites Nerven waren aufs Äußerste gespannt. Sie zitterte, ihr Herz schlug wie ein Hammer und ihr war speiübel. Der Druck an ihren Schläfen war kaum auszuhalten, sie pochten in dumpfem Schmerz. Alle paar Minuten sah sie aus dem Fenster und hoffte, Max würde endlich kommen. Er hatte sich bereit erklärt, sie abzuholen und zu ihrer Abtreibung in die Rue Chaudron zu begleiten. Bis jetzt war sie standhaft geblieben – hatte nichts getrunken und keine Medikamente genommen, um für die zu erwartende Betäubung kein Risiko einzugehen. Durch die ungewohnte Abstinenz war ihr hundeelend, auch der verstauchte Fuß, die Wunde an der Stirn und das Knie schmerzten so stark wie nie zuvor. Aber bald würde es vorbei sein. Bald hatte sie es hinter sich. »Hast du das Geld mitgenommen?«, fragte sie Max beim Öffnen der Tür, noch ehe sie ihn begrüßte. »Und die Tabletten?« Er nickte und händigte ihr ein kleines Paket aus, das sie hastig in die Tasche steckte. »Es ist alles in Ordnung. Das Taxi wartet unten.« Er zögerte:

»Willst du es dir nicht nochmal überlegen? Ich habe Ersparnisse – und eine nicht unbeträchtliche Erbschaft gemacht. Eine Tante von mir – sie hat mir ihr ganzes Vermögen hinterlassen. Sieh mal, ich liebe dich – wir könnten doch heiraten und …« Er brach ab, denn Marguerite hatte ihn mit einem vernichtenden Blick gestreift, der ihm jedes weitere Wort verbot. Sie griff nach ihrem Pelz, doch dann besann sie sich. In dieser Situation war es besser, bescheidener aufzutreten. Sie schlang ein großes, rotkariertes Wolltuch um ihre Schultern und atmete tief ein. »Ich bin bereit.« Im Taxi sprach sie kein Wort, aber sie tastete nach seiner Hand, die sie umklammerte und krampfhaft festhielt. Ihre Miene war starr, unter ihren Augen lagen Schatten und ihr ungeschminktes Gesicht wirkte beinahe durchsichtig. Nur ihre Nasenflügel bebten und verrieten ihre Angst. Die Rue Chaudron war eine schmutzige, enge Straße mit beschmierten Häuserwänden, von denen der Putz abbröckelte. Die verbeulte, graugrüne Metalltür der Nummer 16 besaß keine Klingel, gab aber gegen leichten Druck nach und öffnete sich mit lautem Quietschen. Marguerite spähte voll Widerwillen in den nach Abfällen stinkenden Flur, an dessen Ende Sperrmüll aufgestapelt war. Sie wäre am liebsten umgedreht, doch dann gab sie sich einen Ruck und folgte Max, der die ausgetretenen Holzstufen der schmalen Treppe erklomm. Rechter Hand, an einer schiefen Tür ohne Namen, war ein kleines Blatt Papier mit Heftzwecken aufgespießt, auf dem mit krakeliger Schrift »Cabinet« stand. Marguerite zögerte auf der Schwelle, doch Max klopfte und nachdem niemand antwortete, öffnete er die Tür. Im langen Flur stank es so durchdringend nach einem ätzenden Mittel, dass es den Besuchern fast den Atem verschlug. Und es war kalt und ungeheizt. Ein aufgemalter Pfeil führte zu einem offenen Raum, in dem ein paar einfache Holzstühle standen. Dunkle Schimmelspuren zierten wie ein Relief die Wände. Niemand befand sich darin, aber von nebenan hörte man dumpfes

Stöhnen, ein kurzatmiges, jammervolles Aufschreien, das von einem groben Fluch und darauffolgendem Gemurmel begleitet war. Irgendetwas klapperte und fiel zu Boden. »Willst du … es dir nicht doch noch überlegen?«, fragte Max mit ernster Miene und strich sich über sein gelichtetes Haar. Marguerite schüttelte ablehnend den Kopf. »Nein. Warte hier!«, flüsterte sie, schlich auf Zehenspitzen in den Flur und warf einen Blick durch den schmalen Spalt der Tür nebenan. Das Szenario, dass sich ihr in dem fensterlosen Raum bot, war abschreckend. Ein heftiger Würgereiz schnürte ihre Kehle zusammen, als beißender Chloroform-Geruch ihr in die Nase stieg, in den sich die süßlichen Ausdünstungen von Blut und Körperschweiß mischten. Durch die schmale Öffnung konnte man sehr gut eine Pritsche erkennen, auf der eine Person mit gespreizten Beinen unter einem fleckigen Tuch lag. Eine dicke Frau im geblümten Kleid beugte sich über sie und drückte konzentriert mit einer Hand auf den Bauch der Liegenden, während ein bärtiger Mann mittleren Alters im weißen, mit Blutflecken überzogenen Kittel einen blitzenden Gegenstand mit einer schmalen Schneide handhabte. Marguerite öffnete die Tür etwas weiter und der Bärtige streifte sie ohne ein Wort mit einem stumpfen, gleichgültigen Blick seiner rotgeäderten Augen. Am Boden stand ein grauer Eimer, der etwas undefinierbar Schleimiges enthielt. Sie wandte schaudernd den Blick ab. Das Blut schien ihr in den Adern zu gefrieren. Sie wurde totenbleich und hielt ihr Taschentuch vor den Mund. Max war hinter sie getreten und zog sie zurück.

»Ich kann nicht!«, stammelte sie. »Ich kann das nicht ertragen!«

»Dann lass uns doch gehen«, drängte Max, dem sich nach einem kurzen Blick ebenfalls fast der Magen umdrehte. »Komm! Du musst das hier nicht mitmachen.« In diesem Moment wandte sich die dicke Frau um. Zornig zog sie die Augenbrauen zusammen. Sie hatte ein breites, sommersprossiges Gesicht und kleine, wie in Fettwülsten steckende Augen. Ihre braunen Haare waren bis auf ein paar Strähnen nach hinten zu einem Knoten gezurrt. Sie atmete schwer, schwitzte und wischte sich die Hände an ihrer grauen Gummischürze ab, die mehrere Risse aufwies. »Was soll das? Ich bin gleich so weit. Gehen sie ins Wartezimmer zurück«, sagte sie in unfreundlichem Ton. »Sie kommen schon noch dran.« Damit knallte sie mit einem Fußtritt die Tür zu.

Marguerite wankte, auf Max gestützt, in den kargen Raum zurück und setzte sich wieder auf einen der unbequemen Stühle. Ihr Körper zitterte jetzt unkontrolliert und sie nahm seine Hand und presste sie, bis ihre Knöchel weiß wurden. Allmählich beruhigte sich das Zittern. »Ich muss es durchziehen!«, hämmerte es in ihrem Kopf. »Nur ein paar Minuten die Zähne zusammenbeißen – dann ist es vorbei und ich bin frei.« Ein schriller Schrei von nebenan ließ sie zusammenzucken. Dann war Ruhe. Wenig später schlurfte, auf die Hebamme gestützt, eine magere, erbarmungswürdig schlecht aussehende junge Frau mit unsicheren Schritten über den Gang. »Die hat es hinter sich«, dachte sie fast neidisch.

»Taxi steht vor der Tür«, hörte sie die Hebamme rufen. Und: »Die Nächste bitte!« Damit war sie gemeint. Ihr Herz vollführte einen Trommelwirbel. Wie in Trance betrat sie das Zimmer mit der Pritsche. Nicht einmal das Leintuch war gewechselt. Es war blutig und wies dunkle Flecken auf, über deren Herkunft Marguerite nicht weiter nachdenken wollte. Aber vor allem der Geruch schüttelte sie förmlich vor Ekel. Der Eimer stand ungeleert neben ihr. Der bärtige Mann im weißen Kittel war verschwunden. Die Hebamme hatte sich vor ihr aufgebaut und musterte sie, die Arme in die Hüften gestützt. Sie wischte sich mit dem Ärmel die Schweißtropfen von der Stirn. »Zuerst das Geld!« Sie streckte die Hand aus. »Für Sie mache ich es für dreihundertfünfzig Franc.« Marguerite wollte etwas sagen, aber es war, als habe ihr Mund die Schockstarre ihres Körpers angenommen. Doch Max, der ihr gefolgt war, reichte der dicken Frau die Scheine, die sie sorgfältig und ohne sich zu beeilen, durchzählte. Dann legte sie das Geld in eine Schatulle auf einem Tischchen neben ihr und wischte sich wieder die Hände an der Schürze ab. »Betäubung kostet fünfzig extra.« Max legte noch etwas dazu. »Welcher Monat?«, fragte sie barsch.

»Vierter, glaube ich!« Marguerite brachte es kaum über die Lippen, während Max noch einen Hunderter dazulegte. »Seien Sie vorsichtig«, sagte er warnend. Die Dicke knurrte irgendetwas. »Der Doktor kommt gleich. Ich setze erst einmal einen Katheter. Hinlegen!«, befahl sie dann deutlicher. »Schlüpfer ausziehen und Beine breit.«

Marguerite zögerte. Sie hoffte, sie würde ohnmächtig werden und nichts spüren. Dann sah sie, wie die Hebamme die eben benutzte Kürette – denn um eine solche handelte es sich – rasch an einem zweifelhaften Lappen abwischte. Ihre Schneide funkelte schimmernd auf, als sie sie in eine Schale auf ein Tischchen legte, in der sich noch einige andere spitze, verchromte Gegenstände befanden. Auch etwas, das wie eine Stricknadel aussah, war darunter. »Machen Sie rasch. Ich habe noch andere Patientinnen, die angemeldet sind.« Sie packte Marguerite grob am Arm, die gehorsam ihren Slip auszog. »Monsieur, Sie warten gefälligst draußen«, beschied sie dem erschrockenen Max. »Hier können wir keine Zuschauer brauchen.« Sie lachte blechern, zeigte ein schadhaftes Gebiss mit einem Goldzahn und schob ihn hinaus. Dann nahm sie einen Wattetupfer, tauchte ihn in eine Flüssigkeit und näherte sich damit Marguerites Gesicht. »Du wirst nichts spüren, Mädchen, keine Angst. Ein paar Tage Ruhe und dann ist alles, wie es vorher war!« Sie beugte sich so nah über sie, dass Marguerite jede einzelne Pore und jeden Schweißtropfen auf ihrer Stirn erkennen konnte. »Atme tief ein, mein Kind!« Das erhitzte, rote Gesicht verschwamm vor

Marguerites Augen, wurde zu einem hämisch grinsenden Doppelbild und verzerrte sich zu einem imaginären Totenkopf. Sie stieß einen lauten, durchdringenden Schrei aus, sprang von der Pritsche und stieß die Hebamme mit allen ihr zur Verfügung stehenden Kräften beiseite.

***

Als Sophie auf dem Münchner Bahnhof ankam, war von David weit und breit nichts zu sehen. Sie hatte bis zuletzt auf ihn gehofft. Der Zugverkehr war mit dem üblichen Fahrplan wieder aufgenommen worden. Unruhig schritt sie auf dem Bahnsteig auf und ab. Ein paarmal hatte ihr Herz einen unruhigen Schlag getan, immer dann, wenn sie glaubte, in einem Fremden David zu erkennen. Als der Zug eingelaufen war und sie einen freien Platz in einem Abteil gefunden hatte, öffnete sie das Fenster und suchte mit den Augen fieberhaft den Bahnsteig ab. Vielleicht kam er ja doch noch – in letzter Minute! Aber die Lokomotive setzte sich pünktlich und zischend in Gang und sie sah langsam den leeren Bahnsteig hinter sich verschwinden. Traurig nahm sie Platz. Ihr gegenüber versteckte sich ein wohlbeleibter Reisender hinter seiner Zeitung und ein elegant gekleidetes Ehepaar verstaute umständlich zahlreiche Gepäckstücke. Der reservierte Schlafwagen war verfallen und so musste sie mit einem unbequemen Sitz vorliebnehmen. Unterschiedliche Gefühle stritten in ihrer Brust. Einesteils war sie froh, das Land, in dem der Zwang einer so erschreckenden Diktatur herrschte, hinter sich zu lassen, anderenteils machte sie sich Sorgen um David. Er beherrschte ihre Gedanken auf einmal in beängstigender Weise und sie hatte das Gefühl, dass jeder Kilometer, der sie von ihm trennte, ein schmerzlicher Schritt war. Fast bereute sie es, allein fortgefahren zu sein. Aber was hätte sie sonst machen sollen? Paul hatte sicher inzwischen den Verlust seines Ausweises bemerkte. Ob er sie verdächtigte, ihn gestohlen zu haben? Aber was machte das schon – nun war sie fort und würde ihn, ihren leiblichen Vater und die ganze Familie wahrscheinlich nie mehr im Leben wiedersehen!

Als sie in Paris ankam, fand sie zunächst alles wie gewohnt vor. Die Cafés, die Metro, die vielen Arbeitslosen mit leeren, enttäuschten Gesichtern, die bereit waren, jede Stelle anzunehmen, und die zerlumpten Clochards, die unter den Brücken hausten. Über allem lag ein dumpfes Warten auf etwas, von dem man nicht wusste, was es sein würde. Eine kalte Wintersonne, verhüllt vom grauen Nebel über der Seine, versuchte vergeblich, sich durchzusetzen. Paris war, wie jeden Winter, in ein düsteres Schwarzweißgrau gehüllt. Die Rue du Cherche-Midi schien ihr im Gegensatz zu den Straßen des sauberen Deutschen Reiches eng und schmutzig. Der Abfall im Rinnstein war lange nicht fortgeräumt worden und stank. Trotzdem war Sophie froh, ihre kleine Wohnung und Babette, ihre Mitbewohnerin, wiederzusehen. Von Nicolas fand sich keine Nachricht, kein Wort des Dankes für das Geld, das sie für ihn hinterlegt hatte. Und eigentlich war sie ganz froh darüber. Er war nur ein kurzes Abenteuer gewesen und sein Bild war durch ihre Liebe zu David beinahe ganz aus ihren Gedanken gelöscht worden.

Der Betrieb an der Universität hatte längst begonnen und sie war dieses Semester für philosophische, politische und kulturwissenschaftliche Vorlesungen eingeschrieben. Wahrscheinlich würde sie ihrer Abwesenheit wegen sehr viel nachzuarbeiten haben. Vieles war so, als wäre sie nie weg gewesen, und dennoch hatte sich viel verändert – auch in ihrem Kopf. Die Neuigkeiten aus der Familie stürzten unvermittelt über sie herein. Das, was inzwischen geschehen war, verdrängte die vergangenen Erlebnisse, als wären sie nur ein böser Traum gewesen. Mitgerissen vom Wirbel und Schrecken der Reichskristallnacht in München, war es ihr nicht ein einziges Mal eingefallen, Maître

Buffon, ihren Anwalt, anzurufen. Er berichtete ihr bei ihrer Nachfrage vom Selbstmord des Buchhalters Tolbiac bei Carrière & Co, den gefälschten Geschäftsbüchern und den polizeilichen Ermittlungen. Der Anwalt klärte sie vorsichtig darüber auf, dass die Firma jetzt wahrscheinlich Konkurs anmelden müsse und dass ihre Anteile daher kaum mehr Wert besäßen. Das veränderte die Lage und gab Anlass zur Sorge. Konnte Carrière & Co noch vor dem endgültigen Absturz gerettet werden? Sophie, die telefonisch von Marguerites Pech und ihrer Verletzung erfuhr, einigte sich mit ihr, dass die Versammlung der Familienmitglieder am Wochenende am besten in ihrer Wohnung in der Rue de Lille stattfinden sollte. Es würde das erste Mal seit der Testamentsverlesung sein, dass alle drei Geschwister zusammenkamen und bereit waren, friedlich Entscheidungen zu treffen. Sophie hoffte, dass alles harmonisch verliefe und sich das Verhältnis zueinander endlich wieder beruhigte. Bei dem Blumenhändler an der Ecke kaufte sie einen Strauß hübsch gebundener Blumen für Marguerite. Es waren Lilien dabei, Nelken und prächtige, vollblütige Rosen aus Übersee, die köstlich dufteten. Sie war fest entschlossen, sich mit ihrer Schwester und Philippe zu versöhnen, egal, was geschah. Jetzt mussten sie zusammenhalten. Wenn sie auch nicht alle ohne Fehler waren, so hingen sie letztlich doch aneinander. Im Augenblick war die Pariser Filiale geschlossen, die Niederlassungen in Rouen und Montauban sollten allerdings weiter aufrecht gehalten werden. Ob sich das langjährige Familienunternehmen noch einmal von diesem Schlag erholen konnte, hing jetzt ganz von dem Teilhaber, Monsieur Morand, und Philippe ab. Sophie zweifelte sehr daran, dass ihr Bruder sein Leben ändern und sich nun ernsthaft um die Belange der Firma kümmern würde. Aber vielleicht hatte ihm das Ganze doch einen Schock versetzt und er besann sich.

Sophie grüßte die Concierge und schwebte mit dem Fahrstuhl nach oben. Marguerite öffnete selbst, gepflegt, elegant, in eine Wolke duftenden Parfums gehüllt, die roten Haare offen auf die Schultern fallend. Sie tat so, als wäre nie ein falsches Wort zwischen ihnen gefallen. »Bonjour, liebste Sophie!« Sie umarmte die Schwester herzlich und nahm die Blumen entgegen. »Das ist aber lieb von dir. Ich bin froh, dich gesund wiederzusehen! Erzähl doch, wie war es in Deutschland? Was hast du überhaupt da gemacht?«

»Eine Studienfreundin hatte mich eingeladen«, log sie. »Aber ich wäre besser nicht hingefahren. Ich habe eine Nacht der Furcht und Gefahr erlebt, in der eine beispiellose Jagd auf die Juden und ihr Eigentum stattfand. Es war abstoßend. Ich werde es dir bei passender Gelegenheit genau erzählen. Aber jetzt haben wir ja ganz andere Sorgen. Wie geht es dir? Ist Philippe schon da?« Sie sah die Schwester prüfend an, die bildschön und makellos wie immer aussah. Marguerite lächelte geheimnisvoll. »Mir geht es blendend. Und Philippe wird sicher gleich kommen. Du weißt ja, dass er nicht der Pünktlichste ist.« Sie legte den Arm um die kleine Schwester und drückte sie. So lange waren sie entzweit gewesen – aber auf einmal waren alle Zwistigkeiten in den Hintergrund gerückt. »Hast du noch Schmerzen?«, erkundigte sich Sophie besorgt. »Ich hörte erst nachträglich von deinem Unfall. Schade, dass du nicht auftreten und singen konntest! Was ist denn eigentlich genau geschehen?«

»Nichts Besonderes.« Marguerite zupfte ein paar Locken beiseite und zeigte auf eine kleine Narbe auf der Stirn. »Hier, das habe ich zurückbehalten. Mein Taxi hatte einen Unfall. Ich wollte zu Fuß gehen, bin gestürzt und zu spät zur Vorstellung gekommen. Das war's dann. Dadurch habe ich meine Rolle an eine Konkurrentin verloren. Pech – da kann man nichts machen!« Sophie war der Schwester in den Salon gefolgt. Dort blieb sie wie angewurzelt stehen. Aus dem tiefen Sessel vor dem

Kamin erhob sich … Nicolas. Er schien genauso verblüfft, sie hier zu sehen. Seine zur Begrüßung ausgestreckte Hand fiel schlaff herab und sein Lächeln gefror. »Bonjour.« Sophie fasste sich halbwegs und musterte ihn erstaunt in seinem grauen Flanellanzug, dem weißen Hemd und der ungewohnten Krawatte. Welche Veränderung war auf einmal mit ihm vorgegangen!

»Ihr kennt euch?«, fragte Marguerite erstaunt und sah von einem zum anderen. »Flüchtig«, sagte Sophie kühl. »Von der Uni, glaube ich. Nicht wahr, Monsieur Martinez!« Sie sah in seine dunklen Augen, die sie einst so verwirrt hatten. Doch nichts regte sich in ihrem Herzen.

»Ja … ja«, versicherte Nicolas mit einem Räuspern. »Ich glaube auch, wir sind uns dort schon einmal begegnet.«

»Nicolas arbeitet jetzt in der deutschen Botschaft. Durch seine Beziehungen hat er mir eine Filmrolle verschafft. Mit dem berühmten Regisseur Max Ophüls.« Sie warf ihm einen verliebten Blick zu und legte besitzergreifend die Hand auf seine Schulter. Nicolas erhob sich und ihre Hand fiel herab. »Du bist mir doch nicht böse, Marge!« Ihre vertrauliche Geste schien ihm peinlich zu sein. »Wenn ich mich schon entschuldige und gehe. Aber ich habe noch etwas Dringendes zu erledigen. Außerdem möchte ich nicht stören, wenn der Familienrat zusammentritt.« Marguerite wollte etwas sagen, doch in diesem Moment läutete es. Sie eilte zur Tür und man hörte, wie sie Philippe begrüßte.

»Welche Überraschung, dich hier zu sehen, Nicolas«, stellte Sophie zurückhaltend fest. »Ich wusste gar nicht, dass du mit meiner Schwester zusammen bist.«

»Nicht direkt«, wand sich Nicolas. »Ich kenne sie von den Proben zur *Antigone.* Da habe ich als Beleuchter ausgeholfen.« Er sah ihr direkt in die Augen. »Bist du etwa eifersüchtig?«

»Nein, überhaupt nicht!«, sagte Sophie wahrheitsgemäß. Sie war erleichtert. Es gab keine Anzeichen dafür, dass Nicolas ihr Geheimnis verraten hatte. Aber würde er auch in Zukunft schweigen? Mehr Geld verlangen?

»Ich habe oft an dich gedacht.« Nicolas ließ ihren Blick nicht los. »Danke, dass du mir geholfen hast! Ich habe in ernsten Schwierigkeiten gesteckt. Können wir uns nicht wieder einmal treffen?« Er versuchte, ihre Hand zu ergreifen, doch Sophie wich aus. »Tut mir leid. Aber ich habe eingesehen, dass unsere gemeinsame Nacht eine große Dummheit war.« Sie senkte den Kopf. »Ich liebe einen Andern.«

»Schön für dich, dass du dich so schnell trösten konntest«, erwiderte Nicolas leicht beleidigt. »Ich habe unsere Begegnung jedenfalls sehr ernst genommen.«

Sophie musste lachen. »Das sieht man! Aber ich zähle auf dein Schweigen als Kavalier!«, fügte sie leise hinzu. »Ich möchte Marguerite nicht verletzen.« »Was für ein Casanova«, dachte sie im selben Moment. »Marge ist genau wie ich auf ihn reingefallen!«

»Was denkst du eigentlich von mir«, sagte Nicolas fast vorwurfsvoll. Er setzte hinzu: »Du kannst dich wirklich ganz auf mich verlassen! Ich habe bis jetzt geschwiegen und werde es auch weiter tun. Übrigens siehst du sehr hübsch aus. Frisch und jung wie eine kleine Elfe!« Mit einem unsicheren Lächeln wandte sich Sophie errötend ab. Er schaffte es immer noch, sie in Verlegenheit zu bringen. In diesem Augenblick trat Philippe ein. Er sah gehetzt aus, die sportliche Bräune war von seinen Wangen verschwunden und hatte einem ungesunden, graustichigen Ton Platz gemacht. Er begrüßte Nicolas, den ihm Marguerite vorstellte, mit einem kurzen Nicken und umarmte Sophie mit einer auf Abstand bedachten Geste. Dann ließ er sich in einen Sessel fallen.

»Du siehst nicht besonders gut aus, Brüderchen«, stellte Marguerite fest und betrachtete ihn kritisch.

»Kein Wunder«, seufzte er. »Bei den ganzen Sorgen, die ich im Moment habe.« Er machte eine kleine Pause und sein misstrauischer Blick wanderte zu Nicolas. »Kann ich offen sprechen?«

»Verzeihung, ich bin gerade im Begriff zu gehen …«, beugte Nicolas vor und wandte sich zur Tür. Marguerite hielt ihn zurück. »Nein, ich bitte dich, bleib noch einen Moment. »Ich möchte nachher auch etwas ansprechen, was dich angeht.« Nicolas fühlte sich unbehaglich, doch es blieb ihm nichts anderes übrig, als wieder Platz zu nehmen.

»Jetzt schütte aber erst mal du dein Herz aus, Philippe. Wir sind hier ja ganz unter uns!«, erwiderte Marguerite.

»Nun ja, es ist ohnehin kein Geheimnis mehr«, seufzte ihr Bruder. »Die Geschichte dieses Gauners Tolbiac hat mir ganz schön zugesetzt. Die Polizei hat mich seit seinem Selbstmord mehrfach verhört. Es scheint immer noch Ungereimtheiten zu geben. Und jetzt auch noch der drohende Konkurs …« Er lockerte seinen Kragen. »Kurz gesagt, ich überlege, ob ich nicht alles hinwerfen soll. Die beiden anderen Filialen kann ich von Paris aus nicht leiten und in der Modebranche habe ich auch nur Pech. Ich zahle und zahle und sehe keinen Gewinn. Zu allem Übel ist gestern auch Jean-Luc aus unserer Wohnung ausgezogen.« Er stützte den Kopf in die Hände. »Er war längere Zeit im Krankenhaus. Dann ist er heimgekommen und wir haben uns gleich gestritten. Es geht immer um diese unheilvolle Sache, diesen Hermès …« Philippe verdrehte die Augen. »Nachdem er den Legationsrat in der deutschen Botschaft erschossen hat, konnten wir natürlich nichts mehr aus der Serie verkaufen. Jean-Luc sieht das anders. Er will, dass ich alle Hebel in Bewegung setze, um den Burschen aus dem Gefängnis in Fresnes freizubekommen. Aber auch eine hohe Kaution würde nichts nützen. Die Sache wird als politischer Mord gesehen.« Er fuhr sich mit dem Taschentuch über die Stirn. Die anderen hörten ihm schweigend zu. Der Skandal war schließlich schon in der ganzen Stadt bekannt. Philippe fuhr fort: »Ich mache mir Sorgen, denn Jean-Luc war sehr krank und hat sich noch nicht richtig erholt. Das Schlimme ist, dass sich jetzt Sandy, unser bisheriges Starmodell, ganz in unserer Wohnung eingenistet hat. Ihr Zimmer im Pariser Norden wurde ihr gekündigt. Sie geht mir ganz schrecklich auf die Nerven, bringt alles in Unordnung, räumt nichts auf und ist entsetzlich schlampig.«

»Wirf sie doch einfach raus – das ist doch wohl kein Problem«, warf Sophie ein. »Du bist ihr doch nichts schuldig, oder?«

»Nein … nein – warum auch.« Philippe kam beinahe ins Stottern. Er tauschte einen einverständlichen Blick mit Marguerite, die Gläser auf den Tisch stellte und Pernod ausschenkte. »Einen kleinen Aperitif?« Sie reichte Sophie ein Glas und trank das ihre sofort aus. Dann klingelte sie mit der kleinen Silberglocke, die auf dem Tisch stand. Madame Minet brachte ein Tablett mit Lachshäppchen herein.

»Bitte, seid nicht böse«, machte Nicolas einen zweiten Versuch und stand auf. »Aber ich muss mich jetzt wirklich verabschieden. In der Botschaft wartet jemand auf mich.« Er schnappte sich ein Häppchen und war schon bei der Tür.

»Halt!«, rief Marguerite ihn zurück, »nur noch einen ganz kleinen Augenblick, Nicolas. Ich möchte noch etwas ankündigen, was ihr alle wissen solltet. Auch du, mein Lieber!« Sie sah Nicolas an, der mit einem schiefen Lächeln seinen Schritt verhielt. Eine unangenehme Vorahnung überkam ihn. »Wieso? Habe ich denn etwas damit zu tun?«

»Aber natürlich!« bestätigte Marguerite und leerte ein zweites Glas auf einen Zug. »Du gehörst jetzt doch zur Familie!«

Nicolas starrte sie entgeistert an.

»Als Vater meines Kindes!« Man hätte eine Stecknadel zu Boden fallen hören. »Nun«, begann Nicolas peinlich berührt, während die anderen stumm dasaßen und ihn erstaunt anblickten. »Das … das haben wir doch schon geklärt. Ich dachte, dass«, er stockte, »dass du … ich meine, du hattest doch vor …« Er sah peinlich berührt in die Runde und spürte, wie ihm bei seinem Gestotter das Blut ins Gesicht stieg.

»Du bekommst ein Kind?«, unterbrach ihn Sophie mit einem Lächeln. »Gratuliere, Marge! Wie schön!« Sie umarmte die Schwester, ohne Nicolas eines Blickes zu würdigen.

»Ich muss gestehen, dass ich kurzfristig mit dem Gedanken gespielt habe, es nicht zu behalten!«, sagte Marge mit entwaffnender Offenheit. Betretenes Schweigen herrschte für kurze Zeit. Doch dann sprachen plötzlich alle durcheinander.

»Gut, dass du dich anders entschieden hast, Marge! Ich freue mich darauf, Onkel zu werden!« Philippe sprang auf, um seine Schwester an sich zu drücken. Nicolas schlich sich im allgemeinen Aufruhr unbemerkt hinaus. Verdammt! Das hatte ins Schwarze getroffen. Verstimmt zog er die Tür hinter sich zu. Wie konnte Marge ihn vor der ganzen Familie nur so blamieren! Vielleicht hatte sie sich eingebildet, er würde jetzt vor ihr knien und um ihre Hand anhalten! Aber da hatte sie die Rechnung ohne den Wirt gemacht. So würde er sich nicht übertölpeln lassen! Jetzt fiel es ihm gleich doppelt so leicht, sich von seinem bisherigen Leben zu verabschieden und neuen Abenteuern zuzuwenden. Die Schulung konnte nicht mehr lange dauern – dann ging es ab nach Berlin, in ein neues Leben. Und alles andere konnte ihm in Zukunft gestohlen bleiben.

***

Es war bereits Ende März des Jahres 1939, aber der Winter ließ sich nicht richtig vertreiben. Ein eisiger Wind, Regen und Graupelschauer vor sich her jagend, stürmte durch die Straßen von Paris. Die zarten Triebe, die schon an Bäumen und Sträuchern zu sprießen begonnen hatten, schienen zu frösteln und blieben zurück. Das nebelverhangene Tageslicht, das kaum durch die kleinen Fenster drang, ließ die Mansardenwohnung im obersten Stock dämmrig erscheinen. Eine Tischlampe brannte am Schreibtisch, an dem Babette, die Mitbewohnerin Sophies, über ihrer Diplomarbeit für Wirtschaft und Finanzen saß und an Formulierungen tüftelte. Sie hatte klamme Finger – trotz ihrer warmen Strickjacke und den gefütterten Hausschuhen. Es klingelte an der Haustür. Babette strich ihr braunes Haar zurück, seufzte und legte den Stift aus der Hand. »Wieder irgendein Hausierer«, dachte sie unwillig und überlegte, ob sie überhaupt aufmachen sollte. Wieder läutete es, diesmal eindringlicher. Vielleicht hatte Sophie ja ihren Schlüssel vergessen. Sie erhob sich und ging zur Tür. Vor ihr stand ein junger Mann mit dunklen Haaren und ebensolchen Augen unter schweren Brauen. Obwohl es draußen kalt war, trug er seine Jacke über dem Arm. Er sah blass aus und irgendwie erschöpft. In der Hand hielt er einen kleinen Koffer. »Tut mir leid, aber ich kaufe nichts«, sagte Babette ablehnend und war im Begriff, dem Fremden die Tür vor der Nase zuzuschlagen. »Halt!« Er stellte seinen Fuß dazwischen. »Hören Sie mich bitte erst an. Ich habe nichts zu verkaufen. Ich möchte zu Sophie Carrière«, sagte er in einem etwas holprigen Französisch. »Wohnt sie nicht hier?«

»Doch!« Babette sah ihn erstaunt von oben bis unten an. »Und wer sind Sie?«

»David Reichstein. Wir haben uns in München kennengelernt. Sie hat mir ihre Adresse gegeben.«

»David Reichstein?« Den Namen hatte sie schon einmal gehört. »Sophie ist nicht da.« Babette überlegte. Reichstein, Reichstein? War das nicht der Name des jüdischen Malers, dem Sophie in der sogenannten Reichskristallnacht in München begegnet war? Sie hatte ihr von dem schrecklichen Ereignis berichtet. »Sie ist noch in der Vorlesung.«

»Darf ich dann vielleicht hier auf sie warten?«, bat der Besucher schüchtern. »Ich wüsste nicht, wo ich hingehen sollte. Ich kenne mich in Paris nicht aus. Draußen ist es kalt – und es regnet.«

»Ich weiß nicht.« Babette zögerte und verkleinerte den Spalt der Tür. »Ich lasse ungern jemand in die Wohnung, den ich nicht kenne. Sie sind doch Jude, oder?«

»Ja, warum? Haben Sie etwas gegen Juden?«

Babette antwortete nicht.

»Es wäre Sophie bestimmt nicht recht, wenn Sie mich draußen stehen lassen«, versuchte David es erneut. Nach kurzer Überlegung öffnete Babette mit skeptischer Miene die Tür. »Meinetwegen – kommen Sie rein«, sagte sie in unfreundlichem Ton und ging voraus in die geräumige Küche. »Sophie wird bestimmt gleich da sein.«

»Danke, ich werde Sie auch nicht stören.« Der junge Mann folgte ihr, stellte sein Gepäck auf den Boden und legte die schwarze Uniformjacke mit dem Hakenkreuz sorgsam über den Stuhl, auf dem er Platz nahm. Seine Schirmmütze, geschmückt mit einem silbernen Totenkopf, behielt er in der Hand. Argwöhnisch betrachtete Babette aus den Augenwinkeln die Sachen. Irgendetwas passte da nicht zusammen. Ein Jude in einer deutschen SS-Uniform? Der junge Mann ließ sich von ihrer ablehnenden Haltung nicht beeindrucken. Er nahm einen schmalen Gedichtband aus seiner Tasche und schlug ihn auf. Babette setzte sich mit ihrer Seminararbeit ihm gegenüber an den Küchentisch und sah immer wieder verstohlen zu ihm hinüber. Das war also Sophies Bekanntschaft aus München, von der sie so geschwärmt hatte! Irgendwie war ihr der Mann auf den ersten Blick unsympathisch. Sie konnte ihre eingewurzelte Abneigung gegen die Juden einfach nicht überwinden. Man hatte ihr gesagt, sie seien habgierig, listig und verlogen und man müsse sich vor ihnen hüten. David lächelte sie freundlich an, als ihre Blicke sich trafen, doch sie schlug die Augen nieder und zog eine finstere Miene. Aber schließlich behielt ihre Neugier die Oberhand. »Sagen Sie, Ihre Uniformjacke … die ist doch von der deutschen Wehrmacht?« Sie wies mit dem Kinn auf die Jacke, die an der Stuhllehne hing.

»Ja«, erwiderte David verlegen, »aber sie gehört mir nicht. Um ehrlich zu sein – ich habe sie gestohlen.«

»Gestohlen?«, rief Babette empört. »Und das geben Sie so offen zu?«

David zuckte gleichmütig die Achseln. »Ja. Ich hätte sonst nicht aus Deutschland flüchten können.« Er sah Babette durchdringend an: »Sie mögen mich wohl nicht? Weil ich Jude bin?«

»Wenn Sie so direkt fragen, ja.« Babette blickte trotzig an ihm vorbei. »Ein jüdischer Geldverleiher hat meine Eltern vor Jahren in den Ruin getrieben. Sie konnten die hohen Zinsen nicht bezahlen. Vater erhängte sich und Mutter überlebte ihn nicht lange. Ich kam ins Heim. So, jetzt wissen Sie, warum ich etwas gegen Juden habe.«

»Die Menschen sind verschieden«, antwortete David ruhig. »Überall gibt es Böse und Gute.«

»Die Juden sind alle gleich schlecht. Ich urteile nur nach meinen eigenen Erfahrungen.« Babette kniff ihre ohnehin schmalen Augen verächtlich zu kleinen Schlitzen zusammen.

»Wenn Sie so denken, dann ist es wohl doch besser, wenn ich gehe«, sagte David. Er nahm seine Jacke und erhob sich. Babette presste die Lippen zusammen. Vor der Tür hörte man Geräusche und das Drehen eines Schlüssels im Schloss. Sophie trat ein, außer Atem. »Das nennt sich Frühling«, rief sie ins Zimmer und strich das regenfeuchte Haar zurück. »Ich bin pudelnass …« Ihr Blick fiel auf den Gast. »David!«, rief sie aus. Er machte einige Schritte auf sie zu und beide standen sich für einige Augenblicke beinahe fassungslos gegenüber. Das Blut schoss ihr ins Gesicht. »Du … du hast es wirklich geschafft, hierherzukommen?«

»Wie du siehst. Und es war gar nicht so einfach.« Er verlor sich in ihren blauen Augen, die ihn anstrahlten, blickte in ihr liebes Gesicht, das ihm so vertraut schien, als kenne er es schon seit vielen Jahren. Feuchte blonde Locken umkräuselten ihre Stirn wie mit einem Heiligenschein. »Ich habe so gehofft, dich wiederzusehen«, stammelte Sophie. »Aber ich war mir nicht sicher.«

Er schloss sie stürmisch in die Arme. Sophie war es, als hätte sie die ganze Zeit nur auf diesen Moment gewartet. Eine nie gekannte Seligkeit erfasste sie und sie schloss die Augen, in die Tränen getreten waren. Ihre Lippen fanden sich wie von selbst. Babette sah ihnen mit gemischten Gefühlen zu. Schließlich räusperte sie sich vernehmlich und Sophie machte sich verlegen los. »Entschuldige«, sagte sie, »aber ich bin ganz durcheinander. Das ist David, der David Reichstein, von dem ich dir schon erzählt habe. Er ist aus Deutschland geflüchtet.«

»Ich weiß. Er hat es mir gesagt. Aber ich hoffe nicht, dass du vorhast, ihn bei uns einzuquartieren«, erwiderte sie frostig. »Hier ist jedenfalls kein Platz für ihn.« Sie nahm die Papiere vom Tisch, ging hinaus und knallte die Küchentür hinter sich zu.

»Was hat sie denn?«, wunderte sich Sophie beunruhigt.

»Sie mag keine Juden«, sagte David lakonisch. »Das hat sie mir eben sehr deutlich zu verstehen gegeben. Sie hätten ihre Familie in den Ruin getrieben …«

»So ein Unsinn! Was hat denn das mit dir zu tun?« Sie schüttelte den Kopf. »Sie kann doch nichts dagegen haben, wenn du ein paar Tage hierbleibst. Wenigstens so lange, bis wir für dich etwas gefunden haben.«

»Das ist doch nicht wichtig – ich bin einfach nur glücklich, dich wiederzusehen!« David streichelte ihre Wange.

»Und ich erst! Ich habe die Hoffnung schon fast aufgegeben und das Schlimmste befürchtet. Die ganze Zeit habe ich auf ein Lebenszeichen von dir gehofft. Dauernd musste ich an dich denken. Dass sie dein Versteck entdeckt, dich verschleppt haben! Dass wir uns nie mehr sehen würden. Und jetzt kann ich kaum glauben, dass du wirklich vor mir stehst!« Sophies Augen glänzten vor Freude. Sie schmiegte sich an seine Brust. »Ich habe dir geschrieben – aber nie eine Antwort erhalten.«

»Die Post wurde beschlagnahmt. Und ich war damit beschäftigt, mich heimlich überall nach meiner Familie zu erkundigen.« Er sah plötzlich traurig und hilflos aus. »Es ist, als seien sie vom Erdboden verschwunden. Man hat mir gesagt, sie sind in einem Arbeitslager, kämen bald zurück. Aber wo sie sind, weiß ich nicht. Ich konnte einfach nichts tun – aber ich habe die Hoffnung nicht aufgegeben.«

»Hast du den Ausweis gefunden, den ich für dich hinterlegt habe? Konntest du ihn benutzen?«

»Natürlich! Sonst wäre ich ja nicht hier.« David nahm Haltung an und schlug die Hacken zusammen: »Heil Hitler! Melde gehorsamst, SS-Untersturmführer Paul Andres, dienstlich unterwegs!« Er setzte die Mütze mit dem Totenkopfemblem auf und salutierte. Sophie brach in lautes Lachen aus.

»Es war einfach unglaublich. Jeder hatte plötzlich Respekt vor mir …«

»Ich bin mit dem Ausweis auf den Dachboden geschlichen und habe auf dich gewartet, stundenlang«, unterbrach Sophie ihn ungestüm. »Ich wusste ja nicht, was geschehen war. Alles Mögliche habe ich mir ausgemalt! Ich war eine Zeitlang sogar dort oben eingesperrt, hatte große Angst, ich müsste die ganze Nacht über da ausharren!« Sie lachte. »Die Nachbarin aus der Mansarde gegenüber hat mich schließlich befreit.«

»Wirklich? Das tut mir aber leid. Hast du denn den Polizisten nicht gesehen, der vor dem Haus Wache gehalten hat? Ich dachte, sie suchen mich. Ich konnte nicht rein und bin wieder weggegangen, in der Stadt herumgelaufen. Als ich zurückkam, warst du wahrscheinlich gerade fort. Dann habe ich den Ausweis entdeckt und war sehr erleichtert. Er war mein Tor zur Freiheit. Ohne dieses Stück Papier wäre ich jetzt wahrscheinlich auch in einem Lager. Schau mal.« Er nahm den Pass aus seiner Tasche. »Wie findest du ihn?« So etwas wie Stolz schwang in seiner Stimme mit. Sophie schlug ihn auf. »Unglaublich! Wie hast du das gemacht? Damit bist du jetzt Paul Andres.«

»Es war nicht so einfach, wie es aussieht. Ich habe ziemlich lange für die Bearbeitung gebraucht. Um das Foto auszutauschen, musste ich die einzelnen Metallösen in Feinarbeit vorsichtig aufnesteln, das Bild ganz behutsam von der Unterlage entfernen und den Klebstoff wegpinseln. Den Stempel habe ich mit Hilfe einer gekochten Kartoffel kopiert und ihn durch Erwärmen einer sogenannten ›Glocke‹ wieder auf das neue Bild gesetzt. Am Schluss sah alles tadellos aus. Und was die Uniformjacke betrifft: Die hing ganz unschuldig an der Garderobe des Bürgerbräukellers, dort wo sich die Nazi-Größen treffen! Sie waren so betrunken, dass sie nicht mal gemerkt haben, dass ich auch noch eine der Mützen mitgehen ließ. Als ich dann mit meiner Uniform endlich im Zug saß und der Zollbeamte mich kontrollierte, wurde mir allerdings heiß und kalt. Würde er einen Kratzer, eine Unregelmäßigkeit an der Fälschung im Pass entdecken? Aber er grüßte nur mit ›Heil Hitler‹ und ließ mich weiterfahren. Oh, mein Gott, wie bin ich froh, in einem freien Land zu sein!« Er küsste Sophie stürmisch und drückte sie so fest, dass sie leise aufschrie. »Wenn du nichts dagegen hast, würde ich mich gern ein wenig frisch machen. Vielleicht hast du auch etwas zu essen für mich! Die ganzen Tage konnte ich vor Aufregung kaum etwas hinunterbringen. Und jetzt ist mir fast schwindlig vor Hunger.« Er holte tief Luft.

»Verzeih!« Sophie sprang auf. »Daran habe ich vor lauter Freude gar nicht gedacht!« Rasch richtete sie alles Nötige für ihn her und lief nach unten, um im Bistro ein warmes Essen zu besorgen. Babette hatte sich grollend zurückgezogen und so saßen sie nur zu zweit an dem kleinen Küchentisch und sahen sich in die Augen. David nahm Sophies Hand und küsste jede freie Stelle. »Wie sehr ich dich vermisst habe«, murmelte er und zog sie an sich. Sie versanken in einen tiefen Kuss. Sophie schob ihn atemlos von sich. »Du musst essen, Liebster!«

»Sag mir doch, wie es dir inzwischen ergangen ist«, forderte David sie auf, während er hungrig und mit großen Bissen ein gut gewürztes Kaninchenragout verschlang. »Und was man in Frankreich vom Deutschen Reich und von Herrn Hitler denkt.«

»Die Meinungen sind gespalten.« Sophie nippte an ihrem Glas Rotwein. »Jeder hat Angst vor der Zukunft. Was ist, wenn Hitler Polen angreift? Frankreich und Polen sind doch Verbündete.« Sie seufzte. »Kaum einer glaubt noch, dass der Friede weiter besteht. Ministerpräsident Daladier soll ausgerufen haben: ›Hitler hat mich getäuscht, lächerlich gemacht! Er will Krieg.‹«

»Euer Ministerpräsident hat Recht! Hitler ist ein rücksichtsloser Tyrann«, schimpfte David. »Ich sage das nicht deshalb, weil er von einem unheilbaren Rassenwahn besessen ist! Sondern weil ich denke, dass er uns Juden vernichten will, um an unser Vermögen zu kommen. Womit sollte er sonst die Rüstung für den Krieg bezahlen?« Er schob seinen Teller zurück, sprang auf und lief im Zimmer hin und her.

»Du siehst zu schwarz.« Sophie sah ihn mit großen, erschrockenen Augen an. »Das wäre doch unmenschlich!«

»Aber es geschieht bereits! Hitler will unser Volk auslöschen. Davon bin ich überzeugt. Aber diese Tatsache wird hinter irgendwelchen Fortschrittsparolen versteckt.«

»In der Uni diskutieren wir oft darüber, wie schwer es für Frankreich war, sich vom Großen Krieg und der darauffolgenden Wirtschaftskrise zu erholen. Sie denken, dass Deutschland alles besser überwunden hat, trotz seiner hohen Reparationszahlungen.«

»Die Leute haben eben eine ganz falsche Vorstellung davon, was in Wirklichkeit vorgeht.« David nahm wieder Platz und atmete tief durch. »Die Nazis sind gefährlich und skrupellos. Du hast es ja selbst erlebt.«

»Ja, diesen Eindruck hatte ich auch«, sagte Sophie aufgewühlt. »In Deutschland hieß es, die Juden und Bolschewiken sind an allem Negativen in der Welt schuld.«

David nickte. »Klar, Hitler ist davon überzeugt. Schon in der Geschichte war der Jude immer der Sündenbock. Man hat uns über die Jahrhunderte verfolgt, Terror und Unterdrückung ausgesetzt. Die meisten finden das wahrscheinlich ganz legitim.«

»Ich glaube immer noch daran, dass der gesunde Menschenverstand siegen wird! Alles wird eine gute Wendung nehmen.« Sie räumte die Teller zusammen, während David sich eine Zigarette anzündete. »Du kannst vorläufig hier bleiben, ob es Babette passt oder nicht. Morgen werden wir nach einem möblierten Zimmer für dich suchen und dann weitersehen. Es macht dir doch nichts aus, bis dahin in der Küche auf diesem alten Sofa zu übernachten?«

»Nein, überhaupt nicht. Ich bin froh, dass ich ein Dach über dem Kopf habe«, gab er erleichtert zurück.

Während David im Badezimmer verschwand, machte Sophie sich daran, aus Wolldecken und Kissen die Bettstatt auf dem Sofa herzurichten. Babette, die sich aus der Küche etwas zu Essen holte, betrachtete ihr Tun mit scheelen Blicken. »Ich bin ja hier wohl jetzt überflüssig!«, fauchte sie mit schmalen Lippen. »Wenn du deinen jüdischen Freund hier wohnen lässt, ziehe ich aus! Mit dem möchte ich nicht unter einem Dach leben!«

»Babette!« Sophie sah sie fassungslos an. »Was ist denn auf einmal in dich gefahren? David braucht Hilfe.«

»Das ist mir egal. Du hast mich nicht gefragt, ob ich einverstanden bin, dass sich ausgerechnet ein Jude hier breit macht. Er oder ich. Überlege es dir.«

»Es ist doch nur für ein paar Nächte, bis …« Sophie kam nicht weiter, denn der Knall der zugeworfenen Tür hinter Babette schnitt ihr das Wort ab. Verwundert schüttelte sie den Kopf. »So habe ich sie ja noch nie erlebt«, murmelte sie vor sich hin. In diesem Augenblick kam David aus dem Badezimmer, frisch rasiert und mit einem matten Lächeln auf den Lippen. »ich fürchte, Ich bin kein guter Gesellschafter heute Abend. Ich werde im Sitzen einschlafen.«

»Ruh dich nur aus. Morgen sehen wir dann weiter.« Sophie schlang die Arme um seinen Hals und David drückte und küsste sie, als wolle er sie nie mehr loslassen. Sie zwang sich förmlich, sich von ihm zu lösen. Dann sandte sie ihm noch eine Kusshand und verschwand in ihrem Zimmer.

Am nächsten Morgen war Sophie schon vor Tagesanbruch wach. Ein wunderschöner Frühlingsmorgen, wie vom vorhergehenden Regen blankgewaschen, brach an. Alles sah wie neu aus. Der Himmel, klar und blau, der sich im schimmernden Band der Seine spiegelte, das helle Grün der sprießenden Blätter und Knospen, die Luft frisch und verheißungsvoll. Sie schwebte wie auf Wolken. Heute würde sie David Paris zeigen und die Vorlesungen schwänzen. Und so ganz nebenbei würden sie dann eine neue Bleibe für ihn finden. Vergnügt stand sie auf und schlich leise hinunter zum Bäcker, um ein knuspriges Baguette und ofenwarme Brioches zu holen. Sie wollte David mit dem Duft frischen Kaffees und einem guten Frühstück wecken. Ein alles umfassendes Glücksgefühl erfüllte sie, wenn sie an ihn dachte. Und vielleicht hatte ja auch Babette heute bessere Laune und sie konnte sie überzeugen, dass David kein schlechter Mensch war.

Doch darin hatte sie sich getäuscht. Als sie mit ihren Einkäufen im sechsten Stock angelangt war, stürmte Babette ohne Frühstück und Gruß an ihr vorbei die Treppe hinunter. David hatte sein Bettzeug fortgeräumt und in der Küche Tassen und Teller aufgelegt. Er wirkte bedrückt. »Deine Freundin ist schon fort. Als ich ihr einen guten Morgen wünschte, hat sie mir geantwortet, dass ich so schnell wie möglich hier verschwinden soll.«

Sophie war wütend. »Ich verstehe Babette wirklich nicht. Wir sind doch bisher gut miteinander ausgekommen. Aber von mir aus soll sie ruhig ausziehen! Komm«, sie lächelte David zu, »wir lassen uns an diesem wunderschönen Tag nicht die Laune verderben. Heute zeige ich dir Paris!« Arm in Arm verließen sie nach dem Frühstück die Wohnung, bummelten auf den Kais am Ufer der Seine und picknickten zwischen den kleinen Tempeln und Statuen im aufblühenden Park Monceau. David bestaunte den Eiffelturm und stand wie gebannt vor den italienischen und französischen Meistern in den Sälen des Louvre. Er konnte sich an den prächtigen Gemälden fast nicht sattsehen. »So müsste man malen können!«, stellte er bewundernd fest. Doch dann wurde er plötzlich ernst. »Woran denkst du?«, fragte Sophie, während sie mit dem Rücken an der Mauerbrüstung des Seinekais lehnte, die von der Sonne wohltuend warm war. Unten rauschte das dunkle Wasser mit kleinen Wellen vorbei. Sie betrachtete forschend die abwesende Miene Davids. »An meine Eltern und Geschwister«, sagte er kurz. »Wie es ihnen jetzt geht und wo sie sind. Und dass ich nichts tun kann, um ihnen zu helfen. Ein Freund, der Beziehungen zur NSDAP hat, sagte mir, in den Akten im Polizeikommissariat stünde viel Ungereimtes. Ich müsse Geduld haben. Es würde dauern, bis alle Deportierten in den Lagern, in die sie gebracht wurden, registriert seien. Es hieß, man habe sie vorübergehend in ›Schutzhaft‹ genommen und sie kämen bald zurück. Aber mein Gefühl sagt mir etwas anderes.«

»Du darfst dich jetzt nicht verrückt machen. Warte ab«, versuchte Sophie, ihn zu beruhigen.

»Ja, es bleibt mir auch nichts anderes übrig.« Er blickte betrübt zu Boden. »Gott schütze sie – das ist alles, was ich mir wünsche!«

»Vielleicht sind sie ja schon bald wieder frei«, sagte Sophie. Der schmerzvolle Ausdruck in Davids Gesicht schnitt ihr ins Herz. Sie legte den Kopf an seine Schulter. Später gingen sie Hand in Hand weiter. Die wärmenden Strahlen der Frühlingssonne drangen belebend durch die Wolken und Sophie blinzelte dankbar zum Himmel hinauf. Doch David schien nichts davon zu spüren. Ihn fröstelte vor den finsteren Gedanken, die ihn bedrängten.

Als es dämmerte, beschlossen sie die Wohnungssuche zu verschieben und in einem kleinen Bistro im Schatten von Notre-Dame zu Abend zu essen. Verträumt, ein Glas Rotwein in der Hand, sahen sie einander in die Augen und verfolgten auf der Terrasse des Lokals den Sonnenuntergang. Die Schatten des Vergangenen verschwanden für einige Stunden und machten neuer Hoffnung Platz. Nichts konnte sie daran hindern, in diesem Moment glücklich zu sein. Zwar blieb die vage Angst vor einer ungewissen Zukunft im Hintergrund bestehen, davor, es könne alles anders kommen, als sie es sich wünschten. Die Unsicherheit des Weltgeschehens, die wie ein drohendes, graues Gespenst am Horizont stand, verblasste jedoch an diesem Abend vor dem Gefühl tiefer Liebe, die sie füreinander empfanden.

Die Zeit, die sie miteinander verbrachten, verging für Sophie wie im Flug. Sie war glücklich, David um sich zu wissen, und schob die Suche nach einem möblierten Zimmer immer wieder hinaus. Es gab gute Gründe dafür. Da er nur den falschen, gestohlenen Pass Pauls besaß, hatte sie Angst, dass er auffiel, wenn er in einer eigenen Wohnung gemeldet war. Dass die Polizei ihn wegen Diebstahls festnehmen würde und ihn nach

Deutschland auslieferte! David teilte ihre Bedenken, aber er fühlte sich in der zwiespältigen Situation zwischen ihr und Babette nicht recht wohl. Sein ganzes Leben war in kurzer Zeit aus den Fugen geraten. Und die Ungewissheit über den Verbleib seiner Familie schwebte wie ein Damoklesschwert über ihm. Vor allem das Nichtstun machte ihn rastlos und ungeduldig. Er vermisste Farben und Palette – die Möglichkeit zu malen und damit auch seine Gefühle ausdrücken zu können. Ideen sprudelten durch seinen Kopf, aber es gab keine Gelegenheit, sie umzusetzen. Auch die Lieferung seiner Bilder aus Deutschland, die er heimlich einem Lastwagenfahrer anvertraut hatte, der technische Geräte nach Frankreich transportierte, war noch nicht eingetroffen und er fragte sich, ob sie überhaupt jemals ankämen. Nur zu gern wäre er ausgezogen, schon allein, um Babettes bösen Blicken auszuweichen und nicht mehr erleben zu müssen, wie sich die beiden Frauen miteinander stritten. Babette zahlte aus Trotz nur noch ein Drittel der Miete und verschanzte sich in ihrem Zimmer. Kaum mehr betrat sie die gemeinsame Küche. Die beiden Frauen gingen sich möglichst aus dem Wege. Jegliches Miteinander gehörte nun der Vergangenheit an. Es gab kein Plaudern, kein Kichern, kein Lästern über die Professoren, keine Herzensergüsse und Geheimnisse mehr. In Babettes Herzen mischten sich Neid und Eifersucht mit dem diffusen Hass auf den jüdischen Eindringling. Es passte ihr nicht, ihm auf Schritt und Tritt zu begegnen. Sie dachte daran, Sophie eine Frist zu setzen, und wenn David bis dahin nicht verschwunden war, würde sie ihn der Polizei melden. Sie kannte inzwischen seine Geschichte und wusste, was er getan hatte, um aus dem Deutschen Reich fliehen zu können. Die gestohlene SS-Uniform und der Pass des Untersturmführers Paul Andres, den er unrechtmäßig an sich gebracht und gefälscht hatte, waren Beweis genug. Sie beschloss, noch bis zum Ende der Semesterferien zu warten. Da sie immer ein paar

Wochen bei ihren Verwandten in der Auvergne verbrachte, war bei ihrer Rückkehr im Herbst immer noch Zeit, die letzte Konsequenz zu ziehen.

»Was hältst du davon, wenn wir uns eine eigene, gemeinsame Wohnung suchten?«, fragte Sophie eines Tages. »Ich traue Babette nicht. Sie hat sich in letzter Zeit so verändert.«

David wurde ernst. »Ich würde gern mit dir zusammenziehen, Sophie. Aber es ist besser, wenn ich unabhängig bleibe. Vergiss nicht, dass ich in Deutschland polizeilich gesucht werde. Und ich möchte nicht, dass du wegen mir Schwierigkeiten bekommst. Vielleicht hat Paul Andres dich längst im Verdacht, dass du es warst, die seinen Pass gestohlen hat.«

»Er kann mir nichts beweisen«, sagte Sophie trotzig. »Er kennt meine Adresse nicht. Und bis jetzt habe ich ja auch nichts von ihm gehört.«

»Auf jeden Fall wird er sein Schlüsse ziehen«, beharrte David. »Wir dürfen nicht unvorsichtig sein. Schließlich ist er bei der SS. Vielleicht ist es ohnehin besser, ich gehe nach Deutschland zurück. Allein schon wegen meiner Familie! Ich habe immer das Gefühl, ich hätte sie im Stich gelassen.«

»Das darfst du auf keinen Fall tun!«, sagte Sophie erregt. »Die Nazis würden dich niemals mehr hinauslassen, sondern verhaften und einsperren. Bleib in Frankreich! Warte ab, vielleicht ändert sich die Lage.«

David nickte bedrückt. »Das hoffe ich. Aber wenn wir wenigstens ein kleines Atelier für mich finden könnten, in dem ich leben und malen kann! Es muss ja nicht groß sein.«

»Bis zum Ende der Semesterferien schaffen wir es sicher«, überlegte Sophie. Sie begannen nun ernsthaft zu suchen und schon nach kurzer Zeit hatten sie eine kleine Kammer ebenfalls im sechsten Stock eines Mietshauses in der Rue du Bac gefunden. Der winzige Raum war zwar nur sieben Quadratmeter groß, aber durch das Dachfenster gab es genügend Licht. David konnte dort eine Leinwand aufstellen und nach Herzenslust mit Pinsel und Farben hantieren. Eine Matratze am Boden machte es ihm auch möglich, dort zu schlafen. Den Vermietern, einem biederen Ehepaar, schien es gleichgültig zu sein, ob jemand in der Abstellkammer aus- und einging, solange man ihnen dafür Miete bezahlte.

Die Verhandlungen in der Politik wurden immer undurchschaubarer, man spürte förmlich die ungreifbare Spannung, die in der Luft lag. Sie machte die Menschen unsicher und misstrauisch. Äußerlich ging alles seinen Gang und der Sommer zeigte sich auch Ende August von seiner allerbesten Seite, mit unschuldig blauem Himmel und angenehm wärmenden Sonnentagen, die sich anschickten, in einen bilderbuchartigen, bunten Herbst überzugehen. Sophie, die den Sommer fast immer in Auprèsmont verbracht hatte, genoss es diesmal, während der heißen Tage im fast ausgestorbenen Paris zu bleiben. Die Bewohner der Stadt waren entweder an die Küsten gefahren oder in ihre kleinen Feriendomizile auf dem Land, um dem aufgeheizten Straßenpflaster zu entgehen. Ganz Paris schien nur ihr und David zu gehören. Sie badeten in einem der Schwimmbäder an der Seine, sahen den Lastkähnen und Booten zu, die vorüberschwammen, und tranken eisgekühlte Limonade auf den verödeten Terrassen der Cafés. Abends bummelten sie durch die Gassen von Montmartre und kehrten häufig in der kühlen Kirche Saint Pierre zu einem stillen Gebet ein. Es war ein magischer Ort, voller Frieden, unberührt vom Getriebe der Welt. Arm in Arm blickten sie abends von dem alten, die Kirche umgebenden Friedhof durch die Dunkelheit über die von Lichtern flirrende Stadt, die zu ihren Füßen lag. Sie schworen sich, immer wieder an diesen Ort zurückzukehren und in der Kirche das Gelübde ihrer Liebe zu erneuern. Meist wanderten sie erst spät in der Nacht den Hügel hinunter und schliefen gemeinsam ein. In diesen Tagen war alles von einer einzigartigen, schwebenden Leichtigkeit erfüllt, von der sie sich tragen ließen und bei der sie an nichts anderes dachten, als an sich selbst, den Geschmack ihrer Küsse und die Wärme ihrer Körper, die sie am Abend wiederfanden. Es war, als seien sie aus der Zeit gefallen und die Wirklichkeit vielleicht gar nicht mehr existent.

Babette kehrte Ende August früher als geplant aus der Auvergne zurück. Sie streifte David, der mit Sophie beim Abendessen am Küchentisch saß, mit dem gewohnt finsteren Blick. Sich ohne Gruß auf dem Absatz herumdrehend, knallte sie protestierend die Tür hinter sich zu und zog sich in ihr Zimmer zurück. David stand auf. »Ich glaube, ich gehe besser«, sagte er, »und komme nicht mehr hierher zurück.«

Sophie warf ihm einen resignierenden Blick zu. »Sie hat sich nicht geändert. Aber wir sollten uns von ihr nicht einschüchtern lassen.«

In den folgenden Tagen zog sich David ganz in sein kleines Atelier zurück. Auf Sophie waren einige Entscheidungen zugekommen. Bei einem Treffen mit Philippe, dem Anwalt Maître Buffon und Monsieur Morand, dem Teilhaber von Carrière & Co, und ihr, sollte über die Zukunft des nahezu ruinierten Textilunternehmens entschieden werden. Philippe war natürlich wieder zu spät gekommen. Er wurde auffallend nervös, fahrig, sobald man auf die Einzelheiten der Unterschlagungen des verstorbenen Buchhalters Tolbiac zu sprechen kam, und beteuerte, er habe nie etwas von irgendwelchen Versäumnissen bemerkt. Die mit Risiko einhergehende Verantwortung, die Firma weiterzuführen, lehne er jedoch ab. Sophie war dafür – sie glaubte, dass die Traditionsfirma sich bestimmt wieder erholen würde. Der Teilhaber, Monsieur Morand, stellte daraufhin die Bedingung, dass sie und nicht ihr Bruder künftig Mitglied der Geschäftsführung sein sollte. Sophie erbat sich Bedenkzeit, denn eine solche Beschäftigung war zeitraubend und mit ihrem

Studium kaum zu vereinbaren. Sollte sie ihren Traum, Journalistin zu werden, jetzt so einfach aufgeben?

15. Kapitel

Der Schmerz durchfuhr Marguerite unerwartet und schneidend. Sie hielt sich aufstöhnend am Geländer der Holztreppe fest, die von ihrer Garderobe aus nach unten in den Gastraum des kleinen, etwas schäbigen Lokals in der Rue Custine, das im Film »La Sirène« heißen sollte, führte. »Nicht jetzt«, murmelte sie vor sich hin, das Schicksal beschwörend, das ihr in entscheidenden Situationen ihres Lebens immer in die Quere kam. »Nicht in diesem Moment!« Es war noch zu früh – aber wenn das Kind schon jetzt auf die Welt wollte, war alles umsonst gewesen, was sie sich in den letzten Monaten mühsam aufgebaut hatte. Es ging um die allerletzten Szenen des Films *Sans lendemain,* die noch abgedreht werden mussten. Sie hatte diesem Tag entgegengefiebert, dieser einzigen Partie, in der sie nach vielen Verzögerungen endlich auftreten durfte. Insgeheim erhoffte sie eine Art Durchbruch, den Auftakt zu etwas Größerem, denn der Film versprach, ein breites Publikum anzuziehen. Die Geschichte war simpel, aber eindrucksvoll in Szene gesetzt, und die Schauspieler ausgezeichnet. Im Film verkörperte Edwige Feuillière die Animierdame Evelyn. Um vor ihrem Geliebten ehrbar zu erscheinen, hatte sie ihm ihre Tätigkeit in einer Bar am Montmartre verschwiegen. Marguerites Nebenrolle war winzig und sie würde als Sängerin eines frivolen Liedes in der Bar wahrscheinlich nur wenige Minuten auf der Leinwand zu sehen sein. Doch das war mehr, als sie erhofft hatte, und sie war Nicolas sehr dankbar, dass er ihr diese Rolle verschafft hatte. Max Ophüls, der Regisseur, behandelte sie mit barscher Höflichkeit. Wahrscheinlich nahm er es ihr übel, dass Nicolas ihn quasi gezwungen hatte, sie zu engagieren. Aber das war ihr mittlerweile egal. »Der Zweck heiligt die Mittel«, dachte sie. Endlich war sie da, die Chance, auf die sie immer gewartet hatte, das Tor zur Welt des Cinemas öffnete sich! Nicht hundert Leute wie im Theater würden sie sehen, sondern Tausende! Im Geiste sonnte sie sich schon im Glanz künftiger Berühmtheit. Sie ging durch den Aufnahmeraum zur Bühne, vor der das Team schon versammelt war. Niemand nahm Notiz von ihr, alle redeten aufgeregt durcheinander und Ophüls gab letzte Anweisungen an die Kameraführung und Beleuchtung. Marguerite beschloss, noch einen Schluck zu trinken und bestellte ein Glas Limonade. Alkohol war für die Darsteller verboten, aber sie schaffte es, heimlich ihre Limonade mit dem Fläschchen Cognac anzureichern, das sie immer bei sich trug. Sie nahm eine Zeitung vom Tresen, um ihr Glas zu verdecken, und überflog gleichzeitig die Schlagzeilen. Ihre Bauchkrämpfe hatten nachgelassen und sie hoffte, sie würden so bald nicht wiederkommen. Hastig blätterte sie die Seiten durch. Viel Neues schien es nicht zu geben. Der deutsche Reichskanzler, schrieb man, habe sich auf den Obersalzberg in Berchtesgaden zurückgezogen, wo er Diplomaten, Militärs und Vertreter ausländischer Verbündeter empfinge. Ein Nichtangriffspakt zwischen Deutschland und Russland sei die Garantie für den Frieden. Gelangweilt legte Marguerite das Blatt schließlich beiseite. Immer die gleichen vagen Nachrichten, aus denen man nicht recht schlau wurde. Als sie aufsah, begegnete sie dem Blick eines jungen Mannes. Er spielte im Film wie sie eine kleine Rolle, die des hilfsbereiten

Nachbarn der Hauptdarstellerin Evelyn. »Na, was sagen Sie zu den neuesten Nachrichten, schöne Frau?«, fragte er lächelnd. Marguerite zuckte die Schultern. »Ich interessiere mich nicht besonders für Politik. Aber es kommt mir so vor, als säße Herr Hitler wie eine Spinne im Netz und beobachtete, was die anderen so machen.« Der junge Mann lachte. »Gut gesagt. Man weiß nicht recht, was er als Nächstes vorhat, und man fürchtet sich vor ihm.«

Marguerite zündete sich eine Zigarette an. Eilig gab ihr der junge Schauspieler Feuer und sah sie mit einem bewundernden Blick an. »Darf ich mich vorstellen«, er machte eine kurze Verbeugung: »Jean Darbin!«

»An die Plätze bitte!« Das war die Stimme Ophüls'. »Wir proben noch einmal die Szene auf der Bühne! Madame de Vuillac, Ihr Auftritt bitte!«

Marguerite erschrak fast und drückte die Zigarette aus. Zur gleichen Zeit begann wieder das Ziehen in ihrem Leib. Sie ignorierte es und stieg mit starr lächelnder Miene das Treppchen zur Bühne hinauf. Der Geigenspieler, der sie begleiten sollte, erwartete sie bereits. Ein dumpfer Krampf zog sich bei jeder Bewegung vom Bauch her durch ihren ganzen Körper. Was war das? Wehen? Sie war doch erst im achten Monat! Leise fluchte sie vor sich hin. Ausgerechnet jetzt, bei den letzten Szenen! Wahrscheinlich hatte sie sich zu fest geschnürt, damit man nichts von ihrer Schwangerschaft bemerkte. Oft genug hatte sie es inzwischen bereut, vor der Engelmacherin geflüchtet zu sein! Wenn sie nicht so feige gewesen wäre, dann würde jetzt alles anders aussehen und sie müsste nicht diese Last mit sich herumschleppen. Sie schnappte nach Luft bei einem erneuten, heftigen Schneiden im Leib, bei dem sie sich am liebsten zusammengekrümmt hätte. »Einen Augenblick noch, bitte«, entschuldigte sie sich mit einem gezwungenen Lächeln, »ich bin gleich so weit«. Sie bog in den kleinen Gang ab, in dem die Toiletten lagen. Das erstaunte Gesicht des Regisseurs, der genervt die Augenbrauen hochzog, die fragenden Blicke der anderen in ihrem Rücken spürend, schloss sie die Tür hinter sich. Keine Tabletten hieß es – keinen Alkohol in der Schwangerschaft! Aber zum Glück gab es den Doktor Petiot, der hatte ihr verschrieben, was sie verlangte! Wahrscheinlich würde sie das Kind ohnehin weggeben, zur Adoption oder in ein Waisenhaus. Was sollte sie damit anfangen, wenn ihre Filmkarriere begann? Ihre Finger zitterten so sehr, dass sie es kaum fertig brachte, das Pillendöschen aus ihrer Tasche zu nesteln. Eine Tablette – ach was, zwei konnten jetzt auch nicht schaden. Rasch schluckte sie sie hinunter, stützte sich mit beiden Händen auf das Waschbecken und wartete auf die Wirkung. Endlich entspannte sich ihr Körper, sie verließ die Toilette und stieg in kerzengrader Haltung die kleine Treppe zur Bühne empor, leise den ersten Ton des Chansons vor sich hin summend. Ihre Stimme klang tadellos. Lautes Stimmengewirr und Regieanweisungen tönten an ihr Ohr. Sie versuchte regelmäßig zu atmen, was nicht so leicht war, denn das Kostüm saß in der Taille so eng, dass sie kaum Luft bekam. Sie hatte sich in eine über die Hüften reichende Korsage aus schwarzem Samt gezwängt, die ihren üppig gewordenen Busen vorteilhaft hochpresste. Der angenähte, bauschige Tüllrock verbarg dic Fülle ihrer Hüften sehr gut. Mit ihrer Marabu-Boa, die sie während des Singens geschickt drapierte, kam niemand auf die Idee, sie für eine Frau zu halten, die im achten Monat schwanger war. Sie hatte gehungert, um nicht zuzunehmen, und lange war ihrer Figur nicht einmal eine Rundung anzusehen. Jetzt kam das Einsatzzeichen – es galt ihr. Der Regisseur rief noch einmal ihren Namen aus und nickte ihr aufmunternd zu. Die Musik setzte ein. Der Scheinwerfer richtete sich auf sie und blendete ihre Augen. Auf die Bühne steigend, raffte sie ihren Tüllrock, schlang die Federboa um die Taille, schob die Schultern zurück und zog den Ausschnitt tiefer. »Lächeln, mehr lächeln! Sie müssen verführerischer wirken«, rief Ophüls ihr zu. »Noch einmal die Szene!« Er fluchte innerlich. Warum hatte man ihm bloß diese unbekannte Sängerin aufgedrängt! Es war ihm nichts anderes übrig geblieben, als zusätzlich eine Szene für sie einzubauen. Der ihm bisher unbekannte Monsieur Martinez von der deutschen Botschaft in Paris kannte tatsächlich seinen wahren Namen Oppenheimer und schien Einsicht in bestimmte Details seines Lebens und seiner jüdischen Herkunft zu haben. Es gab in Frankreich also auch eine Akte über ihn! Nach allen bisher gemachten Erfahrungen fürchtete er, dass dies seine Arbeit erschweren oder gar beenden konnte. Notgedrungen hatte er sich deshalb bereiterklärt, die Dame auch in seinem nächsten Filmprojekt *Von Mayerling bis Sarajewo* mitspielen zu lassen. Inzwischen posierte Marguerite erneut. Verführerisch, hatte er gesagt. Der Stehgeiger neben ihr begann mit dem Einsatz. Sie breitete die Arme aus, gurrte, lächelte und begann mit dem Chanson »J'attendrai«, das sie gut kannte. »Wiegen sie sich in den Hüften«, kommandierte Ophüls. »Der Augenaufschlag! Er muss einladend wirken, betörend! Zwinkern Sie einfach irgendjemandem zu. Noch einmal!« Immer wieder wurde die Szene wiederholt und Marguerite gehorchte den Regieanweisungen. Sie spürte, wie sich erneut Spannung in ihrem Körper aufbaute, wie ihre Beine weich wurden, ihr Körper erschlaffte und der Schweiß ihr in Strömen herabrann. Sie erstickte fast in ihrem engen Korsett und konnte sich nur mit Mühe aufrechthalten.

»Danke!«, kam endlich das Kommando Ophüls'. »Sehr gut, das nehmen wir! Bitte noch auf der Bühne bleiben.« Der Regisseur schien zufrieden. Aber jetzt kam ja noch die Szene, in der Henri im Film Evelyn als Animierdame wiedersah, mit ihr, der Sängerin im Hintergrund. Da musste sie noch durchhalten, lächeln und sich verführerisch in den Hüften wiegen, obwohl ihr Rücken höllisch schmerzte. Marguerite warf ihr rotes Haar zurück und bemühte sich mit halbgeschlossenen Augen um einen sinnlichen Blick. »Kusshand«, rief Ophüls, »und verbeugen!« Gehorsam warf Marguerite Kusshände in das Publikum der Statisten, während die leicht bekleidete Evelyn sich auf den Schoß eines fremden Mannes setzte. »Danke, das war's!«

Marguerite lächelt gequält, während sie fühlte, wie etwas Feuchtes zwischen ihren Beinen entlangrann, das nicht aufzuhalten war. Blut? Sie stöhnte, während eine plötzliche Feuerwelle durch ihren Körper jagte. Mit verzerrtem Gesicht schleppte sie sich noch ein paar Schritte durch das Lokal. Sie hatte das Gefühl, als bohre sich glühendes Eisen durch ihren Leib, und brach in die Knie. Wie durch Watte hörte sie die Stimmen eines Mitglieds des Filmteams. »Was hat sie denn?«

»Ich weiß nicht. Sieht so aus, als bekäme sie ein Kind!«

»Um Himmels willen, doch nicht jetzt und nicht hier!« Das war die Stimme Ophüls'. »Ruft schnell einen Arzt!«

»Ich habe es geschafft«, dachte Marguerite, »die Szene ist abgedreht. Ich werde in einem Film zu sehen sein!« Sie schrie auf, als eine weitere starke Schmerzwelle ihren Körper in zwei Teile zu schneiden schien. Mit vereinten Kräften trug man sie zu einem Stuhl, löste die enge Umschnürung des Mieders, öffnete die Korsage. Endlich hörte man draußen die Sirene des Krankenwagens. Zwei Männer erschienen und legten sie auf eine Trage. Der Wagen rollte an. Marguerite schloss die Augen. Es war gelungen, trotz aller Schwierigkeiten. Sie lächelte trotz ihrer Schmerzen, bevor eine neue Wehe sie fast den Verstand verlieren ließ.

Der kleine Junge, der im August 1939 das Licht der Welt erblickte, wusste nichts von dem Unwetter, das sich rings um ihn zusammenbraute. Er war klein und schwächlich, eine Frühgeburt, die alle Aufmerksamkeit des Klinikpersonals erforderte. Um sein Leben kämpfend, war er unruhig, schrie sehr viel und zeigte Entzugserscheinungen. Der Medikamenten- und

Alkoholmissbrauch seiner Mutter hatte Spuren hinterlassen. Marguerite stellte sofort eine Kinderschwester ein. Erst nach und nach wurde er ruhiger, nahm an Gewicht zu und jeder fand, dass er ein ungemein hübsches Kind war, mit dunklen Haaren und Augen, die denen Nicolas' glichen. Die Geburt war überraschend schnell vor sich gegangen. Max war nicht von ihrem Bett gewichen und Marguerite war froh gewesen, dass jemand ihre Hand hielt und ihr auch sonst jeden Wunsch von den Augen ablas. Mit Tränen in den Augen betrachtete er das Kind, als wenn es das seine wäre. Marguerite bestimmte, dass der kleine Junge Michel und Victor nach ihrem Vater heißen sollte, aber das waren auch die einzigen Gedanken, die sie sich um ihn machte. Mütterliche Regungen waren ihr fremd und ein Säugling, der dauernd schrie, war ihr lästig. Sie spielte ernsthaft mit dem Gedanken, ihn zur Adoption freizugeben. Nur auf Drängen von Max, der sie bat, es sich noch einmal zu überlegen, schob sie den Gedanken vorerst beiseite.

»Was für ein zartes Geschöpf! Es sieht so zerbrechlich aus.« Lächelnd sah Philippe nach der Taufe auf das krähende Bündel herab, das er im Arm hielt. »Und was wirst du jetzt machen?« Er war wie immer elegant in einen hellen Flanellanzug mit weißem Hemd und fliederfarbener Krawatte gekleidet. Doch seine Wangen wirkten eingefallen und seine Hände zitterten verräterisch. Unbeholfen reichte er den schreienden Kleinen samt der Milchflasche, die die Kinderschwester gebracht hatte, an Max weiter, den Marguerite ihm als einen Kollegen vom Theater vorgestellt hatte. »Was soll ich schon machen«, erwiderte Marguerite unwillig und begutachtete ihre frisch lackierten Nägel. »Du siehst ja, in welch prekärer Situation ich bin. Das Kindermädchen wird sich rund um die Uhr um Michel-Victor kümmern müssen. Wahrscheinlich bin ich in der nächsten Zeit sehr oft unterwegs. Kennst du Max Ophüls, den berühmten

Regisseur?« Philippe schüttelte den Kopf. »Er plant einen neuen Film, bei dem ich wieder mitwirken soll. Etwas Historisches.«

»Gratuliere!«, sagte Philippe herzlich. »Da wünsche ich dir viel Glück.«

»Aber erzähl doch mal – was gibt es eigentlich Neues bei Carrière & Co?«, wechselte Marguerite das Thema. »Bleibt aus der Insolvenzmasse noch etwas für uns übrig? Ich habe keine Ahnung, womit ich das Kindermädchen bezahlen soll.«

»Wir wissen noch nicht, wie es weitergeht. Monsieur Morand hat Sophie gefragt, ob sie interessiert ist, die Firma mit ihm neu aufzubauen. Aber sie hat sich noch nicht entschieden.« Er senkte seine Stimme: »Die Polizei hat die Ermittlungen gegen unbekannt zum Glück eingestellt. Sie halten Tolbiac jetzt für den Verantwortlichen der Unterschlagungen.« Noch leiser fügte er hinzu: »Ich bin froh, dass ich das alles hinter mir habe!« Marguerite sah ihn prüfend und ein wenig misstrauisch an. Philippe hatte ihr zwar die dreitausend Franc gegeben, die Hälfte des Geldes, das er angeblich im Tresor gefunden hatte. Aber woher nahm er eigentlich weiterhin die Summen für seinen aufwendigen Lebensstil? Sie selbst musste mit der monatlichen Rente von ihrer Mutter ganz schön haushalten. »Und was macht Jean-Luc? Hast du aus seiner Sommerkollektion nicht ein paar übrig gebliebene Modelle für mich? Ich habe nichts Neues mehr anzuziehen.«

Philippe verzog das Gesicht. »Ich sehe Jean-Luc sehr selten, seit er ausgezogen ist. Er hat eine Art Schaffenskrise. Diese Sache mit Hermès, wie Jean-Luc ihn immer noch nennt, hat ihn völlig aus der Bahn geworfen. Er bildet sich ein, er könne ihn aus dem Gefängnis in Fresnes herausholen. Bisher hat er aber nicht einmal eine Besuchserlaubnis erhalten.«

»Hat dieser Hermès denn gestanden, den Mord begangen zu haben?«

»Ja. Aber inzwischen sind pikante Details bekanntgeworden. Ernst vom Rath und er müssen sich vorher im Pariser Café ›Tout va bien‹ getroffen haben. Jetzt gibt es die tollsten Theorien über eine Beziehung der beiden. Jean-Luc will davon natürlich nichts hören. Für ihn ist Hermès ein Märtyrer. Vielleicht wird der Prozess Klarheit in die Sache bringen.«

»Und der Laden auf den Champs-Elysées?«

»Ich werde ihn schließen müssen.« Philippes Stimme klang gereizt. »Wenn ich nur wüsste, was ich mit Sandy anfangen soll! Sie betrachtet meine Wohnung als ihr Heim. Dabei arbeitet sie nun für die Konkurrenz! Du kannst dir nicht vorstellen, wie sehr sie mir auf die Nerven geht.« Er seufzte aus tiefstem Herzen. »Nicht mal mehr zum Klavierspielen komme ich! Dabei habe ich vor, wieder Konzerte zu geben. Aber dauernd dudelt im Radio Tanzmusik! Ich bin völlig aus der Übung.« Er strich theatralisch sein Haar zurück, in dem sich schon ein paar graue Strähnen befanden. Das Schlimmste war, dass Sandy immer noch die Hand aufhielt und sich für ihr Schweigen bezahlen ließ, um sein Alibi zu garantieren. Aber das wollte er lieber nicht erzählen. Er musste sich auf jeden Fall etwas einfallen lassen, um das Mädchen los zu werden. Aber wie? Sandrine hatte ihn in der Hand und wenn sie auch dumm wie Bohnenstroh war – ihren Vorteil begriff sie sofort.

Max, der schweigend zugehört hatte, blickte auf die feinen weißen Hände Philippes mit den rosigen, polierten Fingernägeln, die tatsächlich so aussahen, als hätten sie im Leben nie etwas anderes getan, als Klaviertasten bewegt.

»Man merkt, dass dich auch die schönsten Frauen nicht locken können. Du möchtest wohl nur, dass Jean-Luc zu dir zurückkehrt.« Marguerite sah ihren Bruder spöttisch an. Philippe senkte den Kopf und wechselte rasch das Thema. »Übrigens, wo ist eigentlich Sophie geblieben? Sie war doch vorhin in der Kirche noch da.«

Marguerite schüttelte den Kopf. »Ich habe keine Ahnung, wo sie hingegangen ist. Sie ist so schnell verschwunden, dass ich nicht mehr richtig mit ihr reden konnte.«

»Sicher hast du wieder mit dem Verkauf von Schloss Auprèsmont angefangen! Das verträgt sie gar nicht!«

»Genauso war es«, bestätigte Marguerite. »Sie lässt einfach nicht mit sich reden. Gerade jetzt wäre es wichtiger denn je. Ich habe Schulden, komme mit meinem Geld nicht aus – dazu noch das Kind!« Sie stieß einen tiefen Seufzer aus. »Sophie ist so egoistisch! Sie denkt überhaupt nicht an uns. Nur, weil man in dem baufälligen Gemäuer im Sommer ein paar Wochen wohnen kann, stellt sie sich quer. Kannst du es nicht mal versuchen?«

Philippe schüttelte ablehnend den Kopf. Er dachte an die Goldbarren, die er in Auprèsmont versteckt hatte. »Ich habe keine Lust auf endlose Diskussionen, die doch zu nichts führen. Sophie ist stur, du kennst sie doch. Außerdem steht jetzt eher ihre Entscheidung im Raum, Carrière & Co weiterzuführen oder ihre Anteile an Morand zu verkaufen.«

Max, der ein wenig abseits saß, lauschte wortlos dem Dialog, der ihn wenig berührte. Er hielt den kleinen Michel im Arm und gab ihm die Flasche. Das hilflose, heftig saugende Wesen entzückte ihn und er wunderte sich, dass Marguerite so gar kein Interesse an ihm zeigte. Als er getrunken hatte, begann der Kleine zu schreien und Max übergab ihn wieder der gerade eingetretenen Kinderschwester. »Ich glaube, er ist noch hungrig«, sagte er, als sie ihn lächelnd entgegennahm. »Ja, das sieht mir ganz so aus. Dann müssen wir sofort für Nachschub sorgen.« Marguerite verzog mit einem Blick auf das quengelnde Kind das Gesicht. Als die Kinderschwester mit ihm den Raum verlassen hatte, sagte sie ganz nebenbei: »Übrigens, bevor ich es vergesse: Max und ich werden heiraten. Schon übernächste

Woche, ohne großes Theater. Ich würde sagen, wir treffen uns am 3. September zu einem gemeinsamen Dîner im ›Procope‹.«

»Was?« Max blieb der Mund offen stehen. Er starrte Marguerite fassungslos an. »Hei…raten? Mich – ich wollte sagen – du und ich? Wir beide? Meinst du das im Ernst?«

Philippe warf einen verwunderten und etwas abschätzigen Blick auf seinen zukünftigen Schwager. Seine Schwester wollte diesen Mann heiraten, den unscheinbaren, kleinen Beleuchter, der scheinbar nicht einmal etwas davon wusste? Er war ja zeitlebens an ihre Eskapaden gewöhnt, aber dass übertraf wohl alles Dagewesene!

Langsam überzog ein breites, glückseliges Grinsen Max' unschönes, teigiges Gesicht mit der Hakennase und der hohen, fliehenden Stirn, in die immer ein paar unordentliche Strähnen seines schütteren, aschblonden Haares fielen. »Oh, Marguerite! Das hätte ich niemals zu hoffen gewagt! Du machst mich zum glücklichsten Menschen auf der Erde!« Rot vor Freude machte er Anstalten, sie zu umarmen, doch Marguerite wich aus und zischte ihm zu. »Bilde dir bloß nichts darauf ein. Alles bleibt so wie bisher. Ich heirate dich – aber nur, wenn du dich um Michel kümmerst, wenn ich drehe oder auftrete.«

»Ja«, stammelte Max, der immer noch nicht wusste, wie ihm geschah, »alles, was du willst, Marge. Ich kann mir nicht vorstellen, was ich lieber täte, mein …«, er brachte das Wort kaum heraus: »… Liebling!«

Amüsiert sah Philippe von Max zu Marguerite. »Du hast deinen Auserwählten wohl etwas überrumpelt, Schwesterchen. Er scheint gar nichts von seinem Glück geahnt zu haben«, fügte er mit einem spöttischen Blick auf Max' unelegante, zu kurze Hose ohne Bügelfalte und sein verwaschenes, schlecht gebügeltes Hemd hinzu. »Gratuliere!« Die Ironie in seiner Stimme war nicht zu überhören. »Von der Gräfin de Vuillac zur einfachen

Madame Gobelin! Wenigstens hast du jetzt jemanden, der dich und das Kind ernähren kann.«

»Du brauchst dich wirklich nicht über uns zu mokieren. Max ist nicht gerade unvermögend«, sagte Marguerite hochmütig. »Er hat gerade erst geerbt. Nicht wahr, Max?« Der Angesprochene nickte stumm. Er konnte es immer noch nicht ganz fassen. Gehörte Marguerite bald wirklich ihm?

»Dann wünsche ich euch alles Gute.« Philippe vermied es, Max die Hand zu reichen. Er verbeugte sich ein wenig steif und verließ den Raum.

Marguerite sah ihm verärgert nach. »So was nennt sich nun mein Bruder. Eingebildeter Esel! Nicht mal ein Geburtsgeschenk für seinen Neffen hat er mitgebracht!«

Max, der sich noch immer nicht von seinem seligen Schrecken erholt hatte, sah sie mit großen Schafsaugen an: »Ich finde ihn wirklich nicht übel!«

»Ja, weil du ihn nicht kennst!«, fauchte Marguerite. »Er ist faul, geldgierig und egoistisch. Ihm soll man helfen – aber er rührt keinen Finger, um anderen beizustehen. Wenn ich bloß wüsste, wo er das Geld herhat, von dem er lebt!« Sie stieß Max zurück, der ihr einen Kuss geben wollte. »Jetzt geh und kümmere dich um das Aufgebot. Am besten, du bestellst gleich unser Hochzeitsdîner bei ›Procope‹. Nimm das beste Menü. Ich werde die Gästeliste aufsetzen.« Max wagte nicht zu widersprechen, obwohl er noch niemals in dem eleganten Lokal, an dem er bisher immer scheu vorübergegangen war, gespeist hatte. Aber wenn Marguerite es sich in den Kopf setzte, dann sollte es selbstverständlich geschehen. Er zögerte: »Du … solltest vielleicht erst meine Mutter kennenlernen. Sie ist verwitwet … manchmal ein wenig schrullig und gewohnt, mit mir allein zu leben.«

Marguerite antwortete nicht gleich. »Ich hielte es für eine gute Idee, wenn deine Mutter in Zukunft auf Michel aufpassen würde«, schnurrte sie plötzlich und strich ihm sanft über den Arm. »Dann sparen wir uns ein Kindermädchen.« Nach kurzer Überlegung setzte sie noch hinzu: »Besser noch wäre es, wenn du mit Michel vorläufig bei deiner Mutter wohntest. Ich meine, nur solange das Kind noch so klein ist und dauernd schreit. Ich brauche schließlich Schlaf, um meine Rollen zu lernen. Und dann ist es für deine Mutter auch keine Umstellung, dich mit einer anderen Frau teilen zu müssen.« Sie lachte spöttisch.

»Ja, warum nicht«, beeilte sich Max zu antworten, dem es allerdings nicht ganz in den Kopf gehen wollte, dass er noch weiter bei seiner Mutter wohnen sollte. »Ich werde sie fragen. Ich glaube, sie mag Kinder.«

»Wir werden die Hochzeit nur im kleinen Kreis feiern. Es sollten nicht zu viele Personen sein.«

»Von meiner Familie aus der Bretagne wird sicher niemand kommen«, beugte Max vor, dem bereits die hohen Zahlen der Rechnung in dem teuren Lokal vorschwebten.

»Umso besser!«, antwortete Marguerite zerstreut. »Und jetzt geh bitte. Ich bin müde und muss mich ausruhen.« Sie schloss die Augen. Trunken vor Glück zog Max die Tür hinter sich zu. Das Schicksal meinte es gut mit ihm. Er hatte die Frau seiner Träume gewonnen – und ein Kind dazu! Nun waren sie eine Familie. Es war unfassbar! Aber was würde wohl seine Mutter dazu sagen? Sie war ziemlich konventionell in diesen Dingen. Wie brachte er es ihr nur schonend bei, dass er heiraten wollte? Dass er und das Kind seiner Zukünftigen vorläufig bei ihr wohnen sollten? Es war tatsächlich ein etwas seltsamer Vorschlag von Marge. Hoffentlich zeigte sich Mutter einverstanden und machte keine Einwände. Gleich nach dem Abendessen ließ er es zu einer Aussprache kommen. Madame Gobelin zeigte sich wie erwartet wenig begeistert von dieser Lösung. Man wollte ihr in ihrem Alter noch ein kleines Kind aufhalsen? Warum konnte es nicht bei seiner richtigen Mutter bleiben, die sichtlich genügend Zeit zur Verfügung hatte? Überhaupt passte der verwitweten Frau, die nebenbei abends als Bedienung arbeitete, die überstürzte Hochzeit ihres Sohns mit einer ihr unbekannten Schauspielerin gar nicht. Das war sicher nicht die Richtige für ihren Sohn! Zwar sollte sie aus einer wohlhabenden Familie stammen, aber wie man hörte, hatte die Textilfabrik Carrière & Co erst vor Kurzem ihren Laden am Boulevard Beaumarchais geschlossen. Das nette Vermögen, das Max von ihrer gut gestellten, aber kinderlosen Schwester geerbt hatte, würde bald in alle Winde zerstreut sein und sein mühsam Erspartes den raschen Weg der Verschwendung gehen! Madame Gobelin fürchtete nichts auf der Welt so sehr wie Schulden – und die würde ihr armer, verblendeter Sohn an der Seite einer so exzentrischen Frau, die sichtlich Unsummen an Kosmetik, Kleidung und Friseur verschwendete, bald zu tragen haben. Und deshalb weigerte sie sich zunächst, auf die, wie sie es nannte, unmöglichen Vorschläge der künftigen Schwiegertochter einzugehen. Sie hatte einen Sohn großgezogen und das genügte ihr. Und war das Kind überhaupt von ihrem Max? Er hatte so merkwürdige Andeutungen gemacht! Doch nach vielen Debatten und Drohungen seitens ihres Sohnes ließ sie sich schließlich doch erweichen, den Kleinen drei Tage in der Woche zu übernehmen. Die restliche Zeit sollte sich dann Madame Minet, die Haushälterin, um ihn kümmern.

Die standesamtliche Trauung von Marguerite und Max ging völlig unkonventionell vor sich. Marguerite trug ein weißes Seidenkostüm mit passendem Hut und sah wunderschön aus, während an Max selbst der vom besten Schneider in Paris gefertigte Smoking ungünstige Falten warf. Madame Minet passte auf das Baby auf, das brav in seinem Wagen lag, und bei »Procope« war der Tisch für die engsten Familienmitglieder festlich gedeckt. Marguerite hatte das Menü sorgfältig zusammengestellt und Madame Gobelin, Max' Mutter, warf einen furchtsamen Blick auf die teuren Köstlichkeiten: frische Austern mit Champagner, kleine Langusten und Bulots mit Mayonnaise, mit Trüffeln gefüllte Wachteln und als Dessert Oeufs à la neige. All dieser Luxus schien ihr maßlos übertrieben und das erste Zeichen, dass alles mühsam Ersparte bald den Bach hinunterging. Aber man würde ja sehen, ob diese merkwürdige Ehe überhaupt halten würde!

Sophie hielt während der Feier ein wenig Abstand zu Marguerite. Sie fürchtete, sie könnte wie bei der Taufe wieder von ihrem alten Thema, dem Verkauf von Auprèsmont, anfangen. Es wäre mehr als unpassend, wenn es bei diesem feierlichen Anlass ein weiteres Mal zu einem Streitgespräch zwischen ihnen käme. Ihren kleinen Neffen Michel-Victor auf dem Arm, herzte und küsste sie ihn liebevoll. Sie konnte sich an dem winzigen Wesen nicht sattsehen. Es war ein eigenartiger Gedanke, dass ausgerechnet Nicolas sein Vater war! Nicolas, der sich nicht im Geringsten um seinen Sohn kümmerte und zudem aus Paris verschwunden schien. Aber auch die sichtbare Gleichgültigkeit, die Marguerite dem kleinen Wesen entgegenbrachte, verstand sie überhaupt nicht. Und noch weniger die Entscheidung der Schwester, den unscheinbaren Beleuchter Max zu heiraten. Sie wirkte so gar nicht wie eine glückliche Braut! Aber die Eskapaden Marguerites hatte sie ohnehin nie nachvollziehen können und so nahm sie alles, wie es kam.

Eine plötzliche Unruhe war unter den Kellnern entstanden. Sie tuschelten, schwatzten untereinander. Eine Zeitung ging herum, sie steckten die Köpfe hinein und vergaßen nachzuschenken und zu servieren. Ein Radiogerät in der Nähe wurde lauter gestellt. »Garçon!«, rief Marguerite herrisch. »Das Dessert!« Sie war verärgert. »Was ist das bloß für ein Restaurant!« Niemand achtete auf sie, alles wurde unheimlich still, als die Radiostimme die Nachrichten verlas.

»*Mesdames, Messieurs!*« Der kleine Kommis eilte mit einem Tablett herbei und stellte es auf den Tisch. Er war ganz außer Atem und verschüttete einen Teil der kalt gewordenen Vanillesauce, auf der schaumiges Eiweiß schwamm. »Wissen Sie es schon?«, wisperte er mit gesenkter Stimme: »Gerade kam es in den Nachrichten. Wir haben Krieg!«

Die kleine Gesellschaft am Tisch erstarrte. »Krieg?«, wiederholte Max laut. Das Wort blieb ihm beinahe in der Kehle stecken, jagte auch den anderen einen kalten Schauer über den Rücken. Die Gäste sprangen auf, in den Gesichtern stand Bestürzung und sogar der kleine Michel, den Sophie in den Kinderwagen gelegt hatte, begann zu schreien. Madame Gobelin war aschgrau geworden. Zwei Söhne hatte sie im Großen Krieg verloren, Entbehrungen und Kummer auf sich genommen – und jetzt wiederholte sich dieses entsetzliche Drama! Max verlangte mit zitternden Fingern die Rechnung und sah auf den für ihn schwindelerregend hohen Betrag, ohne ihn richtig wahrzunehmen. Man verabschiedete sich rasch und stob auseinander.

Draußen trübte kein Wölkchen die blaue Luft. Mitten aus diesem heiteren Himmel heraus, der Gelassenheit der warmen Tage kam ein so heftiger Paukenschlag! Die Gemüter waren in Bewegung. Krieg? Wie konnte das sein! Hatte man sich nicht geschworen, dass es nie wieder geschehen sollte? Schluss mit den Bemühungen der Beschwichtigungspolitik, den mühevollen Verhandlungen der Großmächte, dem geschickten Hinhalten – Hitler hatte die Maske heruntergerissen, zeigte sein wahres Gesicht. Die Sonderausgabe des *Figaro,* die Max mit Mühe noch erhaschen konnte, nachdem er seine an allen Gliedern schlotternde Mutter heimgebracht hatte, war sofort ausverkauft. Die Journalisten schrieben, es habe angeblich einen brutalen und provozierenden Überfall polnischer Soldaten auf Deutsche gegeben. Dadurch sei am heutigen Tag, dem 3. September 1939, die Kriegserklärung der Bündnispartner Polens,

Großbritannien und Frankreich, an Hitler ergangen. Was das bedeutete, wusste jeder.

Max kehrte in die Rue de Lille zurück, wo Marguerite erschüttert den weiteren Nachrichten aus dem Radio lauschte. »Seit fünf Uhr fünfundvierzig wird jetzt zurückgeschossen«, schnarrte Hitlers Stimme in der Kopie einer Aufnahme auch aus den französischen Radioempfängern. Keine Zweifel, die deutsche Wehrmacht hatte den Befehl empfangen, sofort anzugreifen. Marguerite schaltete das Radio ab, das jetzt Marschmusik brachte. Es war, als habe sich alles mit einem Schlag verändert. Die düsteren Wolken, die bereits am Horizont gestanden waren, ballten sich über der ganzen Welt zusammen und das Schicksal nahm mit einer grauenhaften Verkettung unglücklicher Umstände seinen Lauf. Max, obwohl Nichtraucher, hätte jetzt gern eine Zigarette geraucht, um sich an etwas festzuhalten. Sie schwiegen beide. »Frankreich führt Krieg«, begann Marguerite nach einer Weile stummem Vor-sich-hin-Starrens, »nur weil es der Bündnispartner Polens ist?« Max nickte bedeutungsschwer. »Leider ja. Genauso wie England.«

»Warum muss nur einer den anderen immer hineinziehen!« Marguerite schüttelte ratlos den Kopf. »Was sollen wir jetzt bloß machen? Meine ganzen Zukunftspläne sind zunichte!« Tränen traten in ihre Augen. »Ich hatte mit Ophüls vereinbart, dass wir einen neuen Film miteinander drehen. Er wollte mir diesmal sogar eine etwas größere Rolle geben – ich durfte nur noch nicht darüber sprechen!«

»Das … das tut mir leid!« Max wusste nicht, was er anderes sagen sollte. Marges Sorgen schienen ihm im Verhältnis zur Weltlage lächerlich gering.

»Warum habe ich dich dann überhaupt geheiratet?« keifte Marguerite plötzlich. Sie verzerrte das Gesicht wie ein verzogenes Kind. »Wenn doch nichts aus meiner Karriere wird! Aber das eine sage ich dir: Ich werde nicht zu Hause sitzen!«

»Das Leben geht weiter. Auch während des Krieges werden die Theater nicht schließen.« Max war zu ihr getreten und wollte seine Hand tröstend auf ihre Schulter legen. Sie schüttelte ihn ab. »Geh!« sagte sie und sah ihn böse an. »Verschwinde! Und nimm den Schreihals da gefälligst mit.« Sie wies auf den Wiege. »Wir haben ausgemacht, dass deine Mutter sich um ihn kümmert.«

»Marge!« Max versuchte, seiner Stimme Festigkeit zu verleihen. »Ich gehe jetzt nicht. Wir haben gerade geheiratet. Und wenn auch die äußeren Umstände«, er stockte, »nicht gerade günstig sind, so habe ich doch ein Recht, diese Ehe erst einmal zu vollziehen.« Er kam ihr ganz nahe. »Du bist verpflichtet, dies zuzulassen.« Wie berauscht vom Duft ihres Parfums, der wollüstigen Form ihres Mundes, packte er ihren Arm, um sie an sich zu ziehen. Wie er sie liebte! Einmal seine Wange an die samtzarte Haut der ihren legen, ihre Lippen zu fühlen, an ihrer Brust versinken. Daran hatte er die ganze Zeit gedacht und dafür würde er alles in Kauf nehmen.

»Hau ab!«, schrie Marguerite hysterisch. »Du widerst mich an.« Sie versuchte, ihn von sich zu stoßen, doch der schmächtige Max hatte auf einmal Bärenkräfte. Er presste sie an sich, fühlte ihren vollen Busen an seiner Brust, den zu berühren er schon die ganze Zeit ersehnt hatte. Er verlor über diesem Rausch der Begierde, der in ihm aufwallte, fast den Verstand. Sie war seine Frau, gehörte ihm, er hatte ein Recht auf sie! Er riss das freizügig dekolletierte Seidenkleid von ihren Schultern und vergrub mit einem tierischen Aufstöhnen sein Gesicht an ihrem Hals. Marguerite schlug mit den Fäusten auf ihn ein, trat mit den Füßen und versuchte sich von ihm wie von einem ekligen, klebrigen Etwas, das sich ihrem Körper aufdrängte, zu befreien. Sie stieß einen spitzen Hilfeschrei aus. Ganz plötzlich ließ Max sie los. Er keuchte, sein sonst so blasses Stubengesicht war gerötet und kleine Schweißperlen standen auf seiner Stirn. Er sah sie an und in seinen Augen glomm ein seltsames Licht. Langsam schob Marguerite das Seidenkleid wieder über die Schultern. Auch sie war außer Atem, ihr Haar hatte sich zu dicken Locken gelöst, die ihr halb übers Gesicht hingen. »Wenn du dich weigerst, die Ehe mit mir zu vollziehen«, sagte Max mit veränderter Stimme, »dann lasse ich sie für ungültig erklären. Dann kannst du sehen, wie du zurechtkommst. Aber du bekommst keinen einzigen Centime von mir. Und die Rechnung für das Hochzeitsdîner kannst du selbst bezahlen.«

»Mistkerl«, fauchte Marguerite und funkelte ihn an. »Wir haben Krieg! Und du … du denkst nur an so was!«

»Und du nur an deine Karriere!«, gab Max ungerührt zurück und seine schmalen, zusammengepressten Lippen bildeten zwei blasse Striche über dem fliehenden Kinn. Sie musterte ihn verächtlich. Niemals würde sie es fertigbringen, mit ihm ins Bett zu gehen, seinen schmächtigen Körper, den ranzigen Geruch seiner fettigen Haare, die Berührung seiner unerfahrenen, grabschenden Finger zu ertragen. Niemals!

Max sah sie mit seinen fischig glänzenden Augen bedauernd an. »Ganz wie du willst. Ich werde die Scheidung wegen Nichtvollzug gleich in die Wege leiten. Gib mir die Papiere und du siehst mich nie wieder. Es war eben ein Irrtum.« Marguerite zögerte. Scheinbar meinte er es ernst. Sollte sie allein bleiben – unter diesen drohenden Vorzeichen? Wovon leben? Bestimmt würde Gaston sich wieder an sie hängen, dieser Spieler und Schuldenmacher! Und wenn Carrière & Co pleite war, fiel für sie sogar die bisher erhaltene Rente weg! Max würde sein Vermögen vielleicht mit einer anderen teilen. Die Gedanken schossen kreuz und quer durch ihren Kopf. Sie brachte ihren Atem unter Kontrolle und versuchte ruhiger zu werden. »Hör zu, Max«, begann sie etwas versöhnlicher. »Du musst mir Zeit lassen. Ich … ich bin vielleicht noch nicht so weit.« Ihre Stimme klang weicher, veränderter und er wandte sich ihr mit neuem, hoffnungsvollem Blick zu. »Ich möchte doch, dass du bei mir bleibst. Dass wir zusammenleben.« Sie streckte die Hand nach ihm aus, doch Max schüttelte entschlossen den Kopf. »Nicht ohne«, es schien ihm schwerzufallen, weiterzusprechen, »nicht ohne das Eine …«

»Aber das ist doch unwichtig. Wir verstehen uns ja auch so … ich meine, als gute Freunde«, versuchte sie ihn zu überreden.

»Nein. Ich liebe dich«, unterbrach Max sie kurz. »Und ich will dich haben. Entweder, oder. Sonst brauche ich nicht verheiratet zu sein.«

»Aber …« Marguerite spürte, dass kein Einwand seinen Eigensinn brechen würde. Sie gab sich einen Ruck und dachte nicht länger nach. »Meinetwegen«, sagte sie mürrisch. »Hier hast du mich!« Sie schloss die Augen und bot ihm nach einer kurzen Anwandlung von Ekel ihren Mund. Max bewegte sich nicht. Er schien nicht an sein Glück zu glauben. Marguerite öffnete die Augen. Ungerührt zog sie den Reißverschluss ihres Kleides herab und ließ es zu Boden fallen. Langsam streifte sie die Träger ihres Unterkleides von den Schultern und stieg auf ihren hohen Absätzen schwankend darüber hinweg. Sie schüttelte ihr rotes Haar, das über ihre Schultern fiel, zog ihren Slip aus und warf ihn ihm zu. Immer noch stand er unbeweglich da, eine blasse, schmale Gestalt im schlecht sitzenden Anzug. Völlig nackt, wiegte sie sich leicht in den Hüften, ließ ihre Brüste verführerisch wippen und streckte die Arme aus. »Na, was ist? Das wolltest du doch, oder?« Max schien unbeeindruckt. »Ja, das wollte ich. Aber nicht so!« Er wandte sich um und ging zur Tür. Sie klappte hinter ihm zu und Marguerite versetzte dem Schemel vor ihr mit einem undamenhaften Fluch einen heftigen Fußtritt. Sie hörte Max' Schritte, die sich im Flur entfernten. Es schien ihm ernst zu sein. Blitzschnell erstand vor ihren Augen die Situation, in der sie sich in Zukunft befinden würde: Allein mit einem schreienden Baby! Krieg, kein Geld, kein Film, nur

Schulden – und eine tödliche Leere um sie! »Komm zurück!«, rief sie ihm nach. Er hörte nicht. Nackt wie sie war, stürzte sie ins Treppenhaus und eilte ihm nach. Max wandte sich erstaunt um. Sie presste sich an ihn, schlang die Arme um seinen Hals und zwang ihn, seine Hände auf ihre Brüste zu legen. Ihn langsam in die Wohnung zurückziehend, schloss sie die Augen, sich seiner aufflammenden Lust und seinen gierigen Zärtlichkeiten überlassend.

***

Als Sophie am Abend nach Hause kam, eröffnete ihr Babette, mit der sie schon seit Wochen kaum ein Wort gewechselt hatte, sie gehe aus und komme erst spät zurück. Sophie hatte nichts dagegen. Sie überredete David, ausnahmsweise zum Abendessen zu kommen, und kaufte Brot, Schinken, Käse und diverse Leckerbissen ein. Eine Flasche Rotwein sollte das Mahl abrunden. Als sie gerade dabei war, den Tisch zu decken und die Gläser aus dem Schrank zu nehmen, klingelte es. Das musste David sein. Beschwingt eilte Sophie zur Tür und riss sie auf. Das Wort blieb ihr im Mund stecken und sie brachte nur die erste Silbe heraus. Zwei Polizisten standen vor ihr. »Bonsoir, Mademoiselle!« Sie drängten sich an ihr vorbei und begannen ohne ein Wort der Entschuldigung die Räume zu durchsuchen. »Ein Monsieur Reichstein, alias Andres – wohnt der bei Ihnen?«, fragte schließlich einer von ihnen. Sophie schüttelte den Kopf und warf einen wütenden Blick auf Babette, die mit verkniffener Miene hinter den Polizisten hervorgetreten war. »Wie kommen Sie darauf?«

»Wir haben einen Hinweis auf den Mann. Er wird wegen Diebstahls und Passfälschung gesucht.«

Sophie starrte reglos von den beiden Polizisten zu Babette. In ihrem Kopf kreisten panisch die Gedanken. »David Reichstein? Ich wüsste nicht, wer das sein sollte«, sagte sie schließlich mühsam.

»Oh doch – du weißt es!«, rief Babette hasserfüllt aus. »Er war hier, hat hier gewohnt. Ein Jude, von dem niemand weiß, was er sonst noch alles auf dem Kerbholz hat. Hier«, sie wies auf den gedeckten Tisch für zwei, »hier steht ja schon das Abendbrot für ihn.«

»Das ist doch alles Unsinn. Das Essen ist für dich und mich«, erwiderte Sophie geistesgegenwärtig. Sie wandte sich an die Polizisten. »Meine Herren, ich kann Ihnen leider nicht helfen. Ich kenne wirklich keinen David Reichstein.«

Die Polizisten nickten, dann begannen sie, sich in der Wohnung umzusehen. Sie öffneten Schränke und Kommoden und sahen unters Bett. Doch sie fanden nichts Verdächtiges.

»Tut mir leid«, sagte der ältere der beiden. »Aber Ihre Kommilitonin hat Anzeige erstattet, dass der Mann sich hier aufhält. Und der müssen wir nachgehen.«

»Das verstehe ich.« Sophie blieb gelassen. »Die Wahrheit ist nur, dass meine Freundin und ich erhebliche private Streitigkeiten haben. Und da hat sie eine so haarsträubende Geschichte erfunden. Es ist traurig – aber Sie dürfen ihr wirklich kein Wort glauben …«

»Sie lügt«, schrie Babette rot vor Zorn. »Der Jude kommt doch jeden Tag hierher!« Die Gendarmen sahen einander unsicher an. Es gab viele Denunziationen in letzter Zeit, die oft privater Natur und von Emotionen geprägt waren. Das war sehr unangenehm – aber man musste jeder Spur nachgehen.

»Babette!« seufzte Sophie. »Lass uns doch Frieden schließen!« Sie wollte ihre Hand ergreifen, doch Babette stieß sie von sich. »Du falsche Katze«, kreischte sie. »Hat denn hier niemand Augen im Kopf? Aber die Herren fallen natürlich auf jeden unschuldigen Augenaufschlag rein …«

»Mademoiselle.« Einer der Polizisten trat vor und betrachtete sie stirnrunzelnd. »Sie gehen zu weit. Das ist Beleidigung der Staatsgewalt. Wir sind dabei, ihre Anzeige völlig unparteiisch zu untersuchen. Ihr privater Streit geht uns nichts an.«

Babette schlug die Augen nieder und verschränkte die Arme vor der Brust. »Ich habe nur die Wahrheit gesagt. Warten Sie noch eine Weile. Dann werden Sie sehen, dass ich Recht habe.«

Sophies Herz klopfte unruhig. Sie überlegte, was sie tun konnte. Nach einer Weile erhob sie sich, stellte den Strauß leuchtend gelber Rosen, der auf dem Tisch stand, auf die Fensterbank. Dann zog sie den neuen, blauen Verdunklungsvorhang zu, so wie es jetzt Pflicht war.

Die Polizisten saßen auf ihren Stühlen, warteten und sahen einander gelangweilt an, während der Uhrzeiger immer weiter vorwärtsrückte. Wenn die junge Studentin mit ihrer Behauptung Recht hatte, musste der Gesuchte ja irgendwann zum Abendessen erscheinen. Aber im Grunde glaubten sie schon nicht mehr daran. Um Mitternacht erhoben sie sich, ohne etwas erreicht zu haben. »Ein Posten wird das Haus weiter beobachten. Gute Nacht, Mademoiselle! Und nichts für ungut.«

»Gute Nacht, meine Herren!«, antwortete Sophie so artig wie möglich, obwohl ihre Nerven bebten. »Sie haben ja nur Ihre Pflicht getan.« Sie war sehr erleichtert, als sich die Tür hinter den Beamten schloss.

»Raffiniertes Luder! Ich weiß nicht, wie du das gemacht hast. Aber glaub mir, die kriegen ihn trotzdem«, fauchte Babette, bevor sie sich mit dem gewohnten Zuknallen der Tür in ihr Zimmer zurückzog.

David, der mit Sophie das Blumensignal am Fenster ausgemacht hatte, war in den gegenüberliegenden Türeingang zurückgewichen. Irgendetwas schien nicht in Ordnung zu sein. Er ging fort und streifte ziellos durch die Straßen. Es war sehr finster, denn Paris war wegen des Krieges völlig verdunkelt und nur an den Straßenecken brannten blaue Lämpchen. Eine schwarze Stadt, aller Lichter, allen Glanzes beraubt. Kaum jemand war unterwegs. Jetzt war geschehen, was er die ganze Zeit befürchtet hatte. Man war ihm auf der Spur, suchte ihn. Gegen Mitternacht kehrt er wieder in die Rue du Cherche-Midi zurück. In einem Toreingang verborgen, beobachtete er, wie die Polizisten aus dem Haus traten, sich in den Streifenwagen setzten und fortfuhren. Obwohl sie gegangen waren, wagte er es nicht, Kontakt zu Sophie aufzunehmen. Vielleicht wurde das Haus weiter beobachtet. Sich immer wieder vorsichtig umwendend, kehrte er in die Rue du Bac zurück und stieg die vielen Treppen zum sechsten Stock in seine winzige Kammer hinauf, die gerade mal so groß war, dass er zwischen seinen Bildern und Farben auf der Matratze liegend dort die Nacht verbringen konnte. Es war eng und stickig und er konnte nicht schlafen. Wie sollte nun alles weitergehen? Das Dachfenster war weit geöffnet und er hörte die Mäuse auf den Schindeln rumoren. Nur die Sterne glänzten am Himmel. Paris schien trostlos ohne Lichter, die Dächer, über die er hinwegsah, bildeten eine graue Masse aus Steinen, unerwartet geräuschlos und wie tot. Er seufzte. Deutschland hatte die böse Fackel des Streits entzündet und England und Frankreich waren gefolgt. Was für ein Wahnsinn! Aber eins war sicher: Nach Hause konnte er nicht zurück. Er musste sehen, dass er fort kam, weit weg, am besten nach Amerika. Das war ein freies Land, da würde er wieder atmen können und sich mit seinen Bildern vielleicht den Lebensunterhalt verdienen. Aber was war mit Sophie? Würde er sie dann verlieren? Der Gedanke daran war kaum zu ertragen. Er legte den Kopf auf das harte Kissen und starrte durch die Luke in die ziehenden Wolken über ihm. Plötzlich hörte er ein leises Klopfen. Er richtete sich halb auf. Noch einmal klopfte es, diesmal stärker. Er presste seinen Kopf an die niedere Tür und flüsterte. »Wer ist da?«

»Ich bin's!«, kam es dumpf zurück. Rasch drehte er den Schlüssel im Schloss und Sophie fiel ihm in die Arme. »Die Polizei ist fort, aber sie haben für ein paar Stunden eine Wache aufgestellt«, sagte sie atemlos. »Ich habe mich heimlich fortgeschlichen. Sie suchten dich – du musst dich vorsehen. Babette war es, sie hat dich angezeigt …«

»Früher oder später musste es geschehen. Ich habe damit gerechnet. Und als ich die Blumen auf der Fensterbank sah, das Zeichen, das wir ausgemacht hatten, wusste ich Bescheid. Sie werden mich nicht kriegen, keine Angst.«

Sophie schmiegte sich an seine Brust und schloss die Augen. Lange hielten sie sich so umfangen, ohne ein Wort zu sagen. Dann küssten sie sich, verzweifelt, mit einer Art trauriger Leidenschaft, die keiner Erklärung bedurfte. Er hielt sie, umklammerte ihren zarten Körper, suchte ihre Haut, ihre Wärme und sog ihren Duft ein wie ein Verdurstender. »Ich möchte für immer bei dir sein«, flüsterte er. Sophie schmiegte sich an ihn, als wolle sie ihn nie mehr loslassen. Mit fiebriger Hast entledigten sie sich ihrer Kleider, dem einzigen Hindernis, das noch zwischen ihrer Haut und den mit Sehnsucht und Verlangen aufgeladenen Körpern stand. Der Rausch der Leidenschaft trug sie mit sich fort, ließ sie für eine Weile alles vergessen und nur füreinander da sein. Es war wie ein Fieber der Sinne, das sie erfasste, eine Flucht aus der Wirklichkeit, die nur ein Ziel hatte: miteinander zu verschmelzen und sich ineinander zu verlieren. Als Sophie die Augen wieder öffnete, sah sie geradewegs in den nächtlichen, dunklen Sternenhimmel, den Ausschnitt der kleinen Luke über ihr. Es war, als wären sie ganz allein, in der dunklen Wüste der Stadt, die in bedrohlicher Erwartung verharrte. Ein kühlender Windstoß umspielte ihren erhitzten, nackten Körper. David hob den Kopf, beugte sich über sie und küsste sie sacht auf die Nasenspitze. »Liebst du mich?«, fragte er die ewig gleiche Frage. Sophie nickte. »Mehr als du glaubst«, flüsterte sie fast unhörbar. »Ich bin so glücklich!«

»Glücklich? Obwohl der Krieg ausgebrochen ist? Obwohl unsere Zukunft und die aller Menschen unsicher ist? Obwohl wir vielleicht bald sterben müssen?« David legte den Kopf zurück.

»Ja, und ich schäme mich ein bisschen deswegen. Ich sollte traurig, besorgt, unglücklich sein. Aber ich kann es nicht.«

David schwieg eine Weile. Dann sagte er. »Mir geht es genauso. Wie kommt es, dass Seligkeit, Schrecken und Elend so nahe beieinanderliegen? Wir dürften nicht glücklich sein und sind es trotzdem.«

»Lass uns nicht darüber nachdenken und nur diesen wunderbaren Augenblick in unserem Herzen behalten. Ganz egal, was geschieht und geschehen wird. Wir werden uns immer daran erinnern, was wir jetzt fühlen. Und dass es sich vielleicht nur für diesen einen Moment zu leben lohnt.« Sophie legte den Kopf an seine Schulter. David nickte unmerklich. Ja, so musste es sein. Mit einem Lächeln schlief er ein.

Am nächsten Tag drang das graue Licht des anbrechenden Morgens unbarmherzig in die winzige Kammer, die einer Zelle glich. Sophie reckte sich als Erste und lächelte David an, der gerade die Augen aufschlug. Sie konnten sich in der Enge kaum rühren, denn David hatte auf allen freien Plätzen seine Leinwände aufgestellt und gestapelt, Bilder, die er hier gemalt hatte. Ihre intensiven Farben von Rot, Blau, Gelb und einem kräftigen Rosa, mit denen er arbeitete, verliehen der tristen Umgebung surreale Heiterkeit. »Hast du eine Ahnung, was wir jetzt machen sollen?«, fragte Sophie, die versuchte, ihre widerspenstige Haarmähne zu einem Zopf zu bändigen. »Auf jeden Fall kannst du dich nicht mehr in der Rue du Cherche-Midi sehen lassen. Das wäre zu gefährlich. Babette würde das sofort melden.«

David nickte. »Ich muss eben hier bleiben. Das ist auf die Dauer allerdings ziemlich unbequem.« Er lächelte. »Wir werden uns jetzt als Erstes einmal die Zeitungen anschauen.«

Auf der Straße hatten sich die Leute zu Grüppchen versammelt. Der Krieg wühlte die Gemüter auf, machte fassungslos. Unten im Café Biscotte riss man sich gegenseitig die noch druckfeuchten Zeitungsblätter mit den neuesten Nachrichten aus der Hand und starrte wie hypnotisiert auf die Schlagzeilen. Es wurde aufgeregt diskutiert. Angst, gemischt mit unbestimmter Hoffnung, stand in allen Blicken. »Marschall Pétain sagt, es sei unmöglich, über die Maginotlinie zu kommen. An der Festung beißen sich die Deutschen die Zähne aus«, rief ein hemdsärmeliger Bauarbeiter. Seine Kumpel pflichteten ihm grinsend bei. »Klar! Da werden sie gestoppt und alles ist zu Ende, bevor es erst richtig angefangen hat.« Doch die besorgten Gesichter um sie herum wollten ihnen nicht ganz glauben. Sophie und David kauften dem Zeitungsjungen ein Exemplar des Journals *L'Intransigeant* ab und zogen sich ins Innere des Cafés zurück, wo sie Café au lait und Croissants bestellten. Die Überschrift des Blattes sprang sofort in die Augen: »Nach dem deutschen Angriff gegen Polen: Generalmobilisierung in Frankreich und Großbritannien«. An anderer Stelle hieß es: »Ist der Jude an allem schuld?« David ließ die Zeitung sinken. Er war bleich. »Jetzt fängt die Hetze auf die Juden auch hier an! Da lies: Hier steht es schwarz auf weiß.« Sophie beugte sich über die Zeitung. »Du hattest Recht! Hitler wollte den Krieg von Anfang an! Jetzt wird er noch rigoroser vorgehen!«

»Ich kann nicht länger in Paris bleiben!«, stieß David hervor. »Hier bin ich nicht sicher, das fühle ich. Und in meiner engen Dachkammer ersticke ich auf die Dauer.«

»Aber … wo willst du denn hin?« Sophie sah ihn mit weit aufgerissenen Augen an. »David!«, bat sie. »Du darfst nicht fortgehen! So einfach ohne Plan.«

David starrte vor sich hin, die Ellenbogen auf den Tisch gestützt. »Wenn ich nur einen Plan hätte! Weg könnte, irgendwohin – dem Albtraum dieses neu entfachten Krieges entrinnen.«

»Bitte hab noch Geduld – wir werden schon eine Lösung finden!«, beruhigte ihn Sophie. »Du hast doch mich. Ich liebe dich und will dich nicht verlieren!« Sie schlang ihre Arme fest um ihn und küsste ihn zärtlich. »Ich komme heute Nacht wieder zu dir«, flüsterte sie ihm ins Ohr.

***

Der rasante Verlauf der politischen Ereignisse sollte alle privaten Misslichkeiten bald in den Schatten stellen. In Paris schlug die Kriegsnachricht wie eine Bombe ein. Die Menschen konnten es kaum fassen. Hatte man sich nicht erst vor ein paar Jahren geschworen, dass so etwas nie mehr vorkommen durfte! Das Leid und der Schmerz, das »Nie wieder!«. War das alles bereits vergessen? Beerdigt, wie die unsagbar vielen Soldatenleichen, die seitdem in der Erde moderten? Aber vielleicht handelte es sich ja nur um ein prahlerisches Muskelspiel, mit dem der deutsche Diktator der Welt Angst einjagen wollte. Frankreich und Deutschland im Krieg – ein *Drôle de Guerre*, ein komischer, nicht ernst zu nehmender Krieg! Doch die folgenden Geschehnisse belehrten alle Zweifler und Spötter eines Besseren. Entgegen aller Vernunft kam die ins Rollen gebrachte Lawine in Schwung. Das, was niemand nach dem Großen Krieg mehr für möglich gehalten hatte, geschah erneut, auch wenn alle Zeitungen es verneinten und den Nichtangriffspakt zwischen Hitler und Stalin beschworen. Niemand ahnte jedoch etwas von dem geheimen Zusatzprotokoll dieses Paktes, mit dem die beiden Mächte vereinbart hatten, Polen unter sich aufzuteilen. Stalin hatte sich zusätzlich freies Recht auf Zugriffe im Baltikum,

Finnland und Teilen Rumäniens ausgebeten. Das gab Hitler grünes Licht, seine wahnwitzigen und weitreichenden Kriegspläne noch rücksichtsloser durchzusetzen.

***

Der unbekannte deutsche Offizier hohen Ranges war ohne anzuklopfen ins Zimmer getreten. Nicolas, der seit geraumer Zeit in der französischen Botschaft in Berlin als Sekretär eines Majors arbeitete, fuhr erschrocken auf, als er so unvermittelt vor ihm stand. Rasch legte er die geheimen Unterlagen, die er gerade aus dem Schreibtisch seines Vorgesetzten genommen hatte, um sie zu fotografieren, beiseite. »Major Fayard ist … ähh … in einer Besprechung«, stotterte er und schob die Schublade rasch zu.

»Das macht nichts«, sagte der eingetretene Offizier mit gesenkter Stimme. »Ich wollte zu Ihnen. Sie sind doch Monsieur Martinez, wenn ich nicht irre!«

Nicolas sah ihn erschrocken an. »Sie wissen meinen richtigen Namen?«

»Keine Sorge, niemand wird ihn von mir erfahren.«

»Aber … mit wem habe ich dann die Ehre?«, fragte Nicolas verwirrt.

»Mein Name tut nichts zur Sache. Aber ich bin erfreut, Sie kennenzulernen. Oberst von Weißenfeld hat Sie mir empfohlen.« Er sah sich um, suchte im Raum an exponierten Stellen nach Wanzen. Dann kam er zurück und senkte die Stimme. »Ich kann doch vertraulich zu Ihnen reden? Passwort: Champs-Elysées.«

»Arc de Triomphe«, antwortete Nicolas überrascht. »Was … was wollen Sie von mir?«

»Der Oberst ist direkt nach der Kriegserklärung aus der deutschen Botschaft in Paris abgezogen worden. Er hat mir aufgetragen, Sie zu kontaktieren.«

»Ja? Und worum geht es?«, fragte Nicolas gespannt, obwohl er es im selben Moment schon ahnte.

»Hat Sie der Oberst denn nicht informiert«, wunderte sich der Offizier.

»Doch, gewiss, aber nicht im Detail …«

»Dann übernehme ich es, Sie ganz aufzuklären. Wir haben nur wenig Zeit, deshalb spreche ich ganz offen.« Er schickte einen Blick zur geschlossenen Tür. »Die französische Botschaft hier in Berlin wird unverzüglich aufgelöst, das wissen Sie bestimmt.«

Nicolas nickte. »Ja. Ich … ich bin dabei, die Sachen zu packen …«

»Ich gehe doch davon aus, dass Sie immer noch zu allem bereit und auf unserer Seite sind?« In seinem Blick flackerte kurzes Misstrauen auf.

»Da können Sie ganz sicher sein. Sonst wäre ich ja nicht hier.«

»Ich weiß. Man hat sie deshalb versetzt. Ich denke, dass Sie die übliche, kurze Einweisung hatten und treffsicher schießen können?«

»Keine Sorge, das Meiste hatte ich schon im spanischen Bürgerkrieg gelernt. Bei der Einweisung durch Oberst von Weißenfeld konnte ich mir dann alles Weitere aneignen. Das Entschlüsseln deutscher Funksprüche, Kopieren von Schriftstücken und Plänen. Ich übermittle die Daten regelmäßig an die ›Vierte Abteilung‹ nach Moskau – und einiges davon auch an das ›Deuxième Bureau‹. Eine Vorsichtsmaßnahme, damit niemand misstrauisch wird. Zum Glück wurde mir ein eigenes, tragbares Funkgerät zur Verfügung gestellt.«

»Gut, sehr gut. Wenn ich nicht irre, haben Sie sich mittlerweile ein genaues Bild von der Situation im Deutschen Reich gemacht«, forschte der Offizier weiter. »Von seinem sogenannten ›Führer‹ und der Gefahr, die von ihm ausgeht. Stalin will, dass wir rasch handeln, bevor es zu spät ist. Er traut Hitler nicht über den Weg, trotz des gemeinsamen Bündnisses. Der Krieg ist erklärt, wir müssen ihn aufhalten und das Nazi-Regime stürzen. Stalin hat entschieden, dass er sterben muss, jetzt oder nie! Es gibt kein Zögern, keine andere Wahl.« Er sprach jetzt hastig, wie gehetzt.

»Ich bin bereit, die Sache auszuführen«, erwiderte Nicolas entschlossen, dessen Blut in Wallung geriet. »Das habe ich bereits Oberst von Weißenfeld gesagt. Wissen Sie schon, wie ich vorgehen soll?«

»Einige Pläne mussten wir in letzter Minute ändern. Aber gerade jetzt hat sich wieder eine neue Chance ergeben«, der Offizier senkte die Stimme fast zu einem Flüstern. »Wir haben Informationen, dass Hitler die Oberbefehlshaber der Wehrmachtsteile demnächst in der Neuen Reichskanzlei versammeln wird, um eine Rede zu halten. Es geht um das weitere Vorgehen und die Kampfstrategie. Diese einmalige Gelegenheit muss genutzt werden. Das Gelände ist für unser Vorhaben optimal. Hitler muss in dem Moment erschossen werden, wenn er die Neue Reichskanzlei verlässt. Es zählen Mut und Schnelligkeit. Trauen Sie sich das zu?«

»Ohne weiteres«, gab Nicolas ohne zu zögern zurück. »Aber wie soll ich mich in Sicherheit bringen – schnell und gefahrlos den Tatort verlassen?«

»Wir haben vorgesorgt, verlassen Sie sich darauf. Aber ein gewisses Risiko besteht natürlich. Punkt eins: Wichtig ist, dass Sie mehrere Schüsse auf Hitler abgeben, sobald er erscheint. Das wird für Aufregung sorgen und seine SS-Leibwache wird sich im ersten Moment um den Getroffenen kümmern. Das müssen Sie nutzen, um zu fliehen. Eine kugelsichere Weste wird Sie schützen. Wenn Sie die Waffe abgefeuert haben, wartet ein Motorrad mit laufendem Motor auf Sie. Sie springen auf den Sozius und brausen davon. Dann wechseln Sie mehrere Male das Taxi, um Ihre Spur zu verwischen.«

»An welcher Stelle befinde ich mich, um zu schießen?«

»Hinter einer kleinen Mauer im Vorgarten, die von den danebenliegenden, abgerissenen Gebäudeteilen übriggeblieben ist. Es sind die Reste eines von Grün überwachsenen Bauschutts, der Ihnen Deckung gibt. Ideal, um sofort zu flüchten. Außerdem liegt der Ort direkt an der Durchgangsstraße. Gleichzeitig gibt er den Durchblick auf das Portal der Neuen Reichskanzlei frei.«

»In Ordnung. Und wann muss ich mich bereitmachen?« Ein leiser Schauer der Gefahr durchrieselte Nicolas, ein Nervenkitzel, den er seit seiner Zeit im spanischen Bürgerkrieg nicht mehr verspürt hatte.

»Sobald wir das Datum von Hitlers Rede wissen. Wir werden Sie rechtzeitig informieren.« Die Stimme des Offiziers klang ruhig und sachlich. »Und denken Sie daran: Man darf Sie auf keinen Fall erwischen, denn die Gestapo würde Sie foltern, bis Sie alles gestehen. Wenn Sie die Sache lieber lassen wollen, müssen Sie es sagen.«

»Ich fürchte mich nicht«, sagte Nicolas sachlich. »Während meiner Arbeit in der französischen Botschaft habe ich genügend Einblicke in das Vorgehen der NSDAP bekommen. Hitler ist ein Verbrecher. Er bezahlt den Krieg mit dem Blut der enteigneten Juden. Das ist schändlich.«

Der Offizier nickte. »Ich sehe, Sie meinen es ernst.« Er zog eine dunkelglänzende Pistole der Marke Walther, Modell P.38 und ein Päckchen Munition aus der Tasche unter seinem Uniformrock hervor. »Die Waffe hat einen Schwenkriegelverschluss und einen außen liegenden Hahn. Machen Sie sich rechtzeitig mit ihr vertraut. Ihr Diplomatenvisum, das Flugticket in die Schweiz und ein falscher Pass auf den Namen Jack Marlow sowie ein Koffer mit der Summe von fünfhunderttausend Dollar werden in ihrer Wohnung bereitliegen. Verschwinden Sie dort aber so schnell wie möglich.«

Nicolas nahm die Waffe mit klopfendem Herzen und steckte sie ein. Fünfhunderttausend Dollar! Die Summe machte ihn schwindeln. Er konnte sie sich nicht einmal vorstellen.

»Ich höre also von Ihnen? Meine Wohnung liegt in der Bernauer Straße.«

»Ich weiß, ich habe mich informiert. Dann werde ich Sie benachrichtigen und grünes Licht geben. Auf Wiedersehen!« Der Offizier streckte ihm die Hand entgegen, zog sie aber hastig zurück, als die Tür aufging.

Major Fayard warf einen erstaunten Blick auf den Offizier, der sich mit einer kurzen Verbeugung entschuldigte. »Pardon – habe mich wohl in der Tür geirrt.«

Major Fayard sah ihm nach. »Komischer Kauz! Wer ist das? Ich habe ihn noch nie im Gebäude gesehen!« Er wandte sich Nicolas zu: »Kommen Sie mit, wir müssen uns beeilen. Die Botschaft muss so schnell wie möglich geräumt und Deutschland auf direktem Wege verlassen werden. Wir sind nun keine Gäste mehr, sondern Feinde! Vergessen Sie die Aufstellung der privaten Gegenstände nicht.« Nicolas, noch ganz verwirrt von seinem Auftrag und der immensen Summe, deren Zahl durch seinen Kopf schwirrte, nahm den Aktenordner und folgte seinem Vorgesetzten. »Ich kann es immer noch nicht glauben«, sagte der Major, im Eiltempo den Gang entlangmarschierend. Er trocknete sich die Stirn, auf der sich Schweißperlen sammelten, mit einem großen Taschentuch. »Niemand hier hätte gedacht, dass Hitler so schnell ernst machen würde! Die diplomatischen Verhandlungen waren doch in vollem Gange. Ich verstehe das nicht.« Nicolas murmelte irgendetwas Zustimmendes und beeilte sich, mit ihm Schritt zu halten. Im pompösen Palais Beauvryé am Pariser Platz herrschte große Unruhe, Türen klappten und es ging zu wie in einem Bienenschwarm. Sie betraten den großen Saal der Botschaft, in dem laut durcheinander diskutiert wurde. Eine aufgeregte, zum Äußersten gespannte Stimmung schlug ihnen entgegen. Die Ausrufe: »Unglaublich! Unverschämt!« waren als Sprachfetzen aufbrausender Empörung herauszuhören. Kaum jemand konnte es fassen: Frankreich und Deutschland lagen wieder einmal im Krieg miteinander und England hatte sich angeschlossen. Alle so mühsam aufgebauten diplomatischen Beziehungen waren auf einen Schlag beendet. In der französischen Botschaft schien sichtlich niemand mit diesem Ultimatum gerechnet zu haben. Die Regierung unter dem Ministerpräsidenten Daladier hatte sich wohl bis zuletzt in dem Glauben gewiegt, man stünde immer noch in Friedensverhandlungen und vernünftigem Einverständnis mit Hitler. Nicolas ließ seinen Blick über die ernsten, besorgten und zugleich alarmierten Mienen schweifen. Die Aufregung war dem sonst so kühlen französischen Botschafter Robert Coulondre, der sein Amt erst seit kurzer Zeit ausübte, deutlich anzusehen. Sein Gesicht war rot vor Erregung, weil er in wenigen Minuten dem Reichsaußenminister Joachim von Ribbentrop eine offizielle Erklärung überreichen sollte, in der Hitler zur Räumung der besetzten Gebiete aufgefordert werden sollte. Nicolas verzog das Gesicht. Eine sinnlose Floskel, das wussten alle, die sich hier versammelt hatten. Hitler würde über eine solche Forderung einfach hinweggehen. Aber was sollte man sonst tun? Auch Nicolas' eigene Lage hatte dieses Ereignis abrupt verändert. Morgen hätte er Major Fayard nach Berchtesgaden begleiten sollen, der eine Besprechung mit Hitler auf dem Obersalzberg erwirkt hatte. Ein gemeinsames Mittagessen, ein Spaziergang zum Teehaus. Und überall wäre seine Minikamera dabei gewesen, um die Umgebung heimlich für den russischen Geheimdienst und das Deuxième Bureau zu fotografieren. Doch das war jetzt nur noch Schnee von gestern. Fünfhunderttausend Dollar und eine neue Identität standen auf dem Spiel. Damit konnte man sich bequem ein neues Leben aufbauen! Ohne auf die weiteren Vorgänge im Saal zu achten, schweiften seine Gedanken immer wieder zu seinem Auftrag. Jetzt wurde es ernst. Er hatte sich bereit erklärt, kaltblütig und vorsätzlich einen Menschen umzubringen! In Spanien war das etwas Anderes gewesen, da stand man sich im Kampf gegenüber und es hieß: Du oder ich! Hier ging es aber darum, die Welt von einem kriegsbesessenen Diktator und dem Terror der Naziherrschaft zu befreien! Wenn es misslang, konnte ihn das den Kopf kosten – doch im anderen Fall Tausenden das Leben retten! Einen kurzen Moment spürte er die Gefahr wie einen eisigen Lufthauch – aber zugleich auch den festen, inneren Entschluss, diese Tat zu wagen.

»Haben Sie mich nicht verstanden, Mann?« Die flüsternde Stimme des Majors klang richtig wütend. »Die Aufstellung!« Nicolas schrak zusammen, nahm den Aktenordner, den er unter den Arm geklemmt hatte, blätterte darin und überreichte das gewünschte Papier dem Major, der es zu den anderen auf einen Stapel legte. »Entschuldigen Sie«, stammelte er.

»Gehen Sie. Und lassen Sie nichts liegen. Wir müssen alles mitnehmen«, zischte der Major verärgert, der den Anweisungen für die Räumung der Botschaft lauschte, die von Ribbentrop nun bekanntgab.

Nachdenklich ging Nicolas den langen Gang entlang zurück. Er steckte die Pistole mit der Munition, die er unter seinem Rock getragen hatte, in seine Manteltasche. Es war wie ein Schlusspunkt. Er würde nicht mehr in die Botschaft zurückkehren. Seltsam, wie sich sein Leben erneut veränderte, wieder in andere, ungewisse Bahnen lief. Vor der gefürchteten Gestapo und der SS-Leibwache hatte er keine Angst. Die würden ihn nicht lebend erwischen, das schwor er sich.

***

Auf einer harten Holzbank im Warteraum des düsteren, von mittelalterlichen Mauern umgebenen Gefängnisses von Fresnes, in der Nähe von Paris, saß ein bleicher Besucher. Er versuchte, seine in einigen Abständen auftretenden Hustenstöße mit dem Taschentuch vor dem Mund zu ersticken. Der Wachhabende, der an seinem Schreibtisch saß, blickte von Zeit zu Zeit irritiert zu ihm hinüber, während er Namen und Adresse notierte. Er rümpfte die Nase über den intensiven Parfumduft, den der Mann in der trockenen Luft des mit staubigen Ordnern angefüllten Raumes verbreitete. »Beruf?«, fragte er streng. »Modeschöpfer«, sagte Jean-Luc nach kurzem Räuspern und strich sich mit einer gezierten Gebärde die dunkle Locke zurück, die ihm immer wieder in die Stirn fiel. »Modeschöpfer, soso«, wiederholte der Beamte mit einem ironischen Seitenblick auf den karierten, extravaganten Anzug des Mannes, das schwarze Samtcape über seinen Schultern und die glänzenden Lackschuhe. Dazu dieser Spazierstock mit silbernem Knauf in Form eines Schlangenkopfes, auf den er sich stützte! »Komischer Kauz«, dachte er, während er das Formular ausfüllte und es dem Wartenden zur Unterschrift reichte. Jean-Luc hustete erneut und der Beamte wich ein wenig vor ihm zurück. »Sind Sie krank?«, fragte er misstrauisch und sah in das blasse Gesicht, auf dem sich fiebrige rote Flecken abzeichneten. »Nein, nein, das ist nur mein Asthma. Die Luft ist hier so schlecht«, erklärte der Angesprochene.

Der Wärter überlegte kurz, dann beschied er ihm: »Zehn Minuten, nicht länger. Warten Sie hier!« Er setzte hinzu: »Aber Ihr Stock bleibt da.« Er schlurfte davon, um nach einer Weile mit einem Gehilfen wieder zu erscheinen. »Folgen Sie mir.« Jean-Luc erhob sich, versuchte erneut den Hustenreiz, der ihn ständig quälte, mittels des Taschentuchs zu unterdrücken und folgte den beiden über den Gang. Ihre Schritte hallten laut von den Wänden des feuchten, nach Moder stinkenden Gebäudes. Ein paar Ratten huschten über den klebrig schmutzigen Boden, der in Jean-Luc Ekel erregte. Der Wärter schloss eine Zelle auf, die in zwei Partien geteilt war. Hinter einer Glasscheibe saß, zusammengesunken wie ein Häufchen Elend, Hermès in gestreifter Anstaltskleidung, die Hände in Fesseln. Er hatte nicht mehr das Geringste mit dem arrogant blickenden, jungen Dandy gemein, den Jean-Luc in ihm bei der Kreation seiner neuen Modelinie gesehen hatte. Der Gefangene blickte ihm aus dunkel umschatteten Augen traurig entgegen. Das Feuer der Jugend und jegliche Hoffnung schienen darin erloschen. Tiefes Mitleid wallte in Jean-Luc auf, er wollte auf ihn zustürzen, seine Hand ergreifen, doch der Wärter hielt ihn zurück. »Halt! Nicht so eilig, mein Herr! Sie bleiben gefälligst auf der anderen Seite!« Er machte seinem Gehilfen mit den Augen ein Zeichen, der sich in einiger Entfernung vor dem vergitterten Fenster aufstellte, das unter der Decke angebracht war.

Jean-Luc nahm hinter dem trennenden Tisch Platz. »Hermès«, flüsterte er beinahe beschwörend, »wie … wie geht es dir?« Der Gefangene hob den Kopf. In seinem Blick lagen Unverständnis und Trotz. »Was wollen Sie – wer sind Sie? Ich habe alles gesagt.«

»Herschel«, präzisierte Jean-Luc seine Anrede. »Ich bin es doch! Jean-Luc Robel, dein Mentor. Erkennst du mich nicht? Für mich warst du Hermès, der Star meiner Modenschau im ›Petit Palais‹! Erinnerst du dich an deinen Erfolg? Ich hatte so viel mit dir vor!«

Ein Schatten des Erkennens flog über Herschels Gesicht, erhellte es ein wenig. Er wirkte verletzlich jung, beinahe wie ein

Kind. »Ja«, sagte er schließlich. »Aber Ihr Freund hat mich ja rausgeworfen. Und jetzt ist sowieso alles egal.«

»Nein.« Jean-Luc ließ nicht nach. »Das ist es nicht. Ich besorge dir einen hervorragenden Anwalt, Hermès. Wir haben Krieg – dein Prozess wird sich verzögern, vielleicht ganz ausgesetzt werden. Und wenn wir den Krieg gegen die Deutschen gewinnen,« ein Hustenstoß unterbrach seine Rede, »sieht vielleicht alles anders aus. Man wird dich milde verurteilen. Du könntest eine glänzende Karriere im Bereich der Mode machen.«

»Pah!« Herschel spuckte verächtlich auf den Boden. Seine Augen glühten auf. »Mode! Ich pfeife drauf. Niemand kann das Unrecht wiedergutmachen, das man uns Juden angetan hat und immer noch antut. Ich bereue nichts! Mit meiner Tat wollte ich die Welt aufrütteln, Licht ins Dunkel bringen. Die Machenschaften der Nazis beleuchten! Und ich bin bereit, dafür zu sterben.« Er ballte kämpferisch die Faust.

»Hermès – auch dein Tod wird deine Glaubensbrüder nicht retten können!«, flehte Jean-Luc. »Denk doch an dich! Du bist zu jung, um dein Leben so einfach wegzuwerfen. Wir könnten die Sache noch drehen – zu deinen Gunsten. Vom Rath war im Homosexuellen-Milieu bekannt. Du könntest behaupten, dass er dir unsittliche Anträge gemacht, dich erpresst hat. Es war … eine Art Notwehr!«

Herschel biss sich auf die Lippen, die trocken und aufgesprungen waren. »Ich will das nicht! Das geht niemanden etwas an. Vom Rath musste büßen – für alle! Damit die Welt erfährt, welche Schande uns angetan wird.« Seine Mundwinkel zogen sich bitter nach unten und er stieß hervor. »Ich bereue nicht, was ich getan habe!«

»Aber Hermès, deine Absichten werden von der Presse und den Nazis ins Gegenteil verkehrt! Man spricht von einem Mordkomplott der Juden gegen die gesamte Welt. Begreifst du das nicht?«

»Nein! Das ist nur falsche Propaganda! Und nennen Sie mich nicht Hermès. Der bin ich nicht.« Der Junge in der Anstaltskleidung schüttelte stolz den Kopf. »Ich weiß, dass man mich nie vergessen wird. Ich werde in die Geschichtsbücher eingehen. Ich habe gekämpft, eine Botschaft hinterlassen – ein Zeichen gegen das Nazi-Regime gesetzt: Dass man endlich aufhören soll, unschuldige Juden zu verfolgen!«

Jean-Luc spürte, dass er gegen eine Mauer anlief. Ihm war elend. Der Gestank nach Urin und Schmutz in der Zelle nahm ihm den Atem. Er presste das Taschentuch gegen die Lippen, wandte sich ab und hustete, bis er völlig erschöpft war. Hastig steckte er das Tuch, das Spuren von Blut zeigte, in seine Tasche.

»Sie sind krank!«, sagte Herschel ruhig. »Sie sollten sich nicht unnötig aufregen.«

Der Wärter, der gelangweilt an der Mauerwand lehnte, gähnte und sah auf die Uhr. »Der Besuch ist beendet!«, rief er mit lauter Stimme. »Gefangener, zurück in die Zelle!«

Er führte Herschel, der sich mehrere Male nach Jean-Luc umwandte, hinaus. »Ich werde dir einen guten Anwalt besorgen, Hermès«, rief Jean-Luc ihm nach, ohne dass seine Worte einen anderen Widerhall fanden als ein schwaches Echo, das sich an den Wänden der Gefängnismauern brach. Er schwankte, als er sich erhob, ihm war schwindlig und plötzlich sehr elend zumute, als er langsam hinter dem Wärter her ging, dem Ausgang zu. Umsonst, es war umsonst gewesen, so lange auf eine Besuchserlaubnis zu warten, die sich immer wieder hinausgezögert hatte. Enttäuschung erfüllte ihn. Was wollte er überhaupt hier? Hermès hatte sich mit seiner Rolle als Märtyrer abgefunden. Philippe hatte das vorausgesehen. Es war sinnlos, sich weiter um den Gefangenen zu bemühen. Er dachte an seine neue, lichtarme Unterkunft ohne Badezimmer in der Rue Monsieur-le-Prince, in die immer der Kohlgeruch des Restaurants in der unteren Etage zog, wo die Gäste bis spät nachts lärmten. Es widerstrebte ihm, dorthin zurückzukehren. Er war an Luxus gewöhnt. Seine Brust schmerzte auf einmal, als steckte ein Messer darin, und er glaubte plötzlich, keinen Schritt mehr machen zu können. Abwesend nahm er seinen Spazierstock entgegen, den der Wärter ihm reichte, und drückte ihm dabei fünf Franc in die Hand. »Rufen Sie mir bitte ein Taxi«, sagte er, von einem neuen Hustenanfall geschüttelt. »Zum Quai Bourbon.« Seine Umgebung verzerrte sich plötzlich, verschwamm dunkel vor seinen Augen. »Philippe Carrière, dritter Stock …« Er machte ein paar Schritte, dann knickte er ein und musste sich an der Wand festhalten. Er hörte die Stimme des Wärters von Weitem: »Sie brauchen wohl eher einen Krankenwagen …« Das brachte ihn wieder zu sich. Mit letzter Kraft rappelte er sich auf, stützte sich auf seinen Stock und holte tief Luft. »Nein, nein, auf keinen Fall. Mir fehlt nichts. Hab gestern Abend bloß zu tief ins Glas geschaut.« Er versuchte ein Lächeln, das wie eine Fratze wirkte. »Wie Sie wollen«, brummte der Wärter verächtlich und steckte das Geld in die Tasche.

16. Kapitel

In der Wohnung am Quai Bourbon brannten alle Lichter. Als Philippe die Türe aufschließen wollte, fand er sie nur angelehnt. Er sah wütend auf die Unordnung, die Sandrine unablässig verbreitete und mit der sie alle Räume, bis auf sein Schlafzimmer, in Besitz genommen hatte. Gläser mit Lippenstiftspuren fanden sich auf dem Tisch und ein süßlicher Geruch von abgestandenem Alkohol lag in der Luft. In der Kaffeetasse des nicht fortgeräumten Frühstückstabletts lagen Zigarettenkippen und eine dicke Fliege saß auf den Marmeladeresten. Philippe trat vorsichtig über abgelegte Kleidungsstücke und stolperte prompt über einen hochhackigen, roten Schuh. Sandrine selbst hatte sich halb ausgezogen in einer Ecke des Sofas zusammengerollt und schlief. Ihr Gesicht wirkte verquollen, mit verschmiertem Lippenstift und verlaufener Wimperntusche. »Verdammte Schlampe«, murmelte Philippe vor sich hin. »So kann das nicht weitergehen.« Am liebsten hätte er sie gepackt, geschüttelt und hinausgeworfen. Verärgert versetzte er einem umgestürzten Stuhl, der im Weg lag, einen heftigen Tritt. Das Geräusch weckte die junge Frau. Ohne sich zu erheben, öffnete sie ein Auge und reckte sich gähnend, lauthals, ordinär, mit weit offenem Mund. Philippe fühlte, wie ihm vor Wut die

Galle hochstieg. Er musste dieses Weibsstück loswerden, sonst wurde er seines Lebens nicht mehr froh! »Was ist das hier für ein Saustall!«, schrie er unbeherrscht. »Verschwinde, Sandy! Du ruinierst alles, was du anfasst! Ich will dich hier nicht mehr sehen!«

Sandrine erhob sich und fuhr sich über die zerrauften Haare. Sie sah ihn mit leicht zusammengekniffenen, grünlich schillernden Augen abweisend an. »Ich ruiniere alles?«, fragte sie mit verschlafener, rauer Stimme. »Geh doch zum Teufel mit deinem lächerlichen Ordnungsfimmel!«

»Eine Schlange«, fuhr es Philippe durch den Kopf. »Eine Schlange, die nur darauf wartet, mir den tödlichen Biss zu versetzen. »Mach endlich, dass du fortkommst«, schrie er mit hervorquellenden Augen, an allen Gliedern zitternd. »Schnell – bevor ich mich vergesse!«

»Du Schlappschwanz! Vor dir habe ich keine Angst!« Sandrine begann zu lachen, ein lautes, verächtliches Lachen. Mit einem Satz war er bei ihr, packte sie, legte seine Hände um ihren Hals und drückte zu, um sie zum Schweigen zu bringen. Ein dumpfes Gurgeln entrang sich ihrer Kehle. Sie kämpfte, wehrte sich, trat um sich. Er ließ los, sie stürzte zu Boden und gab keuchende Laute von sich. Zu Tode erschrocken, sah er auf sie hinab. Was hatte er getan? Er besah seine Hände, die langen weißen Finger, die einzig und allein zum Musik machen und zum Müßiggang bestimmt schienen. »Verzeih mir, Sandy«, bat er beinahe weinerlich. »Das wollte ich nicht.«

Langsam, nach unendlich scheinenden Minuten hob Sandrine den Kopf, tastete nach ihrem Hals und starrte ihn an. »Das wirst du bereuen!«, brachte sie stockend und heiser hervor. Sie rappelte sich auf und schien einen Augenblick zu überlegen. Dann griff sie nach den Schlüsseln von Philippes Wagen, die auf dem Couchtisch lagen und warf sie in ihre Handtasche. »Den Wagen siehst du nicht wieder. Aber im Gefängnis brauchst du ihn ohnehin nicht!« Ohne Schuhe und nur mit ihrem Hemd bekleidet, rannte sie Hals über Kopf aus der Wohnung.

Schwer atmend fiel Philippe auf das Sofa mit den klebrigen Resten ausgelaufenen Alkohols zurück, auf dem Sandrine noch vor wenigen Minuten gelegen hatte. Jetzt war alles aus: Sandrine würde schnurstracks zur Polizei gehen und die ganze Geschichte erzählen. Es gab kein Zurück mehr. Sein Alibi fiel zusammen, man würde ihn verhaften, wegen Mordes an Tolbiac, dem Buchhalter, wegen Verschleierung einer schändlichen Tat! Seine Beteuerungen, unschuldig zu sein, würden ihm jetzt keinen Deut mehr nützen – trotz der langen Zeit, die inzwischen verstrichen war. Auch die Goldbarren, von denen er in Zukunft leben wollte, nützten ihm nun nichts mehr. Warum hatte er nur plötzlich die Beherrschung verloren? Aber es war unausweichlich gewesen, irgendwann hatte es geschehen müssen. Sandrine war zu weit gegangen – ihr Benehmen hatte ihn bis zur Weißglut gereizt. Er griff nach der Cognacflasche, füllte ein Glas nach dem anderen und trank, bis er völlig benebelt war. Dann stand er schwankend auf, suchte nach einem Seil, einem Strick, an dem er sich aufhängen konnte, und hielt nach einem geeigneten Balken an der Decke Ausschau. Er rückte einen Stuhl heran und wollte hinaufsteigen, doch es gelang ihm nicht, das Gleichgewicht zu halten. Taumelnd sank er wieder aufs Sofa zurück, trank jetzt direkt aus der Flasche. Im tiefsten Innern wusste er, dass seine Feigheit ihn daran hinderte, selbst Hand an sich zu legen. Irgendwann war er so betrunken, dass er alles nur noch durch einen dichten Schleier wahrnahm und vor sich hin döste. Die Türklingel riss ihn aus diesem Zustand zwischen Schlaf und Wachen. »Jetzt holen sie mich«, dachte er, »sie sind gekommen, um mich zu verhaften.« Er erhob sich mühsam, schwankte zur Tür und öffnete. »Ich bin bereit«, lallte er dem Polizisten entgegen, der vor ihm stand. Dieser sah ihn erstaunt an und hielt ihm den Ausweis Sandrines unter die Nase. »Die Dame wohnt bei Ihnen?«

»Ja«, erwiderte er und hielt sich am Türrahmen fest. »Sie wohnt hier ...« »Jetzt kommt es«, dachte er, »jetzt legt er mir Handschellen an, packt mich und führt mich ab.«

»Mademoiselle Rouvrier hatte leider einen Unfall. Sie ist in der Nähe des Bois de Boulogne mit Ihrem Wagen von der Böschung abgekommen und gegen einen Baum gefahren. Sie hatte wohl gar keinen Führerschein – und sehr viel Alkohol im Blut.«

»Mit dem Wagen«, artikulierte Philippe mühsam, »mit meinem Wagen?«

»Ja, so war es wohl. Ihre Papiere lagen im Handschuhfach«, fuhr der Polizist fort. »Daher haben wir Ihre Adresse. Ihre Freundin war sofort tot. Genickbruch. Mein Beileid!«

***

Nicolas lag flach auf die Erde gedrückt in einer Mulde am Boden, nur zwanzig Schritte vom Eingang der Neuen Reichskanzlei entfernt, und wartete. Seinen Arm mit der Waffe hatte er auf einen Stein gelegt, um ihn sicher aufstützen zu können. Hinter dem Gebüsch, umlagert von halb überwachsenen Bauschuttresten, war er nicht zu sehen. Trotzdem zitterte er, vibrierte sein Arm, seine Hand, in der er die P.38er-Pistole hielt. Er versuchte, sich zur Ruhe zu zwingen und die auf und ab gehenden Sicherheitsleute der SS nicht aus den Augen zu lassen, die mit Maschinenpistolen fern von ihm um das Gebäude patrouillierten. In diesem Moment gab Hitler wohl die letzten Anweisungen an das Oberkommando, seine ihm ergebenen Generäle. Zum Teufel mit diesem schnurrbärtigen Emporkömmling, an dem auf den ersten Blick nichts Besonderes war, der es aber verstand, die Massen auf unerklärliche Art zu faszinieren und in Bewegung zu setzen! Verdammter Krieg! Ob er mit seiner Tat wirklich Schlimmeres verhindern konnte? Einen Moment zweifelte er, bereute fast, hier zu liegen und auf seinen Einsatz zu warten. Ein seltsames Kribbeln überkam ihn. Aus den Augenwinkeln beobachtete er die nahe gelegene Straße hinter dem Garten, auf der das Motorrad stand, das ihn auf dem Sozius mitnehmen sollte. Der Fahrer lauerte in einem Hauseingang auf seinen Einsatz. Alles musste blitzschnell gehen. Nicolas wartete nun schon drei nervenzerfetzende Stunden und sein Arm wurde langsam lahm, sein Rücken schmerzte vom Druck der kugelsicheren Weste. Er hatte genug Zeit, sich auszumalen, was geschehen würde, wenn man ihn erwischte. Bestimmt ließ man ihn nicht lebend laufen – und zuvor riss man ihm jeden Fingernagel einzeln aus, damit er gestand. Also musste es auf Anhieb klappen, die Kugel tödlich sein. Ganz nach Plan. Er zwang sich zu einer anderen Vorstellung, sah sich am weißen Strand auf einer Insel liegen, von hübschen, halbnackten Frauen umgeben. Eine Villa am Meer, Reisen um die Welt, fernab von Krieg und Armut. Mit dem Geld, das er bekam, konnte er sich das alles kaufen. Seine Position leicht verlagernd, tastete er in der Weste nach den Reservepatronen, die er wahrscheinlich gar nicht brauchen würde. Von einem halb in seinem Blickfeld stehenden Baum zusätzlich gedeckt, konnte er durch ein kleines Viereck, das die Blätter freiließen, zielen. Der erste Schuss musste treffen, tödlich sein. Niemand würde in der Aufregung gleich wissen, woher er kam. Und dann, sagte er sich, nur drei große Sprünge und er war auf dem Sozius des Motorrades, dessen Motor in diesem Augenblick bereits lief. Bis die Sicherheitsleute sich umwandten, war er mit seinem Helfer längst davongebraust. Da, ein Geräusch, endlich! Die Posten eilten herbei, öffneten das schwere Portal und flankierten es. Hitler trat, noch halb verdeckt von einem seiner Generäle, der auf ihn einredete, heraus. Nicolas' Finger umkrampfte den Abzug. Gespannt wartete er, dass Hitler hinter dem General hervorkam. Er wandte ihm jetzt die Seite zu, gestikulierte heftig und bewegte sich hin und her. Nicolas kniff die Augen zusammen und zielte, obwohl seine Hand nicht so sicher war, wie er es sich wünschte. Jetzt sollte er eigentlich schießen – doch Hitler machte im selben Moment eine ruckartige Bewegung und jemand aus der Delegation schob sich zwischen ihn und die anderen. Der Schweiß rann Nicolas in dicken Tropfen von der Stirn. Verdammt, es war, als wäre dieser Mann von Dämonen geschützt! Hitler drehte sich wieder herum, die anderen folgten und er ging außerplanmäßig auf der anderen Seite rasch davon. Die Entfernung vergrößerte sich. Sollte er es wagen, trotzdem zu schießen? Noch während er dies dachte, spürte er plötzlich den schmerzhaften Druck eines Eisens in seinem Rücken. »Waffe wegwerfen!«, rief eine sich überschlagende, grelle Stimme, »Hände hoch!« Zu Tode erschrocken ließ Nicolas die Pistole aus seinen schweißnassen Händen gleiten und schob sie von sich. Sein Blick fiel auf die blank geputzten Stiefel neben ihm und wanderte langsam über die schwarze Uniform mit dem straff gezogenen Ledergürtel zu den aufgebrachten, rot angelaufenen Gesichtern der beiden SS-Leute, die sich über ihn beugten und ihn jetzt grob hochrissen. »Schon wieder so ein Schweinehund, der dem Führer ans Leben will«, plärrte der Größere, auf dessen Brusttasche ein Hakenkreuz prangte. »Was tust du hier?« Er versetzte ihm einen harten Schlag gegen den Kopf. »Vaterlandsverräter. Dir werden wir's zeigen!« Ein Schlag in den Magen folgte und Nicolas krümmte sich mit schmerzverzerrtem Gesicht zusammen. Hitler war nicht stehengeblieben und ging inmitten seiner Generäle rasch davon. Er hatte nichts bemerkt. »Die Suppe haben wir dir wohl gründlich versalzen, oder?«, schrie der Mann mit dem Hakenkreuz. »Name?«

Nicolas antwortete nicht. Das auffordernde Knattern und Hochdrehen des Motorrads auf der Straße brachte ihn zur

Besinnung. »Weg, nichts wie weg«, dachte er. Unter Aufbietung aller Kräfte riss er sich taumelnd los, glitt an den beiden Wachen vorbei und schwang sich rennend mit einem beherzten Sprung auf das anfahrende Motorrad. Der Fahrer gab Gas und die Maschine fegte davon. Die SS-Leute zogen die Waffen und sandten dem Flüchtenden vergebliche Kugeln nach. »Mist – der ist uns entwischt!« Das Handgemenge und Knallen der Schüsse hatte die anderen Sicherheitsleute alarmiert, die sich in Bewegung setzten. »Hinterher! Den Burschen kriegen wir!«, schrie einer von ihnen. »Straßen sperren! Alle Einsatzfahrzeuge raus.«

Wie geplant wechselte Nicolas an der nächsten Ecke hastig in ein Taxi, während der Motorradfahrer sein Fahrzeug mit dem falschen Nummernschild in einen dunklen Toreingang schob. Noch einige Male wechselte Nicolas den Wagen, vorsichtig mögliche Straßensperren vermeidend. In Kreuzberg ließ er den Fahrer halten und ging zu Fuß weiter. Er brauchte Zeit zum Nachdenken. In einer weiten Tasche unter seiner kugelsicheren Weste befanden sich ein paar nützliche Utensilien. Ein schwarzer Bart, eine Halbperücke und eine Brille. Auf einer öffentlichen Toilette veränderte er sein Aussehen und schlenderte dann mit einem bangen Gefühl im Herzen weiter. Was würde die Kommandozentrale zu dem nicht gelungenen Attentat sagen? Es war ausgemacht, dass er sich nach getaner Arbeit über Funk melden und sofort mit seinem Diplomatenpass in die Schweiz reisen sollte. Aber das setzte den Tod Hitlers voraus. Jetzt, nach dem Scheitern der Aktion war er im Grunde nutzlos geworden. Aus, vorbei, der Lebenstraum, das viele Geld! Es war einfach nicht gelungen. Er hatte schon vorher schießen sollen, hatte die richtige Gelegenheit verpasst. Instinktiv spürte er, dass es falsch wäre, sich sofort beim Geheimdienst zu melden und seine Niederlage einzugestehen. Sein Funkgerät wartete versteckt in der gemieteten Berliner Wohnung. Meist funkte er nachts, weil da die Reichweite größer war. Aber was sollte er senden? Man würde kein Vertrauen mehr zu ihm haben und Angst, dass er plauderte, wenn die Gestapo ihn doch noch erwischte. Mit seiner Agententätigkeit für Stalin war es wohl für alle Zeit vorbei. Nicolas wusste von Oberst Weißenfeld, was die Russen mit Spionen machten, die versagten und die man nicht mehr brauchte. Sie verschwanden irgendwo in Sibirien, im Niemandsland und tauchten nie wieder auf. Am besten war es, sich unsichtbar zu machen, ganz aus dem Blickfeld seiner Umgebung zu verschwinden. Aber wie? Nach Amerika? Aber dafür brauchte er eine Ausreise- und Aufenthaltserlaubnis! Bis zum Abend trieb sich Nicolas unschlüssig in diversen trüben Kneipen Berlins herum. Es gelang ihm nicht ganz, seinen Kummer zu ersäufen, aber er musste sich mit irgendetwas betäuben, um nicht laut loszuschreien. Sein verpfuschtes Leben zu beklagen, die versäumte Gelegenheit zu beweinen, einmal reich und frei zu sein, Ansehen zu genießen. Immerhin hatte man ihn nicht erwischen und festnehmen können, das war sein einziger Trost. Aber er musste vorsichtig sein, damit er jetzt weder den Nazis noch den Bolschewisten in die Hände fiel. Irgendwo würde er ein neues Leben beginnen, wieder eine Chance bekommen. Er wartete ab, bis es dunkel wurde, um nach Hause zurückzukehren. Man konnte schließlich nie wissen. Die Gestapo-Spitzel waren mit allen dunklen Mächten im Bunde! Er nahm wieder ein Taxi und ließ es ein paar Häuserblocks vor seiner Wohnung halten. Im Erdgeschoss gelegen, ging sie auf einen großen Garten hinaus. Das war günstig, denn es erlaubte ihm, ungesehen durch die Terrassentür hineinzuschleichen. Eigentlich eine überflüssige Vorsichtsmaßnahme, wie er fand, denn seine Adresse kannten nur die Eingeweihten. Ein kurzer Schauder überlief ihn. Konnte er denen überhaupt trauen? Am besten war es, alle Papiere zu verbrennen, das Funkgerät zu zerstören und auf Nimmerwiedersehen zu verschwinden. Er hatte vorgesorgt und besaß außer dem Diplomatenpass noch drei andere falsche

Pässe, die er sich von einem guten Fälscher hatte anfertigen lassen. Die würde er mitnehmen. Und er hatte für den Notfall Geld beiseitegelegt, das sich in einem losen Stein außen unter der Fensterfront befand. Langsam schlenderte er über das Trottoir, an gleichgültigen Menschen vorbei. Er war sich ganz sicher, dass ihn mit der schwarzen Perücke und dem Bart niemand der Nachbarn erkannte, falls er einem begegnen würde. Er mied den vorderen, beleuchteten Eingang, ging zur Rückfront hinüber und stieg über den Gartenzaun, sich noch einmal nach allen Seiten umsehend. Alles war ruhig und es begann zu regnen, als er den kleinen Pfad fand, der zur Terrassentür des dreistöckigen Wohnhauses führte. Das kleine Fenster in Kopfhöhe daneben war nur angelehnt. Noch einmal versicherte er sich, dass er allein war. Alles war dunkel, nur in den höheren Etagen brannte Licht. Man hörte von oben Geschirrgeklapper, Stimmen und einen Rundfunkempfänger, der die Nachrichten des Tages durchgab. Nicolas setzte den Fuß auf einen kleinen Mauervorsprung, zog sich am Fenstersims hoch und zwängte sich durch das kleine Fenster. Sorgfältig schloss er es hinter sich. Er würde kein Licht anzünden. Mit nachtwandlerischer Sicherheit ging er in der Wohnung umher, warf ein paar Sachen in eine große Tasche und holte die Pässe und das Geld aus dem Versteck. Dann trat er an seinen Schreibtisch, raffte aus Schubladen und Fächern kompromittierende Papiere und Notizen zusammen und warf alles auf einen Haufen, um es im Kamin zu verbrennen. Mit einem Hammer, den er aus der Küche holte, ging er ins Wohnzimmer, wo das Funkgerät in einem unscheinbaren Schränkchen verstaut war. Er würde es herausholen, zertrümmern und völlig unbrauchbar machen. Nur das Chiffrierbuch, das obenauf lag, das musste noch mit in seinen Koffer. Er tastete herum, doch der Schrankschlüssel lag nicht an seinem Platz. Erschrocken stellte er fest, dass die Schranktür nur angelehnt war. Hatte er beim letzten Mal etwa das Abschließen vergessen? Er bückte sich und steckte die Hand in die Öffnung. Leer! Das Schloss war aufgebrochen. Es durchfuhr ihn wie mit einem Stich. Verflixt, was war da passiert? Wo war das Funkgerät – und das Chiffrierbuch? Ein unbehagliches Gefühl ergriff ihn. Er richtete sich auf und lauschte mit rasendem Puls in die Dunkelheit, die ihn jetzt mit unheimlicher Ruhe umgab. Ein Knacken des Parketts wie unter einem Schritt, ließ ihm das Blut in den Adern gefrieren. War da jemand in seiner Wohnung? Er lauschte eine Weile unbeweglich. Nichts. Er holte tief Atem. Das waren die Nerven, die Spannung, die ihn schon den ganzen Tag über gefangen hielt. Aber die Sache mit dem Funkgerät war doch sehr merkwürdig. Irgendjemand musste hier gewesen sein und es fortgeräumt haben. Vielleicht waren sie ihm schon auf der Spur! Wollten ihn weghaben! Am besten, er verschwand jetzt so schnell wie möglich. Die durchdringende Schwärze der Wohnung legte sich auf ihn wie ein schweres Gewicht. Er trat zum Schreibtisch, knipste seine Taschenlampe an und ließ den Lichtkegel unsicher und zitternd durch den leeren Raum wandern, bis er am Kamin hängen blieb. Das Blut pulste in seinen Schläfen. Die Papiere verbrennen, das war jetzt das Wichtigste. Er nahm die Streichhölzer vom Sims und zündete eines an. Doch noch bevor er es in den Kamin werfen konnte, spürte er einen Ruck und einen Arm an seiner Kehle, der ihn in den Würgegriff nahm. Nicolas rang nach Luft und wehrte sich so gut er konnte. Doch sein Schrei wurde erstickt, er gurgelte nur unverständliche Laute. Mit einer fast übermenschlichen Kraftanstrengung riss er sich los und stürzte zu Boden. Er wollte aufspringen, doch dann sah er, dass der Unbekannte, der eine schwarze Kapuze mit ausgeschnittenen Augenschlitzen über dem Kopf trug, eine Pistole in der Hand hielt. »Nein«, rief er und hob hilflos die Hand, wie um sich zu schützen, »nicht, ich …« Er hörte ein dumpfes Geräusch und spürte einen gleichzeitigen Schlag an seiner Schulter, der ihm beinahe den Atem nahm. Seine Hand glitt zu der Stelle, er fühlte etwas Feuchtes, das zwischen seinen Fingern hervorquoll. Von Schmerz durchbohrt, sackte er instinktiv zur Seite und der nächste Schuss des Revolvers, der einen Schalldämpfer trug, ging ins Leere. Reglos auf dem Boden liegend, riss er die Augen auf und starrte leer zur Decke, wie er es bei den Gefallenen in Spanien gesehen hatte, die aussahen, als könnten sie auch im Tod noch nicht begreifen, was geschehen war. Der Unbekannte beugte sich prüfend über ihn und versetzte ihm einen Stiefeltritt in die Seite, den Nicolas ohne Zucken hinnahm. Ihn für tot haltend, machte der Mann sich eine Weile im Raum zu schaffen und verschwand dann im Dunkel der Nacht. Stille breitete sich aus. Nicolas wagte vorsichtig, sich aufzurichten. Er tastete nach seiner Schulter. Die Kugel hatte ihn zum Glück nur gestreift. Jetzt war guter Rat teuer.

***

Der Abstellraum wurde zur Folterkammer, in der David nun gefangen war. Direkt unter dem Dach liegend, unbeheizt und zugig während der kühlen Jahreszeit, glühend heiß wie ein Backofen, wenn die Sonne schien, war es unerträglich, sich dort dauerhaft aufzuhalten. An Malen war jetzt nicht mehr zu denken – seine wenige Habe, die Matratze zum Schlafen, ein kleiner Spirituskocher, mit dem er wenigstens Tee kochen oder etwas aufwärmen konnte, das alles nahm Platz ein. Seit Babette ihn der Polizei gemeldet hatte und der Krieg ausgebrochen war, wagte David es kaum mehr, sein Refugium zu verlassen. Und obwohl Sophie alles tat, ihm den Aufenthalt zu erleichtern, ihn mit Essen, warmen Decken und Zeitungen versorgte, fühlte er sich eingesperrt wie in einer Gefängniszelle. Konnte er überhaupt dem Ehepaar, das dieses kleine Loch an ihn vermietet hatte, auf Dauer trauen? Die beiden machten manchmal, wenn

Sophie für ihn die Miete zahlte, so merkwürdige Andeutungen. Als der Frühling kam und die Sonne heiß auf das Dach brannte, wurde es schon nach wenigen Stunden so stickig, dass ihm der Schweiß nur so herunterrann. Das Oberlicht war nicht völlig zu öffnen, brachte nur etwas Tageslicht und keine Kühle. David fürchtete die Hitze des Sommers, die hier wohl unerträglich wäre. Er wollte weg, wusste aber nicht, wohin. Den alten Pass Davids auf den Namen Paul Andres hatte Babette heimlich an sich gebracht und der Polizei ausgehändigt. Da man den Gesuchten aber nicht finden konnte und Sophie nichts nachzuweisen war, war die Sache vorläufig auf Eis gelegt worden.

Die politische und strategische Lage Frankreichs bewegte sich im Nebel des Undurchschaubaren. Was würde geschehen? Nachdem größere Kampfhandlungen an der Westfront trotz der Kriegserklärung Englands und Frankreichs an das Deutsche Reich in den ersten Wochen ausgeblieben waren, glaubte man zunächst, dass sich Hitler mit der Eroberung Polens zufrieden geben werde. Doch das war weit gefehlt, wie die neueren Ereignisse zeigten. Die französischen Streitkräfte verharrten hinter der gut gesicherten Maginotlinie, einige vorgetäuschte Angriffe der Deutschen abwehrend. Doch im Mai 1940 begannen die Ereignisse sich zu überschlagen und alles kam ganz anders, als man in Frankreich gehofft und erwartet hatte.

David war inzwischen in seinem kleinen Gefängnis so ungeduldig geworden, dass er glaubte, es keine Stunde länger dort aushalten zu können. Die ständige Untätigkeit und das Gefühl auf so engem Raum gefangen zu sein, zermürbten ihn. Ganz gegen alle Vernunft verließ er seine Klause von Zeit zu Zeit, streifte durch die Straßen, übernachtete auf Bänken oder setzte sich in ein Café, um die Leute zu beobachten. Aber das war nicht ganz ungefährlich. Die Polizei machte regelmäßige Kontrollen, um die *réfugiés*, die Flüchtlinge ohne Pässe, aufzuspüren. Eines Morgens stand Sophie ganz blass und aufgeregt vor ihm. In der Hand hielt sie außer dem Frühstücksbaguette auch das Nachrichtenblatt *Le Matin.* »Was hast du?«, fragte David verwundert, »was ist geschehen?« Sie ließ sich auf die Matratze fallen. »Lies selbst! Alles ist aus. Frankreich ist geschlagen. Von den verdammten *boches*!« Sie stützte den Kopf in beide Hände.

»Marschall Pétain verlangt Waffenstillstand!«, lautete die Schlagzeile in großen Lettern auf der ersten Seite. David überflog den nachfolgenden Text. Nach einer Weile ließ er das Blatt sinken. »Einen so schnellen Sieg Hitlers hat wirklich niemand voraussehen können«, sagte er tonlos.

»Sind unsere Generäle denn total unfähig?« Sophie schüttelte verständnislos den Kopf. »Hitler wird in Paris einmarschieren!«

»Ein raffinierter Plan der Wehrmacht, die Maginotlinie zu umgehen, das Bollwerk, mit dem Frankreich glaubte, sich schützen zu können«, stellte David nachdenklich fest. »Die Deutschen haben den Umweg über Holland und Belgien genommen! Länder, die sofort kapituliert haben.«

Sophie seufzte. »Wieso haben die Alliierten das denn erst so spät erkannt?«

»Eine raffinierte Täuschung! Mit einem so schnellen Vormarsch auf einer anderen Route hat niemand gerechnet!« David entfaltete eine Karte, mit der er die militärische Spur verfolgte. »Sieh her! Über den Norden sind die Deutschen nach Südosten vorgedrungen, haben die französischen Truppen eingekesselt und kampfunfähig gemacht.« Er sah Sophie an: »Ich fürchte, jetzt geht es mir an den Kragen! Ich kann nicht länger in Paris bleiben.«

Sie schlang die Arme um seinen Hals: »David! Ich habe Angst!« Tränen traten in ihre Augen. »Oft träume ich von dieser schrecklichen Nacht in München – undenkbar, wenn so etwas auch hier geschähe …«

»Sei ganz ruhig!« David drückte sie fest an sich. »Wir werden schon einen Weg finden. Was ist mit dem Schloss in der Picardie, von dem du mir erzählt hast? Könnte ich mich dort nicht eine Weile verstecken?«

»Auprèsmont?« Sophie war wie elektrisiert. »Natürlich – daran habe ich gar nicht gedacht.«

»Vielleicht kannst du ja nachkommen!« Er erhob sich. »Es wird hier sicher bald drunter und drüber gehen. Am besten ist, wenn ich Paris sofort verlasse – bevor die Straßen gesperrt und die Deutschen überall sind. Kannst du mir einen Kompass besorgen, damit ich auch nachts den Weg finde? Und Proviant, die Beschreibung des Ortes und die Schlüssel zum Schloss. Bitte beeil dich.« Seine Augen hatten einen fiebrigen Glanz bekommen.

»Ich mache, so schnell ich kann.« Sophies Herz klopfte wie wild, als sie David verließ. Mit den nötigen Besorgungen brachte sie ihm in ganz kurzer Zeit das Gewünschte. Der Abschied war schnell und schmerzlich, aber sie wusste ja, dass sie ihn bald wiedersehen würde, wenn alles gut ging.

Babette verzog keine Miene, als sie ihr mitteilte, dass die Wohnung gekündigt sei und sie ausziehen werde. »Dann adieu«, sagte sie schnippisch und mit erhobenem Kopf. »Und nimm dich vor den Deutschen in Acht. Wenn die herausfinden, dass du einen kriminellen Juden liebst …«

»Schäm dich!«, unterbrach Sophie sie mit zitternder Stimme. »Dein Herz ist aus Stein! Ich bin froh, wenn ich dich nicht mehr sehe!«

»Und ich erst. Ich wünsche dir viel Spaß mit deinem Judenknaben!« Babette lachte hämisch auf und verschwand in ihrem Zimmer. Sophie musste gewaltsam die Tränen zurückhalten. Nie hätte sie gedacht, dass die ehemalige, ihr einst so sanftmütig scheinende Kommilitonin sich so verändern würde! Das Telefon schrillte in ihre Gedanken. Es war Marguerite, die sich schon lange nicht mehr gemeldet hatte. Ohne Einleitung brach die Schwester in einen Wortschwall hysterischer Befürchtungen aus. »Sophie, was sagst du dazu? Ist das nicht schrecklich? Die Deutschen stehen vor der Tür! Wir müssen Paris verlassen«, schallte es durch das Telefon. »Wie gut, dass wir Auprèsmont noch nicht verkauft haben! Meine Sachen sind schon gepackt. Max und seine Mutter kommen auch mit. Sie müssen sich schließlich um den kleinen Michel kümmern.«

Sophie hielt kurz den Atem an. »Du … du willst nach Auprèsmont fahren? Mit Max – und seiner Mutter …«

»Ja, wohin sonst«, sagte Marguerite mit einem Schluchzen in der Stimme. »Es bleibt uns ja keine andere Wahl, als aufs Land zu gehen. Sobald ich alles vorbereitet habe, reisen wir. Spätestens in ein paar Tagen. Ich bin nur nicht sicher, ob wir Passierscheine brauchen, um aus der Stadt zu kommen. Aber das wird Max klären. Wer weiß, was die Deutschen mit uns vorhaben. Ich traue ihnen nicht über den Weg. Philippe denkt genauso – er wird auch nachkommen, zusammen mit Jean-Luc. Er ist zu ihm zurückgekehrt. Wie auch immer, wir werden Mamans Wagen nehmen. Max hat schon ein paar Kanister Benzin extra organisiert. Oh, Sophie!« Ihre Stimme zitterte. »Wir müssen doch jetzt alle zusammenhalten!« Ein Aufschluchzen ließ ihre Stimme brechen. »Ich hätte nie gedacht, dass so etwas geschehen würde! Gerade, wo meine Karriere einen günstigen Verlauf genommen hätte. Alles vorbei, vorüber! Immer habe ich Pech! Nun müssen wir nur daran denken, zu überleben.«

»Ja, das ist wahr«, sagte Sophie, mühsam ihre Gedanken sammelnd. »Dann … sehen wir uns ja bald, Marguerite, in Auprèsmont. Und reg dich nicht unnötig auf – es wird sicher alles gut.« Sie legte rasch den Hörer auf. Wie sollte sie David jetzt davor warnen, dass er auf dem Schloss nicht allein sein würde? Sicher war er schon fort. Es gab nur eine Möglichkeit. Vor ihm und den anderen in Auprèsmont zu sein. Rasch packte sie ein paar Sachen zusammen und eilte zum Bahnhof. Die Züge waren überfüllt. Eine große Landflucht aus Paris hatte eingesetzt. Für die kurze Strecke brauchte sie diesmal vier Stunden. Immer wieder hielt der Zug aus ungeklärten Gründen. Auf den Straßen sah man deutsche Soldaten mit ihren Fahrzeugen und Panzern. Sie dachte an ihren Vater und Paul und wandte den Blick ab. Waren sie auch dabei? Schließlich hatte sie wenigstens die Bahnfahrt geschafft. Müde machte sie sich auf der staubigen Landstraße zu Fuß auf den Weg. Es war ein ordentliches Stück, das sie bis dahin immer im Auto oder mit einem Pferdefuhrwerk zurückgelegt hatte. Beim Anstieg auf den kleinen Hügel, auf dem Auprèsmont lag, musste sie mehrmals innehalten.

Das gute Gefühl, nach Hause zu kommen, wurde überschattet von einem ersten ungewohnten Eindruck. Der Park war verwildert und das Gebäude mit seinen leeren Fenstern wirkte traurig und verlassen. Efeu kroch ungehindert an der Fassade empor, weil man vergessen hatte, einen Gärtner zu beauftragen. Ein muffiger Geruch aus Papier, alten Holzdielen und Bohnerwachs schlug ihr entgegen, als sie die Türe aufschloss. David war noch nicht da, das spürte sie mehr, als sie es sah. Es war seltsam, wie einsam ein altes, unbewohntes Haus wirken konnte! Sie stellte den Koffer ab, riss die Fenster auf und ließ frische Luft hinein, mit dem leichten Herbstgeruch aus dem Garten. Erinnerungen überwältigten sie, wie jedes Mal, wenn sie zum Hort ihrer Kindheit zurückkam und diese Schwelle übertreten hatte. Sie ließ sich in einen mit groben Leinentüchern verhängten Sessel fallen und atmete die Vergangenheit ein. Später stieg sie die Wendeltreppe hinauf, zum Zimmer ihrer Mutter, in dem noch der fade Duft ihres Parfums schwebte, des legendären Chanel Nr. 5. Alle ihre Sachen befanden sich noch hier, ihr rosa Morgenrock mit den altmodischen grauen Spitzen hing nachlässig über dem Bettpfosten. Sophie öffnete die Terrassentür zum großen Balkon, der nur knapp von einem der das Gebäude beidseitig flankierenden Türme entfernt war, und trat hinaus. Man konnte von hier aus das kleine Dorf überblicken, das mit seinen zusammengeschachtelten roten Dächern und dem Kirchturm wie ein Spielzeugmodell wirkte. Weite Kornfelder erstreckten sich in der Ferne, soweit das Auge sah. Sie trat wieder ins Zimmer. Hinter dem bemalten chinesischen Paravent hatte die Vertäfelung einen leicht veränderten Farbton. Man bemerkte es nicht, wenn man nicht genau darauf achtete. Ganz unten, hinter der Fußbodenleiste befand sich ein kleiner Hebel. Sophie versuchte, ihn zu bewegen. Es war schwer, denn er war lange Zeit nicht benutzt wurden. Schließlich schaffte sie es, ihn gerade zu stellen. Wie von Geisterhand ließ sich jetzt die Holzplatte nach innen schieben. Ein schwarzes Loch tat sich auf, voller Spinnweben und Staub. Schaudernd starrte Sophie auf das Podest, über das man die schmale Wendeltreppe erreichen konnte, die sich in engen Windungen nach unten schraubte. Diese Treppe führte in ein verborgenes kleines Zimmer des Turms, das im früheren Dienstbotentrakt lag, und – wenn man weiter hinabstieg – zu einem unterirdischen Gang, der geradewegs ins Freie führte. Das war nichts Ungewöhnliches bei alten Schlössern. Sie kannte den Gang, weil sie als Kinder verbotenerweise hier herumgeklettert waren und alles erforscht hatten. Niemals hatte sie sich gefragt, wozu und für wen der Erbauer das Ganze angelegt hatte. Aber das Schloss datierte mit seinen Grundmauern aus dem sechzehnten Jahrhundert und damals hatte es wohl einen realen Grund für die geheimen Verstecke und Gänge, die überall verteilt waren, gegeben. Im Gegensatz zu früher konnte Sophie sich heute nicht mehr dazu überwinden, in den dunklen Schlund hinabzusteigen. Soweit sie sah, schien die Treppe noch intakt zu sein. Sorgfältig zog sie das Brett wieder an seine Stelle und kippte den Hebel unter der Verschalung um. Diesmal würde sie nicht in ihrem alten Zimmer wohnen, sondern in dem der Mutter. Vor allem wegen des Geheimganges, den David vielleicht benutzen musste. Sie begann das Zimmer umzuräumen, die eingetrockneten Tiegel vom Toilettentisch zu entfernen, die Schränke zu leeren und die Betten zu beziehen. Was würde wohl die Zukunft bringen, dachte sie kurz vor dem Einschlafen. Krieg, Vernichtung, Leid? Was für ein Wahnsinn!

In der Nacht wurde sie von Geräuschen am Haus geweckt. Sie war sofort hellwach, zündete eine Kerze an und lief im Nachthemd die Treppe hinunter. Es war David, der gerade versuchte, mit dem Schlüssel, den sie ihm gegeben hatte, das rostige Schloss am breiten Eingangsportal zu öffnen. Eilig klinkte sie die schwere Tür auf. Erstaunt stand er vor ihr, doch dann breitete sich ein freudiges Lächeln auf seinem Gesicht aus: »Sophie, du bist schon hier?« Er breitete die Arme aus und Sophie flog hinein. Große Erleichterung durchströmte sie. Er war da, er hatte es geschafft und war gut angekommen! Die Kerze fiel in der Hast herab und verlöschte. Die Nacht war weich und warm nach einem kurzen Regenguss, der Mond erhellte den Vorhof und die verlassenen Pferdeställe und ließ die weißen Blüten der Jasminsträucher aufleuchten, die den Eingang umgaben. Ihr süßer Duft mischte sich betörend mit dem des feuchten Grases. »Ich bin so froh, dass du da bist!«

»Es war nicht einfach«, gab David zu, als er wieder zu Atem kam. »Ich habe mir ein Fahrrad ›ausleihen‹ müssen. Eine richtige Rostlaube, aber es hat seinen Dienst getan. Es steht am Eingang, versteckt zwischen den Büschen.« Er hielt Sophie ein wenig von sich weg. »Du siehst wunderschön aus im Mondlicht. Wie ein Engel im Seidenhemd. Es fehlen nur noch die Flügel!« Sophie lachte. »Du weißt genau, dass ich kein Engel bin! Übrigens bist du gerade noch rechtzeitig gekommen!«

»Wieso rechtzeitig? Was meinst du damit?«, fragte David.

»Um vor meiner Familie sicher zu sein. Stell dir vor, meine Geschwister verlassen Paris. Sie flüchten vor den Deutschen, die Paris überschwemmen. Ich habe mit meiner Schwester telefoniert und sie sagte, sie werden in den nächsten Tagen alle in Auprèsmont eintreffen.«

»Alle?« David war ganz blass geworden. »Dann muss ich wohl gleich wieder fort?«

»Nein, nein, das musst du nicht«, beruhigte ihn Sophie. »Ich habe mir alles genau überlegt. Das Schloss ist groß genug. Wir werden uns nicht über den Weg laufen, wenn wir aufpassen. Die Anderen werden überhaupt nicht merken, dass du da bist. Es gibt hier ein verborgenes Zimmer, vielleicht hat es eine Dame aus vergangenen Zeiten einmal bauen lassen, um heimlich ihren Geliebten zu empfangen. Dort kannst du dich zur Not einrichten. Es ist sehr leicht von den Privaträumen meiner Mutter aus über eine Wendeltreppe zu erreichen. Und dort werde ich wohnen. So können wir jederzeit zusammen sein. Und wenn es nötig ist, kannst du rasch nach unten oder auch ins Freie gelangen. Wir müssen es einmal ausprobieren.«

»Vom Regen in die Traufe! Da sitze ich ja auch wieder wie eine Maus in der Falle!« David war von der Aussicht eines neuen Verstecks gar nicht begeistert.

»Warte ab. Es wird schon klappen. Meine Geschwister werden nicht ewig hierbleiben. Dazu sind sie viel zu sehr an die Stadt gewöhnt. Aber was rede und rede ich.« Sie zog ihn ins Innere. »Du wirst Hunger haben und dich ausruhen wollen. Im Keller haben wir noch einen eisernen Vorrat an Eingemachtem.« Sie öffnete die Tür zu einem großen Raum im Souterrain. Eine Ratte huschte heraus, David beinahe über die Füße. Sophie stieß einen erschreckten Laut aus. »Das Haus stand so lange allein«, sagte sie entschuldigend, »Maria und Antonio, die sich früher um alles kümmerten, sind jetzt im Ruhestand. Da ist es wohl nicht verwunderlich, dass sich Mäuse und Ratten hier ausbreiten. Mutter ließ immer Gift oder Fallen auslegen – aber ich bringe es nicht übers Herz.« Sie knipste das Licht der pompösen Deckenlampe im Esszimmer an, holte Schinken und Wein aus der Vorratskammer der Küche und reichte David die Flasche zum Entkorken. David war hungrig. Er hatte auf seiner Flucht von Paris außer ein paar Keksen nichts gegessen. Herzhaft griff er zu und die einfache Mahlzeit kam ihm vor wie ein Festmahl. Der Wein hatte ihn belebt und auch Sophies Wangen gerötet. Er legte den Arm um sie. »Und wie stellst du dir vor, wie alles weitergehen soll?«

Sophie zuckte die Schultern. »Das werden wir ja sehen. Vorläufig bist du erst mal in Sicherheit. Ich denke, der Krieg ist bald zu Ende. Pétain wird mit den Deutschen verhandeln, Konzessionen machen. Irgendwann werden sie alle zur Vernunft kommen und einen Kompromiss schließen. Und damit wird auch die irrsinnige Hetzjagd auf die Juden aufhören.«

David seufzte aus tiefem Herzen: »Glaubst du wirklich, dass das geschieht?«

»Bestimmt!«, versicherte ihm Sophie. »Ich glaube an das Gute im Menschen.«

»Seit es Konzentrationslager gibt, kann ich an gar nichts Gutes mehr glauben!«

»Hab doch Geduld!« Es sollte tröstend klingen, doch Sophie spürte den falschen Ton in ihrer Stimme. »Was sollen wir denn anderes tun, als abwarten?« Sie sah, dass Davids Lider immer schwerer wurden. »Du musst furchtbar müde sein, mein armer Liebling!«, rief sie aus. »Schlaf dich erst einmal richtig aus. Komm, ich habe dein Bett schon gerichtet!« Sie führte ihn nach oben und David sank in die fülligen, ein wenig nach Mottenpulver riechenden Federbetten und schlief in Sophies Armen ein.

Am nächsten Tag führte Sophie ihn in Auprèsmont herum und zeigte ihm das Paradies ihrer Kindheit, das so abseits vom Krieg und der Wirklichkeit lag. Alles gehörte ihnen ganz allein, der durchsonnte Tag, der Park und die leeren Räume des

Schlosses, in denen sie wie zwei Kinder herumtollten. Doch schon Stunden später holte die Realität sie wieder ein. Marguerite, Max, der kleine Michel und Madame Gobelin trafen ein. Das Haus füllte sich, ganz wie früher, wenn die Familie zur Sommerfrische eintraf. Nur die Bedingungen waren diesmal anders, Unruhe und Angst vor der Zukunft begleiteten die Ankömmlinge und schwebten wie eine dunkle Wolke über ihnen. In den Zimmern ging es hektisch zu, laute Geräusche durchbrachen die verwunschene Stille, Türen klappten, Füße eilten über die knarrende Treppe, Möbel wurden verschoben und viele Stimmen redeten durcheinander. Am Abend reisten auch Philippe und Jean-Luc an. Marguerite zankte gleich mit Philippe um die besseren Zimmer und forderte ein eigenes, um nicht durch das Schreien des kleinen Michel gestört zu sein. Wozu hatte sie schließlich Max' Mutter zur Betreuung mitgenommen? Madame Gobelin, eine einfache Frau, blieb beim Betreten des Schlosses vor Ehrfurcht stumm auf der Schwelle stehen. Etwas wie Respekt vor ihrer Schwiegertochter stieg in ihr auf. Diese Pracht, die alten Möbel, die Gemälde, die Teppiche, die Leuchter und all das Silberzeug! Sie wusste nicht, wo sie zuerst hinschauen sollte. Der Kleine krähte und ihre Aufmerksamkeit wandte sich wieder dem winzigen Wesen zu, das sich vertrauensvoll in ihre Arme schmiegte. Zärtliche Liebe zu dem hilflosen Geschöpf hatte ihr verhärtetes Herz wie durch ein Wunder erweicht. Sie wiegte es hin und her, um es zu beruhigen. Nun musste sie zusehen, wo sie in diesem Labyrinth mit den vielen Türen die Küche finden und Milch für das Kind wärmen konnte. Da die dienstbaren Geister Maria und Antonio nicht mehr verfügbar waren, musste jeder nun selbst sehen, wie er zurechtkam. Auf dem Gang begegnete ihr Philippe. Er war nicht allein, denn sein Gefährte Jean-Luc stützte sich schwer auf ihn. Mit umschatteten Augen, hustend und sichtlich leidend, hielt er sich nur mit Mühe auf den Beinen. Erschrocken wich

Madame Gobelin vor den beiden zurück. Mit einem Todkranken unter einem Dach? Davon hatte ihr niemand etwas gesagt. Ohne ein Wort flüchtete sie mit dem Kind auf dem Arm in das kleine, unter dem Dach gelegene Zimmer, das sie bewohnen sollte, und nahm sich vor, nicht eher hinunterzugehen, bis dieser Mensch verschwunden war.

Jean-Luc hatte die Reise tatsächlich sehr erschöpft, er fieberte stark. Philippe sorgte dafür, dass er Ruhe in einem abgelegenen Zimmer finden und sich gleich niederlegen konnte. Er kochte ihm Tee, strich Butterbrote und kümmerte sich darum, dass er die vom Arzt verschriebenen Tabletten einnahm. An seinem Bett sitzend, ging er in Gedanken noch einmal alle Vorkommnisse der letzten und ihn sehr belastenden Tage in Paris durch: Die Beerdigung Sandrines mit der Regelung aller nötigen Formalitäten, die er zum Glück noch schnell über die Bühne gebracht hatte. Unangenehm war es nur geworden, als Sandrines betrunkene Mutter auftauchte, eine Prostituierte untersten Ranges, die ihn um Geld anbettelte. Er hatte ihr gegeben, was sie verlangte, ihr auch neue Kleider besorgt, damit sie in passablem Zustand mit den wenigen Freundinnen Sandrines und den Verkäuferinnen des exklusiven Ladens der »Robel-Moden« hinter dem Sarg hergehen konnte. Mit weiteren hundert Franc war sie dann endlich verschwunden. Arme Sandrine! Im Nachhinein tat sie ihm direkt leid. Mochte sie nun die ewige Ruhe finden, in ihrem schmalen Grab am Cimetière du Père-Lachaise! Alles in allem war ihm mit ihrem Tod allerdings ein Stein vom Herzen gefallen. Es bestand keine Gefahr mehr, dass sie redete, ihn erpresste oder gar ins Gefängnis brachte! Es war vorbei und niemand würde je etwas über den unglücklichen Ausgang der Geschichte mit Tolbiac erfahren. Für alle Zeiten blieb es nun Selbstmord. Seine Fehler blieben vertuscht; das Blatt hatte sich zu seinen Gunsten gewendet. Sogar Jean-Luc war wieder zu ihm zurückgekommen! Er hatte sich sehr leer und einsam gefühlt in der letzten Zeit und den langjährigen Gefährten im Grunde furchtbar vermisst. Launisch, kapriziös und unberechenbar, wie er war, gab er seinem Leben dennoch Farbe und Sinn. Für ihn hatte er abends seine Lieblingsstücke auf dem Klavier gespielt, seine Kritik akzeptiert und sich an seinem verträumten Lächeln erfreut, wenn ihm etwas besonders gut gefiel. Durch seine Modekollektionen war immer etwas los gewesen. Er hatte bei den Vorführungen im noblen Rahmen die elegante Pariser Welt getroffen und an unterhaltsamem Klatsch und geheimen Intrigen teilgenommen. Aber das war jetzt wohl mit einem Schlag vorbei. Krieg, das Wort allein hatte schon einen Beigeschmack von Tod und Schmerz. Alle weiteren Pläne und Wünsche waren nur noch Schimären. Besorgt beugte er sich über den in den Kissen liegenden Kranken und trocknete seine schweißbedeckte Stirn mit einem Tuch. Er schlief jetzt, schmal, mager und fast erdrückt von dem voluminösen Federbett. Der Arzt in Paris hatte Jean-Lucs Zustand als lebensbedrohlich erklärt und ihn für reiseunfähig gehalten. Nachdem er dem Kranken Blutegel verschrieben, ihn mit Tabletten und Spritzen malträtiert hatte, die ihn weiter schwächten, war Philippe der Kragen geplatzt. Er hatte ihn beschimpft, einen Quacksalber genannt und war mit Jean-Luc abgereist. Jetzt blieb ihm nur noch die Hoffnung, dass die Landluft von Auprèsmont ihm über den Berg half. Morgen würde er eine kräftige Fleischbrühe kochen, heiße Milch mit Honig besorgen und sie ihm einflößen. Philippe nahm seine fieberheiße Hand, die auf der Bettdecke lag, und drückte sie. Jean-Luc öffnete kurz die Augen. Sie waren groß und ausdruckslos wie schwarze Knöpfe und sein Gesicht schimmerte weiß unter dem schwarzen Haarschopf. Ein rasselnder Husten erschütterte erneut seine Brust und zauberte trügerische rote Flecken auf seine Wangen. Als er am Abend eingeschlafen war, entfernte sich Philippe leise und auf Zehenspitzen von seinem Bett. Er lauschte kurz in den Flur, doch im Hause war alles ruhig. Ihm war plötzlich eingefallen, dass seine Goldbarren in ihrem Versteck vor seinen Schwestern nicht sicher waren. Schließlich kannten sie die verborgenen Plätze im Schloss! Es war unbedingt nötig, sie zu tarnen, damit sie nicht entdeckt wurden. Er schaufelte draußen so unhörbar wie möglich Kies und Dreck in seine Tasche und bedeckte die Barren unter der Stufe so hoch damit, bis nichts mehr von ihnen zu sehen war. Erleichtert kehrte er wieder in sein Zimmer zurück. Jean-Luc schlief im Nebenraum noch in der gleichen Position, wie er ihn verlassen hatte.

David hatte sich bei der Ankunft der Familienmitglieder wohl oder übel über die mit Spinnweben überzogene Wendeltreppe in sein Versteck zurückziehen müssen. Der kleine Raum im Turm war staubig, ziemlich stickig und nicht gerade einladend. Die altersschwache Pritsche in der Ecke konnte man mit Decken und Kissen notdürftig herrichten, aber bequem war sie nicht. Eine einzige Luke im Turm, dicht unter der Decke, spendete spärlich Licht und Luft. Zwar hatte Sophie ihn mit Büchern aus der Bibliothek versorgt, doch das war kein großer Trost. Er fühlte sich erneut wie ein gefangenes Tier im Käfig. Erst am Abend durfte er hinauf und Sophies Zimmer betreten, in dem sie liebevoll ein kleines Dîner bei Kerzenschein für sie beide vorbereitet hatte. Es war die einzige Zeit des Tages, für die es sich zu leben lohnte, und er spürte ganz deutlich, dass er diese Situation nicht lange aushalten würde.

Die übrigen Familienmitglieder hatten sich inzwischen einigermaßen im Schloss eingerichtet. Doch eine ungewisse Spannung lag immer in der Luft. Marguerite nutzte jede Gelegenheit, sich theatralisch in Szene zu setzen und überflüssige Streitereien in Gang zu bringen. Max wirkte bedrückt, ein wenig verloren. Es gab keinen Zusammenhalt – jeder blieb für sich allein und bereitete auch in der Küche seine eigene Mahlzeit zu. Jahrelang war man hier bedient worden, aber nun bestand die Notwendigkeit, sich selbst zu versorgen. Philippe fuhr jeden Morgen mit seinem Wagen ins Dorf und holte Brot und die Zeitungen. Sie berichteten vom triumphalen Einmarsch deutscher Soldaten in Paris und rollenden Panzern in den Straßen. Man sah Fotos von der Rundfahrt Hitlers im offenen Wagen zum Arc de Triomphe und anderen Sehenswürdigkeiten. Paris war von den Deutschen besetzt, die sich überall zeigten und für Angst und Verwirrung bei der französischen Bevölkerung sorgten. Bald war der Waffenstillstand unterzeichnet, Pétain verhandelte mit Hitler und stimmte einer Kollaboration zu, der Anpassung an die Kriterien des Nazi-Staates. Auch in Frankreich sollte nun die gnadenlose Verfolgung der Juden, Freimaurer und Kommunisten betrieben werden. Das Land wurde geteilt, es gab eine besetzte und eine unbesetzte Zone. Niemand wusste, wie es weitergehen, was geschehen würde. Des Öfteren sah man auch in der Picardie Trupps von deutschen Soldaten durch die Dörfer marschieren und alle atmeten erleichtert auf, wenn sie vorbeizogen. Doch eines Abends waren plötzlich laute Motorengeräusche, Stiefeltritte und Kommandos rauer Stimmen im Hof des Schlosses zu vernehmen, denen feste Schläge gegen das Tor folgen. »Aufmachen!« rief eine Stimme, »*Ouvrez tout de suite!* Aufmachen oder wir sprengen die Tür.«

»Die Deutschen!« Marguerite fuhr zurück. Durch das Fenster hatte sie die Scheinwerfer von Fahrzeugen und Geschützen sowie Männer in Uniformen gesehen. Zitternd scharten sich die Frauen mit dem kleinen Michel im Speisezimmer zusammen, das sich der Küche anschloss. Max und Philippe schoben beherzt den Riegel vom Portal und öffneten. Vor ihnen stand ein Mann in grauer Uniform mit silbernen Abzeichen auf den Schultern und schwarzen Lederstiefeln. Seine Schirmmütze trug Embleme des Reichsadlers und Eichenlaubkranzes und in seinem Koppel steckte eine Pistole. Er grüßte mit erhobenem, ausgestrecktem Arm. »Heil Hitler! Ich bin Kommandant von

Halden. Das Schloss ist beschlagnahmt«, sagte er in ausgezeichnetem Französisch. Er winkte den Männern seiner Truppe, die die Fahrzeuge auf der Wiese, in der Auffahrt und im Hof geparkt hatten und sich nun mit festem Schritt formierten. Die Soldaten waren staubbedeckt vom langen Marsch und schienen froh, eine passable Unterkunft gefunden zu haben. »Quartier machen, wir bleiben vorerst hier!«, kommandierte von Halden. Philippe und Max beobachteten, wie sich die Soldaten auf dem Schlosshof zu schaffen machten und ihr Gepäck abluden. »Wer ist der Besitzer?« Max sah zu Philippe hinüber, der antwortete: »Ich bin Philippe Carrière. Was können wir für Sie tun?« Er räusperte sich, seine Kehle war rau und wie zugeschnürt.

»Wir werden uns für eine Weile hier einquartieren. Aber keine Sorge, meine Herren, wir sind keine Menschenfresser«, sagte der Kommandant leutselig. »Wir brauchen vor allem Verpflegung. Und Matratzen, Decken und Kissen für Schlafgelegenheiten.« Er setzte hinzu: »Und ich hoffe, Sie haben einen gut gefüllten Weinkeller. Schaffen Sie alles her, was Sie haben. Morgen werden wir neuen Proviant organisieren.«

Philippe nickte. »Ganz wie Sie wünschen.« Von Halden trat in die Halle und sah sich mit geübtem Blick um. »Platz gibt es hier ja genug. Aber vielleicht werden wir noch ein paar Leute im Dorf einquartieren müssen. Wie viele Personen befinden sich aktuell im Schloss?« Er zückte ein Notizbuch.

»Sechs Personen – drei Frauen, drei Männer und ein Säugling, Herr Kommandeur«, antwortete diesmal Max in devotem Tonfall. »Aber wir … wir können doch auf Sie als Kavalier rechnen – ich meine, wegen der Damen …«

»Selbstverständlich.« Von Halden blieb ernst. »Von meinen Männern haben Sie nichts zu befürchten, wenn Sie sich korrekt verhalten und tun, was ich sage. Verstanden?«

»Das werden wir«, beeilte sich Max zu versichern. »Kommen Sie!« Gefolgt von Philippe ging von Halden wieder hinaus, um die Umgebung zu inspizieren. »Der Brunnen in der Mitte – führt er Wasser?«

»Ich denke ja«, sagte Philippe mit einem leichten, inneren Zittern. »Man kann einen Eimer hinablassen. Aber wir haben natürlich auch fließendes Wasser im Schloss.«

»Ich sehe, dass Sie ganz vernünftig sind. Unsere Soldaten können sich auf jeden Fall draußen waschen. Gibt es hier auch ein Badezimmer?«

»Im ersten Stock. Der Kupferkessel müsste allerdings erst eingeheizt werden, wenn Sie warmes Wasser wünschen.«

»Tun Sie das. Wir haben einen langen Marsch und harte Gefechte hinter uns. Bis wir vom Führerhauptquartier neue Anweisungen erhalten, werden wir uns hier ein wenig ausruhen. Hoffen wir, dass Ihre Regierung vernünftig ist. Wo ist der Salon? Wir brauchen vielleicht auch ein paar Teppiche, in die sich meine Männer zum Schlafen einrollen können.«

Philippe führte ihn hinein und von Halden pfiff leise durch die Zähne. »Hübsch, sehr hübsch! Das ist ein Watteau, nicht wahr?« Er deutete auf das Gemälde, das über dem Kamin hing, ging zum Flügel und schlug ein paar Töne an. »Bechstein – ein guter Klang, nur ein wenig verstimmt. Aber das kriegen wir vielleicht hin.« Er wandte sich wieder Philippe zu. »Spielen Sie?« Philippe nickte. »Vorzugsweise Klassik.«

»Schön! Ich bin ein Bewunderer Chopins. Wir könnten einmal ein kleines Konzert veranstalten. Soldaten brauchen auch ein wenig Unterhaltung, verstehen Sie?« Er schien keine Antwort zu erwarten und fuhr gleich fort: »Aber zuerst möchte ich die Leute kennenlernen, die sich außer Ihnen noch hier im Schloss befinden. Ich weiß immer gern, mit wem ich es zu tun habe. Gehen Sie sie holen, Monsieur Carrière – ich erwarte alle ausnahmslos hier im Salon!«

»Da gibt es ein Problem. Wir haben einen Kranken. Er liegt oben im Bett.«

»Name?« Der Kommandeur zückte sein Notizbuch. »Beruf?«

»Jean-Luc Robel, Modeschöpfer aus Paris.«

»Was fehlt ihm?«

»Die Lunge …«

»Gut, ich werde ihn mir später einmal ansehen!«

Philippe wandte sich ab und ging hinaus. Der Kommandant machte keinen üblen Eindruck. »Auf jeden Fall versteht er etwas von Kunst und Musik«, dachte er. Kurze Zeit später hatten sich alle Bewohner des Schlosses im Salon versammelt. Marguerite erschien mit offenen Haaren in einem blumigen Sommerkleid und Schuhen mit hohen Absätzen. Sie hatte ein verführerisches Lächeln aufgesetzt und schien nicht abgeneigt, mit den deutschen Soldaten zu flirten. Das würde jedenfalls etwas Abwechslung bringen. Madame Gobelin, den kleinen Michel auf dem Arm, zitterte am ganzen Körper. Die Erinnerungen an den Großen Krieg, die Zeit, in der sie ihren Mann und zwei Söhne verloren hatte, waren plötzlich wach geworden, als sie die deutschen Soldaten sah. Die Miene des Kommandanten unter der Schirmmütze blieb unbeweglich. Er gab jedem einzeln die Hand. »Ich denke, wir werden uns verstehen, wenn Sie sich an meine Befehle halten«, sagte er mit fester Stimme.

»Befehle?«, klang Sophies hohe Stimme aus der Stille heraus, die auf seine Worte folgte. »Was soll das heißen? Mit welchem Recht dringen Sie mit Ihren Leuten hier ein und wollen uns auch noch Befehle erteilen? Das Schloss ist Privatbesitz.«

Der Blick von Haldens blieb erstaunt an ihr haften. Sie war die Einzige, die ihn nicht furchtsam und unterwürfig ansah, sondern eher einen hochmütigen und abweisenden Eindruck machte. Mit ihren blauen Augen und dem hellen, lockigen Haar, das ihr offen auf die Schultern fiel, erinnerte sie ihn an ein Mädchen, das er früher einmal gekannt hatte. »Sie überschätzen Ihre Position, Mademoiselle. Wir sind keine Gäste. Und wir befinden uns im Krieg. Ich bin der Kommandant – und der gibt die Befehle«, sagte er schärfer als beabsichtigt. »Ich rate Ihnen, sie zu befolgen, wenn Sie keine Unannehmlichkeiten haben wollen. Die Soldaten werden das Untergeschoss beziehen. Sie bleiben in den oberen Stockwerken. Das ist wohl ganz einfach zu befolgen.« Damit wandte er sich brüsk ab und verließ mit langen Schritten den Raum.

»Bist du verrückt«, fuhr Philippe Sophie an. »Wie kannst du so daherreden! Du schadest uns bloß. Die Deutschen können uns erschießen, wenn wir nicht parieren, hast du das vielleicht vergessen?«

»Er hat Recht«, sagte Max verhalten. »Wir müssen uns nach ihnen richten. Vielleicht ziehen sie ja bald wieder ab. Aber bis dahin ist es wichtig, dass wir gute Miene zum bösen Spiel machen.« Madame Gobelin, ganz grau im Gesicht, schaukelte den kleinen Michel hastig hin und her, der fest schlief. Marguerite warf ihre Haare zurück. »Ein gut aussehender Mann, dieser von Halden, das muss man sagen. Und er bewahrt Haltung. Von ihm werden wir sicher nichts zu befürchten haben.« Ihre Augen glitzerten, wie eine Katze, die eine Maus entdeckt hat. Max schwieg verlegen und spielte mit seinen Fingern, während seine Mutter ihn empört von der Seite ansah. Marguerite fuhr ungeniert fort. »Auf den Schrecken sollten wir uns unbedingt einen Cognac gönnen. Eine kleine Reserve anzulegen wäre nicht schlecht, bevor die Deutschen unseren Keller ganz leer geplündert haben!« Sie stakste auf ihren hohen Absätzen zu einem antiken Schränkchen neben dem Kamin und nahm eine Flasche heraus.

»Ich denke, du hast für heute genug, Marguerite!« Sophie hielt ihren Arm fest. »Du solltest überhaupt nicht so viel trinken! Vor allem nicht in dieser Situation.«

»Ach, spiel dich bloß nicht auf, Kleine.« Marguerite schob sie fort. »Ich mache, was ich will, verstehst du? Und keiner wird mich daran hindern.« Sie öffnete die Flasche und goss das danebenstehende Glas beinahe voll. »Auf das Vaterland! Trinken wir, um zu vergessen, dass uns die Boches so schnell überrollt haben!« Sie lachte laut auf. Max zog den Kopf ein und wich dem auffordernden Blick seiner Mutter aus, sich wie ein Mann zu betragen. Er wusste, dass er Marguerite nicht zur Raison bringen konnte. Sie würde sich nur weiter aufregen, wenn er etwas sagte. Doch Philippe kam ihm unerwartet zu Hilfe. Er war aufgesprungen. »Wirst du dich gefälligst benehmen, Marguerite!«, fuhr er die Schwester an und riss ihr die Flasche aus der Hand. »Sophie hat Recht. Hör auf zu trinken! Du bringst uns nur in Schwierigkeiten!«

Marguerite fiel in einen Sessel wie ein beleidigtes Kind. Von einer Minute auf die andere begann sie, hysterisch zu schluchzen. Ihre Schminke verwischte sich, das Lippenrot klebte am Kinn und an den Wangen und die Wimperntusche lief schwarz um ihre Augen.

»Marguerite!« Sophie stand auf und nahm die Schwester in den Arm. »Sei vernünftig! Philippe meint es doch nur gut. Auch ich habe vorhin einen Fehler gemacht, das sehe ich ein. Wir müssen jetzt unbedingt versuchen, die Nerven zu behalten!« Marguerite befreite sich wütend, lief hinaus und schlug die Tür hinter sich zu. Ratlos sahen sich die Zurückgebliebenen an. Keiner sprach ein Wort, bis Sophie aufstand. »Gute Nacht!«, sagte sie. »Morgen sieht vielleicht alles ganz anders aus.« Während sie die Treppe zu ihrem Zimmer hinaufstieg, dachte sie voller Sorge an David, der jetzt allein in seinem dumpfen Kämmerchen saß und auf sie wartete. Irgendwie ging alles schief und anders, als sie es sich vorgestellt hatte. Das Schlimmste war eingetroffen – sie waren nun von deutschen Soldaten förmlich umzingelt. Wenigstens hatte sie sich oben ein kleines Lager mit Lebensmitteln angelegt, um sich und David damit zu versorgen und die anderen Familienmitglieder nicht auf die Idee zu bringen, dass es da oben noch eine weitere Person gab. Aber wie würde es weitergehen? David war in Gefahr, das spürte sie und er sah das genauso. Außerdem war sie sicher, dass er es nicht lange ertragen würde, sich tagelang in einem staubigen Gelass zu verstecken. Eine unbestimmte Angst ergriff von ihr Besitz. Sie musste bis zum Abend warten, um die Vertäfelung gefahrlos öffnen zu können, und klopfte dann zu diesem Zweck mit einem silbernen Kerzenhalter dreimal gegen das Holz. Das war das Zeichen, dass die Luft rein war. David hatte schon darauf gewartet und stieg langsam hinauf. Seine seit Tagen verdrossene Miene verkündete heute Sturm. »Ich halte das nicht aus«, stieß er hervor, als er auf der Bettkante saß. Er ballte die Fäuste. »Ich dachte, wir beide wären hier allein. Du hast mir alles so schön geschildert. Und jetzt ist nicht nur deine ganze Familie hier, sondern auch die Soldaten! Lieber lasse ich mich von denen in ein Lager stecken, als mich noch länger da unten im Dreck zu verkriechen.«

Sophie war blass geworden. »Hab doch wenigstens noch ein paar Tage Geduld – vielleicht sind sie dann schon wieder fort …«

»Na und? Deine Familie wird bestimmt bleiben. Ich kann mich nicht frei bewegen. Oder willst du es ihnen sagen, dass ich mich hier verstecke? Ein Jude, der den Ausweis eines SS-Mannes gestohlen hat und deswegen von der Gestapo gesucht wird? Jetzt, wo die Deutschen Paris erobert haben, wird die Jagd auf die Juden noch ärger werden.«

Sophie traten Tränen in die Augen. »Wenn ich nur wüsste, was wir machen sollen!«

»Es gibt nur eine Lösung – das Ausland! Aber wo bekomme ich einen Pass, eine Ausreisegenehmigung und eine Aufenthaltsgenehmigung her?« David ging im Zimmer hin und her wie ein gefangener Löwe. Es klopfte gegen die Tür. Sophie fuhr auf.

17. Kapitel

Zur Verstärkung der Wehrmacht hatte Untersturmführer Paul Andres sich freiwillig zum Westfeldzug nach Frankreich gemeldet. Die Division, die Reichsführer-SS Himmler aus einer Zusammenlegung der SS-Verfügungstruppen mit den Teilen der SS-Totenkopfverbände gebildet hatte, kämpfte mit den anderen Soldaten an vorderster Front. Die Deutschen hatten es tatsächlich geschafft, sich mit einem »Sichelschnitt« durch die südbelgischen Befestigungen in den Ardennen bei Sedan und Charleville durchzukämpfen. Pauls Spezialeinheit hatte an den Verfolgungskämpfen gegen die Franzosen über Bar-le-Duc bis an die Saône teilgenommen. Er war stolz auf den »Blitzkrieg«, den strategischen Erfolg, mit dem die »Grande Nation« Frankreich in so kurzer Zeit in die Knie gezwungen wurde. Wie einen Talisman hatte er die Postkarte, auf die Sophie eine falsche Adresse geschrieben hatte, immer bei sich getragen. Das hübsche Mädchen ging ihm nicht mehr aus dem Sinn. Nachdem der Sieg errungen, Paris eingenommen, besetzt, und der Waffenstillstand zwischen Frankreich und Deutschland geschlossen worden war, bat er um einige Tage Urlaub. Es schien ihm eine einmalige Gelegenheit, Sophie in Paris aufzusuchen. Die Hauptstadt wirkte wie erstarrt unter dem Schock der deutschen

Besetzung und der Anwesenheit der vielen Soldaten in den Straßen. Als Paul in der Rue Jacob anlangte, fand er Sophies Namen nicht auf den Türschildern. Er klingelte im dritten Stock und eine alte Dame öffnete ihm, die ihm mitteilte, dass noch nie eine Studentin namens Sophie Carrière in diesem Haus gewohnt hatte. Doch sie erinnere sich an eine Namensgleichheit, ein Tuchgeschäft am Boulevard Beaumarchais. Es heiße Carrière & Co. Paul solle doch dort einmal nachfragen. Auf diesem Umweg gelangte Paul endlich in die Rue du Cherche-Midi und stieg ein wenig missmutig und verärgert zum sechsten Stock empor. Warum hatte Sophie ihm eine falsche Adresse aufgeschrieben? Sollte das bedeuten, dass sie ihn eigentlich gar nicht wiedersehen wollte? Als er wenig später ein wenig atemlos auf den Klingelknopf der Tür in dem schäbig wirkenden Treppenhaus drückte, fühlte er sich plötzlich unbehaglich. Wie würde sie reagieren, wenn er so plötzlich vor ihr stand? Aber nicht Sophie zeigte sich an der geöffneten Tür, sondern ein fremdes Mädchen mit braunem, zu einem Knoten gesteckten Haar, schlechtem Teint und einer unschönen Nickelbrille. Sie war im Mantel und im Hintergrund stand ein Koffer. Es sah so aus, als sei sie gerade im Begriff, abzureisen. »Sie wünschen?«, fragte sie mit einem ängstlichen Blick auf seine Uniform. Paul warf sich in die Brust und suchte sein bestes Französisch hervor. »Bonjour! Ist Mademoiselle Carrière nicht da? Sie wohnt doch hier, nicht wahr?«, fügte er vorsichtshalber hinzu.

»Ja, natürlich.« Das Mädchen mit der Nickelbrille sah ihn prüfend an. »Aber sie ist abgereist und hat die Wohnung gekündigt. Ich ziehe auch gerade aus.«

»Soso!« Paul spähte in den Hintergrund. »Und wohin ist sie gefahren?«

»Ich denke, sie ist auf ihrem Landsitz in der Picardie, in Auprèsmont.«

»Sie sind ihre Mitbewohnerin, nicht wahr?«

»Ich war es. Ich bin Babette Gosselin.«

»Können Sie mir nicht etwas über Sophie sagen?«

»Sie kommen sicher wegen … des Juden, diesem David?« Babette trat ein wenig zurück, ihr Blick strich flackernd über das Hakenkreuz auf seiner Brust und die Pistole im Koppel. »Suchen Sie ihn? Ich habe damit nichts zu tun, das kann ich beschwören!«

»Ach, ja?« Paul horchte auf.

»Ich versichere es Ihnen! Die Polizei war bereits hier und wollte ihn festnehmen, wegen Diebstahls und Passfälschung.« Babette senkte ihre Stimme. »Vielleicht sollte ich es nicht sagen – aber ich glaube, Sophie hat ihm geholfen, sich irgendwo zu verstecken. Ich war immer gegen ihn. Diese geldgierigen Juden nutzen uns doch nur aus und machen unser Land kaputt. Wie oft habe ich auf Sophie eingeredet, damit sie vernünftig wird und den Kerl wegschickt. Zu ihrer Entschuldigung kann man nur sagen, dass ihr dieser David wohl völlig den Kopf verdreht hat. Liebe macht ja bekanntlich blind. Sie war ganz vernarrt in ihn, das können Sie mir glauben. Sie hat …«

»Vernarrt war sie – in ihn. Und blind … vor Liebe. Ich verstehe«, unterbrach Paul ihren Redeschwall, von plötzlicher Enttäuschung erfasst. »Das entschuldigt vieles, aber nicht alles. Danke, wir werden den Mann schon finden. Kennen Sie seinen vollständigen Namen?«

»Selbstverständlich. David, David Reichstein. Er ist aus Deutschland hierher geflüchtet. Angeblich ist er Kunstmaler. Seine Werke gelten als entartet. Sie können gern in der Wohnung nachsehen, wenn Sie mir nicht glauben.«

»Nein, nicht nötig. Danke für die Auskunft. Ich werde mit allen Mitteln dafür sorgen, dass er in Haft kommt. *Au revoir.*« Ernüchtert wandte er sich zum Gehen. Er kniff die Augen zu schmalen Spalten zusammen. Ein Jude also! Zum Teufel! Das Mädchen, das ihm gefiel, liebte ausgerechnet einen kriminellen Juden! Einen Passfälscher und Dieb! Und sie versteckte ihn auch noch vor der Polizei! Hatte das auch etwas mit dem Pass zu tun, den er nach dem Treffen mit ihr im Café Anast vermisst hatte? War sie es, die ihn genommen hatte? Er wagte den Gedanken nicht weiterzudenken. Aber was hatte er denn erwartet? Er wusste es selbst nicht. Er fühlte nur den Stachel der Eifersucht, der jetzt in seinem Herzen brannte. Wie betäubt lief er durch die Straßen von Paris, nichts von dem warmen Sommertag, dem Flair der Stadt und den alten, schönen Bauten wahrnehmend, an denen er gesenkten Kopfes vorbeiging. Was hatte es jetzt noch für einen Sinn, wenn er weiter nach ihr suchte? Aber vielleicht war ja alles ganz anders und die Mitbewohnerin hatte nicht die Wahrheit gesprochen! Sophie sollte ihm selbst Rede und Antwort stehen! In einem Café machte er Halt und bestellte einen Absinth, den er auf einen Zug hinunterkippte. Das Beste war, sich selbst davon zu überzeugen, wie die Sache sich verhielt. Und dem Juden würde er es zeigen, falls es ihn gab! Er zog die Karte mit der falschen Anschrift noch einmal heraus. Sie zeigte auf der Vorderseite die Ansicht eines Schlosses mit dem Namen »Auprèsmont« und den für ihn unaussprechlichen Namen eines Ortes, von dem er noch nie im Leben gehört hatte. Das war wohl der Landsitz in der Picardie, von dem ihre Mitbewohnerin geredet hatte. Er sah auf der Landkarte nach. Es schien nicht allzu weit von Paris zu sein und wenn er sich beeilte, konnte er es heute noch schaffen. Die Straßen waren überfüllt. Wer konnte, flüchtete aufs Land oder zu Verwandten. Mit etwas Glück erwischte er einen Zug, mit dem er wegen Umsteigens mit einer Verzögerung von mehreren Stunden schließlich den kleinen Ort erreichte, der am Fuß eines flachen Hügels lag. Es ging schon auf den Abend zu, als er den herausragenden Kirchturm zwischen den etwas ärmlichen, meist einstöckigen Häusern des Dorfes erblickte. Im Zugabteil, das er sich mit einigen Personen teilen musste, saß auch ein älterer

Herr im weißen, etwas altmodisch wirkenden Leinenanzug und hellen Glacéhandschuhen. Er stieg mit ihm zusammen aus und stützte sich leicht hinkend auf einen Stock mit einem Knauf aus Elfenbein. Erst auf den zweiten Blick erkannte man, dass er sein linkes Bein ein wenig nachzog. Paul sah ihn verstohlen von der Seite an. Sein Alter und die mögliche Knieverletzung ließen auf einen Veteranen aus dem Großen Krieg schließen. Als sich Paul am Schalter nach einer Fahrgelegenheit nach Schloss Auprèsmont erkundigte, sprach der Mann ihn höflich an. »Verzeihung, Monsieur, aber ein Fahrzeug, das sie zum Schloss bringt, werden Sie um diese Zeit hier nicht mehr finden. Es ist zu Fuß aber auch nicht allzu weit. Wenn Sie möchten, können Sie sich mir anschließen.« Er lüftete seinen Hut. »Gaston de Vuillac.«

»Danke, aber ich finde schon alleine hin!«, beschied ihm Paul Andres kühl und rückte seinen Rucksack zurecht. Er fühlte sich nach dem deutschen Sieg dem Feind haushoch überlegen und wollte sich nicht mit einem Franzosen gemein machen. Doch der Andere ließ nicht locker und hielt sich an seiner Seite. »Gratuliere zum Sieg!« Unverkennbare Ironie lag in seiner Stimme. »Ihr Führer Hitler hat etwas fertiggebracht, was wir Franzosen für unmöglich hielten. Unsere Maginotlinie hat versagt. Es war sehr klug, sie zu umgehen. Trotzdem hätte ich mir gewünscht, dass es nie mehr zum Krieg zwischen unseren beiden Nationen kommen würde.«

»Ein frommer Wunsch«, sagte Paul knapp. Er ging schneller, um den anderen abzuschütteln. »Aber er hat eben nichts mit der Realität zu tun.«

»Ja – die Realität«, sagte de Vuillac versonnen, eifrig hinter ihm her humpelnd. »Sie«, er betonte das Wort, »sind ja noch so jung. Während des Großen Krieges waren Sie noch gar nicht auf der Welt. Sicher haben Sie keine Ahnung, was noch alles auf Sie zukommt. Glauben Sie an die Parolen des Nazi-Regimes?«

»Selbstverständlich!« Paul sah ihn fest an. »Daran gibt es gar keine Zweifel, das sehen Sie ja. Sonst hätten wir schließlich nicht gesiegt.« Er beschleunigte erneut seinen Schritt, um ihm zu entkommen. Dieser alte Schwätzer, was wollte der bloß von ihm?

»Ich persönlich hätte niemals gedacht, dass die Menschen nach 1914/18 noch mal eine Uniform anziehen«, fuhr de Vuillac unbeirrt fort, obwohl er schon ganz außer Atem war. Mit einem Taschentuch trocknete er seine schweißnasse Stirn. Er wies auf die Pistole in Pauls Koppel. »Oder eine Waffe tragen. Hoffentlich geht es Ihnen nicht so wie mir. Ein lahmes Bein verdirbt einem ganz schön die Lust am Leben. Dieser eine Sieg bedeutet nicht, dass es so weitergehen wird.«

»Verdammt noch mal!« Paul platzte jetzt der Kragen. Er blieb stehen und musterte de Vuillac wütend. »Hören Sie endlich mit dem Blödsinn auf. Sie zweifeln an unseren Zielen und an unserem Führer, Herrn Hitler.« Er zog seine Pistole und zielte: »Dafür könnte ich Ihnen eine Kugel in den Kopf jagen. Halten Sie Ihr Maul und verschwinden Sie. Mir gefällt Ihre Gesellschaft und Ihr ganzes Gerede nicht.«

De Vuillac war bleich geworden und blieb zurück. Er spürte jetzt, wie unvorsichtig er gewesen war. Dieser junge Schnösel mit seinen SS-Abzeichen verstand keinen Spaß und würde womöglich ernst machen! Aber was der wohl auf Auprèsmont suchte? Er setzte sich auf einen Baumstumpf, um sich von dem Schrecken zu erholen. Da verging einem direkt die Lust, weiterzugehen! Wenn er genug Geld hätte, würde er sich ein Zimmer in einem Gasthof nehmen. Aber bei der letzten Pferdewette war er danebengelegen – und seine neue Freundin hatte ihn aus der Wohnung geworfen. Also Pech auf der ganzen Linie. Dummerweise war seit Beginn des Krieges auch dieser Nicolas Martinez aus der deutschen Botschaft spurlos aus Paris verschwunden! Nirgendwo war mehr etwas zu holen. Es blieb

nur noch Marguerite. Er hatte sich erkundigt und erfahren, dass sie hierher gefahren war. In diesen harten Zeiten konnte sie ihn doch ein bisschen unterstützen, ihm wenigstens ein paar Francs leihen und Unterkunft gewähren! Jahrelang hatte er schließlich Wohnrecht auf dem Schloss gehabt. Ein Zimmerchen, und wenn es auch nur unter dem Dach war, war da bestimmt für ihn übrig. Er nahm sich vor, so bescheiden wie möglich aufzutreten. Der armselige Schwachkopf Max Gobelin, den sie nach der Scheidung von ihm geheiratet hatte, weil sie ein Kind bekam, würde es sicher nicht wagen, ihm die Tür zu weisen! Die Dämmerung senkte sich langsam herab und er begann zu frösteln. Mit einem Seufzer erhob er sich und hinkte weiter den Hügel hinauf. Sein Begleiter war schon lange verschwunden.
Paul hatte die Waffe wieder eingesteckt. Er war immer noch zutiefst empört. Warum hatte er dem Mann für sein dummes Gerede nicht wenigstens einen Faustschlag als Denkzettel verpasst! Oder ein Bein gestellt, damit er hinfiel und ein wenig Staub schluckte? Theoretisch hätte er ihn auch niederknallen können. Das stand ihm als Untersturmführer schließlich zu. Man konnte Hitler verstehen, dass er solche Leute gleich wegsperren oder einen Kopf kürzer machen ließ.

Das Schloss mit der Anfahrt durch die Allee lag jetzt vor ihm. Ringsum fiel der Blick auf Wiesen und Kornfelder, die mit dichtem Waldbestand wechselten. Deutsche Geländewagen und Geschütze waren rund um das Gebäude geparkt. Es sah so aus, als habe sich eine Kompanie Soldaten hierher verirrt und einquartiert. Das kam ihm nicht ungelegen, denn so gab es in diesem gottverlassenen Nest wenigstens ein paar Kameraden, falls er Sophie hier nicht vorfinden würde. Auf der Anhöhe angekommen, drehte er sich noch einmal nach de Vuillac um. Er war in der hereinbrechenden Dunkelheit nicht mehr zu sehen. Paul ging die Allee entlang und befand sich bald auf dem Vorplatz. Ein mit Erkern und Türmen verziertes Gebäude mit angebauten Stallungen, hinter dem ein weitläufiger Park lag, tat sich vor ihm auf. Im Innenhof kam ihm der Kommandant entgegen. »Heil Hitler«, grüßte er mit ausgestrecktem Arm. »Ich bin SS-Untersturmführer Paul Andres. Gibt es hier drinnen noch ein Plätzchen zum Übernachten für mich?«

Von Halden grüßte auf dieselbe Art zurück und nannte ebenfalls seinen Rang und Namen. »Bestimmt! Wenn Sie nicht allzu anspruchsvoll sind, wird sich schon noch etwas finden. Meine Männer sind sehr genügsam. Aber was führt sie so allein hierher, Untersturmführer?«

»Bin auf Urlaub, wollte mich einfach mal umsehen. Wir hatten anstrengende Kämpfe, wie Sie wissen. Sind noch Private hier im Schloss?« Er sah an dem imposanten Gebäude empor.

»Ja, die Besitzer sind anwesend. Eine ganze Familie, in den oberen Stockwerken. Sehr vernünftige Leute. Es gibt hier übrigens einen guten Weinkeller!«

»Danke, das ist nicht unwichtig«, grinste Paul. »Will mal sehen, was sich machen lässt und wo ich mich niederlassen kann.« Er legte die Hand an die Mütze, drückte das große Portal auf und stand im Vorraum zur Halle, in der die Soldaten ihr Nachtlager aufgeschlagen hatten. »Prächtig, prächtig!«, murmelte er vor sich hin. Wahllos öffnete er ein paar Türen. Der Salon war leer und am Herd in der Küche stand der Kompaniekoch und bereitete aus Vorräten und Dosen eine dampfende Erbensuppe mit Speck zu, die verlockend duftete.

Sich weiter umsehend, stieg er langsam die Treppen nach oben empor. Niemand begegnete ihm. Er kam in einen Gang, in dem sich mehrere Türen befanden. Eine davon öffnete er aufs Geratewohl. Er trat in die stille Dunkelheit einer umfangreichen Bibliothek. Aus dem Raum daneben hörte er Stimmen. Er klopfte, ohne eine Antwort zu erhalten. Nach einer Weile drehte jemand vorsichtig den Schlüssel im Schloss, die Tür wurde einen Spalt breit geöffnet. Licht fiel durch die Öffnung und jemand spähte hinaus. »Marguerite, bist du es?«, fragte eine leise Stimme, die Paul durch und durch fuhr. Er drückte die Tür mit einem energischen Ruck auf. Es ging leicht, der Widerstand war nicht stark. Wie durch ein Wunder stand ihm plötzlich Sophie gegenüber, vom Licht des Raumes umflossen, das ihre blonden, lockigen Haare wie mit einem Heiligenschein aufleuchten ließ. Ihre Wangen waren leicht gerötet und ihre Augen genauso blau und glasklar, wie er sie in Erinnerung hatte. Eigentlich schien sie ihm schöner als je zuvor, in einem rosa Negligé mit grauen Spitzen an den langen, weiten Ärmeln, schlank und grazil. Sie starrte ihn fassungslos an, ohne ein Wort zu sagen. Mit ihrem ganzen Gewicht warf sie sich jetzt gegen die Tür, die Paul heftig an die Stirn schlug. Doch er hielt eisern dagegen, stellte seinen Fuß auf die Schwelle. »Das ist ja nicht gerade eine freundliche Begrüßung, Sophie«, sagte er schließlich mit einem gekränkten Lächeln und tastete nach der schmerzenden Stelle an seinem Kopf. »Nach der langen Reise, die ich hinter mir habe. Du scheinst dich wohl nicht besonders zu freuen, mich wiederzusehen!«

Sophie erwiderte nichts, sie stand im Türrahmen und war so blass geworden, als stünde ein Gespenst vor ihr. Er wurde von einer Mischung aus dumpfer Wut und Enttäuschung ergriffen. Dass sie ihm statt einer Begrüßung die Tür vor der Nase zuschlagen wollte – das war schwer zu begreifen. Damit hatte er wirklich nicht gerechnet. Wäre er doch nie hergekommen! Trotzdem versuchte er es noch einmal im Guten. »Wenn ich dich erschreckt habe, dann musst du das entschuldigen. Aber ich konnte mich leider nicht anmelden. Deine Adresse in Paris war falsch, aber ich habe herausgefunden, wo du wohnst.« Sophie starrte ihn immer noch sprachlos an. Aus einer Ecke des Raumes war plötzlich ein scharrendes Geräusch zu vernehmen. Sie fuhr erschrocken zusammen, wandte sich um und ihre Augen glitten, ohne es zu wollen, zu einem Paravent. Paul nützte die Gelegenheit, die Türe ganz aufzustoßen. Mit ein paar Schritten war er im Raum und warf den Paravent mit einem Fußtritt um. David stand völlig hilflos vor ihm. Er hatte es in der Kürze nicht geschafft, in sein Versteck zu fliehen. Sophie stürzte herbei, stellte sich vor ihn und umarmte ihn, als müsste sie ihn schützen. Paul fühlte, wie diese Geste seine Eifersucht in blinden Zorn verwandelte. Sein Blick verdunkelte sich. War er deshalb den ganzen Weg hierhergekommen? Um zu sehen, dass es einen anderen gab, einen Rivalen – den sie auch noch versuchte, vor ihm zu verstecken? »Sind Sie der Jude, den die Polizei sucht?«, schrie er David an und versetzte ihm einen Kinnhaken, der ihn zu Boden warf. »Feiger Kerl, versteckt sich unter den Röcken einer Frau. Aber dir werde ich es zeigen!« Am liebsten hätte er mit den Stiefeln blindlings auf ihn eingetreten. Zur rechten Zeit zügelte er sich jedoch. Sein Jähzorn sollte ihm jetzt nicht zum Verhängnis werden. Er riss sich zusammen und versuchte, seinen Ton zu mäßigen. »Entschuldige Sophie – aber wer ist dieser Mann?«, sagte er in sachlicherem Ton, seinen Kragen zurechtrückend. »Und was macht er hier?«

»Das Gleiche könnte ich dich auch fragen«, antwortete Sophie trotzig. »Du dringst gewaltsam hier ein und …«

»Es tut mir leid, aber ich tue nur meine Pflicht für das Vaterland«, sagte Paul etwas milder. »Was suchen Sie hier?«, fragte er barsch, direkt an David gewandt. Dieser zog es vor, nicht zu antworten. Er suchte nach einem Taschentuch. Seine Nase blutete. »Sie sind doch David Reichstein, nicht wahr?«

»Ja, das ist mein Name, wenn Sie nichts dagegen haben«, antwortete David. »Aber was geht Sie das überhaupt an?«

»Mehr, als Sie denken! Ich bin Untersturmführer Paul Andres und …«

»*Mon Dieu!*« Marguerite, die in den Nebenräumen logierte, stand plötzlich in der Tür. Sie hatte Sophies Schrei und den Krach, mit dem der Paravent umfiel, gehört. »Was ist denn hier passiert?« Ihre entgeisterten Blicke gingen abwechselnd von Paul zu David. »Wer sind Sie?«, fragte sie und sah Paul mit zusammengezogenen Brauen an. »Hat Ihnen der Kommandant erlaubt, in unseren Privaträumen so einen Krach zu machen? Ich werde mich beschweren.« Sie schwankte leicht und hielt sich am Türrahmen fest.

»Tun Sie das«, fuhr ihr Paul grob über den Mund. »Ich bin von der deutschen SS-Spezialeinheit. Und mir hat niemand etwas vorzuschreiben. Ich bin gerade dabei, einen von der Polizei wegen krimineller Vorkommnisse gesuchten Juden festzunehmen. Den Mann da!« Er wies auf David. »Und wegen Ihres vorlauten Mundwerks könnte ich Sie gleich mit verhaften.« Er sah sie abschätzig von oben bis unten an. »Aber weil sie betrunken sind, lass ich noch einmal Gnade vor Recht ergehen!«

»Unverschämtheit«, fauchte Marguerite. »Sie wissen wohl nicht, wie man mit Damen spricht, Sie … Sie ungehobelter, deutscher Klotz!«

Sophie trat auf die Schwester zu und packte ihren Arm. »Hör auf, Marguerite«, flüsterte sie ihr eindringlich zu. »Sei endlich still!«

»Ich lasse mir einen solchen Ton nicht gefallen …«, begann Marguerite erneut.

Paul zog verächtlich die Mundwinkel herab und schob sie einfach beiseite. »Herr David Reichstein!«, wiederholte er mit strengem Blick, »ich nehme Sie hiermit in Schutzhaft und werde dafür sorgen, dass sie so bald wie möglich der Polizei übergeben werden. Gegen Sie läuft ein Verfahren, wie ich gehört habe. Sie sind deutscher Jude und tragen nicht einmal einen Davidstern, so wie es Pflicht ist.« David erwiderte kein Wort, er stand nur stumm und mit verschränkten Armen da. Plötzlich spuckte er Paul verächtlich vor die Füße, der Anstalten machte, sich auf ihn zu stürzen. Sophie stellte sich dazwischen und hielt ihn zurück. »Paul – ich bitte dich! David ist ein Freund der Familie. Wie kommst du darauf, dass gegen ihn etwas vorliegt?«

»Deine Mitbewohnerin hat mir alles erzählt, auch von der Anzeige gegen ihn. Ich habe mich bei der Polizei erkundigt. Er wird dringend gesucht.«

»Aber es gibt gar keine Beweise … du wirst ihn doch nicht gleich festnehmen.«

»Doch, das werde ich«, erwiderte Paul entschlossen und mit finsterer Miene. »Dazu bin ich befugt. Der Mann ist gefährlich – kriminell!«

»Paul!«, versuchte Sophie es auf andere Weise. »Ich kann dir alles erklären. Und unter anderen Umständen hätte ich mich wirklich sehr über deinen Besuch gefreut!«

»Das soll ich glauben?« Paul sah sie mit zusammengepressten Lippen an. »Ich habe für mein Land gekämpft und den Sieg über Frankreich errungen! Bei all den Entbehrungen habe ich dich nicht vergessen und nach dir gesucht. Kein Umweg war mir zu viel. Und jetzt bin ich hier und sehe, dass dir das völlig gleichgültig ist. Du willst doch nur diesen Kerl hier schützen. Liebst du ihn?«

Sophie presste trotzig die Lippen zusammen und antwortete nicht. Schroff befahl Paul. »Ich werde den Mann auf der Stelle dem Kommandanten überantworten. Der soll ihn fortschaffen.«

»Was hat das alles überhaupt zu bedeuten?«, rief Marguerite aus, die von einem zum anderen sah. »Wer ist dieser Mann?« Sie deutete auf David. »Ich habe ihn noch nie hier gesehen.« Sie wandte sich an Paul. »Monsieur, ich schwöre Ihnen: dass Sophie hier jemanden versteckt, dazu noch einen Juden – davon haben wir alle nichts gewusst!«

»Sei endlich still«, fuhr Sophie ihr über den Mund. Sie sah Paul an: »Bitte lass David laufen! Er hat nichts getan – er ist kein Krimineller! Dafür lege ich meine Hand ins Feuer!« Sie brach in Tränen aus. David kam zu ihr und legte tröstend den Arm um ihre Schultern. »Sophie! Lass nur. Bei der SS gibt es kein Mitleid. Ich gehe freiwillig mit. Ich habe dieses Versteckspiel ohnehin satt.«

Die Tränen Sophies und die zärtliche Geste Davids brachten Paul noch mehr in Rage. Eine weitere Welle sinnloser Eifersucht überkam ihn. »Ich handle nur nach Vorschrift und damit basta!« Mit diesen Worten zog er seine Waffe und bohrte den Lauf in Davids Rücken. »Du kommst mit. Geh voraus und versuche ja nicht, abzuhauen. Sonst hast du eine Kugel in der Brust.« Er warf Sophie einen Blick verletzter Eitelkeit zu. »Erst, wenn das geklärt ist, können wir weiterreden.« Grob stieß er seinen Gefangenen die Treppe hinunter.

»Bist du eigentlich völlig verrückt geworden?«, zischte Marguerite Sophie zu, als die beiden außer Sicht waren. Die Ereignisse hatten den schwammigen Schleier des Alkohols von ihren Augen gewischt und sie ernüchtert. »Wie kannst du nur? Hier wimmelt es von deutschen Soldaten und du versteckst einen Juden in deinem Zimmer? Ich hätte dir etwas mehr Verstand zugetraut. Du stürzt uns alle ins Unglück.«

»Lass das gefälligst meine Sorge sein«, gab Sophie scharf zurück. »Ich kenne Paul Andres. Er ist zwar bei der SS, aber er wird uns nichts tun.«

»Wird uns nichts tun«, äffte Marguerite sie nach. »Du hast gut reden. Und der Kommandant? Was wird der sagen? Daran denkst du wohl gar nicht.«

»Ach, Marguerite! Was sollte ich denn sonst machen!« Sophie verlor plötzlich die Beherrschung. Tränen liefen über ihr Gesicht und sie schluchzte verzweifelt. »Ich habe solche Angst um David. Man wird ihn in ein Konzentrationslager stecken und ermorden. Kannst du mich denn nicht verstehen? Ich liebe ihn! Und ich will ihn nicht verlieren.« Sie warf sich aufs Bett und weinte so herzzerreißend, dass Marguerite plötzlich ein Anflug von Mitleid überkam. Sie streckte ihre Hand aus und strich Sophie behutsam übers Haar. Jetzt war sie wieder die kleine Schwester, die sie beschützte und auf die sie früher so oft aufpassen musste. »Hör auf zu weinen, Sophie. Ich wusste ja nicht, dass dir dieser David so viel bedeutet.« Sie machte eine kleine Pause und überlegte. »Ich hätte vielleicht eine Lösung für ihn gehabt, als er noch frei gewesen ist. Warum hast du nicht eher mit mir darüber gesprochen? Jetzt ist es wohl zu spät …«

Sophie hob wie elektrisiert den Kopf. »Eine Lösung? Was meinst du damit?«

»Es gibt da jemanden … meinen neuen Arzt in Paris, Doktor Petiot. Er soll Juden helfen, nach Amerika zu kommen. Mit allen Papieren, die man dafür braucht.«

»Ein Arzt?«, fragte Sophie. Tränen und so etwas wie Hoffnung glänzten in ihren Augen. »Und – wieso tut er das?«

Marguerite zuckte die Schultern. »Ein Wohltäter – aber natürlich verdient er auch daran.«

»Und woher weißt du das alles?«

»Gerüchte – und bestimmte Dinge, die mir aufgefallen sind, wenn ich in seiner Praxis war.« Marguerite versuchte, ihre trägen Gedanken, die wie Vögel auseinanderflattern wollten, zu sammeln. »Ich bin nur zu ihm gegangen, weil er es nicht so genau mit den Rezepten nimmt.« Sie zögerte. »Er verschreibt, was man will, ohne lange Diskussion.« Sie übersah Sophies vorwurfsvollen Blick und fuhr fort. »Als ich einmal sehr lange im Wartezimmer saß, erzählte mir eine jüdische Dame unter dem Siegel der Verschwiegenheit, wie dankbar sie Doktor Petiot ist. Sie hat ihm ihren Sohn anvertraut und weinte vor Glück, weil der Doktor ihn retten konnte. Alles soll wie am Schnürchen geklappt haben, seine Ausreise mit allen Formalitäten. Der Doktor hat ihm für 25 000 Franc ein Visum, das Ticket für die Schiffsreise von Lissabon aus und die Aufenthaltsgenehmigung in Südamerika besorgt. Sie sagte, ihr Sohn sei jetzt bereits dort.

Und sie habe eine Postkarte von ihm erhalten, dass es ihm gutgeht. Und jetzt will sie ihm nachfolgen. Sie hat das Geld, das Petiot dafür verlangt, schon beisammen.«

»Oh, Marguerite – das wäre für David die Rettung gewesen! Aber vielleicht gibt es ja noch eine Chance!« Sophie ergriff die Hand ihrer Schwester. Zum ersten Mal nach langer Zeit waren sie sich wieder so nahe wie in ihrer Kindheit. »Sag mir die Adresse dieses Doktors!«

»Ich kann dir seine Visitenkarte geben. Er ist gerade umgezogen. In die Rue le Sueur in der Nähe des Etoile. Eine elegante Gegend. Übrigens – ich habe von der jüdischen Dame im Wartezimmer erfahren, dass der Doktor in dieser Sache aus Vorsicht wohl einen Decknamen benutzt. Sie nannte ihn immer Doktor Eugène. Und dann hat sie immer von Fly Tox gesprochen. Das bedeutet wohl die Übersiedlung nach Amerika. Komischer Name, aber er ist mir im Gedächtnis geblieben, weil er so merkwürdig klingt.«

»Doktor Eugène«, murmelte Sophie vor sich hin. »Fly Tox! Wie schaffe ich es nur, David zu befreien! Ich muss mit dem Kommandanten reden, mit Paul! Irgendetwas tun! Es muss einen Weg geben!«

* * *

Inzwischen war auch Gaston de Vuillac auf Schloss Auprèsmont angekommen. Er atmete schwer, sein Gesicht war rot und gedunsen und sein lahmes Bein schmerzte, als wäre es nicht vor über zwanzig Jahren, sondern gerade eben von einem Granatsplitter getroffen worden. Er wischte sich den Schweiß von der Stirn. Wenn er so gekonnt hätte, wie er wollte, wäre er in Paris geblieben – mehr noch, er hätte gekämpft oder aber sich dem Widerstand, der Résistance angeschlossen! »Aber der Geist ist willig, das Fleisch ist schwach«, sagte er sich. Sein Körper war eben nicht mehr der eines gesunden Menschen, von seinem Alter ganz zu schweigen. Den Gedanken, was Marguerite zu seinem Erscheinen auf Auprèsmont sagen würde, verdrängte er. Auch während der Scheidung war er manchmal dagewesen – wenn er nicht gewusst hatte, wohin. Im besetzten Paris zu bleiben, erschien ihm jedoch mehr als demütigend. Die deutschen Soldaten stolzierten überall mit Siegermiene herum. Das war unerträglich und schmerzte mehr als sein Bein. Dem Wachtposten am Schloss stellte er sich in holprigem Deutsch kurzerhand als Schwager vor, was schließlich nicht ganz aus der Luft gegriffen war. Er zeigte seinen Ausweis und man ließ ihn passieren. Im Salon, in dem Unordnung herrschte und überall Matratzen auf dem Boden lagen, über die man hinwegsteigen musste, überlegte er, wo er bleiben konnte, ohne gleich zu sehr aufzufallen. Vielleicht war es besser, Marguerite nicht sofort zu begegnen. Das Schloss schien sichtlich überfüllt und bis auf den letzten Platz belegt. Er lauschte auf die verschiedenen Geräusche. Oben schrie ein Kind. Dort wohnten sicherlich Marguerite und ihr neuer Ehemann Max. Aber wo sollte er jetzt seine müden Glieder ausstrecken? Er entsann sich der Sakristei, das kleine Gemach oberhalb des Anbaus der Kapelle. Es war nicht sonderlich bequem – man nannte es das Kaplanzimmer, weil der Kaplan oder der Mesner notfalls auch darin nächtigen konnte. Von der Kapelle aus war die Sakristei über eine verborgene Tür, die sich hinter dem in Stein gemeißelten Abbild der Jeanne d'Arc verbarg, zu erreichen. Auf diese Weise konnte früher der Kaplan nahezu unbemerkt die Kapelle betreten oder verlassen. Gaston entsann sich eines amüsanten Abenteuers mit einer Dorfschönen, die er an einigen Abenden in der Sakristei empfangen hatte, ohne dass jemand im Schloss etwas davon bemerkte. Dafür hatte er aber den Mesner mit einigen Flaschen Wein bestechen müssen, der ihm den Schlüssel in die Höhlung der zusammengelegten Hände der Statue gelegt hatte. Der Posten folgte ihm misstrauisch mit den Augen, als er an ihm vorbeiging, doch er faltete devot die Hände, als wolle er beten und der Mann nickte verständig. Der Zugang vom Schloss zur Kapelle war wie üblich frei. Gaston trat ein. Stickige Luft umgab ihn, dicker Staub lag auf dem Altar, der Monstranz und den Stühlen mit rotem Samtbezug. Sich vorsichtig nach allen Seiten umwendend, tastete er nach den Händen der steinernen Jeanne d'Arc. Der Schlüssel befand sich tatsächlich an seinem alten Platz. Er nahm ihn heraus, schob die dünne, übertünchte Eisenplatte beiseite und steckte ihn ins Schloss. Eine kurze Drehung – und die Tür öffnete sich wie von Zauberhand. Sorgfältig zog er sie hinter sich zu und verschloss sie von innen. Er stieg ein paar Stufen hinauf und ging gebückt durch den schmalen Gang. Die schmale Holztür zur Sakristei war von Spinnweben überzogen. Schon länger war hier keine Messe mehr gelesen worden. Erleichtert sah er sich um. Der bescheiden möblierte Raum, in dem der Schrank mit den heiligen Geräten den meisten Platz einnahm, hatte sich nicht verändert. Er war zwar muffig und etwas unbequem, aber hier war er vorläufig ungestört. Ein trübes kleines Fenster, fast direkt unter der niedrigen Decke, ließ nur wenig Licht und Luft ein. Mit einem tiefen Seufzer streckte er sich auf dem mit einem Leinenüberwurf bedeckten, schmalen Bett, das einer Pritsche glich, aus. Er würde sich schon behelfen und es später beziehen. Irgendwo im Schloss befand sich ja ein bis oben hin gefüllter Wäscheschrank. Marguerite würde Augen machen, wenn sie ihn sah! Er fürchtete sich ein wenig vor diesem Moment und gedachte, eine Begegnung so lange wie möglich hinauszuschieben. Eigentlich war alles wie früher – bis auf die Soldaten. Er kramte eine Flasche Burgunder aus seinem Rucksack. Gut, dass er daran gedacht hatte. Wer wusste, ob die Deutschen den Weinkeller von Auprèsmont nicht schon geleert hatten. Seine trockene Kehle verlangte jetzt unbedingt nach einem guten Schluck. Er war erschöpft und müde. Aber er spürte auch, dass er großen Hunger hatte und mit leerem Magen sicher nicht einschlafen konnte. Er musste sich dringend etwas zum Essen besorgen. Ächzend erhob er sich, ging über die Kapelle wieder ins Schloss zurück und machte sich dort zu einem kleinen Erkundungsgang auf.

***

»Melden Sie mich bitte sofort dem Kommandanten«, hatte Paul nach einem strammen Gruß dem Wachtposten entgegengeschleudert. »Ich habe eine wichtige Meldung zu machen.« Er rempelte David unsanft an, der überlegte, ob es möglich war, Paul mit dem auf dem Tisch stehenden Leuchter niederzuschlagen und zu fliehen. Doch bevor er diesen Gedanken noch in die Tat umsetzen konnte, stand schon von Halden vor ihnen. Paul berichtete mit knappen Worten, was geschehen war. Von Halden hörte ruhig zu und musterte David mit einem Blick, der wenig aussagte. Trotzdem sah man ihm an, dass es ihm nicht passte, wie Paul ihn mit seinem jugendlichen Übereifer überfiel und sich wichtigmachte.

»Was gedenken Sie mit dem Kerl zu tun?«, fragte Paul erregt, als von Halden nach seinem Bericht immer noch schwieg. »Man muss möglichst rasch etwas unternehmen und ihn der Polizei ausliefern!«

»Ich werde der Sache nachgehen, keine Sorge«, erwiderte von Halden mit unbewegter Miene. Aber zunächst muss man klären, warum Mademoiselle Carrière ihn bei sich versteckt hat.«

»Das liegt doch auf der Hand.« Paul lachte bitter auf. »Der Jude hat ihr den Kopf verdreht, verlogen wie die alle sind. Er ist ein gesuchter Dieb, ein Krimineller, Sie können sich gern über ihn erkundigen. Der Mann gehört weggesperrt – in ein Internierungslager! Und das so bald wie möglich.«

»Überlassen Sie bitte mir die Entscheidung«, erwiderte von Halden frostig. Er rief einen Soldaten herbei. »Nehmen Sie den Mann in Gewahrsam.« Und zu Paul gewandt, sagte er: »Morgen, gleich nach dem Gedenkgottesdienst in der Dorfkirche, den wir für den Sieg abhalten, werde ich ihn der örtlichen Polizei übergeben. Und jetzt entschuldigen Sie mich. Ich habe zu tun.« Er wandte sich seinem Schreibtisch zu und kramte in den Papieren, die darauf lagen. Paul war verstummt. Nach einer Weile streckte er den Arm aus und grüßte zackig: »Heil Hitler!«. Dann verließ er den Raum, entschlossen, sich den Namen des Kommandanten zu merken und bei Gelegenheit Beschwerde über ihn zu führen. Von Halden atmete erleichtert auf, als Paul fort war. Aus seiner persönlichen Sicht hielt er die gnadenlose Jagd auf die Juden für maßlos übertrieben. Auch war ihm nicht entgangen, dass bei dem jungen Paul Andres Eifersucht im Spiel war. Er würde anordnen, den Gefangenen in die Kapelle zu sperren. In der Nacht würde er dann die Möglichkeit haben, zu entkommen. Im offiziellen Vermerk stünde dann, der Gefangene habe das Schloss der Verbindungstür aufgebrochen. Das enthob ihn aller Verantwortung. Trotzdem wollte er zuvor mit Sophie Carrière über den Fall reden und ihre Erklärung anhören. Sie schien ihm die Verständigste unter den Schlossbewohnern zu sein. Außerdem erinnerte sie ihn fatal an eine Frau, die er früher einmal sehr geliebt hatte. Die blonden, zerzausten Locken, die blauen, lachenden Augen, das ebenmäßige Gesicht mit den vollen Lippen. Konnte es das zweimal geben? Nein, seine Maria war tot und nichts brachte sie ihm zurück. Sie war viel zu jung gestorben. Diabetes – eine tückische Krankheit, die erst erkannt wurde, als sie schon im Koma lag. Die Erinnerung flackerte schmerzlich auf, ausgelöst durch zufällige Ähnlichkeiten. Er seufzte tief und rief nach seinem Adjutanten: »Sagen Sie bitte Mademoiselle Carrière, dass ich sie sprechen möchte. Wenn möglich, sofort.«

»Sehr wohl, Herr Oberst!«

Von Halden nahm an seinem Schreibtisch Platz. Er betrachtete die Karte Frankreichs mit der Durchschneidung der roten Linie, die das Land in eine besetzte und eine unbesetzte Zone teilte. Der Funker hatte ihm mitgeteilt, dass General Pétain sich mit seiner Regierung nach Vichy zurückziehen wolle und bereit sei, mit den Deutschen in jeder Hinsicht zu kollaborieren. Nun, es blieb dem altgedienten Marschall natürlich nichts anderes übrig. Aber wie ging es weiter? Würde Hitler sich mit der Eroberung Frankreichs, Polens und der Tschechoslowakei zufrieden geben? Nein, denn jetzt musste er sich auch mit England auseinandersetzen. War das Ganze von Anfang an seine Absicht gewesen? Nach der kostspieligen Aufrüstung der Wehrmacht, die er immer weiter vorantrieb, mit den technisch perfekten Flugzeugen, den Aufklärern, Jägern und Bombern, den schnellen U-Booten und der geheimen V-Waffe, die gerade entwickelt wurde, sollte man sehr wohl darauf schließen können. Von Halden starrte auf die eingezeichneten Grenzen, die die deutsche Armee bereits überschritten hatte. Wie gut, dass Hitler wenigstens mit Stalin den Nichtangriffspakt geschlossen hatte. So kam Russland als Feind zum Glück nicht in Frage. An diesem weiten Land war schon Napoleons Grande Armee gescheitert. Von Halden legte die Landkarte mit einem unguten Gefühl beiseite.

***

»Ich wünsche dir Glück!«, sagte Marguerite und auf ihre Lippen trat ein unsicheres Lächeln. »Aber dafür, dass ich dir diesen nützlichen Tipp gegeben habe, könntest du eigentlich meine monatliche Rente erhöhen!« Sie sah sie erwartungsvoll an.

Sophie schüttelte den Kopf. »Oh Gott, Marguerite! Womit soll ich deine Rente erhöhen? Das ist unmöglich! Wir haben Krieg und Carrière & Co ist insolvent!«

»Das weiß ich selbst. Aber du hast doch bestimmt noch irgendwo Reserven!«, beharrte Marguerite.

»Nur das Land um Auprèsmont. Aber wer will in einer solchen Krise schon Land oder ein marodes Schloss kaufen? Aber ich verspreche dir – sobald sich unsere Lage verbessert, denke ich an dich.«

Marguerite presste enttäuscht die Lippen zusammen. Doch dann fing sie sich wieder. »Der Krieg ist ohnehin so gut wie vorbei. Und Carrière & Co soll doch weiter bestehen, das hast du selbst gesagt, oder?«

Sophie nickte. »Ja, das wäre das Beste. Aber im Moment ist einfach kein Geld da. Selbst wenn David frei käme, wäre es für mich schwierig, die ganze Summe von 25 000 Franc aufzubringen, die dieser Doktor Petiot … Doktor Eugène verlangt!«

Marguerite hob die Augenbrauen. »Na ja, einen Teil müsstest du natürlich in bar zahlen. Aber die Dame im Wartezimmer sagte, der Doktor nähme auch Sachwerte, wie Silbersachen und Edelsteine. Die Juden, die auswandern wollen, lassen ihr gesamtes Vermögen bei ihm. Sie können es ja nicht mit nach Amerika nehmen.« Sie machte eine kleine Pause.

»Ich verstehe«, sagte Sophie verwirrt. »Sag mal«, sie zögerte, »wie bist du eigentlich auf ihn gekommen?«

»Meine Haushälterin, Madame Minet, hat mir von ihm erzählt. Sie kennt die Köchin, die ihm immer das Essen liefert. Mund-zu-Mund-Propaganda, du weißt schon. Ich war so erleichtert, als ich ihm das erste Mal gegenüber saß! Er war so verständnisvoll! Stell dir vor, er hätte mir sogar Morphium verschrieben, wenn ich gewollt hätte!«

»Morphium?«, rief Sophie entsetzt aus. »Marguerite! Das brauchst du doch nicht …«

»Keine Moralpredigten«, unterbrach sie Marguerite und zündete sich eine Zigarette an. »Ich weiß schon, was ich tue. Doktor Petiot sagte, das ganze Gerede über Suchtmittel und Tablettenabhängigkeit sei nur Panikmache.«

»Was soll ich bloß machen«, seufzte Sophie niedergeschlagen. »Jetzt, wo es eine Möglichkeit gäbe, David außer Landes zu bringen, ist er gefangen!«

»Hör zu, Sophie.« Marguerite erhob sich. »Der Kommandant ist doch kein Unmensch. Rede mit ihm. Einen Versuch ist es doch wert! Vielleicht lässt er deinen Freund laufen!« Sie lächelte ihr ermunternd zu und stöckelte dann auf ihren hochhackigen Schuhen hinaus.

Kurze Zeit später klopfte es an die Tür und von Haldens Adjutant trat ein. Sophie, in Gedanken versunken, erschrak. Was brachte er für Neuigkeiten?

»Der Kommandant möchte Sie sprechen. Bitte folgen Sie mir!«

Als Sophie eintrat, stand von Halden mit dem Rücken zu ihr am weit offenen Fenster und sah in den blühenden, wenn auch etwas verwilderten Park hinaus. Sie wagte nicht, sich zu rühren. Ein kleiner Windstoß brachte den Duft des Waldes ins Zimmer, eine Erinnerung an ihre Kindheit, die ihr in diesem Augenblick beinahe die Tränen in die Augen trieb. Endlich wandte von Halden sich um. Sie konnte seinen Blick nicht deuten, mit dem er sie ansah, aber seine ernste Miene ließ sie das Schlimmste befürchten. »Sie haben heimlich jemanden hier im Schloss versteckt«, begann er, »einen von der Polizei gesuchten Juden. Sie wissen wohl sehr gut, dass ich das auf allerhöchsten Befehl nicht tolerieren kann.«

»Ja.« Sophie biss sich auf die Lippen. »Aber es ist ein sinnloser Befehl.«

»Das haben Sie nicht zu beurteilen. Erklären Sie mir lieber, warum Sie das getan haben.« Er ging mit verschränkten Armen auf und ab. »Sie wissen doch, dass Sie sich strafbar gemacht haben? Ich könnte Sie verhaften lassen, zusammen mit diesem David Reichstein!«

»Und? Warum tun Sie das dann nicht?«, erwiderte Sophie trotzig und mit erhobenem Haupt. »Ich hatte gute Gründe, ihn zu verstecken. Aber die interessieren Sie wohl nicht.«

»Nein«, erwiderte von Halden trocken. »Es ist schließlich nicht schwer zu erraten. Immer dieselbe alte Geschichte. Sie lieben diesen jungen Mann und wollen ihn retten, nicht wahr?« Er kam auf sie zu und blieb ganz dicht vor ihr stehen. Sophie nahm den diskreten Duft seines Rasierwassers wahr.

»Ja!« Es klang energisch und bestimmt. »Ich liebe David und er liebt mich. Und ich versichere Ihnen, dass er nichts Unrechtes getan hat.« Sie sah ihn an, ohne die Augen niederzuschlagen, obwohl es ihr schwer fiel. Täuschte sie sich – oder stand in seinen braunen Augen etwas Unerklärliches, Unbestimmtes? Etwas, das so wirkte wie Verständnis – wie Güte? Ihre Lider zitterten leicht. Von Halden wandte als Erster den Blick ab. Er trat zum Tisch und nahm ein Schriftstück in die Hand. Sein Profil zeichnete sich dunkel vor dem Fenster ab. Sophie betrachtete ihn zum ersten Mal genauer. Sein schmales gebräuntes Gesicht war gut geschnitten und die wenigen Falten, die sich um Mund und Stirn eingegraben hatten, verliehen ihm eine markante Note. Das braune, korrekt gescheitelte Haar war von einigen grauen Strähnen durchzogen. Wie alt mochte er sein? Vielleicht Ende dreißig? Oder gar vierzig? Als von Halden sich ihr wieder zuwandte, senkte sie wie ertappt den Kopf. »Hören Sie, Sophie«, begann er mit seiner tiefen, ein wenig rauen Stimme. »Sie sind ein sehr schönes Mädchen. Und nicht nur das: Sie haben etwas ganz Besonderes!« Er kam auf sie zu und hob ihr Kinn sanft mit dem Finger in die Höhe, um sie zu zwingen, ihn anzusehen. »Ich möchte Sie doch nur davor bewahren, eine Dummheit zu begehen.«

Seine Berührung ließ Sophie erschauern. Sie schob seine Hand beiseite und wich zurück. So war das also! »Bemühen Sie sich nicht«, sagte sie kühl. »Und sparen Sie sich Ihre Komplimente. Zumal sie nicht echt sind. Suchen Sie sich ein Mädchen im Dorf. Es gibt genügend von denen, die deutsche Soldaten mögen.«

»Oh, da haben Sie mich aber ganz falsch verstanden.« Von Halden trat wieder zum Fenster. »Keine Angst, ich will nichts von Ihnen. Sie erinnern mich nur an jemanden, an eine lange vergangene Jugendliebe. Sie hatte Ihr Haar und Ihre Augen. Ich habe lange nicht mehr an sie gedacht, aber als Sie plötzlich vor mir standen, war alles wieder da. Sogar der Duft der Felder dort draußen war der gleiche ...« Er straffte den Rücken. »Aber im Krieg sind das nur unnötige, sentimentale Anwandlungen, die einen manchmal überkommen.« Energisch schloss er das Fenster. »Liebe – das ist ein flüchtiges Gefühl, ein Wort. Nichts für die Ewigkeit. Aber Sie sind jung, Sie wissen noch nicht, wie schnell es vorbeigeht. Sie werden vergessen, genau wie ich.«

»Niemals. Aber auch wenn ich David nicht liebte, würde ich ihm helfen«, beharrte Sophie. »Er hat nichts Böses getan, ich schwöre es ...«

»Außer dem Stehlen einer Uniformjacke der SS und eines Passes, den er gefälscht hat«, unterbrach sie von Halden mit leichter Ironie.

»Anders wäre er nicht aus Deutschland herausgekommen. Und wenn Sie die Wahrheit wissen wollen – ich habe ihm dabei geholfen, ich habe den Ausweis von Paul Andres gestohlen, als ich in München war!«

»Es hat keinen Sinn, dass wir länger über Einzelheiten reden«, sagte von Halden plötzlich. »Ich habe meine Entscheidung längst getroffen. Ich kann gar nicht anders handeln. Ich denke, Sie werden das akzeptieren müssen.«

Sophie hatte das Gefühl, als stürze der Himmel über ihr ein. »Nein, niemals werde ich das verstehen! Aber wenn Sie David Reichstein schon ausliefern, dann möchte ich noch einmal unter vier Augen mit ihm reden.« Sie zögerte, doch dann brach es aus ihr heraus: »Ich will ihm wenigstens sagen können, dass ich ein Kind von ihm erwarte!«

Von Halden schwieg eine Weile, als müsse er darüber nachdenken. Sophie verlor die Fassung. »Auch das rührt Sie wohl nicht«, schrie sie ihn an. »Ich hasse Sie! Sie und alle Deutschen. Ihr seid so kühl, so beherrscht und zugleich so grausam. So mitleidlos …«

Von Halden hob die Hand. »Bleiben Sie ganz ruhig, Mademoiselle. Es wird alles seinen Gang gehen …«

»Aber ich muss ihn noch einmal sehen«, schluchzte Sophie verzweifelt. »Ein einziges Mal, bitte!« Sie stürzte auf ihn zu und wäre in die Knie gegangen, wenn von Halden sie nicht aufgefangen hätte. »Sie dummes, dummes Kind!«, murmelte er. »Sie haben mich noch gar nicht gefragt, wie meine Entscheidung ausgefallen ist.«

Sophie sah ihn mit tränenverschleierten Augen an. »Aber Sie haben doch gesagt …«

»Nichts habe ich gesagt. Halten Sie mich wirklich für so unbarmherzig? Ich werde meine Pflicht tun und David Reichstein in die kleine Kapelle im Anbau sperren, die Sie sicher sehr gut kennen. Aber mein Adjutant wird kurz danach bei Ihnen vorsprechen und Ihnen«, er leerte eine Zigarrenschachtel, die auf dem Tisch stand, »dieses übergeben. Sie finden die Schlüssel zur Kapelle darin!« Er sah sie nachsichtig an. »Sind Sie jetzt beruhigt? Ich werde auch die Wache vor der Tür abziehen. Und vergessen Sie nicht, nachher wieder von außen abzuschließen. Man wird sich zwar den Kopf darüber zerbrechen, wie der Gefangene fliehen konnte – aber ein Zweitschlüssel wäre ja durchaus möglich.« Sophie entdeckte den Anflug eines

Lächelns in seinem ernsten Gesicht und große Erleichterung, gemischt mit Dankbarkeit, breitete sich in ihrem Herzen aus. Sie brachte kein Wort hervor.

»Wir sprechen uns morgen wieder, wenn man die Flucht des Gefangenen entdeckt hat. Ich wünsche Ihnen und Ihrem Freund Glück!«

Sophie wäre ihm am liebsten um den Hals gefallen. Aber sie ergriff nur seine Hand und küsste sie. »Und ich hatte gedacht …«, stammelte sie, »dass Sie ganz anders wären … ich habe mich in Ihnen getäuscht. Verzeihen Sie mir!«

Von Halden zog seine Hand zurück. »Warten Sie, bis es Nacht ist und die Wache abgetreten ist. Und machen Sie kein Geräusch.«

»Danke«, sagte Sophie überglücklich, »ich danke Ihnen so sehr.« Sie drückte noch einmal seine Hand und stürzte hinaus. Von Halden sah ihr wehmütig nach. So hatte er auch einmal geliebt – es schien ihm auf einmal, als wäre es erst gestern gewesen.

18. Kapitel

»Marge?« Die Stimme klang zaghaft. Max klopfte an die Tür des großen Zimmers, das Marguerite für sich allein beanspruchte. Hinter ihm stand seine Mutter mit dem kleinen Michel auf dem Arm, der friedlich schlief. »Sie ist sicher wieder betrunken«, zischte sie leise, als niemand antwortete. »Es ist eine Schande! Wahrscheinlich schläft sie gerade ihren Rausch aus.« Max klopfte noch einmal, doch dann gab er es auf. »Lass uns hinuntergehen, Mutter«, sagte er sanft. »Sie wird sicher nachkommen. Immerhin hat sie heute noch keinen Bissen gegessen.«

»Du nimmst sie jedes Mal in Schutz«, schimpfte Madame Gobelin. »Sie trinkt, faulenzt, schläft, während ich die ganze Arbeit mache!« Max erwiderte nichts. Sie gingen in die Küche und er nahm den Topf mit der Suppe vom Herd und trug ihn ins Speisezimmer, das sie zum Glück nicht teilen mussten. Alle anderen Räume im Erdgeschoss hatten die Soldaten besetzt. Stimmengewirr, Gelächter und Gläserklirren tönten aus dem großen Salon und der Halle. Die Besatzer feierten und tranken die Reserven aus dem Weinkeller leer. Madame Gobelin legte den Kleinen in den Kinderwagen und deckte die Teller auf. »Es ist ein Skandal«, murrte sie weiter, »eine Frau, die sich nicht im

Geringsten für ihr Kind interessiert, die sich nicht kümmert, weil sie den halben Tag im Bett liegt …«

»Sei still, Mutter«, fuhr Max sie an. »Marge ist Künstlerin …« »Künstlerin?«, fuhr Madame Gobelin mit einem verächtlichen Lachen auf. »Was soll das für eine Kunst sein? Schauspielerin ohne Rolle? Alles Ausreden. Du bist verblendet, lässt dich von dieser Schlampe um den Finger wickeln …« Ihr Sohn, in dem sie immer noch das Bübchen von einst sah, warf ihr jetzt einen abweisenden Blick zu. In seinen Augen glitzerte es kühl. »Ich will nicht, dass du künftig auch nur ein einziges böses Wort über sie sagst, Mutter! Sie ist, wie sie ist – und ich liebe sie. Hast du mich verstanden? Und ohne sie hätten wir im besetzten Paris bleiben müssen.« Madame Gobelin presste die Lippen zusammen und schwieg. Da sah man wieder, wie diese Frau ihren Sohn an der Kandare hatte. Sie verabscheute ihre Schwiegertochter von ganzen Herzen. Die Tür öffnete sich plötzlich und ein Herr in einem verblichenen hellen Anzug trat mit einer Selbstverständlichkeit ein, als wäre er der Hausherr. »Bonsoir allerseits«, sagte er ganz ungezwungen und schnupperte. »Ein köstlicher Duft! Was gibt es denn heute?«

»Was … was wollen Sie denn hier?«, fragte Max verblüfft. Gaston verneigte sich kurz und rückte sein Monokel zurecht. »Das Gleiche wollte ich Sie auch gerade fragen, mein Herr.« Sein Blick glitt herablassend von Max' ausgebeulter Strickjacke und seinem karierten Hemd zu der Schürze über dem billigen Baumwollkleid von Madame Gobelin. Er lächelte sarkastisch und neigte den Kopf. »Doch dann ist mir eingefallen, dass Sie ja jetzt sozusagen zur Familie gehören.« Er verbeugte sich gegen die überraschte Madame Gobelin. »Gaston de Vuillac, Madame. Ich hätte nicht gedacht, dass ich hier einmal die Ehre mit meinem Nachfolger haben würde. Aber sei es drum.« Nach diesen Worten nahm er wie selbstverständlich am Tisch Platz.

Max schluckte. »Sie liegen ganz richtig«, sagte er ruhig. »Marge und ich haben vor Kurzem geheiratet.«

»Gratuliere. Aber seien Sie doch so gut und reichen Sie mir einen Teller«, sagte Gaston, erwartungsvoll über den Tisch in den Topf mit Linsensuppe sehend, der in der Mitte stand, »und ein Glas, wenn es keine Umstände macht. Ein leichter Burgunder würde gut zu diesem Gericht passen.« Er zog mit gezierter Gebärde an seinen Manschetten. »Ich sage immer, ein guter Wein verbessert jede Mahlzeit.« Madame Gobelin holte auf einen Wink ihres Sohnes einen neuen Teller, doch bevor Gaston seinen Löffel in die Suppe tauchen konnte, hallte die zugeschlagene Tür zum Speisezimmer wie ein Schuss durch den hohen Raum.

»Gaston! Was willst du hier?« Das Geräusch und die schrille Stimme Marguerites ließen alle zusammenfahren. Sie baute sich wie eine Diva empört vor ihrem Ex-Mann auf. In diesem Augenblick sah sie bildschön aus, mit ihrem flammend roten Haar, den vor Wut geröteten Wangen, blitzenden Augen und dem rotgeschminkten Mund. Max sah sie fasziniert an und fragte sich, durch welchen Zauber weder Alkohol noch Tabletten ihrem Äußeren etwas anhaben konnten. Gaston erhob sich steif. »Aber Marge!« Er wirkte ein wenig hilflos. »Ich dachte, ich bin hier zu Hause. Nach all den Jahren ...« Er schwankte ein wenig und griff nach seinem Stock, um sich zu stützen.

»Du warst hier nie zu Hause!«, betonte Marguerite. »Warum bist du überhaupt hergekommen?«

»Was für eine überflüssige Frage!« Gaston verdrehte die Augen. »Dachtest du, ich würde in Paris bleiben? Bei der unsicheren Lage? Die Wohnung wurde mir gekündigt – ich stand sozusagen auf der Straße ...«

»Immer wieder das alte Lied. Warum gehst du nicht zu deinen Huren?«, fragte Marguerite unbarmherzig. »Verschwinde. Ich will dich hier nicht sehen! Da, nimm.« Sie zerrte ihr Portemonnaie heraus, entnahm ihm ein paar Francs und warf sie auf den Tisch. »Ich habe nicht mehr. Das ist es doch, was du willst.«

»Du wirfst mich wirklich hinaus?« Gaston versuchte, seine Würde zu wahren, aber seine Hand griff ganz automatisch nach dem Geld. »In meiner Situation? Ich schwöre, seit gestern habe ich nichts gegessen. Diese Linsensuppe«, er schielte in den Topf, »wäre meine erste Mahlzeit …«

»Geh!« Marguerite drehte ihm den Rücken und tat so, als sähe sie aus dem Fenster. »Für dich ist hier kein Platz mehr.« Gaston ließ einen tiefen Seufzer hören und schüttelte den Kopf, als könne er nicht verstehen, was man ihm antat. »Du wirst es eines Tages bereuen«, sagte er mit dunkler Betonung und empfahl sich mit einer Verbeugung in jener altmodischen Grandezza, die er auch in den schlechten Tagen noch nicht verlernt hatte. Max und seine Mutter sahen ihm verwundert nach, als er hocherhobenen Hauptes hinausstelzte. Der kleine Michel begann lauthals zu schreien. »Dann können wir wohl jetzt essen«, sagte Max nach einer bedeutsamen Pause. »Bevor die Suppe kalt wird.«

»Mir ist der Appetit vergangen!« Marguerite setzte sich auf einen Stuhl. Die Wut und der kurzfristige Elan, der ihre Wangen gefärbt hatte, waren verpufft. Sie stützte den Kopf auf die Hände und plötzlich sah man ihre dunklen Augenringe, die kleinen Fältchen der Müdigkeit. »Dieser Schmarotzer! Als wenn wir nicht andere Sorgen hätten. Wir haben einen Sterbenden im Haus. Philippe war gerade bei mir.«

»Was?« Max ließ den Löffel sinken. Madame Gobelin, die hastig ihren Teller geleert hatte, sah auf. »Doch nicht etwa dieser Modemacher? Er sah wirklich sehr schlecht aus, als er ankam. Hoffentlich hat er nichts Ansteckendes gehabt.« Sie nahm den schreienden Kleinen auf den Arm. »Man hat ihn ja kaum gesehen.« Marguerite zuckte die Achseln. »Jean-Luc hat sich immer in seinem Zimmer aufgehalten. Philippe tut mir wirklich leid. Er war so sehr auf ihn fixiert.« Max schwieg. Was sollte er auch dazu sagen? Er kannte den Mann ja kaum. Marguerite erhob sich, ohne ihrem Kind einen einzigen Blick zu schenken, das freundlich gluckste und auf dem Arm von Madame Gobelin strampelte. Sie verschwand, die Tür des Speisezimmers hinter sich zuwerfend. Madame Gobelin sandte ihr einen bitterbösen Blick nach. »Das arme Kind«, sagte sie bedauernd und wiegte Michel sanft in ihren Armen.

Sich schwerfällig auf seinen Stock stützend, wartete Gaston in einer Ecke des Gangs hinter einer Tür und sann über seine Situation nach. Marguerite konnte sehr unangenehm werden, wenn man nicht tat, was sie wollte. Früher hatte sie ihm oft genug schreckliche Szenen gemacht! Eigentlich sollte er sich jetzt fertig machen und gehen. Aber er hatte Hunger und war müde. Er beschloss, die Zeit seines Hierseins noch ein wenig auszudehnen. Niemand wusste ja, dass er in der Sakristei, im Kaplanzimmer hauste, und so schnell kam auch keiner dorthin. Auf leisen Sohlen schlich er in den Keller hinunter. Schließlich kannte er die geheime Vorratskammer der Carrières. Er steckte sich eine Konservendose mit eingemachtem Geflügel und ein Glas Kirschen ein und nahm eine Flasche Wein aus dem Regal. Ein rostiger Dosenöffner lag in einem Schubfach eines staubigen Schränkchens. Mit seinen Schätzen beladen, ging er am Salon, wo die Soldaten tafelten und tranken, vorbei, schlich durch den Durchgang in die Kapelle und erreichte so sein Kämmerchen in der Sakristei. Es war eine einfache und einsame Mahlzeit, die er dort einnahm, aber er bemühte sich, es mit Stil zu tun. Eine Kerze brannte und die Stoffservietten hatte er auf der Suche nach Bettzeug im Schrank mit der Weißwäsche gefunden. Der Wein tröstete ihn, sein Magen war bald angenehm gefüllt und so legte er sich angezogen auf das einfache, eiserne Bettgestell. Morgen würde er weitersehen. Vielleicht konnte er Marge ja noch dazu umstimmen, ihm zu erlauben, länger zu bleiben. Sie war zwar launisch, aber nicht böse. Er war todmüde und schlief sofort ein.

***

Aus den Notvorräten im Schloss hatte auch Sophie für David ein Päckchen mit Lebensmitteln zusammengestellt, das sie in einem Rucksack verstaute. Seit der Adjutant des Kommandanten ihr die Zigarrenschachtel mit den Schlüsseln zur Kapelle gebracht hatte, erfüllte sie neue Zuversicht. Zum Glück hatte die Mutter mit altmodischer Fürsorge immer darauf bestanden, in einem Nebenraum des Kellers lange haltbare Vorräte zu horten, die sie regelmäßig ergänzte und auswechselte. Die Geschwister hatten diese Marotte, die noch aus der schlechten Zeit des Großen Krieges datierte, belächelt, doch mit einem Mal erwies sie sich als sehr nützlich. Sophie hatte fast vergessen, was alles dort lagerte, aber jetzt kam ihr diese Vorsorge mehr als gelegen. Tatsächlich fanden sich eine Menge Bestände im Vorratsschrank, die noch niemand entdeckt hatte. Sie nahm ein paar Dosen Ölsardinen und Schmalzfleisch sowie eingemachte Kirschen, von denen noch zahllose Gläser in den Regalen standen, und fügte eine Flasche alten Calvados aus dem Weinkeller hinzu, der von den Soldaten bereits halb geleert war. Aber das Wichtigste fehlte noch: Geld. Unschlüssig drehte sie die Visitenkarte Doktor Petiots zwischen den Fingern. 25 000 Franc würde David für den Arzt brauchen! Marguerite hatte davon gesprochen, dass er möglicherweise auch Wertgegenstände nahm! Es glückte ihr, mit dem Rucksack in ihr Zimmer zu gelangen, ohne dass sie bei den Soldaten Aufsehen erregte. Dort sah sie sich um, nahm die feingeschnitzte Elfenbeinminiatur mit dem Kruzifix aus dem fünfzehnten Jahrhundert von der Wand und plünderte etliches aus dem von rotem Samtstoff umhüllten Silberbesteck, das in einem verschlossenen Schrank ruhte. Nach leichtem Zögern fügte sie noch zwei kleine, silberne Leuchter, Schmuckstücke aus ihrem persönlichen Besitz und die goldene Taschenuhr hinzu, die die Mutter zum Andenken an ihren Vater aufbewahrt hatte. Ein Umschlag mit 15 000 Franc, die sie für sich selbst für Notfälle zurückgelegt hatte, ergänzte das Paket, mehr konnte sie nicht aufbringen. Der Rucksack war nun schwer und prall gefüllt. Sie sah auf die Pendeluhr in der Ecke. Der Schlüssel zur Kapelle lag kühl und schimmernd in ihrer Hand. Sie konnte kaum erwarten, dass es Nacht wurde. Plötzlich klopfte es hämmernd gegen ihre Tür und jemand rüttelte an der Klinke. Sie fuhr zusammen. Vorsichtshalber hatte sie das Zimmer abgesperrt. »Wer ist da?«, rief sie, fest entschlossen, niemanden einzulassen.

»Mach auf Sophie – schnell, ich bin's!«, tönte eine dumpfe Stimme durch die Tür. Sophie drehte den Schlüssel herum und öffnete. »Philippe?«, rief sie erstaunt und erschrak im gleichen Moment über das Aussehen des Bruders, der bleich, mit wirrem Haar, unordentlicher Kleidung und völlig aufgelöst vor ihr stand. In letzter Zeit waren sie sich, wiewohl unter demselben Dach lebend, kaum begegnet. Philippe und Jean-Luc, die sich in den Appartements im linken Flügel des Schlosses eingerichtet hatten, waren dort ganz von den anderen Familienmitgliedern isoliert gewesen. Man hatte zwar mitbekommen, dass es dem fiebernden Jean-Luc nicht gut ging, aber Philippe sprach von einer verschleppten Grippe, die in Ruhe auskuriert werden musste. Niemand hatte sich etwas Besonderes dabei gedacht, wenn Philippe die Speisen hochtrug, die sie gemeinsam verzehrten. »Komm schnell, Sophie!«, stieß er jetzt mit angstvoll flackernden Augen hervor. »Jean-Luc hat einen ernsten Schwächeanfall erlitten, Blut gespuckt. Es hört gar nicht mehr auf.« Er schlug mit schmerzverzerrtem Gesicht die Hände vor die Augen. »Er stirbt – und ich weiß nicht, was ich tun soll.«

»Warum holst du keinen Arzt?«, fragte Sophie erschrocken.

»Er weigert sich!«, stieß er halb schluchzend hervor, »Die ganze Zeit wollte Jean-Luc mich glauben lassen, es sei nur eine verschleppte Grippe, aber jetzt weiß ich: Es ist die Lunge! Er verlangt nach einem Priester, der ihm die Beichte abnimmt. Kannst du dir das vorstellen?«

»Du musst vor allem sofort einen Arzt rufen«, drängte Sophie. »Ihn ins Hospital bringen.«

»Er hört nicht auf mich«, stöhnte Philippe. »Aber vielleicht schaffst du es ja, ihn davon zu überzeugen. Ich hätte nie gedacht, dass es so schlimm um ihn steht!«

»Warum hast du uns nichts davon gesagt?« Sie schloss die Tür hinter sich ab und folgte Philippe, der hastig vorauseilte.

»Er wollte es nicht!«, antwortete er gequält. »In letzter Zeit ging es ihm besser, er stand auf, ging herum und hatte sogar begonnen zu arbeiten. Wenn ich ihm vorschlug, spazieren zu gehen, sagte er, ihn störten die deutschen Soldaten, die überall präsent sind. Und dann dieser dramatische Rückfall.« Er schüttelte den Kopf. »Ich verstehe das nicht!« Sie durchquerten hastig den Durchgang des Mitteltraktes. Philippe hatte für sich und Jean-Luc die beiden Zimmer in der Nähe des Musikzimmers und des Billardraums gewählt, die zwar abgelegen waren, aber mit ihrem Balkon einen wunderbaren Ausblick auf die umliegende hügelige Landschaft und die Kornfelder boten. Leise öffnete er die Tür und ließ Sophie eintreten. Die Vorhänge waren zugezogen, die Fenster geschlossen und das matte Licht verwischte alle Konturen. Im Raum schwebte ein süßlicher Geruch nach Blut, der sich auf unangenehme Weise mit dem betäubenden Ambra-Parfüm mischte, das Jean-Luc benutzte. Er lag mit geschlossenen Augen totenbleich auf den Kissen, sehr schmal und eingefallen, die Hand um ein beflecktes Taschentuch gekrampft. Sein Batisthemd war mit Blutspuren bedeckt. Als sie eintraten, erschütterte ein neuer Hustenstoß seinen schmächtigen Körper. Er öffnete die Augen und murmelte etwas Unverständliches, als er Sophie erblickte, die im Rahmen der Tür stehengeblieben war. »Einen Priester«, stammelte er mit blutleeren Lippen. »Bitte!«

Sophie wechselte einen erschütterten Blick mit ihrem Bruder. Philippe stürzte mit Tränen in den Augen ans Bett, schob Jean-Luc ein Kissen unter den Rücken und stützte seinen Kopf. Sophie fühlte instinktiv, dass sie einen Sterbenden vor sich hatten. »Ich werde Abbé Morand rufen«, murmelte sie. »Den alten Beichtvater Mamans. Er wird kommen. Und einen Arzt, ob er will oder nicht.« So schnell sie konnte, lief sie nach unten.

Der Dorfarzt, der in Begleitung des Priesters schon eine Stunde später eintraf, schüttelte bedenklich den Kopf, als er den Patienten erblickte, der eine Behandlung und einen Transport ins Hospital verweigerte. »Helfen Sie ihm, Doktor«, stammelte Philippe, doch Jean-Luc verfiel in konvulsivische Zuckungen, sobald der Arzt sein Stethoskop zückte und sich ihm näherte. Erst als der Geistliche an seine Seite trat, beruhigte er sich. Schweren Herzens ließ Philippe Jean-Luc mit Abbé Morand allein und wartete mit Sophie draußen vor der Tür. Der Arzt empfahl sich etwas indigniert, ließ sich aber schließlich dazu herab, Schmerzmittel und Morphium-Ampullen bereitzustellen.

»Er hat seinen Frieden mit Gott und der Welt gemacht«, sagte der Abbé salbungsvoll, als er wenig später aus dem Krankenzimmer trat. »Jetzt schläft er. Lassen Sie ihn in diesen schweren Stunden nicht allein.«

»Ich bleibe bei ihm!« Philippe eilte wieder ans Krankenbett. Sophie hatte ihn noch nie so aufgelöst gesehen. Sie reichte dem Priester die Hand. »Danke, Abbé, dass Sie so rasch gekommen sind. Ihr Amt ist sicher nicht leicht.« Der Abbé lächelte sanft. »Das kann man wohl sagen. Ich bin nicht mehr der Jüngste, aber ich mache weiter, weil man mich braucht. Es ist ein ewiger Kreislauf: Ich taufe ein Kind, traue ein Paar und werde zu einem Sterbenden gerufen. Dann kann ich nichts anderes tun, als zuhören und den Menschen später der Erde zu übergeben. Aber so ist das Leben. Ich denke oft an Ihre Mutter. Eine tapfere Frau. Gut, dass sie den Ausbruch des neuen Krieges nicht mehr erlebt hat.«

»Abbé Morand – auf ein Wort noch.« Sophie war plötzlich ein Gedanke gekommen. »Würden Sie eine Trauung«, sie stockte, »ich meine, eine Nottrauung – auch in unserer Kapelle vornehmen? Ganz kurzfristig?«

Der Abbé wiegte den Kopf. »Warum nicht. An welchen Tag dachten Sie?«

»An heute Nacht!«

Verblüfft sah der Abbé sie an. Er nahm seine Brille ab und seine gütigen, von vielen Fältchen umgebenen Augen zwinkerten fragend. »Sagten Sie, heute Nacht?«

Sophie nickte.

***

Man hatte David ohne weitere Erklärungen in die Kapelle gebracht und der Schlüssel drehte sich mit einer Endgültigkeit im Schloss, die in ihm fast Panik auslöste. Warum war er nicht in den Geheimgang geflüchtet, bevor ihn dieser SS-Mann fassen konnte, der so plötzlich vor ihm auftauchte? Aber alles war so schnell gegangen. Er blickte sich in seiner neuen Umgebung um. Die hohen, mit bunter Glasmalerei verzierten Fenster waren vergittert, vermutlich wegen der kostbaren alten Heiligenfiguren, die mitleidig zu ihm herübersahen. Viele Nischen waren leer, die Soldaten hatten sich wahrscheinlich mit dem Recht der Eroberer bedient. Auch die Spitzendecke auf dem Altar war halb heruntergerissen, Kreuz und Monstranz fehlten. Er setzte sich auf einen der mit verblichenem violettem Samt bezogenen Stühle und dachte nach. Sein Schicksal stand ihm klar vor Augen. Es gab kein Entkommen. Man würde ihn in ein französisches Lager stecken oder gleich nach Deutschland deportieren. Von Sophie hatte er sich nicht einmal verabschieden können. Es schmerzte tief, daran zu denken. Er hatte Sehnsucht nach ihr. Was würde er dafür geben, sie noch einmal zu sehen! Warum die Polizei noch nicht hier war und ihn mitnahm, konnte er nicht ganz verstehen. Aber vielleicht wollten sie noch bis morgen warten. Der Hunger quälte ihn. Nicht einmal ein Stück Brot hatte man ihm gegeben! Er stand auf, rüttelte an den Eisenstäben der Fenster, durchsuchte den Raum, die glatten Wände. Hinter der Empore gab es Unebenheiten in der Wand, er tastete sie ab, doch nichts geschah. Die Nacht brach herein, in der Kapelle wurde es stockfinster. Es gab Kerzen, aber kein Zündholz. David tastete umher, streckte sich dann auf zwei aneinandergestellten Stühlen aus. Alles war totenstill, nur die Ratten huschten schleifend über den Steinboden. Plötzlich hörte er ein Geräusch, ein leises Scharren, wie vom Umdrehen eines Schlüssels. Er sprang auf. Das kam von der Durchgangstür, die das Schloss mit der Kapelle verband. Sie öffnete sich Stück für Stück, was das Knarren der Scharniere verhinderte. Das Licht einer Lampe fiel durch den Spalt. Jemand lief die kleine Treppe zu ihm herunter, warf einen dick gefüllten Rucksack zu Boden und fiel ihm um den Hals. »Sophie!« David drückte sie fest an sich. »Bist du es wirklich, oder träume ich?« Sophie hielt den Finger an die Lippen. »Psst! Wir dürfen kein Geräusch machen«, flüsterte sie. »Oberleutnant von Halden hat mir den Schlüssel gegeben, sieh her!« Das Metall blinkte im Halbdunkel. »Und er hat die Wache vor der Tür abgezogen. David! Flieh! Versuche, nach Paris zu kommen! Hier«, sie drückte ihm eine Visitenkarte in die Hand. »Geh zu Doktor Petiot, hörst du!« Sie wiederholte den Namen: »Doktor Petiot, in Paris. Rue le Sueur 21! Der Doktor wird dir helfen, kann dir die nötigen Papiere besorgen, ein Visum und die

Schiffspassage von Lissabon nach Südamerika. Frag in seiner Praxis nach Doktor Eugène persönlich, sag, du kämst wegen Fly Tox. Dann wissen sie Bescheid. Präge es dir ein!« Es klang beschwörend. »Und in dem Rucksack«, sie deutete ins Dunkel, »findest du Proviant, Geld und ein paar wertvolle Objekte, mit denen du den Arzt bezahlen kannst.«

»Danke!«, stammelte David überrascht und steckte die Karte in seine Jackentasche. »Fly Tox und Doktor Eugène. Das ist leicht zu merken. Aber woher weißt du das alles? Und wo sehen wir uns wieder?«

»Schreib mir, wenn du angekommen bist, damit ich deine Adresse weiß. Dieser Albtraum wird hoffentlich bald zu Ende sein. Dann kehrst du aus Südamerika zurück und wir werden uns nie wieder trennen.«

»Ist das denn sicher?« David zögerte noch. »Und wenn es nicht klappen sollte – ich meine mit dem Visum und der Reise?«

»Egal, was geschieht«, flüsterte Sophie. »Ich werde immer am Jahresende um Mitternacht in Saint Pierre de Montmartre sein, auf dich warten und an dich denken. Auf dem Friedhof hinter der Kirche an dem großen Kreuz.«

»Ich habe Angst, dass du einen anderen findest, wenn ich in Amerika bin! Kannst du nicht mit mir gehen? Ich möchte, dass du immer bei mir bist.«

Sophie schüttelte den Kopf. »Nein, das wäre unvorsichtig. Aber wenn alle Stricke reißen, dann würde ich auch nach Amerika gehen. Wir könnten uns dort ein neues Leben aufbauen! Die Hauptsache ist doch, dass wir zusammen sind!« David drückte sie innig an sich und küsste ihre bebenden Lippen. Tränen liefen ihm über das Gesicht. »Versprich mir, dass du mich nicht vergisst!«

»Ich kann dich gar nicht vergessen – ich habe ja ein Pfand von dir!«

David spürte ihr Lächeln in der Dunkelheit, obwohl er es nicht sah. »Ein Pfand?«

»Wir werden ein Kind haben …« Weiter kam Sophie nicht, denn David hatte sie so fest an sich gezogen, dass ihr die Luft ausging. »Ein Kind?«, flüsterte er ihr ins Ohr. Er wirbelte sie im Dunkeln so heftig herum, dass sie fast gestürzt wären. »Mein Liebling, mein Engel, mein Alles …« Sophie verschloss ihm mit der Hand den Mund. »Warte – und damit du ganz sicher bist …«, sie drehte sich herum und David erschrak fast über den Schatten der Gestalt im dunklen Habit, die plötzlich auf leisen Sohlen hinter ihr auftauchte, »habe ich Abbé Morand mitgebracht! Er wird uns trauen, hier und jetzt, in dieser Kapelle!« David verschlug es die Sprache, er starrte den Abbé wortlos an. Ein unerwartetes Glücksgefühl durchzog ihn. Das große Los! Er hatte es gezogen und deshalb war noch nicht alles verloren! Das Leben bot ihm noch einmal eine Chance, mit der sich sein Schicksal wendete! Doch noch bevor er sich von der Überraschung erholen konnte, hörte man plötzlich rasche und laute Stiefelschritte im Gang, der die Kapelle mit dem Schloss verband. Sophie schmiegte sich eng an ihn, als die quietschende Holztür plötzlich weit aufgerissen wurde und der Lichtstrahl einer Taschenlampe sie traf. »Genauso habe ich es mir gedacht.« Es war die sich überschlagende Stimme Pauls, hinter dem drei Soldaten standen. Sie waren bewaffnet. Geblendet und erschrocken blieb David auf dem Fleck stehen. »Schau an – Sie hier, Sophie? So spät noch bei der Andacht?« Paul machte eine dienstliche Miene, aber seine Stimme klang höhnisch. »Oh, Verzeihung – wir waren ja eigentlich per du. Also, sei bitte so nett, komm zu mir und gib mir den Schlüssel«, verlangte er energisch und streckte die Hand aus. Ein maliziöses Lächeln trat auf seine Züge. »Verzeih den harten Ton. Du hast natürlich nichts zu befürchten. Aber ich muss meine Pflicht erfüllen.« Der Abbé wollte sich einmischen, doch Paul scheuchte ihn zur

Seite. Sophie warf den Schlüssel wütend zu Boden. »Du musst deine Pflicht erfüllen?«, schrie sie. »Welche Pflicht? Nie hätte ich das von dir gedacht! David ist unschuldig. Er hat keinem etwas zuleide getan. Er verdient es nicht, dass man ihn wie einen Verbrecher behandelt. Und du solltest dich schämen!« Sie trat auf ihn zu, hob die Hand und schlug ihm mit aller Kraft ins Gesicht. Pauls Miene verzerrte sich zu einer Grimasse. Er ballte die Faust. David machte ein paar Schritte vorwärts, um Sophie zu Hilfe zu kommen, doch Paul versetzte ihm einen so harten Schlag, dass er zu Boden stürzte. Ein stechender Schmerz durchfuhr ihn und aus seiner Nase quoll Blut. »Du bleibst schön hier, feiges Judenschwein!«, brüllte Paul. David spürte im nächsten Moment das kalte Metall einer Pistole an seiner Stirn. »Ihr haltet mich wohl für blöd, oder?« Er stieß David vorwärts und streifte Sophie mit einem eisigen Blick. »Es lag ja auf der Hand, dass du abhauen wolltest. Aber nicht mit mir – ich liefere dich ordnungsgemäß ab. Und wenn du nochmal versuchst zu flüchten, kriegst du sofort eine Kugel in den Rücken. Hast du das kapiert?« Ein heftiger Stiefeltritt unterstrich seine Worte. David stöhnte auf. Es hatte wenig Zweck, sich mit einem solchen Fanatiker anzulegen, das würde seine Sache nur verschlimmern. »Sperrt die Kapelle gut ab!«, befahl Paul. »Einer von euch hält Wache. Diesmal behalte ich persönlich die Schlüssel.« Die Soldaten, die die schluchzende Sophie und den alten Abbé hinausgeführt hatten, zerrten David zurück in die Kapelle. Er hörte, wie die Tür mit einem heftigen Knall zufiel, der von den Wänden widerhallte, und sich der Schlüssel mit einem entmutigenden Geräusch im Schloss drehte.

***

Mitten in der Nacht erwachte Gaston plötzlich durch ein beharrlich scharrendes Geräusch, ein Klopfen und Rumoren ganz in seiner Nähe. Er lauschte. Was war das? Machten Ratten so einen Krach? Es musste von der Wand der Kapelle kommen, die nur durch den kurzen Gang mit der Sakristei verbunden war. Er stand auf und horchte ins Dunkel. Es klang, als würde jemand irgendwo herumkratzen und sogar hämmern. Ein Einbrecher konnte es nicht sein – der würde sich der vielen Soldaten wegen wohl eher nicht ins Schloss trauen. Das Rumoren hörte nicht auf. Er stand ächzend auf und zündete eine Kerze an. Die Geräusche schienen eindeutig aus der Kapelle zu kommen. Er öffnete seine Tür, die leise knarrte. Reglos blieb er im Gang stehen, leuchtete ins Dunkel, tastete nach dem Schalter der einzigen nackten Birne und stieg die wenigen Stufen hinunter. Er schloss den geheimen Zugang auf, schob die Eisentür beiseite und betrat die Kapelle hinter der Statue der Jeanne d'Arc. »Wer da?«, flüsterte er. Es blieb still und so beschloss er, wieder in die Sakristei zurückzukehren. Doch bevor er das tun konnte, hörte er schnelle Schritte. Es war zu finster, etwas zu erkennen. Doch dann trat jemand in den Lichtkreis. Gaston wich zurück. »Zum Teufel, wer sind Sie denn?«, entfuhr es ihm verblüfft.

»Mein Name ist David Reichstein!« Ein junger Mann, der nicht besonders gefährlich aussah, blinzelte ins Licht. »Sie haben mir einen ganz schönen Schrecken eingejagt. Ich dachte, die Statue begänne plötzlich zu sprechen. Sind Sie … ein deutscher Soldat?«

Gaston schüttelte den Kopf. »Nein, Franzose. Offizier und Teilnehmer im Ersten Weltkrieg«, fügte er mit unüberhörbarem Stolz hinzu. »Ich bin …«, er räusperte sich, »nur zu Gast. Und was machen Sie hier?«

David betrachtete im Schein der trüben Birne und flackernden Kerze die raffiniert in die Mauer eingelassene Tür hinter der Heiligen, die sich so plötzlich und wie durch Zauberhand geöffnet hatte. »Man hat mich in die Kapelle gesperrt. Die Tür, die ins Schloss führt, ist leider fest verschlossen. Ich habe versucht, ein Fenster herauszubrechen. Aber wer denkt denn, dass es hier noch ein anderes Schlupfloch gibt«, murmelte er wie zu sich selbst. »Wo führt diese Tür hin?«

»In die Sakristei. Nur der Kaplan und der Mesner haben eigentlich diesen Zugang«, belehrte ihn Gaston. »Um zeitig die Frühmesse vorzubereiten. Die Tür zu den heiligen Gerätschaften ist normalerweise immer verschlossen.«

»Wie praktisch«, sagte David. »Und Sie … Sie kommen jetzt von der Sakristei?«, fragte er mit leisem Zweifel.

»Das sehen Sie doch.« Gastons Stimme klang so, als handele es sich um eine Selbstverständlichkeit.

»Aber … wieso übernachten Sie hier?«

»Sie sind sehr neugierig, junger Mann. Ich brauche manchmal ein Plätzchen, an dem ich ungestört bin. Der Mesner hat es mir verraten, dafür, dass ich ihm immer guten Messwein bereitgestellt habe.« Gesprächig geworden, fügte Gaston hinzu: »Als ich jünger war, habe ich hier hin und wieder ein Rendezvous gehabt.«

David war verblüfft. »Ein Rendezvous in der Sakristei?«

»Warum nicht? Aber erzählen Sie mir jetzt lieber, warum man Sie in die Kapelle gesperrt hat«, fragte Gaston mit leichtem Misstrauen.

»Ich bin Jude – das ist der ganze Grund. Unter den Soldaten gibt es so einen übereifrigen SS-Untersturmführer, der hat mich verhaftet. Er will gleich morgen dafür sorgen, dass ich in ein Lager deportiert werde.«

Gaston musterte ihn eine Weile schweigend im Schein der Kerze. »Ich habe nichts gegen Juden«, sagte er schließlich. »Im Gegenteil. Ein Jude hat mir im Krieg einmal das Leben gerettet. Wollen Sie nicht hereinkommen?« Er machte eine einladende Bewegung. »Über diesen Gang hier. Es ist ein bisschen eng. Der Kaplan brauchte früher wohl nicht viel Platz.«

David folgte ihm zögernd in die Sakristei. Gaston goss einen Becher Wein voll und reichte ihn dem Fremden. »Hier, nehmen Sie! Sie sehen so aus, als brauchten Sie eine kleine Stärkung.«

»Danke!« David goss den Wein mit einem Zug hinunter. »Jetzt fühle ich mich schon besser.« Seine Augen wanderten durch den Raum. »Wie kommt man von hier aus eigentlich hinaus?«

»Ganz einfach«, erwiderte Gaston und steckte sich eine Zigarette in die lange Spitze, die er aus seiner Weste zog. »Durch die Kapelle ins Schloss, über die Treppe, durch den Salon und die Halle! Rauchen Sie?« David machte eine abwehrende Bewegung. »Aber wenn der Zugang zum Schloss versperrt ist! Und sogar eine Wache davor steht.«

»Oh!« Gaston zog die Stirn in Falten. »Ein unangenehmer Gedanke! Dann bin ich ja zusammen mit Ihnen eingesperrt!«

»Tut mir leid!« Davids Stimme klang bedauernd. »Aber sicher nur bis morgen früh. Dann will man mich der Polizei im Ort übergeben.« Er sah suchend um sich. »Gibt es denn nicht irgendwo noch einen anderen Ausgang?«

Gaston schüttelte den Kopf. Während er überlegte, den Rauch einsog und ihn in Kringeln wieder ausstieß, sah er nach oben. »Dort vielleicht!« Er deutete auf das schmale Fenster über ihnen. »Aber ich glaube nicht, dass wir hier eine Leiter finden. Sie müssten wahrscheinlich auf meine Schultern steigen, um sich hindurchzuzwängen. Falls sie schwindelfrei sind, können Sie an der Fassade hinabklettern. Ich glaube, es gibt da ein paar hilfreiche Simse und Verzierungen zum Festhalten. Sie können natürlich auch springen, aber da besteht die Gefahr, dass Sie sich verletzen.«

»Eine großartige Idee!« David reichte ihm herzlich die Hand. »Ich versuche es. Gott möge Ihnen Ihre Hilfe vergelten.«

»Gott?«, murrte Gaston. »Haben Sie vielleicht ein paar übrige Francs für mich? Es ist nur – ich bin in ziemlicher Verlegenheit, möchte morgen abreisen.« David hielt inne. »Natürlich! Mein Rucksack. Warten Sie, ich hole ihn, habe ihn vorhin einfach mit einem Fußtritt unter den Altar geschoben, damit ihn keiner bemerkt.« Er nahm die Kerze, lief in die Kapelle hinunter und kehrte mit dem Rucksack wieder. Aus seinen Innern nestelte er von dem Betrag, den Sophie ihm übergeben hatte, ein paar Scheine weg. »Sie sind mein rettender Engel – im wahrsten Sinne des Wortes!« Er strahlte ihn an, aber Gaston war schon dabei, das Geld zu zählen. Seine Züge hatten einen zufriedenen Ausdruck angenommen. »Nun steigen Sie schon auf meine Schultern, junger Mann!« Er hielt sich an einem Mauervorsprung fest. David stieg auf die Pritsche und von da aus auf die Schultern Gastons, der bedenklich unter seinem Gewicht schwankte und aufstöhnte. Aber er hielt durch. David öffnete das leicht klemmende Fenster und zog sich mit Aufbietung aller Kräfte hindurch. Er lächelte Gaston von oben zu. »Ich danke Ihnen nochmals von ganzem Herzen!«

»Machen Sie's gut, junger Mann! Vielleicht sehen wir uns ja einmal wieder. Dann gebe ich Ihnen das Geld zurück.« Gaston reichte ihm den Rucksack.

»Nicht nötig!«, sagte David.

»Kennen Sie das Café des Abattoirs in Paris? Dort bin ich hin und wieder zu finden, wenn die Boches es nicht geschlossen haben. Fragen Sie einfach nach Gaston.«

»Das werde ich tun!« David winkte ihm noch einmal zu. Der Rucksack fiel mit einem dumpfen Geräusch nach unten ins Gras. Geschickt kletterte er an den Mauervorsprüngen ein kurzes Stück die Fassade hinab. Der Morgen graute in der Ferne mit einem kaum wahrnehmbaren Schimmer. David sog die frische Luft in seine Lungen. Freiheit! Es war ein unglaublich belebendes Gefühl, das ihm neue Kraft verlieh. Gaston lauschte gebannt von drinnen. Es blieb alles ruhig, niemand, nicht einmal die Wache hatte die Vorgänge anscheinend bemerkt. Er schloss die Verbindungstür, massierte seine schmerzenden Schultern und zündete sich eine neue Zigarette an. Dann legte sich wieder zurück auf die Bettstatt. Man muss nur Glück haben im Leben, dachte er. Glück und ein wenig Geld. Mit diesem Gedanken streckte er sich mit einem Seufzer aus und schlief nach einer Weile wieder ein.

Paul stellte Sophie für den Rest der Nacht unter Bewachung. Er fürchtete, dass es irgendwo noch ein Schlupfloch gab, durch das der Gefangene mit ihrer Hilfe entwischen konnte. Sophie kannte in der Tat den Schleichweg aus der Kapelle durch die verborgene Tür in die Sakristei, wo David sich hätte verstecken können. Doch nun war es zu spät, ihm diesen Weg zu zeigen. Mit allen Mitteln versuchte sie noch einmal, Paul umzustimmen. Mit einer Entschuldigung, mit Schimpfen und Schmeicheleien – aber nichts gelang. Es war, als liefe sie gegen eine Mauer. Paul blieb eisern und betonte, es sei seine Pflicht dem Führer und der Nation gegenüber, einen kriminellen Juden dem Volksgericht in Deutschland zu überstellen. In ihrer Verzweiflung ließ Sophie den Adjutanten des Kommandanten holen, der ihr schlaftrunken mitteilte, dass er seinen Vorgesetzten nur wegen dringender militärischer Aktionen wecken dürfe. Von Halden habe seine Befehle gegeben und damit basta. Es sei schließlich mitten in der Nacht und die Sache habe sicher bis morgen Zeit.

Schon in aller Frühe erschienen die Gendarmen, um David mitzunehmen. Aber der Vogel war ausgeflogen, die Kapelle leer, obwohl der Durchgang von außen verschlossen war. Es war ein Rätsel. Die hohen Fenster waren intakt und vergittert wie zuvor – David blieb verschwunden. »Dieser Dreckskerl!«, fluchte Paul, der überall nach ihm suchen ließ. Er baute sich vor Sophie auf: »Du hast ihm geholfen«, schrie er sie wutentbrannt an. »Aber das wirst du noch bereuen! Ich kriege ihn – und wenn ich auf der ganzen Welt nach ihm suchen muss! Aber dann mache ich keine großen Umstände mehr. Dann bekommt er gleich eine Kugel in den Kopf. Und gegen dich strenge ich ein Verfahren an – wegen unerlaubter Unterbringung eines kriminellen Juden.« Sophie sagte kein Wort, sie senkte den Kopf und frohlockte innerlich. Auf unerklärliche Weise musste David den Zugang zur Sakristei gefunden haben. Und von dort war er bestimmt durch das kleine Fenster entwichen. Die Spuren im Park, das zerdrückte Gras an einer bestimmten Stelle gaben ihr Gewissheit. Sie war von ganzem Herzen erleichtert. Alles würde sich nun zum Guten wenden. Niemand außer ihr und Marguerite ahnte, dass David bereits auf dem Weg nach Paris war, um sich von dem ihr unbekannten Doktor Petiot zu einem Visum nach Amerika verhelfen zu lassen. In diesem freien Land würde er vor den Nazis sicher sein, ohne Angst, Denunzierung, Folter und Haft. Ihr war, als sei eine große Last von ihren Schultern genommen. David würde schon durchkommen. Als Paul endlich abzog und Sophie sich weigerte, ihm die Hand zu reichen, ballte er die Faust. »Du wirst dein verstocktes Benehmen noch bereuen. Ich komme zurück«, rief er ihr zu. »Aber freu dich lieber nicht darauf. Wenn ich will, kann ich auch dich in ein Lager bringen, damit du Vernunft annimmst.« Sophie fuhr diese Drohung in die Glieder. Würde Paul wirklich so weit gehen? Erst recht, wenn er auf irgendeine Weise erfuhr, dass sie es war, die seinen Pass gestohlen hatte? Sie traute ihm mittlerweile jede Gewalttat zu.

Gegen Morgen des übernächsten Tages hauchte Jean-Luc seinen letzten Atem aus. Philippe, halb über das Bett geneigt, war irgendwann eingeschlafen und bemerkte es nicht einmal. Als er erwachte, lag sein Lebensgefährte mit wächserner Miene stumm und ernst auf den Kissen. Die schwarzen Haare, die sein Gesicht umrahmten, bildeten einen großen Gegensatz zu seiner

Blässe. Um seine Lippen schien ein ironischer Zug zu spielen. Philippe sah ihn an und wunderte sich, dass er nicht einmal weinen konnte. Er war wie gelähmt. Was sollte er ohne Jean-Luc machen? Was nützten ihm jetzt die Goldbarren unter der Treppe, die seine Zukunft und die Kollektionen sichern sollten, die Jean-Luc, wenn der Krieg zu Ende war, entwerfen wollte? Er fühlte eine große Leere, als man den Toten abholte. Ausgerechnet an diesem Tag feierten die Soldaten unten hemmungslos. Sie hatten sich Mädchen aus dem Dorf kommen lassen, bei einem Bauern ein halbes Schwein organisiert, das sie über offenem Feuer im Park brieten. Gelächter und Musik schallten zu ihm herauf, vermischt mit dem Geruch gerösteten Fleisches. Von Halden hatte sich bei ihm entschuldigt und gesagt, man könne das Fest nicht mehr absagen. Seine Männer freuten sich darauf, nach all den Entbehrungen und Kämpfen. Sie hätten viel mitgemacht und seien oft nur um Haaresbreite dem Tod entronnen. Deshalb sei auch der Tod für sie etwas ganz Alltägliches geworden. Philippe hatte genickt, doch innerlich war etwas in ihm zerbrochen. Die Musik schnitt ihm ins Herz und als unten auf dem Vorplatz des Schlosses getanzt wurde, war es kaum mehr zu ertragen. Marguerite hatte versucht, sich um ihn zu kümmern, der Abbé Morand war gekommen, um ihm Trost zu spenden. Doch er wollte niemanden sehen, nicht einmal den Geistlichen. Erstmals nach langer Zeit setzte er sich ans Klavier und spielte mehrfach hintereinander das gleiche Stück: die Waldstein-Sonate von Beethoven, die Jean-Luc so sehr geliebt hatte und die er ihm als Abschiedsgruß sandte.

19. Kapitel

Den Rest der Nacht war David frohen Herzens marschiert, von Beaurain ein Stück an der Oise entlang, über die Dörfer der Picardie, sich vorsichtig an Waldrändern haltend und große Flächen und Kornfelder meidend. Von Zeit zu Zeit sah er deutsche Soldaten, die das Terrain kontrollierten, dann schlug er sich durch die Büsche. Er musste vorsichtig sein und Umwege machen, auch wenn dies seine Flucht verlängerte. Würde man sich die Mühe machen, ihn zu verfolgen? Eher nicht. Wenn, dann waren die Polizeistationen höchstens über Funk informiert. Das machte ihn besonders wachsam. Er zehrte von seinem Proviant, den Sophie ihm fürsorglich eingepackt hatte, trank aus Bächen und mied die Dörfer. Schwieriger war es, ins Zentrum von Paris zu kommen. Er umkreiste die Stadt, nutzte nachts das Schienennetz für die Richtung und schmuggelte sich schließlich als blinder Passagier in einen Lieferwaggon, der zum Gare du Nord fuhr. In einen alten Sack mit dem Aufdruck eines Kohlebetriebs steckte er seinen Rucksack, packte das Ganze auf den Rücken und betrat auf gut Glück das erstbeste Hotel gegenüber dem Bahnhof. Auf den fragenden Blick des Angestellten an der Rezeption sagte er mürrisch und ohne aufzublicken. »Die Kohlelieferung. Wo kann ich das absetzen?« Der

Angestellte, von zwei ankommenden Gästen abgelenkt, winkte ihn hastig nach links. »Keller, dritte Tür unten rechts!« David nickte. Doch statt in den Keller zu gehen, nahm er sein Gepäck aus dem Sack, warf ihn in eine Ecke und lief rasch die Treppe hinauf. In einem der Zimmer, das gerade geputzt wurde, stand die Tür offen. David blieb auf der Schwelle stehen. »Tut mir leid«, sagte er freundlich lächelnd zu dem Mädchen, »aber ich brauche für zehn Minuten mein Zimmer. Vielleicht könnten Sie in der Zeit schon mal das nächste reinigen.« Er drückte ihr ein paar Münzen in die Hand und sie nahm gehorsam ihren Putzlappen und Eimer und verschwand. David schloss die Tür ab, ließ warmes Wasser ins Waschbecken und begann, sich zu waschen und seine Kleidung notdürftig zu reinigen. Mit dem Rasierzeug des Hotelgastes, den zur Verfügung stehenden Handtüchern sowie Kamm und Seife, verwandelte er sich wieder in einen zivilisierten Menschen. Niemand störte ihn bei dieser Beschäftigung und nach einer Weile trat er wieder hinaus, nahm seinen Rucksack und schlenderte die Treppe hinunter. Der Angestellte an der Rezeption sah ihn misstrauisch an und wartete darauf, dass er den Schlüssel abgab. Irgendetwas schien ihm an seinem Gesicht doch bekannt vorzukommen. Hocherhobenen Hauptes ging David an ihm vorbei, dem Ausgang zu. »Monsieur«, hörte er den Angestellten ihm nachrufen, »einen Augenblick, bitte …« Er beschleunigte seinen Schritt, lief los und war rasch im nächsten Metroeingang verschwunden. Leichtfüßig sprang er über die Sperre, um sich nicht die Zeit nehmen zu müssen, eine Fahrkarte zu kaufen, und drängte sich durch die Wartenden. Auf dem Bahnsteig gegenüber kam plötzlich Unruhe auf. Zwei Männer und eine dunkelhaarige Frau rannten die schmale Plattform entlang. Soldaten in deutschen Uniformen verfolgten sie. Beherzt sprangen die beiden Männer auf die Gleise und verschwanden im schwarzen Tunnel, um die Verfolger abzuhängen. Die Frau zögerte, dann sprang auch sie behände hinunter. Sie rannte über die Schienen und kletterte auf der anderen Seite, von der aus David und die anderen Fahrgäste das riskante Manöver beobachteten, wieder hinauf. Es war knapp, denn Sekunden später rauschte der Zug heran. Die Frau mengte sich unter die anderen Passagiere, als sei nichts gewesen. Sie stieg ein, die Türen schlossen sich und der Zug setzte seine Fahrt fort. Das alles war blitzschnell vor sich gegangen. Die Soldaten sahen der schneller werdenden Bahn auf der anderen Seite enttäuscht nach. Bleich und heftig atmend stand die junge Frau nun direkt neben David. Er beobachtete sie unauffällig aus den Augenwinkeln. Was hatte sie wohl verbrochen? Vor was lief sie davon? Ihre glatten, schwarzen Haare hingen wirr auf die Schultern und sie warf sie von Zeit zu Zeit mit einer ruckartigen Bewegung nach hinten. Die anderen Fahrgäste streiften sie mit argwöhnischen Blicken. Die Bahn näherte sich der Station »Etoile« und David stellte sich zum Aussteigen an die Tür. Da fühlte er, dass sich jemand auf Tuchfühlung an ihn drängte. Er wandte erstaunt den Kopf. Es war die schwarzhaarige Frau. Sie wisperte ihm zu: »Erlauben Sie, dass ich mich Ihnen für kurze Zeit anschließe? Bitte!« Sie lächelte entschuldigend, blass und jungenhaft schmal in ihrer dunklen Hose und der weißen Bluse.

»Warum nicht?«, antwortete David ebenso leise. Sie stiegen zusammen aus und die Unbekannte hakte sich vertraulich bei ihm ein. »Bei mir sind Sie eigentlich nicht gerade an der richtigen Adresse«, gestand er, sich unbehaglich fühlend. »Ich bin nämlich auch auf der Flucht vor der Polizei.«

»Macht nichts!« Die Frau sah ihn prüfend an. »Sie sind Ausländer, Deutscher?«

»Ja. Merkt man das?«

»Natürlich. Ihr Akzent. Aber Sie können ruhig deutsch mit mir sprechen. Ich bin im Elsass geboren. Man wird unsere Papiere nicht so leicht kontrollieren, wenn wir zusammen gehen. Es ist auch für Sie sicherer, falls Sie in Schwierigkeiten sind. Ich kann statt Ihrer antworten, wenn Sie gefragt werden.« Sie zog ihn in eine Ecke, kramte eine blonde Perücke aus ihrer Tasche, stülpte sie über wie eine Mütze und begann, ihre Lippen rot zu bemalen. David sah sich nach allen Seiten um. Würde er mit dieser Frau am Arm nicht erst recht auffallen?

»Kommen Sie. Ganz ruhig. Tun wir so, als seien wir ein Liebespaar.« Sie lachte, legte den Kopf an seine Schultern und fasste ihn um die Hüften. Arm in Arm spazierten sie so durch die Menge, vorbei an den wartenden Gendarmen, die den Ausgang der Metro bewachten. Niemand kümmerte sich um sie, die Gendarmen sahen ihnen gleichgültig nach. Auf der langen Treppe, die zum Ausgang führte, krümmte sich die Frau plötzlich, wie von einem Krampf gepackt. Sie wurde ganz grau im Gesicht, die Perücke verrutschte und sie schloss für einen kurzen Moment die Augen, als würde sie ohnmächtig. Ihr roter Mund leuchtete in dem farblosen Gesicht wie eine Wunde. David fasste sie fester und hielt sie aufrecht. »Was ist? Was haben Sie?«

»Nichts, nichts«, stammelte sie und riss die Augen auf. »Weiter, machen Sie kein Aufsehen. Es ist nichts – nur mein Magen. Er revoltiert, weil er lange nichts bekommen hat, und mir war auf einmal ganz schwarz vor Augen. Ich bin Tänzerin und habe mir regelmäßige Mahlzeiten abgewöhnt.«

»Kommen Sie.« David zog sie in ein kleines Café nicht weit vom Metroausgang. »Lassen Sie uns einen Kaffee trinken. Sie können ein Croissant dazu essen. Das bringt sie wieder auf die Beine.«

»Aber ich habe kein Geld dabei …«

»Ich lade sie ein.«

Schweigend saßen sie sich an dem kleinen Bistrotisch des Cafés gegenüber. Die Frau seufzte genussvoll, als sie in das knusprige, frische Croissant biss. David rührte in seinem Kaffee und spähte umher. Die Gendarmen waren längst aus dem Blickfeld und deutsche Soldaten nirgendwo zu sehen. Gleichgültig spazierten die Leute an ihrem Tisch vorüber. »Wie heißen Sie?«, fragte er, um etwas zu sagen. »Was machen Sie in Paris?« Sie antwortete nicht gleich.

»Ich mag die Deutschen eigentlich nicht«, sagte sie schließlich und sah ihn dabei forschend an. David lachte sarkastisch. »Das kann ich verstehen. Bis zu einem gewissen Zeitpunkt habe ich mich immer als Deutscher gefühlt. Als deutscher Jude. Doch plötzlich war alles anders. Das Nazi-Regime hat uns ausgegrenzt. Sie suchen mich, um mich ins Konzentrationslager zu stecken, dahin, wo sie bereits meine Eltern und meine Geschwister verschleppt haben. Ich bin genauso auf der Flucht wie Sie. Sind Sie auch Jüdin?«

Sie schüttelte den Kopf. »Nein. Ich bin nur der Meinung, dass wir die Besetzung Frankreichs nicht so ohne Weiteres hinnehmen dürfen. Wir müssen uns wehren.«

»Unbedingt. Aber in meinen Augen geht es nicht nur um Frankreich, sondern um mehr. Kein Land der Erde sollte den Größenwahn Hitlers hinnehmen, seine Grausamkeiten und die Vernichtung von jüdischen Menschen in Lagern.« Er hielt inne. »Es muss verhindert werden, dass dieser Mensch seine Soldaten weiterkämpfen lässt und noch mehr Unheil anrichtet!«

»Das denke ich auch. Haben Sie eine Zigarette?«

»Nein.«

Die Frau schwieg eine Weile. »Wo gehen Sie jetzt hin? Haben Sie ein Ziel?« David zuckte die Schultern. Er hatte nicht die Absicht, ihr von Doktor Petiot zu erzählen. »Mal sehen. Ich war froh, aus Deutschland herauszukommen, und hoffte, dass es in Frankreich besser ist. Fehlanzeige – mittlerweile ist es das Gleiche. Und man hat mich denunziert. Seitdem bin ich auf der Flucht. Am liebsten möchte ich mich verstecken und erst wieder auftauchen, wenn die Welt wieder in Ordnung und von den Nazis befreit ist.«

»Die Welt wird nie in Ordnung sein!« Die Frau stand auf, hielt ihm die Hand hin. »Vielen Dank, dass Sie mir geholfen haben. Jetzt fühle ich mich schon sehr viel besser!«

David schlug ein. »Alles Gute!«

Sie zögerte noch: »Hören Sie – wenn Sie mal nicht wissen wohin … kommen Sie in die Rue Riquet, Nummer 16. Eine Kellerbar mit dem Schild ›Chez Minou‹. Vielleicht kann ich mich da für Ihre Hilfe revanchieren. Fragen Sie nach Eve. Sie wären genau der Richtige für unsere Organisation.«

»Ich?«, fragte David verwundert. »Was ist das denn für eine Organisation?«

»Wir arbeiten im Untergrund. Für ein freies Frankreich. Haben Sie schon mal etwas von der Résistance gehört?«

David schüttelte den Kopf.

»Fragen Sie in der Bar einfach nach Eve. Au revoir!« Sie winkte ihm kurz zu und war mit schnellen Schritten in einer Seitengasse verschwunden. David sah ihr nach. Ein seltsames Wesen. Hatte sie nicht gesagt, sie sei Tänzerin? Er sah sich um. In der Nähe leuchtete das Schild der Metrostation. Sollte er noch einmal einsteigen? Aber nein, der Rest des Weges war zu Fuß leicht zu schaffen. Der Weg über den Place de l'Etoile war umständlich, er umrundete den Triumphbogen und ließ den weiträumigen Boulevard der Champs-Elysées links liegen, über den schwere Lastwagen und Panzer fuhren. Gruppen von deutschen Soldaten bevölkerten in dieser Region die Cafés. Es dauerte noch eine Weile, bis ein wenig abseits endlich das Straßenschild der Rue le Sueur auftauchte. Die Gegend war ruhig und die Fassaden der Häuser wirkten gediegen und nobel. Das Haus des Doktors, umgeben von einem kleinen Garten, machte einen beschaulich-bürgerlichen Eindruck. Er läutete an der Tür mit dem Schild »Cabinet Doktor Petiot«. Sprechstunden nach Vereinbarung. Ein Mann mit dunklem Bart und stechendem

Blick öffnete und sah ihn von oben bis unten kritisch an. »Sie wünschen?«

»Ich möchte zu Doktor Petiot!«

»Der ist nicht da! Die Praxis ist vorübergehend geschlossen. Wir nehmen heute keine Patienten mehr an.«

»Und wer sind Sie?«

»Raoul Fourrier, ich bin sein Assistent. In dringenden Fällen leite ich Rezepte für dringend benötigte Medikamente weiter.«

»Hören Sie – wenn er nicht da ist, dann möchte ich zu Doktor Eugène. Ich komme wegen Fly Tox! Es ist dringend!«

Das verschlossene Gesicht des Mannes belebte sich. »Ach so. Warum haben Sie das nicht gleich gesagt. Kommen Sie bitte herein. Ich werde mit Doktor Eugène telefonieren. Er wird dann gleich hier sein.«

David betrat das Wartezimmer, in dem es durchdringend nach Chloroform roch. Durch die Tür sah er in den Behandlungsraum des Arztes, eine Art hellen Wintergarten. Alles sah freundlich und ordentlich aus.

»Sie haben das Geld bei sich?«, fragte Fourrier geschäftig. »Die Impfungen, die wir für die Reise benötigten, gehen natürlich extra.« Er begann, einen Bogen Papier auszufüllen. »Hier, unterschreiben Sie schon mal.« Er deutete mit dem Finger auf eine gestrichelte Linie.

»Hören Sie«, David unterzeichnete, ohne das Formular zu lesen. Es war ihm egal, was darin stand. Nur fort, dachte er. »Nimmt Doktor Petiot – oh, pardon, ich meine natürlich Doktor Eugène, auch Wertgegenstände? Wenn man – zum Beispiel nicht genügend Bargeld hat?«

»Das kommt darauf an.« Der Assistent musterte ihn kritisch. »Reines Silber auf jeden Fall. Bitte warten Sie hier im Wartezimmer, bis der Doktor eintrifft. Und bitte sprechen Sie ihn niemals mit Doktor Petiot an. Er kann sonst sehr ungehalten werden.«

»Ich verstehe! Sagen Sie mir nur, warum Doktor … Eugène ausgerechnet den Juden hilft.«

»Nicht nur den Juden – er macht keinen Unterschied zwischen denen und …«, Fourrier verzog seinen Mund zu einem Grinsen, »ganz gewöhnlichen Kriminellen. Für alle gelten die gleichen Bedingungen und Regeln, ob es nun Verfolgte oder Widerstandskämpfer sind. Jeder, der 25 000 Francs hier auf den Tisch legt, hat ein Anrecht auf einen Pass, eine Ausreise- und Aufenthaltsgenehmigung und ein Ticket für eine Schiffspassage von Lissabon nach Südamerika.«

»Also doch kein so großer Wohltäter«, dachte David bei sich. Der Doktor profitiert von Leuten in einer Notlage. Aber wie kommt er bloß an die ganzen Unterlagen, an die Pässe, die Ausreisegenehmigungen und eine Aufenthaltserlaubnis? Als hätte Fourrier seine Gedanken erraten, sagte er: »Doktor Eugène hat gute Beziehungen.« Er zwinkerte ihm vertraulich zu. »Hochstehende Persönlichkeiten sind bei ihm in Behandlung. Es gibt Leute, deren Nerven in diesen Tagen so beansprucht sind, dass sie ohne ihre tägliche Ration Morphium gar nicht mehr auskommen.«

»Ach so«, sagte David. Fourrier sah auf die Uhr. »Doktor Eugène wird in wenigen Minuten hier sein, bis dahin müssen die Vorbereitungen erledigt sein. Geben Sie mir ihren bisherigen Pass, Ihre Uhr, Ringe, Schmuck, alles, was verräterisch wäre und Ihre wahre Identität beweisen könnte. Einfach alles, was Sie in Ihren Taschen so mit sich tragen. Legen Sie es hier in diese Schale.« Er schob einen blechernen Gegenstand an ihn heran. David öffnete seinen Rucksack und nahm zuerst die Wertgegenstände, das Silber und elfenbeinerne Kruzifix heraus. Die Augen Fourriers leuchteten gierig auf.

»Diese Dinge möchte ich Doktor Eugène gern selbst geben«, beugte David vor.

»Ich würde Ihnen auch etwas abkaufen. Dann wären Sie sofort flüssiger. Die silberne Schale, da? Ich gebe Ihnen fünfhundert Franc.«

»Danke, ich warte lieber!«, sagte David ablehnend. Die Haustür klappte. Mit energischen Schritten näherte sich der Arzt und gab Fourrier einen Wink, zu verschwinden. Er trug einen eleganten grauen Anzug und ein weißes Hemd mit breiter Fliege. Leutselig reichte er David die Hand. »Doktor Eugène«, sagte er mit einer seltsam melodisch weichen Stimme, die nicht ganz zu seinen hageren Zügen und den dunklen, eindringlich blickenden Augen passte. »Sprechen Sie mich bitte immer so an, damit Sie sich daran gewöhnen. Geheimhaltung ist unser oberstes Gebot, nicht wahr?« David nickte bestätigend. Doktor Petiot, alias Doktor Eugène, strich sich nachdenklich über sein welliges Haar, das mit Brillantine geglättet war, und musterte ihn eine Weile. Sein etwas aufdringliches Rasierwasser hatte eine blumige, schwere Note. David fühlte leichte Beklemmungen in sich aufsteigen, die er sich nicht erklären konnte. »Kommen Sie«, sagte der Arzt schließlich und ging voraus in den Behandlungsraum, der ganz mit weißen Möbeln eingerichtet war und in dem der Chloroformgeruch dominierte. »Und erzählen Sie mir, was Sie zu mir führt. Welche Probleme haben Sie? Warum wollen Sie fort? Und wer hat Sie zu mir geschickt?« Seine funkelnden Augen fuhren unruhig hin und her und irritierten David.

»Ich bin Jude und bekam einen Hinweis von Madame Marguerite de Vuillac«, sagte David, der vermeiden wollte, dass Sophies Name ins Spiel kam.

»Oh«, der Arzt zog die Augenbrauen hoch. »Madame ist eine gute Patientin von mir. Eine schöne Frau! Aber ihre Nerven sind nicht die besten.« Einer seiner Mundwinkel zuckte. »Wie die von so vielen Leuten in dieser unruhigen Zeit. Aber nun zu Ihnen. Sie sind also Jude! Dann wollen wir keine unnötigen Umstände machen. Sie kennen meine Regeln?«

»Nicht ganz. Und leider konnte ich auch nicht die gesamte geforderte Summe aufbringen. Fünfzehntausend, mehr nicht. Aber ich habe noch Wertgegenstände bei mir, die mehr als der Rest wert sind. Schmuck, wie dieser Ring da.« David wickelte den mit Brillanten umgebenen Aquamarin mit passenden Ohrgehängen, den ihm Sophie zum Abschied noch rasch zugesteckt hatte, aus seinem Taschentuch.

Der Arzt runzelte leicht die Stirn. »Normalerweise mache ich es nicht billiger. Aber lassen Sie mal sehen!« Seine lebhaften Augen glitten schätzend über den Schmuck, das Kruzifix und den Silberpokal. Er betrachtete die Gravierungen auf dem Silberbesteck. Dann nahm er eine Lupe vom Schreibtisch und suchte mit zusammengekniffenen Augen nach den Stempeln. »Madame de Vuillac zuliebe mache ich eine Ausnahme. Eine etwas schwierige Patientin. Sie ist überzeugt davon, dass Beruhigungstabletten nicht süchtig machen. Aber ich überlasse diese Einschätzungen gern meinen Patienten selbst!« David gefiel sein Lächeln nicht. Es schien ihm beinahe lauernd, diabolisch. Irgendwie hatte er eine Abneigung gegen diesen Menschen, der doch so vielen zu einem neuen Leben verhalf. »Ich werde Ihnen einen Pass mit dem Namen André Morleau verschaffen, eine befristete Aufenthaltserlaubnis für Lissabon, eine Passage für das Schiff nach Südamerika und ein Aufenthaltsvisum für Südamerika.« Seine Stimme war monoton, als leiere er etwas schon oft Gesagtes herunter. »Geben sie Acht, die Schiffe in Lissabon verkehren manchmal unpünktlich oder verzögert. Sie sollten immer am Kai nachsehen und sich über geänderte Abfahrtszeiten informieren. Ich rate Ihnen, nichts mitzunehmen, was auf Ihre wahre Identität schließen ließe. Die Behörden sind sehr gewieft.«

»Ich werde Ihre Ratschläge beherzigen«, sagte David erleichtert. »Wann können Sie mir die Papiere übergeben?«

»In zwei Tagen. Kommen Sie einfach wieder hierher und sagen Sie nur die beiden Worte: Fly Tox. Einer meiner Assistenten wird Ihnen dann alles aushändigen. Das Geld und die Wertgegenstände müssen Sie allerdings hierlassen.«

David zögerte. »Bekomme ich eine Quittung?«

»Auf keinen Fall«, sagte der Doktor beinahe empört. »Ich würde mich ja damit selbst in Gefahr bringen. Sie müssen mir schon vertrauen.« Ein etwas schiefes Lächeln verzog seinen Mund. David fielen die beiden Goldzähne des Arztes auf, seine mit Ringen überladenen Hände. Er erhob sich. »Gut, ich komme wieder.«

»Einen Augenblick noch«, hielt der Arzt ihn zurück. »Eine kleine Formalität, die wir rasch hinter uns bringen können.« Er schob den Stuhl zurück und ging in eine Ecke mit medizinischen Instrumenten. »Die von den Einreiseländern geforderte Impfung gegen Infektionskrankheiten. Sie ist obligatorisch.« Er zog eine Spritze auf. »Sie werden nichts spüren, keine Angst.« Wieder dieses schiefe Lächeln, bei dem die Augen zu brennen schienen. Davids Beklemmung nahm zu. »Und gegen welche Krankheiten ist das?« Seine Kehle war trocken. Er hasste Spritzen, konnte kein Blut sehen. »Oh, die üblichen dort unten. Gelbfieber, Malaria, Typhus ...« Der Doktor ließ ein paar Tropfen auf einen Mulltupfer fallen. »Machen Sie bitte Ihren Arm frei. Ich will sehen, ob Sie gute Venen haben.«

»Wieso injizieren Sie den Impfstoff intravenös?«, fragte David verblüfft und nestelte am Stoff seines Ärmels. »Ich dachte, Impfungen erfolgen unter die Haut oder in den Muskel?«

»Ich sehe, Sie haben gut aufgepasst. Aber überlassen Sie das bitte mir.« Doktor Petiot lachte in einem meckernden Tonfall. »Es ist ein besonderes Mittel. Sie bekommen auch ein Zertifikat darüber.« Er nahm den Arm Davids und betrachtete ihn prüfend. »Sehr gut – das werden wir gleich haben. Entspannen Sie sich.« Irgendetwas in David rebellierte plötzlich. Er wusste nicht, was es war, aber sein Mund wurde trocken, ihm war schwindlig vor Angst. Er zog den Arm zurück, bevor Doktor Petiot die Spritze ansetzen konnte.

»Na, na«, sagte der Doktor in künstlich-väterlichem Ton, »was machen wir denn für Sachen? Hübsch brav sein, es ist gleich vorbei.« Er packte grob seinen Arm und wollte ihn zu sich ziehen, während David dagegenhielt. Plötzlich klingelte es an der Tür Sturm. Doktor Petiot ließ die Spritze sinken und rief nach Fourrier, der öffnete. Mit einem Ohr lauschte er auf dessen immer lauter werdende Stimme und die einer aufgeregten Frau. Es klang wie eine heftige Debatte. Fourrier klopfte an die Tür. »Madame möchte Sie unbedingt selbst sprechen. Sie ist außer sich«, setzte er leiser hinzu, »macht unnötiges Aufsehen.« Der Arzt schüttelte ärgerlich den Kopf. »Sagen Sie ihr, ich bin beschäftigt. Sie soll ein anderes Mal wiederkommen!« Fourrier verschwand. David war aufgestanden. »Entschuldigen Sie – aber ich muss mich kurz sammeln. Mir ist ziemlich übel. Ich kann nämlich kein Blut sehen.« Er trat zum Fenster und atmete tief ein und aus. Die Dame draußen ließ sich anscheinend nicht so schnell abwimmeln. Sie keifte in immer lauter werdendem Tonfall laut vor der Tür. Petiots Hände begannen auf einmal unkontrolliert zu zittern, sein Gesicht verzerrte sich. »Warten Sie einen Augenblick«, sagte er zu David. »Ich bin gleich wieder bei Ihnen.« Sein aufgesetztes Lächeln wirkte unechter denn je. Und die Schweißperlen, die auf seine Stirn traten, verrieten, dass er nicht ganz so gelassen war, wie er vorgab. Er legte die Spritze in eine Schale, entnahm einem kleinen Döschen eine Tablette und schluckte sie rasch hinunter, bevor er hinauseilte. »Madame Goldberg, ich habe gerade einen Patienten«, hörte David ihn sagen, »sonst würde ich Sie selbstverständlich hereinbitten ...« Die Stimme verlor sich draußen. David betrachtete mit klopfendem Herzen die Schale, in der die Spritze lag. Sie beinhaltete eine nicht unbeträchtliche Menge einer grünen Flüssigkeit. Auf Zehenspitzen ging er zur Tür und lugte hinaus. Fourrier und Petiot waren nirgendwo zu sehen. Er schlich über den Gang und öffnete eine breite Tür. Sie führte in den von Vorhängen abgeschirmten, dämmrigen Salon. Das Erste, das David wahrnahm, war der seltsam ekelerregende Geruch, der hier vorherrschte. Nicht nach Chloroform, wie im Kabinett, sondern nach etwas Unbestimmtem, wie verbrannten Katzenhaaren. Der Salon war zu seinem Erstaunen überfüllt mit Gegenständen, vollgestellt mit Möbeln und Gemälden, die zum Teil noch am Boden standen oder an der Wand lehnten. Es gab hier zusammengerollte Orientteppiche und ein Durcheinander von unzähligen silbernen Nippes-Sachen und Bestecken. Eine mit Schnitzereien verzierte kleine Truhe, deren Deckel er anhob, war kunterbunt und ungeordnet bis zum Rande mit Schmuck, Ringen mit Juwelen, Halsketten und teuren Uhren gefüllt. Der Kamin glühte unter einer dicken Schicht Asche. Petiot hatte zweifellos etwas unangenehm Riechendes darin verbrannt, denn der Gestank schien von dieser Stelle auszugehen. David trat näher, stocherte mit dem an einem Haken hängenden Eisen in den glosenden Resten. So etwas wie Stoff kam darunter zum Vorschein und – das Herz blieb ihm fast stehen – halbverkohlte Gebeine zusammen mit einem menschlichen Gebiss. Erschrocken ließ er den Eisenhaken fallen. Das Geräusch war nicht zu überhören. Fourrier erschien. »Was machen Sie hier?«, schrie er völlig außer sich. »Sie elender Schnüffler!« Er hob die Faust. David stürzte sich mit dem Mut der Verzweiflung auf ihn, packte den Eisenhaken und hieb damit auf den zweifelhaften Assistenten Doktor Petiots ein, der zu Boden ging. Dann riss er die Tür auf, rannte hinaus und lief, wie von Furien gejagt, blindlings davon. Erst als er wieder unter Menschen war, der Straßenlärm wie gewohnt an seine Ohren drang, die Passanten gleichgültig an ihm vorübergingen, kam er zu sich. Er glaubte, geträumt zu haben. War er etwa gerade eben seinem Mörder entkommen? Schaffte Doktor Petiot, alias Doktor Eugène, seine jüdischen Schützlinge nicht ins Ausland, sondern ins Jenseits? Eine groteske, abstoßende und schaurige Vorstellung! Er lief ziellos kreuz und quer durch die Stadt, an Panzern und deutschen Lastwagen vorbei, immer noch den schaurigen Geruch in der Nase. Wenn er einen Soldaten sah, schlug er einen Haken. Nun war er ganz ohne Papiere, Geld oder Besitz. Ein von der Polizei Gesuchter, ein Niemand. Wie von selbst schlug er den Weg nach Norden ein, über die Rue de la Chapelle, an den Resten der Kirche vorbei, an der Jeanne d'Arc einst für den erflehten Sieg über die Engländer betete, bevor sie dem französischen König in Paris gegenübertrat. Er ging in die Kirche, verharrte lange dort und hoffte, dass es bald Abend würde. Wann öffnete wohl der Nachtclub »Chez Minou«, den ihm seine Bekanntschaft von heute Morgen genannt hatte? Sicher nicht schon um acht Uhr abends. Langsam machte er sich wieder auf. Die Rue Riquet war bunt, belebt und etwas schäbig, ein emsiges Viertel der kleinen Leute und Händler. David suchte nach der Nummer 16, einer eher unauffälligen Adresse mit dem verbeulten Blechschild »Chez Minou«. Es blieb ihm nichts anderes übrig, als sich in eine Straßenecke zu drücken und abzuwarten, bis die Bar öffnete. Endlich, um zehn Uhr war es so weit. Das bunte Blechschild wurde nun von einer Lampe angestrahlt. Er stieg die Kellertreppe hinunter. Unten war es dunkel, aufpeitschende Musik tönte ihm entgegen. Es waren noch kaum Gäste da. Auf der kleinen Bühne tanzte eine orientalisch geschminkte Frau im weiten Schleiergewand und verrenkte ihre biegsamen Glieder in verschiedene Posen. David bestellte Rotwein, obwohl er wusste, dass er ihn nicht bezahlen konnte. Nervös sah er sich um. Von der jungen Frau aus der Metro war weit und breit nichts zu sehen. Ein mürrisch aussehender Bursche, der an einem Stück

Holz kaute, räumte verschiedene Requisiten herbei und stellte Stühle auf. David näherte sich ihm, nachdem er längere Zeit gewartet hatte. »Ich möchte zu Eve«, sagte er. Der Bursche sah ihn abschätzend von oben bis unten an und spuckte aus. »Wer bist du? Was willst du von ihr?«

»Das möchte ich ihr selbst sagen!«

»Verschwinde!«, bellte der Bursche. »Oder soll ich dir Beine machen?« Er hob drohend die Faust. David wich zurück.

»Lass den Jungen zufrieden, Jean!«, sagte hinter ihm eine Stimme. »Der ist in Ordnung. Ich hab ihn herbestellt.« David sah sich um und gerade in das Gesicht der Tänzerin. Erst jetzt erkannte er sie unter der dicken Schicht Schminke. »Eve!«, sagte er erleichtert. »Du bist Eve, nicht wahr?«

»Wer sonst«, antwortete sie lächelnd. »Komm mit!« Sie ging vor ihm einen langen Gang entlang, der in ein Hinterzimmer führte. Dichte Rauchschwaden wölkten in dem kleinen Raum, in dem ein paar Männer um einen Tisch über Plänen und Aufzeichnungen saßen. Einer von ihnen führte gerade das Wort. Als sich die Tür öffnete, sahen alle zu David hinüber. »Das ist David«, sagte Eve kurz. »Deutscher Jude, geflüchtet. Er ist in Ordnung. Ihr könnt ihm vertrauen. Ich dachte, dass wir ihn gut gebrauchen könnten.« Alle Blicke hefteten sich kritisch und abschätzend auf David. »Hast du Mut?«, fragte ein bulliger Mann, der sich erhoben hatte. »Dann bist du bei uns richtig.«

»Was … was muss ich denn tun«, stotterte David.

»Eve wird dir das Nötige erklären. Ich denke, sie macht das gern!« Brüllendes Gelächter antwortete, doch dann wurden alle wieder ernst und beugten sich über die Pläne vor ihnen.

»Der da, das ist Boris Vidé, unser Chef!«, flüsterte Eve ihm zu und wies auf einen hageren Mann mit schwarzen buschigen Brauen, der in ein Gespräch vertieft war. »Er hat angefangen, das Netz des Widerstandes aufzubauen. Und jetzt will er eine Zeitung mit dem Namen *Résistance!* herausgeben. Wir werden sie verteilen und versenden, um weitere Verschwörer zu gewinnen. General de Gaulle hat versprochen, uns vom Ausland, von London aus, zu unterstützen. Du solltest dich später einmal genau mit Boris darüber unterhalten. Aber jetzt muss ich auf die Bühne«, flüsterte Eve ihm zu. »Warte auf mich, ich bin gleich wieder da.« David nickte. Die Situation kam ihm mehr als unwirklich vor. »Hast du vielleicht ein Blatt Papier und einen Stift?«, fragte er hastig. »Ich würde gern einen Brief schreiben.«

»Gib keinen Absender an. Und zu niemandem ein Wort über unsere Pläne, hörst du!«, warnte ihn Eve. »Es muss alles geheim bleiben.«

»Du kannst dich auf mich verlassen«, versicherte David. »Jean?«, rief Eve jetzt laut und der am Holz kauende Bursche erschien wie aus dem Dunkeln gestampft. »Hol Briefpapier. Und mach gefälligst alles, was er sagt«, befahl sie in einem Ton, der keinen Widerspruch zuließ. »Sonst kriegst du es mit mir zu tun. Bring seinen Brief nachher zur Post, hörst du?« Der Bursche nickte mit gesenktem Kopf. Es dauerte nicht lange, da war er mit dem Gewünschten zur Stelle und David setzte sich auf einen der Stühle vor der Bühne und schrieb.

20. Kapitel

Auf Schloss Auprèsmont war es sehr ruhig geworden, seit die Einheit der deutschen Soldaten mit ihrem Kommandanten abgezogen war. Sophie hatte von Halden schätzen gelernt, sein feinsinniges Wesen, seine tolerante Haltung, mit der er David die Möglichkeit zur Flucht verschafft hatte. Vielleicht hatte ja ihre Mutter in Hans Andres, dem deutschen Offizier, zuerst auch nur den überlegenen Beschützer und Kavalier gesehen? Ihre heftige Liebe zu ihm, diese *amour fou*, musste dann später sein wahres Wesen ganz vernebelt haben. Aber auch wenn sich die Mutter letzten Endes in Hans Andres' Charakter getäuscht hatte – Sophie konnte sie jetzt besser verstehen und ihr verzeihen. Pauls abscheuliches Benehmen war jedoch mit nichts zu entschuldigen. Er glich in keiner Weise mehr dem netten jungen Mann aus München, den sie höflich und gut erzogen kennengelernt hatte. Hinter seiner Fassade trat auf einmal der unerbittliche Soldat mit dem Hakenkreuzsymbol an der Uniform zutage, dem silbernen SS-Totenkopf an der Mütze, der Inkarnation der Gewalt. Als Paul endlich fort war, strömte eine Tränenflut über Sophies Wangen. Warum hatte sie ihm eigentlich nicht gesagt, dass sie seine Halbschwester war? Aber hätte das etwas geändert? War es überhaupt möglich, dass in ihren Adern das gleiche Blut floss? Eine unsagbare Leere und tiefe Traurigkeit breitete sich in ihrem Herzen aus. Sie hatte Sehnsucht nach David und nur den einen Gedanken: ihn irgendwann heil und gesund wiederzusehen! Vielleicht kreuzte sein Schiff in diesem Augenblick gerade auf dem Meer, brachte ihn nach Amerika, in die Freiheit? Es war schwer zu ertragen, ihn so weit fort von ihr zu wissen. Dennoch – es war das Beste für ihn, das musste sie sich eingestehen. Tausende warteten auf eine solche Chance – ihm wurde sie geschenkt. Er würde ihr schreiben, das hatte er versprochen. Sie betete dafür, dass er wiederkommen und das Kind sehen würde, das unter ihrem Herzen wuchs, und dass der Krieg und die Besatzung durch die Deutschen bald ein Ende haben würden. Musste sie ihre Hoffnungen für die Zukunft nun tief in ihrem Herzen begraben? Ihren Traum, Journalistin zu werden? Mehr als je zuvor empfand sie auf einmal das starke Bedürfnis, über die Ereignisse in der Welt zu schreiben, wahr, klar und ungeschönt. Mit Worten, die die Menschen aufklärten. Die all das berichteten, was sie in der Reichskristallnacht erlebt hatte und was in der deutschen Presse so verlogen dargestellt war und in der französischen wie ein schaler Aufguss klang. Manchmal, mitten in der Nacht, stieg auch die Angst in ihr hoch, dass Paul einen Weg finden würde, sich an ihr zu rächen. Nämlich dann, wenn ihm klar wurde, wer seinen Pass gestohlen hatte.

Jean-Luc hatte man in aller Stille auf dem kleinen Dorffriedhof beigesetzt. Philippe überhäufte sein Grab mit Blumen, aber im Innern fühlte er sich allein gelassen. Sein Lebenssinn war plötzlich gebrochen. Sollte er sich der Polizei stellen – endlich gestehen, was zwischen ihm und Tolbiac wirklich geschehen war? Moralisch fühlte er sich schuldig am Tod des Buchhalters. Er hatte ihn zu den Unterschlagungen angestiftet. Wenigstens war Jean-Lucs letzter Wunsch noch in Erfüllung gegangen, wenn er es auch nicht mehr erfahren hatte. Seinem Idol Hermès war es gelungen, während der Kriegswirren aus dem Gefängnis Fresnes zu fliehen. Doch es war zu spät, es würde nie mehr eine Modekollektion unter dem Namen Robel geben. Philippe dachte an Selbstmord, doch als er die Waffe an den Kopf legte, zögerte er. Es war, als sähe Jean-Luc ihn mit jenem verträumten Blick an, mit dem er immer seiner Waldstein-Sonate zugehört hatte. Es war wie eine Aufforderung. Philippe setzte sich wieder an den verstaubten und ein wenig verstimmten Flügel und spielte. Die Nocturnes von Chopin, seine Walzer, die Bagatellen von Beethoven, alles, was Jean-Luc geliebt hatte. Und er spürte, wie leicht es ihm fiel, die Töne zu treffen, wie gefühlvoll sein Anschlag war, wenn er an ihn dachte. Er war wie im Fieber und der Klang des Flügels tönte die ganze Nacht durchs Schloss. Als der Morgen graute, erwachte er wie aus einem Traum, erschöpft und mit halbtauben Händen, aber glücklich. Ihm war, als hätte der Tod seines Freundes etwas in ihm freigesetzt. Sein Talent – seine wahre Berufung. Er würde wieder Konzerte geben – die Säle füllen mit seinem Spiel! Das Leben begann, wieder einen Sinn für ihn zu haben. In der folgenden Nacht schlief er tief und fest. Und er träumte davon, wie das Publikum ihm applaudierte.

Marguerite berührte der Tod des jungen Modeschöpfers wenig. Sie war zu sehr mit sich selbst beschäftigt und hatte Jean-Lucs exaltiertes Gehabe ohnehin nicht gemocht. Aber sie langweilte sich in Auprèsmont. Das ruhige Leben auf dem Schloss ging ihr auf die Nerven. Es gab nicht die geringste Abwechslung, keine Bar, kein Theater. Jeden Abend spielte sie mit ihrem Ehemann Max Karten, um sich die Zeit zu vertreiben, und trank noch mehr als sonst, um die Stimmung zu heben. Die beiden hatten einander wenig zu sagen und Marguerite fand, sie könne mit Max nicht einmal streiten. »Ich kann diese Einsamkeit nicht länger ertragen«, beklagte sie sich eines Abends, als sie im Spiel verloren hatte. Wütend schmiss sie die Karten hin. »Dieses stumpfsinnige Landleben! Mir bekommt die ›gute‹ Luft nicht! Ich muss weg, sonst fällt mir die Decke auf den Kopf!« Ihren gewöhnlich sehr temperamentvollen Ausbrüchen hatte der stille und eher konfliktscheue Max nichts entgegenzusetzen. Er hatte sich daran gewöhnt, dass eine Menge Dinge, die ihm etwas bedeuteten, Marguerite gar nichts sagten. Die Wunder der Natur, der blühende Sommer vor der Tür, ein prächtiger Sonnenuntergang im Glanz wogender Blumenfelder, Bücher, ein Orchester, das wundervolle Musik spielte – all das ließ sie gleichgültig. Er seufzte nur, stand auf und drehte das Radio an. Die neuesten Kriegsnachrichten, die der Sprecher mit sich überschlagender Stimme las, verhießen wenig Gutes: Hitler hatte sich entschlossen, Russland anzugreifen! Der Nichtangriffspakt mit Stalin gelte ab jetzt nicht mehr, tönte es großspurig aus dem Gerät. Betroffen sahen alle einander an. »Verdammt!«, fasste Marguerite die Ereignisse in Worte. Der Calvados in ihrem Glas schmeckte plötzlich fade. »Wer hätte das gedacht!« Max antwortete nicht. Er war ganz bleich geworden und saß stumm auf seinem Platz. »Jetzt ist schon alles egal«, rief Marguerite ganz plötzlich in die Stille. »Die Welt geht unter! Aber ich will leben – und zwar jetzt! Ich muss raus! Wenn du und deine Mutter hierbleiben wollt, dann könnt ihr das ja tun«, fuhr sie Max an. Sie sprang auf, zündete sich eine Zigarette an und ging hastig hin und her. »Ich fahre jedenfalls nach Paris zurück, egal, wie es dort aussieht. Es kann ja nicht schlimmer werden. Filme werden immer noch gedreht, auch wenn Paris besetzt ist. Die deutschen Soldaten wollen sich vergnügen. Ich will auftreten, spielen! Wahrscheinlich habe ich jetzt größere Chancen als je zuvor, denn es gibt weniger Konkurrenz. Ich fürchte die Gefahr nicht!« Madame Gobelin, die mit einem Strickzeug in der Ecke saß und ab und zu den Kinderwagen des kleinen Michel schaukelte, zog ein Gesicht. Nach Paris zurück! Zum Film – auch wenn alles in Flammen stand! Das sah ihrer Schwiegertochter wieder einmal ähnlich! Indigniert wedelte sie die Rauchwölkchen aus Marguerites Zigarette beiseite, die zu ihr hinüberzogen.

»Ich komme mit, Marge«, sagte Max entschlossen. »Ich lasse dich nicht allein. Maman wird mit Michel hierbleiben.« Er sah zu seiner Mutter hinüber, der nichts anderes übrig blieb, als mit einem tiefen Seufzer zu nicken. »Wenn du unbedingt willst«, sagte Marguerite in gleichgültigem Ton und sah ihn unter halbgeschlossenen Lidern an. »Aber misch dich nicht in meine Angelegenheiten, hörst du?« Max senkte den Kopf, um den enttäuschten Ausdruck in seinen Augen zu verbergen. »Nein, du weißt doch – ich lasse dir jede Freiheit, du kannst tun, was du willst. Das war ja unsere Vereinbarung.«

Marguerite sah ihn triumphierend an. »Na gut«, sagte sie und strich ihm sanft über den Kopf, wie einem gehorsamen Hund. »Du bist wirklich ein netter Kamerad, Max.«

Sophie war erstaunt, Marguerite und Max am nächsten Tag abreisen zu sehen. Sie hatten im Dorf einen Fuhrmann bestellt, der bereit war, sie mit Pferd und Wagen zum Bahnhof zu bringen. Es war einer jener sonnigen Tage, an denen die Luft lau und süß nach blühenden Sträuchern duftet und sich die Zweige der Bäume raschelnd im Wind wiegen. Der trügerische Glanz einer heilen Welt lag über der farbigen Landschaft. Sophie fuhr noch ein Stück weit mit ins Dorf, um wie jeden Tag bei der Post nachzufragen, ob etwas für sie dabei war. Diesmal händigte man ihr einen zerknitterten, mit Bleistift beschriebenen Umschlag aus. Er kam aus Paris. Ihr Herz begann wie rasend zu klopfen, als sie Davids Schrift erkannte. Es waren nicht viele Worte, die auf dem Blatt standen, undeutlich und verwischt. *Geliebte Sophie – in kurzen Worten: Ich bin in Sicherheit und immer noch in Frankreich. Meine Ausreise mit Hilfe Doktor Petiots ist leider misslungen. Stattdessen habe ich mich der Résistance angeschlossen. Mit meinem ganzen Herzen bin ich davon überzeugt, dass dies der bessere Weg ist. Wir müssen das Nazi-Regime bekämpfen und dürfen dessen grausame Vernichtungspolitik nicht hinnehmen. Die Flamme des Widerstandes darf nicht erlöschen – das ist jetzt mein Wahlspruch! Mein Engel, ich liebe Dich und denke jeden Tag daran, wann ich Dich wiedersehen werde. Ich bin nicht weit von Dir. Bete für mich! Wenn Du kannst, komm am Jahreswechsel dahin, wo wir in unserer glücklichen Zeit so oft gewesen sind. In Liebe, Dein David.*

Erschüttert barg Sophie den Brief an ihrer Brust. Ein unsagbares Glücksgefühl erfüllte sie. David war da – in der Nähe! Er lebte! Und er war nicht nach Amerika gefahren – in ein nebulöses Morgen. Sie würde ihn wiedersehen, vielleicht sogar schon bald. Und es würde eine Zukunft für sie beide geben. Das fühlte sie jetzt ganz stark in ihrem Herzen.